Günter Grass
Theaterspiele

Günter Grass: Werkausgabe
herausgegeben von Volker Neuhaus und Daniela Hermes

Band 2
herausgegeben von Dieter Stolz

Günter Grass
Theaterspiele

Steidl

1. Auflage 1997

Buchgestaltung: Günter Grass, Gerhard Steidl
Gesamtherstellung: Steidl, Göttingen
Printed in Germany
ISBN 3-88243-483-X

BERITTEN HIN UND ZURÜCK

Ein Vorspiel auf dem Theater

Personen:

Dramaturg
Stückeschreiber
Schauspieler
Conelli
Dorothea
Karl-Heinz

In der Mitte der leeren Bühne schaukelt der Clown Conelli auf einem Schaukelpferd.

CONELLI: Wie angenehm! Man sagt, ich bin tot. Im Zirkus wollen sie mich rausschmeißen. »Du bist nicht mehr komisch«, haben sie gebrüllt, bis ich lachen mußte. Da haben sie gemerkt, daß brüllen komisch wirkt. Nun treten sie selber auf, und ich habe ihnen den Tip gegeben. – *Zum Schaukelpferd.* Ingeborg, meinst du, man könnte uns beim Fernsehen gebrauchen oder gar beim Theater? – Jetzt schaukeln wir noch tausendmal, und dann reiten wir woanders hin. *Er schaukelt. Von links, gegen seinen Rücken kommen der Dramaturg, der Stückeschreiber und der Schauspieler.*

DRAMATURG: Das kann man doch nicht machen, Kinder. Wo kommen wir hin, wenn wir den Zirkus auf die Bühne bringen.

SCHAUSPIELER: Allenfalls Kabarett!

STÜCKESCHREIBER: Seid nicht so unbeweglich. Anders anziehen! Lederzeug, Sturzhelm, kein Schaukelpferd mehr, Motorrad!

DRAMATURG: Ähnliches haben wir bei Cocteau schon gesehen.

STÜCKESCHREIBER: Ich lass' mit mir reden, neuer Vorschlag: Vespa!

SCHAUSPIELER: Oder Rakete, Sputnik!

STÜCKESCHREIBER: Ganz entschieden weigere ich mich, diesen Aktualitätenrummel mitzumachen. Isoliert steht der Clown außerhalb der menschlichen Gesellschaft. Er ist das Loch in der Schöpfung. Er ist die wahrhaft tragische Figur.

DRAMATURG: Und die Vespa? Wenn das nicht komisch ist?

STÜCKESCHREIBER: Ein Mittel mehr, seine innere Tragik zu unterstreichen.

SCHAUSPIELER: Ich finde Sputnik viel tragischer.

STÜCKESCHREIBER: Gerade um die Mitte zwischen tragischem Sputnik und komischer Vespa zu treffen, verlangte ich anfangs nach einem richtigen, tragikomischen Motorrad.

DRAMATURG: Womit wir wieder bei Cocteau sind. Lassen wir mal alles beiseite: Schaukelpferd, Sputnik, Motorrad, Vespa. Übrig bleibt der Clown. Im Zirkus darf er nicht mehr auftreten, und bevor ihn das Fernsehen wegschnappt und für Werbezwecke mißbraucht, müssen wir zugreifen.

STÜCKESCHREIBER: Sie meinen also, ohne Schaukelpferd.

DRAMATURG: Schaukelpferd kommt gar nicht in Frage.

SCHAUSPIELER: Herr Conelli, steigen Sie ab von Ihrem Zuchthengst.

DRAMATURG: Zuchthengst ist köstlich. – Haben Sie gehört, Conelli? Aus dem Sattel sollen Sie sich schwingen, Zuchthengst ist müde.

CONELLI *zum Schaukelpferd:* Ingeborg, wir müssen ein Schrittchen zulegen. Hinter uns spricht man von einem Hengst.

STÜCKESCHREIBER *neben Conelli:* Ist ja gut, Conelli. Will Ihnen ja keiner was. – Hübsche Stute!

CONELLI: Ingeborg!

DRAMATURG: Noch hübscherer Name. Nun steigen Sie mal ab, Sie Sonntagsreiter. Mensch Angelmann, da haben wir den Titel: Sonntagsreiter!

STÜCKESCHREIBER: Ich denke, das Schaukelpferd soll verschwinden.

CONELLI: Ingeborg?

DRAMATURG: Ach was, Conelli, hören Sie nur nicht auf den Angelmann. Ingeborg bleibt! *Alle drei abseits.* Muß ja nicht genau so aussehen. Amorpher, fragmentarischer! Nun sagen Sie schon wie, Angelmann. Sind doch schließlich der Autor.

STÜCKESCHREIBER: Als Gerippe etwa, als Pferdeskelett.

DRAMATURG: Richtig! Das nenne ich eine organische und gleichsam übersetzte Erfindung, die den Menschen von heute anspricht, wenn nicht sogar erschüttert.

STÜCKESCHREIBER: Na bitte, jetzt wollen Sie auch die Tragödie.

DRAMATURG: Quatsch, Angelmann! Ist doch komisch so 'n Gerippe. Leute wollen lachen im Theater, Zeiten sind traurig genug!

SCHAUSPIELER: Kann ja noch was dran haben, der Gaul. Schwanz, paar Zotteln und hier und da Fleischlappen.

DRAMATURG: Köstlich! – Das ist auf der einen Seite surreal – man denkt sofort an die Franzosen, Beckett und so weiter –, andererseits aber spricht uns, das deutsche Publikum, so etwas besonders an. Denken Sie mal zurück: Grünewald, der Tod und das Mädchen, es ist ein Schnitter, heißet Tod, Hofmannsthal, Jedermann. Nur nicht mehr in der üblichen klischeehaften Aufmachung mit Sense und Stundenglas, sondern mit dicker Nase und komischem Hut.

Conelli duckt sich ängstlich.

SCHAUSPIELER: Man könnte so eine Art Derby machen: Reitet für Deutschland! *Schauspieler und Dramaturg lachen. Conelli blickt hilflos, dann lacht er mit, immer lauter ohne aufzuhören.*

DRAMATURG: Was hat er nur?

STÜCKESCHREIBER: Kunststück, Sie haben ihn eingeschüchtert.

CONELLI *leise zu seinem Schaukelpferd:* Ingeborg, jetzt geht es ums Leben. Das sind Fleischbeschauer, die kommen vom Schlachthof. – Ich werde versuchen, sie abzulenken. *Er setzt sich verkehrt aufs Pferd und spricht den Schauspieler an:* In diesem Jahr fällt die Ernte mäßig aus, wir haben zuviel Kaninchen.

STÜCKESCHREIBER: Antworten Sie, Perkatsch, improvisieren Sie. Sein Spieltrieb erwacht!

SCHAUSPIELER: Die Leute behaupten aber, es ist zu trocken in diesem Jahr.

CONELLI: Viel zuviel Kaninchen haben wir.

SCHAUSPIELER: Aber zu trocken ist es auch.

CONELLI: Die Kaninchen liegen ruhig da und stellen sich tot. Die Leute laufen hinter den Kaninchen her und finden sie nicht, weil die Kaninchen sich totstellen.

SCHAUSPIELER: Ich laufe aber hinter überhaupt keinem Kaninchen her, ich liege im Bett.

STÜCKESCHREIBER: Ausgezeichnet, ein Bett her! *Ein Bett wird auf die Bühne geschoben, der Schauspieler legt sich hinein.*

SCHAUSPIELER: Laufe ich etwa? Ganz ruhig liege ich und habe es warm.

CONELLI: Weil Sie müde sind. Nachher, wenn Sie ausgeschlafen haben, laufen Sie wieder.

SCHAUSPIELER: Ich fürchte mich vor Kaninchen!

DRAMATURG *leise:* Gar nicht mal übel.

CONELLI: Alle Leute fürchten sich vor Kaninchen, deshalb laufen sie hinterher.

STÜCKESCHREIBER: Anderes Thema, Perkatsch, er nagelt Sie fest!

SCHAUSPIELER: Ich lauf ganz woanders hin, ich bin verheiratet.

CONELLI: Wie angenehm.

Schauspieler: Meine Frau ist mit mir verheiratet.

Conelli: Das muß aber angenehm sein.

Stückeschreiber: Noch sträubt er sich, aber der Konflikt liegt schon auf der Hand.

Schauspieler: Sie liegt hier im Bett, meine Frau.

Conelli: Wie angenehm.

Schauspieler: Und wissen Sie, was sie macht, meine Frau?

Conelli: Sicher was Angenehmes.

Schauspieler: Sie stellt sich tot, wie Ihre Kaninchen.

Conelli: Fleißig, fleißig!

Schauspieler: Sie übertreiben.

Conelli: Emsig nähen die Näherinnen.

Schauspieler: So doll ist es nun auch wieder nicht.

Conelli: Immerhin! Hundert Stiche in der Minute.

Stückeschreiber: Aufpassen, Perkatsch!

Schauspieler: Sehen Sie, Herr Conelli, keine Frau ist vollkommen, auch die meine nicht.

Conelli: Dann ist sie auch kein Kaninchen! Ihre Frau ist entweder ein Mäuschen oder eine Schlafmütze. – Aber immerhin!

Schauspieler: Was soll ich sagen, Angelmann?

Conelli: Höchstwahrscheinlich ist sie eine Maus.

Stückeschreiber: Darauf würde ich mich nicht einlassen. Maus ist bestimmt eine Falle. Irgendein anderes Tier. Die Szene muß Farbe bekommen.

Schauspieler: Meine Frau träumt immer, daß sie ein Zebra ist.

Conelli: Kann sie denn Klavier spielen?

Stückeschreiber: Na also! Einen Flügel bitte! *Ein Klavier wird auf die Bühne geschoben.*

Schauspieler: Sie ist noch ein sehr kleines Zebra. Sie muß erst Noten lernen, auch tritt sie noch viel zuviel aufs Pedal. Vielleicht, wenn Sie damit zufrieden sind, könnte meine Frau mit einem Finger aus dem Zarewitsch …

Conelli: Schwindel! Ich reite davon. Zebras spielen bei der Geburt schon vierhändig. *Er schaukelt.*

Schauspieler: So bleiben Sie doch! Meine Frau ist eben eine Ausnahme.

Conelli: Zebras sind nie Ausnahmen.

Schauspieler *zum Stückeschreiber:* Geben Sie mir Ihre Pistole, schnell. *Der Stückeschreiber reicht ihm eine Pistole.* Stehenbleiben, Conelli, oder ich schieße!

CONELLI: Au ja, schießen Sie! Da lachen die Leute am meisten drüber. *Der Schauspieler steckt die Pistole weg.*

SCHAUSPIELER: Na gut, Conelli, verschieben wir das Schießen, spielen wir lieber Klavier. Ich werde meine Frau bitten, etwas zum besten zu geben.

CONELLI *er schaukelt nicht mehr:* Wie angenehm!

SCHAUSPIELER *unter die Bettdecke:* Maus, hör zu, Maus! Herr Conelli ist da. Stell dich nicht mehr tot, du bist kein süßes kleines Kaninchen mehr, auch keine freche Wühlmaus, du bist jetzt ein Zebra. – Hörst du? Zebra! – Sie stellt sich immer noch tot.

CONELLI: Dann ist sie auch kein Zebra. Zebras stellen sich nie tot, Zebras spielen immerzu Klavier, auch wenn sie schlafen. – Ich reite davon. *Er schaukelt.*

SCHAUSPIELER: Verdammt nochmal, das ist doch kein Dialog.

DRAMATURG: Ich halte mich da abseits und höre gespannt zu.

STÜCKESCHREIBER: So reden Sie doch! Weiter, weiter, sonst ist er weg!

SCHAUSPIELER: Hören Sie, Herr Conelli, meine Frau träumt ja nur, daß sie ein Zebra ist, in Wirklichkeit ist sie ein ganz ordinäres Kaninchen.

CONELLI: Wenn sie kein Zebra ist, reit' ich davon. Ich kann ja wiederkommen, wenn sie eins geworden ist. *Er schaukelt.*

DRAMATURG: Perkatsch, Sie müssen versuchen, ihn von seinem albernen Schaukelpferd runterzubekommen, damit er endlich mit den Zebras aufhört.

STÜCKESCHREIBER: Locken Sie ihn ins Bett.

DRAMATURG: Der Konflikt ist schon lange fällig.

SCHAUSPIELER: Als wenn der sich was aus 'ner Bettgeschichte machen würde.

DRAMATURG: Wir kommen nicht drum herum.

SCHAUSPIELER: Wie wäre es, Herr Conelli, wenn Sie auch ein bißchen ins Bett schlüpfen würden.

CONELLI: Wie angenehm.

SCHAUSPIELER: Vielleicht, wenn Sie ins Bettchen kämen, vielleicht wird meine Frau dann zum Zebra und stellt sich nicht mehr tot, sondern spielt Klavier, hurtig wie ein Mäuschen.

STÜCKESCHREIBER: Vorsicht Perkatsch!

SCHAUSPIELER: Oder noch hurtiger, wie, wie, wie eben nur ein Zebra hurtig Klavier spielen kann. Nur allein schon die Vorstellung, lieber Conelli: Sie liegen im Bettchen – die Beine angezogen oder gestreckt, ganz wie Sie es gerne haben und gewohnt sind – und meine Frau spielt, nein sie spielt nicht, sie intoniert! – Kommen Sie nun?

CONELLI: Schon unterwegs! *Er wendet das Schaukelpferd und reitet auf das Bett zu.* Lauf Ingeborg, lauf! Wir dürfen uns ins Bettchen legen. Da ist es wie im Zoo. Da hat es Zebras, Kaninchen, Mäuse und Zebras.

Er schaukelt.

DRAMATURG: Der Kerl ist nicht runterzubekommen von dem Gaul!

STÜCKESCHREIBER: Sagen Sie ihm, er soll seine Ingeborg an den Bettpfosten binden.

SCHAUSPIELER: So, Conelli. Endlich und glücklich sind wir angelangt. Nun binden Sie Ihre Ingeborg schön sorgfältig am Bettpfosten fest, damit sie nicht wegläuft. Und dann hinein in die Federn!

CONELLI: Ohne Ingeborg?

SCHAUSPIELER: Das Bett ist zu klein.

CONELLI: Gerade kleine Betten sind besonders angenehm.

SCHAUSPIELER: Man stößt sich überall und weiß am Ende nicht, welches Bein wem gehört.

CONELLI: O muß das angenehm sein.

SCHAUSPIELER: Ihre Ingeborg dürfte da an mehreren Stellen empfindlich reagieren.

CONELLI: Nichts berührt sie angenehmer, und auch ich weiß nichts Angenehmeres zu nennen, als solch ein richtiges, angenehmes Kuddelmuddel.

SCHAUSPIELER: Jetzt fängt er schon wieder mit seinem blöden »angenehm« an. Ich kann ihn doch nicht samt seinem Streitroß ins Bett holen.

DRAMATURG: Auf keinen Fall geht das.

STÜCKESCHREIBER: Warum eigentlich nicht?

DRAMATURG: Denken Sie an die Volksbühne, an den Tierschutzverein!

STÜCKESCHREIBER: Wie wäre es, wenn wir hier eine kleine Gewalttat einbauen würden: »Vergewaltigung des Clown«. Hübsche Pantomime mit Nutten, Zuhälter, Harlekin als Gegenspieler, Colombine natürlich im Bett und so weiter und so weiter, Stil: »Kinder des Olymp«. Sowas wirkt immer.

DRAMATURG: Es wird uns nichts anderes übrigbleiben.

STÜCKESCHREIBER: Oder versuchen wir es noch einmal so. Die Nutten laufen uns nicht davon.

SCHAUSPIELER: Was soll ich sagen? – Hören Sie, Herr Conelli. Was wird meine Frau von Ihnen denken, wenn Sie sie so lange warten lassen? Was bleibt ihr anderes übrig, als sich immerfort totzustellen wie ein armseliges Kaninchen.

CONELLI: Sicher fühlt sie sich einsam.

SCHAUSPIELER: Todsicher.

CONELLI: Ich weiß. Leisten wir ihr Gesellschaft. Ich stelle mich tot. Stellen Sie sich doch auch tot, wenn Ihre Frau sich schon totstellt. Dann sind wir alle drei totgestellte Kaninchen und träumen gemeinsam von Zebras, bis wir welche sind. Dann stehen wir auf und spielen sechshändig Klavier, nur Ingeborg darf nicht mitspielen, weil sie so unmusikalisch ist und immer danebengreift.

Er umklammert den Hals des Schaukelpferdes und stellt sich tot.

SCHAUSPIELER: Conelli!

DRAMATURG: Da haben wir es.

SCHAUSPIELER: Herr Conelli! – Was ist, soll ich mich etwa auch totstellen?

DRAMATURG: Schluß mit dem Theater nach knappen zehn Minuten. Alle stellen sich tot, weil sie Kaninchen sind, Vorhang! Raus aus dem Bett, Perkatsch! Sie können nach Hause gehen.

SCHAUSPIELER: Nichts tu ich lieber. Womöglich ist meine Frau schon zu Bett gegangen und beschließt gerade, sich mucksmäuschentot zu stellen. *Er stürmt davon.*

DRAMATURG *nachrufend:* Sollte dieser Fall eintreten, würde ich mich an Ihrer Stelle gleichfalls totstellen. Hören Sie Perkatsch, einfach totstellen!

STÜCKESCHREIBER: Ich fand das gar nicht so übel. Beträchtlich gekürzt, gestrafft, als Aktschluß etwa. Muß ja nicht gerade der letzte Akt sein.

DRAMATURG: Einige hübsche Stellen, mehr schaut nicht heraus. Ich würde nichts gesagt haben, wenn die Sache mit dem Bett geklappt hätte. Das hätte Handlung ergeben, Spannung! Die Reaktion der Frau, das Verhalten des Ehemannes und so weiter und so weiter.

STÜCKESCHREIBER: Die uralte Dreiecksgeschichte. Sie sehen den Clown falsch. Er ist vollkommen unerotisch, ja sprechen wir es aus, er ist impotent. Vom Bett her bekommen wir ihn nicht zu fassen.

DRAMATURG: Sicher würde ich dieser These zustimmen, wenn ich nicht zuvor gründliche Erkundigungen eingezogen hätte. Herr Conelli ist mehr oder weniger glücklich verheiratet, von seiner Frau soll hier jedoch nicht die Rede sein, vielmehr von seiner achtzehnjährigen Tochter Dorothea – kommen Sie her, mein Kind! *Ein junges Mädchen tritt auf.* Das ist der Herr Angelmann, einer unserer hoffnungsvollsten Dramatiker. Er hat schon mehrere erfolgreiche Hörspiele geschrieben. *Die Herren verbeugen sich.*

DRAMATURG: Ich glaube, ich darf offen mit ihnen sprechen. Ihr Herr Vater stellt sich gerade tot.

DOROTHEA: Da müssen Sie sich nichts draus machen. Das tut er immer, wenn ihn jemand vom Schaukelpferd holen will.

DRAMATURG: So hat jeder seine bewährte Methode. – Sie sind verlobt, wenn ich mich nicht täusche?

DOROTHEA: Mein Freund ist Filmcutter, aber mein Vater ist dagegen, daß wir zusammengehören.

DRAMATURG: Merken Sie was, lieber Angelmann? »Greift nur hinein ins volle Menschenleben ...« Auf der einen Seite Clown, stellt sich gelegentlich tot und immer auf Schaukelpferd Ingeborg, auf der anderen Seite strenger, wenn nicht sogar engherziger Familienvater. *Conelli richtet sich auf und schreit Dorothea an.*

CONELLI: Dieser Filmcutter, dieser Cutter beim Film! Was ist das überhaupt, ein Filmcutter? Entweder Film oder Cutter, entweder gecuttet oder gefilmt! Aber das reicht dir wohl nicht. Gleichzeitig muß gefilmt und gecuttet werden. Außerdem trägt der Kerl den Scheitel links, und Fußschweiß hat er auch! *Er stellt sich wieder tot.*

DOROTHEA: So behandelt er uns! Sie müssen wissen, vor zwei Wochen trat ich noch mit ihm im Zirkus Baumann auf. Mein

Verlobter kam zu jeder Vorstellung, bis mein Vater etwas merkte.

DRAMATURG: Sie sind Kunstreiterin, nicht wahr?

DOROTHEA: Mein Vater zwang mich, es zu werden.

STÜCKESCHREIBER: Ich weiß gar nicht, wo Sie hinauswollen. Das ist simpelstes Zirkusmilieu, tausendmal gehabt. Gut für's Kino, aber auf der Bühne?

DRAMATURG: Abwarten, Angelmann, abwarten! – Und was tat Ihr Herr Vater, als er Ihren Freund und Verlobten im Zirkus bemerkte?

DOROTHEA: Richtig gemein hat er ihn behandelt. – Nicht wahr, Karl-Heinz? *Ein junger Mann tritt auf.*

KARL-HEINZ: Karl-Heinz Brenner, Filmcutter. *Er verbeugt sich.* Ich kann bezeugen, daß Herr Conelli, bei allem Respekt vor seinen Fähigkeiten als Clown, mir gegenüber nicht gerade fair gehandelt hat.

DOROTHEA: In die Manege hat er ihn geholt und vor dem Publikum lächerlich gemacht.

STÜCKESCHREIBER: Das ist schließlich sein Beruf.

DOROTHEA: Aber der Spaß muß Grenzen haben.

KARL-HEINZ: Als Conelli mich in die Manege winkte, wollte ich, natürlich wegen Dorothea, kein Spielverderber sein. Ich stellte mich also neben ihn, und er sagte, wie das so seine Art ist: Ich sei jetzt ein Kaninchen und ich müsse mich totstellen, das täten alle Kaninchen. – Ich machte mit, tat so, als wenn ich mich totstellen würde, da zog er mir blitzschnell Schuhe und Strümpfe aus und warf sie ins Publikum. *Conelli richtet sich auf und schreit:*

CONELLI: Serrrr verehrtes Publikum, unser Kaninchen hat Schweißfüße – weil unser Kaninchen gar kein Kaninchen ist, sondern ein kleines Ferkel. *Er quietscht wie ein Ferkel und stellt sich dann wieder tot.*

DOROTHEA: Sie können sich vorstellen, wie uns das getroffen hat. Seine alberne Kaninchengeschichte, bitte, warum nicht. Da lacht sowieso kein Mensch mehr drüber. Aber das ging dann doch zu weit.

KARL-HEINZ: Unter dem Publikum befanden sich meine Eltern und mehrere Kollegen und Vorgesetzte der Exelsior-Film-Company.

DRAMATURG: Was sagen Sie nun Angelmann?

STÜCKESCHREIBER: Als kleine Nebenhandlung ganz hübsch. Man könnte aus dem Filmcutter einen Löwenbändiger machen, um die alte Rivalität zwischen Clown und Gewaltmensch zu unterstreichen. Aber als Hauptaktion? Etwa Romeo und Julia im Zirkus? Das wird doch wohl kaum Ihre geschätzte Absicht sein?

DRAMATURG: Wo bleibt das Stück, Angelmann. Bisher gab's nur mehr oder weniger lustige Episoden.

STÜCKESCHREIBER: Es fehlte der große Bogen. Doch passen Sie auf. Gleich nimmt die Tragödie ihren Lauf.

DRAMATURG: Komödie wollten Sie sagen.

STÜCKESCHREIBER: Der Tragödie erster Akt, Doppelpunkt.

DRAMATURG: Einen Moment bitte! – *Zu Dorothea und Karl-Heinz.* Wollen Sie doch so freundlich sein und Ihre werten Namen und die Adressen im Büro hinterlassen. Es hat uns sehr gefreut. Außerordentlich packend und zeitgemäß Ihre Geschichte. Endlich mal wieder ein echtes Problem. – Sie hören dann bald von uns. *Dorothea und Karl-Heinz treten ab.* Nun, Angelmann?

STÜCKESCHREIBER: Der Clown Conelli sitzt auf seinem Schaukelpferd. – Lassen wir es vorläufig dabei.

DRAMATURG: Fast wäre selbst ich jetzt für ein Motorrad.

STÜCKESCHREIBER: Ein reicher Herr geht vorbei und verliert sein Sparbuch. Conelli hebt es auf, und was tut er? – Alle Zahlen, vom Anfang bis zum fünfstelligen Ende, vorwärts und rückwärts, das Auf und Ab eines quicklebendigen Kontos mit allen Zinsberechnungen lernt er auswendig.

DRAMATURG: Und wo bleibt Ihre Tragik?

STÜCKESCHREIBER: Ja liegt sie nicht schon in der Luft?

DRAMATURG: Ich könnte das nicht einmal komisch finden.

STÜCKESCHREIBER: Nachdem Conelli das Sparbuch auswendig hersagen kann, wirft er es fort. Kinder springen auf die Bühne, hören ihn murmeln, lernen gleichfalls den Text des Sparbuches, laufen davon, singen es ihren Müttern vor, die Mütter erzählen es den Vätern, die Väter den Kollegen, die Kollegen ihren Vorgesetzten, die Vorgesetzten sagen es dem Herrn Direktor, der Herr Direktor verrät es dem Aufsichtsrat, und was passiert?

DRAMATURG: Der Aufsichtsrat beginnt, angesichts der geheimnisvollen Zahlenkolonnen, Toto zu spielen und gewinnt eine runde Million.

STÜCKESCHREIBER: Das wäre dann eine Komödie. Bei mir jedoch löst die Zahlenlawine einen Bankkrach aus. Der Kurs schwankt, fällt, sinkt ins Bodenlose. Innerhalb weniger Stunden wird die Währung der ganzen Welt hinfällig. Sogar im Gebälk der DM knistert es, kracht es. Inflation, Arbeitslosigkeit, Revolution! Und alles nur, weil der Clown Conelli ein Sparbuch fand.

DRAMATURG: Und was passiert im zweiten Akt?

STÜCKESCHREIBER: Da findet Conelli ein Telefonbuch, lernt gleichfalls diese Lektion auswendig und ruft so die Geheimdienste der östlichen und westlichen Welt auf den Plan. Sie können sich vorstellen, was nun alles ins Rollen kommt. Verdächtigungen, Abbrüche diplomatischer Beziehungen ...

DRAMATURG: Und der dritte Akt?

STÜCKESCHREIBER: Die Katastrophe! Conelli, immer noch auf seinem Schaukelpferd, findet den Fahrplan der Bundesbahn. Nun kommt es zum endgültigen Zusammenstoß. Krieg, Atombombe, H-Bombe, Weltuntergang!

DRAMATURG: Und Conelli?

STÜCKESCHREIBER: Die letzten Vertreter der Menschheit, unter ihnen seine Tochter Dorothea und der Filmcutter, sehen in Conelli den wahren Schuldigen. – Er wird während einer Massenszene gelyncht. Der letzte und vierte Akt zeigt sein Begräbnis.

CONELLI *fährt auf:* Ingeborg, wir sind tot! Wir müssen uns beeilen, sonst kommen wir zu spät zu unserem Begräbnis. Und wenn wir das Begräbnis versäumen, verpassen wir hinterher die Kindervorstellung, die pünktlich um 5 Uhr nachmittags beginnt und wozu wir alle Kinderchen aber auch die Erwachsenen herzlich einladen. Kaninchen haben freien Eintritt, Zebras halbe Preise! – Hop Ingeborg, hop! Sonst ist das schöngeschmiedete Friedhofstor zu. Die Leute nehmen ihre Kränze wieder nach Hause und wissen nicht, wohin damit. – Außerdem sind wir zu Kaffee und Streuselkuchen eingeladen. *Er schaukelt.*

DRAMATURG: Und wenn er nun zu spät zum Begräbnis kommt?

STÜCKESCHREIBER: Dann könnte dieses Stück unter Umständen eine Komödie werden.

DRAMATURG: Denn es sieht ganz so aus, als wenn er zu spät kommen wird. Zu spät zum Begräbnis, zu spät zu Kaffee und

Kuchen. Vielleicht schafft er es noch bis 5 Uhr und tritt rechtzeitig bei der Kindervorstellung auf. Kinder warten nicht gerne!
(Beide schauen besorgt auf ihre Uhren, vergleichen sie und gehen dann ab. Conelli schaukelt eifrig, während der Vorhang fällt.)

HOCHWASSER

Ein Stück in zwei Akten

Personen:

Noah	*ein Hausbesitzer*
Betty	*seine Schwägerin*
Jutta	*seine Tochter*
Leo	*sein Sohn*
Henn	*Juttas Verlobter*
Kongo	*Leos Freund*
Der Prüfer	
Strich und Perle	*zwei Ratten*

Erster Akt

Das Bild zeigt ein Haus im Querschnitt. Man sieht die Kellertreppe, darüber ein niedriges Zimmer, das Flachdach mit dem Kamin. Auf der Kellertreppe versucht Noah mit Tante Bettys Hilfe eine größere Kiste hochzubewegen. Betty und Noah von Leuchtern, Familienfotos und Fotoalben umgeben. Zimmer und Flachdach liegen im Halbdunkel.

Betty: Wir werden uns noch erkälten.

Noah: Ein geringer Preis für diese Schätze.

Betty: Aber du hast doch nun schon den größten Teil deiner Sammlung oben, und ich habe dir wirklich ...

Noah: Nur diese Kiste.

Betty: Noah, glaub mir, sie ist zu schwer.

Noah: Es sind sicher erlesene Stücke dabei; die burgundischen, weißt du?

Betty: Das kannst du gar nicht wissen. Genauso könnte auch ich weiß nicht was alles drinnen sein. *Sie blättert in einem Fotoalbum.* Sieh nur, dieses Foto von Leo.

Noah: Leo, Leo – da oben, die sollen kommen und helfen.

Betty: Ein bildschönes Kind war er und schlau. Weißt du noch, als wir mit Erna ...

Noah: Meine Frau war nicht dabei, nie war sie dabei.

Betty: Gut, gut, vielleicht war sie damals schon etwas kränklich. Auf jeden Fall waren wir in Steegen am Strand, und Leo sah auf einmal die Dame mit dem blaurot-gestreiften ...

Noah: Ich glaube nicht, daß hier der geeignete Platz ist und die rechte Zeit – sie sollen jetzt kommen und helfen. Heh!

Betty: Sie werden kaum etwas hören.

Noah: Sie wollen nicht, liegen nur immer herum und haben sich.

Betty: Du bist zu hart, sie sind doch jung. – Es ist kühl hier.

Noah: Alles wird verderben, all meine Arbeit. Ein halbes Menschenalter Mühe, Geduld, viele Reisen, viele lange Reisen ...

Betty: Das muß man dir lassen, es hat viel Fleiß gebraucht, und das für Tintenfässer. Kleine, große, dicke, schlanke, und einige haben einen Sprung.

Noah: Du redest, wie du es verstehst. – Hier, dieses Glas, ein Rest hellvioletter Tinte blieb ihm noch. Natürlich ist sie heute trocken und hart. Ja, und weißt du auch, wer hierin seine Feder tauchte? In dieses zierliche Behältnis? Königin Luise, als sie auf der Flucht hier durchkam, übernachtete und mehrere Briefe schrieb ...

BETTY: Aber man sagt doch ...

NOAH: Ja, ich weiß, man sagt, es seien nur persönliche Briefe gewesen und sie hätte sie am selben Abend zerrissen. Vielleicht haben die Leute recht. Einerlei, sie war eine wahrhafte Königin.

BETTY: Das war sie.

NOAH: Wir plaudern, und das Wasser steigt.

BETTY: Du hast recht, wir sollten ...

NOAH: Sie sollten jetzt kommen. Sie denken nur an sich. Die Schallplatten haben sie hochgetragen, illustrierte Zeitungen, den halben Kasten Bier.

BETTY: Und die Weckgläser, Noah. Du darfst nicht ungerecht sein.

NOAH: So, ich darf nicht ungerecht sein? Warum nicht, sag mir, warum darf ich nicht ungerecht sein, hm?

BETTY: Noah!

NOAH: Wer fragt nach mir. Wer hilft mir? – Oben liegen sie und vermischen sich, du blätterst in diesen Alben und zeigst mir Fotos von meinen Kindern. Fotos, sie sollen selber kommen, und helfen sollen sie! Kommt!

BETTY: Noah, du bist außer dir.

NOAH: Verzeih. – Aber warum kommen sie denn nicht. Sie wissen doch, es verdirbt ja alles. Die Aufschriften werden sich lösen und verlöschen.

BETTY: Aber später, hinterher kannst du ja alles wieder neu beschriften.

NOAH: Später – wer weiß, was dann ist?

BETTY: Wie?

NOAH: Nun, einmal kommt für uns alle der Tag.

BETTY: Aber Noah!

NOAH: Wir müssen mit allem rechnen. – Nur dieses hier, mein Werk, sicher, es ist nichts Großes, nur Tintenfässer, wie du zu sagen pflegst, aber es hat seine Bedeutung. Glaub mir, Betty, diese meine Arbeit darf nicht umsonst gewesen sein. – Du siehst mich niedergeschlagen, ich bin es.

BETTY: Aber du wirst doch nicht...

NOAH: Seit Montag steigt das Wasser wieder. Aber die da oben, nichts wissen sie, denken Regen, das ist so ein Geräusch, eine Art Schallplatte mit Sprung, die immer dasselbe plärrt und die man, wenn man's satt hat, einfach abstellt. Verstehst du, den Regen wollen sie abstellen.

BETTY: Nun ja, recht hast du schon.

NOAH: Genau das, du verstehst mich. Wir können die Kiste doch hier nicht stehen lassen, es würde alles verderben. – Vielleicht sind auch noch Fotos darin, sicher sogar. Fotos von Leo, deinem Liebling.

BETTY: Meinst du wirklich, hier in der Kiste, aber da müssen wir ja sofort – Kinder, Kinder, hallo!

Sie klatscht in die Hände. Auf der Kellertreppe wird es langsam dunkel, im Zimmer hell. Die Einrichtung des Zimmers, Standuhr und bürgerliche Möbel sind fast ganz von Kisten, Armleuchtern und Fotoalben verdeckt. In der rechten Hälfte des Zimmers, die übersichtlich geblieben ist, sitzen Henn und Jutta auf dem Bett.

HENN: Du, deine Tante ruft. *Pause.*

JUTTA: Laß sie doch.

HENN: Meinst du, ich soll mal nachsehen? Könnte doch irgendwas passiert sein.

JUTTA: Was soll schon passiert sein?

HENN: Vielleicht geh ich doch mal schnell.

JUTTA: Nein, bleib hier, und fang schon an mit dem Quatsch.

HENN: Gut, wenn du meinst. Aber glaub mir, das ist nicht nur irgend so ein Quatsch. Die Sache ist vollkommen in Ordnung. Ich kann dir nachher haargenau die Zahl sagen, aber du mußt gut aufpassen.

JUTTA: Fang endlich an.

HENN: Hier, Daumen.

JUTTA: Daumen.

HENN: Nein, nichts sagen.

JUTTA: Gut.

HENN: Warum bist du denn so gereizt? – Also Daumen, Zeigefinger, Mittelfinger, Ringfinger, kleiner Finger, hast du?

JUTTA: Hm.
HENN: Gut, weiter. Kleiner Finger, jetzt zurück, Ringfinger, zwei übersprungen...
JUTTA: Warum denn?
HENN: Weil das nun mal so ist, paß lieber auf. – Zwei übersprungen, jetzt mußt du dir was denken. *Pause.*
JUTTA: Hab ich.
HENN: Und außerdem eine Zahl, die dazu paßt.
JUTTA: Auch das noch.
HENN: Jetzt wieder von vorn. Daumen...
JUTTA: Daumen.
HENN: Paß auf, sag ich.
JUTTA: Ja doch.
HENN: Zeigefinger, Mittelfinger, Ringfinger, kleiner Finger, Faust. – Was hast du dir gedacht?
JUTTA: Sag ich nicht.
HENN: Muß ich aber wissen, wenn ich die Zahl nachher raten soll, sonst hat das doch...
JUTTA: Ich will nicht.
HENN: Sag doch.
JUTTA: Ich denk, du weißt alles. Bist doch sonst ein ganz heller Junge – 'nen Kerl wie du, mit solch 'nem Vater? – Sag mal, warum bist du eigentlich nicht mit deinem Alten gefahren, als das hier losging? Wärst jetzt schön aufm Trockenen.
HENN: Sag nun, was hast du vorhin gedacht?
JUTTA: Ist das ein Spiel, oder willst du bloß wieder mal nachschnüffeln? – Hast doch gesagt, damit kann man alles ganz genau nachrechnen.
HENN: Sei doch kein Spielverderber.
JUTTA: Hat damit gar nichts zu tun, ich will einfach nicht.
HENN: Gut, du willst nicht, aber wenn ich dich nun bitte?
JUTTA: Ach hör auf. *Pause.*
HENN: Ich, ich liebe dich doch.
JUTTA: Weiß ich, weiß ich – wissen alle Leute. Wenn es noch 'ne Zeitung gäbe, würde es prompt drinstehen.
HENN: Sag es doch.
JUTTA: Nein. –
HENN: Gut, dann rat ich eben.

JUTTA: Wenn du willst, bitte.

HENN: Du hast an mich gedacht.

JUTTA: Nicht im geringsten –

HENN: Dann hast du an vorhin gedacht.

JUTTA: Längst vergessen.

HENN: Du hast gedacht, du bekommst vielleicht ein Kind, weil...

JUTTA: Quatsch!

HENN: Sag es doch.

JUTTA: Interessiert dich das denn so? – Kann dir doch völlig egal sein.

HENN: Nein. *Er steht auf, spricht leicht pathetisch.* Weißt du, ich werde immer fragen. Ich muß alles wissen, alles, was du denkst, alles. – Wenn du hier stehst und in den Spiegel siehst, dabei siehst du gar nicht in den Spiegel, du guckst einfach durch – oder wenn du auf dem Tisch rumtrommelst oder mit deinen Zähnen in einen Apfel beißt oder wenn du nichts tust, einfach da bist – jedenfalls muß ich immer denken, was denkst du dabei. – Gehst du zum Schrank, was denkst du dabei, ziehst du dir immer wieder diesen verwaschenen Pullover an, was denkst du dabei. – Los, sag jetzt, was hast du gedacht?

Henn setzt sich, Jutta steht langsam auf und geht zum Fenster.

JUTTA: Ich habe gedacht, wie lange wird es noch regnen, und was ist das, Regen? – Ich sehe Striche von oben nach unten oder auch von unten nach oben. Ich kann es nicht mehr unterscheiden.

HENN: Du hast noch mehr gedacht.

JUTTA *dreht sich langsam zu Henn um:* Ich habe gedacht, wie hoch muß das Wasser noch steigen, damit du still wirst. – Ganz klein, so klein und häßlich mußt du erst einmal werden, sonst wird das nix mit dir. – *Jutta geht zum Bett zurück.* Ich lege mich hin. – Warum soll ich mich nicht hinlegen, was ändert das schon, wenn ich da stehe, vor oder hinter diesem verflucht nassen, kalten Vorhang.

HENN: Kann ich mich zu dir legen?

JUTTA: Nein, kannst ja doch nicht ruhig liegen. –

HENN: Früher hast du anders gesprochen. Da konntest du nicht genug bekommen, als wir an der See waren die drei Wochen.

JUTTA: Ja früher, das war was anderes.
HENN: Wieso, bist du vielleicht nicht mehr zufrieden mit mir?
JUTTA *richtet sich auf:* Still. Hörst du nichts, aufm Dach?
HENN: Nichts, wirklich nichts. *Pathetisch.* Nur mein Blut hör ich, immer hör ich mein Blut, und wenn ich...
JUTTA: Ich scheiß auf dein Blut. – Da pfeift doch was oben, ganz deutlich. Da ist doch wer oben. *Sie springt auf.*
HENN: Das sind nur die Ratten. Früher waren sie im Keller, jetzt sind sie auf dem Dach. –

Im Zimmer wird es langsam dunkel, auf dem Flachdach hell. Zwei große, grotesk zerzauste Rattenmasken hocken auf dem Rand des Daches.

PERLE: Komm mir bald vor wie ein Vogel.
STRICH: Bloß singen kannste nicht.
PERLE: Kommt vielleicht noch. Wenn das so weitergeht, leg ich Eier und fang an zu brüten.
STRICH: Verdammt, es sieht aus wie Bindfäden. Möchte se durchbeißen.
PERLE: Na, dann beiß doch, wenn du Lust hast. Aber verschluck dich nicht, sonst kriegste 'nen Bandwurm.
STRICH: Das fehlt mir gerade noch. Wissen möcht ich bloß...?
PERLE: Was das hier soll, möchtest du wissen. Ich auch, wir sind doch keine Wasserratten. Womöglich müssen wir noch aufn Kamin rauf.
STRICH: Wenn schon, der raucht dann auch nicht mehr, kannste annehmen.
PERLE: Wer weiß, wo die anderen jetzt sind, die wollten es ja immer besser wissen und dachten, sowas gibt's gar nicht.
STRICH: Vorhin trieb Muffel unten vorbei, sah wirklich sehr mitgenommen aus. *Unruhig.* Wissen möcht ich bloß...?
PERLE: Was denn nun schon wieder?
STRICH: Ob hier auch Spatzen sind.
PERLE: Willste vielleicht fliegen lernen?
STRICH: Das nicht, aber...
PERLE: Na also. *Strich unruhig hin und her.*
STRICH: Komm Perle, wir hauen ab.
PERLE: Wohin Mann, wohin?

STRICH: Wo's geschützter ist, dort hinterm Kamin.
PERLE: Sag mal, biste denn noch ganz? Willste dich hier vermehren, aufm Dach?
STRICH: Komm schon Perle, komm schon.

Strich und Perle hinter den Kamin. Das Licht auf dem Flachdach erlischt, das Zimmer hell. Jutta liegt auf dem Bett. Henn auf einem Stuhl sitzend, abgewandt daneben.

JUTTA: Manchmal glaub ich, wir schwimmen. Dann denk ich, jetzt gibt es gleich 'nen Ruck, und wir sind da. – Ganz gleich wo, irgendwo, wo's schön ist. Java oder so.
HENN: Oder tot sein, das ist auch nicht schlecht.
JUTTA: Die Toten sind Ausländer. Was die reden, verstehen wir nicht.
HENN: Ja.
JUTTA *richtet sich auf:* Willst du dich auch hinlegen? Henn, ich hab dich was gefragt.
HENN: Du sagst das immer einfach so hin und glaubst dann, es stimmt.
JUTTA: Was denn?
HENN: Mit dem Tod und so.
JUTTA: Nun hör aber auf. Du hast doch angefangen mit dem albernen Quatsch.
HENN: Vielleicht hast du recht.
JUTTA: Also, was ist nun, kommst du oder kommst du nicht?
HENN: Laß man, ist schon gut so.
JUTTA: Na denn nicht.
HENN: Ich kann mich aber trotzdem hinlegen, wenn du meinst.

Während Henn auf das Bett zugeht und sich die Jacke auszieht, wird es im Zimmer dunkel und auf der Treppe hell. Noah rückt an der Kiste, Betty blättert in einem Fotoalbum.

BETTY: Weißt du, dieses Bild von ihm habe ich immer besonders geliebt. Da lacht er ein bißchen und sieht so richtig wie ein Junge aus.
NOAH: Es kam allerdings selten vor, daß er lachte.

BETTY: Du hast recht, er war ein ernstes Kind – aber schlau.

NOAH: Schlau, sagst du, hm, nicht auch ein bißchen hinterhältig, so ein ganz klein bißchen falsch oder ganz einfach abgrundtief verdorben?

BETTY: Aber wie kannst du …?

NOAH: Ich weiß, was du sagen willst, er ist mein Sohn, willst du sagen. – Gut, er ist noch immer mein Sohn, der auf meinen Namen Schulden machte. Und der Skandal im Krankenhaus?

BETTY: Du hast ihn einfach zu kurz gehalten, Noah, du warst zu streng, glaub mir. Ein Kind wie Leo verlangte eine behutsame Hand. Solange Erna noch lebte …

NOAH: Sie ist auch nicht mit ihm fertig geworden. Wie oft hat sie gejammert und mir ihr Leid geklagt. – Hören wir auf damit. Er ist gegangen und hat sich entschieden.

BETTY: Und wenn er nun auf einmal wiederkommt?

NOAH: Siehst du, gleich wird die Kiste unten feucht werden. Wir müssen es noch einmal versuchen, Betty.

BETTY: Aber das hat doch keinen Sinn, das weißt du doch!

NOAH: Dann ruf ich nochmal, oder?

BETTY: Bei dem Regen? Niemand hört etwas.

NOAH: Jutta, Jutta, mein Kind, sag deinem Verlobten, er soll mir helfen kommen.

BETTY: Ich sagte ja. Bei dem Regen kann man nichts hören. Aber du mußt es trotzdem versuchen.

NOAH: Hm – du hast recht, ich werde sie aufbrechen müssen. *Er nimmt Brecheisen und Hammer und beginnt, die Kiste zu öffnen.* Nachher können wir ja die Teile einzeln hochtragen, nicht wahr?

BETTY: Vielleicht ist noch ein Album drinnen, es wäre zu schön.

NOAH: Kann gut sein so, kann sehr gut sein, und jetzt haben wir es geschafft. – Himmel. *Aus der Kiste steigen in uniformähnlicher Kleidung Leo und sein Freund Kongo.*

LEO: Europa! Hier ist es kühler, wesentlich kühler. – Tag, Alterchen. Was, haben uns lange nicht mehr gesehen. Das ist Kongo, das ist mein Alter. Archibald Noah, sammelt Tintenfässer und Armleuchter. Was, Kongo, habe ich dir zuviel versprochen?

KONGO: Es freut mich außerordentlich, Müsjö Noah. – Tintenfässer, nicht schlecht, mal was anderes.

BETTY: Leo, bist du es denn wirklich?

LEO: Die Tante Betty, na sowas.

BETTY: Ja, deine Tante Betty. Laß dich anschauen, mein Junge. Ist es denn möglich. Gerade hab ich noch zu deinem Vater gesagt, nicht wahr, Noah, eben hab ich noch zu dir gesagt, vielleicht ist ein Fotochen vom Leo drinnen, jetzt gerade, vor 'nem Augenblick.

LEO: Die Tante Betty, einfach nicht abzustellen. So eine Art Redeautomat.

BETTY: Aber Leochen. Und das ist dein Freund. Ein stattlicher junger Mann, wirklich. – Noah, was sagst du nun?

NOAH: Ich kann es noch nicht fassen.

LEO: Was, da staunste? Hast dich 'n bißchen geirrt, hast die falsche Kiste erwischt. Guck nach, keine Spur von burgundischen Tintenfässern. Da ist Tonking drin und Laos, das beschissene Königreich. *Er drängt Noah zur Kiste.* Direktemang, guck nach, Alter, los, riecht 'ne Spur nach Dschungel.

NOAH: Laß das, Leo, hast du denn vergessen...

LEO: Was denn, daß du mein Vater bist? Tja, das hatte ich wirklich ein bißchen vergessen da drüben. Aber das muß man dir lassen, du bist es wirklich noch, hast dich kaum verändert.

BETTY: Aber du, Leochen, wie du dich verändert hast, kräftig bist du geworden, kräftig.

LEO: Die Tante Betty mit ihrem Wackeldutt. Junge Junge, und immer noch das heilige Fotoalbum auf dem Schoß.

NOAH: Leo, dein Freund...

LEO: Kannst ruhig direkt mit ihm reden, der beißt nicht.

NOAH: Herr? –

KONGO: Kongo ist mein Name.

LEO: Früher war er mal Boxer.

KONGO: Quatsch nicht.

NOAH: Herr Kongo, ich habe, wenn ich nicht sehr irre, bereits von Ihnen gehört. – Waren Sie nicht der Herr, der damals meinen Sohn überreden konnte, ins Rheinland zu fahren, und von dort aus, Sie wissen sicher schon, was ich meine.

KONGO: Ganz recht, das war ich. Sie meinen, wenn ich nicht sehr irre, den kleinen Sonntagsausflug. Hat eben ein bißchen länger gedauert, als er geplant war. Aber nun sind wir ja wieder hier, nicht wahr?

Leo: Und wie. Nimm's nicht so tragisch, Alter.

Noah: – Tja, dann seid ihr also da. – Herzlich willkommen.

Betty: Ja doch, herzlich willkommen. Da wird sich aber Jutta freuen.

Leo: Ist sie da?

Noah: Ja, meine Tochter Jutta ist da. Sie ist bei ihrem Vater geblieben. – Wie soll ich es nur richtig sagen, verstehe mich recht, lieber Leo, leider kommt ihr in einem, nun, etwas ungünstigen Moment.

Leo: Sooo?

Noah: Ich möchte dich nochmals inständig bitten, mich nicht falsch zu verstehen...

Leo: Sag schon.

Noah: Mein lieber Leo, wir haben Hochwasser, verstehst du? Doch Sie, Herr Kongo, Sie glauben mir sicher. Wir vier leiden im Augenblick unter einem schrecklichen Hochwasser. Man befürchtet...

Leo: Wer, wir vier? Ist denn noch wer hier?

Noah: Allerdings, Juttas Verlobter.

Leo: Juttas Verlobter?

Betty: Ach, den kennst du ja noch gar nicht, den Henn.

Leo: Wie heißt der?

Betty: Henn. – Hübscher Name, nicht? Ja, der Henn, ein netter Junge ist das. Ein bißchen schmal und unruhig, aber das wird sich wohl geben mit der Zeit. Und außerdem liebt er sie.

Leo: Sagt er das?

Betty: Was?

Leo: Daß er sie liebt und so.

Betty: Immer wieder sagt er ihr das.

Leo: Dann wird es stimmen, wenn er es oft sagt. – Jutta und ihr Verlobter. Guck mal einer an. Vor ein paar Jahren hat sie noch mit Nuchi und Axel auf dem Hof Arzt und Patient gespielt, und jetzt hat sie 'nen Verlobten. Die Zeit vergeht, was Kongo?

Kongo: Kannste annehmen.

Noah: Wie gesagt, du siehst, lieber Leo, wir sind räumlich sehr beschränkt. Es ist fatal, aber leider haben wir nicht genug...

LEO: Was, willste uns vielleicht an die frische Luft setzen? Wir kommen hier auf Besuch, sind höflich und zuvorkommend, und du, du willst uns einfach an die frische Luft setzen.

NOAH: Aber, aber.

BETTY: Nix aber, mein Bester. Wir werden schon Platz finden. Nun geh schon, Jutta wird Augen machen.

NOAH: Ja doch, ja.

LEO: Die Tante Betty, was Kongo, die ist gut. Geh du mal vor, und nimm das Zeugs mit. Haste alles?

KONGO: Bin dabei.

NOAH: Ich werde das hier noch mitnehmen, und das auch.

BETTY: Aber das Album nehme ich auch mit, nicht wahr, Leo?

LEO: Sicherlich, Tante. Ein Mensch ohne Fotoalbum ist ein Sarg ohne Deckel.

Noah und Betty voran, steigen sie alle vier die Treppe langsam hoch. Kongo trägt einen Packen unter dem Arm. – Im Zimmer wird es hell, Henn richtet sich auf und zieht seine Jacke an.

HENN: Du, dein Vater kommt.

JUTTA: Laß ihn doch. *Dreht sich zur Wand.*

NOAH *in der Tür:* Jutta, mein Kind, rat doch mal, was ich da mitbringe.

BETTY: Ja, Juttachen, rat mal. *Drückt sich hinter Noah vor und läuft fast in die Mitte des Raumes.*

NOAH: Was ganz Besonderes.

BETTY: Du wirst staunen! *Sehr freudig.*

JUTTA: So, staunen werd ich. – Was könnt ihr schon mitbringen. *Richtet sich langsam auf.* Entweder 'nen Haufen von diesen dusseligen Tintenfässern oder so ein idiotisches Familienfoto mit allem drauf, Schulrat Richter in der Mitte, herum die lieben Kinderchen. Hab ich recht! Oder Leo ist gekommen! *Setzt sich gerade auf.*

BETTY: Erraten, erraten.

NOAH: Aber woher weißt du das?

LEO *schiebt Noah zur Seite:* Tag Jutta.

JUTTA: Na, Leo, wieder da?

LEO: Ein bißchen. Mal umgucken. Siehst ja ganz proper aus, soweit man das von hier erkennen kann.

JUTTA: Warum sollte ich nicht.

LEO: Hier, das ist Kongo, mein Freund. Mit dem mußt du nett sein, der hat keinen Vater mehr und keine Mutter.

JUTTA: Das ist nicht das Schlimmste. – Tag.

KONGO: Schönen guten Tag, mein Fräulein. Ich hoffe, wir stören nicht allzusehr.

LEO: Nun red nicht so geschwollen. Weißt du, früher war der mal Boxer, deswegen macht er jetzt manchmal auf höflich.

NOAH: Aber Jutta, mein Kind, bist du denn gar nicht erstaunt, daß unser Leo nach so vielen Jahren wieder zu uns gefunden hat?

BETTY: Denk nur, auf einmal war er da.

JUTTA: Erstaunt? Warum denn. Ich hab doch immer gesagt: Wenn es noch lange so regnet, kommt Leo. Na seht ihr, da ist er.

BETTY: Ja Noah, das hat sie gesagt mit dem Regen.

NOAH: Es ist wahr. Immer bei dem schlimmsten Wetter ist er wiedergekommen. *Leo sieht sich im Zimmer um.*

LEO: Was ist denn das?

JUTTA: Der?

LEO: Ja, der da.

NOAH: Das ist Henn, Juttas Verlobter, sein Vater ist ein angesehener Arzt. Ich hoffe, ihr werdet euch gut verstehen.

LEO: Ich mag keine Ärzte. – Sieht ja aus wie ein Friseur, der Kerl.

JUTTA: Laß ihn in Ruh, sag ich dir, er hat dir nichts getan.

LEO: Schon gut, schon gut. – Na Kongo, wie fühlst du dich bei mir zu Hause?

KONGO: Deine Schwester...

LEO: Ich hab dich nicht nach meiner Schwester gefragt, sondern wie dir das hier gefällt. Ist doch ganz hübsch, was?

KONGO: Was soll man da sagen? Gemütlich, gemütlich. Also so etwas von Gemütlichkeit.

LEO: Du findest es ausgesprochen gemütlich?

KONGO: Wenn ich mir diese Standuhr angucke, könnt ich wieder fromm werden. Aber was deine Schwester betrifft...

LEO: Was ist mit meiner Schwester?

KONGO: Nichts, nur so, die gefällt mir. Weißt du, die hat so ein gewisses Etwas, wie soll ich dir das beschreiben?

LEO: Ist schon gut, mir soll's gleich sein.

HENN: Wenn ich recht gehört habe, waren Sie längere Zeit verreist?

LEO: Du, der spricht mit dir.

KONGO: Ob wir verreist waren? – Ja, das waren wir, längere Zeit.

HENN: Und wo überall, ich meine, an welchen Orten, wenn ich fragen darf?

LEO: Sag ihm, er darf nicht fragen.

KONGO: Ham Sie gehört? Nix fragen, fragen verboten, kennen Sie Lohengrin? Na also!

JUTTA: Hört schon auf mit dem Quatsch. –

LEO: Zeig mal den Packen her, Kongo.

KONGO: Ist nicht mal naß geworden.

LEO *öffnet das Päckchen und zieht eine lange Bahn weißer Seide hervor:* Betty, mein Goldfisch, guck mal, was ich hier habe.

BETTY: Du meine Güte, ist denn das die Möglichkeit, nun sag doch bloß, wo du das wieder herhast?

LEO: Kannste behalten, haben wir dir mitgebracht, ist prima Fallschirmseide, was, Kongo?

KONGO: Ist es.

BETTY: Fallschirmseide, das ist ja was ganz Besonderes. Das kann ich gar nicht annehmen – oder was meinst du, Noah?

NOAH: Mich mußt du da nicht fragen. Ich bin kaum in der Lage zu prüfen, ob diese Seide...

BETTY: Fallschirmseide.

NOAH: Nun gut, ob diese Fallschirmseide rechtlich einwandfrei erworben wurde oder...

JUTTA: Was redest du nur immer fürn Blech. Willste Tante die Freude verderben?

HENN: Sie können sicher beruhigt sein, Herr Noah...

JUTTA: Wenn Leo das mitbringt, ist es schon in Ordnung.

BETTY: Meinst du wirklich, Juttachen? Na dann recht herzlichen Dank auch, auch für Sie, Herr Kongo.

KONGO: Nicht der Rede wert, tut man doch gern für 'ne nette alte Dame.

BETTY *droht mit dem Finger:* Sie. Sie scheinen mir ja ein ganz Schlimmer zu sein.

LEO: Jaja, Tantchen, da mußt du dich vorsehen vor dem.

Betty: Nein so etwas, und so viel. Wißt ihr, was ich daraus mache?

Leo: Na?

Betty: Für jeden von euch ein Sonnenschirmchen.

Leo: Häh was?

Betty: Ja doch, Sonnenschirmchen, eins zwei drei vier fünf, und wenn es reicht, für mich auch eins. Sechs Sonnenschirmchen.

Jutta: Du bist gut, Tante. Draußen regnet es, und du redest von Sonnenschirmchen.

Betty: Man muß beizeiten vorsorgen. Wird doch nicht ewig regnen.

Noah: Wer weiß.

Betty: Unsinn, meinst du vielleicht, dem Regen wird es nie langweilig?

Leo: Da hat sie recht, wenn der Regen keine Lust mehr hat, kommt die Sonne wieder dran.

Jutta: Ihr seid mir die rechten Klugscheißer. Ruht euch mal lieber aus, erzählen könnt ihr immer noch.

Leo: Gibt nichts zu erzählen.

Jutta: Ist mir auch recht.

Im Zimmer wird es langsam dunkel, auf dem Dach hell.

Perle: Erzähl doch mal was, Strich.

Strich: Da unten haben sie wohl Besuch bekommen.

Perle: Hab nichts gemerkt. Los Strich, erzähl was.

Strich: Was denn?

Perle: Irgendwas, hast doch 'ne Menge erlebt, bist doch 'ne Wanderratte, also fang schon an.

Strich: Tja, rumgekommen bin ich, das stimmt. Soll ich erzählen, wie ich drei Tage im Tresor steckte und lauter Zwanzigmarkscheine gefressen habe, oder lieber die Sache mit der Uhr?

Perle: Wie war die denn?

Strich: Da war ich in letzter Minute in eine Uhr gesprungen, in eine Standuhr, wie sie da unten eine haben, konnte da nicht mehr raus vorläufig, weil die nämlich den Dobermann hatten. Weißte überhaupt, was 'nen Dobermann ist?

Perle: Frag nicht so blöde, sicher weiß ich.

STRICH: Gut. Also der Dobermann saß vor der Uhr und wartete. Ich saß in der Uhr drinnen und schlief ein. Plötzlich schlug es zwölf.

PERLE: Mitternacht.

STRICH: Genau. Nun bin ich ja nicht abergläubisch, aber kannst mir glauben, mein Schreck war nicht von Pappe. Aus Wut habe ich dann hinterher alle Minuten und Sekunden aufgefressen, ratzekahl. Seitdem ging die Uhr nicht mehr.

PERLE: Na so ein Quatsch. Erzähl vom Kloster.

STRICH: Kennste doch schon, die Geschichte.

PERLE: Macht doch nichts, los fang an.

STRICH: Also das war, als ich zum zweiten Mal aus Paris zurückkam. Da ging ich in so eine Art Asyl.

PERLE: Altersheim war das.

STRICH: Genau, ein Altersheim in Düsseldorf aufm Ratherbroich. 'ne angenehme Gegend. Eisenbahn, Schrottplatz in der Nähe, und das Ding selber, ich kann dir sagen, so. Geräumige Keller, einigermaßen dunkel, gut rissig und feucht. Tja, und da ging es mir sozusagen blendend.

PERLE: Kann ich mir vorstellen. Warst ja immer ein schneller Junge. Aber was war nun mit den Nonnen?

STRICH: Wie das so ist. Oben die Küche und die Klausur, so heißt das da, und manchmal kamen die dann in den Keller, um was zu holen oder zu bringen. Ich hab dann abgepaßt, kurz gepeilt, und wenn dann so eine angewackelt kam, sprang ich ihr, haste nich gesehen, unter die Kutte.

PERLE: Doll.

STRICH: Weiter noch. Unter der Kutte angelangt, die haben lange Wollsocken an, einmal scharf in die Wade, na, und da schrie sie denn auch schon und ließ alles fallen.

PERLE: Was ließ sie fallen?

STRICH: Die Schüsseln oder Teller voll Erbsen mit viel drin. Ich kann dir sagen. Kaum war sie weg, die Nonne, ich in die Erbsen.

PERLE: Hör auf, mir wird schwach.

STRICH: Einmal, du, da hat eine 'ne Pastete fallen lassen. Weißte was das ist, 'ne Pastete?

PERLE: Nee, keine Ahnung.

STRICH: Kannste auch nicht wissen, wenn du nicht in Paris gewesen bist.

PERLE: Wie sehn die eigentlich aus, die Nonnen?

STRICH: Wie sollen die aussehen? Braun, dick wie Pellkartoffeln. Nur eine nicht. Die hieß Schwester Alfons Maria.

PERLE: Wieso Alfons Maria?

STRICH: Das ist manchmal so bei den Nonnen, weiß auch nicht, warum.

PERLE: Und wie sah die nun aus?

STRICH: Sag mal, du weißt das doch alles. Ich hab dir die Sache nun schon zehnmal erzählt.

PERLE: Und jedesmal ein bißchen anders. Also, wie sah die nun aus, deine Alfons Maria?

STRICH: Gott, wie sah die aus? Oben so lala, aber unten. Weißte, was die hatte? Die hatte Sommersprossen auf den Beinen bis über die Schenkel.

PERLE: Woher weißte das?

STRICH: Hab ich doch gesehen.

PERLE: Wo?

STRICH: Im Keller natürlich, wo sonst. Die kam nämlich manchmal runter, schloß ab von innen, immer hübsch vorsichtig, dann hob sie sich die Kutte hoch, schnapp, schnapp, ließ sie sich die Wollsocken runter und guckte sich ihre Beine an. Ich sag dir, wenigstens zehn Minuten saß die immer so und guckte.

PERLE: Wird halb so schlimm gewesen sein.

STRICH: Schlimm? Weiß waren die, weiß wie 'ne Made. Von unten bis dahin, wo's aufhört, und lauter Sommersprossen drauf.

PERLE: Wie hieß die noch mal?

STRICH: Alfons Maria, Schwester Alfons Maria.

PERLE: So 'n Quatsch.

STRICH: Später sind dann die Pfaffen runtergekommen mit so ein paar blassen Chorknaben und haben geweihräuchert und geweihwassert. War 'ne verdammte Schande.

PERLE: Warum denn?

STRICH: Du kannst fragen. Von wegen mir natürlich. Haben gedacht, ich wäre so eine Art Geist, der den Nönnchen unter die Kutten saust.

Perle: Blödsinn. Du und 'nen Geist!

Strich: Tja, du lachst, aber ich hab damals was abbekommen von dem verdammten, lauwarmen Weihwasser. Hat mir gar nicht gutgetan. Böse Träume hab ich gehabt, böse Träume. Da bin ich einfach abgehauen – damals.

Perle: Und die mit den Sommersprossen?

Strich: Die hatten sie doch schon vorher versetzt, was weiß ich, wohin. Muß wohl dolle Dinger gedreht haben. Man hört ja oft die dunkelsten Geschichten über Klöster.

Perle: Allerdings, da kannste schon recht haben. – Ich hab Hunger, du auch?

Strich: Nein.

Perle: Wieso nicht?

Strich: Kann keinen mehr haben.

Perle: Du kannst keinen mehr haben?

Strich: Nein.

Perle: Sag mal, du willst doch nicht hier, so mir nichts dir nichts behaupten...

Strich: Allerdings, das will ich.

Perle: Gut, du hast also keinen Hunger mehr?

Strich: Ich sagte es schon. Ich habe vorhin, als ich mal kurz weg war, meinen Hunger ausgeschissen. Von nun an nährt mich der Geist. – Verstehst du das?

Perle: Nicht die Spur, was hat denn 'ne anständige Ratte mit Geist zu tun?

Strich: Geist, das mußt du begreifen, das macht durchsichtig, macht kühl, knapp – kurz und gut –, Geist macht unsterblich. Alle werde ich überleben, alle, alle – auch die Katzen.

Auf dem Dach wird es langsam dunkel, im Zimmer hell. Noah steht und sieht zur Zimmerdecke. Alle anderen sitzen oder liegen.

Noah: Es sollte wirklich jemand aufs Dach steigen und die Ratten vertreiben. Henn?

Henn: Ich, wieso ich?

Noah: Ich seh schon, muß es wieder selber machen. Hm.

Leo: Laß die Ratten leben, Alter, die pfeifen wie wir auf dem letzten Loch.

NOAH: Aber nun seid doch vernünftig, die Ratten sollten wirklich fort von oben.

JUTTA: Vielleicht runter zu uns?

BETTY: Nein Kinder, nein, tut das nicht, bitte.

NOAH: Natürlich nicht, das fehlte gerade noch. So macht man das, einfach vom Dach runter ins Wasser. *Er will zur Treppe. Leo hält ihn am Rockzipfel zurück.*

LEO: Hiergeblieben. Ich hab dir doch gesagt, du sollst die Ratten in Ruhe lassen.

NOAH: Aber warum denn? Auf einmal so empfindlich. Es handelt sich doch nicht um Menschen.

LEO: Ratten sind auch Menschen, basta. *Noah setzt sich wieder zwischen seine Tintenfässer.*

JUTTA: Hör doch nicht auf ihn, Leo, erzähl lieber was.

LEO: Gibt nichts zu erzählen. Was fummelst du da eigentlich, Tante?

BETTY: Aber Leochen, du weißt doch, ich sagte es schon. Eins zwei drei vier fünf sechs Sonnenschirmchen mach ich. Für jeden einen.

LEO: Für mich brauchst du keinen zu machen, ich geh zum Nordpol.

BETTY: Laß man, laß man, auch du wirst nochmal ein Sonnenschirmchen brauchen.

LEO: Du hast 'ne Art, für mein Wohl zu sorgen, nee, das paßt mir gar nicht.

BETTY: Nun ja, seit meine Schwester, eure Mutter, nicht mehr ist...

LEO: Mama hat nie Sonnenschirmchen genäht, die hat immer auf dem Bett gelegen und ein weißes, beleidigtes Gesicht gemacht.

BETTY: Sie war etwas kränklich, weißt du.

LEO: Kein Wunder in dieser Gegend und mit dem Tintenfaßdussel.

BETTY: Aber Leo.

LEO: Schon gut, ich weiß Bescheid, Krebs hat sie gehabt, und die Tintenfässer hatten keine Schuld – lassen wir das.

NOAH: Du, du hast nicht einmal geweint beim Begräbnis.

LEO: Warum auch, hast doch eigenhändig gesagt: Alle Menschen, die an Krebs sterben, kommen in den Himmel – oder haste das etwa nicht gesagt?

JUTTA: Hört jetzt auf. Ich hab es satt. – *Sie geht zum Fenster.* Draußen schwimmen Betten. Leere, freigewordene Betten. – Solch ein Bett möchte ich sein, leer fortschaukeln, nicht mehr unter einem idiotischen Ölbild stehen, vierbeinig, angebunden an Pißpott und Nachttischchen, Gebiß im Zahnglas, Kriminalroman mit Lesezeichen, den Mord zu Ende träumen und diese siebzig Jahre erdulden, die manche hier zubringen. – Vielleicht würde ich dann in den Wald schwimmen, vorher das Kopfkissen abschütteln. Wenn ich dann ganz frei wäre, würde ich sagen: Komm – dann würde eine Katze, kurz vorm jämmerlichen Ersaufen, bei mir landen und glücklich sein. Leo, sag was, oder dein Freund. *Jutta dreht sich zum Fenster.* Erzählt schon.

LEO: Gibt nichts zu erzählen.

HENN: Bitte erzählen Sie doch.

LEO *sieht Henn strafend an:* Schweig Friseur. – Laßt Kongo erzählen, der lügt besser.

JUTTA: Ist mir gleich wer, aber erzählt, sonst quasselt der Regen, und die Geschichte kenn ich.

LEO: Schläft Tante?

JUTTA: Ich glaub, und der Alte auch.

LEO: Na gut, ganz gleich, wo und wann, ich saß in einem Zirkus.

KONGO: In Saigon war das.

LEO: Ganz gleich wo, hab ich gesagt. In einem Zirkus, rund wie alle, und roch auch so. Über mir, in bestimmter Höhe, fein beleuchtet, die Beine einer Stanniol lächelnden Dame.

HENN *lacht.*

LEO: Also ich lang deinem Bubi gleich mal in die Fresse.

JUTTA: Was hab ich damit zu tun?

LEO: Gut, weiter. – Also diese Dame hatte Beine. Diese Beine waren aus Porzellan. Verdammt, ich glaub es noch heute, daß sie aus reinstem Porzellan waren.

KONGO: Glauben wir.

JUTTA: Ist ja auch gleich, woraus.

LEO: Das ist nicht gleich. Kühl waren sie. Im Schwingen, versteht ihr, die Dame saß auf einem Trapez, wurden sie kühler, immer kühler. Am Ende waren sie Eis. Zwei Säulen Eis bis zu jenem Tempelchen in der Arktis. Und ihr Nordpol jeder Expedition versperrt. Alle wären gescheitert, alle. – Wißt ihr, was das heißt?

Über dir Eis, hoch, nicht übermäßig hoch, so in halber Zirkushöhe, dann wieder fast in der Kuppel, Eis, doch anmutig, beweglich. Nicht Eis in Tüten zum Lecken oder Eis im Block für den Kühlschrank.

KONGO: Versteht sich. Eis mit Gelenken sozusagen, man schwitzt beim Zusehen.

LEO: Genau das. Und dann, was kam dann? Plötzlich Erbsen, gelbe knallende, lächerliche Erbsen. Beifall, Dunst, eine Erbsenlawine, Föhn, alles schmilzt.

JUTTA: Und deine Dame?

LEO: Sie floß am Seil lang, knickste, riß, tropfte, schmutzig, schlüpfrig, hatte eine trockne Haut, war an die dreißig Jahre alt – und ihr Lächeln? Eine Pfütze, als hätte ein Hengst gepißt.

KONGO: Was sollte sie machen bei dem Beifall?

JUTTA: Beifall ist immer schlecht.

LEO: Ich ging oft hin.

KONGO: Aber du wußtest doch ganz genau.

LEO: Schon, aber der Absturz. Ich wollte einfach mal sehen, wie das ging. So etwa, hier. *Er läßt eine Kristallschale zu Scherben fallen. Noah und Betty schrecken auf.*

NOAH: Was ist?

JUTTA: Nichts, penn weiter.

NOAH: Muß das denn sein?

LEO: Ja, das mußte so sein. Versteht ihr? Nur dieser Ton, dieses Ergebnis, der Nordpol überall hin verteilt. Vom Niger bis Heidelberg Arktis, aber kein Beifall. *Noah und Betty fallen wieder in Schlaf.*

JUTTA: Und weiter?

LEO: Darauf hab ich gewartet jeden Abend.

JUTTA: Und, was ist passiert?

LEO: Natürlich war nichts damit. Einmal kam Pello zu mir.

KONGO: Pello?

LEO: Ja, das war ein Clown bei dem Zirkus.

JUTTA: Was hatte der denn damit zu tun?

LEO: Hat keinen Zweck, hat er gesagt. Ich müßte sie schon abknallen. – Das wollt ich ja nun auch nicht. – Sag mal Kongo, warum fragst du immer so blöd? Du kennst doch die ganze Geschichte und weißt, daß sie nicht stimmt.

KONGO: Weiß ich.

LEO: Na und?

KONGO: Eben, jedesmal erzählst du sie anders, ist doch interessant. – Nur ich weiß, wie es wirklich war damals – du weißt es nicht mehr.

LEO *springt auf, setzt sich wieder:* Ich will in die Arktis.

KONGO: Gut, gut, fahren wir in die Arktis.

JUTTA: Vorläufig regnet es noch. *Sie steht träge auf.* Ihr solltet nicht immer so überschlau von morgen reden. Es regnet heute. Heute, das weiß ich. Heute, das ist Wasser im Stück. Lang raus mit dem Küchenmesser, schneid dir 'ne Scheibe ab, wenn du willst. Heute, das seid ihr, die ihr denkt. Denkt, denkt, denkt. Wenn ihr mich anguckt, dann denkt ihr: tja, aber in zwanzig Jahren. Ihr könnt einfach nicht in Ruhe zusehen, wie so eine Brust länger und länger wird und endlich nichts mehr bedeutet. Ihr, das ist heute. Da, mein süßer Verlobter, da, der alte Dussel, der mein Vater ist, und die gute Tante. Immer hat sie noch nicht genug. Muß immer noch ein paar Fotos ansehen. Wenn einer käme und würde ihr so ein kleines, blankes, verwackeltes Viereck bringen und würde sagen: »Guck mal Tante, da ist der liebe Gott drauf, den haben sie jetzt auch fotografiert«, würde sie prompt antworten: »Na sowas, der liebe Gott, genauso habe ich ihn mir vorgestellt.« Und dann würde sie ihn ins Album kleben, zwischen Onkel Stani und Cousine Herbstlöh. – Genauso würd sie es machen.

HENN: Du redest, wie es dir gerade einfällt.

JUTTA: Halt die Fresse! *Am Fenster.* Da, die Betten draußen. Das wär noch was. Wo die hinschwimmen, da wird nicht mehr fotografiert.

HENN: Aber es gibt doch eine Zukunft. Du mußt zugeben, daß es eine Zukunft gibt.

JUTTA: Du bist 'n Bubi. Zukunft, immer rauf die Treppe, und oben ist noch 'ne Etage und wieder 'ne Etage, und dann kommt das Dach, wieder runter die Treppe, Etage, Etage, bis in den Keller, und das nennst du Zukunft.

HENN: Versteh mich doch. Du weißt ganz genau, daß der Regen aufhören wird und daß die Sonne scheinen wird. Ich sehe es jetzt schon! Sonne, du in weißen, ausgeglühten Kleidern. Und ich sehe, wie du den Arm hebst, und ganz hell ist er auf der einen Seite und sonnengebräunt außen.

KONGO: Ich glaube, ich werde den Chorknaben an die frische Luft setzen müssen. Ich mag kein Latein, und auf dem Dach ist noch Platz.

JUTTA: Tu das, mir langt's auch bald.

HENN: Was wollt ihr von mir. Ihr quält euch, redet vom Eis, von der Arktis, ich will das nicht.

LEO: Tja, ich glaube fast?

HENN: Ich war einmal in Florenz. Ich ging über einen Platz, hatte einen hellen leichten Anzug an. Überall stand das Licht, und ich hatte das Gefühl, als wäre die Sonne in mir, in meinem Kopf...

JUTTA: 'nen Stich hast du, hör auf jetzt!

HENN *immer begeisterter:* Ich ging über den Platz, eine Treppe, überall Tauben, überall lag Perlmutter auf den Stufen, es war von den Tauben, ich sammelte etwas, das bringt Glück...

LEO: Kongo?

HENN: ...und Freiheit und Glück. Glück...

LEO: Kongo!

HENN: Ihr wißt ja nicht, was das ist, Glück.

KONGO: Da hast du recht, mein Junge. *Er geht langsam auf Henn zu.*

HENN: Und Freiheit, das wißt ihr auch nicht.

KONGO: Komm, mein Schöner. Geh jetzt mal ein bißchen auf den Dachboden, da haste Freiheit. Ich glaub, da ist schon wer oben. Die hören gerne zu, wenn du so predigst, die lieben sowas. *Er packt Henn und schiebt ihn die Treppe zum Dach hinauf.*

HENN: Nein, nein, bitte nicht, es ist dunkel oben. Ihr könnt mich jetzt doch nicht, es wird bald dunkel, Nacht...

Kongo schließt die Luke zum Dach.

JUTTA: Sonst ist er eigentlich nicht so. Manchmal kann er richtig nett sein.

LEO: Kongo?

KONGO: Was denn?

LEO: Paß auf! Wir nehmen ein Schiff bis Liverpool, denke ich, und dann...

JUTTA: Hör auf, du sollst aufhören!

KONGO: Ja Leo, sei friedlich, hör auf damit. Wir wollen doch noch ein bißchen hierbleiben. – Und außerdem, du kannst davon halten, was du willst, deine Schwester gefällt mir.

Er geht auf Jutta zu. Das Zimmer wird dunkel, auf dem Dach wird es hell. Henn steht neben dem Kamin.

STRICH: Du – da ist doch wer raufgekommen.

PERLE: Kann sein, aber keiner von uns.

STRICH: Ich kann dir nur sagen, wenn das mal fertig ist, und wir kommen hier runter, hauen wir ab, ganz gleich wohin.

PERLE: Erst mal abwarten, mein Lieber, auswandern können wir immer noch.

STRICH: Meinste, hier sind wirklich keine Spatzen?

PERLE: Ich denk, du hast keinen Hunger mehr.

STRICH: Schnauze! Der kommt näher. *Henn rührt sich neben dem Kamin, die Ratten im Halbdunkel.*

HENN: Jetzt wird sie denken, ich denk schlecht von ihr. – Dabei hab ich ihr schon verziehen. – Nachher kommen sie und holen mich, und sie sagt: Henn, laß man gut sein, tu nicht so beleidigt, hab ich nicht so gemeint vorhin, komm schon runter. – So redet sie. Und dann sagt sie noch mehr: Komm schon – sagt sie –, erzähl uns was von deiner komischen Sonne, wenn du willst. Leo hat uns sein Eis verkauft, nun sind wir durchsichtig und zerbrechlich. – Ist ja klar, runtergehen werd ich schon, aber sagen werd ich nichts. – Ich kann gut schweigen. – *Er setzt sich niedergeschlagen. Die Ratten im Licht.*

PERLE: Du, das ist 'n Philosoph.

STRICH: Glaub auch. Na, denn tut er uns nichts.

PERLE: Meinste? Aber es soll auch welche geben, die ausgesprochen gemein werden können.

STRICH: Ja schriftlich, das kann schon sein. Aber im Regen, wenn mit Tinte nix mehr zu machen ist, da ist der trockenste Philosoph machtlos. Wenn die einmal naß werden, dann glauben sie nur noch an die Feuchtigkeit.

PERLE: Guck mal, jetzt denkt er wieder. –
Die Ratten im Dunkel, Henn im Licht.

HENN: Dabei wollen wir doch heiraten, wenn ich fertig bin mit der Schule. – Meine Eltern, wenn die zur Hochzeit kommen, das macht ihr bestimmt Eindruck. – Vor allen Dingen meine Mutter, die wirkt noch ganz schön. – *Henn starrt vor sich hin. Die Ratten im Licht.*

STRICH: Du, das ist doch kein Philosoph.
PERLE: Kannste recht haben.
STRICH: Glaub fast, den haben sie unten abgeschoben.
PERLE: Das ist so einer von 'ner bestimmten Sorte, wenn mich nicht alles täuscht, ist das ein ganz Süßer.
STRICH: Scheint das einzige Kind zu sein.
PERLE: Bißchen verwöhnt.
STRICH: Vielleicht war er vorlaut. Oder er war zuviel unten?
PERLE: Sieht aber eigentlich ganz nett aus. Bißchen glatt, aber sonst...
STRICH: Vielleicht holen sie ihn hinterher wieder runter.
PERLE: Oder sie kommen alle rauf. – Kann ja nicht mehr allzu lange dauern.

Auf dem Dach wird es dunkel. Im Zimmer erhellt sich der Raum um das Bett. Auf dem Bett liegen Kongo und Jutta. Leo, abgewandt, sitzt versunken auf seinem Schemel. Links im Halbdunkel näht Betty. Noah sortiert die Tintenfässer.

KONGO *halb singend:* Es regnet, es regnet, die Erde wird naß.
JUTTA: Singst du gerne?
KONGO: Es geht.
JUTTA: Früher hab ich mal gerne gesungen.
KONGO: Jetzt nicht mehr?
JUTTA: Doch, aber nicht mehr so wie früher.
KONGO: Schade.
JUTTA: Wieso?
KONGO: Na ja, hättest was singen können.
JUTTA: Was, jetzt?
KONGO: Warum nicht! Weißte denn ein Lied?
JUTTA: Das Regenlied?
KONGO: Ist das traurig?
JUTTA: Ich weiß nicht recht.
KONGO: Ist ja gleich. Wenn ich weinen muß, sag ich stopp.
JUTTA: Du und weinen!

Also! – *Sie singt und spricht halb:*
Ein Vogel steht im Garten.
Das Blatt fliegt Richtung Nord.

Doch ich hab's nicht beschrieben,
doch ich hab's nicht beschrieben,
weil der Regen nicht lesen kann.
Die kleinen Kinder husten,
die großen Kinder sterben.
Nur ich bin ganz gesund, nur ich bin ganz gesund,
weil der Regen mit mir noch etwas vorhat.

KONGO: Weil der Regen mit dir noch etwas vorhat.

JUTTA: Gefällt es dir?

KONGO: Mach man weiter, es geht doch noch weiter, oder?

JUTTA: Na gut, wenn du willst. – *Sie singt wieder:*
Der Käfer hat sechs Beine,
ich, ich hab nur zwei.
Trotzdem bleib ich hier, trotzdem bleib ich hier,
weil der Regen überall und gleich ist.
Der Lehrer zählt die Sterne,
der Glatzkopf jedes Jahr.
Nur ich zähle nicht, nur ich zähle nicht,
weil der Regen meinen Geburtstag vergaß. –
Soll ich aufhören?

KONGO: Geht's nicht mehr weiter?

JUTTA: Schon, ich dachte nur.

KONGO: Sing man, hört sich fein an.

JUTTA: Von mir aus. *Sie singt wieder:*
Die Schnecke kam zu spät,
die Liebe viel zu früh.
Nur ich mußte nicht warten, nur ich mußte nicht warten,
weil der Regen so pünktlich ist.
Der Sand hüllt sich in Seide,
der Schnee in schwarzen Samt.
Nur ich bin ganz nackt, nur ich bin ganz nackt,
weil der Regen meine Kleider trägt. *Sie schweigt.*

KONGO: Fertig?

JUTTA: Nein! –
Der Kaiser ist gestorben,
auch Hindenburg ist tot.
Auch ich bin schon tot, auch ich bin schon tot,
weil der Regen ein Sargdeckel ist.

KONGO: Was, Sargdeckel? Na nun mach man fuffzehn. Kaiser tot, Hindenburg, aber 'n junges Ding wie du, so gebaut, und dann singste sowas?

JUTTA: Du wolltest doch.

KONGO: War das der Schluß?

JUTTA: Nein, ich glaub, der ist anders.

KONGO: Was heißt glaub! Kommt jetzt der Schluß?

JUTTA: Noch nicht – das hört überhaupt nicht auf, das Lied.

LEO *richtet sich auf:* Ich weiß den Schluß.

KONGO: Kannste denn überhaupt singen?

LEO: Ich hab schon immer gesungen, mein Lieber, du hast es bloß nicht gehört.

KONGO: Denn man los.

LEO *steht auf:*

Heut ist Dienstag morgen,
morgen gestern abend.
Nein, ich bin nicht traurig, nein ich bin nicht traurig,
weil der Regen nur ein schlechter Witz ist.
Los, zusammen.

KONGO, LEO, JUTTA: Weil der Regen ein schlechter Witz ist.

KONGO: Bittschön, das nenn ich 'nen Schluß. *Leo wendet sich wieder ab.*

JUTTA: Ich hätte nicht singen sollen.

KONGO: Wieso nicht. War doch hübsch. Ist wirklich fein hier, meinste nicht auch?

JUTTA: Ja.

KONGO: Passen doch gut zusammen wir beide, oder?

JUTTA: Ja.

KONGO *richtet sich auf:* Was haste eigentlich mit dem dort? *Er zeigt zum Dach hinauf.*

JUTTA: Gott, wie das so ist. – Ist ja eigentlich kein übler Junge.

KONGO: Spinnt bloß ein bißchen.

JUTTA: Vielleicht, weil er noch so jung ist.

KONGO: Das kann sein. Wollt ihr mal heiraten?

JUTTA: Weiß nicht. – Jetzt, wo du da bist.

KONGO *erstaunt:* Ich will da wirklich nicht stören.

JUTTA: Das kann ich mir denken. Du haust dann wieder ab, nachher, wenn das hier aufhört.

KONGO: Weißt du, Leo ist ein unruhiger Mensch, der hält es nicht lange aus.
JUTTA: Zum Nordpol will er, und dann wieder woandershin.
KONGO: Genau.
JUTTA: Schade.
KONGO: Jammerschade. Wo wir doch so gut zusammenpassen, nicht wahr? *Er umarmt sie scherzhaft.*
JUTTA: Du mußt nicht lachen.
KONGO: Ach was, Kind! Lach auch! Wir kommen ja wieder!
JUTTA: Vorläufig biste noch da, oder etwa nicht? – Erzähl mal was, etwas von dir, von früher. Warst doch Boxer.
KONGO: War ich, war ich.
JUTTA: Haste schon als Junge geboxt?
KONGO: Kannste annehmen. – Aber Schwamm drüber.
JUTTA: Erzähl doch, Bruno.
KONGO: Wenn du Bruno zu mir sagst, dann muß ich wohl! *Er lacht, springt auf, boxt in die Luft.* Als ich fünfzehn oder sechzehn war, wollt ich auf einmal nicht mehr. Weiß auch nicht mehr, warum. Aber die vom Verein sagten: Mensch, durchhalten, Bruno – damals sagten sie noch alle Bruno zu mir. – Durchhalten, sagten die also, über die Runden kommen. Hab ich dann auch gemacht. Eigentlich aus so 'ner Art Verzweiflung.
JUTTA: Aber du warst doch gut?
KONGO: Ja, das war ich. *Er starrt vor sich hin.*
JUTTA: Aber hier ist es doch auch schön, oder?
KONGO: Ja, jaja.
JUTTA: Meinste wirklich.
KONGO: Ja doch, verdammt! – Machst einen fertig.
JUTTA *lacht:* Dann ist es ja gut.
KONGO: Wo haste das eigentlich gelernt?
JUTTA: Ach, hör doch auf!
KONGO: Bei dem da? *Zeigt zum Dach.* Oder hier ein bißchen – da ein bißchen?
JUTTA: Bitte, Bruno. Jetzt hör ich wieder den Regen.
KONGO: Wie heißt das doch mit dem Käfer?
JUTTA: Der Käfer hat sechs Beine,
ich, ich hab nur zwei. *Sie singt:*
Trotzdem bleib ich hier, trotzdem bleib ich hier,
weil der Regen überall und gleich ist.

KONGO: Weil der Regen überall und gleich ist.

JUTTA: Solange es regnet, bleibst du bei mir. Und wenn es dann wieder einmal regnet, lange, lange regnet, kommst du wieder.

KONGO: So ungefähr. Aber mach dir nichts draus, wenn es mal lange Zeit nicht regnet. –

LEO *richtet sich langsam auf:* Na Kongo, wie geht es denn mit meiner kleinen Schwester?

JUTTA: Geht dich 'n Dreck an.

LEO: Wer wird so empfindlich sein! Ist ja alles schön und gut, aber stören muß ich doch ein bißchen. Meine Füße haben so eine leichte Vorahnung, es könnte eventuell feucht von unten her werden. Wie wäre es, wenn wir mal zu dem jungen Mann da raufgingen? – Der langweilt sich sicher.

KONGO *langt mit der Hand zum Fußboden:* Er hat recht. Es kommt durch. Wir nehmen was mit, paar Decken, und vielleicht hat Tante Betty schon ... Hallo, Tante Betty!

BETTY *erwacht:* Ach, da hab ich doch ein Nickerchen gemacht, und geträumt dazu, weiß gar nicht mehr, was. Hat denn jemand gerufen?

KONGO: Ich war so frei. Ist denn schon ein Schirmchen fertig?

BETTY: Fix und fertig, na, wie gefällt es Ihnen? *Sie zeigt einen Sonnenschirm.*

KONGO: Ist ja wunderbar, nur her damit, das wird sofort seinen wahren Zweck erfüllen, das Sonnenschirmchen.

BETTY: Aber sie scheint doch gar nicht.

KONGO: Dafür regnet es, das ist auch was. *Er springt auf.* Nun aber fix! *Er nimmt den Schirm und einige Decken.* Kommst du auch mit, Tante, uns gefällt es hier nicht mehr, wir sind neuerdings für Höhenluft.

BETTY: Jesses, das Wasser! Noah!

NOAH: Tja, meine Beste, wir werden uns auf die Treppe setzen müssen.

KONGO: Aber denn man los, sonst gibt's 'nen Schnupfen.

JUTTA: Du trägst mich?

KONGO: Ich trag dich. Solange es regnet, trage ich dich. *Leo, Kongo mit Jutta steigen aufs Dach. Noah und Tante Betty klettern über Tisch und Bänke zur Treppe.*

NOAH: Geht nur, geht. – Was habt ihr aus meinem Haus gemacht. Mit Schande füllt ihr es, mit Schmutz, höher als das Wasser ...

BETTY: Du mußt nicht immer gleich das Schlimmste denken. Sie sind wirklich leise gewesen.

NOAH: Aber wartet nur. Das Wasser steigt euch nach. Wartet nur, steigt nur die Treppe hoch. Meint ihr etwa, das Wasser kann nicht Treppen steigen? Wie ein Briefträger kommt es euch nach, das Wasser. Auch aufs Dach kommt das Wasser, und keine gute Nachricht bringt es, keine gute. – Siehst du, Betty, hier, das hab ich mitgenommen, das soll dabeisein. *Er schlägt ein schwarzes Buch auf.* Da, da: Das ist der Tag, da aufbrachen alle Brunnen der großen Tiefen und taten sich auf die Fenster des Himmels. *Langsam wird es dunkel.*

Zweiter Akt

Dasselbe Bühnenbild wie im ersten Akt. Das Dach beleuchtet. Henn und Leo links und rechts vom Kamin. Am linken Dachrand die Ratten. Am rechten Dachrand, in Decken gewickelt unter dem Sonnenschirm, Kongo und Jutta.

Perle *flüsternd:* Zuerst hab ich gedacht, die tun uns was.

Strich: Die sehen uns gar nicht, die sehen woanders hin.

Perle: Woanders ist gut. Gibt doch hier nichts zu sehen. Oder nennst du das Landschaft?

Strich: Mein ich auch nicht so. Die sehen sich selbst, das reicht ihnen.

Perle: Na danke. Wenn ich mich so begucke. Ich glaub, ich hab schon Löcher vom Regen.

Strich: Laß man, Perle, siehst immer noch ganz nett aus. Es regnet auch nicht mehr so stark. Wenn das mal vorbei ist, bekommst du anständig zu futtern, und dann bring ich dich wieder auf Hochglanz.

Perle: Jessesmaria!

Strich: Was ist denn?

Perle: Hab ich 'nen Schreck bekommen. Ich sitz hier und guck, und da drüben im Baum, da hängt was Weißes. Ich seh also das Weiße und fang schon an zu träumen. Auf einmal bewegt sich das da, wird 'ne Figur, und was ist es?

Strich: Ein Stabsarzt!

Perle: Genau, und 'ne Spritze hat er in der Hand und sagt immerzu: Na meine süße kleine Versuchsratte, und kommt immer näher.

Strich: Du mußt nicht mehr daran denken, Perle.

Perle *weinend:* Meine ganze Familie.

Strich: Wenn das hier fertig ist, und wir sind noch da, machen wir 'nen Pilgerzug. Es kommen sicher noch mehr mit, das wird dir guttun.

Perle: Wohin pilgern wir denn?

Strich: Nach Hameln natürlich, nach Hameln.

Das Licht richtet sich auf den Kamin.

HENN: Warum seid ihr gekommen?
LEO *erstaunt:* Was, der lebt auch noch?
HENN: Warum seid ihr gekommen?
LEO: Dachte schon, der hätte sich aufgelöst.
HENN: Warum seid...
LEO: Quatsch nicht, Friseur. Wir sind da! Basta!
HENN: Aber warum?
LEO: Wirst du wohl! – Was weiß ich. Aus so 'ner Art Neugierde, Langeweile, Heimweh, alles dasselbe. Reicht die Auskunft?
HENN: Aber Ihre Schwester. Ich liebe sie doch.
LEO: Dann ist's ja gut.
HENN: Ihr kommt einfach her und nehmt, was euch gefällt.
LEO: Tun wir. Du bist 'n Friseur, das wirste nie begreifen.
JUTTA *richtet sich auf:* Hört auf!
LEO: Er hat angefangen, mein Kind, dein Süßer. Muß immer die Fresse aufreißen und Fragen stellen. – Kongo!
JUTTA: Sei doch leise, er schläft.
LEO: Ach was.
JUTTA: Laß ihn, Leo, es dauert ja nicht mehr lange.
LEO: Eben, wir müssen uns fertig machen, bald geht es los – Kongo!
KONGO *erwacht:* Was ist, fahren wir? *Er hält die Hand in den Regen.* Es regnet ja noch.
LEO: Es geht bald los. Wir nehmen ein Schiff bis Liverpool. Hörst du?
KONGO: Jedes Wort, du hast Liverpool gesagt, wird alles gemacht, aber erst muß ich deiner Schwester noch einige Kleinigkeiten erklären. *Er wickelt sich mit Jutta in die Decke.*
LEO: Siehst du, mein Sohn, so wird man von seinem besten Freund behandelt.
HENN: Warum verbieten Sie ihm das nicht? *Zeigt auf Kongo.*
LEO: Häh?
HENN: Ist doch Ihre Schwester?
LEO: Meine Schwester. Schon möglich. – Paß mal auf, mein Junge. Was hier passiert, ist alles nur zu deinem Besten. Ihr wollt doch später mal heiraten, nicht wahr?
HENN: Das kann ich auch ohne den.
LEO: Vorsichtig. Das ist gar nicht so einfach, hab ich mir sagen

lassen. Wenn man so jung ist wie du und ein kleiner Friseur dazu ... Meine Schwester will was geboten bekommen.

HENN: Was der kann, kann ich schon lange. Ihr zieht immer alles in den Dreck.

LEO: Muß man, muß man. Verstehst du, man muß die Schätze verstecken. Gold glänzt ja so gemein. Bißchen Lehm drüber, und schon sieht es nach nichts mehr aus. Blank putzen kann man später immer noch.

HENN: Das kann man nicht mehr blank putzen.

LEO: Du meinst doch nicht etwa damit, daß meine Schwester nicht aus Gold ist, aus purem rotgelecktem Gold. Ich schlag dir sonst – *Er holt aus.* – Na also. – Mußt da nicht immer so hinsehen. Bist doch 'n guterzogener Junge, hast sicher ordentliche Eltern. Was ist denn dein Vater doch gleich?

HENN: Oberarzt.

LEO: Siehst du, sowas verpflichtet. Also, nicht mehr hingucken, Kavalier sein. Paß auf, ich erzähl dir 'ne Geschichte.

HENN: Ich will nicht.

LEO: Was, du willst nicht! Dein Vater ist Oberarzt, und du willst nicht? Hör schon zu, mein Junge, die Sache ist lehrreich, besonders für dich: Ich kannte da unten mal 'nen Mann, ziemlich reich. Der hatte 'ne ganz besondere Art, mit Frauen umzugehen. Nicht etwa, daß er besonders höflich war. Im Gegenteil. Also der hatte sich hinter seinem Haus eine Art Gerüst bauen lassen, und jeden Sonntagnachmittag – der machte das nur am Sonntagnachmittag – nahm er sich 'nen Kilo Schmierseife und 'nen Packen alte Zeitungen – und weißte, was er dann machte? *Leos Geschichte geht in Flüstern unter. Das Licht wandert zu den Ratten.*

PERLE: Du, Strich! Der flüstert. Meinste, der spricht von mir? Wenn die Hunger haben, kriegen die alles fertig.

STRICH: Du mußt nicht immer so schwarz sehen, Perle.

PERLE: Wäre nicht das erste Mal. In Paris, anno 71, sollen sie auch.

STRICH: Damals, außerdem waren das Franzosen. Aber heute gibt es so etwas nicht mehr.

PERLE: Kann man nie wissen. Wenn die ein gewisses Stadium erreicht haben, ob das nun Franzosen oder Eskimos sind, machen die vor nichts halt. – Ich habe Angst.

STRICH: Unsinn.

PERLE: Doch, ich habe Angst.

STRICH: Warum denn nur? Hat doch aufgehört. Was soll denn nun noch passieren?

PERLE: Ob die auch Angst haben?

STRICH: Glaub ich nicht. Das ist denen zu anstrengend. Die haben nur im Kino Angst, weil sie da bequem sitzen, weil es da duster ist und weil sie ihre Mark fuffzig bezahlt haben. Außerdem wissen sie ganz genau, daß solch ein Film höchstens ein un' 'ne halbe Stunde dauert. Da kann man es sich schon erlauben, ein bißchen Angst zu haben und Schokolade dabei zu knabbern.

PERLE: Aber das Wasser?

STRICH: Merken die gar nicht. Die denken nur daran, was sie machen, wenn das Wasser gefallen ist und die Straßenbahn wieder fährt.

PERLE: So Menschen sind doch zäh.

STRICH: Ja Perle, fast so zäh wie Ratten.

Auf dem Dach wird es dunkel, das Zimmer erhellt ein trübes Licht. Betty und Noah hocken unter der Decke auf einer Kiste.

NOAH: Es ist gut, daß ich die Kartei, bei aller Gründlichkeit, so übersichtlich und auf kleinstem Format angelegt habe.

BETTY: Und ich habe immer geschimpft und gesagt: Schreib nicht so klein, Noah, du verdirbst dir die Augen.

NOAH: Es war sicher gut gemeint, aber nun wirst du begreifen, wie recht ich hatte. Alles habe ich bei mir.

BETTY: Ich bin froh für dich, Noah, und wünschte, ich wäre auch so gründlich gewesen. Die Fotos lösen sich. Die Feuchtigkeit...

NOAH: Du Dummerchen. Kleine Schäden, die sich schnell beheben lassen. Außerdem steigt das Wasser nicht mehr, wir können aufatmen. Fast hätte es sich uns an den Hals gelegt, und nun gleitet es wieder ab, ohne zu sagen, warum.

BETTY: Bald können wir die Beine strecken. Was die Kinder wohl machen?

NOAH: Sind es noch die Kinder, unsere Kinder? Haben sie uns nicht verlassen, im Stich gelassen?

BETTY: Aber wieso denn? Wir hätten ja auch...

NOAH: Mit ihnen aufs Dach steigen sollen, meinst du, und hier alles verkommen lassen.
BETTY: Wir hätten ja auch etwas mitnehmen...
NOAH: Nein, nein, nein. Niemals hätte ich das getan.
BETTY: Du bist zu starr, Noah.
NOAH: Zu stolz.
BETTY: Das bleibt sich gleich, stolz oder starr. Man muß jung bleiben mit der Jugend. Ich wäre gegangen. Sind doch frische, unverbrauchte Menschen, mir gefällt das.
NOAH: Niemand hat dich gehalten, Betty. Du hättest gehen können, du kannst jetzt noch gehen.
BETTY: Unsinn, ich alte Frau. Nein, nein, ich weiß auch nicht. Du oder sonstwer, irgend etwas hat mich gehalten. – Aber was tut das schon, das Wasser fällt ja.

Im Zimmer wird es dunkel, auf dem Dach hell.

LEO: Ich möchte fast glauben, es regnet nicht mehr.
KONGO: Es regnet schon lange nicht mehr.
JUTTA: Vielleicht beginnt es gleich wieder.
HENN: Nein!
JUTTA: Was weißt du davon?
HENN: Es ist etwas passiert, es ist etwas gerissen...
JUTTA: Hör auf!
LEO: Laß ihn doch. Sprich dich nur aus, mein Goldjunge.
HENN: Ja wirklich, es ist etwas gerissen. Ich hab es gehört. Dieser graue Vorhang ist mürbe geworden, gleich wird er zerfallen und etwas freigeben.
JUTTA: Jetzt fängt er wieder mit seiner verdammten Sonne an.
HENN: Sie wird auf euch deuten und wird sagen: Seht mal, wie ihr ausseht, grau, innen und außen grau.
LEO: Du hast recht, Schwesterherz. Er bleibt ein Friseur. Was hast du dir nur für einen langweiligen Wetterfrosch gefangen?
KONGO: Kinder, nur keine falschen Traurigkeiten. Jetzt, wo wir außen fast trocken sind. Wo steckt denn das Fläschchen? *Er holt eine Flasche hervor.*
LEO: Du meinst, wir sollten das Ende der Regenzeit feiern und uns auf die Eiszeit freuen.

JUTTA: Fängst du schon wieder damit an.

LEO: Aber Kindchen, das ist doch nun mal so, doch nicht immer gleich böse oder traurig werden. Erst ein bißchen Regen, dann gehen wir Schlittschuhlaufen und dann...

KONGO: Erst wird einmal ein Schluck genommen.

LEO: Er hat recht, die Schlittschuhe laufen mir nicht davon. *Leo, Kongo, Jutta setzen sich zusammen, Jutta mit der Flasche.*

JUTTA: Trinken wir. Tun wir einfach so, als wenn es noch regnete, und es läuft in uns hinein und steigt langsam. *Sie trinkt.*

KONGO *zu Henn:* Steh nicht so herum, Junge. Trink 'nen Schluck mit.

HENN: Nein.

KONGO: Mensch, hab dich nicht so, bekommst sie ja wieder.

HENN: Ich will nicht.

JUTTA: Laß ihn doch, Bruno.

KONGO: Schon gut, hab ja nur gemeint, er sollte sich hier zu uns hinsetzen, aber wenn er nicht will. –

PERLE: Was hab ich gesagt, es wird wieder.

STRICH: Mußte ja so kommen.

PERLE: Och, und der Regenbogen. Sieht der nicht aus, na, ich weiß nicht, wie.

STRICH: Das ist genau die Farbskala, die ich liebe. Bißchen schimmelig, man möchte dran knabbern.

PERLE: Wenn man könnte.

STRICH: Woran erinnert mich das nur, diese Farben, diese Farben – man könnte auf der Stelle Anthroposoph werden.

PERLE: Knabbern ist besser. Stell dir vor. Nur wir beide, du fängst links an, ich rechts.

STRICH: Und auf los geht's los.

PERLE: Und in der Mitte treffen wir uns.

STRICH: Und dann stürzen wir ab.

PERLE: Nicht doch, Köpfchen. Einen Streifen lassen wir übrig, den gelben.

STRICH: Der wäre mir sowieso zu fett.

PERLE: Mir auch, und auf dem rutschen wir dann wieder runter. Da ist der gerade richtig für. Ich werd noch ganz kribbelig. Was meinste, diese kleine Abstufung, wenn es so ganz sachte ins

Orange übergeht, diese Süßigkeit, diese, na, ich weiß nicht was.

STRICH: Wäre schon 'ne feine Sache. – Guck mal die.

PERLE: Laß mich in Ruh mit dem Volk da. Die haben doch kein Auge für solch 'ne Naturerscheinung, für diese Nuancen. Wenn ihnen nichts mehr einfällt, fangen sie an zu trinken.

STRICH: Ich glaub, wir sollten langsam.

PERLE: Du meinst...

STRICH: Genau das. So, wie ich die kenne, stellen die jetzt schon Fallen und richten sich ein wie früher.

PERLE: An sich haben wir hier nicht schlecht gelebt. – Sag mal, wenn wir nun hierbleiben würden, ganz keß, sozusagen als Symbol, daß es nun wieder aufwärts geht?

STRICH: Das ist nicht drinnen bei denen, glaub mir, Perle. Sie würden uns mißverstehen. Die Leute haben heutzutage kein Gefühl mehr für echte Symbole. Wenn wir Tauben wären, waschechte Friedenstauben.

PERLE: Achgottachgott, und hätten ein grünendes Zweiglein im Schnabel.

STRICH: Und hätten den treuen Blick.

PERLE: Und würden gurren und schöntun.

STRICH: Die Künstler würden uns malen, die Dichter uns bedichten...

PERLE: La Paloma, die weiße Taube – man würde Tango nach uns tanzen.

STRICH: Auf den Straßen könnten wir uns sehen lassen.

PERLE: Wir würden seelenruhig den Verkehr aufhalten.

STRICH: Die Autos müßten stoppen, ein Polizist würde kommen.

PERLE: Aber ein freundlicher.

STRICH: Im Umgang mit Tauben sind Polizisten immer freundlich.

PERLE: Schuschuschu würde er machen.

STRICH: Und mit seinen schön weißen Handschuhen gutmütig klatschen.

PERLE: Ach ihr lieben Friedenstauben, würdet ihr so nett sein und die Fahrbahn freimachen?

STRICH: Nur für zwei Minütchen.

PERLE: Genauso wäre das. Wir könnten ihnen aus der Hand fressen.

STRICH: Nicht übel.

PERLE: Also, was ist nun, gehn wir oder gehn wir nicht? Vorhin hast du mir noch versprochen, daß wir zum diesjährigen Sippentreffen nach Hameln pilgern und nun...

STRICH: Wird auch passieren, Perle. Was ich versprochen habe, habe ich versprochen. – Du meinst also auch, es wäre soweit?

PERLE: Ist doch kein Kunststück. Über das nächste Dach, dann auf der Mauer am Garten lang kommen wir spielend zum Bahndamm – erstaunlich, wie schnell das Wasser fällt. Du siehst so nachdenklich aus. Strich, fehlt dir was?

STRICH: Mir? Gedanken, Erinnerungen, wie das so manchmal kommt.

PERLE: Na sag schon.

STRICH: Ich hab mal in meiner Studentenzeit in einer Bücherei gelebt. Eines Tages, ich fraß gerade das letzte Kapitel eines hochintelligent geschriebenen Buches – ich glaub, es war eine Dünndruckausgabe. – Ganz gleich, was es war, auf jeden Fall stand da geschrieben – damals las ich noch beim Fressen.

PERLE: Was stand denn da nun?

STRICH: Da stand: Die Ratten verlassen das sinkende Schiff.

PERLE: Hm.

STRICH: Was sagst du nun? Schiff war natürlich nur symbolisch gemeint.

PERLE: Versteht sich. Ein kluger Satz. Ob die das merken? Ich mein, so mit Schiff und untergehen?

STRICH: Vielleicht? – Das heißt, wenn nicht zufälligerweise irgend so eine dusselige Taube vorbeifliegt und ein bißchen Unkraut im Schnabel hält.

PERLE: Vielleicht merken sie doch, daß wir abgehauen sind, aus ganz bestimmten Gründen.

STRICH: Vollkommen richtig heißt es: Das Schiff ging unter mit Mann und Maus. – Von Ratten war nicht die Rede. –

Strich und Perle verschwinden hinter dem Kamin. – Jutta erhebt sich.

LEO: Die Ratten sind fort, jetzt wird es traurig.

KONGO: Was muß man denn machen, damit du noch trauriger wirst?

LEO: Am schnellsten reagiere ich auf Musik.

JUTTA: Solange die Ratten da waren, hatten wir welche.

LEO: Und jetzt ist Pause.

KONGO: Was willste denn für Musik? Was Spezielles, 'ne Arie?

LEO: Gleich was, kann auch was Lustiges sein. Gesang, das ist bei mir das sicherste Mittel.

KONGO: Also doch 'ne Arie. Laß mal hören, Jutta. Deinem tieftraurigen Bruder ist nach Musik.

JUTTA: Soll er sich kratzen, dann hat er Musik.

KONGO: Nun sei doch nicht so. Sing was von unserer Liebe oder vom Abschied.

JUTTA: Ihr seid mir so Helden. – Geht es nicht weiter, werdet ihr traurig, habt ihr Bauchschmerzen: Bißchen Traleralara, und schon hebt sich wieder das edle Gemüt.

LEO: Wir sind eben durch und durch musikalisch. Fang an. Soll dir Kongo den Ton angeben?

JUTTA *singt und spricht halb:*

Als wir über den großen Regenbogen
nach Hause wollten,
waren wir sehr müde.
Wir hielten uns an seinem Geländer
und fürchteten,
daß er verblassen könnte.
Als ich über den großen Regenbogen
nach Hause wollte,
war ich sehr müde.
Ich hielt mich an dir und an seinem Geländer
und fürchtete,
daß ihr beide, du und der Regenbogen,
blaß werden könntet. –

So, seid ihr nun bedient? Könnt jetzt gehen, wenn ihr wollt. Geht aber sofort. Geht schon.

KONGO *erhebt sich:* Auf, Leo. Sie hat recht. Die ganze Zeit hast du davon gequasselt, abzuhauen, nun mach es nicht spannend.

LEO: Hab ich gesagt, daß wir abhauen wollen?

KONGO: Ich hörte so etwas.

HENN: Solange sie hier sind, reden sie davon, daß sie gehen wollen.

Leo: Der kleine Bettvorleger wird ungeduldig. – Was nehmen wir mit?

Kongo: Nichts, mein Sohn. Sogar das Regenschirmchen lassen wir hier. Ich werde es auf dieses Podest stellen – *er hängt den Sonnenschirm in den Kamin* –, damit es wieder ein Sonnenschirmchen ist, damit die Sonne den Leuten nicht eines schönen Tages in den Schornstein scheint. Das würde mir leid tun.

Jutta: Ich brauche euch nicht leid zu tun. Verschwindet jetzt.

Leo: Du tust mir auch nicht leid, Schwesterchen. – Allenfalls tue ich mir leid. –

Leo voran steigen alle vier die Treppe hinunter. Alle inmitten einer heillosen Unordnung. Betty in der Tür zum verwüsteten Garten.

Betty: Wie das aussieht, Noah, schlimm.

Noah: Ich habe es mir gedacht. Es wird alles verschlammt sein.

Leo: Die Familie, wie geht's, Tante? Wo sind die Sonnenschirmchen?

Betty: Leochen, da seid ihr ja wieder. Habt ihr euch auch gut vertragen?

Kongo: So weit das Auge reicht, butterweiche Harmonie. Hat uns gutgetan, der Aufenthalt oben.

Betty: Das hab ich auch zu eurem Vater gesagt. Siehst du, Noah, die jungen Leute müssen unter sich sein.

Leo: Die Sonnenschirmchen, ich hab gefragt, wo die Sonnenschirmchen sind.

Betty: Sofort, Leo, ein Stündchen noch. Ich habe sie an die Luft gehängt, sie sind ein bißchen feucht geworden. Kinder, der Garten sieht aus! *Sie läuft in den Garten.*

Noah: Es ist gut, daß ihr kommt. Es gibt eine Menge Arbeit. Nicht nur die Sammlung. Einen Teil hab ich schon vornotiert. Seht ihr, so mach ich das. Ich löse die Etiketten vorsichtig ab – ein Teil hat sich selbst gelöst, wir werden sie dann aufziehen und versuchen, die alten Angaben zu entziffern. Sicher, es wird manches zu retten sein, trotzdem bleibt, wie gesagt, eine Menge Arbeit. Alles muß neu bestimmt und beschriftet werden. Ich hab mir das so vorgestellt: Wir werden die Kartothek modernisieren, vereinfachen, aber trotzdem an der alten regionalen Ordnung festhalten.

KONGO: Versteh ich richtig, Sie wollen jetzt gleich?

NOAH: Aber nicht doch, das hat noch etwas Zeit. Zuerst der Garten. Wir müssen alle anfassen, dann schaffen wir es. Es ist merkwürdig, Kinder, aber ihr könnt mir glauben, ich spüre eine Kraft, eine Kraft.

LEO: Du bist schon immer recht kräftig gewesen.

NOAH: Stimmt, mein Junge. Aber nun, wieder ganz von unten anfangen und dabei wissen, was zu erreichen ist. – Verlieren wir keine Zeit. Vielleicht finden wir noch ein paar alte Sachen und Gummistiefel. Ich gehe schon vor. Und laßt nicht auf euch warten. Henn!

HENN: Ja, Papa, sofort. Du kommst aber dann auch gleich, nicht wahr, Jutta.

JUTTA: Geh schon, ich habe gesagt, daß ich komme. *Henn folgt Noah.*

LEO: Verdammt! Dieser ganze Mist. Und eine Kartei für den Mist.

KONGO: Solange er Tintenfässer sammelt, sammelt er keine Ohren. Ist doch harmlos, das Zeug.

LEO: Wenn es nicht so abgeschmackt langweilig wäre und käme das nicht in jedem dritten Theaterstück als ganz besonderer Knalleffekt vor, würd ich ihn umbringen, den Alten. Vatermord!

KONGO: Du sagst es, es lohnt nicht.

LEO: Aber irgend etwas muß doch passieren, bevor wir verschwinden. *Er sieht sich suchend um.* Da, die Uhr.

KONGO: Was ist damit? Die ist hin und futsch, die sieht nur noch so aus wie eine Uhr.

LEO: Sie werden sie sofort reparieren lassen.

KONGO: Mag sein, warum sollten sie nicht.

LEO: Wir nehmen sie mit, los, faß an.

KONGO: Was, das ganze Möbel? Ich denk, du willst zum Nordpol. Stellt euch das vor. Jutta, paß auf. Ich und der Leo oder Leo und ich, wir beide also am Nordpol, und dann diese Uhr.
Am Nordpol eine Standuhr stand,
o Vaterland, o Vaterland.
Wir lauschten mit erfrornen Ohren,
sie tickte nicht, sie schien erfroren.

LEO: Na bitte, möblieren wir den Nordpol.

KONGO: Muß das wirklich sein? Leo?

LEO: Du siehst doch, daß die Uhr hier überflüssig ist.

KONGO: Aber was sollen die Leute machen ohne den großen und den kleinen Zeiger und ohne die lebensnotwendigen Minütchen dazwischen.

JUTTA: Wollt ihr noch lange debattieren?

KONGO: Jutta, mein Kind, du verstehst mich sicherlich. Der böse Leo will die Uhr mit allem, was drin ist...

JUTTA: Das ist mir gleich. Nehmt sie mit, oder laßt sie hier. Auf jeden Fall haut jetzt ab.

LEO: Faß schon zu, Kongo.

KONGO: Gut, aber ich geh hinten.

LEO: Nein, mein Freundchen, du als ehemaliger Boxer...

JUTTA: Ihr sollt jetzt verschwinden!

KONGO: Siehst du, Jutta wird böse, sie meint auch, ich soll hinten gehen.

JUTTA: Von mir aus sägt sie durch.

KONGO: Das wäre es, Leo, wir sägen sie durch.

LEO: Ich gebe also nach. Durchsägen kommt nicht in Frage. Faß an, von mir aus hinten.

KONGO: Man fügt sich schweren Herzens.

Sie wollen zufassen, da öffnet sich die Uhr, und ein Mann tritt heraus. Er trägt eine blaue Armbinde mit weißer Taube.

PRÜFER: Entschuldigen Sie die Störung. Aber bevor Sie die Uhr wegtragen oder sie mutwillig zerkleinern und somit zerstören, muß ich die Schäden feststellen. Ich komme von der zuständigen Schadenprüfungsstelle, welchem Amt auch die Organisation »Schnelle Hilfe« angeschlossen ist. Es gehört zu unseren Pflichten, sofort nach der Katastrophe an Ort und Stelle zu sein.

KONGO: Das sind Sie, an Ort und Stelle. Aber jetzt sagen Sie mal, was das da sein soll auf der Armbinde.

PRÜFER: Eine Taube. Nach Hochwasserkatastrophen pflegen wir eine Taube, nach Großbränden den bekannten Phönix aus der Asche auf unseren Armbinden zu tragen. – Gehören Sie zu den Bewohnern des Hauses?

KONGO: Tja, ich weiß nicht so recht.

PRÜFER: Antworten Sie mir genau. Sind Sie ortsansässig?

JUTTA: Nein, die sind zufällig da, hier im Haus wohnen nur vier Personen. Eine bin ich, die andern sind im Garten.

PRÜFER: Dann kann ich also auf meiner Liste vier Personen verzeichnen. – *Er holt eine Liste aus seiner Aktentasche.*

JUTTA: Tun Sie das, genau vier. Die beiden werden in den nächsten Minuten verschwinden.

LEO: Da hast du es. Durch deine Trödelei werden wir nun zu einem überstürzten Aufbruch gezwungen.

Sie wollen die Uhr umlegen.

PRÜFER: Halt. Was ist mit der Uhr? Gehört sie zum Inventar des Hauses, dürfen Sie darüber verfügen? Haben Sie Vollmachten?

JUTTA: Das ist sozusagen ein Gastgeschenk für die beiden. Wenn wir 'n Klavier hätten, bekämen die das auch noch mit. Die lieben Musik. – Nehmt euch nun endlich die Uhr untern Arm, und haut ab.

PRÜFER: Dann muß ich diesen Abgang notieren.

JUTTA: Wie Sie wollen. – Leo.

LEO: Was gibt's noch?

JUTTA: Willst du einfach so weggehen?

LEO: Soll ich etwa weinen? – Ach so, du willst, daß ich auf Wiedersehen sage. – Auf Wiedersehen.

JUTTA: Und wann?

LEO: Wann? Wenn es wieder einmal regnet, so richtig regnet, dann klettern wir aus irgendeiner Kiste – dann: auf Wiedersehn.

KONGO: Moment mal. – Kennst du die Geschichte von dem Schnürsenkel, der achtmal teurer war als der Schuh? Hm, kennste also nicht? Erzähl ich dir, Jutta. Nicht jetzt, beim nächsten Mal.

Kongo und Leo gehen mit der Uhr ab.

JUTTA: Ist das alles? Muß ich jetzt immer daran denken? Daß unsere Uhr am Nordpol steht und daß irgendein Schnürsenkel teurer war als der Schuh? – Was wollen Sie noch?

PRÜFER: Wie gesagt, mein Fräulein, den Schaden feststellen. Nun, das geht schnell. Es handelt sich hier offensichtlich nur um Teilschäden. Menschenleben sind wohl keine zu beklagen?

JUTTA: Nein, leben alle noch.

PRÜFER: Irgendwelche dringlichen Wünsche?

HENN *aus dem Garten:* Komm doch jetzt, Jutta.

JUTTA: Komm ja schon. – Ob ich einen Wunsch habe, wollen Sie wissen. Warum nicht, wenn das vorrätig ist. Ich wünsche mir, daß es wieder regnet, bis das Wasser so hoch steht, so hoch! *Sie verläßt langsam das Zimmer.*

ONKEL, ONKEL

Ein Spiel in vier Akten

Personen:

Bollin	*ein Systematiker*
Sprotte	*ein dreizehnjähriges Mädchen*
Jannemann	*ein vierzehnjähriger Junge*
Sophie	*ein fast sechzehnjähriges Mädchen*
Frau Domke	*Sophies Mutter*
Forschbach	*ein Förster*
Mimi Landella	*kurz »die Diva« genannt*
Bodo	*ein Fotograf*

Erster Akt

Vorspiel

Bollin sitzt auf einer Parkbank. Auf Rollschuhen ziehen Jannemann und Sprotte Kreise um Bollin auf der Bank. Die Kinder nähern sich, stehen kurz vor Bollin und betrachten ihn.

SPROTTE: Und jetzt den da.
JANNEMANN: Ist der neu?
SPROTTE: Den kennt doch jeder.
JANNEMANN: Ist das der?
SPROTTE: Genau. Zeichnet Kästchen in den Sand mittem Stock. Alle gleich groß. Und denn streicht er sie durch.
JANNEMANN: Viel hat der nich.
SPROTTE: Nich mal Vater und Mutter.
JANNEMANN: Ob der?
SPROTTE: Wetten, daß nich?
JANNEMANN: Frag mal.
SPROTTE: Da fehlt ihm nen Knopp am Mantel.
JANNEMANN: Und Schnürsenkel muß er neue haben. Überhaupt, das ist man ne miese Nummer. Was geben wir uns ab mit dem? Wenn er was hätte, aber so?
SPROTTE: Onkel? – Onkel, biste einsam?
JANNEMANN: Vielleicht hat er Zahnschmerzen. Da hat er ne Uhr. Frag ihn mal, ob er was hat für uns. Irgend son Ding.
SPROTTE: Haste nich was für uns, Onkel?
JANNEMANN: Guck mal nach. – Wetten, der hat was?
Bollin blickt auf und zieht eine Tüte mit Bonbons aus der Tasche. Er öffnet sie umständlich und hält sie den Kindern hin.
SPROTTE: Ob die echt sind?
JANNEMANN: Billiges Zeugs.
SPROTTE: Ihhh, die kleben ja!
JANNEMANN: Nimm lieber nich, Sprotte. Die sind nur zum Angucken.
SPROTTE: Haste die selber jekocht, Onkel?
JANNEMANN: Frag ihn mal, ob er nich was andres hat. Die Uhr da oder den Füller.

SPROTTE: Die da?
JANNEMANN: Oder das.
SPROTTE: Haste jehört, Onkel? Was andres. Uhr oder Füller.
JANNEMANN: Irgend son Ding. Braucht nich mal neu zu sein.
SPROTTE: Haste nich?
JANNEMANN: Gib doch.
SPROTTE: Kriegste auch wieder.
JANNEMANN: Mußt aber geben zuerst.
SPROTTE UND JANNEMANN *halb singend:*

Onkel, Onkel, haste nicht 'n Ding,
Onkel, nur ein kleines Ding,
irgend so ein Ding.
Onkel, Onkel, haste nich, haste nich,
haste, haste, haste nich,
irgend so ein Ding nich,
vielleicht inne Tasche.

Bollin steht langsam auf, hält den Kindern die Bonbontüte hin. Die Kinder lachen und rollen rückwärts, immer noch lachend, davon. Bollin droht mit der Faust.

BOLLIN: Sie wollen meine Bonbons nicht. – Niemand will meine Bonbons. – *Er nimmt einen Bonbon und lutscht.* Ich werde es ihnen schon beibringen. – Hab alles zehnmal gezeichnet und hat gestimmt. – Man muß sich nur treu bleiben. – Ich werd es ihnen schon. – Und wenn sie keine Bonbons wollen, dann bekommen sie was anderes.

Er geht durch den Vorhang ab.

Die Grippe

Im Krankenzimmer: Sophie liegt zu Bett. Ein Shawl schützt ihren Hals. Sie trägt eine Brille, liest, kritzelt in einer Zeitung. Neben dem Bett stehen Nachttischchen und Stuhl. Auf dem Tischchen: Medikamente. – Unter dem Bett liegt Bollin in gespannter Haltung.

SOPHIE: Vierunddreißig waagrecht, fünf Buchstaben: Niederschlag? Regen oder Hagel. Ich leg mich nicht fest. Aber neununddreißig: Holländische Käsegegend, sieben, waagrecht?

Stimmt. Limburg! L-im-be-u-rg. Jetzt zwölf senkrecht, neun Buchstaben? Oder lieber die sechs waagrecht, zu komisch, ansteckende Krankheit!

Bollin springt geschickt unter dem Bett hervor, zieht ein Notizbuch aus der Jackentasche, hüpft, die Lage sondierend, durchs Zimmer und postiert sich drohend vor dem Bett. Sophie nimmt die Brille ab und betrachtet ihn ruhig und aufmerksam.

BOLLIN: Zuerst Inventar aufnehmen, und dann...? – Kein Schrank zum und kein Vorhang um. Fußboden knarrt normal. Einfaches Fenster, Läden geschlossen, Tapete in sich gemustert, Schalter, Doppelstecker, sechziger Birne. Für ein Jungmädchenzimmer äußerst ärmlich eingerichtet, warum? *Er schreibt.*

SOPHIE: Oh, jetzt hab ich auch die neun senkrecht! Zet-u-ch-tehaus.

BOLLIN: Ist sonst wer hier?

SOPHIE: Sie dürfen nicht so nahe an mein Bett kommen. – Wird durch gelbe Flagge angezeigt, zehn waagerecht?

BOLLIN: Hör zu, Mädchen. Ich habe gefragt, ob hier sonst noch jemand.

SOPHIE: Außerdem sagt man guten Abend.

BOLLIN: Schön, also guten Abend, und nun will ich ganz fix wissen, wer hier alles gemeldet ist: Vater, Onkel, Mutter, Oma, Schwester?

SOPHIE: Mein Bruder hat Dienst.

BOLLIN: Wird notiert. Wann Dienstschluß?

SOPHIE: Also wenn Sie nicht wenigstens drei Schritte zurücktreten, antworte ich nicht. Sie sind sehr leichtsinnig.

BOLLIN: Unsinn. Meine Statistik verlangt das. Ich will wissen, wann der Herr Bruder hier aufkreuzt.

SOPHIE: Ich bitte Sie, wenigstens hinter den Stuhl. *Bollin tritt zurück.* Also, Sie wollen unbedingt aufschreiben, wann mein Bruder zurückkommt. Was haben wir heute? Mittwoch?

BOLLIN: Gestern schrieben wir Dienstag.

SOPHIE: Dann wird es wahrscheinlich spät werden. Mittwochs muß er hinterher immer aufs Revier und Berichte tippen.

BOLLIN: Revier, Revier? Hör immer ein Wort, das wie Revier klingt. Ist er Förster?

SOPHIE *lacht:* Addi, unser Addi soll Förster sein. – Aber das paßt ja: Forstbeamter, sieben Buchstaben. – Dabei könnte Addi kein Wildschwein von einem Fliegenpilz unterscheiden. – Bei der Polizei ist er. *Bollin zuckt zusammen.*

BOLLIN: Kripo?

SOPHIE: Ach was! Sie haben ihn bestimmt schon gesehen. Er steht immer auf der Kreuzung Wollweberstraße-Magdeburger. Da müssen Sie mal zugucken, wenn Sie Zeit finden. Bei Addi klappt es immer. Keine Stockungen oder gar Unfälle. Und nie wird er unfreundlich.

BOLLIN *lacht verlegen:* Also mit dem Verkehr hat er nur zu tun.

SOPHIE: Nur?

BOLLIN *reißt sich zusammen:* Ja, nur! Und jetzt zur Sache. Wie alt? Vierzehn, vierzehneinhalb? Menstruation, wenn überhaupt schon, dann seit wann?

SOPHIE: Sie kommen wieder näher heran, als ich es gestatten darf. Hier liegt meine Wanderkarte. Auch wenn Sie es nicht glauben wollen. Beinahe sechzehn bin ich. – Und auf die zweite Frage muß ich wohl nicht antworten.

BOLLIN: Erübrigt sich. Hm. So grad an der Grenze. Also im Zweifelsfall Augenschein nehmen und die Details befragen. *Er reißt die Bettdecke zurück.*

SOPHIE: Ich friere!

BOLLIN: Da haben wir es. Läßt sich noch verantworten. Zwar schon altersmäßig außerhalb, aber die Puppe beweist...

SOPHIE: Wirklich, mich friert. *Bollin läßt die Decke fallen und hält die Puppe.*

BOLLIN: ... daß das Puppenalter in einigen Fällen ... Hast du die immer unter der Decke?

SOPHIE: Das ist Pinkie. Die heißt so, weil sie ganz rosa ist. – Bitte, geben Sie mir meine Pinkie wieder.

BOLLIN *setzt Pinkie auf den Nachttisch:* Doch vorsichtshalber sollte mit Hilfe der Fakten das Gesamtbild noch einmal überprüft werden.

SOPHIE: Hoffentlich haben Sie sich soeben nicht angesteckt.

BOLLIN: Sechzehn, Schlafanzug, Pinkie – angesteckt? *Bollin lacht laut, dann gedämpft.* Anstecken ist gut gesagt. Bollin, ausgerechnet Bollin soll krank werden.

SOPHIE: Wie war der Name? Bollin?

BOLLIN: Und den will die Göre krank machen. Noch nie gehört, gelesen, Bollin? Ein Systematiker ohne Kompromiß. Bollin bleibt konsequent. – Zieh den Schlafanzug aus. Na wird's bald!

SOPHIE: Aber seien Sie doch vernünftig. Heute mittag hatte ich noch 38,9.

BOLLIN: Mädchen, die Plünnen runter. Ich spaße ganz selten.

SOPHIE: Nein und nochmals nein.

BOLLIN: Was, du wagst zu widersprechen?

SOPHIE: Seien Sie mir bitte nicht böse, aber als heute früh Doktor Kuschnerus bei mir hereinschaute, sagte er...

BOLLIN: Ist mir gleich, was der quasselt. Los jetzt. Will auch mal Klein-Pinkie sein.

SOPHIE: Aber der Doktor...

BOLLIN: Ohne Belang!

SOPHIE: Mag sein für Sie, aber nicht für mich. Sie können sich kaum vorstellen, wieviel ich schon in der Schule versäumt habe. Und es sind nur noch fünf Wochen bis Ostern. – Würden Sie mir bitte das Glas reichen?

BOLLIN: Stimmt nicht. Noch sechs Wochen genau.

SOPHIE: Gewiß, bis zum Fest. Aber die Zeugnisse werden eine Woche davor ausgestellt. Ob ich es schaffen werde? Zwar bringt mir meine Freundin regelmäßig die Aufgaben...

BOLLIN: Wie alt?

SOPHIE: Ein halbes Jahr jünger als ich ist Ella, doch sieht sie viel älter aus.

BOLLIN: Wird vermerkt. – Und wann kommt die Ella?

SOPHIE: Jeden Abend gegen sechs. Doch dürfen die Aufgaben nur in den Briefkasten geworfen werden. Ellas Mutter befürchtet...

BOLLIN: Reinkommen soll sie. Wovor denn Angst.

SOPHIE: Fragen sind das! Weil ich die Grippe habe, jawohl. Wann wird Ihnen dieser Umstand endlich klar werden? – Reichen Sie mir nun das Glas?

BOLLIN: Darf ich wissen, um was es sich handelt? *Reicht das Glas.*

SOPHIE: Zitronenwasser. *Trinkt.* Danke Herr... Wie war doch gleich der Name?

BOLLIN *notiert:* Diese Details stimmen mich traurig. – Bollin.

SOPHIE: Also nochmals, vielen Dank, Herr Bollin. *Trinkt abermals.* Ich würde Ihnen gern etwas anbieten, aber leider...

BOLLIN: Keine Umstände. – Doch um jeden Zweifel auszuräumen, darf ich bitten. *Er reicht ein Thermometer.*

SOPHIE: Warum nicht? Außerdem können Sie wiederkommen und Doktor Kuschnerus fragen. – Nebenfluß der Weser. Fünf Buchstaben, e ist der letzte.

BOLLIN: Nie in der Gegend gewesen. – Das ist wohl sehr ansteckend, Grippe?

SOPHIE: Und wie! Bazillen spaßen nicht. Aber der Herr wollte ja nicht hören. Es würde mich kaum überraschen, wenn ich Sie infiziert habe. – Oder hier. Siebenunddreißig senkrecht. Da hab ich noch gar nichts. Acht Buchstaben: Katholischer Orden?

BOLLIN: Wieviel?

SOPHIE: Acht.

BOLLIN *zählt an den Fingern:* Monstranz, das geht.

SOPHIE: Unsinn! – Sie sind wohl nicht katholisch?

BOLLIN *greift nach Pinkie:* Doch, selbstverständlich. Ist bloß schon lange her. – Nicht ohne Reiz. Dabei gehorsam. Könnte, konsequent betrieben, Arbeit und Ärger ersparen. Rubriken auf Materialien fußend: Zelluloid, Stoff, Holz, Gummi... *Springt auf.* Kommt er nochmal heute?

SOPHIE: Nicht so nah. Wer soll nochmal?

BOLLIN: Der Doktor, verdammt!

SOPHIE: Sie reden ungehörig...

BOLLIN: Ob er kommt, will ich wissen.

SOPHIE: Wie Sie sich das vorstellen? Meinen Sie, ich bin die einzige? Von einer wahren Epidemie spricht man in der Stadt.

BOLLIN: Dann kann man ihn also streichen. – Und es ist wirklich so ansteckend, daß man...

SOPHIE: Sie sind wie mein kleiner Bruder. Immerzu muß er Fragen stellen.

BOLLIN: Kunststück, wenn er bei der Polizei ist.

SOPHIE: Wer spricht denn von Addi? Drei Jahre wird der Bengel am nächsten Sonntag, aber alles muß er wissen. Mamm, warum läuft der Mann? Mamm, wovon leben die Autos? *Sie nimmt die Brille ab.* Stellen Sie sich vor. Neulich wollte er wissen, ob Räuber auch krank werden können. Ist das nicht komisch? *Sie kichert. Bollin springt auf, lauscht.*

Bollin: Still! Da klappert doch was?
Sophie: Nein, nein! Ich bin ja so ängstlich. Wo denn, wo?
Bollin: Eindeutig. Ganz eindeutig.
Sophie: Gleich muß ich schreien.
Bollin *zieht einen Revolver:* Tu ich nicht gerne, fällt auf mich zurück.
Sophie: Ach so, jetzt hör ich es auch. Herrje, haben Sie mir einen Schreck eingejagt. Da ist Mamsli. Sie war einkaufen.
Bollin: Auch dieses Detail stimmt mich traurig. *Zielt auf die Tür.*
Sophie *lacht:* Sie sind wirklich drollig. Vor Mamsli müssen Sie ganz gewiß keine Angst haben. Mamsli! Mamsli! Komm doch bitte.
Frau Domke *hinter der Tür:* Sofort Kindchen. Komme ja schon.
Sophie: Und bring mir das neue Rätselheft mit!
Frau Domke: Hast du das alte schon fertig?
Sophie: Ist mir zu leicht. Richtig langweilig.
Frau Domke: Immerzu neue Wünsche. Du bist verwöhnt, Kind.
Sophie: Wirklich. In einer halben Stunde war ich durch. Ohne Atlas. – Nun komm doch.
Frau Domke *blickt durch den Türspalt und mustert Bollin freundlich:* Man merkt, es geht ihm schon besser, unserem Plappermäulchen. *Sie spricht nach hinten.* Nein, du darfst nicht. Auch nicht bloß gucken. *Sie schließt die Tür.* Diese Kinder, diese Kinder! – Nun?
Sophie: Der Mann hat Angst.
Frau Domke: Sooo? – Guten Abend.
Bollin: Abend. *Legt den Revolver verlegen auf den Nachttisch.*
Sophie: Rat mal, vor wem er Angst hat.
Frau Domke: Meine Tochter meint, Sie fürchten sich. Ohne aufdringlich sein zu wollen, darf man fragen, vor wem?
Sophie: Vor dir, vor dir!
Frau Domke: Nicht doch.
Sophie: Das muß ich Ella erzählen. Vor Mamsli hat er Angst.
Frau Domke: Im Ernst, junger Mann? Vor der Frau Domke fürchten Sie sich?
Bollin: Hermann, mein Name.
Frau Domke: Angenehm.
Sophie: Ich denke, Sie heißen Bollin?
Bollin: Aber mit Vornamen Hermann.

Frau Domke: Und wo, wenn ich fragen darf, befanden Sie sich vorhin, bevor ich einkaufen ging? Eine halbe Stunde mag's her sein.

Bollin: Vorhin? Ach so, vorhin. Tja, wo war ich da nur? Schwer zu erklären, gute Frau, mit drei Worten.

Sophie: Umstände macht er! – Unter dem Bett, mucksmäuschenstill. Und ich hab nichts gemerkt.

Frau Domke: Du meine Güte! Ohne sich zu rühren, die ganze Zeit?

Sophie: Manchmal hörte ich was. Was kann das schon sein, dachte ich mir. Die Dielen oder die Heizung.

Frau Domke: Wer denkt denn auch gleich sowas. Geschieht Ihnen nur recht, wenn Sie jetzt ein bißchen Angst haben. Sie sind unverantwortlich leichtsinnig. Das Kind hat eine schwere Grippe. Zwar meint der Doktor, sie klingt schon ab, aber trotzdem. *Sie zieht Bollin vom Bett weg und flüstert.* In der Stadt spricht man von der baldigen Schließung der Schulen. Ernsthafte bis bedenkliche Fälle häufen sich. Als Kind, anno siebzehn, wer das mitgemacht hat, vergißt nicht so leicht. Wo es hinfiel, den traf es. Schrecklich. – *Laut.* Doch was seh ich: Sie stehen. Wie unhöflich man ist, wenn einem das Kind krank wird. Warten Sie, ich hole.

Bollin: Bloß keine Umstände. Geh ja gleich wieder. Wollte nur mal kurz reinschauen. Hab Ihnen schon viel zuviel Scherereien gemacht. *Er will gehen.*

Frau Domke: Aber ich bitt' Sie. Stühle sind nun wirklich genug da. *Sie geht ab.*

Sophie: Und bring das Heft mit. Ich möchte die Lösungen vergleichen. – Wie gefällt Ihnen Mamsli? Redet ein bißchen viel, die Gute.

Bollin: Wird sie dichthalten?

Sophie: Wie soll ich das verstehen?

Bollin: Angenommen, wird sie mit Ihrem Herrn Bruder, der bei der Polente ist...

Sophie: War sie nicht nett zu Ihnen?

Bollin: Wer wie ich mißtrauisch veranlagt ist...

Sophie: Schließlich hat Mamsli Sie zum ersten Mal gesehen.

Bollin: Genau das meine ich. *Läuft auf und ab.* Schön wär's ja. – *Leise.* Schuld ist meine Korrektheit. Was zwingt mich, die Presse mit Fotos zu versorgen. Diese Manie, mit offenen Karten spielen zu wollen. Bollin im Profil. Bollin von vorne.

SOPHIE *nimmt die Brille ab:* Hören Sie bitte. Ich will bestimmt nicht indiskret sein – und Mamsli sagt immer: Frag nicht sogleich nach persönlichen Dingen –, trotzdem: Haben Sie etwa ein schlechtes Gewissen?

BOLLIN: Ich?

SOPHIE: Sie kommen mir vor wie von innerer Unruhe getrieben. Richtig gehetzt. Nie weiß man, woran man ist bei Ihnen. Einmal sind Sie offen und lachen sogar ein bißchen; gleich darauf geben Sie sich brummig und bis oben zugeknöpft. Nun laufen Sie doch nicht immer hin und her! – Bitte.

BOLLIN: Tut mir leid. Machen die Beine von selbst. Hat seine Gründe. Hab mal als Kind was Schlimmes erlebt. Ist davon geblieben, die Lauferei.

SOPHIE: Das konnte ich natürlich nicht ahnen.

BOLLIN: Schwere Jugend. Sowas prägt.

SOPHIE: Sie Ärmster.

BOLLIN: Tja, wenn man zurückdenkt. Diese Enge. Der Geruch. Das Milieu. Aber als Kind schon Tabellen geführt: das Verhältnis des Messers zur Kartoffel beim Schälen, Schalenbreite, -dicke, -länge. Schulhefte voll. Alles verlorengegangen im Krieg. Doch zur Sache: mein Onkel Max sagte, geh mal runter in den Keller Kohlen holen. Ich also runter und immer hübsch die Stufen gezählt. Ahnte nichts Böses. War vielmehr mit den Gedanken bei meinen Kartoffelschalen. Und wie ich nun...

SOPHIE: Bitte, kein Wort mehr. Es ist sicher eine schreckliche Geschichte.

BOLLIN: Gemütlich ging es nicht zu.

SOPHIE: Da haben wir es!

BOLLIN: Sollte auch nur ein Versuch sein zur Selbstdarstellung.

SOPHIE: Vielleicht ein anderes Mal. Doch glauben Sie bitte meiner aufrichtigen Anteilnahme. Ich kann mir gut vorstellen, wie solch ein schlimmes Erlebnis in frühester Jugend das ganze Leben beeinflußt.

BOLLIN: Damals wurden die Gleise gelegt. Wer weiß, was sonst aus mir alles. Dem Hang zur Systematik hätte ich auch auf ganz anderem Felde. Dabei alles ohne mein Verschulden. Kannte die

Jungs zwar. Wußte auch, daß sie den Keller neben der Waschküche. Auch, daß sie die Mauern ziemlich stark isoliert und eine Bandsäge, außerdem Glaswolle, auffällig viel Klaviersaiten, obendrein Sprungfedern, was soll ich sagen –

SOPHIE: Nein! Bitte!

BOLLIN: Es war an einem Montag im Januar oder Februar...

SOPHIE: Ich bitte Sie herzlich...

BOLLIN: Jedenfalls während der Heizperiode...

SOPHIE *zieht das Thermometer hervor:* Hier! Sie wollten doch wissen. Außerdem hat Doktor Kuschnerus gesagt: Keine Aufregungen. Nun?

BOLLIN: Diese Details stimmen mich...

SOPHIE: Gestiegen? Neununddreißig-zwei? Wenn es nur keinen Rückfall gibt. Dabei bat ich Sie. *Weint.*

BOLLIN: Ist ja gut. Ist ja gut. Wird schon wieder fallen, die Temperatur. Soll ich nochmal das Glas?

SOPHIE: Danke. *Trinkt.* – Doch, nein, das ist sicher zuviel verlangt.

BOLLIN: Was darf's denn sein?

SOPHIE: Es geht wirklich nicht. Schließlich sind Sie das erste Mal hier, und Mamsli hat gesagt...

BOLLIN: Tu Ihnen aber gerne 'nen kleinen Gefallen.

SOPHIE *setzt die Brille auf:* Also gut. Aber Sie müssen nein sagen, wenn es Ihnen unangenehm ist. *Reicht ein Buch.*

BOLLIN: Vorlesen?

SOPHIE: Oh, ich merk schon, Sie wollen nicht.

BOLLIN: Keine Rede von Nichtwollen. Lese nur einigermaßen schlecht.

SOPHIE: Oh, bitte! Gerade das habe ich gerne, wenn jemand unbekümmert drauflosliest.

BOLLIN: Was soll's denn sein? Hier, die Geschichte vom wahren Jakob. Oder diese hier: Von einem, der auszog, das Gruseln zu lernen.

SOPHIE: Lieber jene vom Jakob. Die andere, fürchte ich, könnte mich aufregen, wie vorhin Ihre Jugenderinnerungen. Nebenbei gesagt: Sie dürfen ruhig du zu mir sagen.

FRAU DOMKE *in der Tür:* Neinneinnein, das geht nicht. Jetzt muß ich leider streng werden mit Ihnen, junger Mann. Und du hättest aufpassen sollen, Sophie. Erst die ganze Zeit da unten und nun ganz nah dran. Sie brauchen gar nicht so stark zu tun. Über uns, der Herr Wanka, ein gelernter Straßenbaufachmann, also ein Mensch, der täglich allen Wettern ausgesetzt ist und abgehärtet sein sollte, liegt schon seit vierzehn Tagen. Und was hat er? – Die Grippe. Und wie hat er sie sich geholt? – Auf einer Betriebsversammlung. Sie sehen, auch die kräftigsten Männer sind anfällig. – Hier, Kind, dein Rätselheft.

BOLLIN: Die Kleine wünschte es sich. Nichts für ungut, Frau ...

FRAU DOMKE: Domke. Mein Mann war bei Schichau. Nicht auf der Werft, mehr in der Verwaltung. Auch jemand, der ständig auf seine Gesundheit pochte. Er hatte sein Fünfundzwanzigjähriges gerade hinter sich.

BOLLIN: Es tut mir aufrichtig leid.

FRAU DOMKE: Im Dezember waren es drei Jahre. Unser kleiner Konny war das letzte, was er für uns getan hat. Jaja – es hat wohl so sein müssen. Doch ich schwatze, dabei sollte ich Wolle aufnehmen. Nicht wahr, unser Besuch könnte uns fünf Minütchen helfen.

SOPHIE: Aber Mamsli!

BOLLIN: Tu ich doch gerne. Hätte auch vorgelesen. Durfte ja nicht. *Frau Domke stellt die Stühle.*

SOPHIE: Vielleicht später, wenn ich den Rösselsprung fertig habe.

FRAU DOMKE: Werdet ihr wohl vernünftig sein. – So. *Bollin hält die Wolle, Frau Domke wickelt.* Und schön locker halten. Nun ist es recht. Ordentlich entspannen und mit den Schultern mitgehen. Wo haben Sie das nur gelernt? Sicher bei Ihrer Frau Mutter.

BOLLIN: Monotone Sachen lagen mir immer schon.

FRAU DOMKE: Das hört man selten, aber gern.

BOLLIN: Die Wiederholung vermittelt Erkenntnis.

FRAU DOMKE: Würden Sie sich vielleicht noch eine Idee drehen?

BOLLIN: Das Gesetz der Serie regiert mein Leben.

FRAU DOMKE: Noch eine Spur. Man muß sich direkt gegenüber sitzen.

BOLLIN: Was wir auch tun, wir bestätigen die Statistik.

FRAU DOMKE: Komisch. Wenn Sie es nicht wären, würde ich sagen –

Bollin: Jedes Detail... Bißchen warm ist es hier.

Frau Domke: Muß es, muß es. Gut durchheizen, hat der Herr Doktor gesagt. – Findest du es nicht auch merkwürdig, Sophiekind, der Herr Bollin kommt mir bekannt vor.

Sophie: Ich kann jetzt nicht aufpassen, Mama. Neunzehn, senkrecht: Unentschieden im Schachspiel. Fünf Buchstaben?

Bollin: Remis. – R-e-em-i-es.

Sophie: Es geht, Mamsli, es geht!

Frau Domke: Wie hübsch Sie zusammenarbeiten. Doch auch alleine löst das Kind in kürzester Zeit die kniffligsten Rätsel. Was wollte ich? – Richtig. Irgendwo muß ich Sie schon mal gesehen haben.

Bollin: Da ich nicht von hier bin, darf ich annehmen, Sie täuschen sich.

Frau Domke: Sollten Sie etwa mit dem Film zu tun haben?

Bollin: Sie müssen sich keine Gedanken machen. So wie ich sehen viele aus.

Frau Domke: Bitte etwas höher, die Wolle. – Jetzt kommt es mir wieder. Sie sind Sportler. Nun aber heraus mit der Wahrheit.

Bollin: Gott, wenn sich Gelegenheit bietet.

Frau Domke: Und ich hab Sie in der Zeitung gesehen, so groß.

Bollin: Ich halte mir keinen Ausschnittdienst.

Frau Domke: Dann übertreiben Sie Ihre Bescheidenheit.

Bollin: Mag ja sein, daß ich einmal drinnen gewesen bin.

Frau Domke: Immerhin! – Kannst du dich erinnern, Kindchen? Ich machte dich aufmerksam. War, glaube ich, eine Sonntagsausgabe.

Bollin: Mittwoch der zwölfte Januar.

Frau Domke: Sind Sie sicher? – Nun ja, Sie werden es wohl am besten wissen. –

Sophie *nimmt die Brille ab:* Ich komm nicht vom Fleck.

Frau Domke: Wer wird denn so ungeduldig sein. – Vielleicht kann Herr Bollin mit seinem Wissen aushelfen.

Bollin: Ich blamiere mich ungern.

Frau Domke: Schon wieder diese Bescheidenheit.

Bollin: Es könnten Details gefragt sein, die mich traurig stimmen.

SOPHIE: Ihr werdet es auch nicht wissen. Vierzehn senkrecht. Polizeiamtliche Bekanntmachung. Meistens mit Foto und dem Angebot einer größeren Geldsumme versehen.
FRAU DOMKE: Hm. Wieviel Buchstaben?
SOPHIE: Zehn. Der drittletzte soll ein i sein.
FRAU DOMKE: Nun, Herr Bollin? Was sagen Sie?
SOPHIE: Ich seh's Ihnen an. Sie wissen es. Bitte!
BOLLIN: Schwierig. – Man sollte warten, bis es sich von selbst ergibt.
FRAU DOMKE: Da kennen Sie unsere Sophie schlecht. Keine Ruhe läßt das Kind, bis alles, aber auch alles gelöst ist.
SOPHIE: Wenn Addi hier wäre, der wüßte es sofort.
BOLLIN: Der Verkehrs-Schupo! *Er will aufspringen.*
FRAU DOMKE: Vorsichtig junger Mann, die Wolle. – Soll ich mal anrufen? Vielleicht ist er schon auf dem Revier.
BOLLIN: Moment mal! – Eine Sekunde.
SOPHIE: So ist es richtig! Oh, Mamsli! Wunderbar finde ich es, wenn alle mitmachen. Und wenn Herr Bollin es nicht weiß, rufen wir Addi an.
BOLLIN: Zehn Buchstaben?
SOPHIE: Genau!
BOLLIN: Und i der drittletzte?
SOPHIE: Spannend ist das. Mit Telefon und...
BOLLIN: Steckbrief! – Nun schreiben Sie schon. Ich habe Steckbrief gesagt. Und dann das Nächste. Wer will sich da aufhalten.
SOPHIE: Es geht! So was Komisches. Da wäre ich nie drauf gekommen. Es, te, eck, be, rrr, i, e, ef.
FRAU DOMKE: Mir schwebte Ähnliches vor. Eigentlich sollten derart spezielle Begriffe in einem Kreuzworträtsel nicht enthalten sein. Glücklicherweise konnten Sie einspringen. Der Herr Bollin hat ein umfassendes Wissen. Bedank dich bei ihm, Sophiekind. Nie hätte ich gedacht, daß Sportler so klug und dabei so nett sein können.
SOPHIE: Aber Mamsli. – Sie dürfen ihr das nicht übelnehmen. Manchmal redet sie so. Doch in Wirklichkeit ist Mamsli das Allerbeste von der Welt. *Sie legt sich.*
BOLLIN: – Die hat es gut, die Kleine.
FRAU DOMKE: Sind Sie Waise?

BOLLIN: Einen Onkel gibt es noch irgendwo. Von dem hab ich die Uhr und den Füller.

FRAU DOMKE: Gewiß ein kostbares Stück. – Und außer dem Onkel? Ich meine, Sie sind in den besten Jahren, stattlich, haben Manieren.

BOLLIN: Gott, was soll man da sagen.

FRAU DOMKE: Also doch.

BOLLIN: Nicht was Sie denken. Meistens bin ich allein.

FRAU DOMKE: Man bekommt schlecht Anschluß, wenn man nicht von hier ist. Und wenn ich vorhin richtig verstand, sind Sie nicht hiesig.

BOLLIN: Das ist alles sehr schwer für mich und, im Detail betrachtet, traurig. Mein Onkel Max dachte ähnlich. Wer sich einmal einer Sache, einem System – nennen wir es: dem Gesetz der Serie verschrieben hat, vereinsamt rasch. Mit den Kindern versteh ich mich gut. – Schade. Nun ist Schluß mit der Wolle.

FRAU DOMKE: Nicht wahr? Stundenlang hätte es so weitergehen können. Wissen Sie was? Kommen Sie wieder. Am Sonntag, ja? Da hat unser Konny Geburtstag. Und dem Sophiekind wird es hoffentlich auch bessergehen. – Sie schläft. Das Rätselraten wird sie ermüdet haben. Wir sollten leise sein. Um vier zum Kaffee?

BOLLIN: Wenn Sie meinen.

FRAU DOMKE: Ich würde mich aufrichtig freuen.

BOLLIN: Ganz meinerseits.

FRAU DOMKE: Und keine großen Umstände gemacht.

BOLLIN: Ich bitte Sie.

FRAU DOMKE: Da gebe ich Ihnen etwas mit.

BOLLIN: Ist aber wirklich nicht nötig.

FRAU DOMKE: Das wird eingenommen vor dem Schlafengehen. Besser ist besser. Wir wollen nicht noch einen Kranken haben. *Sie gehen auf Zehenspitzen zur Tür. Frau Domke zeigt.* Sie haben Ihr Dings da liegen lassen, auf dem Nachttischchen.

BOLLIN: Vergeßlich wird man. Das kommt vom Wolleaufwickeln.

FRAU DOMKE *droht scherzhaft:* Jaja. So fängt es gewöhnlich an. *Sie lachen gedämpft und geben sich kleine vertrauliche Stöße.* – Auf jeden Fall hätten Sie es am Sonntag wiedergefunden. Addi, mein Ältester, kennt sich aus darin und hätte es in Verwahrung genommen.

BOLLIN *geht auf Zehenspitzen zum Nachttisch, steckt den Revolver und Pinkie ein, geht auf Zehenspitzen zurück:* Da wären wir wieder.

FRAU DOMKE: Haben Sie das immer bei sich?

BOLLIN: Nur an Feiertagen enthalte ich mich.

FRAU DOMKE: Also ein Mann von Prinzipien?

BOLLIN: Mein Onkel Max hielt es ähnlich.

FRAU DOMKE: Und mein Mann pflegte immer ein kleines Blechauto in der Tasche zu tragen. So hat jeder seine Gewohnheiten.

Sie verlassen das Zimmer. Sophie richtet sich auf und greift nach der Brille.

SOPHIE: Wie leise er gehen kann. – Erst als er neben dem Bett stand, hörte ich seinen Atem. – Wenn er sich nur nicht angesteckt hat. – *Sie setzt die Brille auf und sucht auf dem Nachttisch.* Wo ist denn nur? Vorhin lag sie noch hier – Pinkie. – Pinkie! Warum hat er mir meine Pinkie genommen?

Zweiter Akt

Vorspiel

Vor dem Vorhang. – Bollin sitzt auf einem Stuhl. Auf dem Fußboden steht neben dem Stuhl ein Telefon. Bollin hält die Puppe Pinkie auf dem Schoß und spielt mit ihr. Unter dem Stuhl liegen Aktenordner.

BOLLIN: Noch nicht genug? Immer klein Nimmersatt sein? *Er hält die Puppe ans Ohr.* Ja, hör ich richtig? Schon wieder? – Na schön, aber zum letzten Mal. *Er steht auf, setzt die Puppe auf den Stuhl, zieht ein langes Messer aus der Tasche und macht ein finsteres Gesicht.* Mein Name ist Bollin. Was, Sie kennen mich nicht, mein viel zu schönes Fräulein? Lesen Sie keine Zeitung? Aufgepaßt, ich zeige Ihnen, wie zärtlich Bollin sein kann. *Er stößt einen Schrei aus und sticht mit dem Messer in den Bauch der Puppe.* Sägespäne! – Na, Pinkie, nun zufrieden? *Er wischt das Messer sorgfältig ab, nimmt dann Nadel und Zwirn und vernäht den Stich.* Weißt du, zu oft dürfen wir das nicht machen. Allenfalls zweimal in der Woche. – Was ist denn nun schon wieder. Pinkie, du bist maßlos. Willst du nicht lieber Tauziehen oder vielleicht Nageleinschlagen? – Solch ein Dickkopf! Entweder Stechen oder Schießen, was anderes macht dir kaum noch Spaß.
Er steht auf und zieht einen von der Decke hängenden Haken tiefer und hängt die Puppe daran auf. Aber nicht schielen, Pinkie! Denk an unsere Vereinbarung. Es irritiert mich zu sehr. – Fünf Meter. *Er schreitet eine Strecke ab, nimmt militärische Haltung an und zieht eine Luftpistole.* Waffe geladen und entsichert. Fünf Meter Abstand. Pistolenschießen freihändig links, drei Schuß ... Feuererlaubnis! *Er schießt.* Daneben, daneben. Alles Fahrkarten. Aber du hast Schuld. Dabei hab ich dich so gebeten, mich normal anzublicken. – Dreh' dich eben um. Strafe muß sein! *Er dreht die Puppe um, schreitet noch einmal die Strecke ab und lädt die Pistole.* Jetzt tu nicht beleidigt, du weißt ganz genau, daß ich die Übung zu Ende schießen muß. – Waffe geladen und entsichert. Fünf Meter Abstand. Pistolenschießen freihändig, rechts, drei Schuß ... Feuererlaubnis! *Er schießt.* Na also! Waffe entladen und gesichert,

Übung beendet! – Das hättest du auch von vorne haben können. *Er nimmt die Puppe ab und betrachtet den Rücken. Die Stimme eines Offiziers nachahmend:* Ausgezeichnet, Bollin, machen Sie so weiter! – Hast du gehört, Pinkie? Vielleicht werde ich befördert. – Jawohl, Herr Leutnant, so weitermachen! – Abtreten! – Ich soll so weitermachen, hat er gesagt.

Das Telefon schrillt, Bollin nimmt den Hörer ab. Bollin. Wer ist da? – Hm, hm. *Zur Puppe:* Ein junger Mann, der mich bewundert. – Was können Sie denn vorweisen? – Was? – Aber Sie gehen ja vollkommen unsystematisch vor. *Zur Puppe:* Er will mein Schüler werden. – Hören Sie mal, junger Freund, wenn Sie in diesem Beruf etwas leisten wollen, dann dürfen Sie mich auf keinen Fall blindlings nachahmen. Selbst ist der Mann! Lassen Sie sich was einfallen. Ideen, sagte mein Onkel Max, helle Momente, Geistesblitze! Und wenn Ihnen eines Tages solch ein geniales Lichtchen aufgegangen ist, dann dürfen Sie wieder anrufen. *Er legt auf.*

Dem hab ich's gegeben. Wie hieß er gleich? – Erwin soundso. *Er betrachtet lange und nachdenklich die Puppe.* Schon bin ich zu alt, um mit Puppen zu spielen. – Auch sollte ich andere Wege gehen. Epigonen kommen mir auf die Schliche. Meine Karteien sind in Gefahr. Schon machen die Illustrierten mir Angebote. Auch sollte ich etwas für meine Gesundheit tun. Die Stadtluft ist nahezu mörderisch. Grippe greift um sich. Auf Wiedersehen, Pinkie. Ich geh aufs Land, in den Wald. Bollin will sich mal die Natur ansehen. *Mit den Aktenordnern geht er ab.*

Der Kuckuck

Ein Kiefernwald. Der Querschnitt des sich in der Bühnenmitte erhebenden Hügels zeigt eine Fallgrube. Bollin bedeckt die Grube mit Zweigen. Sobald er damit fertig ist, läuft er zur linken Bühnenseite und verändert mit einigen Griffen seine Kleidung, als wolle er sein zukünftiges Opfer mimen.

BOLLIN: Ich weiß von nichts! – Ich komme daher! – Ich denke an nichts Böses! – Komme daher, weiß von nichts und denke an etwas Angenehmes. *Er nähert sich der Fallgrube.* Meine Augen heften sich an den Boden. Meine Sinne sind hellwach. Mißtrauen bewegt meine Seele! *Er steht vor der Fallgrube, hebt schon das Bein, um den verhängnisvollen Schritt zu tun.* Wenn jemand daherkäme, der nicht ich wäre, der von nichts wüßte, an nichts Böses dächte, im Gegenteil an etwas Angenehmes, trotz hellwacher Sinne und dienstlich mißtrauischer Seele, er täte diesen Schritt – den ich nicht mache. Natürlich nicht! Vielleicht noch dieses Zweiglein so herum und hier die Spuren meiner Ordnungsliebe beseitigt. *Er ändert noch etwas an der Anordnung der Zweige und betrachtet sodann befriedigt sein Werk.* Man könnte sich in sein Werk verlieben. Es verlockt zu gefährlichen Gedankengängen, zieht mich fast in den Abgrund, zöge mich ganz gewiß – wenn nicht die Pflicht Bollin zurückhielte und mit der wohlbekannten Stimme riefe: Noch nicht, Bollin, noch nicht. Noch stellt das Gesetz Forderungen. Noch ist die Serie Fragment! *Er überspringt die Grube, hüpft zwischen den Bäumen umher und ruft nach links:* Kuckuck, Kuckuck – Kuckuck ...

STIMME: Kuckuck!

BOLLIN: Kuckuck!

STIMME: Kuckuck – Kuckuck!

Von links kommt der bärtige, Pfeife rauchende Förster.

BOLLIN: Kuckuck!

FÖRSTER: Kuckuck!

Er nähert sich der Grube, steht kurz davor, betrachtet mißtrauisch den Boden, will sich schon bücken.

BOLLIN: Kuckuck, Kuckuck, Kuckuck!

Der Förster richtet sich auf, will dem Kuckucksruf nach und fällt, Flinte und Jagdbeutel verlierend, in die Grube. Bollin springt hinter dem Baum hervor, reibt sich fröhlich die Hände, hängt sich Flinte und Jagdbeutel um und blickt in die Grube. Kuckuck!

FÖRSTER *an der ausgegangenen Pfeife ziehend:* Bollin?

BOLLIN: Kuckuck!

FÖRSTER: Zieht nicht mehr! *Er klopft die Pfeife aus.* Ob Sie Bollin sind, will ich wissen.

BOLLIN: Mit großem B und zwei l. *Hängt Flinte und Beutel an einen Ast.*

FÖRSTER: Wie ich es mir gedacht habe. – Wo ist denn nur?

Er sucht in seinen Taschen, Bollin öffnet den Jagdbeutel.

BOLLIN: Wenn der Herr sein Büchlein suchen und den dazugehörigen Bleistift? – Bitte schön! *Er reicht beides in die Grube.* Auch ich mache meine Notizen. *Schreibt in sein Heft.*

FÖRSTER *schreibend:* Mit B und zwei l. Wohnhaft?

BOLLIN: Schreiben Sie, er zieht gerade um; ich schreibe: Tat den Schritt – und die Uhrzeit. *Zieht die Uhr.*

FÖRSTER: Im Umzug begriffen. – Warum?

BOLLIN: Luftveränderung.

FÖRSTER: Aus Gesundheitsgründen?

BOLLIN: Erraten, die Großstadt hat mein Wohlbefinden untergraben.

FÖRSTER: Und jetzt untergraben Sie die Sicherheit meines Reviers.

BOLLIN: Kuckuck!

FÖRSTER: Warum tun Sie das?

BOLLIN: Kuckuck!

FÖRSTER: Antworten Sie, Bollin! Meine zwei Forsteleven sind seit drei Wochen überfällig, und Förster Platzmann aus Melchow ist auch verschwunden.

BOLLIN: Dem Gesetz der Serie wurde Genüge getan.

FÖRSTER: Spurlos verschwunden.

BOLLIN: Auch Förster Platzmann sah sich genötigt umzuziehen. Luftveränderung!

FÖRSTER: Spotten Sie nicht!

BOLLIN: Ein frommer Mann. Es ist nur gerecht, wenn er nun oben sein Plätzchen hat.

FÖRSTER: Zu früh, Bollin, bedenken Sie, fünfunddreißig Jahre, das ist doch kein Alter!

BOLLIN: Dort oben wird er Gelegenheit finden, Moos anzusetzen. Auch der Himmel wird in Reviere aufgeteilt sein.

FÖRSTER: Sein Platz war hier! Spielen Sie nicht Schicksal. Derlei kommt Ihnen nicht zu. Zwar weiß ich nicht, was Sie gelernt haben, aber von der Forstwirtschaft haben Sie keine Ahnung.

BOLLIN: Ich mag keine Förster!

FÖRSTER: Niemand zwang Sie, die Stadt zu verlassen.

BOLLIN: Ich halte Förster für überflüssig! Meine Statistik beweist es.

FÖRSTER: Oho! Und die Waldfrevler, die Wilddiebe, die Brandstifter, Harzzapfer, Wilddiebe, immer wieder die Wilddiebe?

BOLLIN: Gibt es nur, weil es Förster gibt.

FÖRSTER: Das muß ich vermerken. Gibt es nur...

BOLLIN: Es ist vernünftig von Ihnen, diesen Satz zu notieren. Ich habe lange darüber nachgedacht. Hier! Mein Büchlein spricht Bände.

FÖRSTER: Papperlapapp, intellektuelles Geschwafel. Sie sind ein Idealist, ein unverbesserlicher Weltverbesserer, ein Revoluzzer, ein Umstürzler. Destruktiv und pessimistisch bis auf die Knochen. Ein Nihilist, wie er im Buche steht – aber was tut das Bürschchen, es maßt sich Urteile an! Ohne Förster gibt es keine... Ist ja lächerlich. Dabei bin ich überzeugt, Sie können kein Kaninchen von einem Schaukelpferd unterscheiden.

BOLLIN: Warum sollte ich unterscheiden?

FÖRSTER: Der Orientierung wegen, auch um zu lernen, zu bewerten, um sich ein Bild zu machen. Ein allumfassendes, lückenloses Wissen hat noch niemandem geschadet. – Ja, können Sie überhaupt sagen, wie diese Bäume sich nennen, zwischen denen Sie herumirren und pflichtbewußten Förstern auflauern?

BOLLIN: Bäume? Sagten Sie Bäume? Wo denn, wo?

FÖRSTER: Lassen Sie mich heraus, und ich erkläre Ihnen den Baumbestand.

BOLLIN: Das liegt kaum in meiner Absicht. Wozu hätte ich diese Arbeit geleistet? Ich habe Schwielen an den Händen. Mein Hemd ist verschwitzt und klebt. Und Sie? Sie laufen grün und überflüssig durch die Gegend und wollen mich um meinen sauer verdienten Lohn bringen – ein Ausbeuter sind Sie, ein Leuteschinder!

FÖRSTER: Unsinn, Bollin, niemand will Ihnen etwas. Meine Arbeiter werden das Loch wieder zuschippen, Sie werden straffrei bleiben, das verspreche ich feierlich – und außerdem wird etwas für Ihre Bildung getan. Ich werde Sie in die Geheimnisse des Waldes einweihen.

BOLLIN: Was wäre damit gewonnen?

FÖRSTER: Aha, daher weht der Wind! Er verachtet die Natur!

BOLLIN: Aber ganz im Gegenteil. Passen Sie auf: Kuckuck!

FÖRSTER: Selbst einen so einfachen Vogelruf können Sie nicht nachahmen. Hier die Mundstellung: Kuckuck!

BOLLIN: Sag ich ja. Kuckuck!

FÖRSTER: Falsch! Kuckuck!
BOLLIN: Kuckuck! Kuckuck! Kuckuck!
FÖRSTER: Ich gebe es auf. Sie lernen es nie.
BOLLIN: Immerhin sind Sie auf meinen Kuckuck hereingefallen, Kuckuck! *Er springt über die Grube und holt hinter den Bäumen eine Schaufel hervor.* Jetzt darf ich vielleicht eine bescheidene Frage stellen?
FÖRSTER: Nur zu und keine falsche Scham! Solange der Mensch Fragen stellt, ist in ihm noch Hoffnung und guter Wille. Was wollen Sie wissen, Bollin? Gut, die Bäume finden nicht Ihr Interesse. Vielleicht etwas über unsere einheimische Vogelwelt oder die Waldameisen oder die Borkenkäfer? – Na?
BOLLIN: Wissen Sie, was eine Schaufel ist?
FÖRSTER *nach einer Pause:* Fangen Sie an, ich habe abgeschlossen.
BOLLIN: Kein Spaten, eine Schaufel?
FÖRSTER: Nun los doch! Zeigen Sie dem alten Forschbach, was man mit einer Schaufel alles machen kann.
BOLLIN: Soviel ist das nun auch wieder nicht. – Immer dasselbe: Kuckuck, Kuckuck und so weiter!
FÖRSTER: Einerlei, ich bin gespannt. Welcher Förster kann sich das leisten, so unter seinen Bäumen zu liegen.
BOLLIN: Den Bäumen ist das gleich.
FÖRSTER: O nein, da bin ich ganz sicher. Ein rechter Wald weiß seinen Hüter zu schätzen.
BOLLIN: Alles Einbildung, Förstergeschwätz! – Ich habe mir so einen Stamm genau angeguckt. – Die machen sich nichts aus uns.
FÖRSTER *selbstgefällig:* Meine Kiefern kennen mich!
BOLLIN: Real bleiben, Forschbach, wir wollen die Tatsachen doch nicht verkennen. Wer bezahlt Sie? Das Holz da oder die Forstverwaltung?
FÖRSTER: Es haben mir beide ihren Lohn gegeben.
BOLLIN: Äh, keine blasse Ahnung von der Natur – und das nennt sich Förster.
FÖRSTER: Auf jeden Fall kann ich den Ruf eines Kuckucks beträchtlich besser nachahmen als Sie – und mein Revier kenn' ich in- und auswendig.
BOLLIN: Und jetzt dürfen Sie sich das Grünzeug sogar von unten angucken. *Er lacht höhnisch.*

FÖRSTER: Fangen wir an!
BOLLIN: Noch einen Wunsch?
FÖRSTER: Meine Pfeife ist ausgegangen. Beim Sturz muß ich meinen Jagdbeutel verloren haben.
BOLLIN: Ja – höre ich richtig? Sie wollen doch nicht etwa hier mitten im Wald?
FÖRSTER: Nur ein Pfeifchen noch.
BOLLIN: Ich habe da vorhin ein Schild gesehen, da stand was drauf von verboten und so.
FÖRSTER: Das gilt nur für Spaziergänger und Beerensammler.
BOLLIN: Und Ihre Gesetze berücksichtigen Sonderfälle?
FÖRSTER: Alles Große, Bollin, ist und war immer Ausnahme.
BOLLIN: Na schön, ist ja nicht mein Wald! Wenn Sie mir versprechen, vorsichtig zu sein ... *Er zieht ein Feuerzeug aus dem Jagdbeutel und wirft es in die Grube.* Und auf Ihre Verantwortung! *Der Förster zündet die Pfeife an und raucht.* Dennoch sollte diese Inkonsequenz vermerkt werden. *Schreibt.*
FÖRSTER *nach kurzer Pause:* Bollin?
BOLLIN: Hm?
FÖRSTER: Meine Flinte?
BOLLIN: Macht sich gut hier oben.
FÖRSTER: Sie liegt doch nicht etwa im Sand?
BOLLIN: Ich traf Vorsorge.
FÖRSTER: Danke. Kann ich sie haben?
BOLLIN: Die Flinte?
FÖRSTER: Sie ist ja nicht geladen.
BOLLIN: Nein, lieber Forschbach, das geht zu weit.
FÖRSTER: Auch wenn sie nicht geladen ist?
BOLLIN: Flinte ist Flinte!
FÖRSTER: Sie können nachsehen, kein Schuß drinnen.
BOLLIN: Ich sag ja, ob geladen oder nicht, es geht ums Prinzip.
FÖRSTER: Vielleicht dieses Mal die berühmte Ausnahme.
BOLLIN: Hör' gar nicht mehr hin. Sie gehorchen Ihren Gesetzen, ich folge meinem Gesetz. Wie sagte mein Onkel Max: Jeder tritt ab, wie er angetreten ist.
FÖRSTER: Ich hätte sie gerne im Arm.
BOLLIN: Sentimentalitäten sind das!
FÖRSTER: Fast zwanzig Jahre hat sie mich nun begleitet.

BOLLIN: Dann wird es Zeit, daß ihr euch trennt.

FÖRSTER: Wir hängen doch so aneinander.

BOLLIN: Genau das mein' ich: Hörigkeit. Schluß damit! Flinte bleibt oben, Forschbach unten...

FÖRSTER: Zwanzig Jahre!

BOLLIN: Man soll nicht am Irdischen kleben. Frei sei der Mensch, ohne Ballast!

FÖRSTER: Aber die Flinte...

BOLLIN: Können Sie ja doch nicht mitnehmen. – Na schön, ich mache jetzt erst mal 'ne Schicht, bis an die Binde ungefähr, und dann lang ich sie runter. – Zufrieden nun?

FÖRSTER: Danke, Bollin, danke und – Waidmannsheil!

BOLLIN *zur Schaufel greifend:* Wäre ich zynisch, sagte ich: Petri Heil!

FÖRSTER *lächelnd:* Ach so, wegen der wurmartigen Schmarotzer.

Bollin beginnt, Erde in die Grube zu schütten. – Von links kommen Jannemann und Sprotte. Sie tragen mit Blaubeeren gefüllte Körbe und stellen sich an den Rand der Grube.

JANNEMANN: Kennste den?

SPROTTE: Den oder den?

JANNEMANN: Na den kennt doch jeder. Den mein ich, den.

SPROTTE: Klar doch, das is der olle Forschbach. *Der Förster springt auf, Bollin stützt sich auf die Schaufel.*

JANNEMANN: Nun wird der auch einjelocht!

SPROTTE: Wurde auch langsam Zeit. – Willste paar Blaubeeren haben, Opa? *Sie wirft einige Blaubeeren in die Grube.*

FÖRSTER: Bollin, jagen Sie die Gören weg!

BOLLIN: Kinder haben mich nie gestört.

FÖRSTER: Sie haben keinen Sammelschein.

BOLLIN: Na, wenn schon.

FÖRSTER: Das regt mich auf und nimmt mir die Stimmung.

BOLLIN: Habt ihr gehört, Kinder? Der Forschbach will seine Ruhe haben.

SPROTTE: Bah, uns hat er ja auch nich in Ruhe jelassen.

JANNEMANN: Immer den wilden Mann markiert und mit de Augen jerollt, als wenn er direktemank aussem Märchen abstammt, und wir wären unjefähr so was wie – na sag schon, Onkel.

Bollin: Wenn ich mich recht erinnere, Hänsel und Gretel.

Sprotte: Dankeschön, Onkel.

Förster: Ich appelliere an Ihr Anstandsgefühl. Schaffen Sie die Kinder fort!

Bollin: Nun geht schon! – Ihr könnt ja wiederkommen, wenn das Gesetz sich erfüllt hat, und stampfen helfen.

Jannemann: Na komm, Sprotte.

Sprotte: Ich will aber zugucken!

Jannemann: Sieht man doch nich alle Tage, so was.

Sprotte: Du, Opa Forschbach, auf'm Erbsberg machen se Brennholz.

Jannemann: Und im Jäschkental sind se auch.

Sprotte: Mit'm Handwagen.

Jannemann: Aber da war nicht nur Gestrüpp drinnen, da war noch was drunter.

Sprotte: Was Braunes mit'm ganz kurzen Schwanz...

Jannemann: ...und lange Ohren.

Förster: Bollin?

Bollin: Nun ist genug, laßt ihn in Ruhe!

Sprotte: Ach was, so was interessiert ihn doch, da is er immer schon hinter jewesen.

Jannemann: Und det Schönste hätten wir fast verjessen: Überm Schwedensprung qualmt es!

Sprotte: Da hat einer aus Versehen 'nen Streichholz fallen jelassen.

Jannemann: Genau wo's schön trocken ist.

Bollin: Ihr müßt ihm nicht solche Geschichten erzählen. Das tut ihm weh.

Sprotte: Und mir, was hatter mit mir jemacht? – Jannemann, erzähl du dem Onkel, wie er mich vorjekriecht hat neulich.

Jannemann: Na ja, paar überjezogen hatter ihr.

Sprotte: Da hab ich heut noch die Striemen von.

Förster: Weil sie in der Schonung waren.

Sprotte: Was heißt hier Schonung? Meinen Sie vleicht, meine Mutter sagt da was, wenn ich Schonung zu ihr sag? *Sie zeigt auf die Körbe.* Hier, das will se sehen und nich Schonung!

Jannemann: Der denkt vleicht, wir sind nur zum Spaß hier.

Förster: Diese Stadtkinder! Das wächst auf zwischen Häusern und geht, wenn es hochkommt, einmal im Jahr in den Zoo.

SPROTTE: Und da können wir nun auch nich mehr hin, weil se uns evakuiert haben.
JANNEMANN: Ich wär' viel lieber bei uns jeblieben.
SPROTTE: Nich mal Löwen gibt's hier!
JANNEMANN: Oder'n Pavian oder'n anständiges Känguruh aus Australien.
FÖRSTER: Bollin?
JANNEMANN: Da würd ich nich mehr drauf reagieren.
SPROTTE: Den da hätt' ich schon längst zujeschippt.
BOLLIN: Was soll's denn sein?
SPROTTE: Warum schaufelste nich, Onkel?
JANNEMANN: Ich würd' da nich lange überlegen.
SPROTTE: Biste nich mehr sicher, ob du sollst oder nich?
BOLLIN: Ruhe! – Was ist, Forschbach?
FÖRSTER: Sie haben doch meine beiden Eleven und den Platzmann unter die Erde gebracht...
BOLLIN: Kuckuck – und weg war er!
FÖRSTER: Genau so wird es gewesen sein. Haben die ihre Ruhe dabei gehabt, frage ich Sie, oder, oder...
BOLLIN: Wunderbar still ging es zu. Der Platzmann ist sogar eingeschlafen, als man noch mehr als die Hälfte von ihm sah.
FÖRSTER: Und die Eleven?
BOLLIN: Warten Sie. Ich schaue nach. *Schlägt sein Heft auf.* Gott ja, zuerst ein bißchen unruhig, weil sie noch so jung waren, und dachten wunder, was sie versäumen könnten – aber dann haben sie sich zusammengenommen. War richtig feierlich, wie in der Kirche.
FÖRSTER *laut:* So, feierlich, Kirche, warum ich nicht? Warum dieser Lärm, diese Stimmen? *Ruhiger.* Ich bitte Sie, Bollin: Nur Ihre Schaufel will ich hören, den guten märkischen Sand, vielleicht dann und wann einen Vogel und den Wind in den Kiefern.
SPROTTE: Siehste, Kiefern hatter jesagt. – Nich wahr, Opa Forschbach, sind doch welche?
FÖRSTER: Meine Kiefern!
SPROTTE: Er sagt immer Fichten!
FÖRSTER: Diese Kinder, was lernen sie nur in den Stadtschulen?
JANNEMANN: Auf jeden Fall handelt es sich um Nadelbäume.

FÖRSTER: Ist das nicht furchtbar, Bollin? Diese Unwissenheit? Aber Sie machen sich ja wohl auch nichts aus unserer wunderbaren Natur.

BOLLIN: Gott, daß das Nadelbäume sind, hab ich inzwischen gemerkt.

FÖRSTER *bitter:* Nadelbäume! – So heißt die große Familie. Ein Sproß davon, zum Beispiel die Fichte...

JANNEMANN: Gibt es also doch.

FÖRSTER: Gewiß, Kinder, doch nicht bei uns. Die Fichte kommt fast nur in bergigen Ländern vor. Sie hat spitze vierkantige Nadeln und hängende Zapfen. Das Holz der Fichte wird für Brennzwecke, aber auch für billige Möbel verwendet. Das Harz der Fichte wird gesammelt und Terpentin aus ihm gewonnen.

JANNEMANN: Is ja interessant, was, Sprotte?

SPROTTE: Aber das sind Kiefern hier!

FÖRSTER: Langsam, langsam! Davon reden wir später. Erst besprechen wir die Fichte zu Ende. Was sagte ich?

JANNEMANN: Terpentin.

FÖRSTER: Richtig! Aber auch Zellulose, Holzwolle, Fichtennadelextrakt...

SPROTTE: Auch Öl?

FÖRSTER: Gut, mein Kind! Und in die Badewanne tut man – na?

SPROTTE: Wir haben keine.

FÖRSTER: Der Herr Bollin vielleicht?

BOLLIN: Ich würde sagen, Fichtennadelsalz.

FÖRSTER: Vortrefflich! Sie sind mir der rechte Schlauberger. Ich habe das Gefühl, Sie verstehen mehr von der Natur, als Sie sich und mir eingestehen wollen.

BOLLIN: Was denn, reiner Zufall, daß ich da auf dem laufenden war. Kauf mir manchmal 'ne kleine Packung: Körperpflege. Will ja auch mal ausspannen, privat sein.

SPROTTE: Und nu mal was von die Kiefer!

JANNEMANN: Klar doch, immer reden se nur von Fichten.

SPROTTE: Haste gehört, Opa Forschbach? Der Jannemann will auch über Kiefern hören.

JANNEMANN: Fichten wissen wir nun.

FÖRSTER: Mir scheint, wir müssen wohl oder übel noch etwas Geduld haben. Die Kinder... *Bollin gibt mit einer großzügigen Hand-*

bewegung seine Einwilligung. Los, lauft. Der Herr Bollin hat nichts dagegen. Sammelt einige Kiefernzapfen und werft sie herunter.

JANNEMANN: Schon dabei! *Er sammelt schnell und wirft in die Grube.*

FÖRSTER: Genug, mehr als genug!

SPROTTE: Kannst ja doch nix sehen, in dem Loch da.

JANNEMANN: Wird sich noch die Augen verderben.

SPROTTE: Jetzt guckt er mit'm Feuerzeug.

FÖRSTER: Es herrscht wirklich kein Büchsenlicht hier unten.

SPROTTE: Sollst ja auch nich schießen, sondern erzählen. Kannste das nich aussem Gedächtnis machen?

JANNEMANN: Wie du dir das vorstellst. Er will es doch anschaulich bringen. Soll er mal raufkommen für'n Moment.

SPROTTE *zu Bollin:* Du, Onkel, mal raufkommen soll er!

JANNEMANN: Von unten aus wird das nischt.

BOLLIN: Ist das auch Ihr Wunsch, Forschbach? Wollen Sie jetzt die Gören benutzen, nur um noch einmal frische Luft schnappen zu dürfen?

FÖRSTER: Nichts liegt mir ferner. Ich habe schon lange abgeschlossen. Nur der Wissensdurst der Kinder – sie wollen die kleinen Geheimnisse des Waldes erklärt bekommen.

BOLLIN: Geht das denn nicht von unten?

SPROTTE: Is doch zu dunkel, Onkel. Siehste das nich?

JANNEMANN: Nachher geht er ja wieder innen Keller.

BOLLIN: Die Dings da, die Fichten, hat er ganz gut von unten erklärt.

SPROTTE: Begreif doch, wenn es hier keine hat und der Jannemann nich glauben wollte, daß es hier keine jibt und nur inne Berge.

JANNEMANN: Auf jeden Fall hat mir das einjeleuchtet, wie er das so jesagt hat.

SPROTTE: Aber jetzt sind wir bei Kiefern und nicht mehr bei Fichten.

FÖRSTER: Ich will Sie gewiß nicht überreden. Aber vielleicht sollte man den Kindern ein wenig die Augen öffnen. In der Stadt ergibt sich wohl kaum eine solch günstige Gelegenheit, unsere heimatlichen Nadelbäume kennenzulernen.

JANNEMANN: Wir haben jedes Jahr 'nen Weihnachtsbaum.

SPROTTE: Wir nich. Meine Mutter sagt immer: Die nadeln zu

sehr, und dann sind meistens noch Ostern welche im Teppich, und das Gerippe von dem Baum steht auf'm Balkon rum.

FÖRSTER: Nun, was sagen Sie jetzt?

BOLLIN: Wenn es auch dem Gesetz widerspricht und ich mir dieses Vergehen anrechnen muß, kommen Sie rauf für 'ne Sekunde! *Er reicht ihm die Hand und zieht ihn aus der Fallgrube. Der Förster klopft sich den Sand vom Rock, Sprotte hilft ihm dabei. Bollin schreibt in sein Heft.*

SPROTTE: Klopp auch, Jannemann!

JANNEMANN: Wird ja nachher doch wieder dreckig.

FÖRSTER: Jaja, der gute märkische Sand! Und seht ihr, mit diesem Sand wollen wir anfangen. Nur auf solch einem Boden wächst unsere Kiefer.

JANNEMANN: Warum?

FÖRSTER: Sie ist genügsam, ein echter Preuße. Kein Edelholz, gewiß, aber doch ein wichtiger Nutzbaum. Die Kiefer hat eine Pfahlwurzel und läßt sich ähnlich verwenden wie die Fichte.

JANNEMANN: Aber nich im Gebirge.

FÖRSTER: Doch, in verwandter Form. In höheren europäischen Gebirgsgegenden, nahe der Baumgrenze, wächst die Knieholzkiefer, auch Zwergkiefer, Legföhre oder Latsche genannt.

JANNEMANN: Zwergkiefer is doll!

SPROTTE: Wieso denn Zwerg?

FÖRSTER: Nun, in jenen Regionen herrschen ganz andere Witterungsverhältnisse, da hält sich kein solch hoher, schlanker Baum. Deshalb ist die Knieholzkiefer?

SPROTTE: Knieholzkiefer! *Sie nimmt den Jagdbeutel.*

FÖRSTER: Auch Zwergkiefer? *Er nimmt die Flinte.*

SPROTTE UND JANNEMANN: Zwergkiefer!

FÖRSTER: Legföhre oder Latsche? *Sie entfernen sich.*

SPROTTE UND JANNEMANN: Legföhre oder Latsche!

FÖRSTER: ... klein geblieben und erscheint uns buschförmig und verkrüppelt. Sagen wir es noch einmal. Deshalb ist die ...

SPROTTE UND JANNEMANN: Knieholzkiefer!

FÖRSTER: Auch Zwergkiefer? *Sie gehen ab.*

SPROTTE UND JANNEMANN: Zwergkiefer!

FÖRSTER: Legföhre oder Latsche?

SPROTTE UND JANNEMANN: Legföhre oder Latsche klein geblieben ... *Bollin blickt ihnen nach, schreibt in sein Heft, spuckt dann in die Hand und beginnt, die Grube wieder zuzuschaufeln. Fern erschallt mehrmals der Kuckucksruf.*

BOLLIN *auf die Schaufel gestützt:* Kuckuck, Kuckuck! *Nachdem er vergeblich eine Zeitlang auf die Antwort des Kuckucks gewartet hat, schaufelt er weiter.*

Dritter Akt

Vorspiel

Bollin sitzt einem Weihnachtsbaum gegenüber. Er sieht unrasiert aus. Neben dem Baum steht das Telefon. Ein Aktenschrank mit Ordnern. Bollin blättert in einem Ordner, wirft ihn fort.

Bollin: Unabgeschlossene Serien. Dokumentierte Inkonsequenz. Nadelbäume! – Nie hätte ich mich damit einlassen sollen. Denn, so frage ich heute: Was hat Bollin mit der Natur zu tun? – Bin ein Stadtmensch. Meine Unterlagen beweisen es. Dann doch lieber die üblichen Metzgergesellen. Briefträger? Ja. Aber Tannenbäume? Warum nicht gar Weihnachtsmänner? Vor jedem Kaufhaus schwitzen zwei. *Schlägt die Silberspitze vom Baum.* Doch wäre die Saison zu kurz. Beginnt zwar neuerdings im November, dennoch. *Schlägt eine Kugel nach der anderen kaputt.* Erlaubt keine vernünftige Planung. Käme prompt ins Improvisieren. Obgleich der Übergang vom Förster zu dieser Berufsgruppe. Also Selbstkritik: Hätten ja Förster sein und bleiben können. Hätte, nach dem Fall Forschbach, die Gegend wechseln sollen. Andere Bäume, andere Förster! Mal einen Eichenwald, dann Bucheckern sammeln, Mischwälder gibt es. Was hätte die Heide hergegeben mit Birken und Erika? – Zu spät. Versuchsreihe abgebrochen. Wollte entförstern. Hat sich nun ausgeförstert.
Mit einem Beil schlägt er die Äste vom Baum. Abgeholzt! Abgesägt! Ab ist der Bart! Abrasiert! *Er stutzt, läßt den Baumstumpf fallen.* – Ab-ra-siert. Moment mal. Abrasiert? Abrasiert. Natürlich! Haben kühle glatte Finger. Sprechen in den Spiegel. Husten in den Kamm. *Das Telefon schrillt. Bollin nimmt den Hörer ab.* Schauen jedermann auf den Scheitel. – Wer ist da? – Tag, Erwin. – Was? Ob ich wieder im Lande? Hörst du noch? Ja, abgeschlossen. Gab nichts mehr her. Kann nicht die Rede von sein. Schreibt die Presse. Soll sie. Wissen wieder mal alles besser. Ja doch, ich weiß. Mein Unterhaltungswert füttert die Illustrierten. – Was – Mit dir? Wie oft soll ich noch. Nein. Keine Lust. Immer noch nicht.

Glaub ich dir, Erwin, daß du am liebsten. Geht aber nicht. Muß meinen Weg alleine. Vielleicht später, wenn ich gemischte Serien. Ruf wieder mal an. Fertig. – *Er hängt ab und blättert hastig im Telefonbuch.* Friseure. Friseure. Dieser Grünschnabel. Möchte sich dranhängen. Paar Semester studiert, und schon will er auswerten. – Eff, eff, Fri, Friseure. – Soziologische Abhandlung: Gruppenmord und Arbeitsmarkt. – Wenn er Kühe melken will, dann nicht meine. Adeloth, Karlheinz, Damen und Herren, Bischofsberg 28, erstes Haus am Platz. – Das wird sich herausstellen. *Er greift einen neuen Aktenordner und schreibt darin.* Schluß mit dem Pfadfindertum. Keine Waldspaziergänge mehr. Bin doch kein Rübezahl. Eine neue Akte wird angelegt. Onkel Max könnte stolz auf mich sein. Sein Füllfederhalter bekommt Arbeit.
Springt auf. Von nun an wird sich Bollin zweimal in der Woche rasieren lassen!

Die Diva

Der Salon der Sopranistin Mimi Landella. Rechts steht ein Diwan. In der Mitte, im Hintergrund, eine vergoldete Badewanne mit einem Betthimmel darüber. Daneben eine spanische Wand. Links steht ein überladener Toilettentisch. Mimi Landella, die Diva, liegt auf dem Diwan. In der Mitte des Salons steht der Fotograf hinter einem altmodischen Fotoapparat auf Stativ. Ein schwarzes Tuch verdeckt Kopf und Oberkörper des Fotografen. Er hält eine Blitzlichtlampe.

DIE DIVA: Näher heran, du Blitzlicht! Noch näher. Nicht zum Spaß zeigt sich die Landella mit einem Buch, vertieft in Lektüre. *Sie liest, Blitzlicht, springt auf, wirft das Buch fort, dreht den Fotografen zur Badewanne.* Und nun aufgepaßt, mein kleiner Bodo. Leicht scherzhaft geben wir uns: Die Quellnymphe. Mihmihmihmihmih ... Bodo, meine Stimme ist fort! – Mih. Miiih. Mihmihmihmiiih. Da ist sie wieder! Also, als Nymphe. *Sie setzt sich dekorativ auf den Badewannenrand, dreht den Hahn auf, hält die Hand unter den Wasserstrahl und gibt sich als Nymphe.* Kommt das an, mein kleiner Neptun? – Also! *Blitzlicht. Sie springt auf, läuft mit wehendem Hand-*

tuch durch den Salon und stößt helle Arientöne – Rheingold – aus. Und nun mein Auftritt. Menschlein, Wotansrabe, gib acht! Es naht deine Stunde: Erleben darfst du den großen Auftritt der Landella. Im Bild festhalten sollst du, was solch ein Bildchen kümmerlich genug festzuhalten vermag. *Sie verschwindet, silberne Töne ausstoßend, hinter der spanischen Wand.* Halte das Blitzlicht bereit. Wanke nicht, Rabe! Die Landella tritt auf. – *Mit hellem Schrei springt die Diva durch den papiernen Wandschirm. Blitzlicht.* Zu spät! Ahnte ich es: zu spät! Wie konnte ich nur diesen Zwerg zum Zeugen des großen Auftritts wählen. Kümmerling. Höhlentier! – *Durch den zerrissenen Wandschirm tritt, sorgfältig gekleidet, links einen Blechkoffer tragend, Bollin auf.* Wie konnte ich diesem müden Blitz erlauben, den Bruchteil einer Sekunde zu spät Blitz zu sein. Wirst du wohl in deinem schwarzen Loch bleiben. Soll ich auch noch die Armut erblicken? – Mein Verlobter. Hah! Einem Fotografen habe ich mich verlobt. Und was tut er: Er blitzt zu spät. *Laut.* Zu spät! *Leise.* Zu spät. *Sie stellt sich vor den Toilettenspiegel und rauft die Haare. Kleine schrille Schreie. Bollin nähert sich langsam. Der Fotograf zittert.*
Wahnsinniger! Wahnsinniger! Wahn... *Sie erblickt Bollin im Spiegel. Flüsternd.* Bollin. Spieglein, täusche mich nicht. Ist es nur Traum? Gaukeln mir Wünsche dies süße Bild? Der große Bollin kommt zur Landella? *Sie dreht sich ihm zu und singt.* Er ist's, er ist's! Die Flagge der Liebe mag wehn! – Bollin. Herzinniger. Eure Magd. Gesehnt hat sie sich. Nächte sinnlos vertan. Wann kommt er, wann? Der Herrliche. Der Turm. Das Tor. Zu seiner Mimi? – Und nun ist er da: Groß. Finster. Bleich. Einsam. Süß. Da! *Sie stürzt vor ihm nieder und will seine Schuhe küssen. Bollin weicht zurück.*

BOLLIN: Verhalten Sie sich normal. Was Ihrer Würde abträglich ist, könnte mich zwingen, die Umkehr zu erwägen.

DIVA: Erbarmen mit Eurer verwirrten Magd!

BOLLIN: Sie sind nicht die erste, die mich kommen sieht.

DIVA: Das ist es ja. Alle die Großen, die Krauskopf und der Höhmel, die unvergeßliche Graballi und der unsterbliche Patzek, alle, sie alle sahen ihn kommen...

BOLLIN: Und keiner nahm mit, wie ich abging. – Schon gut. Fassen Sie sich. – Und hier? Ein Zeuge, ungebeten?

Diva: Das Blitzlicht, das elende! *Erhebt sich und trommelt auf dem Rücken des Fotografen. Verschämt.* Er ist mein Verlobter.

Bollin: Also Ihre Privatsache.

Diva: Ich schäme mich seiner. – Aus ist es, aus! Die Verlobung ist gelöst. Fort mit dem Blitzlicht, rasch. *Sie will ihn aus dem Salon schieben. Bollin hält beide zurück.*

Bollin: Moment, bitte. Die Aufmachung Ihres Verlobten erlaubt mir, in ihm einen Fotografen zu vermuten?

Diva: In den Boden möchte ich sinken.

Bollin: Volkstümlich ausgedrückt ist er also jemand, der Knips-Knips macht?

Diva: Ich muß es zugeben.

Bollin: Vortrefflich. Beschäftigen wir ihn, meine Beste. *Er schiebt beide in den Salon zurück.* Warum nicht? Wird mein Archiv bereichern. Sagen wir: Postkartengröße. Hätte ich vorher schon sollen. Optischer Arbeitsbericht...

Diva: Wie, er soll bleiben?

Bollin: So manifestiert sich die Gleichzeitigkeit von Aktion und Dokumentation. – Macht Ihr Verlobter auch Farbaufnahmen?

Diva *schlägt eine Mappe auf:* Überzeugen Sie sich.

Bollin: Beachtlich. Wie sagt der Fachmann? Ist nicht Grünfilter vonnöten, wenn Rot als Farbe gefragt ist? *Der zitternde Fotograf nickt mehrmals.* Also Badewanne. Ein Sortiment Toilettenartikel nach Ihrer Wahl...

Diva: Sollten nicht Blumen...?

Bollin: Gewiß, aber sparsam. Später zwanglos die Wäsche dazwischen. – Normal, durchaus normal. *Diva reicht Fläschchen und Blumen. Bollin dekoriert.* Und von hier aus sollte Ihr Verlobter seinem Beruf nachgehen.

Diva: Nun los, Bodo! Hörst du nicht, was der Herr Bollin wünscht? *Sie schiebt ihn in Richtung Wanne.*

Bollin: Eine Idee mehr nach links. So. So. Und Sie, wenn ich bitten darf, dorthin ablegen, aber übersichtlich; schließlich wollen wir informieren.

Diva: Endlich begreife ich. *Triller.* Das alles soll festgehalten werden. Die Landella in der Wanne, nicht wahr, das heiße Wasser färbt sich, all ihre Glut strömt aus, ihre Seele – *Triller* –, ihre silberne Seele geht mit den Dämpfen, leicht, mühelos. Und auf dem Badewannenrand dieses Todes sitzt er, Bollin. Sein Auge überwacht meinen Abgang. Er überlebt. – Und jenes Blitzlicht – zittre nicht, Dummkopf! – *Zu Bollin.* Alles wird er verwackeln, ich warne Sie. –

BOLLIN: Es dürfte Ihnen nicht schwerfallen, beruhigend auf ihn einzuwirken, bis er sich wieder normal gibt. *Er öffnet den Koffer.*

DIVA: Kannst du dich nicht zusammennehmen, Bodo? Die Chance meines Lebens. Und auch für dich, wenn du nur willst. Die Leute werden verrückt nach dir sein. Wo du willst, kannst du eröffnen. Stell dir vor: Düsseldorf, Königsallee. Drei große Schaufenster. Im Opernfoyer Vitrinen. Aufträge, mehr als du annehmen kannst. Alle Welt will sich nur noch von jenem Mann fotografieren lassen wollen, der den großen Bollin und die scheidende Landella ins Bild bannte. Bodo! Zittre doch nicht so jämmerlich. Selbst Herr Bollin betont immer wieder: Alles normal, durchaus normal. Denn glaub mir, wir sind noch verlobt, vereint, bis, bis in den Tod. Nein, wohl nicht ganz bis dorthin, denn du darfst nicht, mußt aushalten und ohne Säumen hinein in die Dunkelkammer...

BOLLIN: Dann wollen wir also.

DIVA: Aber er zittert doch noch.

BOLLIN: Vielleicht, meine Beste, vermag solch ein Mangel an technischer Qualität die Situation überzeugender zu dokumentieren als allzu glatte Perfektion. Seien wir also nachsichtig, wenn die eine oder andere Aufnahme unscharf, womöglich verwackelt geraten sollte.

DIVA: Was muß ich hören? Die Landella verwackelt?

BOLLIN: Schließlich versprechen wir uns Dokumente und keine Kunstfotos.

DIVA: Unschärfe sollte ich erlauben, Zufälligkeiten?

BOLLIN: Wir sollten zufrieden sein, wenn die Farbe kommt.

DIVA: Und mein Ausdruck? Sollen die Leute sagen dürfen: Die Landella hat sterbend an Ausdruck verloren? Ja, und die Presse?

BOLLIN: Nichts wird sie zu sehen bekommen. Dafür bürgt Bollin.

DIVA: Wie? In irgendeiner Schublade soll verstauben, was aller Welt gehört? – Morgen kommen sie noch heraus, ganz groß. Drei an Meier-Wellenburg, vier an den Mirror, zwei für Stubbenrauch und eins für die Abendausgabe. Ferner wünsche ich, daß Sie, jawohl Sie, als Herausgeber für einen hübschen kleinen Bildband zeichnen.

Bollin: Sie überschätzen meinen Einfluß auf die wenigen in Frage kommenden Verlage.

Diva: Daß ich nicht lache! Ein Vorwort aus Ihrer Feder, und Rowohlt wird Droemer überbieten.

Bollin: Dabei könnte ich auf Exklusivität bestehen. Meine Idee, meine Unkosten ...

Diva: Richtig. Die fälligen Honorare kommen in drei gleichen Teilen zur Auszahlung. Mein Drittel fließt dem Fond alternder und notleidender Bühnenkünstler zu. Ich kann mich auf Sie verlassen. Fangen wir an.

Bollin: Meine Rede. Hier ablegen. Ich lasse schon Wasser in die Wanne. *Lockert seine Krawatte, legt die Jacke ab, streift die Ärmel hoch.*

Diva: Sprachen wir nicht von einer Serie von Aufnahmen, die sich folgerichtig aufbaut? – Vielleicht beginnen wir hier auf dem Diwan, zwanglos plaudernd.

Bollin: Ich kann auch anders. Die Sachen runter!

Diva: Etwas mehr Takt bitte. Mein Rouge? Ich lege noch auf.

Bollin: Firlefanz! Gleich kommt Farbe genug. *Läßt ein Messer springen.*

Diva: Seien Sie nicht geschmacklos, Bollin.

Bollin: Pardon.

Diva: Schon gut. *Sie schminkt sich vor dem Toilettenspiegel. Bollin, mit stehendem Messer, betrachtet den Fotografen.*

Bollin: Mann, haben Sie sich nicht so. Geht Ihnen doch gut. Schwarzen Lappen überm Kopf, sieht nichts, hört nichts, macht Knipsknips, und morgen gibts Moneten.

Diva: Schrecklich ängstlich ist er. Einfach lächerlich.

Bollin: Ist ja gut, Junge. Ich mache es kurz heute. Viertelstündchen, und Feierabend. – Nun komm, mein Engel. Bist schön genug.

Diva: Daß ihr Männer immer drängen müßt.

Bollin: Hab noch was vor heute.

Diva: Sooo?

Bollin: Ist ja noch heller Nachmittag.

Diva: Kleinen Bummel etwa?

Bollin: Wenn es sich so ergibt.
Diva: Wie heißt sie denn, die Süße?
Bollin: Süß wäre übertrieben.
Diva: Nun?
Bollin: Wer soll es schon sein? – Die Herzberg.
Diva: Was?
Bollin: Warum nicht.
Diva: Die!
Bollin: Hat in der letzten Zeit dolle Presse gehabt.
Diva: Daß ich nicht lache.
Bollin: Der Stubbenrauch hat geschrieben, daß ihre Stimme an Volumen gewonnen ...
Diva: Lächerlich!
Bollin: ... und trotzdem nicht an Schmelz verloren hat. Überhaupt Klasse sei sie geworden.
Diva: Die Herzberg? Zweite Garnitur, sage ich. Vor einem Jahr hat sie noch Operetten geschludert in irgendeinem Provinznest. Allenfalls Radio. Bißchen Wolf, bißchen Schubert. Aber auf der Bühne?
Bollin: Ihre Kritiken lesen sich anders. *Er zieht Zeitungsausschnitte aus der Jackentasche.* Hier: Eine begnadete, reife Stimme. Hier: Ein unvergeßlicher Abend. Hier ...
Diva *schlägt ihm die Ausschnitte aus der Hand:* Sie enttäuschen mich sehr. – Bodo, hörst du? Nichts schickst du ihm, diesem Stubbenrauch. – Es wird doch wohl nicht Ihr Ernst sein wollen. Heute, gleich nachdem Sie mich, nachdem Sie die Landella, da wollen Sie ... *Sie wirft sich auf den Diwan und weint hysterisch. Bollin kratzt sich verlegen.*
Bollin: Tätätätä. Immer diese Eifersüchteleien.
Diva: Am selben Nachmittag ...
Bollin: Die ganze Bemalung geht wieder flöten.
Diva: Das überleb ich nicht.
Bollin: Und wenn ich nun den kleinen Besuch auf morgen verschiebe?
Diva: Nie! Niemals darf diese Gesangsvereingröße, diese ...
Bollin: Gut, schön und gut. Wart ich eben die nächste Premiere ab. Wenn sie die Isolde vermasselt, laß ich es ganz. Zufrieden nun? *Die Diva weint stärker. Bollin zum Fotografen.* Los! Knips mal.

Vielleicht hilft das. *Blitzlicht. Die Diva springt auf, stürzt sich auf den Fotografen und hämmert auf seinen Rücken.*

DIVA: Wer hat hier zu bestimmen, wann geblitzt wird? Ich, ich, ich!

BOLLIN: Sah doch ganz hübsch aus.

DIVA: Viel zu unbeherrscht und zufällig.

BOLLIN: Womöglich ist gar nichts drauf auf der Platte.

DIVA: Wir werden sehen! – Doch nehmen Sie bitte Platz – nein, warten Sie. Diese Idee überfiel mich, als ich Rouge auflegte: Bollin könnte sich mit meinem Lippenstift hier über dem Diwan verewigen. – Wollen Sie?

BOLLIN: Mit Verlaub, meine Beste, sind das nicht allzu backfischhafte Allüren? *Nimmt den Lippenstift.* Die Wengendorf wollte, daß ich ihr etwas ins Tagebuch schreibe.

DIVA: Ich bin nicht die Wengendorf.

BOLLIN: Nun, ich schrieb: Das Gesetz der Serie beweist: Ordnung will gelebt werden. – Also? Spezielle Wünsche? Oder nur der Name?

DIVA: Schreiben Sie: Bollin besucht die große Landella. Nein, besser noch: die einmalige.

BOLLIN *schreibt:* Einmalige mit h?

DIVA *glücklich:* Völlig gleichgültig, mit oder ohne. *Triller.* Bollin die Landella!

BOLLIN *nimmt Abstand:* Zum Kunstwerk hat es nicht langen wollen. – *Schaut seine Hände an.* Sauerei, verdammte! – Pardon. Sie gestatten, wenn ich mir mal schnell die Hände. *Er wäscht sich unterm Wasserhahn der Badewanne die Hände. Die Diva setzt auf einem Kocher auf dem Toilettentisch Teewasser auf.*

DIVA: Und ich werde uns einen Tee aufgießen. – Nicht wahr, Herr Bollin, das tun Sie mir nicht an?

BOLLIN: Alles wird seinen normalen Gang gehen.

DIVA: Aber den Besuch bei der Herzberg werden Sie sich verkneifen.

BOLLIN: Das wollen wir, bitte, offenlassen.

DIVA: Es wäre wirklich geschmacklos.

BOLLIN: Wenn es die Serie verlangt. Doch wie gesagt: Mal sehen.

DIVA: Es würde mir, befürchte ich, die Stimmung nehmen.

BOLLIN: Starlaunen nenn ich das.

DIVA: Nun, angenehm ist es nicht, mit irgend jemand auf eine Stufe gestellt zu werden.

BOLLIN: Krankhafter Ehrgeiz, Größenwahn!

DIVA: Dabei war ich fest überzeugt, gerade Ihnen seien Niveauunterschiede geläufig. Wie kann man eine auf allen Festspielen gefragte Stimme mit dem gequälten Singsang einer mittelmäßigen Choristin vergleichen?

BOLLIN *trocknet die Hände ab und tritt mit dem Handtuch vor:* Mir gefällt sie ja auch nicht besonders. Vielleicht sollte man nur auf die innere Stimme hören und sich von der landläufigen Kritik nicht beeinflussen lassen.

DIVA: Das nenn ich ein Wort.

BOLLIN: Aber schwer einzulösen bei unserer seit Jahren währenden Opernkrise.

DIVA: Ach was, Krise! Schauen Sie mich an. Wahre Leistung setzt sich durch. Und mir hat weiß Gott keiner was geschenkt.

BOLLIN: Sooo? Alles aus eigener Kraft?

DIVA: Ganz unten hab ich anfangen müssen, bis mich Felsner entdeckte.

BOLLIN: Schau an, der Felsner soll es gewesen sein. Und ich Dummerjahn hab immer gedacht, meine Wenigkeit habe auch etwas nachgeholfen.

DIVA *girrend:* Bollinchen, Bollinchen. Ein ganz Schlimmer sind Sie mir. – Ich gebe also feierlich zu, hätte der edelmütige Herr Bollin nicht vor Jahr und Tag einer gewissen Probstfeld ...

BOLLIN: ... Edeltraut.

DIVA: ... So hieß sie.

BOLLIN: Man hielt sie für unersetzbar.

DIVA: Eine Meinung, die bald revidiert werden mußte.

BOLLIN: Als ich sie besuchte, sagte sie: Bollin, machen wir es festlich.

DIVA: Etwa Kerzenlicht?

BOLLIN *nickt:* Und dann legte sie eine Platte auf. Und während ich an die Arbeit ging, kam ihre Stimme aus dem Grammophon ...

DIVA: Tristan, nehme ich an.

BOLLIN: Alles wirkte bezüglich. Mir wurde seltsam dabei.

DIVA: Und sie? Blieb sie gelassen?

BOLLIN *nickt langsam:* Ruhig und wie von leiser Wehmut bewegt, hat sie gelauscht. Als die Platte abgelaufen war, hörte ich sie schwach flüstern: Umdrehen, Bollin, umdrehen. – Zwar hab ich noch die andere Seite aufgelegt, aber den Schluß hat sie wohl nicht mehr mitbekommen.

DIVA *erschüttert:* So also war das.

BOLLIN: Tja. – Und am Abend darauf haben Sie ihre Partie gesungen.

DIVA *fröhlich:* Mein Gott, war ich aufgeregt! Aber alles klappte. Das war mein erster Erfolg.

BOLLIN: Den Sie wem zu verdanken haben?

DIVA: Ihnen, Meister, nur Ihnen! *Sie will ihn umarmen. Bollin stößt sie zurück.*

BOLLIN: Verehrteste, wollen Sie in Zukunft jede körperliche Berührung vermeiden.

DIVA: Aber ich wollte doch nur…

BOLLIN: Oft genug hat man meiner Arbeitsweise krankhafte Motive unterschoben. Nichts hören will ich davon. Normal bin ich. Bollin ist normal!

DIVA *kleinlaut:* Vielleicht sollte ich jetzt den Tee einschenken, bevor er kalt wird.

BOLLIN: Ich bitte darum. *Er zieht die Jacke wieder an, ordnet die Krawatte, strafft sich. Sie setzen sich auf den Diwan und trinken förmlich Tee.*

DIVA: Haben Sie schon Pläne, was die Sommerferien angeht?

BOLLIN: Ich habe mich zu einer Wanderung durch das Sauerland entschlossen.

DIVA: Mir schwebt schon lange Ähnliches vor. Jüngst noch schwärmte ein Hamburger Kollege, wie bezaubernd Lappland sein soll. Was mich zögern läßt, sind die Mücken dort.

BOLLIN: Auch sollte man mit Vorrang die eigene Heimat bereisen, bevor man ins Ausland.

DIVA: Wie recht Sie haben. Dummerweise haben wir für die nächste Saison abermals Italien den Vorzug gegeben.

BOLLIN: Man muß sie sich erwandern: Taunus, Hunsrück, Eifel… Denn: Pinien, Akazien, alles übertrieben. Die normale Kiefer hingegen…

DIVA: Übrigens, wie fanden Sie eigentlich zu uns? – Bitte, Bodo.

BOLLIN: Sie meinen, zur Prominenz?

DIVA: Soviel ich weiß, richten Sie Ihr Augenmerk mit Vorliebe auf die Spitzen unseres Musiklebens. Besonders die Oper hat es Ihnen angetan.

BOLLIN: Seit drei Jahren besuche ich regelmäßig Bayreuth. *Blitzlicht.*

DIVA: Eine zauberhafte Stadt.

BOLLIN: In zauberhafter Umgebung. Franken, das Fichtelgebirge. Ich habe es erwandert. – Nadelbäume. Denn schauen Sie. Im Gegensatz zur Kiefer...

DIVA: Ich erinnere mich: Ihre Zeit mit den Förstern.

BOLLIN: Nun, das war mehr die Mark Brandenburg. Dennoch gehen Sie nicht fehl, den Beginn meiner Wanderlust anläßlich der leider zu früh abgebrochenen Förster-Serie zu datieren. Weil ich den Übergang von der Kiefer zur Fichte...

DIVA: Gewiß. Doch nun müssen Sie erzählen, wie, wann und warum Sie den großen Sprung auf die Bühne wagten.

BOLLIN: Eingestandenermaßen: Der Zufall spielte mit. *Blitzlicht.*

DIVA: Nicht möglich, bei Ihrer allesbedenkenden Planung.

BOLLIN: Nun, auch er, der Vernunft mißratenes Kind, will erhört werden: Zufällig eröffnete sich mir das Theater.

DIVA: Bitte, erzählen Sie!

BOLLIN: Damals ließ sich gerade absehen, daß der Übergang von den Förstern zu den Friseuren normale Ergebnisse versprach.

DIVA: Es handelte sich um Herrenfriseure, nicht wahr?

BOLLIN: Ausschließlich.

DIVA: Doch nun zum Theater!

BOLLIN: Geduld, meine Beste. Herr Kühle war mein letzter Friseur. In seinem Geschäft, vor seinen Spiegeln kam es zur Wende. Und zwar so. *Bollin steht auf, spielt vor.* Ich betrete seinen Laden. *Blitzlicht.* Er ist allein, weil Lehrlinge verständlicherweise, nun ja, er ist allein. Einen Haarschnitt gefällig, eine Kopfwäsche? Nein, danke. Aber rasieren lasse ich mich. Und wie er damit fertig ist, sage ich ganz ohne Übergang: Na, Meister Kühle, nun will ich mal ein bißchen. Sofort begreift er, legt den Kittel ab und läßt sich an den Stuhl schnallen. Ich hole die Messingscheibe herein, hänge das Schild Vorübergehend geschlossen! ins Fenster, schließe ab, prüfe die Messer und will gerade ansetzen, da schreit er: Au, oweh! und jammert.

DIVA: Aber Sie hatten doch noch gar nicht.

BOLLIN: Der besagte Zufall tritt auf. Zahnschmerzen bekommt er plötzlich. Sie lachen, Gnädigste. Und in der Tat war die Situation nicht frei von Komik. Alles mögliche hab ich versucht. Kölnisch Wasser. Pomadepackungen. Tabak gab ich ihm zu kauen. Nichts wollte helfen. – Was blieb mir übrig, als den Besuch beim Zahnarzt anzuraten?

DIVA: Und die Oper? Wann endlich hebt sich der Vorhang?

BOLLIN: Unverhofft. – Kurz bevor er sich aufmacht zur von mir angeratenen zahnärztlichen Behandlung, sagt er: Bollin, Sie haben doch was für Friseure übrig. Nehmen Sie meine Karte. Heute abend. Zweiter Rang Mitte. Sehen Sie sich das an. Kommt ein singender Friseur drin vor. Viel Vergnügen. – Also fand ich zur Oper.

DIVA: Rossini! Der Barbier von Sevilla. *Sie singt.*

BOLLIN *begeistert:* Och! Ich sag Ihnen. Es sang der Käflinger. Er sang, sag ich Ihnen. *Legt die Jacke abermals ab, mimt einen Opernsänger und singt wortlos: »Ich bin das Faktotum der schönen Welt ...« Die Diva springt auf. Bollin endet mit Bravour. Mehrmals Blitzlicht.*

DIVA: Großartig. Hinreißend! – Bodo! Hast du das gehört? *Der Fotograf klatscht Beifall.* Wissen Sie, was Sie haben, Bollin? Stimme haben Sie, Stimme. – Schlicht und einfach rede ich mit Ihnen nur noch kollegial: Bollin, Bollinchen. Diese Kraft. Welch ein Volumen. Sie sind nicht nur begabt, begnadet sind Sie!

BOLLIN: Ähnlich sprach damals der Käflinger. Ich bin nämlich am selben Abend, gleich nach der Vorstellung, zu ihm gegangen.

DIVA: Fast bin ich eifersüchtig, daß nicht ich Sie entdecken durfte, sondern der gute Ernsti. Aber ich lasse nicht locker: Eine Schande, wenn Sie nicht mehr aus sich machen.

BOLLIN: Dieser Karriere steht wohl mein Ruf im Wege.

DIVA: Dem wäre leicht abzuhelfen. Ein Künstlername. Bruno de Pollo oder Pollino? Ja doch! Pollino!

BOLLIN: Hübsch. Ganz hübsch. Dennoch befürchte ich Komplikationen. Wer erteilt Unterricht?

DIVA: Bekommst du gratis von mir.

BOLLIN: Und meine Serie? – Eigentlich wollten wir doch ... *Er weist auf die Badewanne.*

DIVA: Dummerchen du. Das läuft uns doch nicht davon.

BOLLIN: Und wie wird die Öffentlichkeit reagieren? Enttäuscht? Abermals enttäuscht.

DIVA: Laß sie doch reden, wenn nur wir beide...

BOLLIN: Wird es heißen: Bollin gibt auf?

DIVA: ... und schenkt sich uns neu als Pollino.

BOLLIN: Darf ich Sie an unsere Vereinbarung erinnern.

DIVA: Ach du Herzensjunge! *Blitzlicht.*

BOLLIN: Keine Vertraulichkeiten! – *Zu Bodo.* Ich verbiete Ihnen!

DIVA *streichelt ihn:* Er will doch nur dein Bestes.

BOLLIN: Hände weg! – Soll ich denn alles aufgeben?

DIVA: O Pollino!

BOLLIN: Kenntnisse, in systematischer Arbeit erworben: Kreuzworträtsel, Rösselsprung: Altsächsische Evangeliendichtung, griechische Göttin der Verblendung...

DIVA: Deine Stimme. Diese Stirn. Diese Brauen.

BOLLIN: Tropisches Baumharz. Weibliches Nutztier. Vollbrachte Handlung.

DIVA: Bleich sind die Schläfen. Herrlich die Nase.

BOLLIN: Und was die Natur mich lehrte: Eine Pfahlwurzel hat sie und läßt sich ähnlich verwenden wie die Fichte.

DIVA: An diesem Hals schmilzt, an diesen Schultern erbebt...

BOLLIN: Doch nahe der Baumgrenze wächst die Knieholzkiefer, auch Zwergkiefer, Legföhre oder Latsche genannt...

DIVA *umschlingt ihn:* Mein Schwan, meine Speise...

BOLLIN: Nein! Ich bleibe normal.

DIVA: Du, mein Morgengebet...

BOLLIN: Schämen müßte ich mich...

DIVA: Ja doch, Scham, Sünde, Laster...

BOLLIN: Deshalb ist die Knieholzkiefer, auch Zwergkiefer oder...

DIVA: Was du nur willst: Sturz, Erhebung, abermals Sturz...

BOLLIN: ...Legföhre oder Latsche genannt... Nein!

DIVA: Ja!

BOLLIN: Bollin bleibt normal! *Er reißt sich los, wirft sie zu Boden, greift seine Jacke und springt durch den zerrissenen Wandschirm davon.* Bollin ist normal!

DIVA *am Boden liegend:* Pollino! Pollino! *Schluchzt. Nach kurzer Pause hebt sie den Kopf.* Bodo? Wie findest du diese Stellung? Womöglich auf Distanz und nicht allzu verkürzt? *Der Fotograf tritt hinter sie. Blitzlicht.* Vielleicht noch einmal: Pollino! *Blitzlicht.* Und noch einmal: Pollino! Pollino! *Blitzlicht.*

Vierter Akt

Vorspiel

Vor dem Vorhang steht Bollin gealtert und nachlässig gekleidet neben einem Grammophon. Aus dem Lautsprecher ertönt die Arie des Tannhäuser: »Dir, Göttin der Liebe ...« Er läßt die Platte ablaufen, summt die Melodie, versucht zu singen und gibt es auf. Hinkend geht er auf und ab, zieht Aktenordner aus dem größer gewordenen Aktenschrank, stellt sie wieder zurück.

BOLLIN: Vorbei. Vorbei. – Mein Gott, was hatte ich nicht alles im Kopf und hab es zum Teil noch heute: Monteverdi, Cesti, »Il pomo d'oro«, 1667. Stradella, Scarlatti, Lully: erst Küchenjunge, dann Hofkomponist. Couperin, Rameau. Es folgte das achtzehnte Jahrhundert. Opera seria – Opera buffa. Und wäre nicht dieser Ritter Gluck gekommen, wer weiß, wer weiß? Nicht zu reden von meinem Steckenpferd: Mascagni, Leoncavallo, die sogenannte veristische Oper. Vielleicht noch Puccini, doch schon viel zuviel Lyrik. Tosca geht gerade noch. Wer war es nur, die damals die Floria sang? – Hm. *Er schüttelt den Kopf.* Vorbei. Vorbei. – Und dann kam meine große Zeit mit den Werken des Meisters. Er hat mich immer wieder bestärkt. Wenn ich unter der Last der Arbeit und Verantwortung zusammenbrechen wollte, wenn ich bereit war aufzugeben, jawohl, aufzugeben, dann waren es seine Leitmotive, die mich der Unbill des Alltags enthoben. *Er streichelt die Schallplatte und versucht abermals zu singen.* Das sollte ich mir aus dem Kopf schlagen. Vorbei. Vorbei. – Nie wird aus Bollin ein Sänger werden. Unter dem Schnürboden. Applaus gleich Brandung. Vorhänge, Vorhänge! – Und jetzt, da ich das Pech mit dem Bein gehabt habe, ist ohnehin keine Hoffnung mehr. War es Vermessenheit? Hat der Umgang mit dem Völkchen der Künstler Bollin die unbekümmerte Fröhlichkeit, ja, den naiven Sinn fürs Normale genommen und anstelle Größenwahn keimen lassen? Seitdem du dich zu den Geistesschaffenden zählst, geht es dir miserabel. Zuerst eine Blinddarmoperation mitten in der Spielzeit; und kurz darauf schießt dir ein Polizist ins Bein, weil er in Bollin einen Dieb vermutet, einen

hundsgemeinen Dieb. Die Folge ist: Vater Staat muß zahlen. Und, weiß Gott, diese kleine Rente habe ich mir verdient.
Er geht hinkend auf und ab. Vorbei, vorbei. – Bollin sollte sich langsam aufs Alter vorbereiten. Sein Wissen um den Lebensabend hochbetagter Leute ist mehr als gering.
Das Telefon klingelt. Ja? Tag Erwin. Meine Stimme klingt melancholisch? Kann sein. Wird vorübergehen. Kleine Flaute, das ist alles. Und was läuft bei dir? Große Sache, das sagst du immer; und am nächsten Tag lese ich dann in der »Abendpost«, daß es ein Dienstmädchen war oder irgendeine Sprechstundenhilfe. Weißt du, eigentlich bin ich gegen die Todesstrafe, aber du, mit deinen Übereiltheiten, könntest mich noch zum Befürworter machen. – Was? Hm. Hm. Hört sich anders an. Wie heißt sie? Witwe? Aber nicht unter siebzig? Hm. Gut. Gut. Ob ich mitmache? Du weißt doch. Habe noch niemals mit jemand gemeinsame Sache. Und mein Onkel Max sagte immer. – Zu riskiert, Erwin, jawohl riskiert. Bin nun mal Einzelgänger. Hm. Hm. Na schön. Schau sie mir an. Unverbindlich. Mach ich, mach ich. Aber pünktlich sein. Bollin wartet nicht gerne. *Er legt den Hörer auf.*
Frau Oberst Molzahn. Dreiundachtzig Jahre. Ein schönes Alter. Ein gesegnetes Alter. *Geht ab.*

Onkel, Onkel

Am Rande der Stadt. Eine verlassene Baustelle. Bollin steht zwischen Kieshaufen und Gerüstbrettern auf einem Mörteleimer. Er schaut wartend zur Stadt. Sprotte und Jannemann nähern sich langsam.

SPROTTE: Onkel?
JANNEMANN: Onkel, haste nich'n Ding?
SPROTTE: Ja, Onkel, geb ihm doch.
JANNEMANN: Haste nich, nur eins?
SPROTTE: Du, Onkel?
JANNEMANN: Hörste nich?
BOLLIN: Nein!
JANNEMANN: Nur eins, Onkel?

Bollin: Gibt nix!
Sprotte: Guck doch mal nach, vleicht haste doch.
Bollin: Was denn, was denn!
Sprotte: Na'n Ding!
Bollin: Was für'n Ding denn?
Sprotte: Irgend so eins, ganz egal, was.
Jannemann: Weißte denn nicht, was'n Ding is?
Sprotte: Hat doch jeder.
Jannemann: Du auch, bestimmt.
Bollin: Glaubt mir, Kinder, ich hab nix. Kommt morgen vorbei oder nächste Woche, dann hab ich was, aber heut ist nix.
Sprotte: Tu doch nich so, Onkel, guck mal lieber richtig nach.
Jannemann: Ja, guck mal.
Sprotte: Oder soll ich?
Bollin: Werdet ihr wohl die Pfoten weglassen? Los, geht nach Haus, zu Muttern.
Sprotte: Da waren wir grade. Aber nu guck mal selber, inne Tasche, da haste doch, bestimmt sogar.
Jannemann: Ham wir doch gesehn vorhin, nich?
Sprotte: Ham wir, und ob! Was Rundes, war so'n rundes Ding, bißchen blank.
Bollin: Das war meine Uhr.
Jannemann: Wovon reden wir denn die ganze Zeit. Hab doch gesagt, daß es so'n Ding is.
Bollin: Hört mal zu, das ist nicht irgend so ein Ding, das ist eine richtige Uhr. Später, wenn ihr mal groß seid...
Sprotte: Da ham wir keine Zeit für, zu warten. Geb schon her, woll'n doch bloß mal gucken.
Jannemann: Genau, mal kurz besichtigen.
Sprotte: Ist doch interessant.
Jannemann: Wir drehen auch nich dran.
Sprotte: Nur bißchen am Ohr halten.
Jannemann: Is doch man nur für'n Augenblick, Onkel.
Bollin: Aber wehe! *Bollin gibt Sprotte die Uhr.*
Jannemann: Wie isses?
Sprotte: Still sein mußte!
Jannemann: Hörste denn was?
Sprotte: Bißchen.

Jannemann: Häh!
Sprotte: Kitzelt bißchen.
Jannemann: Wo?
Sprotte: Überall überhaupt.
Jannemann: Her damit! Verdammt, das is 'ne Sache! *Er greift die Uhr.*
Sprotte: Onkel, was machste eigentlich hier auf'm Kies? Der gehört uns, weißte das nich?
Bollin: Hör ich zum ersten Mal. Und jetzt die Uhr wieder her!
Sprotte: Hier darfste eigentlich nich stehn ohne Erlaubnis.
Bollin: Na, wird's bald?
Sprotte: Das ist nämlich unser Kies.
Bollin: Dürft ihr behalten. Nun dalli!
Sprotte: Warteste eigentlich auf was, Onkel?
Bollin: Junge, ich sag zum letzten Mal, die Uhr her!
Jannemann: Haste nich noch'n andres Ding?
Bollin: Nix hab ich, los jetzt.
Sprotte: Merkste was, der will nich.
Jannemann: Schon lange gemerkt.
Sprotte: Der will alles für sich behalten.
Jannemann: Daß andre auch mal wollen, begreift er nich.
Sprotte: Aber auf fremdem Eigentum rumstehen, das kann er.
Bollin: Also, was ist?
Jannemann: Na, ziehn wir Leine. Dankeschön auch! *Die Kinder laufen um einen Kieshaufen, Bollin, leicht hinkend, hinterdrein.*
Sprotte und Jannemann *halb singend:*
Onkel, Onkel, haste nich'n Ding,
Onkel, nur ein kleines Ding,
irgend so ein Ding.
Onkel, Onkel, haste nich, haste nich,
haste, haste, haste nich,
irgend so ein Ding nich,
vielleicht inne Tasche.
Onkel, Onkel, haste nich'n Ding...
Beide ab.
Bollin: He, Kinder, lauft nicht fort, war doch nicht so gemeint. Verdammter Kies! Hab die Schuhe schon voll. Und dann mit dem Bein. Jetzt rächt sich das. Hab immer gedacht, das macht

nichts bei mir, bißchen Hinken. Da haben wir's. Futsch ist sie, futsch und hin. War zwar nur 'ne billige, aber trotzdem. Man hängt doch dran, Onkel Max seine. Was die Gören sich einbilden? Unser Kies! Das ist unser Kies! *Er steigt wieder auf den Eimer.* Und er kommt nicht! Ob es schon Viertel nach ist? Extra hab ich gesagt, pünktlich sein, Erwin. Na bittschön, wo ist er? Dabei ist es bestimmt schon Viertel nach – wenn nich noch später. Aber ich hab's gewußt. Zu riskiert, hab ich gesagt, zu riskiert, Erwin. Ich bin Einzelgänger, hab das nie gemacht, mit jemand zusammen. Nur weil es sich um ne alte Dame handelt, nur deswegen! Bestimmt ist es halb – oder fast halb. *Er wirft mit Steinen.* Ding, Ding, haste nich. Was die sich unter einem Ding vorstellen. Wenn ich nicht das mit dem Bein hätte – aber so? *Sprotte und Jannemann kommen langsam von links.*

SPROTTE: Onkel?

BOLLIN: Da sind sie ja wieder. Nun her damit!

SPROTTE: Wonach wirfste denn, Onkel?

BOLLIN: Nun rückt schon raus mit der Uhr.

SPROTTE: Den janzen schönen Kies bringt er durcheinander.

JANNEMANN: Der hat Langeweile, merkste das nich.

SPROTTE: Kannst doch nich einfach unsern Kies nehmen und schmeißen, Onkel. Wenn wir das auch machen würden mit Sachen, die uns nich jehören?

BOLLIN: Wo ist meine Uhr?

JANNEMANN: Ham wir nich mehr, das Ding.

BOLLIN: Sofort sagt ihr, wo sie ist.

SPROTTE: Was denn, Onkel?

BOLLIN: Die Uhr, verdammt! Ich hau euch sonst durch.

JANNEMANN: Kannst ja mal versuchen, Onkel, wir laufen ganz langsam.

BOLLIN: Wo habt ihr denn die Uhr, Kinder?

JANNEMANN: Das Ding meint er.

BOLLIN: Also wo nun?

SPROTTE: Biste eigentlich verheiratet, Onkel?

BOLLIN: Ich möchte mal eure Namen wissen, na?

SPROTTE:: Mich nennen sie Sprotte. Interessiert dich das?

BOLLIN: Und er?

JANNEMANN: Was soll der Quatsch? Da kann ja jeder kommen und fragen.

SPROTTE: Hm. – Na denn was anderes. Sag mal, Onkel, haste eigentlich nix für Frauen übrig? Ich hab 'ne Schwester, die hat Haare unterm Arm.

BOLLIN: Nun hör mal her, Sprotte, du bist doch ein vernünftiges Mädchen. Komm näher, noch etwas!

JANNEMANN: Paß auf, Sprotte, der will was von dir!

SPROTTE: Ich bin nämlich minderjährig, Onkel.

JANNEMANN: Da gibts paar Jahre drauf.

BOLLIN: Versteht doch richtig.

SPROTTE: Haste nich noch'n Ding?

BOLLIN: Erst kommt mal näher, alle beide, hierher.

JANNEMANN: Paß auf, sag ich, der will dir befassen!

SPROTTE *macht einige Schritte:* Guck mal nach, Onkel, ob du nich doch was hast, irgendwo. Denn sagen wir dir auch, wie spät es ist. Nicht wahr, Jannemann?

JANNEMANN: Machen wir.

SPROTTE: Denkste vleicht, Onkel, wir können nich schlau werden aus dem Ding da? Das konnt ich schon mit Sechse bei Fräulein Bröse.

BOLLIN: So? Na, wie spät ist es denn?

SPROTTE: Erst so'n Ding. Da oben, das schwarze.

BOLLIN: Das? Soweit kommt es noch! Das ist mein Füllfederhalter, den hat mir mein Onkel Max. Den brauch ich.

SPROTTE: Wofür denn?

BOLLIN: Um Briefe zu schreiben.

SPROTTE: Was für welche sind das?

BOLLIN: Da versteht ihr doch nix von. Erklär ich euch später.

SPROTTE: Vleicht Liebesbriefe, so mit lauter Sauereien drinnen?

JANNEMANN: Frag nich soviel. Sag ihm lieber, er soll das Ding da hergeben.

SPROTTE: Wart mal, das krieg ich schon. – Wollen Sie wissen, wie alt ich bin?

BOLLIN: Die Uhr will ich haben, sonst nix.

SPROTTE: Na nun tu man nich so, Onkel. So biste nun auch wieder nich. Was schreibste denn für Briefe?

JANNEMANN: Hast doch jesagt, daß du später sagen willst. Nu is später!

BOLLIN: Geschäftsbriefe und sonstiges.

Sprotte: Was heißt sonstiges?
Bollin: Na sonstiges! Endlich her mit der Uhr, ich hab's satt!
Sprotte: Weißte, was de bist? Ein richtiger Spielverderber biste.
Jannemann: Frag ihn doch mal, wie man Kinder macht.
Sprotte: Onkel, ich soll mal fragen, wie man Kinder macht.
Bollin: Unsinn!
Sprotte: Na, wie nun?
Bollin: Das kann man nicht so erklären.
Sprotte: Versuch doch mal.
Bollin: Ja, habt ihr denn noch nichts vom Klapperstorch gehört?
Jannemann: Jetzt is aber fuffzehn! Also entweder Sie geben das Ding her, oder ich schmeiß die Uhr in'n Gully. *Er bückt sich.*
Bollin: Da habt ihr doch auch nichts von. Mein Onkel Max hat mir die.
Jannemann: Kein Schritt weiter, sonst mach ich die Hand auf.
Bollin: Ein Erinnerungsstück. Ich bitt euch, Kinder.
Sprotte: Haste nich jehört, Onkel? Der schmeißt sonst, das macht der.
Jannemann: Hab schon ganz andere Dinger innen Gully rein.
Sprotte: Mußt schon hergeben, das Ding. Woll'n ja bloß mal gucken!
Jannemann: Also ich zähl bis drei: eins, zwei, zweieinhalb...
Bollin: Aber wiedergeben! *Gibt Sprotte den Füllfederhalter.*
Jannemann: Sieht ganz sauber aus von nah. Hätt' ich nich mal jedacht von hier aus.
Sprotte: Könnt ich schon gebrauchen.
Jannemann: Wofür denn?
Sprotte: Na so. Hab doch auch mal was zu schreiben.
Bollin: Also?
Jannemann: Langsam, langsam!
Sprotte: Du bist aber gar nicht nett, Onkel. Immer willste gleich haben. Worauf warteste eigentlich hier? Das ist unser Kies, hab ich vorhin schon jesagt.
Bollin: Na wird's bald!
Jannemann: Komm, gehn wir. Is ja doch nix mehr los momentan.
Sprotte: War der nett, dein Onkel Max?

JANNEMANN: Frag ihn nich so persönliche Sachen.

SPROTTE: Na, denn Wiedersehen, Onkel!

BOLLIN: Aber ihr habt mir doch versprochen...

SPROTTE: Los, sag ihm, wie spät es ist.

JANNEMANN: Also, es ist genau: Viertel vor zwei ungefähr.

BOLLIN: Hiergeblieben! Wollt ihr wohl die Uhr geben und den Füller. *Bollin hinkt um den Kieshaufen hinter den Kindern her.*

SPROTTE UND JANNEMANN *halb singend:*

Onkel, Onkel, haste nich'n Ding,
Onkel, nur ein kleines Ding,
irgend so ein Ding.
Onkel, Onkel, haste nich, haste nich,
haste, haste, haste nich,
irgend so ein Ding nich,
vielleicht inne Tasche.
Onkel, Onkel...

Beide ab.

BOLLIN: Was hat der Bengel gesagt? Viertel vor zwei. Ob das überhaupt stimmt? Viel weniger ist es bestimmt nicht. Ich könnte ja weggehen, oder ich versuch es alleine. Wenn ich ihm einen Zettel schreib und hier anmach. Einigermaßen weit oben, da können die Gören nich ran. Moment mal, Papier dürfte reichen, Unterlage – äh, der Füller! – So wahr ich Bollin heiße, das geht noch schief. Nie wieder laß ich mich darauf ein. Jede Woche fünfmal anrufen: Haste nich was? Und, nimm mich doch mit, auf mich ist Verlaß. – Na bittschön, wo ist er, Erwin, Erwin! Vielleicht kommt er noch. *Er wirft wieder mit Steinen.* Oder ich mach es alleine. Ist ja doch hinderlich. – Hätt' ich nicht gedacht. – Aber das hat man davon. – Sowas ist mir noch nie. Ob ich wieder allein? *Sprotte und Jannemann kommen langsam von links.*

SPROTTE: Da wirft er schon wieder mit unsrem Kies!

BOLLIN: Habt ihr die Sachen noch?

SPROTTE: Denkst wohl, kannst dir alles erlauben?

BOLLIN: Die Sachen her!

SPROTTE: Immer will er was haben.

JANNEMANN: Was für Sachen denn?

BOLLIN: Die Uhr und den Füller.

JANNEMANN: Ach so! Die hammer noch, nich wahr, Sprotte?

Sprotte: Ja, sind noch da.
Bollin *hilflos:* Wollt ihr sie mir nicht zurückgeben?
Jannemann: Nee!
Bollin: Und warum nicht?
Sprotte: Du bist ja auch auf unsrem Kies.
Jannemann: Onkel! Sag mal, was haste denn da in 'ne Tasche?
Bollin: Hier? Nichts!
Jannemann: Nee, die andere!
Sprotte: Die sieht ja so geschwollen aus.
Jannemann: Ganz schweres Ding scheint das zu sein.
Bollin: Wo ist die Uhr?
Sprotte: Haste das da immer drin, Onkel?
Jannemann: Was ist denn das für'n Ding? Was Besonderes?
Bollin: Auf jeden Fall nichts für Kinder.
Sprotte: Nun sei doch nich so, Onkel.
Jannemann: Zeig doch mal, nur von weitem.
Bollin: Nein!
Sprotte: Darfst mich auch mal anfassen, wo du willst. Ich schrei' bestimmt nich.
Bollin: Schlagt euch das aus dem Kopf. Ich habe nein gesagt.
Sprotte: Oder biste mehr für Jungens?
Bollin: Genug jetzt, die Uhr her!
Jannemann: Na, denn nich! Wird schon irgend so'n Ding sein. Weiß ich was. Komm, gehn wir.
Bollin: Hiergeblieben! Ganz schnell die Uhr her und den Füller, sonst, sonst...
Sprotte: Was is denn sonst?
Jannemann: Ich werd' sagen: Erst das Ding zeigen, sonst gehn wir!
Sprotte: Is sowieso egal. Komm.
Bollin: Da! *Er zieht den Revolver aus der Tasche.*
Jannemann: Was is das für'n Ding?
Bollin: Ein Revolver.
Sprotte: Anfassen!
Bollin: Auf keinen Fall.
Sprotte: Anfassen will ich!
Bollin: Nein!
Sprotte: Nur einmal antippen.

JANNEMANN: Das is also 'n Revolver!

BOLLIN: Und jetzt die Uhr her, sonst ... *Er zielt auf Sprotte.*

SPROTTE *lacht:* Guck mal, jetzt will er uns angst machen mit dem Ding.

BOLLIN: Zwei Schuß hab ich drin.

JANNEMANN: Naja, hab ich mir gleich gedacht, entweder isses 'n Revolver oder irgend so'n anderes Ding.

BOLLIN: Kinder, wenn ich abdrücke ...

SPROTTE: Einmal nur anfassen. *Bollin senkt den Revolver.*

BOLLIN: Nein und nochmal nein! Genug jetzt, die Uhr her!

SPROTTE: Nur einmal mit zwei Finger.

BOLLIN: So was ist wirklich nichts für euch, Kinder. Glaubt mir doch, ist zu gefährlich, nachher ist der Teufel los.

JANNEMANN: Kann ja jeder sagen, und in Wirklichkeit isses denn nur 'ne Spritzpistole zu 'ne Mark fuffzig oder noch billiger.

SPROTTE: Oder 'n Mikiskop.

JANNEMANN: Quatsch, Mensch, das sieht ganz anders aus. Wird 'ne Spritzpistole sein. Sicher isses eine! Sonst würd er doch schießen.

SPROTTE: Möcht aber doch mal wissen.

JANNEMANN: Na frag ihm.

SPROTTE: Onkel? – Du? *Bollin steht nachdenklich und abwesend.* Fehlt dir was?

BOLLIN *zuckt zusammen:* Häh? – Los, die Uhr her und den Füller. Her damit, ich brauch das! Das ist mein Füller und meine Uhr. Hat mir mein Onkel Max geschenkt, als ich, und den Füller auch.

JANNEMANN: Wissen wir längst. Haste schon mal jesagt.

SPROTTE: Wir reden doch von ganz was anderem.

JANNEMANN: Von dem Ding da, hastes doch in 'ne Hand – na also! *Bollin betrachtet seinen Revolver zerstreut und unsicher.*

SPROTTE: Will es doch bloß mal anfassen.

JANNEMANN: Nun sei doch nich so, Onkel. Wenn sie doch gerne will. Außerdem hat sie heute Geburtstag, wenn du's genau wissen willst.

SPROTTE: Ja, hab ich heut'.

BOLLIN *zögernd:* Aber ich sag euch! *Reicht Sprotte den Revolver.*

SPROTTE: Faßt sich ganz kühl an, wie 'ne Kröte. Ob das Ding auch quakt, wenn man dran drückt?

BOLLIN: Jetzt wieder her damit.
SPROTTE: Sieht ganz hübsch aus, was Jannemann?
JANNEMANN: Junge, Junge!
SPROTTE: Möcht ich schon gerne.
JANNEMANN: Wär 'ne Sache.
SPROTTE: Was machste damit, mit dem Ding, Onkel?
BOLLIN: Nix, hab ich nur so.
SPROTTE: Glaub ich nich. Was machste denn damit?
JANNEMANN: Is doch klar, Sprotte. Das hatter wegen die Sicherheit.
SPROTTE: Und wenn man hier drückt?
BOLLIN: Vorsicht, die ist geladen!
JANNEMANN: Der will dir schon wieder angst machen, Sprotte.
SPROTTE: Merk ich, Junge, merk ich.
BOLLIN: Hergottnochmal – Erwin!
SPROTTE: Jetzt hatter Manschetten.
JANNEMANN: Den gibt's gar nicht, Erwin.
SPROTTE: Und seinen Onkel Max auch nich.
BOLLIN: Seid ihr verrückt, das Ding runter, los, nehmt das Ding runter, runter, sag ich, runter!
SPROTTE: Siehste, jetzt sagt er auch Ding. Und vorhin wollt er uns weismachen, das ist 'n Revolver. *Sie schießt, Bollin stürzt zu Boden.*
SPROTTE: Guck mal, jetzt hatter ganz weiße Augen.
JANNEMANN: Hätt ich nich jedacht.
SPROTTE: Komm, gehn wir. Was hatter hier auch zu suchen, wo es unser Kies ist. – Und was machen wir mit dem Ding?
JANNEMANN: Das is'n Revolver. Haste nich jehört?
SPROTTE: Weißte, was wir machen? – Auja!
JANNEMANN: Können ihn ja an die Wand pinnen. Macht sich wahrscheinlich ganz gut.
SPROTTE: Vollkommen was anderes. Du nimmst ihn und bedrohst mich.
JANNEMANN: Und denn?
SPROTTE: Denn bitt' ich dich um Gnade und mach meine Zöpfe auf.
JANNEMANN: Warum?
SPROTTE: Weil man das so macht, wenn man jemand um Gnade bittet.

Jannemann: Und weiter?

Sprotte: Denn mußte mich verjewaltigen.

Jannemann: Was is los?

Sprotte: Ja doch, hab ich jelesen in 'ner Zeitung: Eisenbahner vergewaltigt Minderjährige.

Jannemann: Denn mach ich also den Eisenbahner. Hm. Wie geht das?

Sprotte: Wart mal, ich glaub so. *Sie flüstert in Jannemanns Ohr.*

Jannemann: Wo?

Sprotte: Na, hier hin, wo das Ding is, das kleine runde. *Sie tippt auf ihren Bauchnabel.*

Jannemann: Und was is denn?

Sprotte: Denn bekomm ich 'n Kind, is doch klar.

Jannemann: Mensch, ich werd verrückt! Und ich?

Sprotte: Na, du bist der Vater! Wer sonst? Denkste vleicht der? – Ja, und denn heiraten wir.

Jannemann: Warum?

Sprotte: Weil das so ist. Los, gehn wir! Vom Schild an wird jelaufen. Ich zuerst, du hinterher bis zum Schuppen. Und da machen wir es.

Jannemann: Will mir nich in'n Kopp, mit dem Eisenbahner.

Sprotte: Meinste, es geht anders? Wir können ja mal probieren.

Jannemann: Klar Sprotte, wir haben ja Zeit.

Sprotte und Jannemann *hüpfen halb singend auf einem Bein davon:*

Onkel, Onkel, haste nich, haste nich,
haste, haste, haste nich,
irgend so ein Ding nich,
vielleicht inne Tasche,
Leise. Onkel, Onkel...

NOCH ZEHN MINUTEN BIS BUFFALO

Ein Spiel in einem Akt

Personen:

Krudewil	*ein Lokomotivführer*
Pempelfort	*ein Heizer*
Axel	*ein Kuhhirt*
Kotschenreuther	*ein Maler*
Fregatte	*eine Dame*

In der Mitte steht eine alte, verrostete, bewachsene Lokomotive mit Kohlentender. Krudewil am Fenster der Maschine, Pempelfort auf dem Tender. Sie blikken in Fahrtrichtung und täuschen große Geschwindigkeit vor.
Grüne Landschaft und Kühe im Hintergrund.
Links im Vordergrund sitzt der Maler Kotschenreuther vor seiner Staffelei mit Bild. Axel, ländlich gekleidet, beobachtet die Arbeit des Malers.

AXEL: Das soll wohl 'n Schiff werden.

KOTSCHENREUTHER: Haargenau. – Eine Fregatte.

AXEL: Ich will ja nichts gesagt haben. Unsereins hat da nur selten was mit zu tun.

KOTSCHENREUTHER: Was gibt's denn, Axel? Nur keine Umstände.

AXEL: Na ja, Sie als Professor – man wundert sich. Da kommen Sie nun jeden Morgen her, sehen sich die Kühe an, messen herum, als wenn Sie was verstehen vom Vieh und hätten vor, 'ne Sterke zu kaufen, und dann und dann...

KOTSCHENREUTHER: Na?

AXEL: Dann machen Sie 'n Schiff draus.

KOTSCHENREUTHER: Eine Fregatte.

AXEL: Auf jeden Fall 'n Segelschiff.

KOTSCHENREUTHER *erhebt sich, vergleicht das Bild mit der Landschaft:* Du mußt dich mehr einordnen. Tauchen, unter den alten Wertungen durchschwimmen und dann: neue Aspekte, nervöse Instrumente, hellhörige Apparate, ein jungfräulicher Erdteil... Vor allen Dingen mußt du diese dummen Titel über Bord werfen. Kuh, Schiff, Professor, Butterblume. Alles Täuschungen, Komplexe. Wenn du zu deiner Kuh Schiff sagst oder auch nur Dampfer, meinst du, da macht sie sich was draus?

AXEL: Da können Sie vielleicht recht haben. – Aber das Auge? Wenn ich nun sehe und sehe da die Kuh und hier ein Schiff...

KOTSCHENREUTHER: Das ist ja der Fehler. Du betrachtest die Dinge zu sehr mit dem Intellekt. Einfach bleiben, ganz von vorne anfangen. Zuerst war das Schiff. Daraus hat sich dann später die Kuh entwickelt und aus der Kuh das Schachspiel, dann wurden die Pyramiden gebaut, später kam der Journalismus und mit ihm die Eisenbahn – wer weiß, was morgen sein wird. – Bringe mir Segelsaft, ich habe Durst.

Axel: Sie meinen Milch, Herr Professor.

Kotschenreuther: Nenn es, wie du willst, nur weiß muß es sein wie Moby Dick.

Axel geht ab, der Maler setzt sich und arbeitet intensiv. Krudewil gibt Volldampf. Klägliche Heultöne.

Pempelfort: Du mußt sparsamer fahren, es reicht nicht mehr lange.

Krudewil: Dann werde ich dich verheizen.

Pempelfort: Es kann nicht dein Ernst sein.

Krudewil: Schön klein hacken werde ich dich, an der Luft trocknen lassen, dann auf die Schippe nehmen und hinein. *Er lacht dröhnend.*

Pempelfort: Ich bitt' dich, knirsch nicht so mit den Zähnen – und fahr langsamer, wir müssen wirklich besser wirtschaften.

Krudewil *reckt sich wütend aus der Lok:* Wer führt hier die Lok, du oder ich?

Pempelfort: Die Strecke ist in schlechtem Zustand, wir müssen bunkern. O glaub mir doch.

Krudewil: Ach was. *Er gibt Dampf.*

Pempelfort: Die letzte Schaufel. *Flehend.* Krudewil, Krudewil.

Krudewil: Nimm dich zusammen, Pempelfort, ich warne dich. Wer kann das anhören. – Hah, in dreißig Minuten sind wir in Buffalo, dann hat alles Elend ein Ende, dann werden die Glokken geläutet und die Laternen gekitzelt ...

Pempelfort: Ich bitt' dich auf den Knien.

Krudewil: ... dann wird das Hemd gewechselt und die Brust gesalbt ...

Pempelfort: O wenn du nur hören würdest.

Krudewil: ... dann werden die Nägel beschnitten und die Kniekehlen geölt, dann wird gelacht, hörst du, gelacht.

Pempelfort: Ich freu mich ja so, wirklich. Aber nur drei kurze Minütchen Halt. Die Gegend ist günstig, es wäre eine Sünde, vorbeizufahren. Die Kühe meinen es gut mit uns. *Krudewil zieht die Bremse und lehnt sich aus dem Fenster.*

Krudewil: Aber keine Sekunde länger. *Pempelfort springt vom Tender und sammelt mit einer Schaufel die Kuhfladen.* Schrecklich diese

Gegend hier. Dieser Buttergeruch. Ich werde die Gelbsucht bekommen.

PEMPELFORT: Sei nicht ungerecht, sie sorgen für uns.

KRUDEWIL: Es hätte bestimmt noch gereicht.

PEMPELFORT: Niemals. – Ich will dir ja keine Vorschriften machen. Schließlich bist du der Lokführer und weißt Bescheid da vorne. Aber ich weiß auch etwas, ich bin auch etwas.

KRUDEWIL *verächtlich:* Heizer.

PEMPELFORT: Jawohl, Heizer. Und ich habe den Blick dafür, ob es reicht und wie lange und ob und wann man bunkern muß.

KRUDEWIL: Sollst ja recht haben. Bist ein prima Heizer, aber nun mach. Wir bringen den Fahrplan durcheinander.

PEMPELFORT: Nur noch diesen hier und den. Trocken wie Zunder. *Er nähert sich dem Maler.* Sind Sie Maler?

KOTSCHENREUTHER *ärgerlich:* Stören Sie nicht, kommen Sie ein anderes Mal. Ich bin bei der Takelage.

KRUDEWIL: Komm, Pempelfort, laß den Mann in Ruhe. Du mußt noch die Bolzen nachschlagen.

PEMPELFORT: Ja doch, ja, schon dabei. *Er schlägt die Bolzen, Krudewil gibt Signal und Dampf.*

KRUDEWIL: Partenza.

PEMPELFORT: Halt, halt, so warte doch. *Er läuft auf der Stelle neben der Maschine her, stolpert, fällt, springt auf, sitzt atemlos auf dem Tender. Krudewil lacht.* Du mußt das nicht machen. Weißt doch, wie ängstlich ich bin. Vertrage das einfach nicht, diese Aufregungen. Tu ja schließlich, was ich kann. Seit fünf Tagen ist die Maschine unter Dampf. Das kannst du mir verdanken, nur mir.

KRUDEWIL: Ist ja gut, Pempelfort, bist fleißig gewesen.

PEMPELFORT: Dabei wäre ich viel lieber bei der Marine geblieben. Solch ein schönes Schiff, und immer reine Luft. Aber du mußtest meutern und davonlaufen.

KRUDEWIL: Hättest ja dableiben können. Deck schrubben, Zwieback fressen, immer vorm Mast schlafen – lassen wir das. Gefällt mir gar nicht, diese Landschaft. Kühe, nochmal Kühe.

PEMPELFORT: In der Tat, der Viehbestand ist beträchtlich. Wer melkt die bloß?

KRUDEWIL: Was kümmert uns das. Wir haben unser Ziel, und

das heißt Buffalo, und wenn wir da sind, dann sollst du was erleben.

PEMPELFORT: Was denn, Krudewil?

KRUDEWIL: Fragen stellst du. Da geht es rund, da wird gelotet und klar Schiff gemacht. Waren ja nicht umsonst bei der christlichen Seefahrt. Wahrschau! Wahrschau! *Er lacht schrecklich.*

PEMPELFORT: Ich fürchte mich, wenn du so lachst. Du hast etwas vor.

KRUDEWIL: Worauf du dich verlassen kannst.

PEMPELFORT: Etwas Böses?

KRUDEWIL: Wie man's nimmt.

PEMPELFORT: Sag mir die Wahrheit. Ich könnte es nicht ertragen, wenn du am Ziel unserer langen Reise wieder auf Abwege gerätst. – Wir hätten das nicht tun sollen, sie einfach verlassen.

KRUDEWIL: Eine Frau als Kapitän...

PEMPELFORT: Fregattenkapitän.

KRUDEWIL: Von mir aus Admiral, auf jeden Fall unerträglich. Eine Frau gehört ins Bett oder sitzt im Schaukelstuhl und häkelt sich einen ab. *Er lacht.*

PEMPELFORT: Lach nicht – sonst...

KRUDEWIL: Was sonst?

PEMPELFORT: Ich, ich verlasse dich sonst.

KRUDEWIL: Du mich?

PEMPELFORT: Gewiß.

KRUDEWIL: Moment mal. *Er liest am Schaltbrett.* Wir haben jetzt gut und gerne neunzig Sachen drauf, rechne das mal in Seemeilen um und frage dich dann...

PEMPELFORT: Das ist mir gleich. Wenn du Böses vorhast, kann ich nicht mehr dein Freund sein. Doch willst du mir versprechen, daß du heute abend, wenn wir ankommen, früh zu Bett gehst, wie es sich nach solch einer anstrengenden Reise gehört...

KRUDEWIL: Schluß, kein Wort mehr.

PEMPELFORT: Dann muß es sein. *Er erhebt sich und klettert auf den Tenderrand.*

KRUDEWIL: Bleib sitzen, Mensch. Er ist wahnsinnig geworden.

PEMPELFORT: O nein. Ganz klar ist Pempelfort, sehr klar sogar. Durchschaut habe ich dich und ahne schon, wie das zu Ende gehen wird mit dir. Schuldig wirst du werden, und Blut wird an deinen Händen kleben. Mir graut vor dir, Krudewil. *Er will vom Tender springen. Krudewil klettert rasch aus der Lok und faßt ihn. Sie ringen, fallen vom Tender, laufen hinterher, springen auf, ringen weiter; die Maschine stößt Dampf aus, heult.*

Der Maler erhebt sich, faßt Papier und Kohle.

KOTSCHENREUTHER: Jakob ringt mit dem Engel. Schnell eine Skizze. Das sah noch keiner, das brachte noch niemand aufs Papier, aktuell, höchst zeitgemäß und dennoch zeitlos. Das muß aufs Bild, die Transzendenz zwischen Fock- und Großmast, nicht achtend den steifen Nordwest, Catch as catch can, Jakob ringt mit dem Engel. *Er setzt sich und malt.*

Krudewil hat Pempelfort bezwungen.

KRUDEWIL: Wirst du das noch einmal machen? Deinen besten Freund im Stich lassen?

PEMPELFORT: Nur wenn du mir versprichst. Schwöre, schwöre. *Krudewil hebt die Hand zum Schwur.* Daß du mich nie wieder alleine läßt.

KRUDEWIL: Bei unserer Geschwindigkeit. *Sie halten sich im Fahrtwind.*

PEMPELFORT: Daß du gleich schlafen gehst, wenn wir ankommen.

KRUDEWIL: Bei der Spurweite der Strecke nach Buffalo.

PEMPELFORT: Daß du zuvor dein Nachtgebetchen aufsagst.

KRUDEWIL: Beim Gott, der die Weichen stellt.

PEMPELFORT: Und daß du nie, nie wieder zu den Leuten in den verrufenen Keller gehst.

KRUDEWIL: Die sind aber doch völlig harmlos. *Er will die Hand sinken lassen.*

PEMPELFORT: Wirst du wohl. Nie wieder in den Keller.

KRUDEWIL: Bei allen Schienenstößen und Kilometersteinen, bei allen Schwalben und Telegrafenmasten – *er weist auf die Strecke* –, bei allen unerforschlichen Signalen ... Verdammt, wir haben ja gar keine Einfahrt. *Er hastet zur Lok und bremst die Maschine.* Das hätte schiefgehen können. Nochmal Schwein gehabt. Mach ich nie wieder, bei solch 'ner Geschwindigkeit.

PEMPELFORT: Geschworen ist geschworen, mein Lieber, jetzt liegst du vor Anker.

KRUDEWIL: Unterlaß bitte diese seemännischen Ausdrücke. Da, schlag die Bolzen nach.

PEMPELFORT: Ich hab doch vorhin gerade.

KRUDEWIL: Dalli, dalli.

PEMPELFORT: Gut, wenn du meinst. *Er klettert mit einem Hammer vom Tender und klopft an den Rädern.* Aber nicht wieder einfach losfahren, und ich muß laufen. Hörst du, Krudewil?

KRUDEWIL: Ich schreib dir 'ne Karte, wenn's soweit ist.

PEMPELFORT: Verspotte mich nur. Eines Tages, wenn ich nicht mehr sein werde, dann wirst du begreifen, wen du mißhandelt und gequält hast, dann wird die Reue kommen, doch zu spät, Krudewil, zu spät. *Pflückt Blumen.*

KRUDEWIL: Du Ärmster mußt so leiden, nur Blumen können dich noch trösten und allenfalls ein etwas wirrer Schmetterling. Noch fünfzehn Minuten bis Buffalo, dann kannst du Blümchen streuen auf dem Bahnhof und dem Stationsvorsteher Löwenzahn schenken. *Er zündet sich eine Pfeife an.*

Der blumenpflückende Pempelfort nähert sich Kotschenreuther.

PEMPELFORT *erstaunt:* Na, so etwas. Schon wieder ein Maler.

KOTSCHENREUTHER *mürrisch:* Wieso schon wieder, junger Mann?

PEMPELFORT: Es sind noch keine zehn Minuten her, wir mußten halten auf freier Strecke, weil uns der Brennstoff ausging, und wen sah ich da?

KOTSCHENREUTHER: Wahrscheinlich die Jungfrau von Orléans.

PEMPELFORT: Falsch. Auf genau solch einer Wiese saß da wer und malte.

KOTSCHENREUTHER *springt auf:* Reden Sie keinen Unsinn. Was malte der Kerl, Blumen wahrscheinlich oder Schmetterlinge.

PEMPELFORT: Das ist es ja eben. Der Herr war sehr kurz angebunden, ich durfte das Bild nicht betrachten. Dabei hätte ich so gerne.

KOTSCHENREUTHER: Hm. Großes Format? Und die Palette?

PEMPELFORT: Blau, viel Blau. Der Herr war sehr eifrig. Er sagte, er müsse an der Takelage arbeiten. Vielleicht war er ein Marinemaler.

KOTSCHENREUTHER: Was ich mir gedacht habe. Drellmann, dieser lächerliche Epigone. Na warte, Bürschchen, dir wasch ich die Pinsel aus. *Er packt Bild, Staffelei und Farben zusammen.* Mir meine Idee zu stehlen. Womöglich auch noch den Ringkampf. Diese Provinzgröße. Keine blasse Ahnung von Avantgardismus. Hier, Kotschenreuther, merken Sie sich diesen Namen. Ich bin ein Mensch, dessen Uhr um mehrere Jahrhunderte vorgeht. Wer sich mit mir verabredet, kommt unweigerlich zu spät. *Schwer bepackt geht er nach links ab.*

Pempelfort staunt, muß dann aber laufen, weil Krudewil Dampf gibt.

KRUDEWIL: Freie Fahrt, partenza. *Pempelfort springt auf.*

PEMPELFORT: Ich kann nicht mehr.

KRUDEWIL: Ach was, ein Heizer muß das aushalten. Bald sind wir da, dann kannst du weinen und jammern. – Schütt noch was auf.

PEMPELFORT *schaufelt vom Tender in die Lok:* Nichts glaub ich dir mehr, kein Wort. Ein Lump bist du. Versprochen hast du, geschworen bei allen ungeschützten Bahnübergängen. Aber ich weiß schon: wenn wir erst da sind, bin ich wieder alleine und muß alle Türen abschließen, weil ich mich fürchte.

KRUDEWIL: Ein Zeugs redest du. Mensch, lach doch. Dieses Leben, wer kann sich das leisten. Immer hübsch auf Schienen. Kein Seegang, keine Klippen, kein Skorbut, kein Klabautermann. Immer schön gleichmäßig geradeaus, heute in Dallas, morgen in Buffalo – wenn dieser Landschaft nur mal was anderes einfallen würde. Von mir aus Wüste, ratzekahl, mit einigen leergelöffelten Konservendosen backbord und steuerbord. Bloß keine Kühe mehr und keine Gänseblümchen.

PEMPELFORT *riecht an seinen Blumen:* Dir geht der Sinn ab für die Natur.

KRUDEWIL: Ich brauche Abwechslung.

PEMPELFORT: O ja, das kenne ich. Laster, Unflat, Ohnmacht, unwürdige Situationen, niedrigste Gelüste, Schaum, Flüche, Ekel, klebrige Freuden und keine Reue.

KRUDEWIL: Was bleibt mir übrig. Als Lokomotivführer ist man sich vollkommen ausgeliefert.

PEMPELFORT: Lächerlich, diese Entschuldigungen. Dabei hast du noch nie einen Personenzug geführt, immer nur Güterzüge.

KRUDEWIL *deklamierend:* Der Güterzug, der Güterzug ist länger als Personenzug. Wollen wir?

PEMPELFORT: Du willst nur ablenken.

KRUDEWIL: O bitte, nur drei Strophen.

PEMPELFORT: Nein.

KRUDEWIL: Ich werde anfangen. *Er schwingt sich aufs Dach der Lok.*

PEMPELFORT: Wenn es noch ein Shanty wäre, und man könnte die Anker lichten.

KRUDEWIL: Der Güterzug, der Güterzug. *Er singt.*

Sie blasen sich die Lichter aus,
verkaufen ihrer Katz das Haus.
Sie tragen sich einander nach
und unterwandern sich beim Schach,
sie überbrücken ihre Lücken
mit wunderschönen Eselsbrücken;
darüber lärmt der Güterzug,
ist länger als Personenzug.

PEMPELFORT *auf dem Tender demonstrierend:*

Sie schlagen sich einander vor,
bedienen das Gespräch.
Mit Rücksicht, Vorsicht, Übersicht
bläst einer aus des andern Licht,
fährt mitten durch ihr Kurzgesicht;
der Güterzug, der Güterzug.

KRUDEWIL *rittlings auf der Lok:*

Sie nehmen sich die Arbeit ab,
sie geben sich die Ehre.
Sie haben einen Panzerschrank,
der schützt die große Leere.
Der eine nennt den andern krank,
sie stehen stolz am Bahnsteigrand
und grüßen mit erhobner Hand;
den Güterzug, den Güterzug. *Er klettert zurück.*

PEMPELFORT *springt ab, läuft neben der Lok her, springt wieder auf:*

Ein Autobus, ein Autobus,
besetzt mit Langeweile.

Das Auto überholt den Fluß,
der Fluß hat keine Eile.
Sie sind sich immer weit voraus,
sie blasen sich die Lichter aus,
sie sitzen vor und hinterm Bier,
die Nacht durchschreit ein wütend Tier:
der Güterzug, der Güterzug...

KRUDEWIL: ... ist länger als Personenzug. *Er lacht, gibt Signal, zieht plötzlich die Bremse.* Verdammt.

PEMPELFORT: Was ist, warum hältst du?

KRUDEWIL: Da liegt wer.

PEMPELFORT: Wo? *Sie blicken beide aus dem Lokomotivfenster.*

KRUDEWIL: Auf den Schienen.

PEMPELFORT: Ogottogott. Vielleicht sogar gefesselt, betäubt, mit einem Knebel im Hals, kurz vorm Ersticken.

KRUDEWIL: Unsichere Gegend hier. Von wegen Kühe, alles nur Tarnung. Los, geh hin und guck nach.

PEMPELFORT: Ich?

KRUDEWIL: Wer sonst?

PEMPELFORT: Aber, aber...

KRUDEWIL: Na, wird's bald. Soll ich etwa, der Lokomotivführer?

PEMPELFORT: Und wenn sich nun was rührt und sie kommen.

KRUDEWIL *zieht eine Pistole:* Hier, die habe ich damals mitgehen lassen. Was braucht ein Fregattenkapitän eine Pistole?

PEMPELFORT: Sie wird es gemerkt haben.

KRUDEWIL: Und wenn schon. Uns leistet sie jetzt gute Dienste. Lauf, ich gebe dir Feuerschutz. *Pempelfort ab.* Man sollte vorbeugen und sie alle abknallen. Jetzt oder nachher im Fahren. *Pempelfort kommt zurück.*

PEMPELFORT: Krudewil.

KRUDEWIL: Schon zurück?

PEMPELFORT: Es ist eine Frau.

KRUDEWIL: Hübsch?

PEMPELFORT: Spiel nicht so mit der Pistole.

KRUDEWIL: Ob sie hübsch ist?

PEMPELFORT: Ich weiß nicht, ich hab nur von weitem...

KRUDEWIL: Sieh richtig nach und komm wieder.

PEMPELFORT: Willst du nicht lieber? Du weißt da besser Bescheid.

KRUDEWIL: Wird's bald. *Er hebt drohend die Pistole. Pempelfort ab.* Vor einer Frau hat er Angst. Vor einem Woll- oder Seidenrock, platzvoll gefüllt mit Frau, zittert er. *Pempelfort zurück.* Wie siehst du aus. Hat sie dich gebissen, hat sie an deinem Hemdchen gezupft? *Er lacht, bricht mißtrauisch ab.* Heh, Pempelfort, klapper nicht mit den Zähnen, komm zu dir.

PEMPELFORT: Sie ist es.

KRUDEWIL: Um Gottes willen. Fregatte?

PEMPELFORT: Sie sieht sehr böse aus.

KRUDEWIL: In Uniform?

PEMPELFORT: Bis über die Toppen beflaggt. Außerdem raucht sie Zigarren.

KRUDEWIL: Zwei?

PEMPELFORT: Drei. Abwechselnd.

KRUDEWIL: Vielleicht ist sie uns gar nicht böse.

PEMPELFORT: Dann kennst du sie schlecht.

KRUDEWIL: Hat sie dich gesehen?

PEMPELFORT: Ich glaube nicht.

KRUDEWIL: Hm. Da kommt mir ein kleiner Gedanke.

PEMPELFORT: Krudewil, du willst doch nicht etwa...

KRUDEWIL: Warum nicht? Es hätte ja gut sein können, daß die Sicht, sagen wir mal, behindert gewesen wäre. Bodennebel, Nacht, Schneegestöber.

PEMPELFORT: Krudewil.

KRUDEWIL: Was willst du? Ich hätte normalerweise gar nicht bremsen können.

PEMPELFORT: Du hast aber.

KRUDEWIL: Es war fahrlässig von mir. Los, dampfen wir ab. *Er klettert in die Maschine. Pempelfort breitet auf den Schienen die Arme aus.* Ich bitt' dich, Pempelfort, noch drei Minuten, schon sehe ich eine leichte Dunstschicht, Buffalo, Freiheit. *Er resigniert.* Binde sie los.

PEMPELFORT: Sie ist nicht gefesselt. Sie hat die Beine übereinandergeschlagen und hat es sich bequem gemacht. Schrecklich sieht sie aus, schrecklich. Ich werde sie um Verzeihung bitten. *Ab.*

KRUDEWIL: Unverkennbar, sie ist es. – Die Pistole. Wohin damit? Hier, nein, da auch nicht, in den Tender oder aufs Dach.

Er klettert aufs Dach. Hier in den Schornstein. *Er steckt die Pistole in den Schornstein.* Ich ahne es schon. Sie wird sofort in See stechen wollen. Wer weiß, was sie geladen hat. Hundert Tage kein Land. Keine Schienen mehr, keine Schwalben und Telegrafenmasten, keine freundlich grüßenden Stationsvorsteher. Nichts. Ein besoffener Horizont, halbirre Möwen und dann und wann ein Leuchtturm. *Er klettert langsam von der Lok.*

PEMPELFORT *atemlos zurück:* Kurs Südsüdost. Sie hat Pfeffer geladen.

KRUDEWIL: Und sonst, dicke Luft? *Bootsmannspfeife.*

PEMPELFORT: Eins übergezogen hat sie mir, und die Blumen, ich wollt sie ihr zur Begrüßung geben, aufgefressen hat sie alle, auch die Stiele.

KRUDEWIL: O hätte doch Bodennebel oder ein Schneegestöber die Sicht behindert. Sie kreuzt wie ein Schulschiff: blitzblank, streng, nur am Sonntag darf man es besuchen.

PEMPELFORT: Rückenwind hat sie und wird Fragen stellen. Wir sollten uns präparieren. Vom Klüver bis zum Achtersteven?

KRUDEWIL: Kreuz-, Groß- und Fockmast. Kreuzsegel, Kreuzuntermarssegel, Kreuzobermarssegel, Kreuzunterbramsegel, Kreuzoberbramsegel...

PEMPELFORT: Kreuzroyal, Kreuzschleisegel, Besan. Nun der Großmast: Großsegel, Großuntermarssegel...

KRUDEWIL: Großobermarssegel, Großunterbramsegel, Großoberbramsegel...

PEMPELFORT: Großroyal, Großschleisegel, Mondgucker, fertig! Und nun noch ganz schnell den Fockmast: Focksegel, Voruntermarssegel...

KRUDEWIL *schwankt:* Alles schwankt, Übelkeit, rollende See, Vorobermarssegel, Vorunterbramsegel...

Fregatte, ein kräftiges Frauenzimmer in Admiralsuniform, mit einer Fregatte als Kopfbedeckung, tritt gelassen auf. Sie raucht abwechselnd drei Zigarren und läßt ihre Bootsmannspfeife hören.

FREGATTE: Vorobermarssegel, Vorunterbramsegel, weiter, meine Herren Schienenritter, Dampfrösser, Kohlenschlucker! Weiter!

PEMPELFORT: Nur Mut, Krudewil, nur Mut!

KRUDEWIL: Vor... Vor... Vorober...

Pempelfort *spielerisch:* Voroberbramsegel! Spielend leicht geht es: Vorroyal, Vorschleisegel und nochmals der Kreuzmast: Kreuzsegel, Kreuzuntermarssegel, Kreuzobermarssegel, Kreuzunterbramsegel, Kreuzoberbramsegel, Kreuzroyal, Kreuzschleisegel, Besan ... *Krudewil sinkt in Pempelforts Arme.* Eine kleine, vorübergehende Übelkeit, Sir...

Fregatte: Schienenkrank, seekrank! Ein Kerl wie ein Pottwal, hat alle sieben Meere befahren, war in der Scheldemündung dabei, hat kleinen und großen Fischen an der Gräte geklimpert, und was wird er? Seekrank! *Verschämt.* Ich, eine zarte flämische Jungfrau, die immer züchtig am Spinnrad saß, die durch die Nase hochziehen mußte, weil beide Hände immer beschäftigt waren, ich, die erröten konnte, wenn jemand in meiner unmittelbaren Nähe »Schmuckkästchen« sagte, ich wurde in einem Jahrhundert, da das Hexen und Verhexen eine Freizeitbeschäftigung war, verhext, in eine hölzerne Galionsfigur verwandelt, ward später, nach etlichen Kaperfahrten und Seeschlachten, von einem springenden Delphin geküßt, erlöst und zum Admiral gemacht: Lepanto, Trafalgar, Abukir! Siegte, ging unter und ward zu jener Seeschlange, die dem zeitungslesenden Volk die Sauregurkenzeit versüßt ... Ach, Fregatte, wie oft mußt du noch den Kurs ändern und dein meuterndes Schiffsvolk suchen?! *Zu Krudewil und Pempelfort.* Kielholen sollte man euch, teeren und federn, den Rest für die Haie! *Sie umkreist die beiden, pfeift.* Wahrschau, Reise, Reise, alle Mann steuerbord! *Pempelfort und Krudewil stehen sich gegenüber und nehmen Haltung an. Sie fassen sich ans rechte Ohr.* Und backbord! *Ans linke Ohr.* Und steuerbord – backbord – und steuerbord – und Mittschiff – *Stirn gegen Stirn* – und achtern – *Kehrt, Hinterkopf gegen Hinterkopf.* Mittschiff und nochmals achtern – und achtern – und achtern! – Wie heißt eure Lokomotive?

Pempelfort und Krudewil: Fregatte!

Fregatte: Kurs?

Pempelfort und Krudewil: Südsüdost!

Fregatte: Womit heizt ihr eure Lokomotive?

Pempelfort und Krudewil: Mit Wind!

Fregatte: Kurs?

Pempelfort und Krudewil: Südsüdost!

FREGATTE: Wie sehen eure Schwalben aus?
PEMPELFORT UND KRUDEWIL: Weiß. Sie leben von Fisch.
FREGATTE: Auf welchen Schienen fahren wir?
PEMPELFORT: Auf den salzigen.
FREGATTE: Kurs?
PEMPELFORT UND KRUDEWIL: Südsüdost!
FREGATTE: Und Buffalo?
PEMPELFORT UND KRUDEWIL: Was ist das?
FREGATTE: Wo liegt Buffalo?
PEMPELFORT UND KRUDEWIL: Wissen wir nicht.
FREGATTE: Buffalo?
PEMPELFORT UND KRUDEWIL: Unbekannt.
PEMPELFORT: Vielleicht am Bodensee oder am Vierwaldstätter?
KRUDEWIL: Da muß irgend so ein dreckiges Nest sein.
PEMPELFORT: Zwischen Wanne-Eickel und Gelsenkirchen.
KRUDEWIL: Das hat nicht mal eine Volkshochschule.
PEMPELFORT: Da zieht es uns gar nicht hin. Wir wollen viel lieber ums Kap und gegen den Wind jammern.
PEMPELFORT UND KRUDEWIL: Kurs Südsüdost!
FREGATTE *pfeift:* Bei Mast und Kiel: Setzt alle Segel und die Toppen bemannt! *Krudewil nimmt Pempelfort Huckepack. Pempelfort hält Ausschau. – Von links kommt Axel. Er hält einen Eimer in der Hand und staunt.*
FREGATTE: Die Herzen kalfatert, Harpunen bereit! *Zu Axel.* Den Mund zu, Cowboy! Du nimmst mir den Wind aus der Fock. Stopfen will ich ihn dir, wie ein Leck. *Sie steckt ihm zwei Zigarren in den Mund.* Ziehen mußt du, ziehen! *Axel raucht, Fregatte zieht ein Fernrohr aus der Tasche und betrachtet die Lokomotive. Pempelfort hat etwas gesichtet.* Ein Wrack treibt steuerbord. Keine Reling, kein Ruder, gekappt alle Masten. Wo blieben Klüver und Fock?
PEMPELFORT: Wal! Wal! Da bläst er, bläst er!
FREGATTE: Seemannslos. Kein Kompaß, kein Hafen.
PEMPELFORT: Bläst er, da bläst er!
FREGATTE *düster:* So treibe auch ich und hab keinen Anker, keinen Kompaß, keinen Hafen.
PEMPELFORT: Da, da, da bläst er!
FREGATTE *reißt sich vom Anblick der Lokomotive los. Forsch:* Wo, wo, wo bläst er?

PEMPELFORT: Da wieder, da bläst er!

FREGATTE: Gleich taucht er.

PEMPELFORT: Da taucht er!

FREGATTE: Leesegel ein, Bramsegel laßt fallen! Hah, Moby Dick, deine Stunde ist da, die Harpune bereit... Anluven, ein Strich nach Luv und die Boote klar.

KRUDEWIL: Er hat Kurs genau nach Lee.

FREGATTE: Still, Mann, und klar bei Brassen, Ruder in Lee. Anbrassen, Segel killen. So gut – und ins Boot! *Pempelfort und Krudewil mimen ein Ruderboot. Fregatte mit Fernrohr und einer Zigarre am Heck.* Und lustig jetzt, und lustig, und Schlag, Schlag, wollt ihr wohl, den großen Schlag, den ganz großen, süß ist der Tran, und Pudding gibt's heute und Jungfraungehacktes. Pullt, Leute, pullt, daß euch die Haare ausfallen, daß euch die Knie spitz werden und die Zähne stumpf, Fregatte ist mit euch, da, da, da bläst er, schon wieder, da bläst er, Wal, Wal, da bläst er, Schlag, bläst er, und großen Schlag, bläst er – *im Abgehen leiser* – großen Schlag, bläst er, großen Schlag, bläst er, Wal, Wal, da bläst er...

AXEL *schüttelt langsam den Kopf:* Wie die Bremsen sind sie hinter den Kühen her. *Er nähert sich mit Eimer und Zigarre der Lok.* Nach Buffalo wollen sie und scheuchen die Kühe. *Er klettert in die Maschine und pfeift seinem Hund.* Hierher, Jonas, hierher! Kommen, scheuchen die Kühe und wollen nach Buffalo. Als wenn unsereins nicht auch mal. Hab zwar keine Verwandten dort, aber so für zwei Tage, warum nicht? – *Er kichert, raucht, die Maschine stößt Dampf aus, heult, setzt sich in Bewegung. Während sie langsam nach rechts abfährt, blickt Axel aus dem Fenster und wechselt seine Zigarren aus. Die Kühe muhen, der Hund bellt, im Schornstein der Lok blitzt und kracht es. Krudewils Pistole ist es zu warm geworden.*

DIE BÖSEN KÖCHE

Ein Drama in fünf Akten

Dem Bildhauer und Koch
Ludwig Gabriel Schrieber gewidmet

PERSONEN:

Herbert Schymanski	*genannt »Der Graf«*
Petri	*ein Koch*
Grün	*ein Koch*
Vasco	*ein Koch*
Stach	*ein Koch*
Benny	*ein Koch*
Kletterer	*ein Koch*
Martha	*eine Krankenschwester*
Therese	*Vascos Tante*
Frau Kühlwasser	*die Wäschereibesitzerin*
Köche	*aus dem Gefolge Kletterers*

Erster Akt

Nächtliche Szene: Am linken Bühnenrand grenzt sich ein kleines Zimmer ab. Herbert Schymanski, genannt »Der Graf«, sitzt an einem Pult vor dem Fenster und schreibt. In der Mitte des großen Bühnenfeldes hockt der Koch Petri auf einem Schemel und bläst eine riesige Trompete. Das Instrument öffnet sich zum Boden hin. Bei jedem Trompetenstoß rutscht der junge Koch Benny ein Stück aus dem Gewölbe. – Im nebligen Hintergrund deutet sich eine Brücke an.

BENNY: Nicht so laut, Chef. Piano, piano. *Ein letzter Trompetenstoß, Benny, ganz ausgestoßen, springt auf die Beine und bohrt im Ohr.* Zu! *Er lacht.* Pause, bevor es anfängt.

PETRI: Lach nicht, Junge, das könnte auf dich zurückkommen. *Benny lacht weiter, Petri tritt ihn.* Du sollst nicht lachen!

BENNY: Was ist denn nun wieder los? Ich hör nix mehr, Chef, Feierabend!

PETRI: Weg damit! *Er zeigt auf die Trompete.* Und den Anschläger bringen. Anschläger, und die Werktagstrompete!

BENNY: Hammer?

PETRI: Genau, und hier! *Er deutet eine kleine Trompete an.*

BENNY *pfeift bedeutungsvoll:* Große Gala, kleine Trompete! *Er pfeift abermals, nimmt den Schemel, rollt die große Trompete von der Bühne, kommt mit einem Vorschlaghammer und der kleinen Ausgabe der großen Trompete zurück.*

PETRI *wichtig, mit verschränkten Armen:* Wie steht's mit dem Gehör?

BENNY: Schon besser, Chef. Bin ganz Ohr!

PETRI: Dann können wir also. *Er bläst signalartige Töne: Im Hintergrund wird ein großes Ei sichtbar. Ohne zu rollen, schiebt es sich in den Vordergrund.*

BENNY: Taufrisch! *Er reicht Petri den Hammer.*

PETRI: Es wird noch warm sein. Ich bin recht neugierig, obgleich ich wissen müßte … *Er hängt die Trompete um und schlägt mit dem Hammer behutsam auf das Ei. Das Ei bricht in der Mitte, der Koch Grün, in jeder Hand eine Pfanne, springt aus den Schalen.* Wer hätte es anders sein können als der Grün.

GRÜN: Was müssen das für fürsorgliche Hühner sein, deren Eier, außer dem nahrhaften Dotter, auch gleich die Bratpfannen liefern. – Ein Spielchen, Benny? *Er wirft Benny eine Pfanne zu. Sie improvisieren ein Tennismatch.*

PETRI *stößt wütend in die Trompete:* Schluß mit dem Getue! Weg mit dem Zeugs, wir müssen machen!

GRÜN: Lauf, Benny, hol ihm die Schaufel, er hat es heut eilig!

BENNY *stellt die Schalen ineinander und hält sie spielerisch über dem Kopf:* Wem soll ich die Schalen denn unters Fenster legen? *Er lacht albern. Petri sieht ihn drohend an, Benny verstummt, geht schnell ab und kommt mit einer Schaufel wieder.*

PETRI: Wird sich noch einmal die Zähne aus dem Gesicht lachen, der Rotzjunge. *Er bläst die Trompete: Aus dem Boden wächst ein mannshoher, kegelförmiger Berg.*

GRÜN: Da wird doch etwa keine Maus drinnen sein. *Er nascht von dem Berg.* Salz, unschuldiges, billiges Speisesalz. Und soviel? Wem wollt ihr die Suppe versalzen? *Er macht einen Knicks.*
»Was ist wohl süßer als Salz?
fragte mich neulich die Ziege.
Sie trug ein Glöckchen am Hals
und wollte an meinen Sohlen lecken,
mein kleines Geheimnis entdecken.
Sie schrie und verlangte nach Salz.«

PETRI *nimmt Benny die Schaufel ab:* Was eine gute Ziege ist, bringt selbst einen Stein zum Sprechen. *Er stößt die Schaufel in den Salzberg; wie gestochen springt der Koch Vasco hervor. Der Berg fällt in sich zusammen.*

VASCO: Nein, nein. Ich habe euch alles gesagt, bittschön. Mehr, als ich wissen kann. *Petri, Grün und Benny lachen.*

GRÜN: Wie ängstlich er ist, der gute Vasco.

PETRI: Immer hat er ein schlechtes Gewissen.

BENNY: Vielleicht ist er verliebt?

GRÜN: In wen denn?

BENNY: In die Martha.

GRÜN: Und deshalb steckt er im Salz bis über die Ohren.

VASCO: Herr Petri, Sie kennen mich gut, Sie wissen, wie ich steh zu ihr. Das Mitleid ist es, die menschliche Sorge! *Er kaut an den Fingernägeln.*

PETRI: Aber Vasco, muß das sein? Kaust du schon wieder an den Nägeln? Der Graf liebt das nicht.

GRÜN: Sein Blinddarm könnte sich entzünden, er könnte uns wegsterben. Todtraurig würden wir sein und Tränen weinen, salzige, süße Tränen.

PETRI *zählt seine Leute:* Es fehlt einer!

GRÜN: Soooo? Noch nicht genug? Du meinst, du müßtest noch einmal so tun als ob, auf deiner Trompete. Wir wissen nun, daß du musikalisch bist. Wir haben es noch in den Ohren.

PETRI: Es fehlt aber einer!

GRÜN: Gut, doch ohne Musik!

PETRI: Empfindlich, der Grün, sensibel, nervös, kleinen Stimmungen unterworfen. Rücksicht muß ich nehmen, ich, der Chef. Nicht blasen darf ich, wann ich will. Es geht auch anders! *Er klatscht in die Hände: Im Hintergrund beginnt es an einer Stelle dicht zu schneien. Petri klatscht abermals: Der Schneefall läßt nach, hört auf, der Koch Stach löst sich aus den Flocken.*

STACH: Jejeje, mitten im August. Was er nicht alles kann, der Petri. *Er formt einen Schneeball, wirft, trifft Benny, Benny wirft zurück, sie treiben es wie Kinder. Petris Trompetensignal schafft wieder Ordnung.*

PETRI: Wir wollen den Zweck unserer Übung nicht vergessen. Wir befinden uns in Gefahr, unser guter Ruf scheint erschüttert, die Leute wenden sich ab, es schmeckt ihnen nicht mehr bei uns.

VASCO: Man will uns abbauen.

PETRI: Spöttische Spielchen treibt man mit uns.

STACH: Opfer sind wir geworden! Schlachten werden sie uns! Köche werden gestochen und nicht mehr Schweine!

PETRI: Wir müssen uns besinnen, in uns gehen müssen wir. *Er schreit:* Alle zusammen, verstanden, keiner darf abseits stehen! Strengste Strafe für denjenigen, der die Solidarität aller organisierten Köche ... *Er blickt die Köche nacheinander prüfend an.* Benny, hol den Himmel! *Benny läuft davon und bringt einen schwarzen Baldachin an vier Stangen. Petri und Benny stellen sich unter den Baldachin, die übrigen Köche bilden einen lockeren Kreis.*

PETRI *singend:* Ein Koch –

BENNY: – nein, zwei Köche –

PETRI U. BENNY: – die verließen die Küche.

PETRI: Ein Koch verließ das Haus,
trat in die Nacht hinaus,
die Nacht war schwarz und drückte

ihm seine Mütze ein,
ein, ein, ein,

BENNY: – zwei.

PETRI U. BENNY: Die Nacht ist voller Köche!
Die Nacht ist voller Köche!

Grün und Vasco treten unter den Baldachin.

PETRI: Ein Koch –

BENNY: – zwei Köche –

GRÜN: – wer drei zählt–

VASCO: – zählt vier Köche –

ALLE VIER: – und sie verließen die Küche.

GRÜN: Vier Köche aus dem Häuschen,
ein weißes böses Sträußchen,
das blüht in schwarzer Nacht
und lacht und lacht
und lacht und lacht und lacht.

ALLE VIER: Die Nacht ist voller Köche!
Die Nacht ist voller Köche!

Stach tritt unter den Baldachin.

STACH: Fünf Köche, fünf richtige Köche,
die ließen ihre Küche zu Hause.

PETRI U. BENNY: Und jeder hat ein Löffelchen,
der Mond ist ein Kartöffelchen –

GRÜN U. VASCO: – die Sterne kleine Klößchen,
der Rest ein dunkles Sößchen.

STACH: Als könnte man sie rühren,
mit Löffeln sie verführen,
als wäre sie die Suppe,
die Nacht wär' eine Suppe.

ALLE FÜNF: Die Nacht ist eine Suppe!
Die Nacht ist eine Suppe!

Sie gehen langsam ab.

PETRI: Und überall stehn Köche –

ALLE FÜNF: – stehn Köche, stehn Köche...

Im Hintergrund viele Köche.

PETRI: Die Nacht ist voller Köche!

ALLE: Die Nacht ist voller Köche!

Im Zimmer des Grafen wird es heller, der Graf erhebt sich und nimmt seinen Briefbogen auf. Während er aus dem Brief vorliest, tauchen im Hintergrund dann und wann die Köche mit ihrem Baldachin auf. Gedämpft Petris Trompetensignale.

DER GRAF *am Fenster:* Wie sie wild tun und ins Horn stoßen! *Er liest:* Mein guter Freund, wüßtest Du, welchem Schrecken Du mich überlassen hast, Du würdest kommen und bei mir sein. *Er läßt den Brief sinken.* Ich lüge recht geschickt! Auch wenn er wüßte, er käme nicht. Er hat ja den Anfang erlebt, hat sich dann schnell eine Fahrkarte gekauft und schreibt mir nun diese blanken Postkarten, auf denen so gut wie nichts steht. Und ich tu, als antworte ich. Worauf, auf seine zerstreuten, bleistiftgeschriebenen Grüße? *Er liest abermals:* Sicher, es war dumm von mir, ich hätte nie in die Küche gehen dürfen, ich hätte Gast bleiben und jenen das Kochen überlassen sollen. War es Eitelkeit, war es so schmeichelhaft für mich, dann und wann eine Schürze umzubinden und ihnen etwas vorzumachen? Man bat mich. Der Herr Schuster, der Wirt, keine Ruhe gab er und stellte sich hinter die Gäste. Jetzt wollen sie das Rezept! *Er läßt den Brief sinken.* Und ich sage es ihnen nicht! Wie einfach wäre es, hinzugehen und so zu sprechen: Kinder, da habt ihr es, werdet glücklich! *Er liest:* Dabei habe ich Angst. Sie erschrecken mich, die Art, wie sie auftreten, nimmt mir den Atem und macht mir Mühe, gelassen zu bleiben. In jedem Schneefall, hinter der Wäsche, ein jedes Weiß, wenn es nur gerade groß genug ist, verbirgt einen Koch. Sehe ich einen Schwan, mißtraue ich ihm; fast war mir dieses Papier verdächtig, als es noch neu war. Ich habe sehr schnell geschrieben! *Er faltet den Brief, steckt ihn in ein Kuvert, adressiert ihn.* – Wie wird es weitergehen? Sie werden mir keine Ruhe gönnen, hetzen werden sie mich. Eine Aktion wird der anderen folgen, nichts ist ihnen gering genug. Wenn sie den Kurzsichtigen die Brillen genommen haben, werden sie die besitzanzeigenden Fürwörter enteignen. Sie werden mich zwingen, eine gläserne Krawatte zu tragen, damit sie mir ins Herz schauen können, damit sie lesen können – denn ich werde nicht sprechen! *Er blickt durchs Fenster.* Es ist jetzt ruhiger draußen. Auch Köche werden müde! *Er wirft sich einen Shawl um den Hals.* Da verläßt man sich auf einen Briefkasten. Fast glaube ich, daß uns nichts mehr verbindet als die Post. *Der Graf verläßt das Zimmer. Aus dem Hintergrund löst sich der Koch Vasco. Beide streben auf die Brücke zu.*

DER GRAF *zaudert, faßt sich:* Ein Rätsel! Was kann das sein? Es steht auf einer Brücke, ist weiß wie eine Braut, nicht ganz so unschuldig und kaut an den Fingernägeln?

VASCO *tritt vor:* Herr Graf...

DER GRAF: Und jetzt sagt es Graf zu mir. »Herr Graf!« Nicht der Kleiderständer eines Grafen bin ich. Einfach, schlicht, ein Bürger, der sich Mühe gibt.

VASCO: Aber alle sagen. Die Gäste, der Herr Schuster. Verbeugt er sich nicht und macht seine Stimme ganz weich, wenn die Tür aufgeht und Sie kommen herein? *Er verbeugt sich.* Ah, der Herr Graf, habe die Ehre!

DER GRAF *lachend:* Aber du, mein Freund, du kennst meinen Namen.

VASCO: Sagen Sie nicht auch Vasco, als würd ich so heißen?

DER GRAF: Du bist es. Der große Entdecker, der Mann, der nicht glauben will, daß die Erdteile gezählt sind, daß die Meere ihre Namen haben.

VASCO: Koch bin ich, Koch, überall Koch!

DER GRAF: Wer kann es bestreiten. – Was willst du?

VASCO: Bittschön! *Er will den Graf fassen, der weicht aus.*

DER GRAF: Na?

VASCO: Das Rezept gefälligst! Was fragen Sie noch. Komm ich nicht immer und sag: Geben Sie mir!

DER GRAF: Und die anderen? – Du sollst nicht an den Nägeln kauen. Meinst du, dein großer Vorfahr hätte auch so nervös getan, als er den Weg nach Indien entdeckte?

VASCO: Ich bin nicht hier, um von Kolonien zu reden. Das Rezept! Wenn Sie so gut sein wollen.

DER GRAF: Was wird wohl Petri dazu sagen? Ich meine, weiß er, daß du hier, in aller Pracht und ganz privat, harmlosen Passanten auflauerst?

VASCO: Nein.

DER GRAF: Soso.

VASCO: Werden Sie sprechen mit ihm?

DER GRAF: Du bist sehr leichtsinnig.

VASCO: Er wird es nicht merken. Er wird denken, ich bin bei der Tante, weil sie krank ist, und die Martha...

Der Graf: Was ist mit dem Mädchen?

Vasco: Nun, bittschön gefälligst, wenn Sie schon sagen, daß es gefährlich ist, hier lange zu reden, so sagen Sie schnell, und ich werde fort sein.

Der Graf: Wer ist denn bei deiner Tante, wer pflegt sie?

Vasco: Was soll das jetzt. Wollen wir hier von der Krankheit reden? Die Suppe, das Rezept!

Der Graf: Nein, Vasco, es ist nicht die rechte Nacht dafür. Die Bewölkung scheint mir rein zufällig. Geh, lauf nach Haus mit deinem Kochhut, sonst drückt die Nacht ihn dir ein. Geh! *Er klatscht mit den Händen, macht einige Schritte, Vasco hält ihn.*

Vasco: Was klatschen Sie? Bin ich ein Huhn, das auffliegt, wenn es da klatscht? – Geben Sie mir!

Der Graf: Meinen Shawl? Sofort! *Er hängt Vasco den Shawl um.* Meine Krawatte, die Hosenträger, es wäre mir peinlich. Oder die Schnürsenkel? *Vasco reicht den Shawl wortlos zurück.* Gefällt er dir nicht? Willst du, was hab ich noch? *Er tastet sich suchend ab.*

Vasco *abgewandt:* Ich werde es nicht einmal gebrauchen – oder nur für mich ein bißchen. Ich werde es auswendig lernen. Werde es mir aufsagen wie ein schönes Gedicht vor dem Spiegel. – Auch Ihnen gefälligst, damit Sie nicht sagen können: Er hat es falsch gelernt, der Vasco.

Er lacht und macht einige Sprünge.

Es wird unser Spaß sein. Wir sagen es uns auf gegenseitig und wissen immer, was gemeint ist.

Er blickt den schweigenden Graf an.

Wir können uns auch Rücken an Rücken stellen, wenn Sie sich schämen oder sich fürchten vor meiner Aussprache.

Der Graf: Ich fürchte nichts, mich beschämt nichts, nein hab ich gesagt – was willst du noch?

Vasco *heftig:* Das Papier! Was muß ich noch tun, damit Sie es geben! Muß ich auf die Laterne – *er erklettert die Laterne* – und mit den Zähnen knirschen? *Er gleitet wieder ab.* Oder aufs Knie gehen – *er kniet* – und an die Brust schlagen und sagen: Bitte gefälligst?

Der Graf: Meinst du noch immer die Suppe?

Vasco *springt auf:* Wovon red' ich? Sie hat eine Farbe, ich weiß nicht wie. Alle nennen sie die graue Suppe und kommen nach hinten in die Küche, in ihren schwarzen Anzügen, mit ihren blonden Damen und schönem Geruch, und sagen zu mir: »Koch sie uns, Vasco.« – Nu, was soll ich tun? Soll ich gestehen, ich kann nicht. Ein schlechter Koch bin ich. Gehn Sie bittschön zum Herrn Graf. Der weiß, wie sie wird, der hat sie gekocht hier, zwei-, dreimal, und sie verrückt gemacht, die Leut.

DER GRAF: Der Herr Schuster bat mich.

VASCO: Und jetzt bitten sie mich. *Er bückt sich und kratzt am Boden.* Hier, soll ich Dreck nehmen und hineinrühren, damit sie Farbe hat, die graue Suppe?

DER GRAF: Ich hab sie nicht so genannt.

VASCO: Aber die Leute!

DER GRAF: Du solltest nicht darauf hören. Sie hat gar keinen Namen. *Er läuft auf und ab. Vasco folgt ihm.* Schön, ich gebe zu, es fällt einem allerlei ein. Novembersuppe, Suppe des Phönix, die graue Eminenz. Ja, stell dir vor, nach dem alten Holstein wollt ich sie nennen, das war ein großer Koch.

VASCO *heftig:* Es ist gleich, wie sie heißt. Koch ich mit dem Klang, schmeck ich mit dem Ohr ab?

Martha, in der Kleidung einer Krankenschwester, kommt von links dazu.

MARTHA: Stephan!

Der Graf und Vasco zucken zusammen.

VASCO *ärgerlich:* Was ist? Warum läufst du herum in der Nacht und bist nicht im Hospiz, wo sie dich brauchen?

MARTHA: Die Schwester Oberin ließ mich gehen, damit ich die Tante pflegen kann.

VASCO: Und warum bist du nicht bei ihr und gibst ihr die Arznei?

MARTHA: Ich war bei der Tante. Sie hat nach dir gefragt, du wolltest doch...

VASCO: Tante, Tante, immer Tante. Wie oft muß ich noch hören? Sag hundertmal Tante, aber schnell, und dann frag dich, was ist das? Etwas zum Hinlegen, Aufstellen, Wegwerfen!

MARTHA: Stephan!

VASCO *hält sich die Ohren:* Nicht hören kann ich, wenn sie so klagt. – Hab ich dir nicht verboten? Ist mein Name ein Haken, an den jeder seinen Schmerz hängen kann? Siehst du nicht, wer da steht?

MARTHA: Bitte, verzeihen Sie.

DER GRAF: Nicht doch, mein Kind. Was wir hier so reden – Wörtchen, die von der Brücke fallen und kaum ein Fischlein begeistern.

MARTHA: Soll ich nun gehen?

DER GRAF: Vasco wird Sie begleiten. Er ist so eifrig, der Gute, und hat die Tante dabei vergessen.

VASCO: Nix vergessen! Gehn soll sie jetzt und nicht stören!

MARTHA: Aber, aber...

VASCO: Willst du schon wieder das Wort sagen, als hätt' ich ein Ohr dafür. Weißt du nicht, wie er zu mir spricht? Willst du mich bös haben? *Er holt zum Schlag aus, der Graf hält ihn zurück.*

DER GRAF: Bitte, gehen Sie jetzt! *Sie geht rückwärts zögernd ab.*

VASCO: Da hat sie Stephan. Wird sie herkommen mit ihrem Fleisch und den Mund aufmachen.

DER GRAF: Du bist härter, als du es sein willst. *Er läßt ihn los.* Beruhige dich.

VASCO: Was kommt sie her, wenn ich hier bin.

DER GRAF: Sie sprach von der Tante.

VASCO: Piiiii! Meint sie, das sagt mir was, meint sie, da laß ich alles fallen und kriech ihr in die Wolle.

DER GRAF: Du bist ungerecht! Schließlich ist es deine Tante und...

VASCO: Meine Tante, deine Tante! Soll ich sie besitzen, soll ich herumlaufen und sagen: Ich besitze eine Tante? Ist sie nicht genug, die Krankenschwester? Haben Sie ihr Gesicht gesehen? Wenn ich sie ansehe, werde ich zerstreut. Ich vergesse wichtige Dinge. Wie die Narkose schaut sie mich an!

DER GRAF: Es stimmt, du siehst recht müde aus.

VASCO: Ja, jaja. *Er starrt zerstreut vor sich hin.*

DER GRAF: Ich werde dann wohl, und du solltest auch. Nicht wahr, Vasco, wir haben genug geplaudert.

VASCO: Wovon?

DER GRAF: Nichts Wichtiges. – Ich laufe, ich muß noch den Brief zur Post bringen. *Er will sich entfernen, Vasco blickt auf.*

VASCO: Brief? *Er hält ihn mit Gewalt.* Was ist da geschrieben? Ist da, ist da... *Er preßt ihn gegen das Brückengeländer.*

DER GRAF: Nein, ganz bestimmt nicht, du meinst...

VASCO: Jetzt hab ich wieder! *Er lacht.* Nun ist vorbei, nun werden

Sie sagen. Da ist kein Ohr mehr geblieben als dieses. *Er schüttelt ihn.* Sagen Sie, nun – nun?

DER GRAF *lachend:* Muß ich schon wieder plaudern. Was willst du denn hören? Daß du ein großer Koch bist, daß es nichts gibt, was du nicht garkochst, daß du mich rührst. – Doch welcher Löffel rührte mich nicht? – Laß es nun gut sein. *Er will sich befreien, Vasco packt stärker zu und schiebt ihn halb über das Brückengeländer.* Aber, aber! Ringkämpfe ohne Publikum? Ich bin nicht Jakob, und du wärest ein mieser Engel. *Vasco will ihn noch weiter schieben, seine Mütze fällt von der Brücke.* Vasco, Vasco! – Ich muß dir etwas beichten.

VASCO *hält ein:* Nu?

DER GRAF: Du hast deine Mütze verloren. Wo wird sie hinschwimmen?

VASCO *gibt ihn frei und beugt sich über das Geländer:* Sie sieht nicht gut aus im Wasser.

DER GRAF *bringt seine Kleidung in Ordnung:* Armer Kerl, hast dich so angestrengt. Warum nur? Wolltest du mich und das Rezept ertränken? Wolltest du für die Fische kochen? *Er beugt sich gleichfalls über das Geländer.* Sie sieht wirklich nicht gut aus. Meinst du, ich hätte da unten besser ausgesehen? Gewiß, vielleicht lebt es sich hübsch unter Wasser. Unter Wasser regnet es nicht, unter Wasser ist es windstill und kugelsicher. Da ruft auch niemand mehr die Zeitung aus. Kurz, unter Wasser lebt man billiger! *Er klopft Vascos Schulter.*

VASCO: Sie scherzen ein bißchen.

DER GRAF: Wie könnte ich? Es gibt Dinge auf dieser Welt, die ich gar nicht komisch finde. – Zum Beispiel, daß du mich kaufen wolltest. Mit meinem eigenen bißchen Leben wolltest du ein Geschäft machen. Hier paß auf und schätze, wieviel dieses Ein- und Ausatmen wert ist. *Er springt auf das Brückengeländer, bewegt sich recht geschickt darauf, macht sogar einige Kunststücke.*

VASCO: Aufhören damit auf dem Geländer!

DER GRAF: Gefällt es dir nicht? Etwas anderes? Ach so, der Brief! *Er zieht den Brief aus der Tasche.* Du wolltest wissen ... Ich werde ihn deiner Mütze nachschicken, damit sie plaudern können, die beiden. *Er wirft den Brief von der Brücke.*

VASCO: Kommen Sie nun.

Der Graf: Das sollte ich als Erfindung anmelden. Man könnte reich daran werden. Briefkästen mit Wasserspülung.

Vasco: Ich bitt' Sie!

Der Graf: Ach, laß mich doch ein Minütchen. Ich fühle mich hier oben so unabhängig, so erfinderisch und frei im Geiste. – Man könnte die Post und das Wasserwerk zusammenlegen, den ganzen Verwaltungsapparat beträchtlich reduzieren...

Vasco *zieht ihn vom Geländer:* Ich kann es nicht sehen.

Der Graf: Wie empfindlich du sein kannst.

Vasco: Herr Graf...

Der Graf: Nein, nicht mehr Herr Graf. Oder sag, wie du willst, nenn die Suppe, wie du willst... Gut, damit du nicht weinst! – Es ist eine Kohlsuppe, eine ganz gewöhnliche Kohlsuppe. Nur tu ich eine ganz bestimmte Menge ganz besonderer Asche daran. – Obgleich nichts Besonderes nötig ist, um zu besonderer Asche zu werden! – Nun geh, Vasco! Mit oder ohne Mütze, du siehst hier nicht gut aus. *Er überschreitet nach rechts die Brücke, dreht sich noch einmal um.* Ein Koch in der Nacht auf einer Brücke, das sieht nie gut aus. Auch zwei, drei oder vier, fünf Köche. Glaub mir, auch fünf allerbeste Köche, so, mit jenem scharfgemachten Mond als Zugabe... *Er schüttelt den Kopf.* Auch solltest du nicht an den Nägeln kauen! *Der Graf geht schnellen Schrittes ab. Der Koch Stach läuft von links in die Szene.*

Stach: Jejeje, wie du aussiehst! Nichts auf dem Kopf und kaust schon wieder. Hast du nicht gehört, was er gesagt hat? *Vasco wendet sich von ihm ab.* Was schaust du? Ist da noch was? Gegangen ist er!

Vasco: Er geht, als würd hier nicht einer stehen.

Stach: Zwei!

Vasco: Sein Rücken macht sich nichts aus mir.

Stach: Aus uns macht er sich nichts, hier stehen zwei! Und sag ich dir, sei froh, daß ich steh und nicht der Petri. *Er stößt ihn an.* Hier mußt du stehen, nicht dort, wo leer ist!

Vasco *dreht sich langsam:* Ob hier einer steht oder zwei, er macht uns alle fertig. Er kommt mit seinen Plattfüßen und ist der Oberschlaue. Sagt Vasco zu mir und zu dir Stach. Petri sagt er und Grün, klopft uns ein bißchen auf die Schulter. Mit dieser oder mit der anderen Hand klopft er, es bleibt sich gleich. Fertig macht er uns, fertig.

STACH: Na, machen wir ihn!

VASCO: Und wenn wir ihn zehnmal und ganz langsam machen, am Ende macht er uns! *Er beugt sich über das Brückengeländer.*

STACH: Tu das nicht, das ist nicht gut für die Augen.

VASCO: Vielleicht ist sie hängengeblieben.

STACH *lachend:* Oder es stand da wer und hat gefischt mit dem Stock. *Vasco richtet sich auf, Stach weicht zurück.* Hab ich gesagt, daß ich gefischt hab?

VASCO: Du wirst mir geben, wenn du was hast!

STACH: Nix hab ich! *Er lüftet seine Kleider.* Da, da – na, hab ich? Was reden wir von der Mütze, reden wir vom Graf oder noch besser, von der Martha. Sie ist die Krankenschwester, du bist der Koch. Langweilig, zuviel Weiß! Was könnt ihr schon reden, wenn ihr zusammen seid? Wirst du sagen: »Martha, wie ist das, Grippe oder das Nasenbluten?« Wird sie sagen: »Vasco« – nein, »Stephan« sagt sie...

VASCO: Still wirst du sein, sofort!

STACH: Du, wenn du schlägst, sag ich dem Petri!

VASCO: Geh jetzt!

STACH: Ich kann dich doch nicht alleine so lassen, hier – mit bloßem Kopf.

VASCO *packt ihn und schüttelt ihn:* Was soll ich ihn anfassen! *Er hebt einen Stein und will werfen.*

STACH *läuft davon, steht kurz:* Paß auf, sag ich, paß auf. *Stach geht ab. Vasco wirft den Stein von der Brücke.*

VASCO: Plupp, als wenn das ein Wort ist. *Er will nach rechts ab, Martha kommt ihm mit einem Päckchen unter dem Arm entgegen. Sie stehen sich eine Zeit stumm gegenüber.* Habt ihr gesprochen? Antworte, du mußt ihn getroffen haben. Hat er gesagt, daß er bös ist? Steh nicht wie übriggeblieben!

MARTHA: Ich war bei Frau Kühlwasser.

VASCO: Aber du mußt ihn getroffen haben, wenn du von da... Was ist mit der Kühlwasser?

MARTHA: Die Wäsche. *Sie zeigt das Paket.*

VASCO: Fertig?

MARTHA: Nicht alles, nur...

VASCO *nimmt ihr das Paket ab und öffnet es rasch:* Was sagst du nicht gleich, was du hast. *Er setzt eine Kochmütze auf.* Ist gut so?

MARTHA: Wo hast du die andere? Stephan, was hast du mit dem Herrn...

VASCO: Nix hab ich gemacht. Er lebt und sagt trotzdem kein Wort. – Was ist mit der Tante?

MARTHA: Sie fragt nach dir. –

VASCO: Ich weiß nicht, ob es mir guttun wird, sie sterben zu sehen. Vielleicht muß ich die Mütze abnehmen und fünf Minuten lang kein Koch sein. *Martha voran, gehen beide nach links ab.*

Die Wohnung der Tante: Im linken Zimmer, halb sitzend zu Bett, die Tante. Über dem Bett hängt eine Kuckucksuhr. Ein Kruzifix in der linken Zimmerecke. Rechts vom Bett ein kleiner Spiegel. Im rechten, leeren Zimmer hängen trockene Bettlaken. Davor, ganz rechts, steht ein großer weißer Kachelofen mit Ofenbank. In der Mitte des Zimmers steht ein Stuhl. Das linke Zimmer heller als das rechte. Martha und Vasco kommen von links. Die Kuckucksuhr ruft unregelmäßig.

Vasco: Ruft er noch immer? Will ihn denn niemand von der Wand nehmen und hinwerfen?
Martha: Sie sagt, es stimmt, was er ruft.
Die Tante: Bist du es, mein Kind?
Martha: Den Stephan bring ich dir mit, hörst du, Tante?
Die Tante: So? War er auch in der Kirche?
Martha *zu Vasco:* Bitte.
Die Tante: Guck ihn dir an, Kindchen, und sag mir, ob er war.
Vasco: Erkältet hab ich mich.
Die Tante: So warst du also doch. Wie war es denn?
Vasco: Wie immer, zugig, kalt.
Die Tante: Marthchen, warum sagt er mir nicht, wie es war?
Vasco: Ich sag doch! Wenig Leut, und die haben gehustet, als seien sie nur in die Kirche gegangen, um sich mal auszuhusten.
Die Tante: Und du, hast du gebetet?
Vasco: Wenn ich schon da war.
Die Tante: Zu wem denn?
Vasco: Zuerst zum Antonius, weil ich was verloren hab, und dann wie immer zur Jungfrau.
Die Tante: Was hast du denn verloren, Stephan?
Vasco: O diese Fragen. Kleinigkeiten, nichts Wichtiges!
Die Tante: Du hast aber zuerst...
Vasco: Zum Antonius. Warum nicht! Aber dann bin ich zu ihr gegangen.
Die Tante: Und?
Vasco: Nix und! Meinst du, sie plaudert mit mir?
Die Tante: Stephan, Stephan, was soll das noch werden! Früher bist du immer gekommen und hast mir erzählt.

VASCO *lachend:* Ja, früher. Da hatte ich andere Ohren. Da hab ich sie pfeifen hören, die Engel. Und die Jungfrau hat mir erklärt, was das ist, eine Jungfrau.

DIE TANTE: Solch ein feines Kind, wie du warst. So fromm, so fromm! *Die Kuckucksuhr ruft.* Hast du gehört, Marthchen, wie sie ruft? Fünfzehn Mal!

VASCO: Siebzehn, Tante, du hast zwei zuwenig. *Die Tante richtet sich auf.*

DIE TANTE: Ihhhh! Da ist er wieder, der Stephan. Da weiß er wieder alles besser. Da kommt er und sagt, es stimmt nicht. Weg, weg. Immer lügt er und sagt nicht, was er verloren hat. Niemals war er bei der Jungfrau, vielleicht beim Antonius, aber niemals bei unserer Jungfrau! *Sie sinkt zurück.*

VASCO: Ich weiß gar nicht, was du willst. Du hast dich verzählt. Bittschön, warum auch nicht, wenn du krank bist und liegst.

MARTHA: Beim nächsten Mal zählen wir zusammen, ja? Oder ich nehme sie morgen mit und lasse sie reparieren. Vielleicht hat sie nur einen kleinen Fehler, und du hast sie ganz schnell wieder.

VASCO: Hörst du, Tante? Ich werde bezahlen. Oder willst du eine neue? Sag doch! *Zu Martha:* Sie hört nix mehr, oder sie will nicht. Solch ein Unsinn. Als wenn ich nicht zählen kann. Das macht sie noch wirr. Da ist kein Kuckuck drin, das ist ein Hund. Das ruft nicht, das bellt.

DIE TANTE *mit fester Stimme:* Nimm deine Mütze ab, Stephan! Du sollst deine Mütze abnehmen. *Vasco nimmt seine Mütze ab.* Setz dich aufs Bett! Nein da, an das Fußende. Du siehst böse aus ohne Mütze!

VASCO *springt auf:* Ich kann sie ja wieder aufsetzen.

DIE TANTE: Aufs Bett, hab ich gesagt! *Er setzt sich.* Nein, nein, nein, das hat gar keinen Zweck. Du siehst auch mit der Mütze böse aus. Ich hatte gehofft, daß du ohne weniger aussiehst.

MARTHA: Du regst dich auf. Sollen wir nebenan bleiben, es wäre besser.

DIE TANTE: Warum siehst du so aus? – Stephan! Rück näher! Bist du noch immer Koch und gehst hin, wenn die Köche sich treffen?

VASCO: Warum nicht?

Die Tante: Mein Bruder, dein Vater also – du darfst nie vergessen, daß mein Bruder Karl dein Vater war.

Vasco: Jadoch, ja! Jetzt fängt sie wieder mit ihrer Geschichte an.

Die Tante: Dein Vater war auch Koch. Jesses, und was für einer er war. Gezwungen hat er mich, und immer ist er dazwischen gestanden, und geschlagen – denk dir nur, Marthchen –, geschlagen hat er. – Warum sind sie so böse, die Köche? Macht sie der Löffel böse? Wenn sie rühren, macht sie das böse?

Martha: Hör, Tante. Er kommt dich doch besuchen und hat sich gefreut.

Die Tante *kichert:* Gefreut hat er sich! Soso. Er kommt her und ist lustig und sagt mir nicht, was er gebetet hat und warum sie so sind, die Köche, und was er verloren hat, weil er zum Antonius geht und nicht zur Jungfrau.

Vasco: Aber ich hab dir doch erklärt...

Die Tante: Schweig. Was ist das nur mit ihnen? Wenn sie die Mütze aufhaben, sind sie böse. Nehmen sie sie ab, sind sie auch böse. Maria und Joseph, was soll das noch werden. Und ich hab immer gedacht, wenn ein Koch die Mütze abnimmt, ist er ein Christ. – Hörst du, Stephan, ein Christ! *Sie weint wimmernd.*

Vasco *springt auf:* Ist nun genug? Warum komm ich her? Immer Katechismus, immer nur Katechismus und Peinlichkeiten!

Martha: Bitte, Stephan.

Vasco: Stephan, bitte, bitte, Stephan! Und sie? Sie hat keinen Namen, sie ist die Tante und fertig. Hat der Vater ihr Tante gesagt? Therese hat er gerufen! Und wenn er so rief, dann hat sie gewußt, was er meint. Und du, warum sagst du auch? Bist du die Verwandte, ist es deine Tante? Nein! Gut, du bist im Hospiz zu Hause. Da sagen sie einander Schwester, Bruder und Tante von mir aus. Aber ist hier ein Hospiz? – Nein! Warum bist du denn da, warum seid ihr nicht...

Martha: Sie will hier, Stephan, versteh das doch.

Vasco: Aber du. Hast du frei und wie lange?

Martha: Die Schwestern haben gesagt, ich soll sie nur pflegen, es sei schon recht so. Sie war so gütig, die Schwester Oberin.

Vasco: War sie das, die Schwester. Und du bist auch, was? Und ich, was bin ich?

MARTHA: So war es doch nicht gemeint.

VASCO: Ich bin der Böse! – Nu, hat sie nicht so gesagt?

MARTHA: Sei still jetzt. Sie wird unruhig, das Fieber kommt.

VASCO *hebt seine Mütze auf und stellt sich vor den kleinen Spiegel:* Siehst du, da! Mütze auf, böser Koch! Mütze runter, böser Koch! Und von hinten auch und von der Seite, von links, von oben, bittschön, und von weit weg, immer böse. Was ist das für ein Wort? Ist das ein Wort, wie Hut ein Wort ist oder Ofenloch? Böse, ist das eine Mehlsuppe? Ist das der Fisch, wenn er weiß ist und nach Zitrone ruft? Ist das dem Schwein seine Niere, wenn sie den Schreck bekommt in der Pfanne? Ist es das Salz? Ist das Salz böse? Ist das Salz kein Christ? Und das Huhn, wenn es gefüllt ist mit der Köstlichkeit und ein bißchen vom Salbei? *Er starrt in den Spiegel.*

DIE TANTE: Stephan. Du hast die Mütze wieder auf.

VASCO: Es bleibt sich gleich, hast du gesagt.

DIE TANTE: Hat er sie auf, Kindchen?

MARTHA: Nein, Tante, er hat sie abgenommen.

VASCO: Auf hab ich, auf!

DIE TANTE: Komm her!

VASCO *stellt sich vor das Bett:* Was soll's?

DIE TANTE: Die Mütze!

VASCO *wirft die Mütze fort, Martha hebt sie auf:* Da lach ich nur, wenn du so kommandierst.

DIE TANTE: Knie dich!

VASCO: Jessesmaria, was noch?

DIE TANTE: Schlag ihm ins Knie, Marthchen! Schlag ihm, wenn er nicht will.

MARTHA *leise:* So tu es doch.

VASCO *kniet nachlässig:* Reicht das?

DIE TANTE: Fang an!

VASCO: Ich soll doch nicht etwa hier beten?

DIE TANTE: Schau nicht mich an, schau hin, wo der Herr ist. Na, wird's bald!

VASCO: Mir fällt nichts ein.

DIE TANTE: Den Schmerzensreichen. Im Namen des Vaters, na, weiter, weiter! *Die Kuckucksuhr ruft lange und unregelmäßig.*

VASCO *springt auf:* Da, laß den Kuckuck beten! Der hat es gelernt, weiß es auswendig. Der betet mehr, als du willst. Den Schmerzensreichen und Freudenreichen, Rosen- und Kaffeekränze und was weiß ich nicht alles! *Er läuft ohne seine Mütze ins rechte Zimmer und setzt sich auf den Stuhl.*

MARTHA: Stephan!

DIE TANTE *lachend:* Da läuft er davon und ist eingeschnappt.

MARTHA: Was er nur hat?

DIE TANTE: Was fragst du? Willst du sein wie er und immer fragen? Die Schwermut hat er davon, und die kommt vom Satan.

MARTHA: Du sagst das so, Tante. Ich weiß nicht recht.

DIE TANTE: Doch, so sind sie, die Köche, immer ein bißchen schwermütig. *Sie lacht.*

MARTHA: Geht es dir jetzt besser? Du lachst schon wieder.

DIE TANTE: Wissen möcht ich nur, warum er immer an den Nägeln kaut?

Im ersten Zimmer wird es dunkler, im zweiten heller. Vasco richtet sich auf. Während er spricht, werden die Gegenstände um ihn, die Bettlaken und der Kachelofen, unscharf.

VASCO: Warum stirbt sie so und gibt sich keine Mühe? Will sie mir jetzt noch weismachen und die anderen auch? Sagen sie Stephan zu mir und Vasco. Er war der erste, der kam und sagte: »Stephan heißt du? Solch ein Unsinn! Vasco, Vasco, Entdecker, Indienfahrer, Gewürzfetischist!« – Hab ich nicht gelernt die Zeit lang? Und der Vater, hat er nicht gesagt an einem Sonntag, während die Mutter schläft: »Geh zum Herrn Petri.« Und am Montag geh ich, und er gibt mir Geld mit für das Weißzeug, und ich bin ganz heiser, als ich zum Petri sag: »Das ist für das Weißzeug, ich soll lernen bei Ihnen, und einen Gruß vom Vater.« Was hat er gelacht, der Petri, als ich kam, und dann dagestanden die Jahre und gebrüllt: »Mach so und mach so, und so wird gemacht.« Und jetzt liegt sie da, die Tante, und schreit: »Nimm deine Mütze ab.« *Er greift nach dem Kopf und springt auf:* Wo ist sie? – Wenn er das sehen würde, der Petri, wie leer ich bin oben, wenn er das sehen würde. *Der Koch Petri, eine kleine Trompete unter dem Arm, tritt hinter einem der Laken hervor. Vasco sinkt in den Stuhl zurück und hebt angstvoll die Hände. Petri bläst einige leise Töne.*

PETRI: Was muß ich sehen, da sitzt einer und fürchtet sich. Warum, weshalb, etwa, weil er nichts auf dem Kopf hat? Haben meine paar zarten Töne ihn oben leergefegt? – Vasco, wo ist deine Mütze!

VASCO: Die Tante, Herr Petri.

PETRI: Die Tante, immer ist es die Tante.

VASCO: Ich stand bei ihr, es war heiß, weil die Fenster geschlossen...

PETRI: Und da hast du sie fortgeworfen.

VASCO: Nein!

PETRI: Sag die Wahrheit! Du hast sie abgenommen und fortgeschleudert, fort, irgendwo draußen auf einem Rübenfeld oder von einer Brücke, fort, hinein in die Nacht, als sei die Nacht eine Schublade für Kochmützen. *Er bläst einen Ton.* Was wird er denken, der sie finden wird?

VASCO: Niemand wird sie finden.

PETRI *putzt die Trompete:* Er wird sie aufheben und sagen: »So etwas Lächerliches. Da läuft ein Koch, allein und einsam wie ein Zwilling, dem der Bruder starb, durch die Nacht, bewaffnet mit seinem Löffelchen, und will sich ein dunkles Süppchen kochen.«

VASCO: Gewiß nicht, wie käm ich dazu.

PETRI *Trompetenton:* Ein sogenanntes aschgraues Süppchen!

VASCO: Es muß eine Verwechslung sein, ein Irrtum.

PETRI: Das wird er sich auch sagen, der glückliche Mützenfinder: »Ein geradezu bedauerlicher Irrtum. Wie will denn ein einziger, armseliger Koch aus dieser bewölkten Nacht ein Süppchen kochen. Ja, wenn es mehrere wären, etwa fünf, dann vielleicht. Aber so?«

VASCO: Bittschön, Herr Petri...

PETRI: Wollte er die Nacht etwa rühren, bis sie gar ist? Oder wollte er sie zum Überkochen bringen?

VASCO: Der Schlag soll mich treffen, wenn ich nur daran denk.

PETRI: Es wäre auch äußerst gefährlich.

VASCO *fällt auf die Knie:* O glauben Sie mir doch. Ich war bei der Tante und, und...

PETRI: Was ist denn das? Ein Gebetchen? Denkst du, ich bin die Jungfrau oder der heilige Antonius, zu dem man betet, wenn man zum Beispiel sein Mützchen verliert?

VASCO: O bitte, Herr Petri!

PETRI: Steh auf! *Vasco richtet sich auf.* O bitte! O, ein schönes, rundes O. Bist du nun auch zum Dichter geworden, zu einem Menschen, der »O« sagt? Immer O, wenn ihm nichts mehr einfällt? – Schweig! *Trompetenton.* Ich weiß Bescheid! Erfinden wolltest du, erdichten, aber wir können auch. Grün, Grün! *Der Koch Grün springt vom Kachelofen, als wäre er immer dort gewesen.*

GRÜN: Das war gar nicht so einfach!

PETRI: Wie, hast du nicht alles bekommen?

GRÜN: Doch, doch, doch. Nur einfach war es nicht.

PETRI: Aber du hast genug?

GRÜN: Abgewogen, neun Tüten.

PETRI *lachend:* Kinder, Kinder! *Trompetenton.* Komm heraus! Stach, komm heraus! *Unter der Ofenbank rollt sich der Koch Stach hervor.*

STACH: Das Löffelchen! *Er zeigt einen Löffel.*

GRÜN: Genau das Richtige! Laß ihn nur kommen, den Benny. Wenn's möglich ist, ohne Musik. *Petri setzt die Trompete wieder ab.*

PETRI: Tätätä, der Herr Grün! *Er klatscht in die Hände.* Los, Junge, her mit dem Feuerchen, mach schon! *Die große Ofenklappe springt auf. Der junge Koch Benny klettert geschickt, mit einem Topf und Feuer beladen, aus dem Ofen.*

BENNY: Was, Chef, wie mach ich das?

PETRI: Es kocht gleich. Genau wie es sein muß. *Trompetenton.* Bester Grün, was hast du dir einfallen lassen. *Grün beginnt mit dem Löffel aus seinen Tüten in den Topf zu streuen.*

GRÜN: Einfallen lassen ist gut. Bin ich ein Dichter, daß ich mir einfallen lasse? Errechnet habe ich, zusammengezählt, abgezogen und durch etwas geteilt, das man nicht laut aussprechen darf. *Alle außer Vasco lachen.*

VASCO: Bittschön gefälligst, was soll es denn geben?

GRÜN: Der Vasco, sieh da, ohne Mütze.

STACH: Dafür kaut er Nägel wie Vorspeise.

PETRI: Findet ihr auch, daß er schlecht aussieht, so ohne Kopfbedeckung?

GRÜN: Fast möchte ich behaupten, daß er nackt aussieht.

BENNY: Er wird sich noch erkälten.

STACH: Aber wo hat er denn die Mütze gelassen?

BENNY: Vielleicht hat er sie verkauft oder seiner kleinen Braut ein Lätzchen draus gemacht?

STACH: Was braucht sie Lätzchen, wenn sie die Krankenschwester ist. *Alle außer Vasco lachen.*

PETRI: Spaß beiseite, wir wollen mal nicht so sein.

GRÜN: Wir sollten ihm großzügig verraten, was hier im Töpfchen so munter tut und langsam Farbe bekommt.

STACH: Sag ihm, dem Vasco. Immer ist er ein bißchen neugierig.

PETRI: Wo fangen wir an. Zum Beispiel da, in der blauen Tüte.

GRÜN: Was Scharfes. Macht aber nicht scharf, sondern stumpf.

PETRI: Und das?

GRÜN: Da wird man traurig von.

BENNY: Und hier?

GRÜN: Das lockt die Bienen und ist gut gegen die Zuckerkrankheit.

STACH: Jejeje, kann mir gar nicht gefallen. Ja, das da!

GRÜN: Versteh ich nicht! Das ist doch die teuerste aller Reisqualitäten. Stecknadelsamen! Kinder, wenn der aufgeht, das gibt einen Frühling. Da kommen alle Schneider und Weißnäherinnen, Hausfrauen und alte Jungfern, alle, die etwas mit Stecknadeln zu tun haben, die kommen dann und staunen über die Blütenpracht und pflücken sich ein Sträußchen. *Sie lachen.*

VASCO *unruhig:* Für wen ist das, bittschön?

PETRI: Ach Gott, der Unschuldsengel. *Trompetenton.*

BENNY *Vascos Tonfall nachahmend:* Für wen, bittschön?

STACH: Na, wenn er nicht ahnt, was ist. Träumer ist er, Träumer!

VASCO *springt auf, fällt wieder in den Stuhl zurück:* Hellwach bin ich, der Koch bin ich, nicht Träumer.

GRÜN: Das Gegenteil von einem Koch ist ein Schornsteinfeger. Wollen wir ihn dazu machen?

PETRI: Ein Kamin ist schnell gefunden.

GRÜN: Ein Strick auch.

STACH: Lassen wir ihn aufsteigen wie Rauch für Würste.

BENNY: Was wird wohl Marthchen dazu sagen?

VASCO: Ihr sollt gehen jetzt, das ist die Wohnung meiner Tante.

GRÜN *pfeift:* Er will uns an die Luft setzen. Und wie er das sagt: Meine Tante!

STACH: Bist du Besitzer deiner Tante? Kluger Mensch willst du sein und sagst so etwas? Soll er uns sagen lieber, wo Mütze ist.

VASCO *zeigt zum ersten Zimmer:* Da ist sie, da.

STACH: Wo da?
VASCO: Na, bei der Tante!
PETRI: Schon wieder die alte Dame.
STACH U. BENNY *tanzen und singen:*
Wo ist denn meine Mütze geblieben?
Bei der kranken Tante.
Hat mit der Mütz die Nas gerieben,
Nas der kranken Tante.
Tantennas und Krankennas,
Mütz geblieben, Nas gerieben.
Hätt der Koch die Mütze noch,
wär der Koch ein echter Koch. –
Wo ist denn meine Mütz geblieben?
Bei der kranken Tante … *Trompetenton.*

PETRI: Schluß damit! Wollt ihr das Töpfchen umwerfen?

STACH: Joseph, das fehlt noch!

PETRI: Fertig, Grün? Unser Liebling hat Hunger. *Vasco zuckt zusammen.*

GRÜN: Fix und fertig!

PETRI: Mach dich bereit!

STACH: Ich?

PETRI: Na, wird's bald!

STACH: Jejeje, kann nicht der Benny?

PETRI: Der Text ist klar. Also los! *Feierliche Haltung.* Löffelchen?

STACH: Ist kein Pantöffelchen!

PETRI: Löffelchen kehrt?

STACH: Ausgeleert!

PETRI: Löffelchen blank?

STACH: Dem Himmel sei Dank für Speis und Trank! *Alle außer Vasco lachen.*

PETRI: So ist brav. Also, mein Freundchen. Hast du nicht bei mir gelernt? – Kein Wort! – Und hast du nicht gelernt, daß ein Koch –? Na weiter.

VASCO: Niemals alleine in der Nacht …

PETRI: Wo ist die Mütze? Fünfzehn Sekunden. *Er zieht die Uhr.*

VASCO: Ich, ich …

GRÜN: Sprich dich aus, mein Junge!

PETRI: Kau nur an den Nägeln, das soll helfen.

STACH: Sag schon, wo ist!
BENNY: Nur 'ne Formsache, Vasco. Nun hab dich nicht so.
PETRI: Oder ein Löffelchen voll? Fünf knappe Sekunden.
VASCO: Die Tante, bittschön, die Tante...
STACH: Jejeje, nun muß er schlucken!
VASCO *schreit:* Nein, nein! Martha! *Die Köche weichen schnell und lautlos zurück und verschwinden hinter dem Laken. Der Ofen schließt sich. Vasco springt auf, Martha betritt das Zimmer.*
MARTHA: Du hast gerufen, Stephan.
VASCO: Geträumt hab ich. Die Laken haben sich bewegt, der Ofen war lebendig und kam auf mich zu.
MARTHA: Nun, siehst du, es ist nichts.
VASCO: Ja. *Er tastet die Laken ab.* Wo ist meine Mütze?
MARTHA: Du hattest sie vergessen drüben. *Sie reicht ihm die Mütze.*
VASCO *setzt seine Mütze auf:* Was ist mir ihr?
MARTHA: Sie ist ruhig.
VASCO: Zählt sie noch immer, wenn die Uhr ruft?
MARTHA: Komm jetzt, es ist spät.
VASCO: Zu dir? Wird es still sein bei dir? Du wirst mich nicht fragen? Du wirst mir auch nicht zuhören? Du wirst denken: Das ist was anderes, was da spricht? Und du wirst nicht sprechen, wenn es ganz stumm ist überall, und du wirst deinen Atem unterdrücken? *Die Kuckucksuhr ruft lange.* Was sie nur hat?
MARTHA: Du mußt nicht zählen, bitte.
VASCO: Es ist schwer, nicht mitzuzählen und einfach zu glauben, wie spät es ist.

Dritter Akt

Die Küche: Hinter einer schmutzigweißen Wand sieht man, zwischen aufsteigendem Kochdampf, die Köpfe der Köche. An der Vorderseite der Wand hängen einige gebrauchte Handtücher. Im Vordergrund sitzt der Koch Petri auf einem Schemel und wickelt seine Trompete ein.

PETRI: Ein böses Vorzeichen. Wie konnte das nur passieren. Benny, Benny! – Ich muß sie fallengelassen haben oder gegengestoßen ...

BENNY *tritt vor die Wand, trocknet sich flüchtig die Hände:* Hat sie Halsschmerzen, muß sie zum Doktor?

PETRI: Bringt sie zu Moser! Und daß du schnell wieder zurück bist. Sie sollen ausbeulen und fertig. Und vergiß nicht zu sagen, von wem du kommst. Bestell einen Gruß, und ob es nicht möglich ist, bis heute abend. Vorstandssitzung. Oder sag, wir geben ein Fest.

BENNY: Und Sie werden 'n Solo blasen. *Er nimmt die Trompete.*

PETRI: Nun lauf!

BENNY *geht, dreht sich noch einmal:* Was ich noch fragen wollte. Was ist denn los heute? Dicke Luft?

PETRI: Wirst du wohl! *Benny ab.*

GRÜN *tritt vor die Wand, trocknet die Hände und nimmt ein Schreibheft vor:* Du hast doch nicht etwa dein Blasrohr aus der Hand gegeben?

PETRI: Wenn du mit Blasrohr meine Trompete meinst, hast du richtig gesehen. Was gibt's?

GRÜN: Wir müssen die Karte fertigmachen. Das Frikassee soll ich streichen.

PETRI: Hat er sonst noch Wünsche?

GRÜN: Nicht genug Suppen.

PETRI *empört:* Ja, sind wir hier eine Volksküche? – Laß rote Beete aufsetzen. Wir machen die polnische. 1,30. Wie ist es mit Bouillabaisse?

GRÜN: Aber nicht am Dienstag.

PETRI: Schreib Bortsch auf, 1,30. Mit Sahne 1,50. – Ich hab mir das ja gedacht gestern. Er hatte es so eilig, der junge Herr. Ohne sich umzuziehen, auf einmal war er weg.

GRÜN: Hast du ihm Stach nachgeschickt?

PETRI: Selbstverständlich! Wir können das nicht durchgehen lassen. Wenn der Schuster dahinterkommt, daß wir uns sozusagen auflösen. Und wenn die in den Großküchen und beim Verband Wind bekommen … Sag etwas für Frikassee, auch 3,50.

GRÜN: Curryhuhn oder Kalbsleber?

PETRI: Schreib Huhn. – Stach meint allerdings, er habe keinen Erfolg gehabt. Sie hätten gestritten.

GRÜN: Das Ganze ist ein Blödsinn. Der Schuster überschätzt die Situation. In fünf Wochen denken die Leute nicht mehr an die Suppe.

PETRI: Es ist ein Irrtum, anzunehmen, es würde ihm um die Leute gehen. Sei ehrlich, Grün. Weshalb versuchen wir es? – Na also.

GRÜN *im Abgehen:* Noch eine Suppe!

PETRI: Soupe d'ognions. Laß Parmesan reiben. 1,50. *Hinter die Wand ab.*

Eine Bodentür wird gehoben, aus dem Keller kommt der Koch Stach. Er trägt eine Schüssel auf der Schulter. In der Schüssel liegt ein ganzer Schweinekopf.

STACH: Im Keller ist am schönsten. Nu werd' ich Sülze machen. Was geht mich an, was sie haben. *Er setzt die Schüssel ab.* Du hast gut, dich hetzen sie nicht mehr. Ich, ich mußt nachlaufen und erzählen nachher, wie gewesen ist. Und nun ist Hölle los! Die Ohren werd' ich anlegen und sagen, nix weiß ich. Hier, wie Schweinekopf werd' ich werden, rings in Gelee und alles ganz klein geschnitten. Dann sollen sie raten, was drinnen ist in Sülze. *Er lacht, will die Schüssel wieder nehmen. Vasco tritt vor die Wand, trocknet die Hände. Sie stehen sich stumm gegenüber.*

STACH: Na du?

VASCO: Wissen sie was? *Er packt ihn.* Ob sie wissen.

STACH: Niiix!

VASCO: Hör zu …

STACH: Wie kann ich hören, wenn du mich zerrst.

VASCO: Du bist hingegangen, hast ein bißchen geplaudert. *Er läßt ihn los.*

STACH: Nix hab ich!

VASCO *stößt ihn:* Bist ein Engelchen. Hast nix, bist nix! Und der Petri? Warum guckt er und macht feuchte Augen?

STACH: Kummer hat er vielleicht.

VASCO: Ich sag dir, du bist still oder, oder...

STACH: Jejeje, was du gleich drohst! Wie werd' ich ihm sagen? Sind wir nicht zwei? Standen wir nicht wie Brüder auf Brücke, und er ging weg, und wir dachten beide: Was er doch für einen gleichgültigen Rücken hat.

VASCO: Der Schuster hat mit dem Petri gesprochen und nachher mit dem Grün.

STACH: Sie machen sich Sorgen, die drei.

VASCO: Unsere Sorgen! Du mußt verstehen, wir dürfen nicht alle kommen. Das sind zuviel, fünf. Da lacht er nur, wenn er fünf sieht.

STACH: Und zwei, lacht er da nicht?

VASCO: Immer lacht er ein bißchen. Aber zwei sind weniger. Er hält nicht viel von viel Leut.

STACH: Und wenn er nun sehr viel sieht? Nicht nur die fünf, sondern...

VASCO *packt ihn:* Du willst den Kletterer. Bürschchen, wenn du zu dem gehst, und die Großküchen kommen, und der Verband...

STACH: Paß auf, der Petri! *Beide trocknen sich verlegen die Hände.*

PETRI *tritt dazu und trocknet gleichfalls die Hände:* So fleißig? Was wird das wohl geben, wenn ihr so strebsam seid.

STACH: Vielleicht eine Sülze, Schwein ist ganz einverstanden.

PETRI *lacht:* Da stehen die beiden und erklären sich die Geheimnisse der Sülzzubereitung.

VASCO: Gewiß nicht! Wir sprachen von der Martha.

PETRI: Noch besser! – Grün, komm doch mal schnell!

GRÜN *vor die Wand:* Stehen noch nicht genug da? *Er trocknet die Hände.*

PETRI: Einer zuwenig! Hör gut zu, die Geschichte lohnt sich. Diese beiden sonst so fleißigen Köche stehen hier und unterhalten sich über Sülze und Martha, auch über Martha und Sülze, vielleicht sogar hübsch der Reihe nach: Schweinekopf, Martha, Sülze und Bratkartoffeln, und hinterher noch einmal Martha, weil es so schön ist, und zum Dessert ein salzloses Haferschleimsüppchen. *Stach verdrückt sich.*

GRÜN: Das nenne ich hörenswert. Wie geht es ihr denn?

VASCO: Also bittschön, Sie machen sich einen Spaß, weil wir hier plaudern ein bißchen. Wo ist denn...

PETRI: Fort, der plaudert ein bißchen mit seinem Schweinekopf. Doch ganz im Ernst. Wie geht es denn der Martha? Schläft sie gut, schmeckt es ihr, drückt der Schuh, häh? Und im Krankenhaus? Muß sie den Puls befühlen, das Töpfchen leeren, den Einlauf machen? Nun, was tut sie den ganzen Tag dort? Läuft sie nur rum und zeigt ein liebes Gesicht? Oder spracht ihr gar nicht vor ihr?

GRÜN: Wie heißt die Martha denn richtig?

VASCO: Sie können mir glauben, Herr Petri. Wir sprachen...

PETRI: Na?

VASCO: ...von der Krankheit meiner Tante.

PETRI: Wie alles zusammenfindet. Sülze, Martha, Tante.

GRÜN: Und wie hieß der Onkel?

PETRI: Nicht so schnell! Bitte, Vasco, die Tante.

VASCO: Sie müssen wissen, sie ist schwerkrank. Ich habe die letzte Nacht bei ihr gesessen und gewacht. Sie spricht nicht mehr.

GRÜN: Wie schade! Aber die Martha vielleicht? – Warum denn so erschrocken?

VASCO: Was hab ich mit ihr?

GRÜN: Versteh das, wer will! Ich nenne den Namen seiner süßen Braut, und sogleich bekommt der noch süßere Bräutigam einen Schreck.

PETRI: Vielleicht weil die Tante mucksmäuschenstill ist, die Martha jedoch dann und wann ein Wörtchen sagt. *Vasco unruhig.* Du meinst auch, wenn wir ein bißchen nett mit ihr sind – *Vasco will fort* –, sie würde zu uns kommen. – Hiergeblieben! *Er hält Vasco fest.*

GRÜN: Wir hätten ein bedeutungsvolles Plauderstündchen. – Was er nur hat?

VASCO: Die Wäsche ist da, bittschön!

GRÜN: Wir reden von Kaffee und Kuchen, er glaubt, von der Wäsche reden zu müssen. – Nun bleib schon hier! Wir werden ihr also einen Kaffee kochen, obgleich Kaffee nicht zu unseren Spezialitäten gehört. Ein Stückchen Apfelkuchen...

PETRI: Mit Schlagsahne, großzügig wie wir sind.

GRÜN: Die würde sich gut machen zu ihrem schlichtschönen Schwesternhäubchen. Wir würden es gemütlich haben und trotzdem anständig bleiben. Zwanglos kämen wir ins Gespräch.

VASCO: Sie weiß von nichts.

GRÜN: Wovon weiß sie nichts?

VASCO: Ich sag ja, nicht begreifen will sie, daß sie ins Krankenhaus muß, die Tante, und daß ...

PETRI: Schluß mit der Tante! Wovon weiß sie nichts?

VASCO: Von allem!

PETRI: Aber, aber, wer wird denn so taktlos sein und von seiner kleinen Braut behaupten, daß sie ein Dummerchen ist. Nie wird er ein Kavalier werden. Wir, wir müssen uns aufschwingen und die Ehre seiner Verlobten ... Wie sagt man?

GRÜN: Retten oder wiederherstellen. Wir müssen etwas tun für die Dame.

PETRI: Und zwar sofort! Ist Benny wieder zurück? Benny, Benny! *In jeder Hand eine Bratpfanne, tritt Benny vor die Wand.* Nun, läßt sie sich wieder zurechtbiegen?

BENNY: Kaum der Rede wert, hat der Moser gesagt, 'ne knappe Stunde.

PETRI: Dann lauf, hol die Martha, und auf dem Rückweg erledige das. Sei aber nett zu ihr! *Er nimmt ihm die Bratpfannen ab, gibt eine Grün.*

BENNY: Werd mir Mühe geben. – Was gibt denn das?

GRÜN: Ein hochelegantes Tennis, bis die junge Dame kommt.

BENNY: Ohne Ball?

GRÜN: Selbstverständlich ohne. Nicht wahr, Martha?

PETRI: Wie du willst, Stephan. *Sie täuschen ein Tennisspiel vor und ahmen Vascos und Marthas Sprechweise nach. Benny lacht.*

GRÜN: Wirst du wohl laufen und sie mir holen!

BENNY: Bin ja schon weg. *Benny ab.*

GRÜN: Und daß du mir die Trompete bringst von Herrn Petri. Du weißt, wie hilflos er ist ohne Musik und Getöse. – Du mußt mit der Sanftmut spielen, Martha.

PETRI: Ja, Stephan! *Leise:* Was soll das mit der Trompete?

GRÜN: Mit Rückhand, Martha, mit Rückhand. *Leise:* Ein Scherzchen unter Musikern. Bittschön, Martha, nicht in Netz, über Netz.

VASCO: Sie wird nicht zu Hause sein.

GRÜN: Wirst du zu Hause sein, im Hospiz?

PETRI: Nein, Stephan!

GRÜN: Und warum nicht?
PETRI: Ja, Stephan!
GRÜN: Nein, ja. Ist das die Antwort? Kannst du nicht reden wie ein Mensch?
PETRI: Bitte, Stephan!
GRÜN: Nun auch noch bitte? Sag, wo du sein wirst, sofort!
VASCO: Auf keinen Fall im Hospiz.
GRÜN: Nu, wo wirst du sein?
PETRI: Bei der Tante, Stephan.
GRÜN: Und der Benny, wo läuft er gefälligst?
PETRI: Zur Tante, Stephan.
GRÜN: Und wen wird er finden bei der Tante?
PETRI: Die Martha, Stephan.
VASCO: Nein, nein! Was soll das? Wenn Sie der Chef sind, was soll das? Immer Gerede hin und her. Bin ich hier, um über die Tante zu sprechen und Martha?
PETRI: Ich weiß nicht, Stephan.
VASCO: Aber ich weiß! Der Koch bin ich und nicht der Redner.
GRÜN: Hast du gehört? Koch, nicht Redner.
PETRI: Nein, Stephan!
VASCO: Nix nein, der Koch ja, und zum Schuster werd' ich gehen und ihm sagen. *Vasco will gehen. Petri hält ihn, sie werfen die Pfannen fort.*
PETRI: Lassen wir doch den armen Herrn Schuster aus dem Spiel. War doch nur ein Scherzchen. Wer wird denn da gleich böse sein. Reden wir nicht mehr vom armen Tantchen und Marthchen, zu dem jetzt der Benny läuft mit seinen flinken Füßchen, das ist ihm peinlich. Reden wir von etwas anderem. Reden wir von dem Onkel.
GRÜN: Wie hieß er denn?
VASCO: Ist kein Onkel!
PETRI: Traurige Welt! Er verleugnet seinen Onkel.
GRÜN: In ein finsteres Faß will er ihn stecken und in den tiefen Keller rollen. Ein Unmensch ist er!
VASCO: Soll ich hier stehn und lügen? Und da, da bin ich der Koch! Da wärm ich den Rotkohl auf und wässer' die Nieren ein bißchen. Und die Wäsche, liegt sie nicht da? Hat die Kühlwasser sie gebracht, damit wir hier stehen im Schmutz?

PETRI *hält ihn zurück:* Siehst du ein Fleckchen?

GRÜN: Auffallend sauber ist seine Mütze.

PETRI: Wo wird er die alte gelassen haben?

VASCO *will fort:* Bittschön, da hat es genug. Was soll ich noch.

PETRI: Ich bin sprachlos! Den Namen des hochverehrten Onkels nennen.

VASCO: Von der Tante hab ich gesprochen, nur von der Tante.

PETRI: Damit du nicht weinst: wie heißt sie denn?

VASCO: Therese.

PETRI: Aha. – Moment mal, wer hieß doch so? – Irgendwer – lassen wir das. Die Tante Therese. – Und jetzt der Onkel! *Petri packt ihn.*

VASCO: Kein Wort sag ich mehr!

GRÜN: Das soll doch nicht etwa ein Gelübde sein.

PETRI: Vielleicht will er der Heilige werden in der Klause.

GRÜN: Oder der Moltke, der große Schweiger. Oder – jetzt weiß ich...

PETRI: Na?

GRÜN: Er will ein Löffelchen voll.

VASCO: Nein, nein, nicht das!

PETRI: Aber sagtest du nicht soeben, daß kein Sterbenswörtchen über deine Lippen kommen soll? Und nun willst du uns doch dein Geschichtchen erzählen? Wie war das doch gleich? Ein Koch lief ganz alleine...

VASCO: Wir waren bei der Tante...

PETRI: Jetzt aber Feierabend! *Sie zwängen Vascos Arme auf den Rücken.* Stach, komm, mein Junge!

STACH *halb vor der Wand:* Ist was?

PETRI: Bring doch mal schnell ein Löffelchen voll.

STACH: Jesses, so hab ich das nicht gemeint. Glaub mir, Vasco. Nur erzählt hab ich, was ich gesehen hab.

VASCO: Du, du willst ein Freund sein!

PETRI: Soll ich dich etwa um zwei Löffelchen bitten?

STACH: Jejeje, sofort, der Herr Petri, nur noch Hände ein bißchen, nur noch die Hände. *Er trocknet die Hände und verschwindet.*

PETRI: Immer noch stumm? Möchtest wohl gern an den Nägeln kauen. Nein, nein, mein Freundchen. So spricht es sich besser.

VASCO: Wenn er doch nichts gesagt hat, der Graf. *Stach kommt mit dem Löffel und stellt sich vor Vasco.*

GRÜN: Das Onkelchen war also der Herr Graf. Vornehme Verwandtschaft! Und was spricht man in diesen Kreisen?

STACH: Nu red doch! *Während alle auf Vasco starren, betritt der Graf von rechts die Küche.*

DER GRAF *lachend:* Aber, aber! *Sie geben Vasco frei und zeigen sich freundlich.* Wollt ihr den Vasco füttern? Solch einen kräftigen, gesunden Menschen?

PETRI: Nur ein Scherz, Herr Graf. Sie wissen, wie Köche sind. *Zu Stach:* Verschwinde! *Stach hinter die Wand ab.*

DER GRAF: Ich konnte es gestern erfahren.

GRÜN: Etwas Angenehmes? *Vasco zieht sich langsam hinter die Wand zurück.*

DER GRAF: Wie man's nimmt. Ich habe gelacht. – Vasco, wo ist er denn?

PETRI: Soll ich ihn rufen?

DER GRAF: Laß nur, Petri. Er schämt sich vielleicht. Der Ausflug ist ihm nicht bekommen. Ja, gestern, in spätester Stunde, unter dem schwärzesten Himmel, hat er einen Ausflug gemacht. So, wie ihr dasteht, bedeckt mit einem Hut, der den euren aufs Haar gleicht.

GRÜN: Er ist ein bißchen sonderlich.

DER GRAF: Packt mich mitten auf einer Brücke und will etwas von mir.

PETRI: Doch nicht etwa Geld?

DER GRAF: Nein, nein, nein, ich weiß auch nicht recht, was. Das Mädchen kam noch.

GRÜN: Die Martha?

DER GRAF *nachdenklich:* Ich nenne sie manchmal Ruth und sehe sie barfuß über ein Feld laufen. Es sticht sie, doch sie zuckt nicht. Wäre sie blind, sie würde trotzdem sammeln. Sie ist geduldig.

GRÜN: Man könnt' es fast glauben.

DER GRAF: Lacht nicht, ihr Dummköpfe! Was wißt ihr von der Geduld? Eure reicht allenfalls für ein zähes Rindfleisch, aber Ruth...

GRÜN: Sprechen wir lieber von der Martha, wie war das nun?

DER GRAF: Sie kam dazu, wir plauderten. Wovon? – Hm, ich weiß es nicht mehr. Was man so spricht auf Brücken. – Richtig, der Vasco! Er wollte etwas von mir und hat mich geschüttelt.

PETRI: Mit Gewalt?

DER GRAF: Wie einen Nußbaum. Nur daß mir kein Nüßchen aus der Krone fiel. Und das Schwimmen wollt er mir beibringen. Mir und dem Rezept.

GRÜN: Aha!

DER GRAF: Aber ich merke schon, ihr wollt auch, ihr würdet genauso ...

PETRI: Gewiß nicht, Herr Graf, diese Methoden liegen uns nicht.

DER GRAF: Schon gut! Ein Vorschlag: Ihr haltet euch gegenseitig die Augen zu, und ich stecke es einem von euch in die Tasche. *Grün und Petri halten sich gegenseitig die Augen zu.*

PETRI: Wem denn?

DER GRAF: Dir oder dem Grün.

PETRI: Nein, nein, nein, das kommt nicht in Frage. *Der Graf will davon.*

GRÜN: Aber warum denn nicht.

PETRI: Ich habe nein gesagt! *Er befreit sich von Grüns Händen.* Hast du es? – Der Graf! *Mit einigen Sprüngen haben sie ihn erreicht und schleppen ihn zurück.* Aber so bleiben Sie doch noch. Warum wollen Sie es nicht sagen, warum so davonschleichen? Sind wir nicht alle Köche. Sie ist ähnlich einer Bortsch, also eine Kohlsuppe. Man sagt, Sie tun Asche daran.

DER GRAF: Ihr sprecht es aus. Aber lassen wir das. Ich geb sie euch nicht, ihr Kopfjäger.

GRÜN: Warum nicht, zum Teufel?

DER GRAF: Weil ihr sie haben wollt!

GRÜN: Aber mir...

DER GRAF: Auch Grün bekommt sie nicht. Sicher, er tut mir leid. Er ist magenkrank und trotzdem ein guter Koch. Muß mit dem Hirn kochen und darf nicht abschmecken...

GRÜN: Ein guter Koch...

DER GRAF: ... schmeckt nie ab. Ich kenne den Spruch! Die Weisheiten eines Magenkranken.

GRÜN: Und Vasco? Weiß er, haben Sie ihm gegeben? *Der Graf weicht zurück.*

PETRI: Das hätten Sie nicht tun dürfen. Er ist Ihr Liebling, gewiß...

GRÜN: Sind wir nicht auch Ihre Freunde? Warum er, er alleine?

Der Graf: Kinder, ich laufe! Ihr redet von Freundschaft und seht mich an wie frischgekaufte, unternehmungslustige Radiergummi. Laßt mich leben und ... *Er sucht in seinen Taschen.*

Petri: Suchen Sie etwas?

Der Graf: Nichts Besonderes, eine Notiz. – Was sagte ich vorhin? Ja, laßt mich leben. – Fort, verschwunden!

Grün: Hier, in der Küche? *Grün und Petri bücken sich und suchen.*

Der Graf: Es ist wirklich nichts Wichtiges. Hört lieber zu.

Grün: War es ein Zettel?

Der Graf: Ein kleines Zettelchen. – Ihr müßt auch den Vasco leben lassen, nicht nur mich. Es stimmt, er ist mein Liebling, aber er weiß nichts – genau wie ihr nichts wißt.

Petri: Hast du was, Grün?

Grün: Keine Spur. War es denn weiß?

Der Graf: Wie die Unschuld, doch etwas beschrieben. Zankt euch nicht, Kinder, wenn ihr es finden solltet, und schlagt euch nicht auf eure Hüte, sie verlocken dazu. *Er schlägt Grün leicht auf die Mütze und läuft lachend nach rechts ab. Petri und Grün richten sich auf, Vasco tritt vor die Wand und beobachtet die Szene.*

Grün: Warum lacht er?

Petri: Weil wir rumrutschen wie die Parkettleger und ein Zettelchen suchen, von dem wir annehmen, daß es beschrieben ist.

Vasco: Womit gefälligst? Auf den Hut schlägt er euch, aber ihr glaubt ihm. Er nennt euch ein bißchen beim Namen, sagt »lieber Grün« und »bester Petri«, dann läßt er euch auf die Knie gehn, lacht sich was, und weg ist er. Nicht einmal umdrehen tut er sich. Und ihr? Ein Löffelchen voll wollt ihr mir geben, sogar zwei gefälligst, damit ich spreche. Was denn, nun, was denn? Aber so sagen Sie doch, der Herr Petri! Wollen Sie mir immer noch geben, häh?

Petri: Unsinn, wir haben gedacht ...

Vasco: Nun?

Petri: ... du wolltest die Sache allein machen.

Vasco: Wollt ich auch, ganz alleine zuerst. Weil er das nicht mag, viel Leut. *Stach kommt mit einem Paket.* Kenn' ich ihn etwa nicht? Sag du, kenn' ich ihn nicht, den Graf?

Stach: Das kann ich bezeugen. Der Herr Petri wird mir glauben.

Vasco: Der glaubt nur an sein Löffelchen voll. Das ist sein ein und alles.

Stach *wirft das Paket zwischen die Köche:* Das Zeugs ist da! Sie hat geschimpft, die Kühlwasser.

Grün: Warum denn? *Die Köche wechseln Schürzen und Mützen.*

Stach: Weiß ich? Hat sie schon einmal nicht geschimpft?

Grün: Wir sollten freundlicher mit ihr sein. Man könnte sie eines Tages brauchen. – Schick ihr was von der Sülze und noch eine Kleinigkeit.

Petri: Was hier aus der Küche getragen wird, das bestimme noch immer ich.

Stach: Jejeje, als wenn sie nicht zum Geschäft gehört, die Kühlwasser.

Petri: Kein Wort mehr! – Mal herhören! – Wenn wir nichts tun, sind wir fertig. – Der Herr Schuster hat mir gesagt, daß wenn nicht in drei Wochen spätestens der Laden wieder so läuft wie früher... Ihr wißt, was dann hier los ist! Wir sind zu ersetzen. – Und du, Vasco, mach dir nichts draus. Ein dummer, bedauerlicher Irrtum. *Er hilft ihm die Schürze binden.* Der Grün ist immer ein bißchen voreilig. Nicht wahr, Grün? Es wäre auch niemals so weit gekommen.

Grün: Wir wollten dich einschüchtern, das war alles.

Stach: Hab ich mir auch gedacht, daß sie nur tun als ob. Hätt' ich dir sonst gebracht das Löffelchen? *Benny schiebt Martha von links in die Küche. Er trägt die Trompete.*

Vasco: Bittschön, und hier, muß das sein. Schöne Entschuldigung und nichts dahinter. – Sofort geht sie wieder!

Benny: Reg dich nicht auf, hat der Chef befohlen! Wollte zuerst nicht kommen, die Kleine, wegen der Tante. Hier, das Sprachrohr, ist wieder wie neu. *Er übergibt die Trompete, Petri wickelt sie aus.* Ah, die Kühlwasser war da! *Er zieht sich um.*

Martha: Stephan?

Benny: Ist das nicht süß, wenn sie »Stephan« sagt?

Petri: Halt's Maul! – Sie kann wieder gehen, wir brauchen sie nicht.

Martha: Stephan, die Tante... *Er dreht ihr den Rücken zu.*

Petri: Was ist mit der Tante? Warst du drinnen?

Benny: Nicht 'ne Sekunde, Chef, sie ließ mich nicht rein.

Martha: Sie ist tot! *Benny lacht.*

Petri: Was gibt's da zu lachen! Nun geh, Mädchen, geh! Er kommt nachher, dein Stephan, und wird dir helfen. *Martha geht zögernd ab.* So geht das. Eben sprachen wir noch von ihr, und nun ist Schluß. *Er bläst einen Ton und stellt die Trompete auf den Boden.* – Die Tante ist tot. *Alle außer Vasco lachen.*

Stach: Lach auch, wenn sie schon tot ist.

Vasco: Ja, jaja, es ist wirklich komisch. *Die Köche gehen lachend hinter die Wand ab. Einige trocknen sich die Hände am Handtuch. Petri hält Stach zurück.*

Petri: Du, mach noch das Huhn fertig, und nachher packst du Sülze ein und fünf Scheiben Kaßler für die Kühlwasser. Ich bring es ihr selbst hin! *Er geht ab.*

Stach *nähert sich der Trompete, hebt sie auf, dreht und wendet sie, hält sie wie ein Fernrohr vors Auge, setzt sie wieder ab:* Musik, Musik! *Er macht einen Bogen um die Trompete, überlegt.* Das Huhn! Na gut, mach ich Huhn fertig. Werden wir sehen. *Er zieht einen Schlachtbock aus der Kulisse, stellt die Trompete auf den Bock.* Musik, Musik? *Von links kommt der Koch Kletterer und schaut Stach eine Weile belustigt zu.*

Kletterer: Werden bei euch jetzt Trompeten geschlachtet und Trompetensuppen gekocht?

Stach *ohne sich umzudrehen:* Jesses, der Kletterer!

Kletterer: Vornehmer Laden, muß ich sagen. Hell, guter Abzug, kaum ein Küchengeruch – fast wie in der Sommerfrische.

Stach: Wie bist du gekommen? *Er dreht sich um.* Hat er dich gesehen?

Kletterer: Es sieht nicht so aus. *Er packt Stach an der Schürze.* Wie stehen die Aktien? Hat er gesprochen?

Stach: Nix, alles Blödsinn! Haben sich madig gemacht für die Katz, und gelacht hat er, der schöne Adlige, als sie rumkrochen, der Grün und der Petri, und Papierchen suchten. – Nu geh, wenn er dich sieht, ist Hölle los!

Kletterer: Und weiter? *Er nimmt Petris Trompete.* Habt ihr Pläne, steht etwas Lustiges auf dem Programm? Beim Verband und in den Groß- und Betriebsküchen wird man langsam unruhig.

Stach: Ich weiß von nix. *Er zieht einen Korb aus der Kulisse. In dem Korb bewegt sich ein Huhn.* Hier, Geflügel soll ich schlachten und

Sülze einpacken und fünf Scheiben Kaßler für die Kühlwasser. Höchstpersönlich will er es ihr hinbringen, der Petri.

KLETTERER: Was geht mich eure Sülze an.

STACH: So, geht dich nix an? Auch wenn Petri persönlich hinbringt, ist dir egal? – Na, nun geht dir Licht auf im kleinen Kopf.

KLETTERER: Du meinst?

STACH: Große Sach, sag ich dir. Werden sie den Trockenraum mieten für die Nacht und Gala machen mit Graf und allem, was dran ist.

KLETTERER *pfeift bedeutungsvoll:* Wann?

STACH: Weiß ich die Gedanken!

KLETTERER *packt Stach abermals:* Aber ich werde rechtzeitig Bescheid bekommen, nicht wahr, Stach? Du wirst nicht so leichtsinnig sein und dir die Freundschaft mit dem Kletterer verderben. Du weißt, daß ich gerne dabeisein möchte, wenn ihr eure Gala macht. Ich liebe rauschende Feste!

STACH: Nu – ja doch, was packste mich an? – Immer gehen sie an die Kleider, der Vasco auch. Brieftaube schick ich dir, wenn soweit ist, Brieftaube!

KLETTERER: Du weißt, wo ich wohne! *Die Trompete unter dem Arm, geht er schnell nach links ab.*

STACH *die Trompete vermissend:* Musik! – Musik? *Er stellt den Korb mit dem Huhn auf den Schlachtbock, stellt ihn wieder auf den Boden.* Musik, Musik! *Er macht vor dem Korb die Bewegungen des Huhnes nach, versucht einen Handstand vor dem Korb, um dem Huhn ins Auge sehen zu können, gackert. Er springt auf die Beine, öffnet den Korb, zieht das mit den Flügeln schlagende Huhn hervor und schwingt ein Messer.* Musik, Musik!

PETRI *stürzt hinter der Wand hervor:* Wie oft muß ich dir noch sagen, du sollst die Hühner nicht auf offener Bühne schlachten! Willst du die Gäste zu Vegetariern machen?

Vierter Akt

Der Trockenraum einer Wäscherei: Frau Kühlwasser zieht die Hosen, Schürzen und Mützen der Köche mit langen Leinen unter die Decke. Schreibend sitzt Grün an einem Tisch und überwacht ihre Arbeit.

GRÜN: Die letzte Reihe können Sie unten lassen.
KÜHLWASSER: Wofür brauchen Sie den Raum eigentlich? Ich bin ja sonst nicht so, falls Sie mal 'ne Versammlung haben. Kann auch spät sein, wenn Sie vorher Bescheid geben. Aber so, mitten aus dem Schlaf und los, los, los? Ist denn was Besonderes?
GRÜN: Wir feiern Geburtstag.
KÜHLWASSER: Tä, als wenn sich Köche was aus 'm Geburtstag machen. Hat wohl wieder einer 'n Ding gedreht, häh?
GRÜN: Wie lange verdienen Sie nun schon an uns? Einige Jährchen, stimmt's? Jede Woche zwei Garnituren, dazu die Tücher, die Wäsche vom Büfett und was sonst anfällt, alles Weißzeug.
KÜHLWASSER: Zu tun gibt es genug, ich kann nicht klagen.
GRÜN: Das wollt ich hören. Mein Vorschlag: Fragen Sie nicht!
KÜHLWASSER: Man wird doch wohl noch 'n Wort sagen dürfen. Tätätä, der Herr Grün. Sitzt da und schreibt. Womöglich Tischkarten oder sogar ein Geburtstagsgedichtchen.
GRÜN: Sind Sie fertig?
KÜHLWASSER: Es sieht so aus.
GRÜN: Dann rufen Sie die Martha! *Er zeigt zur Tür.*
KÜHLWASSER: Nu werd' ich zimperlich! Ist das 'ne Art, bei dem Wetter vor der Tür stehen lassen. Hat die nicht schon genug an dem Typ, wie heißt er schon?
GRÜN: Vasco.
KÜHLWASSER: Na bitte! Und vor kurzem ist ihr die Tante gestorben.
GRÜN: Es war nicht ihre Tante.
KÜHLWASSER: Auf jeden Fall war das der einzige Mensch, an dem sie 'nen Halt hatte, wenn man so sagen darf.
GRÜN: Dürfen Sie, Frau Kühlwasser – und jetzt! *Er zeigt zur Tür.*
KÜHLWASSER: Geh ja schon! *Sie öffnet die Tür.* Armes Ding. Manieren sind das. *Sie zieht Martha herein.* Und das Zeugs runter!

MARTHA: Ja, Frau Kühlwasser. *Sie zieht den Regenmantel aus.* Guten Abend, Herr Grün.

GRÜN: Wärm dich da an den Röhren. Ich brauch Sie nicht mehr, Frau Kühlwasser. Und entschuldigen Sie. Es ist eine Ausnahme.

KÜHLWASSER: Ich denk, Sie haben Geburtstag gesagt.

GRÜN: Eben, das kommt ja nicht oft vor. Also, wenn jemand fragen sollte?

KÜHLWASSER: Dann sag ich: Das war 'ne Geburtstagsparty. Kommt der Herr Schuster?

GRÜN: Wahrscheinlich!

KÜHLWASSER: Hat er zugesagt?

GRÜN: Ich habe wahrscheinlich gesagt. *Er steht auf.* Der Benutzungstarif wurde in Anbetracht der späten Stunde verdoppelt. *Er reicht ihr Kuvert und Zettel.* Na, nun zufrieden?

KÜHLWASSER: Wenn es wirklich 'ne Geburtstagsfeier wäre, würde ich ja nichts sagen.

GRÜN: Gute Nacht, Frau Kühlwasser! *Er reicht ihr ein zweites Kuvert und schiebt sie zur Tür.* Schlafen Sie friedlich!

KÜHLWASSER: Langsam, langsam. Sind das nun meine Räume, oder bin ich hier zu Besuch? Und daß Sie mir die Martha in Ruhe lassen. Paß schön auf, Kindchen. Laß dir nichts gefallen, wenn sie frech werden. Immer contra geben. Das sind man auch nur kleine Köche!

MARTHA: Frau Kühlwasser, darf ich ... *Sie will ihr nach.*

GRÜN *schiebt Frau Kühlwasser aus dem Raum:* Nicht so ängstlich, mein Engel. – Hast du dich freimachen können?

MARTHA: Die Schwester Oberin wollte erst nicht. Aber dann hat Schwester Dora, das ist die Nachtschwester, ein gutes Wort für mich eingelegt.

GRÜN: Das war nett von ihr.

MARTHA: Wir verstehen uns gut, Schwester Dora und ich.

GRÜN *nestelt an ihrer Bluse, Martha wehrt sich schwach:* Was denn, was denn. Also ihr versteht euch gut. Hat sie einen Freund? *Er packt zu.*

MARTHA: Bitte!

GRÜN: Ob sie einen Freund hat?

MARTHA: Ich glaube ja. – Bitte nicht, Herr Grün? *Sie reißt sich los.*

GRÜN: Na gut! *Er wischt sich die Hände an der Schürze ab.* Wovon sprachen wir? Ach so, was ist er? Briefträger, Taxichauffeur oder etwa Koch?

MARTHA: Was Sie denken. Meinen Sie, alle Krankenschwestern hätten Köche zum Freund?

GRÜN: Das wäre wohl auch das Letzte! *Er läuft auf und ab.* Solch ein Dummkopf. So begabt, hat ein Gefühl, braucht sich nichts zu erarbeiten, fällt ihm alles nur so in den Schoß, und dann läuft er mit einer Krankenschwester. – Weißt du, daß du ihm im Wege stehst? Der Junge könnte sein Glück machen mit dem Talent. Aber wie gesagt, so, diese Verbindung? Ein Koch und eine Krankenschwester, das gibt allenfalls eine mittelmäßige Diätküche. Liebe, alles schön und gut. Aber nicht bei uns! Du stehst ihm im Wege, mein Kind. – Heul nicht!

MARTHA: Aber er sagt doch...

GRÜN: Er ist ein Dummkopf! Jung, verblendet, er kann da nichts machen, nur du. Du mußt dich entscheiden, du mußt nein sagen, du mußt ein Opfer bringen. Dürfte dir nicht schwerfallen als Krankenschwester. Ihr seid doch da in der Übung.

MARTHA: Aber er ist doch nicht krank.

GRÜN: Und ob er ist! Todkrank, so wahr ich Grün heiße. Das frißt ihn auf, diese Krankenhausluft. Chlor, Karbol, essigsaure Tonerde. Hast du schon einmal einen Koch erlebt, der das ertragen hätte? Und immer dieses Häubchen auf dem Kopf. Die Haare werden dünn sein und ausfallen.

MARTHA: Ich bitt' Sie, Herr Grün. Was soll ich dazu sagen?

GRÜN: Du sollst dir das nun in aller Ruhe überlegen und im geeigneten Augenblick ein kleines Opfer bringen. Es ist ja für deinen Stephan.

MARTHA: Ja.

GRÜN: Und dann wirst du... *Er horcht.* Schluß mit der Heulerei!

Petri, im schwarzen Regenmantel, betritt den Raum, legt im Gehen den Mantel ab und wirft ihn Martha zu, damit sie ihn aufhängt.

PETRI: Klappt es? Was sagt die Kühlwasser?

GRÜN: Ist schlafen gegangen.

PETRI: Und sonst?

GRÜN: Sie müssen gleich kommen. Vorbereitet ist alles soweit. Geheult hat sie.

PETRI *tätschelt Martha:* Jajaja, wird schon wieder werden. Warum ist sie eigentlich hier? War das nötig?

GRÜN: Das wird sich zeigen.

PETRI: Unklare Geschichten sind mir zutiefst zuwider. Ich verlange den sparsamsten Gebrauch der Mittel und eine saubere Motivierung. Willst du mir nicht erklären ...

GRÜN: Sie ist da und fertig! Wie steht's mit dem Chef? Kommt er?

PETRI: Das paßt mir gar nicht.

GRÜN: Ich habe gefragt, ob er kommt.

PETRI: Nein!

GRÜN: Er hat aber doch zugesagt.

PETRI: Ich bin sehr unzufrieden. Mir gefällt das Mädchen hier nicht.

GRÜN: Wir sollten höflicher miteinander sein.

PETRI *dreht sich um:* Schau, schau, der Grün fühlt sich! – Der Herr Schuster läßt sagen, sein Erscheinen sei überflüssig. Er hat volles Vertrauen und ist durchaus überzeugt, daß es uns gelingen wird, die Verhandlungen in unserem und seinem Sinne zu führen, ganz ohne Überstürztheiten.

GRÜN *pfeift vielsagend:* Welch ein Menschenfreund!

PETRI: Mir scheint, du hast mich verstanden.

GRÜN: Wenn dich nur die anderen verstehen werden. Du hast deine Trompete vergessen. Wie willst du dich ohne sie verständlich machen.

Die Tür wird aufgerissen. Benny, Stach, Vasco, mit Paketen beladen, schieben den Graf in den Raum. Die Köche tragen Regenmäntel, der Graf einen Überwurf über dem Morgenmantel.

DER GRAF: Petri, Grün! Welch eine Überraschung. Nach solch einem Weckruf und unsanften Transport finde ich Freunde vor. – Ach, Sie hier, Fräulein Martha, um diese Zeit?

VASCO: Wer hat sie gerufen? Das hatten wir nicht verabredet.

PETRI: Ganz meine Meinung. Beruhige dich, wir machen das später aus. – Es würde mir leid tun, wenn Sie unter der Behandlung der Burschen gelitten hätten. – Benny!

BENNY: Er wollte nicht, Chef.

STACH: Noch ein bißchen träumen wollt' er.

PETRI: Entschuldigt euch, los!

DER GRAF: Aber warum denn! Nun, da ich sozusagen auf dem Trockenen bin, sind diese kleinen Unannehmlichkeiten fast vergessen. – Hübsch finde ich es hier. Es riecht nicht gerade gut...

VASCO: Nach Wirsingkohl, arme Leut' riecht es.

DER GRAF: Du hast ein feines Gespür. Wie schade, daß du nicht nur aus Nase bestehst. – Wirsingkohl, aber warum nicht? Rein optisch ist dieses Zimmerchen eine Augenweide. Eine Massenerhängung! Aussichten sind das, Aussichten! – Bester Grün, hat dieses Bildchen etwas zu bedeuten?

GRÜN: Ein Zufall! Der Trockenraum einer Wäscherei, oben ist es am wärmsten, und deshalb...

DER GRAF: Nun bin ich beruhigt. Fast erdrückte mich das Gefühl, das unangenehme Gefühl, einem Symbol gegenüberzustehen oder, was noch schlimmer ist, unter einem Symbol den Rest dieser Nacht zubringen zu müssen.

PETRI: Sie können ohne Sorge sein, Herr Graf.

DER GRAF: Dir muß ich glauben. – Und nun?

STACH *leise:* Fangen wir an endlich, fangen wir an.

PETRI *leise:* Was ist denn?

STACH: Sie haben den Wind bekommen und sind hinterher.

PETRI: Verdammt! Wie ist das möglich? Vasco, Benny?

BENNY: Keine Ahnung, Chef. Da muß wer nicht dichtgehalten haben.

VASCO: Was sehen Sie mich an? Ist nicht der Grün noch da oder der Stach, wo er doch gerne plaudert ein bißchen?

STACH: Und heute mittag, wo bist du gewesen?

PETRI *laut:* Ruhe!

DER GRAF: Aber Petri! Lassen wir die Sache, wie sie ist. Ich nehme an, du schimpfst noch immer deine Leute aus. Du solltest das nicht tun vor einer jungen Dame. *Zu Martha:* Ich werde den Herren zuvorkommen und Ihnen diesen Stuhl anbieten. *Sie setzt sich schüchtern.* Wenn Grün, unser Protokollchef, es erlaubt, nehme ich dann und wann auf der Tischkante Platz. – Und nun zur Sache! Es handelt sich doch wahrscheinlich zum hundertsten Mal um das besagte Süppchen...

VASCO *springt vor:* Sagen Sie nun, sofort, ich bitt' drum! Oder wenn Sie nur mir geben wollen, warum nicht? Hab ich nicht geschworen mit der Hand, daß ich es begraben werde, hier, hier drinnen Rezept! *Petri reißt Vasco zurück.*

STACH: Was muß er auch vorspringen immer?

PETRI *leise:* Ich warne dich, Vasco! *Laut:* Wie gut, daß Sie die Dinge gleich zur Sprache bringen. Wir wollen wie Freunde reden. Sehen Sie, die Zukunft unseres Berufes, ja, der gesamten Gastronomie, um nicht zu sagen ...

DER GRAF: Der Menschheit.

PETRI: Sie sprechen es aus. Immer waren Sie ein Förderer unseres schwierigen und doch so wichtigen Gewerbes. Immer standen Sie uns mit Rat und Tat zur Seite, wenn es galt, den speziellen Wünschen unserer verwöhnten Kundschaft gerecht zu werden. Doch nicht genug! Großzügig gewährten Sie uns Einblick in Ihre Schriften. Mag das hier, Ihre ganze Sammlung – die Burschen haben sie überflüssigerweise gleich mitgebracht – als Beweis Ihrer sprichwörtlichen Leidenschaft dienen. In diesen Paketen ...

DER GRAF: Sie werden feucht geworden sein.

PETRI: Los, an die Heizung damit! Du auch, Vasco, du auch! *Sie schleppen die Pakete zur Heizung. Martha will helfen.*

DER GRAF *hält sie zurück:* Nicht doch, was hätten Sie mit diesem Papier zu schaffen. – Doch weiter, Petri, ich unterbrach. *Es wird heftig an der Tür geklopft.* Mir scheint, die Unterbrechungen wollen erst anfangen.

PETRI: Sprich du mit ihnen.

GRÜN *erhebt sich und geht zur Tür:* Worüber? Über dich? Sie reden nicht gerne von unserem großen Trompetenkünstler. *Er verläßt den Raum.*

PETRI: Ja, jaja. – Wovon sprachen wir?

DER GRAF: Von Gott und der Welt und jenem Papier. Du bist zerstreut, überarbeitet, du solltest schlafen gehen.

PETRI: Richtig, die Pakete! Nun, dürfen wir annehmen, daß vielleicht auch einige Notizen über die Suppe, ich weiß nicht, in welchem Stapel ...

DER GRAF: Keine Spur. Du gehst von falschen Voraussetzungen aus. Es handelt sich hier nicht um irgendein x-beliebiges Rezept, sondern um mein armseliges, ganz privates kleines Geheimnis.

VASCO *stürzt vor:* Eben, Geheimnis. – Darf ich, Herr Petri? Ich sag es ihm! Was ist das, ein Geheimnis? Darf es das bleiben, ein Geheimnis? Werden Sie sterben eines Tages und mitnehmen?

Werden Sie daliegen, und der Mund sagt nichts mehr – und da, da drinnen Geheimnis? *Er klopft sich auf die Brust.*

DER GRAF *lachend:* Deine Fragen treten sich auf die Hacken. Du suchst an der falschen Stelle. Nicht hier in der Brust! Auf der Straße, in einem Papierkorb, manchmal läuft es auch, das kümmerliche Geheimnis. Auf drei Beinen, ganz langsam, ein lahmer Hund, so müht es sich von Baum zu Baum und hinterläßt einen dürftigen Abglanz seiner glanzlosen Existenz. *Grün kommt zurück, verriegelt die Tür.*

BENNY: Ich werd' verrückt, nun macht er uns fertig.

STACH: Er macht uns Kind im Bauch. Der Grün soll reden, nicht mehr der Petri. Will er uns Witzchen erzählen und faule Eier verkaufen?

PETRI: Ruhe!

GRÜN: Sie sind da, Petri, alle!

PETRI: Kletterer?

GRÜN: Er ist unterrichtet.

PETRI: Lächerlich! Was kann er schon wissen?

GRÜN: Frag ihn. Du bist genau der Richtige, um mit ihm zu sprechen. Sie wollen gerne dabeisein und deinen Reden lauschen.

PETRI: Benny, Stach, an die Tür.

STACH: Hat ja doch keinen Zweck. Wenn er will, kommt er rein sowieso!

PETRI: Wird's bald!

STACH: Aber der Grün soll reden. Der kann besser.

PETRI: Ich bin gespannt! – Warum nicht.

GRÜN: Er sorgt für mich wie ein Vater. Er würde mir sogar eine blitzblanke Trompete geben – wenn er sie nur hier hätte. *Die Köche lachen.* Und nun ganz schnell! – Passen Sie auf. Ich habe mit den Leuten draußen verhandelt. Großküchenköche! Eintopfköche! Massenverköstiger! Die sind zu allem fähig, die haben nicht diese Geduld, die kennen Sie nicht, die packen einfach zu. Also, seien Sie klug. Hier ist Papier, Tinte, alles, was Sie wollen. Schreiben Sie, um Himmels willen, schreiben Sie, und wir schützen Sie vor dieser Bande!

DER GRAF: Schlechte Geschäftsmänner seid ihr, bringt mich in Gefahr und wollt noch etwas dafür haben. Bieten müßt ihr, bieten!

PETRI: Wieviel? *An der Tür wird heftig geklopft.*

GRÜN: Da, das sind kräftige Burschen! – Geld meint er. Wieviel?

DER GRAF: Eure paar Groschen, es täte mir leid. *Es klopft stärker.* Aber so laßt sie doch rein. Die Leutchen frieren.

PETRI: Sie sind sehr leichtsinnig.

STACH: Schluß mit Gefasel! Geld will er nicht, Häuser gibt's nicht, was denn?

DER GRAF: Wenn ihr es nicht wißt? – Ich will nach Hause, ich muß ins Bettchen. Überlegt euch in Ruhe, was ihr zu bieten habt, und dann kommt wieder. – Die arme Martha. Sie sind sicher müde. *Poltern.*

STACH: Verrückt werden sie draußen!

BENNY: So 'n Quatsch! Lassen sich fertigmachen von dem da.

STACH: Nicht mal der Grün weiß Bescheid. Ich würd ihm schon beibringen.

BENNY: Gebt ihm doch 'n Löffelchen voll, wenn er was geboten haben will.

GRÜN: Die eigenen Leute werden unruhig. Schreiben Sie jetzt.

BENNY: Er kann auch zwei haben, wenn er will. *Benny von der Tür fort. Er holt Dose und Löffel aus der Tasche.* Wie wär's damit! Kalt schmeckt es am besten.

DER GRAF: Petri, sag deinem ungewaschenen Benjamin, er soll mir aus dem Atem gehen. Seine Zahnpaste riecht nicht gut.

BENNY *schlägt mit dem Fuß:* Das für Zahnpaste, für ungewaschen, und das zum Geburtstag! – Was ist, soll ich? *Er blickt die anderen an.*

STACH: Der Deikert! Bin ich Herkules, daß ich sie aufhalt stundenlang? *Krachend bricht die Tür auf. In der Öffnung drängen mehrere Köche, voran der lange Koch Kletterer. Er hält Petris Trompete und bläst darauf. Stach springt zur Seite.*

KLETTERER: Na also, warum nicht gleich? Wie heißt denn das Spielchen, dürfen wir mitmachen? – Es soll wohl schnell gehen. Löffelchen voll, das kennen wir, das macht gesprächig. *Nach hinten:* Seid ruhig, Leute, wir spielen ja mit. – Und das? *Er zeigt auf die Pakete.*

DER GRAF: Der Herr meint meine bescheidene Rezeptsammlung.

KLETTERER: Ruhe da hinten! – Und Sie sind wohl der bescheidene Graf? Kletterer mein Name. Was, kennen Sie nicht? Passen Sie auf, wir werden noch Freunde!

DER GRAF: Warum nicht? In solch später Stunde werden oft die besten Freundschaften geschlossen.

KLETTERER: Ein Spaßvogel! – Und die Verhandlungen? Grün?

PETRI: Sag mal, Kletterer, wo hast du die Trompete her?

KLETTERER: Ich spreche mit Grün. Ich habe nach den Verhandlungen gefragt.

GRÜN: Wir werden leider vertagen müssen.

KLETTERER: Unsinn, laß mich mal machen! *Er schiebt Grün vom Tisch.* Also, Sie wollen nicht?

DER GRAF: Guter Mann, ich will schlafen gehen, sonst nichts. Und die junge Dame sicherlich auch.

KLETTERER: Dame? Ach so, die Krankenschwester. Ins Bettchen wollen Sie also. Ich auch.

Die Köche im Hintergrund unruhig.

GRÜN: Du mußt bieten, Kletterer, bieten! Geld will er keins.

BENNY: Was ich gesagt habe. Löffelchen voll! *Kletterer schlägt Benny ins Gesicht. Die Köche in der Tür lachen.*

KLETTERER: Ruhe, verdammt! – Schlecht erzogen, der Junge. Lernt man das bei dir?

PETRI: Er ist ein Dummkopf, was willst du?

KLETTERER: Bieten, ich habe immer etwas auf Lager. Passen Sie auf, Graf! Der erste Packen, was ist da drin?

DER GRAF: Fisch, glaub ich, Wild, Geflügel, einige Saucen.

KLETTERER: Liegt Ihnen da was dran?

DER GRAF: Gott, ich habe das so gesammelt, lese hin und wieder darin.

KLETTERER *stößt Benny an:* Vor die Tür damit! *Benny schleppt den Ballen zur Tür. Kletterers Leute zerreißen ihn.* Na, ist das nichts? So wird bei mir geboten! Noch eine Nummer? – Die nächsten beiden! *Zwei weitere Ballen werden zerrissen.*

DER GRAF: Ihre Darbietungen ermüden mich, obgleich ich gestehen muß, daß Sie mir einige Arbeit abnehmen. Allerdings – eine meiner kleinen Schwächen – ich sortiere vorher, bewahre einiges auf, vergleiche, kurz, ich treffe immerhin eine Auswahl. Sie und Ihre Leute sind gründlicher!

KLETTERER: Merkt ihr was, Kinder? Wir kommen der Sache näher, Gründlichkeit!

Der Graf: Avanti! Den Rest hinaus, Benny. Du machst deine Sache gut!

Kletterer: Halt, hier befehle ich!

Petri: Doch nicht mehr lange. Der arme Kletterer. Wo er doch so gerne der Chef ist. Leute wie er verausgaben sich schnell. – Nun, was hast du noch zu bieten? Deine Freunde sind gar nicht zufrieden mit dir. Sie murren. Du mußt etwas tun, sie beißen dir sonst den Kopf ab.

Kletterer: Ich werd' nicht schlau aus ihm. Mach mal kurz Pause.

Grün: Ach was, Pause! Denk scharf nach. Vielleicht spielen wir Blindekuh oder Hoppe-Hoppe-Reiter? Vielleicht lassen wir uns die Karten legen und die rosige Zukunft verkünden oder... *Zum Graf:* Wir ziehen ihm das Hemdchen aus und kitzeln ihn ein bißchen, unseren schamhaften Adligen.

Der Graf *springt auf:* Grün!

Grün: Was denn, was denn? Wer wird denn so empfindlich sein?

Stach: Wie er Schreck bekommt, wenn man von Hemd spricht. – Ob er wohl schön ist wie junger Gott und ganz glatt?

Benny: Oder er hat ein paar Pickelchen irgendwo.

Stach: Frag ich mich, ob er auch Haare hat auf Brust und sonstwo?

Benny: Und ich möchte wissen, ob er überhaupt was hat.

Stach: Du meinst, fehlt was und ist nich?

Benny: Guck ihn dir an.

Stach: Du meinst, er kann nicht, der Graf?

Benny: Womit denn?

Stach: Und Pipi macht er durch Röhrchen...

Der Graf: Petri!

Stach: Na also, Hilfe ruft er! Wird er nervös! Stimmt was nicht, wenn er kein Hemdchen mehr hat? Ist er nicht mehr der Graf, ohne Hemd?

Kletterer: Ruhe! Auch da hinten! Wie meinst du das? Grün, ich komm nicht ganz mit.

Grün: Ein kleiner Vorschlag! Du redest mit deinen Leuten, läßt sie hübsch artig nach Hause gehen, du bleibst natürlich hier. Was täten wir ohne dich, den großen Chef mit Petris kleiner Trompete...

KLETTERER: Und dann?

GRÜN: Kaum werden deine Leutchen verschwunden sein, wird Vasco nicht mehr so heißhungrig an seinen Nägeln kauen, sondern mit mir zusammen und mit dem Graf ein kleines Geschäft machen. Nicht wahr, Vasco, du weißt, wie man mit ihm reden muß?

VASCO: Bittschön, auf einmal! Warum nicht vorhin? Da mußte ich mit dem Stach gehn und mit dem Benny da. Was denkt der Herr Petri, was ich bin? Ein kleiner Koch, der springt, wenn man sagt: Lauf?

GRÜN: Du hast ihn beleidigt, Petri, sag was!

PETRI: Gut, soll er reden. Macht, was ihr wollt!

DER GRAF *erregt:* Lassen Sie das nicht zu, Petri! Wenn das der Herr Schuster erfährt, was wird er sagen?

PETRI: Sie sehen doch, ich bin machtlos im Augenblick.

VASCO *tritt vor:* Da haben wir's! Nix machen kann er ohne seine Musik. Bring die Leute weg, Kletterer!

KLETTERER *drängt seine murrenden Leute aus der Tür und schließt ab:* Geht jetzt. Ich mach das für euch. Jadoch, ich geb euch Bescheid. Ich laß nicht locker, verlaßt euch drauf.

VASCO: Was sie gleich sauber ist, die Luft, wenn sie weg sind. Schnell wird es jetzt gehen, sehr schnell!

DER GRAF: Was hast du vor?

VASCO: Plaudern ein bißchen von diesem und jenem.

DER GRAF: Du wirst nichts beweisen können. Gerüchte sind das, Geschwätz!

VASCO: Aber wo werd' ich denn sagen, was die Leut' reden. Ich sag nur, daß sie reden. Sicherlich, es stimmt nicht, aber es stimmt doch ein bißchen. Der Herr Graf hat kein Glück bei den Frauen!

GRÜN: Das glaub ich nicht!

VASCO: Aber so sagt man. Und die ganz Bösen flüstern, daß er die schönen jungen Herren liebt. Sogar den zarten Benny soll er verlockt haben und angefaßt mit den Händen.

BENNY: Das stimmt, das kann ich bezeugen!

GRÜN: Wirst du wohl! – Dummes Gerede und nichts dahinter.

VASCO: Recht hat der Grün! Wir, die wir ihn kennen, den Herrn Graf, sagen natürlich: Niemals kann das stimmen. Schüchtern ist er ein wenig. Sieht er die Martha, wenn sie kommt, wird er rot im Gesicht und sagt: Junge Dame. – Nu frag ich, was ist das? Ist das die Liebe? Grün, Kletterer, ist sie das? – Bittschön, und warum nicht. Hat er nicht Grund genug? Kommt sie nicht zu mir und sagt und weint: Ach, der Herr Graf...

MARTHA: Stephan, ich bitt' dich!

VASCO: Jadoch! Werd' ich denn alles verraten, was du mir sagst von ihm? Ist es nicht meine Schande, wenn ich alles verrat? Sag ich nicht immer zu mir: Was läufst du ihr nach, der Martha, wo sie doch nur den Herrn Graf meint? Und wenn sie Stephan sagt, klingt es dir nicht im Ohr wie Herbert? – So heißt er. *Zu Martha:* Nein, kein Wort, und sag nicht mehr meinen Namen.

PETRI: Weiter, Vasco, weiter.

VASCO: Bittschön, sofort. – Sie schweigen, Herr Graf. Aber Sie schweigen nicht, weil es nicht stimmt, sondern weil es stimmt und weil ich Ihr Herz treff. Nu, laß sie reden, die Leut, hab ich gedacht. Laß sie sagen, kein Herz hat er, der Graf. Ich weiß, daß er hat und daß ich getroffen hab! Hab ich, so sagen Sie, hab ich?

DER GRAF: Ja, Vasco, du hast. Du bist eben doch ein Entdecker.

VASCO *erschöpft:* Nu ist gut, nu kann ich nicht mehr. Red du, Grün!

MARTHA: Warum sprichst du so? Stephan, was hab ich dir denn getan?

VASCO: Das ist vorbei jetzt. Nun mußt du zu ihm gehen und sagen, wie er heißt. Geh zu ihm, nun geh doch!

GRÜN: Ich nehme an, daß die Martha einverstanden ist. Ich hab schon vorhin ein Wörtchen mit ihr gesprochen. Was hab ich gesagt, Martha?

MARTHA: Ich weiß nicht mehr.

GRÜN: Schon wieder vergessen? Hab ich nicht gesagt: Das geht nicht, ein Koch und eine Krankenschwester. Na?

MARTHA: So etwas war es wohl. – Aber Sie, Herr Graf?

DER GRAF: Mir fällt nichts ein, mein Kind. Vasco hat alles ausgesprochen.

GRÜN: Fertig! Die Sache ist so gut wie geregelt. Lesen Sie sich das durch in aller Ruhe, und unten links setzen Sie Ihren wohlgeborenen Namen hin. Woll'n Sie 'nen Stuhl?

DER GRAF: Gewiß nicht. – Fast habt ihr gewonnen.

GRÜN: Wir haben gewonnen!

PETRI: Oder noch besser, auch Sie haben gewonnen! Solch ein prächtiges Mädchen. Gesund, tüchtig, geduldig, nie ungehorsam. Es wird Ihnen gutgehen. Ein Zuhause werden Sie haben und später vielleicht einmal Kinder...

DER GRAF: Wenn das Fräulein Martha mitkommen will. Zuerst eine Zeitlang. Ich habe da ein Landhaus mit Garten, sie könnte dort leben wie mein Besuch. – Laßt mich zu Ende sprechen. Und wenn ihr dann kommt in einigen Wochen, und sie will bei mir bleiben, nicht nur als mein Besuch, dann werde ich es euch geben.

GRÜN: Aber warum nicht gleich? Sie hat doch schon ja gesagt. Schöner ist es nicht in der Kirche.

STACH: Frag ich mich auch. Hat er nicht Segen genug?

BENNY: Einwickeln will er euch!

GRÜN: Vasco, was meinst du?

VASCO: Laß sie gehen, die beiden. Und dann kommen wir.

GRÜN: Kletterer, Petri?

PETRI: Mach es schriftlich, dann haben wir was in der Hand.

KLETTERER: Nur wenn ich mitschreib!

GRÜN: Du darfst sogar in dein Horn stoßen. *Die Köche lachen und setzen ein Schriftstück auf.*

MARTHA *tritt vor:* Warum fragen Sie mich nicht? Ich sollte heute auf der Nachtwache sein. Aber dann haben Sie mich geholt, und jetzt...

DER GRAF: Willst du lieber bei ihm bleiben?

MARTHA: Bei Stephan? *Sie bückt sich und sammelt aus den Papierfetzen.*

DER GRAF: Nicht, Kind, laß ihnen dieses Papier. Sie haben es nötiger. *Er geht zum Tisch.* Mein Name? *Er unterschreibt.* Du hast eine eilige Handschrift, Vasco, und wirst dich kaum einholen können. *Er geht zu Martha zurück. Bevor Petri zugreifen kann, nimmt Kletterer das Papier und betrachtet es.*

KLETTERER: Ich erlaube mir, dieses Papierchen zu bewahren und gleichfalls dein hochempfindliches Instrument. Bitte, da steht es. Hab ich mir gedacht, daß er kein Graf ist. Schymanski heißt er. Herbert Schymanski. *Er setzt sich und putzt die Trompete.*

DER GRAF: Es wird gegen Morgen sein. – Nicht wahr, Martha, Sie haben nichts dagegen, wenn wir jetzt frühstücken gehen? *Er legt ihr den Mantel um. Grün reicht ihm seinen Überwurf.*

MARTHA: Stephan, ich gehe nun. *Sie gehen beide ab.*

STACH: Ein schönes Paar. *Zu Vasco:* Was siehst du ihnen nach?

VASCO: Es ist hell geworden.

STACH: Aber du siehst ihnen nach, als wenn sie dich verlassen. Warum?

VASCO: Damit sie an mich denken. Damit ich ihnen wie Rindfleisch bin zwischen den Zähnen.

KÜHLWASSER *betritt mit Besen und Eimer den Raum:* Na, wie war der Geburtstag? Das sieht ja heiter aus hier. *Sie fegt die Rezepte zur Tür und betrachtet das zerbrochene Schloß.* Sagen Sie mal, wer hat denn da den starken Mann markiert?

GRÜN: Schon gut, Frau Kühlwasser. Nehmen Sie das, lassen Sie sich 'ne neue machen, aber reden Sie nicht. Hier haben sich genug Wörtchen aneinander gerieben. Da oben, das Zeugs wird trocken sein davon.

BENNY: Warum habt ihr sie bloß laufenlassen? *Alle an der Tür.*

STACH: Ich versteh auch nicht.

VASCO: Damit er seine Zeit hat mit ihr und am Tisch sitzt und im Bett liegt, wenn sie nicht mehr die Krankenschwester ist.

KÜHLWASSER *läßt die Wäsche von der Decke und verhängt die Köche:* Was er nur immer hat, dieser Typ? Kaut ewig an den Nägeln und plant was für die Zukunft.

Fünfter Akt

Der Garten: Eine mittelhohe Mauer faßt einen Garten und ein kleines Landhaus ein. Links das Gartentor, rechts der Giebel des Hauses mit Fenster und Tür darunter. Im Garten einige Blumenbeete, ein kleiner Springbrunnen, eine Fliesenterrasse direkt vor dem Haus. Auf der Terrasse stehen Tisch und Stühle. Die Mauer ist zu zwei Dritteln weiß gestrichen, der Rest schmutziggrau. Farbtopf und Pinsel stehen auf einem Schemel.
Der Graf und Martha treten durch das Gartentor ein. Beide sind hell und sommerlich gekleidet. Sie laufen barfuß und tragen die Schuhe in den Händen.

Der Graf *greift zum Pinsel:* Und jetzt bekommt sie den letzten Glanz! Wie ein Feiertag soll sie wirken. Unschuldig und ein wenig langweilig.

Martha *auf der Terrasse:* Bitte, Herbert, erst nach dem Essen! Wie gut das tut, auf den Fliesen stehen.

Der Graf *läßt den Pinsel und betritt die Terrasse:* Die Füße freuen sich, und kühl wird es bis hinter die Ohren.

Martha: Wie dreckig sie sind.

Der Graf: Und deine. Zeig sie mir. *Er stellt seine und ihre Schuhe auf den Tisch. Sie setzen sich, er faßt ihren Fuß.*

Martha: Du mußt sie nicht ansehen, Herbert. Sie sind zu groß geraten.

Der Graf: Staubig sind sie. Und unter dem Staub gerötet und zerstochen.

Martha: Bitte!

Der Graf: Laß mich nur. Ich weiß nicht, ob sie schön sind, aber sie sind gut, deine Füße. Du solltest immer barfuß laufen.

Martha *lachend:* Wie deine biblische Ruth, und fleißig Ähren lesen dabei. Als hätte ich nichts anderes zu tun, als über die Stoppeln zu hüpfen. – Und jetzt werden sie gewaschen. Du solltest auch.

Der Graf *hält sie:* Bleib noch! Füße waschen und Mauer zu Ende streichen, das darf noch warten.

Martha: Und die Schuhe hast du auf den Tisch gestellt. Wie das aussieht.

DER GRAF: Friedlich, ein bißchen müde. *Er stellt die Schuhe durcheinander.* Sie können stehen, wie sie wollen, immer sind es unsere Schuhe. Auch wenn ich sie von den Sohlen her ansehe und dann vergleiche, wie wir unsere Absätze schiefgelaufen haben. – Und du hast einen Käfer getreten – als könntest du einen Käfer treten.

MARTHA: Nun nimm sie vom Tisch, Herbert.

DER GRAF: Und ich sag, laß sie noch! Sie haben es sich verdient. Andere laufen einen halben Kilometer und bringen einen ganzen Busch Feldblumen mit, nehmen dann Vasen und stellen Blumen und Vasen auf den Tisch. Andere Schuhbesitzer kommen heim, als hätten sie einen Kriegs-, Raub- und Beutezug hinter sich, wir bringen unsere alten, gutmütigen Schuhe und allenfalls einige neue Knoten in den Schnürsenkeln.

MARTHA: Was du wieder redest.

DER GRAF: Wie, du meinst, sie können es nicht aufnehmen mit den Tulpen oder dem Klatschmohn, unsere schon etwas welken Lederblumen? – Was bleibt mir übrig, ich muß sie zu Vasen machen. *Er pflückt einige Blumen und stellt sie in die Schuhe.*

MARTHA *steht auf:* Gut – also laß sie stehen bis nachher. Aber dann …

DER GRAF: Dann kommst du mit deiner karierten Tischdecke und den Tellern. Dann sollen es wieder Schuhe sein und wir in den Schuhen, als wären wir damit geboren. Doch jetzt bist du noch die Stoppelläuferin, und deine Füße sind so groß, daß du mir immer ein Stück voraus bist – auch wenn du hinter mir gehst.

MARTHA *greift einen Eimer:* Darf ich nun etwas sagen?

DER GRAF: Aber… *Er will sie halten, sie entzieht sich ihm.*

MARTHA: Kein Aber. Mit diesem Eimer geh ich zum Brunnen – *Sie füllt ihn am Brunnen* – und bringe ihn dir, halbvoll.

DER GRAF: Und der Goldfisch?

MARTHA: Dem bleibt genug. Keine Ausreden mehr, keine neuen Erfindungen und Blumenstilleben, die Füße werden gewaschen!

DER GRAF: Und du?

MARTHA: Ich sehe dir zu.

DER GRAF: Und dann? *Er wäscht seine Füße.*

Martha: Dann nehme ich ein Tuch und reibe sie dir trocken.

Der Graf: Und dann nachher, wenn ich dir einen Eimer voll bringe und dir zusehe und dir die Füße trocknen will, werde ich zwei Tücher brauchen, und knapp werden sie reichen, um nur die beiden kleinsten Zehen abzureiben.

Martha: Red du nur! Alles kommt dir groß vor an mir.

Der Graf: Die Riesin bist du! Wenn ich mit der Hand über deinen Rücken will, mache ich eine lange Reise. Sagen wir von Rom bis Kopenhagen.

Martha: Aber bevor du nach so fernen Städten fährst, will ich noch schnell, damit du dich nicht erkältest und als kranker Mann dein Ziel erreichst... *Er reicht ihr die Füße, sie bückt sich und trocknet sie.*

Der Graf *lehnt sich zurück. Über der Mauer tauchen die Köpfe der Köche auf:* Es ist heiß heute. Ich werde die Mauer erst nach dem Essen streichen. Meinst du nicht auch, Martha, daß es so besser ist? *Sie sehen beide zur Mauer, erblicken die Köche und erschrecken.*

Stach: Sie wäscht ihm die Füß und macht sie trocken mit schöner Behutsamkeit.

Benny: Und dann er ihr. Ein Füßchen wäscht das andere.

Stach: Das nenn ich die Liebe.

Benny: Ob sie sich sonst auch so behilflich sind? *Sie lachen, Kletterer, mit Trompete, springt auf die Mauer, läuft auf und ab, benützt die Trompete wie ein Fernrohr.*

Kletterer: Sieht aber nett aus, der Garten. Etwas zuviel Blumen, kein Gemüse.

Benny: Das verstehst du nicht. Die nähren sich von Rosen.

Stach: Die machen Menü so. *Er setzt sich auf die Mauer.* Erst Stiefmütterchensuppe mit Primeleinlage.

Benny: Und dann gedünstete Maiglöckchen mit Veilchenpüree und Vergißmeinnichtfilet.

Stach: Zum Schluß, weil so gut war, noch bißchen Nelkenkäse.

Benny *hockt auf der Mauer:* Und wenn sie dann Bauchschmerzen haben, trinkt die junge Vegetarierliebe ein Schlückchen taufrischen Tau aus Glockenblümchenkelchen...

Stach: Und waschen sich mit Zärtlichkeit die Füß, bis wieder schöne Liebe ist und Eiei-dudu und Das-ist-fein. *Stach und Benny umarmen sich geziert.*

KLETTERER *bläst kläglich auf der Trompete:* Sie, sagen Sie mal! Das ist aber hübsch hier! Kann mir vorstellen, daß sich so leben läßt.

DER GRAF: Gefällt es Ihnen?

KLETTERER: Nicht unbedingt. Lasse mich selten mit Blumen ein. Wie heißt es doch, Benny? Wie sagt der Dichter?

BENNY: Laßt Blumen sprechen!

KLETTERER: Richtig! Und deswegen sind wir hier. Wir wollen die Blümchen zum Sprechen bringen. *Die drei Köche lachen unbändig.*

DER GRAF: Nun hockt nicht da oben auf der Mauer wie etwas zu hell geratene Raben. Kommt rein, Kinder, wir haben uns lange nicht mehr gesehen. Vasco, Petri, Grün! Warum sagt ihr denn nichts?

KLETTERER *schwenkt die Trompete:* Hier ist die Musik. Die haben nichts mehr zu melden. Hören Sie, Graf. Ich bin jetzt der Chef, und wenn der Herr Schuster was will, kommt er zu mir und sagt: »Kletterer, bringen Sie das mal in Ordnung. War ja 'ne schreckliche Schlamperei mit dem Petri. Aber auf Sie kann ich mich ja verlassen, nicht wahr?« Und ob er kann, sich verlassen!

PETRI: Du bist zwar ein schlechter Redner, Kletterer, aber du hast eine gute Figur.

GRÜN: Sie dürfen das nicht so ernst nehmen, Herr Graf. Sie kennen den Herrn Schuster. Heute ist der Chef, morgen ein anderer. Trompete blasen können sie alle nicht.

STACH: Bißchen klein ist er geworden, der Petri.

GRÜN: Und der Kletterer ein bißchen zu groß.

STACH: Trotzdem sind wir noch immer die guten Freunde, der Vasco und der Grün...

GRÜN: Auch den alten Petri lassen wir natürlich nicht einfach fallen.

STACH: Nur bißchen klein ist er geworden. Was bedeutet das schon. Wer sagt mir, wer morgen großer Mann ist.

KLETTERER: Du ganz gewiß nicht!

STACH: Wer weiß, wer weiß.

VASCO *setzt sich auf die Mauer:* Wie sie aussieht. Nicht mehr die Krankenschwester. Und die Haare hat sie woanders gebunden, daß man sie sieht immerzu. Wo hätt' ich jemals gedacht, daß sie so blond ist, die Martha.

PETRI: Hörst du das Liebesgeflüster? Gleich wird er sich eine Gitarre holen und sein verlorenes Glück besingen.

VASCO: Immer hab ich geglaubt, sie hat keinen Hals, und nun hat sie einen. Und wie sie mit den Händen spielt, als könnt' sie wunder was damit tun, als hätt' jeder Finger besondres Gefühl und wüßte, wo die Stelle ist beim Partner.

PETRI: Wie soll das noch enden? Tu etwas, Kletterer! Zeig, was du kannst!

GRÜN: Du bist zu streng, Petri. Er ist doch erst kurze Zeit im Betrieb.

STACH: Muß sich erst einarbeiten.

GRÜN: Wir sollten ihm helfen.

KLETTERER: Ich pfeif auf eure Hilfe! Ganz schnell geht das jetzt. Seid ihr soweit? Hopp! *Trompetenton; Benny und Stach springen von der Mauer.*

DER GRAF *erhebt sich:* Alles zertreten sie! Könnt ihr nicht durchs Tor kommen, ihr Tölpel?

BENNY: Hat er Tölpel gesagt?

STACH: Er denkt, wir sind noch Benny und Stach von früher her.

DER GRAF: Jetzt treten sie die Einfassungen nieder. Rufen Sie Ihre Leute aus dem Garten, Petri! *Petri weist auf Kletterer.* Gut, dann der Kletterer.

KLETTERER: Sie verkennen die Lage. Wir sind sozusagen hierher bestellt.

BENNY: Dreimal waren wir schon an Ort und Stelle.

STACH: Und immer war ausgeflogen der Vogel.

DER GRAF: Ich wiederhole meine Bitte. Rufen Sie die Leute zurück!

KLETTERER *Trompetenton:* Das Ganze halt! Zurück, marsch, marsch! Nanu, sie gehorchen mir nicht mehr. Ob es am Ton liegt? *Er untersucht die Trompete.*

BENNY: Fangen wir an! *Er zieht einen Zettel aus der Tasche.* Hier, lesen Sie durch, schreiben Sie deutlich, am besten mit Druckbuchstaben. *Er will den Zettel auf den Tisch legen.* Sieht ja lustig aus! Schuhe auf dem Tisch. Wessen Kähne sind das?

MARTHA: Meine, Benny.

BENNY: Tätätä, er spricht wohl nicht mehr mit mir. Und das Zeugs da?

MARTHA: Die Blumen? Ach, nur ein Spiel.

BENNY: Wenn das mal nicht wieder 'ne Finte ist.

STACH: Laß sie doch Spielchen machen. Haben wir Zeit, über Läppischkeiten zu reden?

BENNY: Will ja nur Platz haben. *Er fegt die Schuhe vom Tisch und legt den Zettel darauf.* Ordnung muß sein!

DER GRAF: Es ist sinnlos, Kletterer! Ich werde mit diesen Burschen nicht verhandeln.

KLETTERER: Aber warum nicht, zum Teufel! Das bleibt sich doch gleich, wer die Papiere bringt.

Grün und Petri lachen.

PETRI: Genauso hab ich mir das vorgestellt.

GRÜN: Der Kletterer hatte eine Idee. Den Benny wollte er schikken und sonst noch wen. Damit sie mit dem Herrn Graf sprechen. – Proleten.

KLETTERER: Aber...

PETRI: Das war ein Versager! – Grün, mach du mal die Sache. *Er klettert auf die Mauer. Grün verschwindet hinter der Mauer und tritt durch das Gartentor ein.*

KLETTERER: Gut, wenn du meinst. Laß mich gerne überraschen.

BENNY: Die wollen dich nur einschüchtern, Mann. Wir schaffen das doch.

KLETTERER: Ich habe Grün gesagt, basta! Los, ans Tor! Stach auch.

STACH: Jejeje, was er doch zeigen will, daß er noch immer der Chef ist. *Sie stellen sich beide ans Gartentor.*

GRÜN: Sie gestatten, Herr Graf, und entschuldigen das Benehmen der Burschen. Wir wollen es wie immer kurz machen. Unsere letzte Vereinbarung, Sie erinnern sich, schriftlich, bitte, hier Ihre charaktervolle Unterschrift. Nicht zu verwechseln, solch ein Namenszug spricht Bände, die Signatur eines geistig hochstehenden Mannes...

DER GRAF: Ihr wollt das Rezept. – Es tut mir leid.

KLETTERER *springt von der Mauer:* Was tut hier wem leid?

DER GRAF: Ich habe euch oft genug gesagt, es ist kein Rezept, es ist eine Erfahrung, ein bewegliches Wissen, ein Wandel, es dürfte euch bekannt sein, daß es noch nie einem Koch gelang, zweimal dieselbe Suppe zu kochen.

KLETTERER: Alles schön und gut. Aber was tut Ihnen leid?

DER GRAF: So muß ich deutlicher werden. Die letzten Monate, dieses Leben mit Martha, mit meiner Frau – nicht wahr, Kind, ich darf so sagen?

KLETTERER: Was ist mit dem Leben hier?

DER GRAF: Es hat diese Erfahrung überflüssig gemacht. Ich habe sie vergessen.

KLETTERER: Das Rezept? – Sie werden doch damit nicht sagen wollen...

DER GRAF: Gerne hätte ich euch geholfen. Um es genau zu erklären: Schon nach den ersten gemeinsamen Tagen, wahrscheinlich nach der ersten Stunde schon... Wie war es doch, Kind?

MARTHA: Wir gingen zu dir, du machtest uns ein Frühstück...

DER GRAF: ...und du fragtest, ob du zwei Stückchen Zucker in den Kaffee nehmen dürftest.

KLETTERER: Sie haben ja ein erstaunliches Gedächtnis!

DER GRAF: Alles ist mir ganz deutlich.

KLETTERER: Nur das Rezept nicht, was?

DER GRAF: Nie mehr habe ich daran gedacht – bis jetzt.

MARTHA: Ich habe daran gedacht. Ich habe mich gefürchtet vor diesem Tag.

KLETTERER: Da haben Sie auch allen Grund zu, mein Fräulein, und Ihr komischer Graf auch. Ich werde, ich werde... *Er packt ihn.*

PETRI: Was wirst du denn, Kletterer? *Er klettert umständlich von der Mauer.* Welch oberschlaue Ideen sind denn nun noch in deinem Kinderstubenköpfchen. Du weitberühmter Erfinder der Bratkartoffeln, du Mehlsuppenpantscher, du Eintopfgenie!

KLETTERER: Zwingen werde ich ihn, und sie auch!

PETRI: Nein, nein, mein Lieber, so geht das nicht. Bei aller Freundschaft, dir fehlt es an Güte.

GRÜN: Laß ihn machen. Hab dich nicht so! Hat doch niemand gesagt, daß du nicht mehr der Chef bist.

PETRI: Sogar die Trompete laß ich ihm. Wie sie aussieht. Blind, verbeult, keine rechte Pflege. Was sagen Sie dazu, bester Graf. Geht man so mit einem kostbaren Instrument um?

DER GRAF: Sie hätten es besser verstecken sollen.

PETRI *lachend:* Verstecken sollen, hat man das gehört, Ratschläge, er, er mir, er, der Geheimnisvolle, der Vergeßliche! *Ernst:* Jetzt hören Sie mal genau hin. Wir kennen uns doch nun schon eine ganze Weile. Sie wissen, daß ich es war, der bisher den sanften Ton der Verhandlungen bestimmt hat. *Er schreit:* Ich kann aber auch anders!

DER GRAF: Man muß es befürchten.

PETRI: Für alle beide! Glauben Sie ja nicht, daß mich das milde stimmt, die fast weiße Mauer, Blumen davor und dieser lächerliche Springbrunnen. – Benny, wie heißt denn das Fischchen?

BENNY: Ich werd' es mal fragen. *Er fischt im Brunnen und reicht Petri den gefangenen Goldfisch.*

PETRI: Hier, den werden Sie kennen! Der war soeben noch ganz munter, jetzt schnappt er nach Luft. Das paßt ihm gar nicht, daß Sie uns noch immer nicht Ihr Geschichtchen erzählen wollen. Und was ich nun mache, paßt ihm auch nicht. Ich stecke ihn ganz behutsam in die Tasche und kloppe ein bißchen drauf. Vielleicht sagt er mir das Rezept. Na?

DER GRAF: Ob das Fischchen wohl Ihren Zorn verdient? Strafen Sie mich, Petri. Es wird Ihnen etwas einfallen, aber lassen Sie dieses kleine Leben im Brunnen. Ihr Umgang mit Forellen, Hechten und Schleien mag der gewählteste sein, aber einem Goldfisch sind Sie gewiß nicht gewachsen.

PETRI: Mann, reden Sie nicht! Das fördert meine wahre Natur. So langsam kenne ich Ihre Methoden. Nehmen Sie sich Ihre ehemalige Krankenschwester unter den Arm, gehen Sie ins Haus, und überlegen Sie, denken Sie nach. Wir werden dann kommen, noch einmal fragen, ganz kurz, Sie verstehen! Und dann werden Sie jammern, nein, alle beide werden Sie rufen: Der Petri, der Petri, oh, dieser Petri!

DER GRAF: Und du, Vasco? Was sagst du? Du sitzt auf der Mauer.

VASCO: Ich sehe sie an, doch sie sieht mich nicht mehr an. Sie sagt auch nicht mehr Stephan zu mir. – Was hat sie nur?

MARTHA: Gehen wir, bitte. Es ist kühl geworden im Garten.

DER GRAF: Sofort, Kind. Wie schade. Ich hätte die Mauer noch gerne zu Ende gestrichen. Vielleicht machst du es gelegentlich,

Vasco. Es sieht nicht gut aus, so unfertig. *Der Graf und Martha gehen ins Haus ab.*

VASCO: Wünsche? Bittschön, warum nicht. Er hat sie, die Martha, und ich streich ihm die Mauer.

KLETTERER: Und das Rezept?

PETRI: Alles, Stück für Stück hol ich raus aus ihm.

GRÜN: Bist du so sicher? Er würde geben, wenn er es wüßte. Er hat keinen Grund mehr, Geheimnisse zu hüten. Er hat, was er will.

STACH: Aber wir können nicht zugeben und sagen, ist nix zu machen. Wir müssen so tun, als wenn er noch weiß, und fertigmachen, daß Schluß ist.

PETRI: Unsinn redet ihr. Er will nicht, er will immer noch einmal vertrösten. Vielleicht...

VASCO: Nix vielleicht! Er sagt, was ist, der Graf. Wollt ihr raufgehen und nehmen, was er nicht hat? Wollt ihr raufgehen die kleine Treppe mit der Gewalttätigkeit und sagen: Wo ist sie, die Suppe, wie macht sie sich grau? Und wieviel Asche und was für Asche, damit sie grau ist, und wieder von vorne: Warum, wieviel und was für Asche? Wollt ihr so fragen? – Reich mir die Schuh hoch, Benny! Nun, wollt ihr sein wie der Büchsenöffner, der nicht weiß, was er tut? Wollt ihr dastehn wie Rasputin und düsteren Blick machen und die Unheimlichkeit vortäuschen? – Du sollst mir die Schuh geben, die großen!

PETRI: Los, lang sie ihm hoch! – Du kennst ihn, Vasco. Laß hören.

VASCO: Was sie für Schuh hat, die Martha. Und die Absätze schief.

PETRI: Und wenn er nun doch etwas weiß?

VASCO: Nun gut, ihr seid die Klugen. Ihr wißt, wie ihr das macht, daß einer spricht, was er weiß. Aber wenn er nicht mehr weiß, bittschön, wenn da war ein Radiergummi, die Liebe, und hat alles ausgelöscht im Gehirn und im Herz, und nichts weiß er mehr: Wieviel Asche, was für Asche und wann die Asche? – Ich werd' sie ihr zum Schuster bringen und Schnürsenkel kaufen. *Er löst die alten Schnürsenkel mit den Zähnen.*

KLETTERER: Vielleicht besinnt er sich wieder.

GRÜN: So was braucht Zeit. Es hätte keinen Sinn, ihn jetzt schon...

Petri: Ach was! Er wird immer sagen, ich weiß nicht.

Vasco: Was heißt immer? Ist das die Ewigkeit, immer? Ist das ein Ding, das sie in der Kirche verkaufen mit Gesang und süßem Geruch? Sind wir doch klug! *Er stellt sich auf die Mauer.* Wann hat er gewußt, der Graf? Na, wann hat er gewußt die Einzelheit, und seit wann weiß er nicht mehr? – Was sie für Knoten hat im Schnürsenkel. – Nu, wann hat er gewußt? *Grün und Stach lachen.*

Stach: Der Vasco, was ihm nicht einfällt alles!

Grün: Hockt auf der Mauer und hat Sehnsucht nach seiner Martha.

Stach: Macht er Knoten auf im Schnürsenkel mit abgeknabberte Fingernägel und mit Gebiß und denkt sich was dabei.

Kletterer: Wie, Kinder, will er die Krankenschwester retour haben?

Grün: Unser kurzfristiges Oberhaupt ist etwas langsam im Gemüt. Erklär ihm, Stach.

Stach: Jejeje. Wenn Unschuld sitzen würd im Hirn, wär er die Jungfrau und wüßt nix. Was ist zu erklären? Der Vasco bekommt sie zurück, die Martha, und dem Graf fällt ein wieder, was er hat vergessen aus Liebe.

Stach und Benny *fassen sich bei den Händen und tanzen:*

Taler, Taler, du mußt wandern,
von dem einen Ort zum andern.
Oh, wie herrlich, oh, wie schön
läßt sich dieser Taler drehn.

Vasco zeigt sich unruhig.

Petri: Ruhe! Was gibt's, Vasco?

Vasco: Aber wenn sie nun nicht will, weil, weil, na weil...

Petri: Hat sie mit ihm denn mitgehen wollen damals? – Na also.

Grün: Vielleicht ist er ganz froh, wenn er mal wieder ein bißchen alleine ist. Im Grunde macht er sich gar nicht soviel aus Frauen.

Benny: Dann kann er auch in Ruhe seine Mauer zu Ende pinseln.

Vasco: Das hat er gesagt, er hätte sie gerne ganz weiß gemacht. *Zwei Pistolenschüsse fallen kurz nacheinander. Die Fensterläden über der Haustür springen auf, Vasco erstarrt und läßt Marthas Schuhe nacheinander fallen.*

Stach: Warum schießt er denn?

GRÜN: Nun wird Vasco doch die Wand zu Ende streichen müssen.

Vasco starrt in das offene Fenster.

STACH: Was ist, was horchst du? Hat er dich auch geschossen?

PETRI: Vasco!

VASCO *wendet sich langsam den Köchen zu:* Das Rezept!

KLETTERER: Was ist damit?

STACH: Er weiß es, ich seh es ihm an! Was aufgeschnappt hat er!

VASCO: Nein, nein.

BENNY: Das wird sich herausstellen.

Kletterer, Stach und Benny stürzen auf die Mauer zu und überklettern sie. Vasco springt hinter sich von der Mauer.

VASCO: Nix sag ich euch, nix.

KLETTERER, STACH U. BENNY: Vasco! Vasco! Links läuft er, da, neben der Böschung, und jetzt dahinter! Auf Bahndamm will er, auf Bahndamm!

PETRI *hebt die Trompete auf und versucht zu blasen:* Kein Ton mehr. – Jaja, jaja. – Da laufen sie. – Weißt du, warum?

GRÜN: Es liegt an den Beinen.

PETRI: Und das Rezept?

GRÜN: Ein Vorwand zum Laufen. Kein Mensch frägt mehr danach. Es geht ja auch nicht um die Suppe.

PETRI: Und warum laufen wir nicht?

GRÜN: Wir warten noch ein Weilchen. Wenn die dort müde sind und nach neuen, ausgeruhten Schuhen verlangen, dann – ja dann müssen auch wir einige Anstrengungen machen.

PETRI: Der gute Vasco! Er wird nicht einmal Zeit haben, zum Schuster gehen zu können. Rastlos und barfuß wird er tippeln müssen.

GRÜN: Es wird ihm nicht die Sekunde bleiben, auch nur einmal an seinen Nägeln kauen zu können.

PETRI *nimmt den Goldfisch aus der Tasche:* Ob er auch so stumm sein wird und geizig mit den Wörtchen wie dieser Luxus- und Zierfisch? *Er wirft ihn ins Becken.* Er zeigt den Bauch. Er will nicht mehr.

GRÜN: Und du und ich, alles, was einen Löffel führt und als Koch bezahlt wird, niemand könnte ihn zwingen, wieder ein Goldfisch zu sein und vor unseren Augen zu schwimmen. *Petri putzt die Trompete*. Es kann mir hier nicht mehr gefallen. *Er läuft davon*.

PETRI: Da läuft er. Doch auch in meinen Beinen bereitet sich etwas darauf vor und will einem angenommenen Ziel näher kommen. *Er beschleunigt seinen Schritt und läuft am Ende davon*.

STOFFRESTE

Ballett in einem Akt

Personen:

Der Stoffhändler
Zwei junge Mädchen (Zwillinge)
Der Polizist
Vier Motten
Das Scherengestell
Hausfrauen und Ehemänner

Die Szene stellt einen Trödelladen dar, in dem Stoffe verkauft werden. Ein Teil der Außenfassade, das Schaufenster mit der Aufschrift »Stoffreste – billig – Stoffreste« und die Ladentür sind so knapp angedeutet, daß das Innere des Ladens gut zu übersehen ist. In der Mitte des Ladens steht ein breiter, kniehoher, mit bunten Stoffresten überladener Tisch. Im Hintergrund hochragende Regale voller Stoffballen, Leitern, ein großer Standspiegel und das reglos stehende Scherengestell, das die Form einer großen Schere hat, an dem zwei etwa vierzig Zentimeter lange Scheren hängen. Links im Hintergrund der Privateingang des Stoffhändlers. Links von der Tür ein Lichtschalter.

1. Der Laden liegt im Halbdunkel, nur der Tisch mit den Stoffresten wird beleuchtet. Die Stoffreste beginnen sich zu bewegen, die vier Motten lösen sich langsam, immer wieder untertauchend aus den Fetzen, tanzen auf dem Tisch und zerreißen, ihren Fraß demonstrierend, ein größeres weißes Tuch.

2. Der Stoffhändler tritt auf, knipst das Licht an und versucht, die Motten zu vertreiben. Nach einem Pas de quatre und einem Pas de deux mit der hartnäckigsten Motte, flüchten die Insekten die Stoffregale hoch und verbleiben dort leicht vibrierend.

3. Tanz des Stoffhändlers.

4. Vor dem Laden treten die Zwillinge mit Hüten in Korsetts auf. In stelzender Gangart trippeln sie mehrmals unschlüssig vor dem Schaufenster auf und ab, bis sie der Tanz des Händlers und eindringliche Musik in den Laden locken.

5. Sofort entdecken die Zwillinge den Tisch mit den Stoffresten und stürzen sich, den Händler fortan nicht mehr beachtend, hektisch, mit beginnender Hysterie auf die bunten Fetzen.

6. Nachdem der Händler vergeblich versucht hat, die Aufmerksamkeit der Mädchen auf sich zu lenken, lockt er das eine Mädchen mit einem gelben Stoff, den er sich aus dem Privatmagazin gegriffen hat, vom Tisch fort, tanzt mit ihr – die sich nicht um ihn, sondern nur um den Stoff kümmert – einen Pas de deux, bis sie ihm den Stoff mit größter Heftigkeit entreißt, vor dem Spie-

gel, während der Händler einen roten Stoff aus dem Magazin holt, mit dem gewonnenen gelben Stoff ein Solo tanzt und vor dem Spiegel beendet.

7. Mit einem roten Stoff lockt der Händler das zweite Mädchen vom Tisch fort, während das erste Mädchen mit dem gelben Stoff langsam um den Spiegel kreist und sich dabei immer mehr in den Stoff wickelt. Das zweite Mädchen hat den roten Stoff ergriffen, der Händler zieht sie zu sich heran, bekommt sie in seine Gewalt, stürzt mit ihr zu Boden, scheint sie zu besiegen, läßt den Stoff los: Das Mädchen springt, als wäre nichts geschehen, mit dem Stoff auf, während sich der Händler ermattet und enttäuscht am Boden wälzt.

8. Nun kreist das Mädchen mit dem roten Stoff, ohne das gelbe Mädchen zu sehen, gleichfalls mit dem roten Stoff um den Spiegel. Plötzlich wenden beide, stoßen gleich darauf vor dem Spiegel zusammen: Sie lassen die Drapierungen sinken, der Bann ist gebrochen, das Mädchen mit dem gelben Stoff will den roten Stoff haben. In einem wilden Pas de deux streiten beide Mädchen um die Stoffe.

9. Der Händler rafft sich noch einmal mühsam auf, versucht die Damen zu beruhigen, indem er ihnen einen Platz anbietet, und dann tanzt er ein brillantes Solo, um dadurch die Damen noch einmal auf seine Person aufmerksam zu machen. Die Mädchen nehmen aber kaum Notiz. Eine der beiden entdeckt auf einem Regal einen herrlichen Stoffballen, beide rasen hin und zeigen hinauf. Solo vom Händler bricht ab, der Chef steigt wütend die Leiter zum Regal hoch und wirft wütend einen Ballen nach dem anderen hinunter. Die Mädchen stürzen sich darauf. Der Händler, in höchster Auflehnung, steigt herab.

10. Licht aus. Jetzt nähert sich dem Händler zu verführerischer Musik illusionistisch ein Scherenballett. Alle bieten sie ihm Scheren an. – Licht wieder an. Tanzend nähert sich jetzt das reale Scherengestell und bietet ihm zwei Scheren an. Nach einem Zögern greift der Händler zu, während die Bewegungen

der Mädchen immer schneller und monotoner werden, und stößt, den Höhepunkt des Tanzes erreichend, beiden Mädchen gleichzeitig langsam in Zeitlupe die Scheren zwischen die Schulterblätter.

11. Eine Sekunde nach dem Stich springen die Mädchen jedoch, als sei gar nichts passiert, auf den Tisch mit den Stoffresten und tanzen dort mit den Scheren zwischen den Schulterblättern immer rasender und verzückter. Entsetzt weicht der Händler zurück und sinkt abermals zu Boden.

12. Bei gesteigerter Musik, wie durch die Besessenheit der Mädchen angelockt, treten vor dem Laden Hausfrauen mit Ehemännern auf. Die Ehemänner wollen die Hausfrauen wegziehen; die Hausfrauen kleben an der Fensterscheibe. Durch den Lärm wird der Polizist herbeigelockt. Er will die Neugierigen vertreiben. Die Hausfrauen machen ihn auf das Geschehen im Laden aufmerksam.

13. Der Polizist springt in den Laden, erfaßt die Situation, verhaftet den Stoffhändler. Er will ihn gerade abführen, da ziehen sich die Mädchen die Scheren zwischen den Schulterblättern hervor, um den roten und gelben Stoff zuschneiden zu können.

14. Der Händler macht den Polizisten auf die veränderte Rechtslage aufmerksam. Nach kurzer Prüfung gibt der Polizist den Stoffhändler frei, tritt vor den Laden und geht mit Hausfrauen und Ehemännern, die von der Lösung gleichfalls befriedigt sind, ab.

15. Da stecken sich jedoch die Mädchen, nachdem sie die Stoffe zugeschnitten haben, die Scheren mit größter Selbstverständlichkeit wieder zwischen die Schulterblätter und wollen mit den zugeschnittenen Kleidern abgehen.

16. Der Händler will die Mädchen in der Tür zurückhalten, bekommt aber nur die Scheren zu fassen. Die Mädchen gehen fröhlich ab. Der Händler steht mit den Scheren allein im Laden.

Licht aus. Wieder illusionistisches Scherenballett. Alle weisen ihn ab und entziehen sich ihm. Licht. Er will die Scheren an das reale Scherengestell zurückgeben, das Gestell weist ihn ab und entzieht sich ihm. Nach einem verzweifelten Tanz mit den Scheren, die ihm an den Händen zu kleben scheinen, die ihm niemand mehr abnimmt, stößt er sich beide Scheren in die Brust, sinkt auf den Tisch mit den Stoffresten und stirbt dort, indem er mit letzter Kraft die Fetzen hochschleudert, bis er fast ganz unter den Stoffen begraben liegt. (Viele lebende Stoffe, die ihn bedekken.)

17. Während sich das Scherengestell langsam zurückzieht, klettern von den Stoffregalen die Motten. Der Laden gehört ihnen, sie umkreisen den Tisch mit den Stoffresten in immer engeren Kreisen und stürzen sich schließlich auf den Tisch, um sich in die Fetzen zu wühlen.

ZWEIUNDDREISSIG ZÄHNE

Eine Farce in fünf Akten

PERSONEN:

Purucker	*ein Studienrat*
Friböse	*ein Volksschullehrer*
Franziska	*Friböses Verlobte*
Susi	*Franziskas Freundin*
Frau Teffner	*Hotelbesitzerin*
Eine Lady	
Drei Kinder	
Die drei Eidgenossen	
Schliepe	*ein Schiffspassagier*
Beate	*Schliepes Kompagnon*
Ein Schiffssteward	
Das Double	*Friböses zweite Seele*

Erster Akt

Das Hotel »Vierjahreszeiten«. Links unten die Hotelhalle, rechts erhöht ein Mansardenzimmer. Der Blick aus dem geöffneten Fenster zeigt ein Großstadtpanorama. Zwischen Hotelzimmer und Hotelhalle windet sich vielfach verschlungen, mit Etagenbezeichnungen von eins bis sechs, die Wendeltreppe. – In der Portiersloge sitzt Frau Teffner. Davor, in einem Sessel, sportlich gekleidet, Franziska. – Auf dem Bett des Mansardenzimmers liegt Friböse.

FRANZISKA: Warum heißt dieses Hotel »Vierjahreszeiten«?

FRAU TEFFNER: Nicht ganz ohne Ursache. Es wurde im Frühling erbaut, im Sommer brannte es ab, von oben bis unten, und im Herbst hat man es nach den alten Plänen genauso schön wieder rekonstruiert.

FRANZISKA: »Vierjahreszeiten«! Es fehlt noch eine Saison.

FRAU TEFFNER: Richtig. Im Winter läßt es sich in den »Vierjahreszeiten« mittels einer Ölheizung, die nach den neuesten Erfahrungen im Hotelgewerbe eingebaut wurde, wie im Frühling leben. Und im Herbst, wenn wir gerade angeheizt haben, meint man, der Sommer dauert noch an. Im Winter jedoch ist es besonders gemütlich. Fragen Sie nur den Herrn Friböse. Der wohnt schon drei Jahre bei uns, und sicher hat er begriffen, warum dieses Hotel »Vierjahreszeiten« heißt.

FRANZISKA: Friböse! *Aufspringend.* Was macht der denn bloß da oben?

FRAU TEFFNER: Sicherlich ist er schon unterwegs. Er wohnt immerhin in der sechsten Etage. Und von Etage zu Etage zählen wir vierundzwanzig Stufen.

FRANZISKA: Um halb fängt das Kino an. Schon letztes Mal sind wir zu spät gekommen.

FRAU TEFFNER: Nicht allzu viel werden Sie versäumt haben. Vielleicht die Reklame und den Anfang der Wochenschau.

FRANZISKA: Ich mag das Gehetze nicht. Seit drei oder vier Wochen geht das so. Immer hopp, hopp, hopp und trotzdem zu spät.

FRAU TEFFNER: Der Herr Friböse wird gewiß überarbeitet sein, kurz vor den Ferien. Sie sollen mal sehen, zum Herbst wird dann alles wieder besser. Dann dürfen Sie auch die Wochenschau miterleben und zuvor die ganze, ungekürzte Reklame.

FRANZISKA: Dabei hab' ich ihn eingeladen. *Sie wirft sich in den Sessel.*

FRAU TEFFNER: Wo soll's denn hingehen diesen Sommer?

FRANZISKA: Irgendwohin ins Fränkische.

FRAU TEFFNER: Sieh mal einer an, ins Fränkische also.

FRANZISKA: Paßt mir gar nicht.

FRAU TEFFNER: Aber warum denn bloß?

FRANZISKA: Keine Ahnung. – Weil's meistens regnet da. Das dauert!

FRAU TEFFNER: Haben Sie denn keine Versicherung abgeschlossen?

FRANZISKA: Deshalb regnet's kein Tröpfchen weniger. – Wo bleibt der denn bloß. Den lad ich nochmal ins Kino ein!

FRAU TEFFNER: Wo sitzen Sie denn?

FRANZISKA: Sperrsitz.

FRAU TEFFNER: Schöne Plätze.

Oben stellt sich Friböse vor Waschbecken und Spiegel. Er spricht in den Spiegel und wäscht sich dabei.

FRIBÖSE: Du hast noch fünf Minuten Zeit, Friböse. Meistens ist er pünktlich. Du befindest dich in einer sogenannten Situation. Weil du zu jenen Menschen gehörst, die zwei Seelen in ihrer Brust gleichzeitig beflecken müssen, fühlst du dich hin- und hergerissen. Der eine Friböse ist von Beruf Volksschullehrer und liest Pestalozzis Schriften. Der andere Friböse ist ebenfalls Volksschullehrer, liest aber Kriminalromane. Beide Friböse befinden sich momentan in derselben peinlichen Situation, sie warten. Unten jedoch, in der geräumigen Hotelhalle, wartet noch jemand. Franziska, der beiden Friböse gemeinsame Verlobte. Das tut sie nicht gerne, warten. Aufspringen wird sie und hin und her laufen, wie eine Löwin.

Unten springt Franziska auf.

FRANZISKA: Er macht das mit Absicht. Ich spür das ganz genau. Was sagen Sie dazu?

FRAU TEFFNER: Das würde ich vom Herrn Friböse nicht denken.

FRANZISKA: Haben Sie eine Ahnung! So was läuft bei ihm unter

Erziehungsmethoden. Der ist immer im Beruf. – Ich geh mal rauf.

FRAU TEFFNER: Vielleicht ist er schon unterwegs?

FRANZISKA: Um so besser dann. Ich geh jetzt.

FRAU TEFFNER: Wenn Sie meinen…

FRANZISKA: Gerne tu' ich so was ja nicht gerade. Aber wenn er nicht kommt. *Sie beginnt die Wendeltreppe hochzusteigen.*

FRAU TEFFNER: Nummer 51!

FRANZISKA: Ist leicht zu behalten. Weiß ich noch von früher. *Friböse zieht eine Kiste aus dem Schrank und entnimmt dieser eine neue, noch eingewickelte Zahnbürste.*

FRIBÖSE: Nylonborsten, der Herr hat Wünsche. Es ist dieses die dritte Bürste, die ich in dieser Woche anbreche, oder sagen wir, einweihe. *Er drückt Zahnpaste auf die Bürste.* Freilich immer dieselbe Paste. Chloromint! Die Paste ist ihm vollkommen gleichgültig, diesem Herrn Purucker! *Er putzt sich sorgfältig die Zähne und spricht in den Spiegel:* Purucker! Purucker! – Dabei nicht einmal ein übler Mensch. *Er greift zum Wasserglas.* Im Gegenteil! *Er spült sich den Mund.* Immer höflich, bescheiden, humorvoll, dabei gebildet, ein Mensch mit weitem, klarem Horizont. Voller Anregungen, kühner Ideen, und trotzdem darf man ihn keinen Phantasten nennen. *Er stellt die Zahnbürste in das Wasserglas. Franziska hat die sechste Etage erreicht, steht vor der Mansardenzimmertür, klopft kurz und heftig, tritt sofort ein. Friböse erschrocken:* Nein, Ziska, das geht nicht!

FRANZISKA: Was soll nicht gehen?

FRIBÖSE: Daß du mir einfach aufs Zimmer steigst.

FRANZISKA: Ja, meinst du, ich warte zwei geschlagene Stunden in dieser widerlichsten aller Hotelhallen und lasse mich vom Personal anstarren und ausfragen?

FRIBÖSE: Es wird halb so schlimm gewesen sein. Die Leute sind mehr als zurückhaltend hier.

FRANZISKA: Ausgequetscht hat mich die Teffner, wie einen Badeschwamm.

FRIBÖSE: Das verwundert mich sehr. Auf jeden Fall gehst du jetzt wieder.

FRANZISKA: Ich denke nicht dran!

FRIBÖSE: Hier kannst du nicht bleiben.

FRANZISKA: Die Teffner hat nichts dagegen gehabt.

FRIBÖSE: Aber ich, hörst du, ich.

FRANZISKA: Das ist mir neu. Früher hatte ich immer Mühe, die letzte Bahn zu bekommen, weil du mich ganz und gar nicht fortlassen wolltest, immer noch ein Geschichtchen fiel dir ein, und immer später wurde es, immer später – und auf einmal soll es sich nicht mehr schicken ...

FRIBÖSE: Ich bitte dich, geh jetzt.

FRANZISKA: Aber warum denn nur? Hübsch finde ich es hier. Vor allen Dingen die Aussicht. *Sie will ans Fenster, Friböse hält sie zurück.*

FRIBÖSE: Nur eine Viertelstunde noch, Ziska. Willst du die Zeitung mitnehmen oder vielleicht ...

FRANZISKA: Ins Kino will ich, ins Kino – und nicht die Abendpost. Um halb fängt es an, immer kommen wir zu spät.

FRIBÖSE: Allenfalls versäumen wir die Wochenschau und den Vorfilm.

FRANZISKA: Ich will aber auch das sehen, alles will ich sehen, auch die Reklame und wenn sie noch so blöd ist.

FRIBÖSE: Jadoch, nur einiges ordnen muß ich. Die Aufsatzhefte für die 4a und sonst einige Kleinigkeiten. Fünfzehn Minuten, vielleicht auch nur zehn. Ich beeile mich, Liebste.

FRANZISKA: Sag das noch mal.

FRIBÖSE: Was denn?

FRANZISKA: Nun sag schon.

FRIBÖSE: Liebste.

FRANZISKA: Noch mal!

FRIBÖSE: Liebste. – Jetzt geh aber bitte.

FRANZISKA: Küß mich erst, na!

FRIBÖSE: Liebste. *Er küßt sie, sie löst sich schnell wieder.*

FRANZISKA: Hast du dir gerade die Zähne geputzt?

FRIBÖSE: Ja, Schatz, nun geh aber.

FRANZISKA: Was ist das für Paste?

FRIBÖSE: Chloromint – bitte. *Er öffnet die Tür.*

FRANZISKA: Doll schmeckt die, wirklich. *In der Tür:* Gut, ich geh runter und zähle zehnmal ganz langsam bis hundert. Wenn du dann nicht unten bist, dann, dann – dann kannst du was erleben!

Sie stürmt aus dem Zimmer, Friböse hört ihrem klappernden Schritt auf der Wendeltreppe nach, schließt dann die Tür und verriegelt sie. Franziska wirft sich in den Sessel der Portiersloge gegenüber. Frau Teffner blickt auf.

FRAU TEFFNER: Jetzt wird es aber Zeit, der Film fängt gleich an.

FRANZISKA: Zehnmal zähl ich bis hundert, dann fängt bei mir der Film an.

FRAU TEFFNER *schüttelt den Kopf:* Bei mir hört das Kino nie auf.

FRIBÖSE *auf das Fenster zugehend:* Nicht auszudenken, wenn er pünktlich gewesen wäre. Sie ist ja so empfindlich und hätte sicher alles durcheinander gewürfelt. Keine Grenzen kennt sie, keine Hemmung. Wer weiß, wie das ausgelaufen wäre, wenn er genauso pünktlich wie immer... *Im Fenster, sorgfältig gekleidet, Purucker. Er schwingt sich behende ins Zimmer.*

PURUCKER: Auch heute war ich pünktlich, wie immer war ich pünktlich, nur stören wollte ich nicht. – Warum denn so erschrocken, lieber Freund?

FRIBÖSE: Es entsetzt mich jedesmal aufs neue. – Haben Sie auf dem Gesims gewartet?

PURUCKER: Es war recht unbequem und auf die Dauer gefährlich.

FRIBÖSE: So muß ich Ihnen wohl danken.

PURUCKER: Für Sie doch jede Gefälligkeit! Wirklich reizend, die kleine Braut. Ein Stimmchen hat sie, ein Stimmchen!

FRIBÖSE: Jetzt wartet sie unten in der Halle.

PURUCKER: Ich hörte alles. Zehnmal bis hundert wollte sie zählen. Ein löbliches Vorhaben. Ob sie schon dreihundert geschafft hat?

FRIBÖSE *nervös:* Fast befürchte ich es. – Wenn Sie dann bitte so gut sein wollen... ich meine, wenn wir unsere übliche Diskussion auf einen anderen Tag verlegen könnten und Sie sofort, nun, Sie verstehen mich schon. *Er weist auf das Waschbecken.*

PURUCKER: Vollkommen. Ich habe mir sofort gedacht, daß es heute nichts wird mit unserer fröhlich-wissenschaftlichen Streiterei. Nur noch, ehe ich es vergesse – *er zieht ein Buch aus der Tasche* –, mit vielem herzlichen Dank dieses wahrlich ausgezeichnete Werk wieder zurück. Erstaunlich, wie der Autor es versteht, das Leben, und zwar das Leben, wie es wirklich ist, einzufangen und gleichzeitig das bloße Geschehen wissenschaftlich zu untermauern. Diese Szene in den Duschräumen! Gewiß, wenn Sie wollen, ekelhaft, schaurig – aber dennoch wahr. Das sage ich immer wieder zu meinen Schülern: Das Leben schreibt die besten Geschichten.

FRIBÖSE: Vollkommen recht haben Sie, doch wenn Sie nun so gut sein würden...

PURUCKER: Schon dabei, lieber Freund! *Er zieht sich die Jacke aus.* Die Rede hat mich wieder und einmal mehr fortgerissen. Es ist lobenswert, wenn Sie mich mahnen und wie soeben meinen eintönigen Vortrag dann und wann unterbrechen.

FRIBÖSE: Das sollte nicht damit gesagt sein, vielmehr...

PURUCKER: Ich weiß, ich weiß. Immer wieder diese bewundernswerte Bescheidenheit. Doch, um noch einmal kurz auf das Werk »Gemeinschaftsleben und Gemeinschaftsräume« zurückzukommen – es ist sicher fast zuviel verlangt –, doch wenn Sie vom selben Autor noch etwas hätten... haben Sie?

FRIBÖSE: Aber wollten Sie nicht...

PURUCKER: Sofort, sofort, nur lassen Sie mich nicht zu lange zappeln, rücken Sie raus mit Ihren verborgenen Schätzen!

FRIBÖSE *zieht ein Buch aus seinem Büchergestell und reicht es hastig Purucker:* Nehmen Sie schon. Ich schenk es Ihnen. Nein! Nicht jetzt lesen, nachher, wenn Sie fort sind, in der Straßenbahn oder sonstwo. Und wenn ich jetzt erwarten dürfte, daß Sie so gut sein wollen und sofort, Sie wissen, meine Verlobte...

PURUCKER *das Buch zuschlagend und lachend:* Die jungen Liebenden! Immer dieselbe Geschichte. Entweder wartet der eine, oder es wartet der andere. *Er stellt sich vor das Waschbecken und wirft einen prüfenden Blick auf die Toilettengegenstände.* Tötötötö, schon wieder eine neue Bürste. Sie scheinen mir ein ganz schlimmer Verschwender zu sein.

FRIBÖSE: Ich kann nicht anders. Es, es würgt mich jedesmal...

PURUCKER *scharf:* Sie wollen wohl damit sagen, daß ein Gefühl wie etwa Ekel Sie hindert... Nun gut, Sie können sich nicht daran gewöhnen, ich kann es auf keinen Fall lassen. *Er nimmt Fribӧses Zahnbürste, hält sie prüfend gegen das Licht.* Dabei bin ich überzeugt, daß dieser ständige Gebrauch neuer und deshalb ungeschmeidiger Zahnbürsten dem Zahnfleisch außerordentlich schadet. Gerade die Nylonborste dürfte Ihnen nicht gut bekommen. Ich habe schon längst festgestellt, daß Ihr Zahnfleisch, besonders an den unteren beiden Eckzähnen, überdurchschnittlich stark blutet. Und wissen Sie, woher das kommt? Hier, das ist der immer neue Bösewicht.

FRIBÖSE: Mein Zahnarzt sagt das gleiche.

PURUCKER: Da sehen Sie, wie leichtsinnig Sie handeln. *Er drückt Paste auf die Bürste.* Greifen Sie einmal in der Woche zu einer neuen Bürste, aber nicht jeden Tag. Zuerst ruinieren Sie sich das Zahnfleisch, dann die Zähne selbst, schließlich leidet der Magen darunter, und am Ende klappt es nicht mehr mit der Verdauung. Verzeihen Sie, wenn ich so offen spreche. Aber Sie sollten sich wirklich losreißen von diesem Raubbau an der eigenen und schließlich auch an meiner Gesundheit.

FRIBÖSE: Ich kann es nicht. Wirklich, ich bring es nicht über mich.

PURUCKER: Bin ich Ihnen denn so unsympathisch, lieber Freund?

FRIBÖSE: Nicht einmal! – Aber trotzdem ...

PURUCKER: Ach was, alles Vorurteile! Abscheu, Ekel! Wer hat das erfunden, befohlen – Ekel zwischen Mensch und Mensch! Überwinden Sie diesen menschheittrennenden, menschheitverdummenden, sogenannten lächerlichen Ekel, und Mensch wird wieder zu Mensch finden. Es ist die Hygiene, die uns verbindet!

FRIBÖSE: Ja, jaja.

PURUCKER: Na also, junger Freund, Kopf hoch! Von heute an wird vernünftig gelebt. *Er putzt sich mit Friböses Bürste sorgfältig die Zähne.* Hier, die behalten Sie jetzt eine Woche. *Er spült sich den Mund.* Dann die erste Steigerung: Bleiben Sie Ihrer Bürste vierzehn Tage lang treu, schließlich einen Monat, zwei Monate. Eben gerade solange wollen wir es versuchen, wie eine Bürste es aushält.

FRIBÖSE: Ich werde mal sehen, vielleicht ...

PURUCKER: Das nenne ich tapfer. Sofort, beweisen wir es sofort. Man muß sich beim Wort nehmen. *Er reicht Friböse die Bürste. Friböse weicht entsetzt zurück.*

FRIBÖSE: Nein.

PURUCKER: Aber ich bitt' Sie.

FRIBÖSE: Nein!

PURUCKER: Sie könnten die Augen schließen beim ersten Mal.

FRIBÖSE: Niemals!

PURUCKER: Bester Friböse, ich kenne Sie in- und auswendig. Vor mir brauchen Sie sich wirklich nicht zu schämen.

FRIBÖSE: Ich kann nicht.

PURUCKER: Sie unterschätzen Ihre Kräfte.

FRIBÖSE: Ich will nicht, hören Sie, ich will nicht – was würde Franziska dazu sagen?

PURUCKER: Ob sie noch unten in der Halle dieses empfehlenswerten Hotels sitzt? – Vielleicht – wenn sie jedesmal ganz langsam bis hundert gezählt hat.

FRIBÖSE: Das ist es ja eben. Sie kann ja gar nicht langsam zählen, nur schnell, alles kann sie nur schnell! *Er stürzt aus dem Zimmer, gleichzeitig erhebt sich unten Franziska.*

PURUCKER: Das Zimmer liegt im sechsten Stock. Das Hotel hat keinen Fahrstuhl. Eine Ewigkeit liegt zwischen Parterre und Dachkammer!

Friböse auf der Wendeltreppe.

FRANZISKA: Schluß jetzt, Feierabend! Sagen Sie ihm, ich hätte sogar elfmal bis hundert und einmal noch ganz schnell bis fünfzig gezählt, jetzt langt es.

FRAU TEFFNER: Die Liebe ist eben kein Abzählspiel.

FRANZISKA: An irgend etwas muß man sich halten. *Sie verläßt das Hotel, Friböse kurz darauf in der Hotelhalle.*

FRIBÖSE: Wo ist sie?

FRAU TEFFNER: Wenn Sie Fräulein Franziska, Ihre Verlobte, meinen, muß ich Ihnen sagen, daß sie vor wenigen Sekunden die Hotelhalle verließ. Plötzlich und forschen Schrittes stürmte sie davon. Die Drehtür dreht sich immer noch.

FRIBÖSE: Hat sie was gesagt oder hinterlassen?

FRAU TEFFNER: Wie war das nur? – Richtig, sie hätte nicht nur zehnmal bis hundert gezählt, sondern elfmal und dann noch einmal ganz langsam bis fünfzig – und das sei genug, hat sie gesagt. Ich glaube fast, sie befand sich in etwas ärgerlicher Stimmung, als sie sich der Drehtür überließ. – Na, jetzt steht sie ja still.

FRIBÖSE: Und sonst?

FRAU TEFFNER: Reicht das nicht?

FRIBÖSE: Wofür?

FRAU TEFFNER: Für den Rückweg. Ihr Zimmerchen liegt in der sechsten Etage.

FRIBÖSE: Hat sie vielleicht einen Brief, einen Zettel...

FRAU TEFFNER: Nichts Schriftliches! Ganz und gar schien sie mir nicht in der Lage und Stimmung gewesen zu sein, ein Schreiben aufzusetzen. Vielmehr sagte sie: Der kann was erleben, wenn ich zurückkomm.

FRIBÖSE: Hm.

FRAU TEFFNER: Tja.

FRIBÖSE: Hm, hm, hm.

FRAU TEFFNER: So ist das.

FRIBÖSE: Dann will ich mal wieder – nach oben.

FRAU TEFFNER: Tja.

FRIBÖSE: Was soll ich hier noch – wenn sie nicht mehr da ist.

FRAU TEFFNER: Eben.

FRIBÖSE: Und nichts für ungut.

FRAU TEFFNER: Aber ich bitt' Sie! – Wenn Sie sonst noch einen Wunsch haben?

FRIBÖSE *eifrig:* Ich wollt' es Ihnen schon lange sagen. Mein Zimmer, verstehen Sie mich bitte nicht falsch...

FRAU TEFFNER: Ich habe es mir gedacht. Die Treppen sind Ihnen nun doch zu beschwerlich. Moment mal, ich hätte da in der zweiten Etage Nummer 14, hell, sonnig am Vormittag, mit Bad...

FRIBÖSE: Das ist es nicht, liebe Frau, ich wohne ja gerne so hoch, nur...

FRAU TEFFNER: Dann wird es das Personal sein. Ich werde das Mädchen rufen.

FRIBÖSE: Ich bitt' Sie, die Leni ist das angenehmste, weil unauffälligste Zimmermädchen, das je in meiner Stube gekehrt hat. Und ich wohne nun schon acht Jahre in Hotels und Pensionen. – Lassen wir das.

FRAU TEFFNER: Es hätte mich auch gewundert, wenn der Herr Friböse mit Nummer 51 unzufrieden gewesen wäre. Ich muß Ihnen gestehen, wenn nicht die leidigen Treppen wären, ich würde die kleinen, aber freundlichen Dachstuben den Räumen in den unteren Etagen vorziehen.

FRIBÖSE: Vollkommen recht haben Sie. Vor allen Dingen entgeht man dem lästigen Straßenlärm, man ist für sich!

FRAU TEFFNER: Nur noch für sich.

FRIBÖSE: Ja.

FRAU TEFFNER: Ganz und gar für sich.

FRIBÖSE: Ja, ja.

FRAU TEFFNER: Und die Aussicht dürfen Sie nicht vergessen. Wenn ich mich recht erinnere, sehen Sie von Ihrem Fenster aus St. Brigitt, St. Kathrin, die Sternwarte und nun auch das neue Hochhaus der Chloromint Zahnpflege A. G. – Dazu – unterschätzen Sie das nicht –, niemand kann Ihnen ins Fenster schauen. Sie können sozusagen tun und lassen, was Sie wollen. Wo gibt es das heute noch?

FRIBÖSE: Hm.

FRAU TEFFNER: Das Glück wohnt unter dem Dach, sagte man früher.

FRIBÖSE: So, sagte man das? – Na, dann will ich mal wieder hoch.

FRAU TEFFNER: Und stauben tut es oben auch am wenigsten.

FRIBÖSE: Möglich. *Im Weggehen:* Und nochmals, nichts für ungut.

FRAU TEFFNER: Und immer sonnig. Den ganzen Tag kann das Fenster offen bleiben. – Nicht so hurtig, junger Mann. Das Zimmerchen läuft ganz gewiß nicht davon. – Was soll ich denn sagen, wenn das Fräulein zurückkommt? Vielleicht ist sie nur einmal ums Haus gelaufen.

FRIBÖSE: Ja, ja – wieder hier warten soll sie.

FRAU TEFFNER: Ach was, diese Umstände. Ich schick' sie rauf, soll ich?

FRIBÖSE: Nein!

FRAU TEFFNER: Aber warum denn nicht, das wird ihr guttun, die Treppen. Und aussöhnen müssen Sie sich auch noch, oder! *Fribőse stürmt davon; sie droht lächelnd mit dem Finger:* Aber keine Abzählspiele mehr!

Auf dem ersten Treppenabsatz tritt Fribőse das Double entgegen.

DOUBLE: Heh, Fribőse!

FRIBÖSE: Was ist, ich muß hoch!

DOUBLE: Du wolltest doch mit ihr sprechen.

FRIBÖSE: Laß mich durch, Fribőse, hast doch gehört, was sie sagt.

DOUBLE: Hättest nicht lockerlassen dürfen.

FRIBÖSE: Man kann mit der Frau nicht reden. Nun laß mich! *Er schiebt das Double beiseite, springt die zweite Treppe hoch, das Double hinterher.*

DOUBLE: Friböse! Ich würde an deiner Stelle zur Polizei gehen.
FRIBÖSE: Mich lächerlich machen, das könnte dir so passen.
DOUBLE: Ich will nur dein Bestes.
FRIBÖSE: Ich deines auch. *Auf dem dritten Treppenabsatz springt das Double vor und versperrt den Weg.*
DOUBLE: Oder erzähl es Franziska.
FRIBÖSE: Nein.
DOUBLE: Warum nicht?
FRIBÖSE: Nein.
DOUBLE: Dann doch zur Polizei.
FRIBÖSE: Hör auf!
DOUBLE: Oder zur Schulbehörde.
FRIBÖSE: Vor den Elternrat, was? Mich lächerlich machen, was?
DOUBLE: Gehn wir noch mal zur Teffner.
FRIBÖSE: Später, nicht jetzt. Ich muß hoch. *Sie ringen.*
DOUBLE: Du bist ein Feigling, Friböse.
FRIBÖSE: Das ist mir gleich, ich muß hoch.
DOUBLE: Du hörst nicht auf meine Ratschläge.
FRIBÖSE: Deine Ratschläge kenn' ich.
DOUBLE: So handel danach. Geh zur Polizei, zur Sittenpolizei oder auch zur Kriminalpolizei.
FRIBÖSE: Warum nicht zur Fremdenpolizei, weil es doch im Hotel passiert.
DOUBLE: Ganz gleich zu welcher, nur mach eine Anzeige. Erklär ihnen alles. Schreib es auf vorher. Kurz und bündig, nur Tatbestände, Uhrzeit, Haarfarbe, welcher Anzug, sachlich, das haben sie gerne!
FRIBÖSE: Ich kann nicht.
DOUBLE: Ach was!
FRIBÖSE: Ich schäme mich.
DOUBLE: Unsinn, das ist doch menschlich.
FRIBÖSE: Die Polizei wird denken...
DOUBLE: Was wird sie denken?
FRIBÖSE *reißt sich los:* Nein, nein, meine Lippen schaffen es nicht. *Er stürmt davon, das Double hinterdrein.*
DOUBLE: Friböse, wart doch!
FRIBÖSE: Laß mich, Friböse!
DOUBLE: Friböse, hör doch auf mich.

Friböse: Hör doch auf mich!

In der sechsten Etage, vor der Zimmertür, flüsternd:

Double: Zum letzten Mal. Geh zur Polizei. Er ist ein Verbrecher.

Friböse: Woher willst du das wissen. Er benimmt sich sonst gut.

Double: Dann ist er ein guterzogener Verbrecher.

Friböse: Er ist Studienrat. Wir haben oft anregende Gespräche.

Double: Er verführt dich.

Friböse: Ich kann viel von ihm lernen.

Double: Du willst also so weiterleben?

Friböse: Nein, das nicht.

Double: Also!

Friböse: Es wird sich alles regeln, geh jetzt. Ich muß mich konzentrieren. *Er klopft an die Zimmertür.*

Purucker *aus einem Buch aufblickend:* Herein!

Double: Denk daran, vergiß nicht, was ich gesagt habe.

Friböse: Ja doch, ja. *Er öffnet die Tür, verdeckt damit das Double, tritt ins Zimmer ein, zieht die Tür wieder zu; das Double ist verschwunden.*

Purucker: Aber, aber, lieber Freund, welch eine Verwirrung. Dem eigenen Zimmer klopfen Sie an. Und wie Sie aussehen. Bleich, verstört. Es hat doch nicht etwa Streit gegeben mit Ihrer kleinen Braut?

Friböse: Sie war schon fort.

Purucker: Dann hat sie sicher zu schnell gezählt oder ein wenig gemogelt oder gar die Geduld verloren. Eo ipso, Sie blieben lange unten. Hat man Sie aufgehalten?

Friböse: Ich sprach mit Frau Teffner...

Purucker: Das heißt, Sie wollten mit ihr sprechen. Nein, nein! Bleiben Sie nur hier in dieser wahrhaft idyllischen Mansarde. Sie finden bei Gott kein besseres und billigeres Zimmer. Überhaupt scheint mir das Hotel »Vierjahreszeiten« eine gute, empfehlenswerte Bleibe zu sein. Sauber, still, diskret...

Friböse: Das ist mir gleich! So geht das nicht weiter. Sie sind es, der alle meine Verhältnisse durcheinandergebracht hat. Wie ging es mir gut zuvor – jawohl, sehr gut!

Purucker: Ich widersprach nicht.

Friböse: Zur Polizei werde ich gehen.

Purucker: Zu welcher, wenn ich fragen darf.

Friböse: Kriminalpolizei, damit Sie es genau wissen.

PURUCKER: Tötötötötö, die dürfte da nicht zuständig sein, lieber Freund.

FRIBÖSE: Dann eben zur Sittenpolizei.

PURUCKER: Schon eher. Doch scheint mir, da sich ja alles im Hotel abspielt...

FRIBÖSE: Fremdenpolizei, bitte, warum nicht. Eine wird auf jeden Fall anbeißen. Und eine Fremdenpolizei dürfte ganz gewiß besser sein wie gar keine Polizei.

PURUCKER: Als!

FRIBÖSE: Häh?

PURUCKER: Besser als gar keine Polizei, nicht wie. Nach dem Komperativ immer noch als. Besser als, schöner als, ruhiger als.

FRIBÖSE: Hab ich wie gesagt?

PURUCKER: Es klang so.

FRIBÖSE: Kommt sonst eigentlich nie bei mir vor. – Auf jeden Fall geh ich aber zur Polizei. Sie stören uns. Auch mit Franziska lief früher alles viel besser. Sie stehen zwischen uns, trennen uns, jawohl, trennen!

PURUCKER: Ich bitt' Sie, die kleine halbe Stunde, die ich mir jeden Tag von meiner Freizeit abzwacke, um nach anstrengender Kletterei bei Ihnen vorbeizuschauen...

FRIBÖSE: Niemand hat Sie darum gebeten.

PURUCKER: Und doch würden Sie mich vermissen, wenn ich, sagen wir, krankheitshalber eine Woche wegbleiben würde.

FRIBÖSE: Das käme auf den Versuch an.

PURUCKER: Man sollte den Teufel wirklich nicht an die Wand malen.

FRIBÖSE: Wann gehen Sie?

PURUCKER: Sofort, mein Freund. Es ist gut, daß Sie mich erinnern. Ich habe es in der Tat eilig. Eine Rede muß noch vorbereitet werden. Morgen geht ein Schulquartal zu Ende, und dieses Mal bin ich dran bei der Schlußfeier.

FRIBÖSE: Worüber sprechen Sie denn?

PURUCKER: Heinrich Pestalozzi – Mensch und Erzieher. – Doch wie ich soeben feststelle, fehlen seine Werke auch in Ihrer, wenn auch kleinen, doch ausgezeichneten Bibliothek nicht. Und gleichfalls die Klassiker. Ich als Studienrat weiß es besonders zu schätzen, sehe ich mich den vollständigen Ausgaben unserer großen Geister gegenüber. Denn wer, so frage ich Sie, nimmt sich wohl heute noch Zeit und Muße, den herrlichen Jean Paul zu lesen oder gar Gotthelf. Bilden Sie sich so weiter, Friböse! Das ist es, was ich auch immer wieder meinen Schülern zurufe: Lest erst Wieland und dann Hemingway!

FRIBÖSE: Gewiß, Herr Studienrat, aber...

PURUCKER: Doch nicht den Titel, lieber Freund. Sagen Sie Purukker zu mir. Kurz und bündig: Purucker. – Ihnen darf ich es verraten. Meine Schüler nennen mich Suppenhuhn. Hähähähähä!

FRIBÖSE: Hähä. Komisch. Aber doch reichlich ungehörig.

PURUCKER: Woher denn! So ist sie nun einmal, die Jugend. Können es nicht lassen, ihren Vorgesetzten, auch wenn diese es noch so gut mit ihnen meinen, kleine, boshafte Übernamen anzuhängen. Ich hab es genauso gemacht, und Sie? Na, ehrlich, Hand aufs Herz!

FRIBÖSE: Ein Musterschüler war ich gerade nicht.

PURUCKER: Sehen Sie, das wollt ich hören. Und so wird es immer bleiben. Die mittelmäßigen und auch die schlechten Schüler von heute sind morgen die besten und ausgezeichnetsten Lehrkräfte.

FRIBÖSE: Da muß ich Ihnen allerdings recht geben. Doch scheint mir, nur wenige Lehrer an den hiesigen Oberschulen werden Ihre Meinung teilen.

PURUCKER: Leider, leider!

FRIBÖSE: Nur selten habe ich solch fortschrittliche und wahrhaft revolutionäre Thesen aus dem Munde eines Studienrates gehört.

PURUCKER: Abermals muß ich »leider« rufen. Ich stehe an unserer Anstalt oft dem heftigsten Widerspruch des Herrn Direktors gegenüber. Fast das ganze Kollegium stimmt ihm zu, und nur der Turnlehrer, ein offensichtlich gutwilliger Mensch, leistet mir manchmal, leider recht plumpe Schützenhilfe. Doch scheinen Sie den Schulproblemen gegenüber aufgeschlossen zu sein. Diese Menge Fachliteratur. Freilich alles etwas planlos, ohne rechte Orientierung – doch immerhin! Kommen Sie etwa aus einer Lehrerfamilie?

FRIBÖSE: Das nicht, aber...

PURUCKER: Etwa Pfarrerssohn?

FRIBÖSE: Mein Vater war Bäcker, doch habe ich das Seminar besucht und unterrichte die 2 b und 4 a an der Pestalozzischule.

PURUCKER: Ja, aber dann sind wir ja sozusagen Kollegen. Ich hätte es mir eigentlich denken können.

FRIBÖSE: Ein kleiner Volksschullehrer.

PURUCKER: Diese Bescheidenheit! Als wenn ich nicht wüßte, mit welchen maximalen Schwierigkeiten Sie zu kämpfen haben.

FRIBÖSE: Das kann ich Sie versichern, es schreit zum Himmel. Achtundfünfzig Buben hab ich in der 2 b und vierundfünfzig in der 4 a. Dazu kommt der Schichtunterricht. Ständig müssen die Stundenpläne umgeworfen werden...

PURUCKER: Apropos Stundenpläne! Ein ausgezeichnetes Werk des Oberstudienrates Littschwager, ein Standardwerk: Jugend und Stundenplan. Ich bringe es Ihnen morgen. Unbedingt müssen Sie darin lesen.

FRIBÖSE: Wollen Sie deswegen extra herkommen?

PURUCKER: Nun, ich muß es gestehen, nicht nur des Buches wegen. Das könnte ich notfalls mit der Post schicken. Schnell eine kleine Notiz, ein Bleistift, Sie erlauben... *An Friböses Schreibtisch:* Aber, aber, was muß ich sehen! Alle Ihre Stifte unangespitzt oder mit wackelnden Minen. *Er zieht ein Taschenmesser und beginnt, Friböses Bleistifte zu spitzen. Während Purucker den Bleistift anspitzt, stürmt Franziska durch die Hotelhalle und die Treppe hinauf.* Das sage ich immer wieder meinen Schülern: Erst Bleistift anspitzen, dann denken, dann schreiben. Ganz einfach: Erst Bleistift anspitzen, dann – na?

FRIBÖSE: Denken.

PURUCKER: Und dann erst?

FRIBÖSE: Schreiben.

PURUCKER: Hähähähä! Famos! Und jetzt die Notiz: Littschwager für Friböse am 30. 7. – und – ehe ich es vergesse. Bald fangen die Ferien an. Ich habe erfahren, Sie wollen ins Fränkische. Eine gute Idee, recht haben Sie. Immer wieder bekommen meine Schüler zu hören: Zuerst wollen wir unsere nähere Heimat kennenlernen, dann dürfen wir nach Italien, Spanien, Griechenland, wohin immer uns die Sehnsucht auch treiben mag.

Es klopft an der Tür. Friböse und Purucker horchen auf.

FRIBÖSE: Ich bitte Sie, leise.

Purucker *flüsternd:* Das wird sie sein, die kleine, süße Braut. So will ich denn also nicht länger stören. *Auf Zehenspitzen zum Fenster.* Sie haben hoffentlich abgeriegelt. Es wäre mir nahezu peinlich.

Friböse: Wer ist dort?

Franziska: Ich, wer sonst, nun mach endlich auf!

Friböse: Sofort, Ziska, sofort! *Leise:* Bitte Herr Purucker. Sie wollen doch nicht etwa auch während der Ferien...

Purucker: Und ob ich will.

Friböse: Wäre es nicht besser, Sie würden an die See fahren.

Purucker: Nichts hasse ich mehr als diese Badeorte. Ganz in Ihrer Nähe werde ich mich niederlassen und meine Studien über den guten Jean Paul Richter, kurz Jean Paul genannt, treiben. Wie ich noch vorhin bemerkte, haben Sie das Schulmeisterlein in Ihrer Bibliothek.

Friböse: Sie wollen nach Wunsiedel?

Purucker: Erraten, lieber Freund. *Er steigt durchs Fenster.* Hoffentlich haben wir gutes Wetter. Sie Schlauberger haben natürlich eine Versicherung abgeschlossen, stimmt's?

Friböse: Woher wissen Sie das alles?

Purucker: Ich kenne meine Pappenheimer! *Er verschwindet nach unten. Friböse starrt ihm nach, bis ihn heftiges Türklopfen weckt.*

Friböse: Sofort, ich komme ja schon! *Er wirft Schulhefte auf den Tisch und schlägt Bücher auf, dann öffnet er die verriegelte Tür. Franziska stürzt ins Zimmer, wirft sich in einen leeren Sessel und strampelt wütend mit den Füßen.*

Franziska: Das hab ich noch nicht erlebt. So was gibt's einfach nicht. Erst wart' ich unten, dann oben... sag mal, was treibst du hier so alleine?

Friböse: Ich, ich – ich mußte noch meine Schulschlußrede vorbereiten.

Franziska: Schulschlußrede!

Friböse: In diesem Quartal bin ich dran. Ich spreche über Pestalozzi als Mensch und Erzieher.

Franziska: So, Pestalozzi!

Friböse: Das ist zwar ein dankbares Thema, aber es bedarf doch einer Menge Vorbereitungen.

Franziska: Für Pestalozzi?

Friböse: Gewiß.

FRANZISKA: Und ich? Ich kann warten, ich bin kein dankbares Thema, auf mich muß sich niemand vorbereiten. Nur auf den Herrn Pestalozzi!

FRIBÖSE: Nun rege dich bitte nicht auf. Es war nicht nur das. Die Diktate der 4 a mußten auch noch korrigiert werden und einige private Korrespondenz. Du siehst ja, was ich zu tun habe! In den Ferien kommt man doch nicht dazu.

FRANZISKA: Soll das etwa heißen, daß ich dich davon abhalte, deine Briefe zu schreiben. Bitte, fahr alleine, mach, was du willst, du bist frei, hörst du, frei! Die Gegend da oben kann mich sowieso nicht locken. Immer soll es da regnen, hab ich gehört. Wenn wir wenigstens nach Bayreuth direkt fahren würden, aber so!

FRIBÖSE: Wir fahren ja zweimal hin. Ich habe schon Karten bestellt. Einmal für den »Holländer« und zum Ferienabschluß sehen wir uns den »Tristan« an.

FRANZISKA: Mir ist das alles verleidet. Bayreuth ist auch nicht mehr, was es früher war. Hätte dir nicht was anderes einfallen können?

FRIBÖSE: Du wolltest ja nicht nach Marburg.

FRANZISKA: Aber in die Schweiz will ich, jawohl, in die Schweiz. Schweiz, hörst du, Schweiz!

FRIBÖSE: Ein bißchen spät fällt dir das ein.

FRANZISKA: Es ist nie zu spät!

FRIBÖSE: Wo hast du das gelesen?

FRANZISKA: Das ist von mir. Also fahren wir nun? Ich zähle jetzt dreimal langsam bis hundert. Wenn du dich dann nicht entschieden hast, fahr ich alleine. – Eins, zwei, drei, vier, fünf... *leise weiter*... sechzehn, ich putz mir mal schnell die Zähne, darf ich? Zwanzig, einundzwanzig... *Sie geht auf das Waschbecken zu.*

FRIBÖSE: Ich werde dir eine neue Bürste geben.

FRANZISKA: Fünfundzwanzig, warum denn das, siebenundzwanzig, meinst du, ich ekel mich davor, dreißig, wenn ich verlobt bin mit dir? Zweiunddreißig, dreiunddreißig... *Sie nimmt die von Purucker benutzte Zahnbürste und drückt Paste darauf.*

FRIBÖSE: Ziska, ich bitte dich. Das hat gar nichts mit Ekel zu tun, das tut man einfach nicht.

FRANZISKA: Quatsch! Fünfzig, sei nicht so zimperlich, dreiundfünfzig, deine Zahnpaste ist wirklich doll, fünfundfünfzig, wie hieß sie doch schnell?

FRIBÖSE: Chloromint.

FRANZISKA: Achtundfünfzig.

FRIBÖSE: Ich schenke dir welche, wenn du nur warten könntest.

FRANZISKA: Sechzig. Sag mal, das ist dir wohl peinlich, wenn ich an deine Toilettensachen gehe? Na? Achtundsechzig, na?

FRIBÖSE: Lächerlich, warum denn, ich bin doch mit dir verlobt.

FRANZISKA: Das wollte ich hören, fünfundsiebenzig! *Sie putzt sich die Zähne, Friböse schaut angeekelt fort.*

FRIBÖSE: Meinst du, wir sollten wirklich in die Schweiz fahren?

FRANZISKA: Na, wohin sonst. Hundert! Eins, zwei, drei, vier... *Sie putzt.*

FRIBÖSE: Muß es denn unbedingt die Schweiz sein?

FRANZISKA: Die Schweiz, unbedingt, siebzehn. *Sie putzt.*

FRIBÖSE: Ich hätte mir gerne einige Barockkirchen angesehen.

FRANZISKA: Barock gibt es auch in der Schweiz, hundertdreißig.

FRIBÖSE: Gewiß, in Luzern zum Beispiel, die Jesuitenkirche.

FRANZISKA: Na also, dreiundvierzig. *Sie spült mehrmals den Mund.* Zweiundsechzig. Dein komischer Pestalozzi, kommt der nicht auch aus der Schweiz?

FRIBÖSE: Am zwölften Januar 1746 wurde er in Zürich geboren und starb am siebzehnten Februar in Brugg im Aargau.

FRANZISKA: Hundertvierundneunzig.

FRIBÖSE: Bitte?

FRANZISKA: Hundertfünfundneunzig. Ich werde dir mal was sagen, Ernst. Im Grunde möchtest du auch viel lieber in die Schweiz als nach – wie heißt es schon?

FRIBÖSE: Wunsiedel.

FRANZISKA: Eben, zweihundertvier. Sag zehnmal hintereinander Schweiz, und du hast dich vollkommen umgestellt. Sei nicht so träge, Junge. Zweihundertachtzehn. Übermorgen fahren wir, und wohin fahren wir?

FRIBÖSE: Na gut, dann fahren wir eben in die Schweiz.

FRANZISKA: Zweihundertneunundzwanzig, hat das gedauert. *Sie fällt ihm um den Hals.* Nun bist du wieder mein guter Ernst, mein braver Ernst, mein wahrer Ernst. Küß mich, los, küß mich...

FRIBÖSE: Oh, Ziska, was dir nicht alles einfällt. *Er will sie küssen, sie reißt sich los.*

FRANZISKA: Nein, noch nicht, putz dir erst die Zähne. Deine Paste ist wirklich gut. – Nun mach!

FRIBÖSE: Ich habe doch schon, vorhin. Erinnerst du dich nicht mehr?

FRANZISKA *reicht ihm die Zahnbürste und Paste:* Du putzt dir jetzt sofort die Zähne. Ich zähle ganz langsam bis zehn. Wenn du bis dann nicht ... Eins – zwei – drei – vier – – *Friböse nimmt die Zahnbürste und Paste, geht in eine Zimmerecke, dreht sich zur Wand, Franziska legt sich aufs Bett und beobachtet, wie sich Friböse die Zähne putzt.* Dreh dich um, Ernst. – Nun dreh dich schon um. *Friböse dreht sich um und putzt mit geschlossenen Augen.* Ich freue mich so auf die Schweiz.

Zweiter Akt

Im Schlafwagen. Zwischen mehreren verhängten Coupés ein offenes, beleuchtetes. Im unteren Bett liegt Franziska, im oberen Bett Friböse, sitzend. Er hantiert mit Schulheften. Am linken Ende des Schlafwagenganges sieht man das WC. – Nächtliche, vorübereilende Landschaft mit Telegrafenstangen im Hintergrund. Der Heulton der Lokomotive.

Franziska: Was machst du?

Friböse: Hm? – Bitte?

Franziska: Ich will schlafen, mach das Licht aus.

Friböse: Nur drei Stück noch, dann bin ich fertig.

Franziska: Du korrigierst doch nicht etwa Hefte? *Sie richtet sich auf.* Die Ferien fangen ja heiter an.

Friböse: Wenn ich es nicht jetzt mache, komme ich überhaupt nie mehr dazu. Es sind die letzten Aufsätze der 4 a. Soll ich dir welche runterreichen? Einige sind ganz lustig. Frisch, gut beobachtet.

Franziska: Schlafen will ich. Mach das Licht aus!

Friböse: Meine Arbeit, mein Beruf, das interessiert dich wohl überhaupt nicht, was?

Franziska: Während der Ferien will ich auf keinen Fall etwas davon wissen. Ausspannen will ich, frische Luft schnappen und viel Milch trinken. Und jetzt will ich schlafen. Mach das Licht aus.

Friböse: Du würdest mir einen Gefallen tun, wenn du mich nicht immer unterbrechen wolltest. Ich sehe noch schnell diese fünf Hefte durch, und dann werde ich das Licht löschen.

Franziska: Vorhin hast du drei gesagt.

Friböse: Ich habe mich verzählt.

Franziska: Na, dann zähle doch bitte noch einmal nach. Vielleicht sind es jetzt sieben oder sogar elf.

Friböse: Wenn ich fünf sage, sind es fünf.

Franziska: Vorhin hast du aber drei gesagt.

Friböse: Und dann habe ich mich verbessert und festgestellt, daß es fünf sind. Nun zufrieden?

Franziska: Wie lange brauchst du für ein Heft?

Friböse: Das kommt drauf an.
Franziska: Worauf?
Friböse: Wie lang der Aufsatz ist, wie viele Fehler anzustreichen sind, ob es einfach ist, eine Zensur darunterzusetzen, oder ob es längerer Überlegungen bedarf.
Franziska: Aber du wirst doch so etwas wie eine Durchschnittszeit haben für jedes Heft.
Friböse: Wenn es dir Spaß macht! – Zwei Minuten etwa.
Franziska: Pro Heft?
Friböse: Ich sagte, etwa.
Franziska: Und wieviel hast du noch?
Friböse: Zum hundertsten Mal, fünf Hefte, reicht die Auskunft?
Franziska: Dann könntest du also in zehn Minuten fertig sein.
Friböse: Nach Adam Riese.
Franziska: Ich zähle jetzt langsam bis sechshundert, wenn du bis dann nicht das Licht ausgemacht hast...
Friböse: Zähl, Ziska, von mir aus bis sechstausend, aber zähl leise.
Franziska: Damit du nachher sagen kannst, ich hätte gemogelt.
Friböse: Aufs Wort glaub ich dir. Ich kenne nun deine Begabung fürs Zählen lange genug, um mich darauf verlassen zu können. *Nach einer Pause:* Hast du etwa schon angefangen?
Franziska: Klar, achtundzwanzig.
Friböse: Ich bin aber noch bei dem Heft von vorhin. Du mußt mich falsch verstanden haben. Wenn dieses fertig ist, kannst du erst beginnen.
Franziska: Schön, ich laß ja mit mir reden. Bist du nun fertig?
Friböse: Gleich.
Franziska: Ernst, wenn du mich beschwindelt hast. Es liegen wirklich nur fünf unkorrigierte Hefte da?
Friböse: Fünf.
Franziska: Ich komm nach oben und zähl nach.
Friböse: Sag mal, wofür hältst du mich eigentlich? Für einen kleinen Schwindler, für einen Schulbuben, für einen, dem jede Bagatelle ausreichend ist, um eine oder mehrere Lügen daranzuhängen? Ich finde das beschämend, ungehörig. Wenn dein Vertrauen nicht weiter reicht, kann ich mir kaum vorstellen, wie wir unser Leben weiterhin gemeinsam gestalten können...

Franziska richtet sich schnell auf, greift die auf Fribӧses Bett liegenden Hefte, zählt sie und wirft sie wieder aufs Bett.

FRANZISKA: Da hast du mein Vertrauen. Sieben, ich zähle sieben, oder?

FRIBÖSE: Was fällt dir ein, dich an meinen Angelegenheiten zu vergreifen.

FRANZISKA: Ich denke, du hast es gerne, wenn ich mich um deinen Beruf kümmere.

FRIBÖSE: In der Tat, es sind wirklich sieben. Unbegreiflich!

FRANZISKA: Ein Wunder muß geschehen sein. Das willst du doch sagen damit, mit deinem »Unbegreiflich«.

FRIBÖSE: Nun bausch die Geschichte nicht so schrecklich auf. Ich bin überarbeitet. Das kann jedem passieren.

FRANZISKA: Schon gut. Du bist wie immer – wenn ich dich beim Schwindeln ertappe – das bedauernswerte Opfer deines nervenraubenden Berufes. Ich zähle jetzt also bis achthundertvierzig, dann ist aber Feierabend, worauf du dich verlassen kannst. – Ich fang an. Eins, zwei, drei, vier, fünf, sechs ...

FRIBÖSE: Leise, ich bitte dich, Ziska! *Franziska liegt reglos im Bett, Fribӧse schreibt. Nach kurzer Pause blickt er auf, schlägt das Heft zu.* Fribӧse! *Am Fußende seines Bettes wird die Decke zurückgeschlagen, Fribӧses Double kommt zum Vorschein und richtet sich so auf, daß es dieselbe Stellung einnimmt wie Fribӧse.*

DOUBLE: Was ist, Fribӧse?

FRIBÖSE: Ob sie noch immer zählt?

DOUBLE: Was sollte sie sonst tun?

FRIBÖSE: Vielleicht ist sie eingeschlafen beim Zählen.

DOUBLE: Aber nicht Franziska. Frag sie doch.

FRIBÖSE: Ideen hast du!

DOUBLE: Sie schläft ganz gewiß nicht.

FRIBÖSE: Du scheinst sie schlecht zu kennen.

DOUBLE: Frag doch mal.

FRIBÖSE: Ich werde mich hüten.

DOUBLE: Hast bloß Angst, denkst, sie beißt dir den Kopf ab oder sonst etwas. Frag schon, dann hast du Gewißheit.

FRIBÖSE: Auf deine Verantwortung. *Leise:* Franziska?

DOUBLE: Lauter!

FRIBÖSE: Ziska, schläfst du schon? – Na bitte, und wie sie schläft.

Double: Man ist nie sicher bei ihr.

Friböse: Ach, laß mich in Ruhe! Immer meckern, miesmachen, den Überlegenen spielen. So klein bist du, so klein.

Double: Es fällt auf dich zurück. Außerdem, wer hat hier wen gerufen?

Friböse: Weil ich wissen wollte, ob sie schon schläft.

Double: Ich denk, du bist so sicher?

Friböse: Jetzt schon, aber vorhin?

Franziska regt sich.

Double: Na, bist du noch immer sicher?

Friböse: Sie hat sich nur einmal gedreht. Das tut sie oft. Das hat noch gar nichts zu bedeuten. – Siehst du, jetzt ist wieder Ruhe.

Franziska: Ernst, du hast ja immer noch Licht. *Verschlafen:* Es ist so heiß hier, mach doch endlich das Licht aus.

Friböse: Ja, Schätzchen, sofort. *Zum Double:* Hau ab! *Nach unten:* Nun schlaf wieder, Kind.

Franziska: Mach doch das Fenster etwas auf, es ist so heiß hier.

Friböse: Dann zieht es, und du erkältest dich.

Franziska: Ach was, mach schon auf.

Double: Nun öffne doch, damit Ruhe ist.

Friböse: Nein!

Franziska: Dann steh ich eben auf.

Double: Da hast du's. Nun mach schon.

Friböse: Also gut – du hast wirklich recht, es ist zu warm hier. *Er schiebt das Fenster herunter.*

Franziska: Nicht zuviel, nur einen Spalt. Ja, so ist gut.

Friböse: Nun schlaf wieder, Schätzchen.

Franziska: Mal sehen. – Und mach das Licht aus. *Sie dreht sich zur Wand.*

Friböse: Sofort, Kind, schlaf schön.

Franziska: Du auch.

Pause. Friböse und Double lauschen.

Friböse: Weg!

Double: Ich glaube auch.

Friböse: Na, Gott sei Dank.

Double: Bin auch heilfroh. Manchmal kann sie einen zur Verzweiflung bringen.

Friböse: Sie meint es ja sicher nicht böse.

Double: Es ist viel Absicht dabei, ich kenne sie. Es wird solange herumgebohrt, bis die schwache Stelle gefunden ist, und dann nicht lockergelassen, immer noch eine Spitzfindigkeit: Erst das Licht aus, dann muß das Fenster aufgerissen werden. Ich würde es jetzt wieder zumachen, oder?

Friböse: Du redest, wie es dir gerade einfällt.

Double: Ich habe eben keine Prinzipien. Jede Situation erfordert andere Maßnahmen, bei mir wird nicht vorher ein starres Schema entworfen und später danach gehandelt, komme, was mag. Nein, bei mir wird von Fall zu Fall entschieden. Dabei bist du von Stimmungen abhängig, von einer vorgefaßten, sentimentalen Meinung. Denk nur an deinen komischen und unverschämten Purucker.

Friböse: Hör auf mit dem.

Double: Das ist dir peinlich, was, dieses Thema. Dem möchtest du aus dem Wege gehen. Ha, denkt der Herr Friböse, Purucker, der ist jetzt in Wunsiedel, der treibt Studien, der beschäftigt sich mit Jean Paul. Ich aber, ich fahre in die Schweiz, haha, in die Schweiz ...

Friböse: Sei ruhig, Friböse!

Double: Hör zu, Friböse! In die Schweiz fährst du und denkst, wundervollen Ferien fahre ich entgegen. Zur Polizei hättest du vorher gehen müssen, eine kleine, handfeste Anzeige machen müssen und dann erst Ferien, dann erst ins Land Pestalozzis, dann erst Horrido und Alphörner blasen.

Friböse: Du kannst einem alle Freude nehmen, Miesmacher du!

Double: Traumtänzer du! Hier den versonnenen Volksschullehrer spielen. Am Brunnen vor dem Tore und kein schöner Land in dieser Zeit. Meinst du etwa, der Herr Kollege Purucker weiß nicht, wo die Schweiz liegt?

Friböse: Ich hätte Lust, alles stehen und liegen zu lassen und nächste Station auszusteigen.

Double: Das wäre noch ein Gedanke. Friböse, Mensch, reiß dich zusammen!

Friböse: Meinst du wirklich?

Double: Das einzig Vernünftige, das du machen kannst.

Friböse: Und Franziska?

Double: Zettel hinterlassen, soll postlagernd schreiben.

FRIBÖSE: Er kommt ja doch dahinter. Aber man könnte es versuchen. Wie heißt denn die nächste Station?

Das Fenster wird von außen heruntergeschoben, dahinter Purucker mit wehenden Haaren.

DOUBLE: Keine Ahnung.

PURUCKER: In einer halben Stunde sind wir in Karlsruhe.

FRIBÖSE *zum Double:* Da hast du es. Deine Ratschläge. – Um Gottes willen, Herr Studienrat!

PURUCKER: Wahrlich, bei Ihnen sieht es gemütlicher aus. Nun ja, auch diese Reise geht einmal zu Ende. Das sage ich immer wieder zu meinen Schülern: Durchhalten, Zähne zusammenbeißen, es lohnt sich!

FRIBÖSE *zum zusammengeduckten Double:* Verschwinde, du irritierst mich. *Das Double schlüpft unter die Decke.* Mußte das sein? Gibt es denn keinen Ort mehr auf dieser verratenen Welt, in diesem Käfig, der sich Leben nennt...

PURUCKER: Wer wird denn so nihilistische Reden im Munde führen. Dabei trägt Sie dieser wahrhaft rasende Roland in die Ferien, ins Ungebundene, in die Freiheit! Das sage ich immer wieder zu meinen Schülern...

FRIBÖSE: Nicht so laut, verdammt! Sie werden mich noch zum Mörder machen. Ihr verfluchter Leichtsinn wird mir zum Verhängnis werden.

PURUCKER: Nicht doch, lieber Freund. Sie haben nicht die Statur für derart gräßliche Bluttat. Das würde Ihnen nachgehen, würde Sie belasten. Unruhe und Gewissensnot würden Sie peinigen.

FRIBÖSE: Sie kennen mich viel zu gut, Sie Lump!

PURUCKER: Tötötö, diese harten Worte. Was muß ich hören.

FRIBÖSE: Verschwinden Sie, los! – Franziska wird unruhig.

PURUCKER: Vollkommen recht haben Sie. Es ist dieses wirklich nicht der geeignete Ort für eine Zusammenkunft, wie sie uns beiden zukommt. Ich schlage vor, wir treffen uns weiter vorne. Sie verstehen schon.

FRIBÖSE: Nichts versteh ich, will nicht verstehen. Ich schieb jetzt das Fenster zu. Ist mir vollkommen gleich, was passiert. *Fribösc versucht, das Fenster hochzuschieben, Purucker hält auf der anderen Seite zurück.*

Purucker: Nicht doch, guter Mann. Ihr Fräulein Braut hat vorhin noch gesagt, es sei ihr zu heiß im Coupé bei geschlossenem Fenster. Und wir beide treffen uns gleich, nicht wahr? Und wo, wissen Sie auch. Ich spreche es ungern laut aus. Denken Sie an Winston Churchill, und wir begegnen uns unweigerlich.

Er verschwindet, das Double schießt unter der Decke hervor.

Double: Dieses Schwein! Pervers, abwegig, ein Sumpf, eine Ausgeburt. Du hättest ihn fortstoßen sollen. Der verdient es nicht, daß er lebt.

Friböse: Laß mich in Ruh jetzt. Ich bitt' dich, verschwinde!

Double: Geh ja schon. Mach aber keine Dummheiten, hörst du, Friböse?

Friböse: Ja, Friböse, ich höre. Laß mich nur machen.

Das Double verschwindet langsam unter der Decke, Friböse versucht leise und vorsichtig aus dem Bett zu steigen. Unten nimmt er seinen Waschbeutel aus einem offenen Koffer, will aus dem Abteil, da erwacht Franziska.

Franziska: Was ist? Sind wir schon in der Schweiz?

Friböse: Noch lange nicht. Erst kurz vor Karlsruhe. Schlaf weiter, Schätzchen, bitte.

Franziska: Wo willst du denn hin? Das nennt sich Schlafwagen, immer wird man geweckt.

Friböse: Es ist ja gleich wieder Ruhe, nur eine Sekunde. Ich muß nur mal verschwinden, bin bald wieder zurück.

Franziska *aus dem Bett springend:* Ich muß auch. Laß mich zuerst.

Friböse: Aber es dauert wirklich eine Sekunde.

Franziska: Bei mir geht es auch schnell. Nun laß mich schon.

Friböse: Nein! Ich war zuerst unten.

Franziska: Und ich bin schließlich eine Frau. Also!

Friböse: Das hätte dir auch früher einfallen können.

Franziska: Da hab ich geschlafen, nun laß mich.

Friböse *mit ihr ringend:* Und ich sag, wer zuerst kommt, mahlt zuerst.

Franziska: Du bist ein Flegel! *Sie stößt ihn davon, wirft sich einen Morgenmantel um, verläßt das Coupé, tappt langsam den Schlafwagengang entlang, hält vor dem WC, rüttelt an der Tür, tappt dann wieder zurück. Gleich nachdem sie das Coupé verlassen hat, streckt das Double den Kopf unter der Decke hervor.*

Double: Da hast du es wieder. Immer läßt du dich übertölpeln.

FRIBÖSE: Du hast doch gehört, was sie sagte.

DOUBLE: Sie muß ja gar nicht richtig.

FRIBÖSE: Was du alles weißt oder zu wissen glaubst.

DOUBLE: Das fiel ihr in gerade dem Augenblick ein, als du raus wolltest. Hättest sagen sollen: Ich will mal schnell eine Zigarette rauchen oder sonst was Gescheites.

FRIBÖSE: Sonst was Gescheites! Na bitte, laß dir was einfallen, Klugscheißer!

DOUBLE: Und mit dem Purucker, das hast du auch falsch gemacht.

FRIBÖSE: Hör auf!

DOUBLE: Wenn du ihn schon nicht angezeigt hast, hättest du ihn kaltblütig, du verstehst mich schon. Kein Mensch hätte was gemerkt. Oder du hättest die Notbremse ziehen können, aber am besten wäre es schon gewesen, wenn du ihm kurz vor die Brust, oder vorher, noch im Hotel zur Polizei – und jetzt eben mit Franziska hättest du auch nicht nachgeben sollen, überhaupt, immer wenn es drauf ankommt, versagst du, das Einfachste wäre gewesen, gleich am ersten Tag, als er dir aufs Zimmer stieg, unter einem Vorwand raus, Telefon, Kriminalpolizei oder Sitten- oder auch Fremdenpolizei oder jetzt eben, ein Schlag vor die Brust, einen einzigen Schlag vor die Brust, kurz ausgeholt – und weg und weg und weg...

FRIBÖSE *sich die Ohren zuhaltend, dann den eigenen Kopf behämmernd:* Aufhören, Schluß, es war einmal ein Mann, es war einmal ein Mann, es war einmal ein Mann, es war einmal ein Mann, es war einmal ein Mann... *Das Double zieht sich langsam unter die Decke zurück.* Es war einmal ein Mann – jetzt ist es besser – es war einmal ein Mann.

Fribösc lehnt sich erschöpft zurück, Franziska betritt das Coupé.

FRANZISKA: Wie siehst du denn aus! Käsig, verschwitzt.

FRIBÖSE: Weißt du nun alles?

FRANZISKA: Häh?

FRIBÖSE: Oder warst du gar nicht?

FRANZISKA: Besetzt! – Nun geh schon, und sag mir Bescheid, wenn es frei ist.

FRIBÖSE: Dann warst du also gar nicht?

FRANZISKA: Dir bekommt wohl die Eisenbahnfahrt nicht. Es ist besetzt, hab ich gesagt. Meinst du, ich laß das Fenster runter auf dem Gang, und hast du nicht gesehn, schwarz ist die Nacht, und die Sterne funkeln. – Nun geh schon!

Franziska legt sich ins untere Bett, Friböse verläßt das Coupé. Während er auf dem Gang vorwärtstastet, öffnet sich vor ihm eine Coupétür, eine alte Dame tritt hervor, mit Lockenwicklern und geblümtem Morgenmantel, will die Tür zum WC öffnen, bleibt dann wartend daneben stehen. Friböse unentschlossen.

LADY: Oh, sorry, es is besetzt.

FRIBÖSE: Besetzt? *Gezwungen lachend.* Natürlich, steht ja drauf, besetzt.

LADY: Sie gehen in Switzerland?

FRIBÖSE: Ja, in die Schweiz.

LADY: St. Moritz?

FRIBÖSE: Wir wollen zuerst einmal nach Luzern.

LADY: Oh, Luzern, lovely, aber sehr teuer.

FRIBÖSE: Sie werden sich noch erkälten hier draußen. Es zieht auf dem Gang. Zugluft!

LADY: Eisenbahn sehr gut in Germany. I like very much Heidelberg.

FRIBÖSE: Gewiß, eine hübsche Stadt, aber Sie werden sich erkälten, it is cold here, windy.

LADY: Oh yes, windy.

FRIBÖSE: Vielleicht dauert es lange, sehr lange.

LADY: Oh yes.

FRIBÖSE: Wollen Sie nicht lieber ins Abteil gehen und nachher wiederkommen? Come back later?

LADY: Oh no, I wait here. I think, it is a lovely place, sehr schön here.

FRIBÖSE: Gefällt es Ihnen. Na ja.

LADY: Do you like Switzerland? Schön Schweiz?

FRIBÖSE: Oh yes, my lady.

LADY: No, no, expensiv, teuer, Switzerland, teuer!

FRIBÖSE: Im Ausland ist es immer teuer! *Sich einen Ruck gebend.* Doch Sie gestatten, pardon! *Er stellt sich dicht vor die Tür, klopft daran und flüstert:* Kollege Purucker, hier ist Friböse. *Die Tür öffnet sich einen Spalt, Friböse schlüpft hinein. Entsetzt blickt die Lady ihm nach.*

LADY: Oh, what a gentleman! *Sie tritt von einem Bein aufs andere, nähert sich der Tür, bückt sich, hält das Ohr daran und lauscht.* These Germans are funny! *Plötzlich springt sie zurück, die Tür öffnet sich, Friböse verläßt die Toilette.*

FRIBÖSE: Pardon! *Er will fort, die Lady hält ihn zurück.*

LADY: Please tell me, wer is drin, a boy or a girl?

FRIBÖSE *verbeugt sich korrekt:* Nobody, my lady, nobody. *Er öffnet nochmals die Toilettentür, tritt ein und schließt das WC-Fenster. Er verbeugt sich nochmals und stürzt davon. Die Lady blickt ihm kopfschüttelnd nach und droht mit dem Finger.*

LADY: Oh, rausgeworfen, rausgeworfen! He is a little German gangster! *Sie kichert und schließt hinter sich die WC-Tür.*

Friböse betritt das Schlafwagencoupé. Franziska schläft. Er stellt seinen Toilettenbeutel wieder in den Koffer und will in sein Bett steigen. Das Double streckt den Kopf unter der Decke hervor.

DOUBLE: Peinlich war das, Friböse. Beschämend.

FRIBÖSE: Du kannst dir nicht vorstellen, wie es in mir aussieht.

DOUBLE: Doch, ich weiß. Du tust mir leid, Friböse.

FRIBÖSE: Du tust mir auch leid, Friböse. Ich könnte weinen.

DOUBLE: Ich kann nicht. Es würgt mich hier, aber das Auge bleibt trocken.

FRIBÖSE: Oh, wenn du doch weinen könntest. An mir sollte es nicht liegen.

DOUBLE: Niemand kann über seinen Schatten springen.

FRIBÖSE: Dabei würde es uns beiden so gut tun, meinst du nicht auch, Friböse? Einmal so richtig nachgeben und dem Schmerz, dem Kummer, all diesen Demütigungen, einmal all diesem gestapelten Elend, diesen unverkäuflichen Ladenhütern wortlos Ausdruck geben können, Tränen, Friböse. Gib mir Tränen!

DOUBLE: Du verlangst zuviel.

FRIBÖSE: Wie hart du sein kannst.

DOUBLE: Meine Natur, mach was dagegen. Mich können nur Zwiebeln zum Weinen bringen.

FRIBÖSE: Und ich könnte immerzu heulen. Ein Sonnenuntergang, ein trauriger Film, Musik, vor allen Dingen Kinderstimmen, die Wiener Sängerknaben etwa. Oh, sing mir etwas vor.

DOUBLE: Was denn?

FRIBÖSE: Vielleicht »Schlafe, mein Prinzchen, schlaf ein«.

Double: Daß ich nicht lache, solch einen Edelkitsch.
Friböse: Es ist von Mozart.
Double: Es ist nicht von Mozart.
Friböse: Doch!
Double: Schwindel!
Friböse: Es ist ja gleich, von wem es ist. Versuch wenigstens die zweite Stimme, oder summ mit.
Double: Na schön, weil du es bist. Fang an.
Friböse: Aber nicht zu laut, wegen Franziska. *Er singt leise: »Schlafe, mein Prinzchen, schlaf ein«. Das Double singt falschtönend mit. Franziska wälzt sich in ihrem Bett, erwacht.*
Franziska *verschlafen:* Sind wir schon da?
Friböse: Noch nicht, Schätzchen.
Franziska: Was soll denn das Gesinge. Ich möcht bloß mal wissen, warum wir Schlafwagen genommen haben.
Friböse: Verzeih mir, Kind, ich war so traurig und so alleine, und plötzlich überkam mich die Lust...
Franziska: ...ein Liedchen zu trällern.
Friböse *kniet vor ihrem Bett nieder:* Versteh mich doch, es geht mir nicht gut in der letzten Zeit.
Double: Sag es ihr!
Friböse: Ich bin ganz durcheinander.
Franziska: Das merk ich, und geheult hast du auch. Die Ferien fangen ja heiter an.
Double: Nun sag es ihr doch, Friböse!
Friböse: Es ist etwas passiert, ich muß dir etwas erklären, eine lange Geschichte.
Franziska: Aber doch nicht jetzt, hier irgendwo auf freier Strecke, mitten in der Nacht.
Friböse: Aber ich muß, es bedrückt mich.
Franziska: Morgen, Ernst, nicht jetzt. Laß mich schlafen, sonst bekomm ich schlechte Laune, du weißt, was das heißt. Nun heul nicht mehr, Junge, wird schon wieder werden. *Sie klopft ihm gutmütig auf die Schulter, dreht sich dann zur Wand.* Und endgültig und zum letzten Mal, gute Nacht. Ich will nichts mehr hören.
Double: Sag es trotzdem, sie hört schon zu, wenn du anfängst.
Friböse: Hat keinen Zweck.
Double: Irgendein Vorwand.

FRIBÖSE: Na gut. – Ziska, wolltest du vorhin nicht einmal raus? Es ist jetzt frei.

FRANZISKA: Muß nicht mehr, hab keine Lust. Wenn wir in der Schweiz sind, sag mir Bescheid. *Sich noch einmal umdrehend:* Und mach das Fenster zu, es zieht. *Sie dreht sich wieder zur Wand.*

FRIBÖSE: Ja, Schätzchen, alles, was du willst. *Er schiebt das Fenster zu.*

DOUBLE: Ja, Schätzchen, sofort, Schätzchen, was darfs noch sein, mein Schätzchen. Es ist zum Kotzen mit dir. *Friböse klettert in sein Bett.*

FRIBÖSE: Laß mich jetzt in Ruhe, ich bitte dich, hast ja recht. Ein Waschlappen bin ich, ein Pantoffelheld, kleinmütig, wehmütig, wankelmütig, schwermütig, was du willst, nur laß mich schlafen, traumlos – oder wenn wir doch beide dasselbe träumen könnten!

DOUBLE: Da ist wer am Fenster. *Purucker hinter dem Fenster.*

FRIBÖSE: Ich will nichts mehr wissen.

DOUBLE: Dabei hörst du es ganz genau. Er trommelt an der Scheibe.

FRIBÖSE: Es wird der Regen sein.

DOUBLE: Die Nacht ist sternklar. Kein Wölkchen am Himmel.

FRIBÖSE: Aber ich bin betrübt.

DOUBLE: Vielleicht will er sich von dir verabschieden. Vielleicht gibt er es auf, läßt dich in Ruhe. Freiheit winkt, Freude, Ferien, heiteres Mittagessen auf der sonnigen Terrasse, Bedienung einbegriffen. Ein Mensch bist du wieder, Friböse! Hoffnung! Silberne Stanniolstreifen am Horizont und zum Nachtisch rosiges Speiseeis.

FRIBÖSE: Meinst du wirklich?

DOUBLE: Gleich hinter der Schweizer Grenze wird es wieder gemütlich. Der Geist Pestalozzis wird dich erfrischen und nähren, und ganz wunderbare Schokolade aus unverfälschten Naturprodukten wird deinen Nerven wieder auf die Beine helfen.

FRIBÖSE: Ich soll also aufmachen?

DOUBLE: Und zwar sofort, damit du ihn nicht verärgerst.

FRIBÖSE: Auf deine Verantwortung, Friböse.

DOUBLE: Auf unsere Verantwortung, Friböse.

Friböse öffnet das Fenster, Purucker beugt sich ins Coupé.

Purucker: Bester Kollege, können Sie mir noch einmal verzeihen. Versehentlich nahm ich Ihre Paste mit. Hier ist sie. *Er reicht eine Tube Zahnpaste ins Coupé.* Und entschuldigen Sie nochmals die Störung.

Friböse: O bitte – und alles Gute für Sie.

Purucker: Das gleiche Ihnen und weiterhin glückliche Reise. *Er winkt.* Bis morgen, lieber Fribböse. Ich freue mich ja so auf die Schweiz. Hoffentlich haben wir gutes Wetter. *Er verschwindet. Fribböse schließt langsam das Fenster. Das Double kommt wieder unter der Decke hervor.*

Friböse *müde abwinkend:* Kein Wort, bitte. Du mußt dich jetzt nicht lange entschuldigen. Es hat keinen Zweck, sich gegenseitig Vorwürfe zu machen. Wir sollten von jetzt ab zusammenhalten. Die Situation ist vollkommen klar: Unser Hotel heißt Rigiblick.

Double: Wie lange bleiben wir dort?

Friböse: Drei Wochen. Natürlich hat Franziska ihr eigenes Zimmer. Ich hätte es allerdings gerne gesehen, wenn ihr Zimmer eine Etage tiefer liegen würde.

Double: War sie dagegen?

Friböse: Wie immer. Man hat uns versprochen, daß gerade von jenen Räumen aus der Blick auf den Rigi – das ist ein bekannter mittelhoher Berg – besonders schön sein soll.

Double: Hast du Bürsten genug mit?

Friböse: Dummerweise nein. Wie hätte ich ahnen können, daß uns der Herr Studienrat Purucker, Reise, Mühe und Unkosten nicht scheuend, auch in jenes kleine friedliche Land folgen würde. So habe ich nur eine Zahnbürste mitgenommen...

Double: Und die ist nun auch futsch.

Friböse: Ich werde gezwungen sein, am Ziel unserer Reise angelangt, den erstbesten Friseurladen aufzusuchen und einen beträchtlichen Vorrat jener Toilettenartikel anzulegen. So beginnen diese Ferien mit unerwarteten empfindlichen Unkosten. – Gute Nacht, Ernst.

Double: Gute Nacht, Ernst! – Und wenn es nun immerzu regnet in der Schweiz?

Friböse: Ich habe nicht versäumt, eine Versicherung abzuschließen. *Er löscht das Licht. Heulton der Lokomotive.*

Dritter Akt

Friböses Zimmer im Hotel Rigiblick. Friböse sitzt auf dem Bett, das Double liegt unter dem Bett, ragt aber mit dem Oberkörper unter dem Fußende des Bettes hervor. Beide lesen sie in Büchern. Das breite Fenster ist geöffnet. Draußen regnet es.

Friböse *das Buch zuklappend:* Es hat keinen Zweck. Ich kann mich nicht konzentrieren, wenn du in einem anderen Buch liest. Was sind das nur für Unsitten? Das hast du doch früher nicht gemacht. Was liest du denn überhaupt? Natürlich, einen Kriminalroman!

Double: Und wie nennt sich deine Lektüre, wenn ich fragen darf?

Friböse: Wilhelm Rassmus: Pestalozzis Theorie der Menschenführung.

Double: Daran glaubst du doch selbst nicht mehr, an das Zeugs. Mach dir nichts vor, Junge. Der gute Heinrich hat sicher edle Absichten gehabt, aber heute? Guck dich mal um, denk an deine 4a, und versuch den Früchtchen mit Pestalozzi zu kommen. Schluß mit der Lesestunde, bereiten wir uns auf den allabendlichen Besuch vor. Den wievielten haben wir heute?

Friböse: Den 7. August.

Double: Am 2. kamen wir an. Mithin sind wir schon sage und schreibe sechs Tage in diesem sauberen Hotel. Ich sage absichtlich: In diesem Hotel, denn wir haben den Rigiblick noch nicht verlassen. Es regnet. Es regnet nicht nur heute, es regnet seit dem 2. August. Folglich regnete es auch am 3., 4., 5., 6. August. Insgesamt sechs Regentage. Deine Versicherung muß blechen.

Friböse: Mir wäre es lieber gewesen, man hätte bei freundlichem Wetter ein paar Fußwanderungen gemacht, man wäre ihm aus dem Wege gegangen. So sitze ich Abend für Abend hier, schicke Franziska Abend für Abend ins Kino. Ein Glück, daß sie solch eine Ausdauer vor der Leinwand beweist.

Double: Bist du sicher, daß sie ins Kino geht?

Friböse: Also lieber Ernst, wenn du denkst, in mir so etwas wie Eifersucht wecken zu können... Ich bin zu keinem noch so banalen Gefühl mehr fähig. Soll sie tun, was sie will, mach du, was du willst, ich tue ohnehin, was er will. Alles ist in Ordnung, hoffentlich kommt er bald. – Er müßte schon längst hier sein. Ob ihm etwas passiert ist?

Das Double kriecht unter dem Bett hervor.

DOUBLE: Du langweilst mich. Ich gehe runter in die Bar, mir etwas genehmigen.

FRIBÖSE: Hübsch dableiben wirst du und mucksmäuschenstill sein.

DOUBLE: Ich habe aber Durst.

FRIBÖSE: Das Wasser soll hier sehr gut sein.

DOUBLE: Ich kann dir ja doch nichts nützen. Machst ja doch, was du willst.

FRIBÖSE: Wer weiß, wer weiß. Plötzlich und unvorhergesehen siegt meine wahre Natur, ich lehne mich auf, vom Geist dieses freiheitlichen Landes beflügelt, und versuche mit deiner unerläßlichen Hilfe das Joch abzuschütteln...

DOUBLE: Mach deine Rechnung mit dem Himmel, Vogt! Fort mußt du und so weiter...

FRIBÖSE: Und so weiter. Doch wie gesagt, du müßtest schon dabeisein. In die Bar gehen und wie Hemingway Whisky trinken, das kann jeder, aber hierbleiben, aushalten, durchstehen, überwinden, von mir aus untergehen oder obsiegen...

DOUBLE: Na gut, ich bleibe. *Er kriecht unter das Bett, deutet auf das Fenster, an welches gerade das obere Ende einer Leiter gelehnt wird.* Da kommt er ja, unser Geßler!

FRIBÖSE: Daß er immer wieder mit dieser dummen Leiter bei uns einsteigt, finde ich reichlich geschmacklos.

DOUBLE: Billige Ganghofermethoden!

FRIBÖSE: Schließlich sind wir nicht in Bayern. Ich hätte ihn für einfallsreicher gehalten.

Im Fenster erscheint Purucker. Er trägt einen Regenumhang und hält einen schwarzen Regenschirm. Friböse reicht ihm die Hand und zieht ihn ins Zimmer.

PURUCKER: Lieber Kollege, immer wieder muß ich mich dieser lächerlichen Leiter wegen entschuldigen. Man könnte mich gar für einen ganz schlimmen Hallodri halten. Eo ipso, wie dem auch sei, das sind eben Ferienprobleme. Es wird uns nichts anderes übrigbleiben, als damit fertig zu werden. Wie geht es Ihnen, wie geht es Ihrer reizenden kleinen Freundin?

FRIBÖSE: Sie ist ins Kino gegangen.

PURUCKER: Schade, schade. Wie gerne würde ich sie kennenlernen. Ist doch alles, was mit Ihnen im Zusammenhang steht, für mich von größter Bedeutung.

FRIBÖSE: Vielleicht später einmal.

PURUCKER: Tätätätä, ich kann Ihnen nicht so ganz glauben. Sie wollen sie mir vorenthalten, die reizende Person. Nun, raus mit der Sprache. Was ist es? Eifersucht, Schüchternheit, Mißgunst? Vertrauen Sie mir etwa nicht?

FRIBÖSE: Ich bitte Sie! Die Art unserer Bekanntschaft ist so außergewöhnlich, so leicht mißzuverstehen; ich selbst, der ich nun, weiß Gott, lange genug Umgang mit Ihnen pflege, bin doch immer wieder – verzeihen Sie – leicht entsetzt, wenn Sie in solch abenteuerlicher Aufmachung bei mir einbrechen. Warten Sie noch! Es wird sich Gelegenheit bieten, ich werde Franziska vorbereiten, ja, alles werde ich tun, um ihre noch recht engen Verständigungsmöglichkeiten zu erweitern.

PURUCKER: Gestatten Sie, daß ich Ihnen lächelnd einen kleinen Vorschlag mache. *Er zieht ein Buch aus der Tasche und reicht es Friböse.* Nun, begreifen Sie? Wie in manch anderen schwierigen Situationen wird uns unser Goethe auch hier helfen.

FRIBÖSE: Die Wahlverwandtschaften? – Sie meinen...

PURUCKER: Aber ja doch. Ist es nicht naheliegend?

FRIBÖSE: Moment mal. – Ich wäre dann wohl dieser Eduard?

PURUCKER: Aufs Haar genau. Und Ihre Franziska?

FRIBÖSE: Eine Ottilie ist sie ganz gewiß nicht.

PURUCKER: So bleibt ihr denn Charlotten!

FRIBÖSE: Der Hauptmann käme wohl Ihnen zu?

PURUCKER: Was bliebe mir anderes übrig? – Doch nehmen wir es nicht allzu genau. Halten wir uns an Titel und Welt dieses viel zu wenig gelesenen Buches. Gehen wir diesen Menschen nach, erleben wir mit, alle gemeinsam, jeder für sich...

FRIBÖSE: Bei uns fehlt noch jemand.

PURUCKER: Es wird sich alles einstellen, zwangsläufig.

FRIBÖSE: Sie haben mehr recht, als Ihnen zukommen sollte. Franziska hat ihrer Freundin telegrafiert. Sie kommt morgen.

PURUCKER: Wie sich alles ganz wunderbar regelt! Was bleibt Besseres uns zu tun übrig, als gute Miene zum bösen Spiel zu machen, indem wir versuchen, den großzügigen Entwürfen unserer Klassiker nachzuleben. Natürlich den heutigen Verhältnissen angepaßt, nicht sklavisch am Wort hängend, vielmehr das Wort begreifend: Wahlverwandtschaften! Welch eine Welt, welch Universum, welch immer wieder neue geistreiche Freiheit. Gesetz und Anmut! Immer wieder sage ich zu meinen Schülern...

FRIBÖSE: Halten wir uns an das Buch. Sie scheiterten alle.

PURUCKER: Es wäre nicht nötig gewesen. Bei uns liegt es, weiterzumachen, oder richtiger, besser zu machen. Ein Buch hört nie auf. Ein Buch ist immer nur die gedruckte Variante von hundert unveröffentlichten, oftmals viel gelungeneren Büchern. Leben wir Ungeschriebenes, indem wir Geschriebenes mit Leben erhöhen. Das ist es, was unser aller Goethe meint, wenn er uns rät, zu den Müttern herabzusteigen. Hören Sie, verstehen Sie? Zu den Müttern!

FRIBÖSE: Sie verwirren mich einigermaßen.

PURUCKER: Nur so wird Hoffnung sein, daß uns Klarheit überraschen möge. Noch ist Regen um uns. Der Blick, der uns verheißen wurde, hält noch zurück. Doch eines Tages hebt es sich auf, wir werden den Berg sehen, erfassen, begreifen – uns gegenüber!

FRIBÖSE: Sie meinen den Rigi?

PURUCKER: Welch ein Barbar, dieser Friböse! Gut, wenn Sie wollen, das nächstliegende Berglein. Das Hotel hier heißt ohnehin so. – Doch eh ich's vergesse, will ich noch schnell... *Er stellt sich an das Waschbecken.*

FRIBÖSE *aufspringend, das Double unruhig:* Bevor Sie damit anfangen, noch eine Frage und Bitte zugleich.

PURUCKER *mit Zahnbürste und Zahnpaste zurückkommend:* Nur immer frei heraus!

FRIBÖSE *das Double zerrt an seiner Hose:* Ich meine, nun, da Sie mir, da Sie uns allen das Gleichnis genannt haben, da Sie auf dieses Buch wiesen, nun, da ich begriffen habe, welches der eigentliche Sinn Ihres Kommens ist – bedarf es jetzt noch dieser Handlung? Müssen Sie mir auf so grobe Manier beweisen, was auf anderer, geistigerer Ebene soeben Gewißheit wurde?

PURUCKER *lachend drückt er Paste auf die Zahnbürste:* Das hier, dieser kleine harmlose Kult, was ist er schon? Beweis? – Sie haben vollkommen recht. Alles andere als ein Beweis ist er. Aber Bekräftigung darf man ihn nennen. Lebendiges, immer wieder lebendiges, sichtbares, faßliches Zeichen unserer Konfession! Nichts kann im Geist gedeihen, lieber Kollege, das nicht im Alltag gemäßen Niederschlag fände. Was jenen unseren Vorgängern die gemeinsame Arbeit im Garten war, was ihnen das abendliche Musizieren oder ein feingeschliffenes Glas bedeutete – auf welchem sich Initialen rankten –, was ihnen die gepuderte, abgeschnittene Locke sagte, sagt uns, ärmlich und dennoch deutlich genug – die Hygiene! Hygieia, die Göttin der Gesundheit im Gefolge Asklepios. Ariphron hat sie besungen: Weißgezahnte, dein reiner Atem, rührt er uns wieder? Schimmernder schneeigter Schmelz, so lächelte einst der Olymp! Jawohl, lieber Freund, die Hygiene. Sie verbindet uns sichtbar, sie ist uns geläufig, sie allein ist uns noch intim! *Er putzt sich die Zähne.*

DOUBLE: Das Schwein!

FRIBÖSE: Was mach ich bloß?

DOUBLE: Handeln mußt du, handeln!

FRIBÖSE: Man sollte ihn einfach totschlagen.

DOUBLE: Tu das, Fribőse, tu das.

FRIBÖSE: Meinst du wirklich.

DOUBLE: Die letzte Gelegenheit, da, da, den Bergstiefel!

FRIBÖSE: Er ist benagelt, das würde ihn ernsthaft verletzen.

DOUBLE: Eben, du mußt mehrmals drauf. Drauf, drauf! Mach schon!

FRIBÖSE *ergreift einen Bergstiefel, nähert sich langsam Purucker:* Soll ich nicht lieber mit der bloßen Hand, mit der Faust?

DOUBLE: Quatsch! Mit dem Absatz auf den Hinterkopf. Kannst dir Zeit nehmen. Nur ruhig, nur ruhig, sehr ruhig. *Fribőse hebt den Schuh.* Und dann ganz kurz!

Fribőse erblickt den zähneputzenden Purucker im Spiegel. Sie blicken sich an. Purucker lächelt.

FRIBÖSE: Ich kann nicht. Wir sehen uns im Spiegel. Er grinst so gemein.

DOUBLE: Laß ihn grinsen, schlag zu, Mensch. Du bist doch kein Hamlet. Nachher ist es zu spät.

Friböse *läßt den Schuh sinken:* Nein!

Double: Man könnte wimmern, solch eine Niete. *Er kriecht ganz unter das Bett. Purucker dreht sich Friböse zu.*

Purucker: Nun, lieber Kollege?

Friböse: Wie war das nur möglich?

Purucker: Ganz einfach. *Er spült die Zähne.* Ganz einfach. Dieser Ihr Versuch, sich zu einer großen Handlung mit noch größerer Tragweite aufzuraffen, gibt mir recht. Weder gemeinsame Gartenarbeit noch zierliche Gläser, abgeschnittene Locken und heimlich auf Gartenwegen geraubte Küsse können heute unser Blut in Wallung bringen. Was ist nicht schon Schreckliches passiert. Und? Hat die Menschheit sich gerührt, hat es sie berührt? Nur hier sind wir noch zu treffen, nur hier sind Sie noch zu treffen, guter Freund. Ich ergreife Ihre Zahnbürste, Sie springen auf. Ich führe Ihr Privatestes meinem nach Reinigung und Erfrischung verlangenden Mund nahe; Sie erstarren tief innen. Ich putze meine Zähne mit Ihrer Zahnbürste. Erst links, dann rechts, was ereignet sich? Entehrt, mißbraucht, geschändet greifen Sie zum nächsten harten Gegenstand – in diesem Fall war es ein Bergstiefel, wenn ich recht sah –, schwingen diesen Bergstiefel, wollen töten, morden, einen Mord begehen – wie es das Gesetz nennt –, da, ein Wunder, unsere Blicke begegnen sich im Spiegel. Eine Sekunde, nein, eine Ewigkeit ruhen wir ineinander und erkennen, daß Mordlust ein anderer Name für Zuneigung ist. Haß schlägt um in Freundschaft. Lassen Sie mich Ihre Hand ergreifen. *Er ergreift Friböses Hand, zieht ihn zum Fenster.* Da, merken Sie auf! Der Regen resigniert, der Himmel hebt sich, und dort, sehen Sie doch, Friböse, dort zeigt sich Ihr Berg, und nun darf auch dieses Hotel ungestraft Rigiblick heißen. Die Ferien können beginnen. Ziehen Sie sich den Schuh an, mit dem Sie soeben noch meinen empfindlichen Scheitel segnen wollten. Steigen Sie auf zu jenen lichten Höhen, und nehmen Sie Ihre Damen mit, die liebenswerten. *Er steigt aus dem Fenster auf die Leiter.*

Friböse: Sie haben Ihr Buch vergessen.

Purucker: Es sei Ihnen geschenkt.

Friböse: Das geht doch nicht.

Purucker: Eine zweite Ausgabe wartet auf meinem Bücherbrett. Nehmen Sie nur, lieber Freund. Und werfen Sie unbeschadet einen Blick hinein. Es ist gar nicht so dumm, was uns unser Goethe über die Wahlverwandtschaften zu berichten weiß.

Er steigt ab. Friböse winkt ihm hilflos lächelnd nach. Das Double kriecht halb unter dem Bett hervor und parodiert Friböses Handbewegungen.

DOUBLE: Winke, winke. Werfen Sie nur unbeschadet einen Blick hinein. – Ein Deutsch spricht dieser Herr Studienrat. Manieriert, ekelhaft!

FRIBÖSE: Er weiß sich auszudrücken.

DOUBLE: Jetzt fang du auch noch so an.

FRIBÖSE: Laß mich in Ruh! Ich möchte mich nun in das Buch vertiefen.

DOUBLE: Die Wahlverwandtschaften? Das kann nicht dein Ernst sein, dieser jämmerliche Versuch einer Ehe zu viert? Wenn das heute einer schreiben würde, bloß ein bißchen direkter und nicht so verschnörkelt, den würden sie auf die Liste setzen. Schmutz und Schund! Jugendverderbende Literatur! *Er springt unter dem Bett hervor, nimmt einen Rucksack.* Erst tanzt Eduard mit Charlotte. *Er tanzt mit dem Rucksack.* Dann denkt sich Eduard etwas aus, läßt seinen Freund, den Hauptmann, kommen, weil ihm Charlotte auf die Nerven geht. Charlotte aber, auf sich gestellt, holt Ottilie, das sanfte Kind, und schon geht die Kuppelei los. Bald behauptmannt sich Charlotte, und Eduard und Ottilie entdecken sich gegenseitig und tanzen Ringelreihn.

FRIBÖSE: Der Schluß ist aber ausgesprochen tragisch.

DOUBLE: Das war so Mode damals. Heute stirbt man aus anderen Gründen.

FRIBÖSE: Zum Beispiel?

DOUBLE: Hier – *er zeigt auf die Zahnbürste* –, wenn du so weitermachst, wirst du dir bald keine Zähne mehr putzen müssen. Naja, Freundchen, bekenn schon Farbe. Ganz still und heimlich, wenn ich schlafe oder wenn du denkst, daß mich sanfter Schlummer umfangen hält, dann spielst du mit kleinen, zierlichen Selbstmordgedanken, oder?

FRIBÖSE *niedergeschlagen:* Es hilft mir ja niemand. Franziska lebt in den Tag hinein. Sportverein, Kino – nach mir fragt keiner.

DOUBLE: Und ich?

FRIBÖSE: Du, deine Ratschläge kann man sich einrahmen lassen. Polizei, Schulbehörde, Mordversuche willst du mir aufschwatzen. Wenn du doch nur ein einziges Mal einen vernünftigen Gedanken gehabt hättest. Alles Gewäsch, unverdaute Kriminalromane.

DOUBLE: Dann kann ich ja gehen.

FRIBÖSE: Bitte, von mir aus.

DOUBLE: Gib mir das Portemonnaie.

FRIBÖSE: Soweit kommt es noch.

DOUBLE: Ich will in die Bar, was trinken. Mich stinkt das hier an.

FRIBÖSE: Ja, denkst du etwa, mir gefällt dieses gutbürgerliche Loch.

DOUBLE: Komm doch mit.

FRIBÖSE: Schön wär's ja. Mein Gott, wieder mal so richtig mit sich einig sein. Ein Gläschen trinken...

DOUBLE: Zwei.

FRIBÖSE: Drei, bei aller Vorsicht. Dann gutgelaunt zahlen...

DOUBLE: Und dann ins Bettchen...

FRIBÖSE: Und wieder einmal richtig schlafen. Herrgott nochmal!

DOUBLE: Na – komm schon mit.

FRIBÖSE: Meinst du wirklich? Ein halbes Stündchen etwa?

DOUBLE: Ich lad dich ein.

FRIBÖSE: Angeber du! *Sie schlagen sich freundlich auf die Schultern.*

DOUBLE: Na also, jetzt lachst du wieder. *Es klopft an der Tür.*

FRIBÖSE: Hast du eine Ahnung, wer das sein könnte?

DOUBLE: Er ist es bestimmt nicht.

FRIBÖSE: Das wäre dann auch das erste Mal, daß ich den Purukker durch eine Tür kommen sähe. *Es klopft.* Herein! – Herein! *Die Tür öffnet sich langsam, ein junges, anmutig gekleidetes Mädchen tritt ein. Das Double springt unters Bett. Susi, das junge Mädchen, trägt einen Koffer.*

DOUBLE: Da hast du deine Ottilie.

SUSI: Bin ich hier richtig...

FRIBÖSE: Sicher sind Sie Susi, Franziskas Freundin.

SUSI: Ja.

FRIBÖSE: Sie haben ihr Telegramm erhalten?

SUSI: Ja.

FRIBÖSE: Und haben sich gleich auf die Bahn gesetzt?

SUSI: Ja.

FRIBÖSE: Und sind sogleich gekommen?

SUSI: Ja, gleich bin ich gekommen.

DOUBLE: Und jetzt ist sie da.

FRIBÖSE: Und nun sind Sie also da. Das freut mich aber.

SUSI: Wirklich?

DOUBLE: Wer könnte daran zweifeln?

FRIBÖSE: Ich kann nicht sagen, wie. Und schauen Sie nur. Fortgeblasen alle Wolken, der Berg liegt vor uns, der Rigi. Das Hotel wurde nach ihm benannt. Gerade in dem Moment, in dem Sie das Zimmer betraten, hat sich das Wetter aufgehellt.

DOUBLE: Wirklich ein tolles Mädchen. Ein Schönwettermädchen.

SUSI: Das ist sicher nicht mein Verdienst.

DOUBLE: Oh, diese Bescheidenheit.

FRIBÖSE: Wer weiß, wer weiß. Sie scheinen mir ein richtiges Schönwettermädchen zu sein.

DOUBLE: Was hab ich gesagt?

FRIBÖSE: Das wird wohl an den blauen Augen liegen.

DOUBLE: Die sind doch grau, Mensch.

SUSI: Leider täuschen Sie sich. Die grauen Augen habe ich von meiner Mutter.

FRIBÖSE: Kein Wort. Für mich sind sie blau.

DOUBLE: Das ist allerdings etwas anderes – Pause. Jetzt wird ein bißchen geschwiegen und mit den grauen Blauaugen verschämt getan. Und jetzt sagen wir wieder mal etwas.

FRIBÖSE: Wollen Sie sich nicht setzen?

DOUBLE: Oh bitte, setzen Sie sich doch.

SUSI: Ich weiß nicht recht.

FRIBÖSE: Aber warum denn nicht?

DOUBLE: Kostet doch nichts.

SUSI: Wenn Sie meinen. *Sie setzt sich.* Hübsch ist es hier.

FRIBÖSE: Finden Sie?

SUSI: Ja.

FRIBÖSE: Es gefällt Ihnen also hier?

SUSI: Ja. Ihnen etwa nicht?

FRIBÖSE: Doch, doch, doch. Vor allen Dingen, seitdem Sie hier sind.

DOUBLE: Ich geb es auf. Wo ist mein Kriminalroman? *Er liest.*

FRIBÖSE: Hatten Sie eine angenehme Reise?
SUSI: Oh danke, ja.
FRIBÖSE: Franziska wird wohl bald kommen.
SUSI: Ich könnte auch unten in der Halle warten. Ich störe Sie sicher.
FRIBÖSE: Aber gewiß nicht. Von mir aus brauchte Franziska ... ich meine, wenn sie sich verspäten würde, es wäre mir gar nicht langweilig mit Ihnen.
SUSI: Oh, das sagen Sie nur so. Sie kennen mich ja noch kaum.
FRIBÖSE: Wörtlich genommen und von unserer dummen Uhrzeit ausgehend, haben Sie natürlich vollkommen recht. Und dennoch ist mir so, als wüßte ich schon lange Zeit um Sie.
SUSI: Sicherlich hat Ihnen Franziska dann und wann von mir erzählt.
FRIBÖSE: Das meine ich nicht. Ich dachte vielmehr an Ihr Wesen, an Ihre ganze Erscheinung. Verstehen Sie mich?
SUSI: Ich weiß nicht recht.
FRIBÖSE: Oh doch, Sie wissen. Geben Sie es nur ruhig zu, Fräulein Susi, es ist Ihnen ähnlich ergangen vorhin, als Sie eintraten mit Ihrem Köfferchen und mich hier sahen und ...
SUSI: Schweigen Sie, bitte!
FRIBÖSE: Ein Wort nur, und ich bin still.
SUSI: Nun – ich war angenehm überrascht – vorhin.
FRIBÖSE: Und jetzt?
SUSI: Würde ich noch hier sitzen, wenn die Überraschung nicht angehalten hätte? *Fribösе ergreift ihre Hand und küßt sie.*
FRIBÖSE: Dank, Susi, vielen Dank. Nun weiß ich genug. – Oh, bleiben Sie doch.
SUSI: Aber nur, wenn Sie artig sind.
FRIBÖSE: Wie ein Osterlämmchen. – Und diese Hand halten.
SUSI: Was Sie nur daran finden?
FRIBÖSE: Alles, Susi, noch nie war mir so.
Sie sitzen sich still gegenüber. Das Double schlägt das Buch zu.
DOUBLE: Händchen halten, Sprüche kloppen. Oh, diese jahrtausendalte Langeweile. Dabei haben beide Handschweiß, und die Strümpfe kleben gleichfalls an den Füßen. Fribösе, du transpirierst!
FRIBÖSE: Ich merke nichts davon.

DOUBLE: Du schwitzt für nichts und wieder nichts. Sie ist aus Zucker, Backpulver und Eiweiß. Die paar Rosinen nicht zu vergessen. Jeder Konditor verkauft sie dir mit oder ohne Schlagsahne.

FRIBÖSE: Es können nicht alle so herb sein wie Franziska. Mir gefällt sie so, wie sie ist.

DOUBLE: Mich kotzt sie an.

FRIBÖSE: Wie jung sie noch ist und so unverbraucht.

DOUBLE: Den Typ kenn' ich, der altert schnell. Mit vierunddreißig ist die fertig.

FRIBÖSE: Das käme wohl ganz darauf an, wie man sie behandelt. In meiner Obhut...

DOUBLE: Du hast doch nicht etwa vor? Friböse!

FRIBÖSE: Jawohl, Friböse, ich habe vor.

DOUBLE: Dir werden die Augen schon aufgehen, wenn ich sie von heute an zumache. Diese Geschmacklosigkeit kannst du ohne mich auskosten. Ich lege mich hin, ich schlafe. Diese Tonart ermüdet mich. *Er kriecht ganz unters Bett und zieht die Jacke über den Kopf.*

SUSI: Wie warm Ihre Hände sind. Richtig heiß, und sie zittern ein wenig.

FRIBÖSE: Und die Ihren, liebe Susi? Bleiben Sie etwa ganz unbeteiligt?

SUSI: Nein, das gewiß nicht. Aber es ist noch alles so neu, und trotzdem fühl ich mich wie daheim. Seit langer Zeit wieder daheim.

FRIBÖSE: Ja, Sie sprechen es aus, liebes Kind. So müßte es immer bleiben.

Heftiges Türklopfen, Friböse und Susi springen auf, Franziska stürmt ins Zimmer.

FRANZISKA: Susi, Baby! *Sie umarmt sie.* Wie du wieder aussiehst. Überall Schleifen und Bändchen. Fast könnt man meinen, die Käte Kruse hätt' dir was angetan. – Ihr beide scheint ja schon Freundschaft geschlossen zu haben.

FRIBÖSE: Wir haben uns nett unterhalten. Nicht wahr, Fräulein Susi?

SUSI: O ja.

FRANZISKA: Hat er dir Märchen erzählt oder Episoden aus Pestalozzis abenteuerlichem Leben?

SUSI: O nein, Ziska.

FRANZISKA: Dann wird er sich von seiner besseren Seite gezeigt haben und hat Kriminalgeschichten aufgetischt. Das ist sein ganz großes Problem. Immer fühlt er sich hin- und hergerissen: Hie Pestalozzi, dort Sherlock Holmes. Und so etwas wird auf die Jugend losgelassen. Sag lieber nichts, Ernst. Ich kenne dich.

FRIBÖSE: Auch du bist vor Überraschungen nicht sicher. Der Mensch wandelt sich. Auch ich werde eines Tages diesen Zwiespalt in mir überwinden...

FRANZISKA: Und nur noch Kriminalromane lesen. Das wäre gar nicht so dumm.

FRIBÖSE: Du überschätzest diese meine kleine Laune. Große Politiker, ja, sogar Wissenschaftler greifen hin und wieder zu solch entspannender Lektüre.

FRANZISKA: Na, dann ergreif mal hier Susis Koffer, du großer Politiker.

SUSI: Ich könnte aber auch selber. Er ist nicht schwer.

FRANZISKA: Laß ihn ruhig was tun. Sitzt ja doch nur den ganzen Tag im Hotel. Aber das wird anders jetzt. Da, ich hab Bergkarten gekauft. Morgen geht's auf den Rigi. *Sie entfaltet einen Teil der Karte.* In dieser Hütte wird übernachtet. Vergeßt nicht, das Toilettenzeugs mitzunehmen: Handtuch, Seife, Kamm, Zahnbürste und so weiter. *Sie verlassen das Zimmer, Friböse als letzter in der Tür, das Double streckt den Kopf aus der Jacke.*

DOUBLE: Du tust mir leid, Ernst. Jetzt machen sie dich auch noch zum Pfadfinder.

FRIBÖSE: Ich bin schon immer einer gewesen.

DOUBLE: Und Purucker? Ist der nicht auch so ein ganz klein bißchen jugendbewegt?

FRIBÖSE: Du meinst doch nicht etwa... *Er stürzt davon.*

DOUBLE: Der Koffer, Friböse! *Friböse zurück, nimmt den Koffer.* Susi kann doch nicht ohne Nachthemdchen schlafen.

FRIBÖSE: Ich schätze, daß sie Schlafanzüge vorzieht. *Er stürzt davon, das Double kriecht unter dem Bett hervor.*

DOUBLE: Abgehängt hat er mich. Lästig bin ich ihm. Einem kleinen Mädchen, das nach Seife und Kölnisch Wasser riecht, läuft er nach. Kann mir leid tun, der Junge, wirklich.

Friböse betritt wieder das Zimmer. Lange betrachtet er den Stuhl, auf dem soeben noch Susi saß.

FRIBÖSE: Da hat sie etwas verloren.

DOUBLE: Was denn?

FRIBÖSE: Ihren Lippenstift. *Er führt ihn an seine Lippen.*

DOUBLE: Du kommst wohl langsam auf den Geschmack, was?

FRIBÖSE: Wieso? Gefällt dir das Rouge nicht? Ausgezeichnet paßt es zu ihrem blauen Kleid.

DOUBLE: Grün, Friböse, das Kleid war grün.

FRIBÖSE: So, mag sein. Auf jeden Fall paßte das Rouge dazu. Nicht zu aufdringlich und extravagant. Franziska sollte sich ein Beispiel daran nehmen.

DOUBLE: Hör zu, Ernst, du bist doch ein kluger Junge. Alle beide sind wir kluge Jungens. Unser Vater war Bäcker, dann kam der Krieg. Seminar unterbrochen, E. K. zwo und so weiter, dann Schwein gehabt mit Gefangenschaft, Seminar beendet, Lehrer geworden an Pestalozzischule. Vielseitig interessiert, politisch eher links, aber nicht zu sehr. Nationalismus eingetauscht gegen Europa. Nicht mehr Walter Flex im Rucksack, o nein, heute lesen die Volksschullehrer Negerlyrik. – Hörst du überhaupt zu?

FRIBÖSE: Ja doch, aber mach schnell, ich bin müde. *Er tritt an das Waschbecken, wäscht sich die Hände.*

DOUBLE: Du bist also sozusagen auf dem laufenden. Liest Arno Schmidt und Henry Miller und vergaffst dich trotzdem in solch eine Zimmerlinde, in solch eine Rilkeausgabe!

FRIBÖSE: Was verstehst du schon davon? Sie ist so zart und durchsichtig, man möchte immer behutsam sein. *Zerstreut greift er zur Zahnbürste.* Manchmal frage ich mich wirklich, wie solch ein zerbrechliches Wesen in dieser Welt bestehen kann. *Er drückt Paste auf die Bürste.* Du, du siehst überall nur Schmutz, Auswüchse. An allem geilt sich deine dreckige Phantasie auf. Jawohl, damit du es weißt. Loswerden will ich dich, werde ich dich, und zwar bald. *Er will die Zähne putzen, das Double springt auf und geht auf Friböse zu.*

DOUBLE: Bei all den schönen Dingen, die du mir wünschst, kann ich trotzdem nicht umhin, dir einen letzten Freundschaftsdienst zu erweisen. Du bist zerstreut, Ernst, ein bißchen durcheinander. Wie dem auch ist, mit jener Zahnbürste würde ich mir niemals die Zähne putzen.

Friböse starrt entsetzt auf die Zahnbürste, schleudert sie fort.

FRIBÖSE: Himmel nochmal, wie konnte ich das vergessen. Auf jeden Fall danke ich dir.

DOUBLE: Schon gut, man tut, was man kann. *Er will wieder unters Bett kriechen, Friböse hält ihn zurück.*

FRIBÖSE: Verzeih mir, Ernst. Ich hab es nicht so gemeint.

DOUBLE: Das mußt du mir erst beweisen.

FRIBÖSE: Ich werde von heute an mehr auf deinen Rat hören.

DOUBLE: Ein lobenswerter Vorsatz.

FRIBÖSE: Nur auf Susi laß ich nichts kommen.

DOUBLE: Und ich setz auf deine Susi keinen einzigen Hosenknopf.

FRIBÖSE: Und ich werde dir beweisen, daß sie ein wertvoller Mensch ist.

DOUBLE: Deine Wertskala kenn' ich.

FRIBÖSE: Sie ist so natürlich.

DOUBLE: Eichhörnchen sind auch natürlich. Bring sie zum Zoo, stell sie aus.

FRIBÖSE: Und geheimnisvoll wirkt sie, wie ein Buch mit sieben Siegeln.

DOUBLE: Ich würde eher auf Poesiealbum tippen. Wetten wir?

FRIBÖSE: Wetten wir!

DOUBLE: Worauf?

FRIBÖSE: Wer von uns beiden gewinnt, darf sie als erster ganz besitzen.

DOUBLE *Friböses Hand wegschlagend:* Diesen Preis muß ich bescheiden zurückweisen. Ich fürchte mich vor Jungfrauen. *Er kriecht unters Bett.* Geh schlafen, Ernst. Morgen müssen wir früh raus. Selbst mittelhohe Berge wollen erstiegen sein.

Vierter Akt

Bergige Steinwüste. In Bergsteigerkleidung, mit Rucksäcken, Eispickeln und Seilen behängt, klettern Friböse, Franziska und Susi langsam bergan. Rechts, erhöht, der Querschnitt der Berghütte. Franziska an der Spitze, Friböse am Schluß. Er schaut sich oft um und bleibt immer mehr zurück.

Franziska: Man könnte meinen, du käust den Berg wieder. Er schmeckt dir wohl nicht, der Rigi? Nun mach, mach, mach! Sonst sind die Ferien vorbei, bevor wir die Hütte auch nur gesehen haben.

Susi: Vielleicht ist er müde. – Können Sie nicht mehr, Herr Friböse, sollen wir kurz rasten?

Friböse: Woher denn! Lauft vor, und setzt Kaffeewasser auf. Wenn's kocht, bin ich oben.

Franziska: Komm, Susi, wenn er uns nicht mehr sieht, wird er sich schon beeilen.

Susi: Vielleicht fehlt ihm aber wirklich etwas, und er will es nur nicht zugeben als Mann.

Franziska: Das wäre mir neu an ihm. Wenn es ihn sonst aber auch nur soviel drückt, liegt er schon lang und läßt sich den Puls fühlen.

Susi: Ich weiß nicht, er sieht so matt aus.

Franziska: Fehlt dir was, Ernst?

Friböse: Was ist denn nun schon wieder?

Franziska: Ob dir was fehlt? Stein im Schuh oder Zahnschmerzen?

Friböse: Ich hab gesagt, ich komm nach. Reicht das?

Franziska: Vollkommen. Was quasseln wir noch.

Susi: Er hat aber etwas, ich spür es.

Franziska: Und wie spürt sich das, was er da haben soll? Angenehm, kitzelt es, kühlt es, heizt es ein, macht es weiche Knie und dicke Augen?

Susi: Ziska!

Franziska: Was du spürst, will ich wissen.

Susi: Ich weiß es ja auch nicht. Er sieht so unglücklich aus. Als wenn ihn etwas bedrücken würde.

FRANZISKA: Der Rucksack, was sonst. – Nun komm!

SUSI: Meinst du nicht auch, es sollte wenigstens einer hierbleiben und notfalls helfen?

FRANZISKA: Daher der Wind! Na schön, bleibt hier und helft euch. Aber treibt es nicht zu lang und zu doll.

SUSI: Du solltest dich schämen.

FRANZISKA: Nun bloß keine Ausflüchte und schönen Worte. Ich hab doch Augen im Kopp. Aber macht, was ihr wollt. Setzt euch hin, legt euch lang, schließlich haben wir alle drei Ferien, und da kann jeder machen, was er will. *Sie steigt weiter, ohne sich umzudrehen.*

SUSI: Aber das ist doch alles nicht wahr, Ziska, bestimmt nicht. Ich würde ja gerne vorlaufen, wenn ich im Gebirge Bescheid wüßte. Willst du lieber bleiben? Meinst du, es ist besser für ihn, wenn du bei ihm bleibst? Wir könnten ja alle beide bei ihm bleiben. – Jetzt ist sie mir sicher böse.

Franziska verschwindet hinter dem Berg. Friböse nähert sich Susi unter ständigem Umblicken, ohne sie zu bemerken.

SUSI: Ernst!

FRIBÖSE: Fräulein Susi, Sie immer noch hier?

SUSI: Ich möchte abwarten, bis es Ihnen bessergeht.

FRIBÖSE: Und?

SUSI: Sie ist schon vorgegangen.

FRIBÖSE: Zur Hütte?

SUSI: Nach oben.

FRIBÖSE: Und Sie sind zurückgeblieben?

SUSI: Freiwillig, um Ihnen zu helfen.

FRIBÖSE: Aber es geht mir wirklich gut.

SUSI: Oh, wollen wir bitte ganz offen reden. Ich merke doch, daß es schlecht steht um Sie, daß etwas Sie bedrückt, belastet – kann ich nicht helfen?

FRIBÖSE *sich auf einen Stein setzend:* Helfen? – Mir helfen? – Ob Sie mir helfen können? – Ob du ... *Er faßt ihre Hand.*

SUSI: Ja, ich!

FRIBÖSE: Es wäre schön. Allein schon der Gedanke tut gut, das Wort helfen, Hilfe, hilfreich, Hilfestellung. – Aber hier ist nicht mehr zu helfen.

SUSI: O doch!

FRIBÖSE: Das sagen alle, die helfen wollen.
SUSI: Ich bin nicht alle. Sieh mich nur an.
FRIBÖSE: Auch wenn ich dich ansehe.
SUSI: Ganz fest, ganz ruhig, Vertrauen mußt du haben und glauben wollen.
FRIBÖSE: Glauben, woran?
SUSI: An, an meine Hilfe.
FRIBÖSE: Und wenn die nun auch versagt, dann hab ich umsonst geglaubt.
SUSI: Du Kleinmütiger, du, du ewig Verzagter. So glaube nicht, hoffe nicht, laß dir nicht helfen, aber halte dich fest an mir, Liebster, ganz fest. *Er sinkt an ihre Brust.* Und erzähl mir nun.
FRIBÖSE: Was?
SUSI: Oder schweige oder weine ganz einfach und sprich leise dabei, oder weine zuerst und erzähl hinterher, ja, wein erst, und dann, wenn es dich nicht mehr würgt, dann sprich ganz offen, ich bitt' dich. Oh – hab doch Vertrauen zu mir!
FRIBÖSE *richtet sich auf:* Es geht nicht, Kind, wirklich nicht.
SUSI: Versuch es doch. – Ist es wegen Franziska?
FRIBÖSE: Das auch.
SUSI: Seid ihr nicht glücklich miteinander?
FRIBÖSE: Ich weiß nicht.
SUSI: Aber das spürt man doch.
FRIBÖSE: Es ist nicht nur wegen ihr.
SUSI: Und doch könnte ich mir vorstellen, daß dort die Wurzel allen Übels versteckt liegt.
FRIBÖSE: Meinst du?
SUSI: Es mag ja sein, daß sie dich auf ihre herzliche und etwas rauhe Art sogar liebt, aber…
FRIBÖSE: Sicher tut sie das.
SUSI: Wie sollte sie nicht. Und dennoch seid ihr kaum füreinander geschaffen. Ziska braucht einen Menschen, der fest im Leben steht, der aktiv ist, ein Ziel hat, nicht solch einen heillosen Träumer wie dich.
FRIBÖSE: Wie gut du mich kennst.
SUSI: Verwundert dich das?
FRIBÖSE: Wie schonungslos du mich mit einigen Worten bloßgestellt hast. Nein, ich bin ganz gewiß nicht einer von den Kühnen,

von den Eroberern, von den Großen, Herrlichen – wie, wie – *er springt auf* –, wie Purucker!

Susi: Ernst, was hast du?

Friböse: Nichts. Ich sagte Purucker. Ein Bekannter von mir, ein tüchtiger Mann, er fiel mir gerade ein. *Nervös:* Du solltest jetzt gehen, Kind, wirklich.

Susi: Und dich allein lassen?

Friböse: Eine Viertelstunde nur.

Susi: Aber ich wollte dir doch helfen.

Friböse: Du hast mir geholfen, mehr als du ahnst.

Susi: Wirklich?

Friböse: Laß mich nur einmal noch alles still überdenken. Das Gebirge, die Einsamkeit werden mir helfen, den rechten Weg für uns zu finden.

Susi: Du willst nachdenken, auch über mich?

Friböse: Über uns beide. – Nun geh und sei vorsichtig.

Susi: Du aber auch, hörst du? Damit ich ganz ruhig sein kann.

Unter ständigem Umdrehen und Winken steigt sie bergan. Das Double springt hinter einem Felsbrocken hervor. Friböse und das Double blicken Susi nach, bis sie hinter dem Berg verschwindet.

Double: Sie ist kurzbeinig und hat ein Hohlkreuz.

Friböse: Gerade das habe ich mir immer gewünscht.

Double: Ist dir aufgefallen, daß sie einen Anflug von Basedow hat?

Friböse: Ein Zeichen von außergewöhnlicher Intelligenz, hat mir ein Arzt versichert.

Double: Und daß sie rechts nicht gut bei Gehör ist, was hältst du davon?

Friböse: Es wird dir wohl inzwischen aufgefallen sein, daß wir beide auf der linken Seite nicht gerade hellhörig sind.

Double: Friböse, ich sage dir, bei ihr ist das angeboren, bei uns aber...

Friböse: Schon gut, Friböse, ein kleiner operativer Eingriff, wie du zu sagen pflegst, und wir hören das Gras wachsen. Ich will aber weder das Gras noch sonst etwas wachsen hören, ich höre gerade genug. Zwei überfüllte Volksschulklassen, dich, der du immer dagegen bist... wenn Ziska redet, wünsch ich mir Taubheit, mit Glaswolle isolierte Taubheit. Die einzige, die den rechten Ton findet, bei der es sich lohnt zuzuhören, ist Susi.

DOUBLE: Und der Herr Purucker? Wer spitzt die ausgefransten Volksschullehreröhrchen, wenn der Herr Studienrat Purucker seine Weisheit in Haupt- und Nebensätzen laut werden läßt?

FRIBÖSE *springt auf einen Stein:* Purucker, der Herr Kollege Purukker. – Vielleicht kommt er doch nicht.

DOUBLE: Oder er ist schon oben.

FRIBÖSE: Es wäre ihm zuzutrauen. *Laut:* Purucker, Herr Purukker! *Er setzt sich niedergeschlagen.* Immer hat er alles in der Hand, immer kommt er uns zuvor, immer trifft er Vorsorge. Jawohl, Fribösе, du hast recht gehabt, zuschlagen hätte ich sollen, zu, zu, zu und nochmal, hier mit dem Hacken. Aber das passiert mir kein zweites Mal. Der Spiegel hat mich irritiert. Sobald sich wieder eine Gelegenheit bietet, das verspreche ich dir...

DOUBLE: Die Gelegenheit wäre schon da.

FRIBÖSE: Hier?

DOUBLE: Genau hier.

FRIBÖSE: Aber?

DOUBLE: Denk nach, kombiniere.

FRIBÖSE: Momentchen mal. Von da kommt er.

DOUBLE: Wir hier oben.

FRIBÖSE: Andreas Hofer?

DOUBLE: Wir sind die Tiroler, du hast es erfaßt.

FRIBÖSE: Und er ist Napoleon.

DOUBLE: Und du der Hofer Andreas.

FRIBÖSE: Zu Mantua in Banden... *Sie umarmen sich, singen und beginnen Steine aufeinanderzutürmen.*

DOUBLE: Die Tiroler türmten die Steine hübsch sorgfältig aufeinander.

FRIBÖSE: Und dann, was machten sie dann, nachdem sie die runden Steine...

DOUBLE: ...die steinharten Steine...

FRIBÖSE: ...die kopfgroßen und noch größeren, ganz dicken Steine fleißig gesammelt hatten, gestapelt hatten, gehäuft hatten? *Sie betrachten den Steinhaufen.*

DOUBLE: Ein kleiner, fast absichtsloser Fußtritt genügt, und er hat ausgepuruckert.

FRIBÖSE: Fertig gepuruckert!

DOUBLE: Kein Purucker mehr!

FRIBÖSE: Warte nur, balde puruckerst auch du. *Von oben nähert sich, bergmännisch gekleidet, Purucker.*

DOUBLE: Herr Purucker!

FRIBÖSE: Kollege Purucker, Studienrat Purucker, so kommen Sie doch!

PURUCKER: Lieber Freund, Sie rufen mich, und schon bin ich da.

DOUBLE: In solch einer Situation wäre selbst Andreas Hofer machtlos. *Er verschwindet hinter einem Felsen.*

FRIBÖSE: Warum kommen Sie denn von oben, das war nicht vorgesehen.

PURUCKER: Von verschiedenen Seiten her kann man einem Freund begegnen. Das sage ich immer wieder meinen Schülern: Viele Wege führen nach Rom. Und denken Sie nur. In die falsche Richtung schickten Sie Ihren herzlichen Lockruf, dennoch vernahm ich Ihre vertraute Stimme und eilte, eilte Ihnen entgegen, denn man weiß ja nie im Gebirge, es hätte ein Unglück passiert sein können, ein Steinschlag! Und wie schnell geht das? Oben löst sich ein nußgroßes Kieselchen, nimmt ein eigroßes mit, dazu noch ein mausgroßes. Die drei trippeln bergab, ziehen fünf tennisballgroße, junge Granitbrocken mit, die Eltern jener granitenen Flegel laut fluchend hinterdrein, schon folgt die ganze Sippschaft – denn hartgesottene Familien halten zusammen –, und alles läuft und springt und überschlägt sich und verliert ein Eckchen und bekommt ein neues, ganz spitzes Eckchen und ruft und ruft: Haltet den Dieb, haltet ihn. Und unten steht ahnungslos der liebe Herr Friböse und will den Dieb aufhalten, und schon liegt er da und blutet recht kräftig und rot aus der Nase.

FRIBÖSE: Häh, Sie können einem richtig angst machen.

PURUCKER: Aber woher denn. Froh bin ich, daß ich Sie heil und gesund antreffe.

FRIBÖSE: Sie waren schon oben?

PURUCKER: Ganz oben.

FRIBÖSE: In der Hütte?

PURUCKER: Säuberlich ausgefegt hab ich sie. Die letzten Touristen scheinen dort wie die Vandalen gehaust zu haben.

Friböse: Das wäre nun aber wirklich nicht nötig gewesen, daß Sie den Besen in die Hand nehmen, zumal meine Verlobte und ihre Freundin …

Purucker: So sind sie es also doch gewesen. Ich habe es mir gleich gedacht. Kurz vor der Hütte, ich war schon auf dem Rückweg, begegnete ich ihnen und grüßte sie artig. Zwei wirklich anmutige Geschöpfe. Und wie sie sich abhoben von der rauhen, öden Steinwüste. Manchmal bedarf es wirklich der ungereimten, zufälligen Natur, um menschlicher Grazie den rechten Hintergrund bieten zu können, um unseren Augen – verzeihen Sie, lieber Kollege –, um unseren Bücheraugen wieder einmal und einmal mehr beweisen zu können, das ist der Mensch! Schau ihn dir an, Magisterlein, schlage dein armes Buch zu und gib dem Auge Lebendiges zu trinken!

Friböse: Die jungen Mädchen scheinen Ihnen gefallen zu haben.

Purucker: Gefallen? – Erfrischt haben sie mich. Froh darf ich mich nennen, daß ich, ungeschickt genug, die Hütte kehrte, im Kamin ein Feuer auflodern ließ und Wasser aufsetzte, den gußeisernen Topf voll. So werden sie Wärme finden, und einen Tee oder Kaffee mag man uns vorsetzen, wenn nun auch wir zwei Müden den Weg zur Hütte bezwungen haben.

Friböse: Wollen Sie wirklich noch einmal den Aufstieg wagen?

Purucker: Ich bitt' Sie. Ein Viertelstündchen, und wir klopfen an.

Friböse: Wäre es nicht geschickter, wenn ich vorginge und vorbereiten würde?

Purucker: Aber die Damen sahen mich schon.

Friböse: Nur flüchtig.

Purucker: Mein Gruß wurde freundlich erwidert.

Friböse: Es könnte die Mädchen trotzdem erschrecken, wenn nun auf einmal zwei Herren …

Purucker: Aber doch nicht im Gebirge. Dafür sind die Hütten schließlich und endlich da. Unwetter, Nacht, Müdigkeit mögen den Wanderer überrascht haben, da grüßt ihn von fernher ein Licht, er taumelt dem Schein entgegen, findet die Hütte, tritt ein, Wärme umgibt ihn und Menschen. Hören Sie, Friböse, Menschen! Nach Tagen der Gefahr und der pausenlosen Einsamkeit findet er Menschen.

FRIBÖSE: Aber es begegnete uns kein Unglück.

PURUCKER: Hätte es nicht sein können? Der Steinhaufen dort zum Beispiel, er wäre ins Rollen gekommen. Unabsichtlich hätte ein Nagelschuh ihn getreten, so etwa, so! *Er tritt gegen den Steinhaufen, die Steine rollen polternd zu Tal, noch lange hört man es grollen.*

FRIBÖSE *erschrocken:* Mein Gott!

PURUCKER: Sehen Sie, hören Sie? Mit solchen Gefahren wartet der Berg, wartet die Natur auf.

FRIBÖSE: Ich war noch nie im Gebirge.

PURUCKER: Man merkt es, guter Freund, man merkt es beschämend deutlich.

FRIBÖSE: Vorher fühlte ich mich so sicher, doch nun?

PURUCKER: Vertrauen Sie sich mir an. Ich kenne den Berg! *Er nimmt ein Seil von der Schulter.* Wir wollen uns sichern. *Er befestigt das Seilende an Friböses Leibriemen.* Gemeinsam wollen wir den Aufstieg wagen. *Nach einigen Schritten.* Wir können uns doch nicht von den Damen beschämen lassen. Besonders die erste kühne Bergsteigerin, der ich begegnete, schien mir eine resolute Person zu sein.

FRIBÖSE: Das war Franziska.

PURUCKER: Eine wahre Charlotte. Während die zweite, zartere ganz der Ottilie entsprach. *Das Double springt hinter dem Felsen hervor und klettert hinter den beiden her.* Fast ist mir, als würde Goethe mit uns steigen. Vielleicht weil uns bekannt ist, daß er die Schweiz nicht nur wegen ihrer Sauberkeit, sondern auch ihrer unverbrauchten Natur wegen liebte. *Purucker verschwindet hinter dem Fels, das Double hat Friböse erreicht.*

DOUBLE: Nimm das Messer, schneid das Seil durch.

FRIBÖSE: Hat keinen Zweck mehr.

DOUBLE: Ich sag, Messer nehmen und durchschneiden.

FRIBÖSE: Keinen Zweck hat das, hör doch.

DOUBLE: Mensch, letzte Gelegenheit, hol das Messer raus.

FRIBÖSE: Zwecklos, Friböse, vollkommen.

DOUBLE: Er fällt aufs Kreuz, wenn du durchschneidest.

FRIBÖSE: Leute wie Purucker fallen niemals aufs Kreuz.

DOUBLE: So nimm mich mit.

FRIBÖSE: Das fehlte mir noch.

DOUBLE: Du bist ohne mich hilflos. Er macht, was er will, mit dir.
FRIBÖSE: Mit uns beiden. Laß das Seil los! Loslassen, sag ich!
DOUBLE: Wir gehören zusammen.
FRIBÖSE: Die Pfoten weg!
DOUBLE: Friböse!
FRIBÖSE: Weg!
DOUBLE: Friböse! *Friböse tritt ihn, das Double stürzt und bleibt liegen. Friböse verschwindet hinter dem Berg, das Double, sich mühsam aufrichtend.* Als wenn das möglich wäre, daß Friböse Friböse vom Berg stürzt und gleichzeitig als Friböse aufsteigt, während Friböse hier unten liegt, mit Prellungen und Hautabschürfungen und hochkomplizierten Brüchen, als hätte er leichtsinnigerweise nach Edelweiß gesucht und wäre danebengetreten, wie das beim Edelweißsuchen üblich ist.

Der Berg verdunkelt sich, die Berghütte erleuchtet. Franziska sitzt am Tisch und pudert sich die Füße. Susi hantiert am Kamin.

FRANZISKA: Meinst du wirklich, der hat das Feuer gemacht und das Wasser aufgesetzt.
SUSI: Es wäre schon möglich. Er kam ja von oben.
FRANZISKA: Aber man geht doch nicht weg und läßt das Feuer brennen mit einem Topf Wasser drauf.
SUSI: Vielleicht hat er uns kommen sehen von oben und hat gedacht, die wollen sicher hier übernachten.
FRANZISKA: Dann hätte er doch warten können, bis wir da sind. Man hätte sich bedanken können, wie sich das gehört. Aber so – läuft einfach davon.
SUSI: Vielleicht wäre es ihm peinlich gewesen.
FRANZISKA: So was soll es geben. – Aber freundlich gegrüßt hat er.
SUSI: Ja.
FRANZISKA: Wie alt schätzt du den wohl?
SUSI: Ich weiß nicht recht.
FRANZISKA: So um die Vierzig rum?
SUSI: Vielleicht.
FRANZISKA: Älter war er auf gar keinen Fall. Oder?
SUSI: Ja.
FRANZISKA: Was ja? Hörst du überhaupt zu?
SUSI: Doch, Ziska, doch.

FRANZISKA: Oder hat er dir nicht gefallen?

SUSI: Ich weiß nicht recht.

FRANZISKA: Erzähl doch keine Geschichten. Das sieht eine Frau doch auf den ersten Blick.

SUSI: Ich hab ihn nur flüchtig angesehen. Er war so schnell vorbei, und umdrehen wollt ich mich nicht.

FRANZISKA: Aber nach Ernst hast du dir fast den Hals verrenkt.

SUSI: Ziska!

FRANZISKA: Na ja doch. Ich will ja nichts gesagt haben, aber so auffällig muß es nun auch wieder nicht sein. Was gefällt dir denn so an ihm?

SUSI *nach einer Pause:* Weißt du, ich hab mir immer einen älteren Bruder gewünscht und hab mir vorgestellt, so müßte er sein.

FRANZISKA: Wie Ernst?

SUSI: Ja.

FRANZISKA: Also von mir aus. Er ist ja auch das einzige Kind zu Hause gewesen, und ich hab für vieles Verständnis. – Hat er denn was gehabt vorhin, weil er zurückgeblieben ist, am Fuß oder so?

SUSI: Das hab ich auch gedacht zuerst. Aber er sagte, er hätte nichts, er wolle nur alleine sein, er müsse über etwas nachdenken.

FRANZISKA: Ausgerechnet, wenn wir eine Bergtour machen?

SUSI: Das Gebirge würde ihn so anregen.

FRANZISKA: Hm.

SUSI: Ich glaube, er ist sehr verschlossen und zeigt nicht viel von seinem Inneren.

FRANZISKA: Hat er dir denn was gezeigt?

SUSI: Nicht was du wieder denkst. Vielleicht bedrückt ihn etwas, und er möchte sich gerne aussprechen. Glaub mir, Ziska, sicherlich gibt es Menschen, die können jedem alles erzählen. Aber bei mir ist es genauso wie bei Ernst. Da müßte erst jemand kommen und sehr vorsichtig die Hemmungen beseitigen.

FRANZISKA: Und wie macht man das, ich meine beseitigen und so. Von nix kommt nix!

SUSI: Mit dir kann man nicht reden.

FRANZISKA: Aber wieso denn? Ganz aufgeregt bin ich, so spannend find ich das mit Hemmungen und beseitigen.

SUSI: Du kennst das eben nicht. Du hast es gut, du bist immer frei heraus, und über uns lachst du.

FRANZISKA: Meinst du mit uns Ernst und dich?

SUSI: In der Beziehung schon.

FRANZISKA: Na, wenn ihr uns sagt, dann sag ich euch. Und euch werd' ich mal was erzählen. Ich, ich hab ein kindliches Gemüt, ich glaub fast alles, was mir gesagt wird, mit mir könnt ihr machen, was ihr wollt. Nur, wenn ihr glaubt, daß ihr mir was vorsäuseln könnt von Seele, Hemmungen, Brüderchen und Schwesterchen und du bist ich und ich bin du und wir beide zusammen sind was ganz besonders Süßes – dann täuscht ihr euch gewaltig. – So, und jetzt pack ich den Rucksack aus. *Sie packt in den Schrank.*

SUSI: Wo stellen wir denn die Toilettensachen hin?

FRANZISKA: Vollkommen gleichgültig.

SUSI: Nun sei doch bitte nicht so.

FRANZISKA: Stell sie da aufs Brett, über den Eimer. Nimm meine auch mit.

SUSI: Danke.

FRANZISKA: Oh, bitte, gern geschehen, für dich tu ich alles.

SUSI: Ziska!

FRANZISKA: Was wünschest du? In welchem Bettchen möchtest du schlafen? Ich werde mich in dieses schmale, etwas abseitsstehende zurückziehen. Ich hoffe, es ist euch angenehm so.

SUSI: Du tust mir Unrecht.

FRANZISKA: Tat ich das? Tröste dich. Ernstchen wird alles wiedergutmachen. Er hat mal in einer schwachen Stunde zu mir gesagt, er würde für alle meine Handlungen geradestehen. Paß auf, der meint das wörtlich!

SUSI: Warum bin ich nur gekommen? Ich kann nicht mehr, ich kann nicht mehr. *Sie wirft sich über die beiden nebeneinanderstehenden Betten und weint.*

FRANZISKA: Diese vorzeitigen Ermüdungserscheinungen! – Da, paß auf, das soll ein Pullover für Ernst werden. Tu was für ihn, und strick den Rücken fertig. *Sie wirft ihr den Pullover zu.* Einem jungen Ding, wie du eines bist, sollte das vollkommen genügen, Pullover stricken. Bei jeder Masche kannst du dir was Intimes bei denken. Fühlen solltest du das: Zwei glatt, zwei kraus, zwei glatt, zwei kraus ... Und keine Angst: Kinder bekommt man bestimmt nicht davon.

Susi nimmt den Pullover, hält ihn an sich und beginnt zu stricken.

Vor der Hütte. Purucker zieht den fast widerstrebenden Friböse die letzten Meter zur Hütte am Seil hoch.

PURUCKER: Sie scheinen ermüdet zu sein, lieber Freund. Ungewohnt, ja, ja, das kenne ich.

FRIBÖSE *setzt sich oben sofort:* Es war etwas mühsam.

PURUCKER: Nicht hinsetzen hier, auf den kalten Stein, da wir die warme Hütte direkt vor der Nase haben. Auf, junger Wandersmann, auf!

FRIBÖSE: Nur einen Augenblick.

PURUCKER: So tun Sie wenigstens das Seil drunter. Den Tod könnten Sie sich holen, den Tod! *Er schiebt ihm das Seil unter.*

FRIBÖSE: Wollen Sie wirklich hier übernachten?

PURUCKER: Wenn die Damen mich dulden und das Wetter so bleibt. Wie es jetzt ist, werde ich kaum den nächtlichen Abstieg wagen. Schauen Sie, drüben, da kommt es auf.

FRIBÖSE: Sie meinen, das könnte ein Unwetter geben?

PURUCKER: Ich will nicht allzu schwarz sehen, aber ich kenne den Rigi. Wenn's aus dem Loch herweht, wird es selten gut.

FRIBÖSE: Man muß also mit allem rechnen.

PURUCKER: Es sieht sich meist schlimmer an, als es ist. Und wir in der Hütte haben ohnehin nichts zu befürchten. Es wird uns nicht gleich davonwehen. *Er lacht.* Wie sage ich immer zu meinen Schülern: Fürchtet die Windstille. Sie ist der schlimmste aller Stürme!

FRIBÖSE: Nicht so laut, bitte. Und, und – verstehen Sie mich recht ...

PURUCKER: Aber was haben Sie denn, werter Kollege. Glauben Sie denn im Ernst, ich will Ihre beiden reizenden jungen Damen auffressen oder sonst Barbarisches mit ihnen treiben?

FRIBÖSE: Das gerade nicht, nur meine ich, wir sollten das uns Verbindende nicht sofort vor ihnen ausbreiten.

PURUCKER: Man fällt doch nicht mit der Tür ins Haus. Den ganzen Abend haben wir Zeit und notfalls die Nacht, oder beim Frühstück wird sich dann alles klären.

FRIBÖSE: Sie haben also doch vor, die Geschichte auszuplaudern.

PURUCKER: Tätätä, ausplaudern, welch ein dummes Wort. Ich möchte versuchen, den Kreis zu erweitern. Eines wird sich zum anderen finden. Wir werden behutsam vorgehen müssen, und sicher darf ich mit Ihrer Unterstützung rechnen.

FRIBÖSE *springt auf:* Nein! Nein und nochmals nein! Ich will meine Freiheit haben und die da drinnen auch. Sie aber wollen uns zwingen.

PURUCKER: Dienen will ich, helfen!

FRIBÖSE: Und ich sage, zwingen wollen Sie uns. Aber ich will Freiheit, verstehen Sie, Freiheit!

PURUCKER: Lieber Freund und Kollege, darf ich Ihnen mit Goethes allbekanntem und doch so wenig verstandenem Epigramm antworten?

FRIBÖSE: Tun Sie das, mir ist jetzt alles gleich.

PURUCKER *mit gehobener Stimme:*

Alle Freiheitsapostel, sie waren mir immer zuwider;
Willkür suchte doch nur jeder am Ende für sich.
Willst du viele befrein, so wag es, vielen zu dienen.
Wie gefährlich das sei, willst du es wissen? Versuch's!
Was sagen Sie jetzt?

FRIBÖSE: Wenn Sie es so ansehen. – Aber ich werde vorgehen und vorbereiten.

PURUCKER: Eilen Sie, und grüßen Sie mir die Damen. *Friböse tritt in die Hütte ein, Purucker zieht »Die Wahlverwandtschaften« aus der Tasche und schlägt sie auf.* Mir ist es, als sollte ich mich noch etwas präparieren. Ich schlage die Seite achtundvierzig auf, dort sitzen sie: Der Hauptmann Charlotten gegenüber, und Eduard folgt gebannt dem Gespräch. Zwar fehlt Ottilie noch, was dort nicht zutrifft, aber Ottilien ist es ohnehin nicht gegeben, dem Gespräch eine andere Wendung zu geben, sie ist eine liebliche Konzession des Dichters. Zu dritt wäre es vermutlich viel besser gegangen. Doch hören wir, was der Hauptmann zu sagen weiß. *Er liest laut:* »Wenn Sie glauben, daß es nicht pedantisch aussieht, versetzte der Hauptmann, so kann ich wohl in der Zeichensprache mich kürzlich zusammenfassen. Denken Sie sich ein A, das mit einem B innig verbunden ist, durch viele Mittel und durch manche Gewalt nicht von ihm zu trennen; denken Sie sich ein C, das sich ebenso zu einem D verhält; bringen Sie nun die beiden Paare in Berührung: A wird sich zu D, C zu B werfen, ohne daß man sagen kann, wer das andere zuerst verlassen, wer sich mit dem andern zuerst wieder verbunden habe.« – Ich befürchte fast, dieses Buchstabengleichnis wird ihnen nicht anschaulich genug sein. Wir wollen sehen, wie die Stühle um den Tisch stehen und wer wo Platz nimmt. Oh, Tischordnung und Natur, wo berühren sich eure Gesetze! *Er erhebt sich und verschwindet schlendernd und pfeifend hinter der Hütte.*

In der Hütte. Friböse und Franziska stehen sich gegenüber. Susi sitzt und strickt.

FRANZISKA: Na, hol ihn doch rein, was soll das Getue!

FRIBÖSE: Er ist etwas merkwürdig.

FRANZISKA: Wer ist das nicht.

FRIBÖSE: Den ganzen Abend wird er uns verderben.

FRANZISKA: Hier kann es nur noch besser werden.

FRIBÖSE: Er paßt einfach nicht zu uns.

FRANZISKA: Was ist er denn von Beruf?

FRIBÖSE: Wieso? – Lehrer.

FRANZISKA: Na also!

FRIBÖSE: Aber er ist am Gymnasium.

FRANZISKA: Um so besser für dich. Er wird dir was beibringen.

SUSI: Aber wenn Ernst nicht will.

FRIBÖSE: Ihnen wird er gewiß nicht gefallen, Susi.

FRANZISKA: Ihr könnt ruhig du zueinander sagen. Nur keine falsche Scham!

FRIBÖSE: Jetzt fang keinen Streit an, Ziska, was hat das damit zu tun?

FRANZISKA: Na bitte, dann laß ihn doch rein. Feuer gemacht hat er auch.

FRIBÖSE: Es hat ihn keiner darum gebeten.

FRANZISKA: Auf jeden Fall ist es hier jetzt schön warm.

FRIBÖSE: Ich hätte bestimmt nicht gefroren.

FRANZISKA: Aber ihm wird es kalt sein draußen. Jetzt, gegen Abend.

SUSI: Ich könnte ja eine Tasse Kaffee rausbringen.

FRANZISKA: Halt du dich da abseits, Susi. Wenn einer was bringt, dann bin ich es. Also was ist nun? Soll ich etwa bis zehn zählen und dann …

FRIBÖSE: Susis Vorschlag ist ganz vernünftig, find ich.
FRANZISKA: Holst du ihn oder holst du ihn nicht rein?
FRIBÖSE: Nein!
FRANZISKA: Gut, dann werd' ich das machen. *Sie will zur Tür, Susi springt auf.*
SUSI: Das tut man nicht, Ziska.
FRIBÖSE: Sie will sich blamieren.
FRANZISKA: Und nennst du das vielleicht höflich, den Mann draußen warten lassen? Dabei kennst du ihn schon, ich weiß nicht, wie lange, und Kollegen seid ihr auch. Pack deinen Rucksack aus, tu was. Da ist dein Schrank und das Waschzeugs, da wo die Zahnbürsten stehen. Da, ja da! *Friböse starrt das Brett mit den Toilettensachen an.*
FRIBÖSE: Können die nicht woanders hin? Ich meine, weg, nicht gerade hier – vielleicht lassen wir sie im Rucksack oder unter die Betten ...
FRANZISKA: Ich glaub, dir bekommt das Bergsteigen nicht, die Luftveränderung! *Sie stürmt aus dem Zimmer, Friböse immer noch vor den Toilettensachen.*
SUSI: Wieso willst du denn deine Seife und deine ...
FRIBÖSE: Ruhe! – Ich mein das nicht so.
SUSI: Und ich wollte dir nur helfen, Ernst, wirklich.
FRIBÖSE: Immer wollen einem alle helfen. Er auch!
SUSI: Versteht ihr euch denn nicht gut?
FRIBÖSE: Jadoch, jadoch. Das kann man nicht so erklären mit ein paar Worten.
SUSI: Das brauchst du auch nicht. Tu nur, was du willst. *Sie springt auf.* Wenn du meinst, können wir das Waschzeug auch woanders unterbringen, vielleicht ... *Sie sieht sich suchend um.*
FRIBÖSE: Laß nur, ich pack schon aus. *Er öffnet seinen Rucksack, packt in den Schrank, sie will ihm helfen.* Ich mach das alleine. Wenn ich Hilfe brauche, sage ich es. – Hier, die Hefte kannst du da rauflegen. *Er geht mit seinem Waschzeug zum Wandbrett, nimmt einen Stapel Schulhefte.*
SUSI: Sind die von deinen Kindern?
FRIBÖSE: Die letzten Aufsätze.
SUSI: Darf ich? *Sie blättert in einem Heft und liest mit kindlicher Stimme:* Am Morgen. – Wenn ich morgens aufwache, springe ich immer

gleich aus dem Bett. Dann guck ich immer aus dem Fenster, was für Wetter ist. Meistens ist es schlecht. Dann wasch ich mich immer und putz mir immer die Zähne mit Chloromint...

FRIBÖSE: Muß das sein, Susi?

SUSI: Verzeih mir, ich wußte nicht... *Sie eilt ihm entgegen.*

FRIBÖSE *sie leicht am Arm fassend:* Wir wollen sehr vorsichtig miteinander sein.

SUSI: Ja.

FRIBÖSE: Ich liebe dich.

SUSI: Ja.

FRIBÖSE: Hörst du?

SUSI: Ja. – Ich dich auch. *Er streichelt ihren Arm. Man hört Lachen, Fribóse nimmt seinen Rucksack, Susi setzt sich schnell, die Tür wird aufgestoßen. Franziska und Purucker in der Tür.*

FRANZISKA: Sie sind mir einer. Nun kommen Sie schon.

PURUCKER: Die Dame zuerst.

FRANZISKA: Wenn es sein muß. *Sie treten nacheinander ein.* Hier, das ist Susi, meine Freundin, und das ist Studienrat Purucker.

FRIBÖSE: Noch nie sah ich ihn durch eine Tür eintreten.

PURUCKER: Sie werden sich vielleicht nicht erinnern, wir sahen uns vorhin flüchtig.

SUSI: Doch, doch, ich erinnere mich.

FRANZISKA: Und den Ernst kennen Sie ja.

PURUCKER: Wie behagt Ihnen denn die Hütte, lieber Freund? Ich habe recht gehabt mit meiner Wetterprognose, es sieht bedenklich aus, es braut sich da allerlei zusammen. Aber wir sind ja nun unter Dach und Fach. Befürchten Sie nichts, meine Damen.

FRIBÖSE: Der Herr Purucker hat den Rigi schon mehrmals bestiegen.

PURUCKER: Dutzende Male. Wenn nur die Sicht besser wäre, was könnte ich Ihnen nicht alles zeigen. Gleich drüben die Staffel, den Rothstock, unten Klösterli, und dann der See, rechts Luzern, links Schwyz, Küßnacht, Sie erinnern sich, meine Damen. Nein, keine Angst, ich will Sie gewiß nicht mit unserem Schiller quälen, der Brave ist nie hier gewesen, hat sich alles aus dem Atlas klauben müssen und sonstwoher. Wir haben es besser, uns liegt alles zu Füßen: Drüben der Zuger See, dann der ganze weite Blick bis in den Aargau, die Juraberge, und dann, Sie werden es nicht glauben wollen, bei guter Sicht der Schwarzwald. Jawohl, wenn wir Glück haben, sehen wir morgen unseren heimatlichen Schwarzwald. Doch kehren wir uns gen Süden. Da türmt es sich auf. Waldig erst, dann bricht Gestein durch, schon Wolken, doch darüber Zinne bei Zinne, Firn, Gletscher, ewiges Eis. Der Uri Rothstock, nicht zu verwechseln mit unserem Rigi Rothstock. Dieser nur 1 663 Meter, jener 2 932, und dahinter der Titlis, 3 230, wenn ich mich recht erinnere. Na, vielleicht klart es morgen auf, dann sollen Sie alles erblicken. – Wo werde ich denn am besten meine Siebensachen unterstellen?

FRANZISKA: Das Fach ist noch frei, nur hinein damit. Sie scheinen ja schon eine Menge gesehen zu haben. Das Waschzeug am gescheitsten da aufs Brett.

PURUCKER: Wenigstens einmal im Jahr zieht es mich in die Berge. Sie sagen ja gar nichts, lieber Friböse.

FRANZISKA: Der ist den Berg zu schnell rauf, das gibt sich gleich.

PURUCKER *am Wandbrett:* Wenn ich die Mundgläser etwas zusammenschieben könnte, wäre gerade noch Platz für mein Waschbeutelchen.

FRANZISKA: Schieben Sie nur.

PURUCKER: Dummerweise habe ich meine Zahnbürste vergessen. *Lachend:* Welch ein Malheur, es wird sich schon Rat finden! Hübsch, diese kleine rote. Ist das Ihre?

FRANZISKA: Interessieren Sie sich für Zahnbürsten?

PURUCKER: Wenn sie hübsch sind.

FRANZISKA *lachend:* Ich schenk sie Ihnen. Sie sind eine komische Nudel.

PURUCKER: Die komische Nudel nimmt das Geschenk an. *Er steckt die Zahnbürste ein.*

FRANZISKA: Seien Sie mir nicht böse, aber ich muß einfach lachen. Klettert der Mensch einen Berg hoch und läßt sich 'ne gebrauchte Zahnbürste schenken. Und außerdem ist er noch Studienrat.

PURUCKER: Es ist immer die Frage, wer schenkt wem was.

FRANZISKA: Mann, Sie haben Ideen. Wie wäre es denn mit einem halben Kamm oder 'n paar Haarklammern?

PURUCKER: Das wäre nun wieder zuviel verlangt. Wir wollen es mit dieser reizenden Bürste genug sein lassen. An ihren Bürsten sollt ihr sie erkennen!

FRANZISKA: Er ist ein Fetischist! Ernst, Susi, habt ihr das schon erlebt! Wie sind Sie bloß darauf gekommen? Setzen Sie sich, erzählen Sie.

FRIBÖSE: Der Herr Purucker wird müde sein.

PURUCKER: Ach was! Frisch und froh und leicht, wie der Vogel in der Luft. Es gibt da zwar nicht viel zu erzählen, aber wenn es die Damen interessiert und ein wenig heiter stimmt, warum nicht!

FRIBÖSE: Ich bitt' dich, Ziska. Susi ist ganz gewiß erschöpft von dem Aufstieg, und ich fühle mich auch nicht gerade besonders.

PURUCKER: Aber lieber Freund, es ist ja mit wenigen Sätzen alles erzählt, Sie wissen es doch am besten.

FRANZISKA: Was, Ernst weiß Bescheid! Und mir hat er nie was gesagt davon. Nun aber raus mit der Sprache.

SUSI: Wenn es schnell geht, ich bin wirklich nicht allzu müde, Ernst.

FRANZISKA: Na, siehst du. Sie findet es auch spannend.

SUSI: Oder willst du dich lieber hinlegen?

PURUCKER: Nein, nein, nein! Den Ernst Friböse brauche ich, wenn ich schon von den Damen zu eindringlich bestürmt werde. Es könnte ja immerhin sein, daß ich dann und wann in meiner Schilderung von der Wahrheit abweiche. Dann muß er einspringen und sagen: So war es – und nicht so!

FRANZISKA: Nun fangt endlich an. Ich bin schon ganz kribbelig.

SUSI: Ein bißchen neugierig bin ich auch.

PURUCKER: Also wann war es genau, lieber Freund? Im März vorigen Jahres reifte in mir der Gedanke – und wann sah ich Sie zum ersten Mal?

FRIBÖSE: Nein! Nein!

PURUCKER: Aber was ist denn? Sie scheinen wirklich etwas abgespannt zu sein. Vielleicht verschieben wir es doch auf morgen.

FRIBÖSE: Das hab ich ja immer gesagt.

FRANZISKA: Kommt gar nicht in Frage. Erst uns auf die Folter spannen und dann kneifen. Ich zähl ganz langsam bis zehn; entweder Sie rücken raus mit der Geschichte, oder ich will die Zahnbürste wieder zurückhaben.

PURUCKER *lachend:* Bester Kollege, Sie müssen zugeben, ich kann nicht anders, mir wird die Pistole einfach auf die Brust gesetzt: Erzähl oder stirb. Und eh ich sterbe, erzähle ich. Nochmals also: Im März vorigen Jahres reifte in mir der Gedanke, und etwa vor zwei Monaten sah ich unseren gemeinsamen lieben Freund Friböse zum ersten Mal. Wie Sie sicherlich wissen, wohnt er im Hotel »Vierjahreszeiten«, und zwar hoch, in der sechsten Etage. Es war also zu Anfang für mich recht mühsam, über die Dächer der Nebengebäude – das letzte Stück an der Fassade entlang – in das Zimmer unseres guten Hotelbewohners zu gelangen ...

Friböse hat das Wandbrett mit den Toilettensachen gefaßt und hochgehoben.

FRIBÖSE: Nie seht ihr mich wieder, nie! *Er schleudert das Wandbrett von sich, reißt die Hüttentür auf und stürmt ins Freie. Man hört Donnergrollen. Susi springt auf. Purucker und Franziska gelassen.*

SUSI: Ernst! Ernst, so hör doch! *Sie stürzt ihm nach.*

FRANZISKA: Vielleicht braucht er Abkühlung. Er wird schon wiederkommen und sie auch. Meinen Sie nicht?

PURUCKER: Er kann uns gar nicht verlorengehen.

Wieder Steinwüste. Gewitter. Friböse irrt zwischen den Felsblöcken. Weiter oberhalb Susi.

FRIBÖSE: Nie sehen sie mich wieder, nie!

SUSI: Ernst!

FRIBÖSE: Nichts will ich sehen, nichts hören.

SUSI: Ernst, Ernst!

FRIBÖSE: Soll er doch alles erzählen. Bitte, warum nicht. Ich bin weg.

SUSI: Ernst!

FRIBÖSE: Weg, weg, weg. Hat sich ausgeernstet, ausfriböst.

Oben Purucker und Franziska bei Susi.

ALLE DREI: Friböse – Ernst – Herr Friböse – Friböse – Kollege Friböse – Friböse – Ernst Friböse, Friböse. *Die Rufe verlieren sich.*

FRIBÖSE: Ich heiße jetzt anders. Soll'n sie nur rufen, vielleicht treffen sie mal einen, der so heißt. Was mach ich jetzt bloß. Und alles nur wegen der Dinger da. Hab ich mir gleich gedacht, daß man die nicht so offen stehen lassen darf. Kein Wunder, wenn er gleich darauf losgeht. So was lockt ihn doch. Und sie schenkt ihm noch ihre! Zahnbürsten! Zahnbürsten!

Er will weiter, von allen Seiten schieben sich riesige Zahnbürsten zwischen die Felsbrocken. Drei Kinder in Zahnpastentubenkostümen tanzen vor ihm und singen.

ALLE DREI KINDER: Wir putzen jeden Morgen,
wir putzen jeden Abend
die Zähne mit der Bürste,
und spülen und spülen
hinterher die Zähne,
zweiunddreißig Zähne,
zweiunddreißig Zähne
werden jeden Morgen,
werden jeden Abend
geputzt, geputzt, geputzt!

ERSTES KIND: Ich putz meine mit Novomint.

ZWEITES KIND: Ich putz meine mit Chlorodent.

DRITTES KIND: Ich putz meine mit Oxydont.

ALLE DREI: Novomint, Chlorodent, Oxydont.
Oxynovochloromint.
Chloronovooxydent.
Novochlorooxydont.
Zweiunddreißig Zähne,
zweiunddreißig Zähne!

Die Kinder tanzen davon, Friböse will weiter, die drei Eidgenossen, in der Kleidung Wilhelm Tells, treten hervor und halten ihn auf. Sie tragen auf drei großen Tellern die vergrößerten Gebisse des Menschen, des Schweines und des Haifisches.

ERSTER EIDGENOSSE: Wir kommen von Uri.

ZWEITER EIDGENOSSE: Und wir von Schwyz.

DRITTER EIDGENOSSE: Wir kommen von Unterwalden.

ERSTER EIDGENOSSE: Wir tragen die Gebisse des Menschen, des Schweines und des Haifisches.

ZWEITER EIDGENOSSE: Wir wollen sein ein einig Volk von Brüdern.

DRITTER EIDGENOSSE: Vom Haifisch sagt man, daß er die Zähne im Gesicht trägt.

ZWEITER EIDGENOSSE: Die Formel für das Dauergebiß des gemeinen Hausschweines lautet: vierundvierzig Zähne.

ERSTER EIDGENOSSE: In keiner Not uns trennen und Gefahr...

ZWEITER EIDGENOSSE: Oben und unten: drei Incisivi, ein Caninus, vier Praemolares, drei Molares oder auch hintere Backenzähne.

DRITTER EIDGENOSSE: Das Fischgebiß zeigt Mannigfaltigkeit im inneren Bau der Zähne sowie in der Ausdehnung der Bezahnung auf eventuell sämtliche Knochen des Mund- und Rachenraumes und die in der Regel große Zahl von Zahngenerationen.

FRIBÖSE: Und der Mensch, wo bleibt der Mensch?

ERSTER EIDGENOSSE: Wir wollen frei sein, wie die Väter waren.

ZWEITER EIDGENOSSE: Eher den Tod, als in der Knechtschaft leben.

ERSTER EIDGENOSSE: Das Gebiß ist die Gesamtheit der Zähne, bei Wirbeltieren Bestandteil des Kauapparates. A) bei den Menschen – in Klammern: Künstliches Gebiß, gleich Zahnersatz, Klammer zu und den schmalnasigen, katarrhinen Affen der alten Welt in lückenfreiem Zahnbogen des Ober- und Unterkiefers aus je zwei Schneidezähnen?

ZWEITER EIDGENOSSE: Incisivi!

ERSTER EIDGENOSSE: Einem Eckzahn?

ZWEITER EIDGENOSSE: Caninus!

ERSTER EIDGENOSSE: Zwei vorderen Backenzähnen und drei hinteren Backenzähnen?

ZWEITER EIDGENOSSE: Praemolaren und Molaren!

ERSTER EIDGENOSSE: Oben und unten, links und rechts im bleibenden Gebiß bestehend.

DRITTER EIDGENOSSE: Wir wollen sein ein einig Volk von Brüdern ...

ERSTER EIDGENOSSE: Dem Milchgebiß fehlen die Molaren oder hinteren Backenzähne.

ZWEITER EIDGENOSSE: Wir kommen von Schwyz!

ERSTER EIDGENOSSE: Und wir von Uri.

DRITTER EIDGENOSSE: Wir kommen von Unterwalden.

Sie gehen langsam in verschiedene Richtungen davon. Die Zahnbürsten ziehen sich zurück.

FRIBÖSE: Und wo komme ich her? Sie kommen von überall, von Schwyz, Uri und Unterwalden. – Und wo ist mein Ort? Im Hotel »Vierjahreszeiten«, im Hotel Rigiblick oder etwa in der Pestalozzischule?

Die Kinder springen noch einmal vor, umtanzen Friböse und zerren ihn hin und her.

DIE KINDER *singend:* Wir putzen jeden Morgen,
wir putzen jeden Abend
die Zähne mit der Bürste
und spülen und spülen
hinterher die Zähne.
Zweiunddreißig Zähne,
zweiunddreißig Zähne
werden jeden Morgen,
zweiunddreißig Zähne
werden jeden Abend
geputzt, geputzt, geputzt.

Sie springen lachend davon. Friböse will fort, das Double kriecht hinter einem Felsen hervor.

FRIBÖSE *betrachtet das zerschlagene Double lange:* O Friböse, so sehen wir uns wieder.

DOUBLE: Nimm mich mit, Ernst, laß mich nicht liegen.

FRIBÖSE: Bist du verletzt?

DOUBLE: Spürst du es nicht?

FRIBÖSE: Ja, Ernst, deine Wunden schmerzen mich.

DOUBLE: Dein Schmerz ist mein Schmerz. Du tust mir leid.

FRIBÖSE: Auch du tust mir leid. Was machen wir jetzt?

DOUBLE: Wie gut, daß du wieder da bist.

FRIBÖSE: Sicherlich. Aber was machen wir jetzt?

DOUBLE: Oft war ich heftig mit dir – aber nur aus Liebe und großer Sorge.

FRIBÖSE: Schon gut, Ernst, schon gut. Aber was machen wir jetzt?

DOUBLE: Wir wollen von nun an zusammenhalten.

FRIBÖSE: Du weißt, wie schwierig das ist.

DOUBLE: Trage mich, Ernst, ich bin ein Krüppel, du mußt mich von heute an tragen.

FRIBÖSE: Und wenn ich mich weigere?

DOUBLE: Dann sag ich dir nicht, was wir jetzt machen können. Und du willst doch wissen, nicht wahr? Hotel »Vierjahreszeiten«?

FRIBÖSE: Nie wieder.

DOUBLE: Hotel Rigiblick?
FRIBÖSE: Gepäck abholen, Rechnung verlangen und weg.
DOUBLE: Und wohin?
FRIBÖSE: Nun sag schon.
DOUBLE: Vielleicht wieder in die Pestalozzischule?
FRIBÖSE: Ich bitte dich, Ernst, helfen sollst du, nicht quälen. Wohin, wohin?
DOUBLE: Hebe mich auf.
FRIBÖSE *faßt ihn und hebt ihn halb:* Wohin, Friböse?
DOUBLE: Lad mich auf deinen Rücken.
FRIBÖSE *nimmt ihn Huckepack:* Und nun? – Wohin nun?
DOUBLE: Man hat uns angeführt, Friböse. Man hat uns gegeneinander ausgespielt, geschlagen und verhöhnt hat man uns, betrogen. Wer hat uns geschlagen, verhöhnt und betrogen? Na? – Europa – wir wandern aus.
FRIBÖSE: Auswandern?
DOUBLE: Auswandern!
FRIBÖSE: Und nichts mitnehmen?
DOUBLE: Wir nehmen uns mit, das reicht.
Langsam steigen sie bergab.

Der schattenhafte Umriß eines Ozeandampfers füllt die Bühne. In der Mitte des Schiffes ist eine Schiffskabine mit zwei Betten und drei Bullaugen sichtbar. Friböse versucht, das Double durchs mittlere Bullauge ins Meer zu stoßen.

Double: Das wirst du noch mal bereuen, Friböse.

Friböse: Ich bin für Buße und Reue prädestiniert. Ein bißchen mehr oder weniger – du mußt auf jeden Fall verschwinden. Leute wie dich kann man drüben nicht gebrauchen.

Double: Doch, Ernst, du täuschst dich. Gerade so harte Naturen, wie ich eine bin, sind dort gefragt.

Friböse: Vor hundert Jahren vielleicht. Du bist ein Opfer deiner Lektüre. Zuviel Kriminalromane, zuwenig Fachliteratur.

Double: Aber das läßt sich doch nachholen, das ist doch kein Grund...

Friböse: Und ob das einer ist. Dazu bist du ein Krüppel. Der kleine Unfall in den Bergen hat dich untauglich gemacht, verstehst du, untauglich.

Double: Das ist der Dank. Wie alt sind wir jetzt, fünfunddreißig. – Fünfunddreißig Jahre lang habe ich dich beraten, beschützt, behütet, wie eine Mutter.

Friböse: Das war in Europa, das zählt da drüben nicht mehr. Nun hopp, Junge, nicht jeder kann sich ein Wellengrab leisten.

Double: Du bist nicht mehr wiederzuerkennen, Friböse, mir graut vor dir!

Friböse: Und du langweilst mich, hopp!

Double: Denk doch an unsere Mutter.

Friböse: Die hat auch immer gesagt: Ernst, du mußt den Schweinehund in dir beseitigen – hopp!

Double: Das hat sie zu mir gesagt.

Friböse: Zu mir – hopp!

Double: Nein, zu mir.

Friböse: Na, versuch es doch – hopp und hopp!

Double: Ich spring schon alleine, du brauchst dich gar nicht so anzustrengen. Mich werden die Fische fressen, das ist immerhin noch etwas, aber dich, Friböse, wer wird dich fressen? Niemand! Schreien wirst du: Wer will mich, wer hat Appetit auf Friböse? Und niemand wird Appetit haben. Friböse, werden sie sagen, ekelhaft, hörst du, ekelhaft...

FRIBÖSE: Schluß jetzt, Friböse. *Er schlägt auf ihn ein.*

DOUBLE: Ekelhaft, ekelhaft... *Er wird aus dem Bullauge gestoßen.*

FRIBÖSE: Immer wieder dieses Wort – Ekel. Kann man das nicht in Europa lassen? *Er setzt sich erschöpft an den Tisch. Die Kabinentür wird aufgestoßen, Schliepe und der Steward betreten den Raum. Schliepe scheint betrunken zu sein, der Steward hält ihn am Arm.*

SCHLIEPE: Hochseekellner, wo befinden wir uns?

STEWARD: Wir haben das Festland hinter uns und den Atlantik vor uns.

SCHLIEPE: Erklären Sie diesem Schulmeisterlein, was der Atlantik ist.

FRIBÖSE: Sie halten mich wohl für recht unwissend. Der Walfischfang...

SCHLIEPE: Passé, die Wale sterben aus, genauso wie die Kaninchen.

STEWARD: Der Herr hat recht. Der früher besonders im Nordatlantik ertragreiche Walfang ist seit Jahren in den Südatlantik verlegt worden, insbesondere nach Südgeorgien, und bedroht – wenn nicht durchgreifende Schongesetze erlassen werden –, auch dort den ohnehin stark reduzierten Walbestand.

SCHLIEPE: Ich sage ja, Tierschutzverein, sonst gibt's kein Lebertran mehr.

STEWARD: Trotzdem steht der Atlantik nach wie vor mit seinen Fischereierträgen an der Spitze aller Ozeane. Jährlich 1300 Millionen Kilogramm Heringe, jährlich 1500 Millionen Kilogramm Kabeljau, um nur einige Zahlen zu nennen.

FRIBÖSE: Mit allem treiben sie ihre Geschäfte.

STEWARD: Das bleibt nicht aus. Doch vergessen Sie bitte nicht, daß Fisch im Laufe der Jahrzehnte mit zur wichtigsten Volksnahrung geworden ist.

FRIBÖSE: Der Mensch ergreift von allem Besitz und wird doch immer ärmer dabei.

SCHLIEPE *zum Steward:* Er ist europamüde.

FRIBÖSE: Sagen wir besser, europakrank. Was mußte ich nicht alles aufgeben dort.

SCHLIEPE: Na, warum gehen Sie denn?

FRIBÖSE: Wie sagt man das mit drei Worten?

SCHLIEPE: Machen Sie fünf, hundert Worte, wir haben ja Zeit – oder, Steward?

STEWARD: Die Überfahrt fängt erst an. Deshalb, und nur deshalb ist der Atlantik so breit, damit man sich in Ruhe aussprechen kann. Auf diesem Schiffchen weiß jeder sein Liedchen zu singen. *Er verläßt die Kabine.*

SCHLIEPE: Sie sind wohl Emigrant?

FRIBÖSE: In etwa.

SCHLIEPE: Na, mir können Sie ruhig die dollsten Dinge erzählen. Muß mich manchmal auch loseisen drüben, ob ich will oder nicht, und nach den Staaten machen.

FRIBÖSE: Nicht wahr? Auch Ihnen fällt es immer wieder schwer, das gute, alte Land zu verlassen. Allein schon die Sprache, die herrliche Sprache. *Er springt auf.* Diese Dinglichkeit, diese Bildkraft. Eifersucht, Überdruß, Lebenswille, Todesmut, Mäßigkeit, Sachverhalt, Gottesacker, und alle diese Wörtchen auf sal: Schicksal, Labsal, Mühsal, Drangsal. Und alle die Wörtchen, die mit ur anfangen: Urquell, Urbar, Urbedeutung, Urbestandteil...

SCHLIEPE: Urgemütlich, Ural, Urin, Urteil, Ursula, Urang-Utan...

FRIBÖSE: Immer noch Orang-Utan. Sie sind mir ein wahrer Sprachschöpfer.

SCHLIEPE: Das ist noch gar nichts, Männeken. Wenn ich mal richtig loslege... aber ich versteh' Sie nicht im entferntesten. Das können Sie doch auch drüben machen, so mit Schicksal, Drangsal und so weiter.

FRIBÖSE: Heimaterde ist Heimaterde.

SCHLIEPE: Na, vielleicht können Sie später mal wieder zurück.

FRIBÖSE: Das kann noch lange dauern.

SCHLIEPE: Scheinen wohl 'n dolles Ding gedreht zu haben, was?

FRIBÖSE: Es waren die anderen, die da drehten.

SCHLIEPE: Kenn ich, es sind immer die anderen, die drehen. Kommt aber aufs selbe raus. Nachher sitzen wir auf'm Dampfer, und wenn wir Schwein haben, ist die Überfahrt ruhig.

FRIBÖSE: Sie sind wohl schon oft in den Staaten gewesen?

SCHLIEPE: Ich habe überall meine Kunden.
FRIBÖSE: Und womit handeln Sie, wenn ich fragen darf?
SCHLIEPE: Patente.
FRIBÖSE: Wie interessant. So könnte man Sie auch einen Erfinder nennen.
SCHLIEPE: Nicht unbedingt. Habe nur Umgang mit solchen Leuten. Nicht immer einfach, sind ganz schwierige darunter. Im Augenblick zum Beispiel ist es ein Holländer, Mister Borrien. Hat eine neue Faser bei sich. Will aber nicht rausrücken damit. Werden wohl nachhelfen müssen. Tu so was eigentlich einigermaßen ungern. Bin froh, wenn alles schön glatt abläuft, aber läßt sich nicht immer vermeiden. – Soll viel haltbarer sein, als was es bisher gab.
FRIBÖSE: Sie meinen die neue Faser. Es handelt sich wohl um ein Kunststoffprodukt, um eine Weiterentwicklung von Nylon, Perlon...
SCHLIEPE: Sie haben's erfaßt. Will er jetzt drüben wahrscheinlich an den Mann bringen, wenn er noch Zeit dazu hat.
FRIBÖSE: Hat er denn Ihre Angebote zurückgewiesen?
SCHLIEPE: Prompt! Will sich auf kein Gespräch einlassen. Nur über seine Leiche, hat er gesagt.
FRIBÖSE: Nun, das ist eine Redensart, die nicht viel besagen will.
SCHLIEPE: Das wird sich herausstellen. Der Mister Borrien hat ein paar schwache Stellen. Erstens ist er kurzsichtig, und zweitens kann er die Finger nicht bei sich behalten, wenn er nur etwas wittert, das ungefähr wie eine Frau aussehen könnte.
FRIBÖSE: Und doch will mir scheinen, ein guter Geschäftsmann wird, selbst wenn er einen Augenfehler hat und dem schönen Geschlecht mehr als zugetan ist, im entscheidenden Augenblick klarsichtig genug sein, um über Sehbehinderung und körperliches Verlangen hinaus seine Geschäfte so zu leiten, daß...
SCHLIEPE: Da kennen Sie Beate nicht.
FRIBÖSE: Sie meinen die junge Dame in Ihrer Gesellschaft.
SCHLIEPE: Mein Kompagnon.
FRIBÖSE: Eine sicherlich sehr gewandte Dame.
SCHLIEPE: Die beiden verstehen sich soweit ganz gut, aber wenn sie auf die Patente zu sprechen kommt, lacht er und sagt: »Nur über meine Leiche.«

FRIBÖSE: Er wird da seine Erfahrungen haben. Vielleicht werden Sie eines Tages gezwungen sein, auf andere und, wie mir scheint, auch etwas solidere Art und Weise sein Vertrauen zu gewinnen. Ein günstiges Angebot hat noch jeden weich gemacht. Sehen Sie, lieber Herr Schliepe, Vertrauen gegen Vertrauen. Ich habe schon längst gemerkt, daß kleine und vielleicht auch mittelgroße Gaunereien zu Ihrem Geschäftsgebaren gehören. Mir ist das nichts Fremdes, und ich bin weit davon entfernt, Ihnen hier, in dieser Kabine, ich weiß nicht wie viele Seemeilen vom Land entfernt, Vorwürfe zu machen, nur will mir scheinen, Sie gehen von falschen Voraussetzungen aus. Kurzsichtig, Weibergeschichten! Sie sind beim ersten besten Kennzeichen Ihres Holländers stehengeblieben. Sie hätten tiefer dringen müssen. Mir ist es so ergangen. Mein Gott, man hätte mich hier und dort pakken können. Wer hat nicht seine kleinen Laster. Purucker...

SCHLIEPE: Ist das der Studienrat?

FRIBÖSE: Ich erwähnte ihn vorher schon kurz und zeigte Ihnen das Foto.

SCHLIEPE: Sah ziemlich beschlagen aus.

FRIBÖSE: Ein rundum gebildeter Mann. Nun, Studienrat Purukker hielt sich nicht etwa bei meinen kleinen Schönheitsfehlern auf, er traf mich dort, wo Verstand, Einsicht, Bildung, Wissen, Erziehung nicht mehr zählen. Er erregte meinen Ekel.

SCHLIEPE: Ihr Freund und Kollege?

FRIBÖSE: Genauer gesagt, mit der einen Seite seines Wesens warb er um meine Freundschaft – und erhielt sie auch, mit der anderen tat er Dinge, die unbeschreiblich sind.

SCHLIEPE: Verstehe, und deshalb wollen Sie auswandern.

FRIBÖSE: Sie werden begreifen, wieviel ich aufgebe, Freundschaft, Liebe, Heimat, Beruf, alles!

SCHLIEPE: Aber das war nun eigentlich nicht seine Absicht, daß Sie sich mir nichts, dir nichts einschiffen und ohne auf Wiedersehn abdampfen.

FRIBÖSE: Gerne hätten sie mich gehalten, nicht nur er, auch die anderen.

SCHLIEPE: Sie meinen die beiden Mädchen.

FRIBÖSE: Es hat mich aber nichts halten können. Das andere, hier drinnen oder wo es sonst sitzen mag, war stärker.

SCHLIEPE: Da wollt ich hin! Ihre Methode mit tiefer gehen und so klappt nicht.

FRIBÖSE: Fast wäre es Ihnen gelungen. Immerhin!

SCHLIEPE: Bei uns gibt es aber kein fast. *Es klopft, Beate tritt ein.* Was, Beate, sag du es ihm. Bei uns muß es klappen.

BEATE: Wo steckst du denn nur? Überall muß man rumfragen. Du weißt, daß ich das nicht liebe.

SCHLIEPE: Der Herr Fribӧse, von dem ich dir erzählt habe.

BEATE: Ich erinnere mich, Volksschullehrer ist er.

FRIBÖSE: Ich will auch nach drüben.

BEATE: Man kann es sich denken, sonst wären Sie nicht auf dem Dampfer.

SCHLIEPE: Wie steht es?

BEATE: Ah, frech wird er! Sagt, ich solle zwei Jahre zu ihm ins Geschäft kommen, da könnte ich was lernen. Für dich würde sich auch was finden. Nachtportier oder Chauffeur.

SCHLIEPE: Dann hast du zu schnell nachgegeben.

BEATE: Wobei sich herausgestellt hat, daß nichts mit ihm los ist.

SCHLIEPE: Bist du sicher? – Ich lach mich kaputt.

FRIBÖSE: Darf ich mir eine Zwischenfrage erlauben? Wenn ich richtig verstand, ist der besagte Herr nicht in der Lage...

SCHLIEPE: Ganz richtig haben Sie verstanden, er kann nicht.

FRIBÖSE: Nun bitte, Herr Schliepe, und auch Sie, verehrtes Fräulein, da ist ja schon der Ansatzpunkt, von dem ich vorhin sprach.

SCHLIEPE: Sie meinen Ekelgefühle und so etwas.

FRIBÖSE: Gewiß, bei jedem treten sie anders auf. Manch einer kann keinen Fisch essen. Und was dem einen Fisch ist, ist dem anderen ich weiß nicht was alles.

BEATE: Und ich soll ihn jetzt kurieren? Das fehlt noch.

FRIBÖSE: Es käme auf den Versuch an. Freilich, dafür braucht es Zeit und eine gewisse Einfühlungsgabe. Mein Gott, wenn ich an den Kollegen Purucker denke. Keine Mühe hat er gescheut, nichts war ihm zu anstrengend.

BEATE: Und das Ergebnis?

SCHLIEPE: Siehste doch. Auswandern tut er, alles umsonst gewesen.

Friböse: Vielleicht haben Sie mehr Glück, vielleicht ist Ihr Holländer weniger komplex. Vielleicht haben Sie noch mehr Geschick, noch mehr Geduld als der Kollege Purucker – vielleicht auch mehr Glück! *Er geht auf und ab.*

Schliepe: Was sagst du dazu?

Beate: Mir liegt das nicht. Ich bin froh, wenn es fertig ist. Außerdem glaub ich, daß man da wirklich nicht viel machen kann, er ist fünfundfünfzig.

Schliepe: Also?

Beate: Ich glaube auch.

Schliepe: So sind wir immer noch am besten gefahren.

Beate: Das hört sich zwar alles ganz hübsch an, aber in der Praxis …

Schliepe: Eben, das sag ich ja. Nur keine Experimente. Machen wir also 'nen Punkt.

Beate *verläßt das Zimmer:* Einen Doppelpunkt!

Friböse: Mir scheint, Sie haben sich die Sache ein wenig überlegt, stimmt's?

Schliepe: Hm.

Friböse: Freilich, da gibt es keine Garantie, da ist jeder Tag ein neues Wagnis. Was heute gelungen schien, ist morgen schon wieder ein Trümmerhaufen. Sehen Sie, auch für mich sind diese Ihre Eröffnungen bis vor wenigen Minuten noch etwas Verabscheuungswürdiges gewesen, nun, da ich aber begreife, daß es nicht das Geschäftliche war, das mich abstieß, sondern Ihre, wenn auch nur angedeuteten Methoden, glaube ich beweisen zu können, daß Ihr Vorhaben so ausgeführt werden kann, daß niemand daran Anstoß nehmen könnte.

Schliepe: Hm. – Reden Sie ruhig weiter.

Friböse: Nie hat mir Purucker gedroht, nie hat er Gewalt vor Recht gestellt. Immer hat er den Freund hervorgekehrt, um nicht zu sagen, den Arzt. Wenn auch in meinem Fall sein Vorgehen nicht vom Erfolg gekrönt ward, ist dennoch sein Weg der richtige gewesen. Was mag ihm gefehlt haben? Vielleicht das Glück, vielleicht auch eine gewisse Systematik im Vorgehen. Kamen mir doch manche seiner Aktionen etwas planlos vor, und heute, da ich den nötigen Abstand habe, würde ich zu ihm sagen: Lieber Purucker, Sie hätten Buch führen müssen. Und

Ihnen sei es gleichfalls gesagt: Nehmen Sie ein Heft, ein gewöhnliches Schulheft. Etwa dieser Art. *Er zieht ein Schulheft aus seinem Schrank.* Dazu einen Bleistift, und bevor Sie die kleinste Notiz machen, spitzen Sie den Bleistift an. Können Sie das?

SCHLIEPE: Nicht nur Bleistifte.

FRIBÖSE: Um so besser. Und wenn Sie dann gerüstet sind, bewaffnet sind, dann ziehen Sie auf der ersten Seite des Oktavheftes drei senkrechte Linien. In die sich nun ergebenden drei Rubriken zählen Sie a) die Tugenden, b) die angeborenen Charakterschwächen, c) die schlechten Angewohnheiten Ihres Klienten auf. Auf der zweiten Seite gilt es, gleichfalls hinter a, b, c, die verdrängten Tugenden, verdrängten angeborenen Charakterschwächen und die verdrängten schlechten Angewohnheiten zu benennen. Auf den nun folgenden sechs Seiten tun Sie dasselbe mit den nächsten Angehörigen Ihres Klienten. Sollte aber Ihr Klient Vollwaise sein, so machen Sie auf den besagten Seiten Angaben über den näheren Freundeskreis der Vollwaise. Unterschätzen Sie diese Angaben nicht, denn immer wieder kommt es vor...

SCHLIEPE *erhebt sich, ergreift das Heft:* Nichts kommt vor. Klappen wird es. Es hat noch immer geklappt, verstanden!

FRIBÖSE: Gewiß, warum auch nicht?

SCHLIEPE: Was soll das sein, ein Plan? Und danach sollen wir arbeiten? Und wenn der da draußen nun nicht mit unserem Plan übereinstimmt?

FRIBÖSE: Dann sind Sie wahrscheinlich nicht sorgfältig genug gewesen...

SCHLIEPE: Dann gibt es zwanzig Jahre. *Er reißt ein Blatt aus dem Heft, knüllt es zu einer Kugel.* Zwanzig vergitterte Jährchen, haargenau zwanzig. *Er steckt die Papierkugel in den Mund, kaut sie langsam, spuckt sie aus dem geöffneten Bullauge.* Könnte ja immerhin sein, daß sich die Fische für Ihren Plan interessieren. Oder?

FRIBÖSE *verlegen lachend:* Vielleicht? Was wissen wir schon von den Meeresbewohnern. *Schliepe nervös trinkend. Friböse nimmt einen kleinen Schluck.* Sehen Sie, Sie hätten das Papier nicht so lange kauen dürfen. Jetzt haben Sie Durst.

SCHLIEPE: Kommt mir fast so vor, als wenn wir noch zwei, drei Tage hätten warten können.

Friböse: Aber es wird sich doch heute noch nichts entscheiden. Der ganze große Ozean liegt noch vor uns.

Schliepe: Eben.

Friböse: Sagten Sie nicht, es handelt sich um ein Kunstfaserpatent?

Schliepe *mißtrauisch:* Sie wissen schon fast zuviel, Herr Friböse.

Friböse: Nur einige Stichworte. Gerne hätte ich noch dieses und jenes über die Verwendungsmöglichkeiten der Faser gewußt.

Schliepe: Wenn Sie noch weiter so fragen, könnte sich wirklich eines Tages herausstellen, daß Sie viel zuviel interessante Einzelheiten in Ihrem Volksschullehrerköpfchen herumtragen.

Friböse: Wissen hat noch nie geschadet, und gerade auf dem Gebiet der Kunststoffe, respektive der Kunstfasern, bin ich noch gar nicht so recht bewandert.

Schliepe: Bleiben Sie lieber bei Ihrem Einmaleins.

Friböse: Also bitte, was soll diese Geheimnistuerei!

Schliepe: Ist eine Faser wie die anderen auch. Etwas haltbarer, billiger in der Herstellung und soll sich besonders für Bürsten eignen; heißen tut sie so ähnlich wie Sie – Frilon.

Friböse *erschrocken:* Das muß gewiß eine Verwechslung sein. Vielleicht kommt der Holländer von den friesischen Inseln, verstehen Sie, wegen fri, friesisch – Frilon.

Schliepe *langsam aufstehend:* Na, na, na, na, wer wird denn so erschrocken sein. Stammt ja gar nicht von dem Holländer, der Name. Hat der Erfinder mit erfunden. Muß ein ganz komischer Kauz sein, der Herr, aber tüchtig, ausgesprochen tüchtig. Muß sich lange Zeit damit beschäftigt haben. *Er packt Friböse am Kragen.* Na, nun raus mit der Sprache! Gehört der Herr Friböse etwa auch zu dem Frilon-Team?

Friböse: Ich weiß nicht, wirklich nicht. Aber es wird sich alles regeln. Ich werde mit dem Herrn sprechen, mit dem Holländer, mein ich. Und sollte es wirklich so sein, daß gewisse Zusammenhänge zwischen mir und dem Namen der besagten Kunstfaser bestehen, dann, dann …

Schliepe: Na? *Er schüttelt ihn.*

Friböse: Dann werde ich darauf dringen, daß Ihr Anliegen Gehör findet, alles wird sich regeln, bestimmt!

Schliepe: Ich bin überzeugt davon. Beate wird sich mit Ihnen eingehend befassen müssen. Verstehen Sie, eingehend. *Er preßt ihn an die Wand.*

FRIBÖSE *ängstlich:* Aber das wird nicht nötig sein, und außerdem bitt' ich Sie, ich bin verlobt. Sobald wir drüben ankommen und meine Verhältnisse einigermaßen geregelt sind, werde ich Susi nachkommen lassen. Ein neues Leben soll anfangen, ganz frisch wollen wir beginnen...

Die Tür wird aufgestoßen, Beate wankt ins Zimmer, setzt sich und trinkt Friböses Glas aus.

SCHLIEPE: Fertig?

BEATE: Ja – nur die falschen.

SCHLIEPE: Häh! Machs Maul auf, was ist? *Er läßt Fribse los.*

BEATE: Wir können einpacken. – Hatte schon alles soweit parat, er pennte auch schon, wollte gerade die Spritze ansetzen, Papiere, alles lag auf dem Tisch – *Puruckers Kopf und Oberkörper schiebt sich durch das mittlere Bullauge* –, auf einmal eine Stimme hinter mir...

PURUCKER: Guten Abend!

FRIBÖSE: Natürlich durchs Bullauge. Hätt ich mir denken können.

PURUCKER: Eo ipso! Wir kommen später ins Gespräch, lieber Kollege. Doch Ihnen, wertes Fräulein, und auch dem jungen Mann an Ihrer Seite nochmals einen guten Abend. Hoffentlich habe ich Sie nicht allzu sehr erschreckt. Sie waren wirklich außergewöhnlich in Ihre Arbeit vertieft. Ich habe mich zweimal leise geräuspert, doch Sie wollten nicht aufblicken, so mußte ich dann meiner Stimme etwas mehr Kraft verleihen.

SCHLIEPE: Was wollen Sie von uns?

PURUCKER: Ist es nicht vielmehr so, daß Sie etwas von mir wollen?

SCHLIEPE: Habe noch nie mit Ihnen zu tun gehabt. Passen Sie lieber auf, daß Sie nicht über Bord gehen.

PURUCKER: Wie freundlich besorgt Sie sind. Es ist in der Tat recht mühsam und sicher nicht ungefährlich, von hier aus einem Gespräch zu folgen, ja, an einem Gespräch teilzuhaben. Aber was bleibt mir anderes übrig.

SCHLIEPE: Es hat Sie niemand nach Ihrer Meinung gefragt.

PURUCKER: Das war Ihr Fehler, junger Mann. Ehrgeiz und Wagemut in allen Ehren, aber Besonnenheit wäre gleichfalls am Platze gewesen. Nec temere, nec timide, sagte ich immer zu meinen Schülern. Weder waghaft noch zaghaft!

FRIBÖSE: Das hab ich ihm auch geraten.

PURUCKER: Nun ist es zu spät. Inzwischen wird unser gemeinsamer Freund und Holländer aus seinem unfreiwilligen Schlaf erwacht sein und wird – wenn Sie nicht schnell zu ihm laufen, alle beide, und ihn um Verzeihung bitten – auf das Klingelknöpfchen drücken und den Steward rufen.

BEATE: Er hat recht, Schliepe, wir müssen klein beigeben. Ich glaub, er weiß Bescheid über Frilon.

PURUCKER: Sie sehen in mir den Erfinder. Laufen Sie nun, und sagen Sie Herrn Borrien einen Gruß von mir, von Herrn Studienrat Purucker, und ich würde alles in Ordnung bringen. Fürchten Sie nichts!

SCHLIEPE: Na, dann vielen Dank auch.

BEATE: Wirklich, Sie sind außergewöhnlich menschlich.

PURUCKER: Schon gut – nur keine Dummheiten machen!

SCHLIEPE: Da können Sie ganz unbesorgt sein, Herr Studienrat. *Beide ab.*

PURUCKER: Diese Jugend! Heißsporne, Tausendsassas, nicht einmal unbegabt, aber eben, Sie sehen ja, lieber Friböse, es fehlt das gewisse Etwas. Na ja, Sie wissen schon, was ich meine.

FRIBÖSE: Wollen Sie die beiden der Bordpolizei übergeben?

PURUCKER: Aber woher denn. Durch allzu frühen Umgang mit Polizei, Gerichtsbarkeit, Gesetzgebung werden solch ungestüme Gemüter vollends verwirrt und verdorben.

FRIBÖSE: Sie sind sehr nachsichtig.

PURUCKER: Wir sind alle einmal jung gewesen. – Und nun, um auf uns zurückzukommen. – So sieht man sich wieder, lieber Freund. Zumittst auf einem der sieben Weltmeere.

FRIBÖSE: Sie haben mich schon so manches Mal überrascht.

PURUCKER: Und Sie nicht minder. Fährt unser lieber Freund doch mir nichts, dir nichts über den großen Teich.

FRIBÖSE: Es blieb mir nichts anderes übrig, als auszuwandern.

PURUCKER: Uns auch nicht. Was sollten wir tun? Fort war der Vogel, ausgeflogen. Nachforschungen mußten wir anstellen, um dann in letzter Minute noch diese Spur zu finden, rasch die notwendigen Papiere besorgt – Gott sei Dank zeigten sich die Behörden verständig und halfen, so gut sie konnten. So sitzen wir nun also – wie das Sprichwort sagt – alle auf demselben Dampfer, und man darf hoffen, daß es dabei bleiben wird.

FRIBÖSE: Und meine – meine ehemalige Verlobte?

PURUCKER: Franziska ist meine Frau geworden. In aller Eile haben wir geheiratet. Doch sagen Sie nicht ehemalige. Sie ist noch immer Ihre Franziska, die gute, etwas rauhbeinige Freundin. Immer noch ist sie Ihnen zugetan. *Franziska am linken Bullauge.* Doch sag es ihm selbst, meine Beste. Sicher wirst du die rechten Worte finden.

FRIBÖSE: Das ist mehr als leichtsinnig, Herr Studienrat.

FRANZISKA: Hättest du mir das zugetraut, diese Beweglichkeit?

FRIBÖSE: Du bist schon immer recht sportlich veranlagt gewesen.

FRANZISKA: Purucker hat mir den letzten Schliff gegeben, er ist ein guter Trainer.

FRIBÖSE: Hättet ihr nicht noch etwas warten können?

FRANZISKA: Worauf denn, bis du dich wieder einmal meldest?

FRIBÖSE: Man sollte glauben, ihr kämet auch ohne mich aus.

FRANZISKA: Schwerlich, du siehst ja, wie wir an dir hängen.

FRIBÖSE: Wie die Kletten.

FRANZISKA: Warum läufst du davon?

FRIBÖSE: Und ihr hinterdrein! – Ich will meine Ruhe haben. Ich habe genug aufgegeben und verloren. Vergewaltigen habe ich mich müssen. Es galt, über Bord zu werfen und zu ertränken, ganz neu wollte ich anfangen, ganz von vorne. Jawohl, meine Pläne sehen anders aus. Nichts habe ich mehr mit euch gemeinsam. – Zugegeben, mit Ihnen, Herr Studienrat, verbindet mich manches noch über das Berufliche hinaus, und auch Franziska kann mir glauben, daß ich ihr bis zu einem bestimmten Tage ein guter Verlobter war und daß ich mich ernsthaft mit der Absicht trug, sie eines Tages zu heiraten...

FRANZISKA: Und dann kam Susi.

FRIBÖSE: Ja.

FRANZISKA: Und weg warst du.

FRIBÖSE: Wenn du es so nennen willst.

FRANZISKA: Und jetzt willst du sozusagen glücklich mit ihr werden.

Friböse: Sobald ich drüben angekommen bin und meine Verhältnisse sich soweit geregelt haben, daß ich es wagen kann, Zukünftiges zu planen, werde ich ihr Nachricht geben, werde ich sie bitten, mir zu folgen, mir nachzufolgen, zu mir zu kommen – *Susi im rechten Bullauge* –, nur noch bei mir zu sein.

Susi: Ernst, du, Ernst, du, ich bin ja bei dir!

Friböse: Um Gottes willen, Kind! *Er springt ans Bullauge, faßt Susi und zieht sie in die Kabine. Sie umarmen sich.*

Purucker: Uns ist es leider nicht gegeben, ihr schlankweg zu folgen. Eine gewisse Korpulenz verbietet es uns, näher zu treten.

Franziska: Seien wir nachsichtig, Purucker, schwingen wir uns aufs Promenadendeck. Zählen wir langsam bis – na?

Purucker: Dreihundert.

Franziska: Zweihundertfünfzig. Dann schauen wir wieder vorbei. *Sie verschwinden. Friböse schließt die Bullaugen.*

Friböse: Das wollen wir doch mal sehen, wer hier, ohne anzuklopfen, eintreten darf.

Susi: Bitte, Ernst, du tust ihnen Unrecht. Laß uns alles vernünftig und in Ruhe besprechen. *Sie öffnet wieder die Fenster.*

Friböse: Mit dir sofort. Laß uns rasch handeln. *Er drückt den Klingelknopf.*

Susi: Rufst du etwa den Steward?

Friböse: Wen sonst!

Susi: Du hast es schon wieder zu eilig. Sie meinen es gut mit uns.

Friböse: Habe ich nie dran gezweifelt. Aber mir liegt das nicht, ich will für mich sein.

Susi: Und ich?

Friböse: Eben, mit dir will ich für mich sein.

Susi: Das nenne ich Egoismus. Keinen Gemeinschaftssinn hast du, keine Nächstenliebe. Wenn wir einmal Kinder haben sollten, mußt du auch teilen. Aber ich sehe schon, das ist dir zuviel, du willst ja alles für dich haben, ganz nur für dich willst du leben, und was aus mir wird und den Kindern, das kümmert dich nicht.

Der Steward tritt ein.

Steward: Sie haben geklingelt?

Friböse: Wann machen wir in New York fest?

Steward: Am 28. Eine Kapelle wird Marschmusik intonieren.

FRIBÖSE: Wann fährt das nächste Schiff nach Europa?

STEWARD: Die »Ile de France« am 30. – Auch sie wird nicht ohne Musik davonschwimmen, und in Europa angekommen, soll's gleichfalls nicht an flotten Weisen fehlen.

FRIBÖSE: Belegen Sie bitte zwei Plätze in der gleichen Preislage auf meinen Namen.

STEWARD: Ich werde sofort die Schiffsgesellschaft verständigen.

FRIBÖSE: Ich danke Ihnen.

Der Steward geht ab.

SUSI: Warum hörst du nur nicht auf mich? Du wirst uns noch alle ins Unglück stürzen. *Sie läuft zum Bullauge.* Herr Purucker, Ziska, bitte, kommt doch! – Verzeih mir, Liebster, aber ich weiß mir wirklich nicht mehr zu helfen.

FRIBÖSE *sie davonstoßend:* Merke schon, du hältst auch mit denen zusammen, machst wohl auch diesen ekelhaften Rummel mit, was? Na, sag schon, los! *Er schüttelt sie.*

Purucker und Franziska in zwei Bullaugen nebeneinander.

PURUCKER: Aber, aber, lieber Kollege. Sonst so fortschrittlich, und hier verlassen Sie sich auf körperliche Züchtigungen?

FRIBÖSE: Was woll'n Sie von mir? Erst Franziska, dann Susi. Vergangenheit, Zukunft, alles wollt ihr an euch reißen, und was bleibt mir, häh? Denkt wohl, das ist nur eben mal so ein kleiner Volksschullehrer, was kann der schon für Ansprüche stellen. Ich will auch leben, Herr Studienrat! Ich will auch heiraten, Herr Studienrat, und Kinder haben und für mich sein und ein Mensch sein, verstehen Sie, Herr Studienrat; ein Mensch! *Er zieht einen Revolver.* Aber bitte sehr, ich will euch nicht stören. Macht, was ihr wollt, ihr drei, aber ohne mich! *Er will sich erschießen.*

PURUCKER: Das werden Sie uns nicht antun wollen.

FRIBÖSE: Mir tu' ich das an, mir. Brauch mir keine Zähne mehr zu putzen dann.

PURUCKER: Wer weiß, wer weiß!

FRIBÖSE: Als wenn es da oben Hygiene gäbe oder da unten von mir aus. Lächerlich!

PURUCKER: Davonmachen will er sich, der Gute. Ein kleiner Auskneifer ist er.

FRIBÖSE: Ich Narr, auswandern wollte ich, als wenn man das könnte. Hier ganz ohne Visum und ärztliches Attest. So wird ausgewandert, peng, und der Film ist gerissen. *Er hebt den Revolver.*

PURUCKER: Nun hören Sie noch einmal, lieber Freund, bevor Sie diese scheußliche Waffe gegen sich richten, um den Film, wie Sie das nennen, reißen zu lassen.

FRIBÖSE: Gegen ein Schlußwort wäre nichts einzuwenden, was gibt's?

PURUCKER: Ein kleiner Ratschlag nur. Wenn Sie schon unbedingt Selbstmord machen wollen, so tun Sie das nicht mit solch einem dummen Schießeisen. Das geht nun schon seit Jahrzehnten so; seit Werthers kurzen Tagen. Das hängt, sticht, sägt, schießt sich. Das schluckt Pillen und spritzt sich ins Blut. Das stürzt sich herab, wirft sich davor, klemmt sich schmerzhaft dazwischen. Nur auf den natürlichsten, weil einfachsten Gedanken kommen alle diese äußerst vitalen Lebensmüden nie. Die neueste und gründlichste Art, heutzutage Selbstmord zu machen, ist, kurzentschlossen am Leben zu bleiben – verstanden!

FRIBÖSE *kleinlaut:* Ja.

PURUCKER: Und jetzt das Ding hinaus, in die See, wo es hingehört.

FRIBÖSE *den Revolver hinauswerfend:* Sie machen schon wieder mit mir, was Sie wollen.

PURUCKER: Und jetzt reichen Sie mir mal Ihre Bürste.

FRIBÖSE: Auch die Paste?

PURUCKER: Wenn Sie so gut sein wollen. Vielleicht auch ein Gläschen Wasser.

Friböse reicht ihm alles.

FRIBÖSE: Es ist noch dieselbe Marke. Chloromint.

PURUCKER: Das stelle ich mit Vergnügen fest. Und nun, liebe Susi? Worum wurde denn so häßlich gestritten? *Er putzt sich die Zähne.*

SUSI: Nach Europa will er wieder zurück. Die Schiffsplätze hat er schon bestellt.

FRANZISKA: Das sieht ihm ähnlich.

PURUCKER: So übel ist der Gedanke nun auch wieder nicht. Auch Europa hat noch seine kleinen Reize. Gehen wir eben auch. Navigare necesse est!

SUSI: Aber er will doch nur alleine.

PURUCKER: Ist das Ihre wahre Absicht? Wollen Sie die kleine Susi vollends im Stich lassen?

FRIBÖSE: Alles wird einem verdreht. Mit ihr will ich, nur mit ihr.

SUSI: Und ich kann ohne Franziska und den Herrn Purucker nicht leben.

PURUCKER: Tja, liebes Kind. Da werden Sie eine schwere Wahl haben.

SUSI: Ich habe mich schon entschieden. Ich bleibe bei euch.

PURUCKER *indem er Franziska Bürste und Paste reicht:* Ach, füllen Sie doch bitte noch einmal das Glas, lieber, bedauernswerter Fri-böse.

SUSI: Ich tu' es schon. Du solltest dich schämen, Ernst, wirklich!

FRIBÖSE: Ich mich?

FRANZISKA: Na, vielleicht wir uns?

SUSI: Dabei hat der Herr Purucker alles so wunderbar vorbereitet. Für alle hat er gesorgt, auch für dich. Wir sind inzwischen sehr reich geworden. Alle Türen stehen uns offen.

PURUCKER: Die kleine Susi übertreibt ein wenig. Doch ganz im Vertrauen: Mein Patent – Sie erinnern sich an die amüsante Kunstfasergeschichte von vorhin – hat die Fachwelt aufhorchen lassen. Nicht genug! Herr Borrien, unser gemeinsamer Freund und Holländer, hat sofort erkannt, daß meine Faser Frilon – wir haben sie nach Ihnen benannt, lieber Kollege – vorzugsweise für die Herstellung von Zahnbürsten geeignet ist. In kürzester Zeit werden nur noch Zahnbürsten mit Frilonfasern gefragt sein. Wir putzen nur noch mit Frilon! Frilon hält uns gesund, Frilon macht uns froh, wir schwören auf Frilon!

FRIBÖSE: Was geht das mich an? Ich bin kein Industrieller. Lehrer bin ich, Erzieher. Meine Arbeit gilt der Jugend, dem noch ungeformten Menschen. Wenn Sie Ihren Beruf verraten wollen, bitte schön! Aber ich – niemals!

PURUCKER: Wie wunderbar er sich ereifern kann.

FRANZISKA: Dabei geht die Geschichte noch weiter. – Hier, Susi. *Sie reicht Susi Zahnbürste, Paste und Wasserglas.*

FRIBÖSE: Du auch, Susi?

SUSI: Wie du siehst. *Sie putzt sich die Zähne.*

PURUCKER: Da staunen Sie, lieber Freund. Die kleine Susi hat zu uns gefunden. Doch hoffen wir, unseren Kreis noch erweitern zu können.

FRANZISKA: Sag ihm nun endlich, was mit dem Geld ist.

PURUCKER: Hier unser Plan. Reichliche Mittel, fast unerschöpfliche Geldquellen erlauben es uns, ohne Unterstützung des Staates, der Kirche oder sonst irgendeiner öffentlichen Behörde, aus eigener Kraft nur, drüben in den Staaten – oder wenn Sie es wünschen, im alten Europa – eine Schule aufzubauen, eine Schule, na, raten Sie schon, was für eine ganz wunderbare...

FRIBÖSE: Unsere alte Idee?

PURUCKER: Ja.

FRIBÖSE: Die große Gemeinschaft?

PURUCKER: Ja, nochmals ja! Die große Gemeinschaft. Alle haben von ihr geträumt. Rabelais, Rousseau, Pestalozzi – und vergessen wir unseren Goethe nicht. Immer wieder die Wahlverwandtschaften, immer wieder...

FRIBÖSE: Und wir, haben wir die geistigen Mittel, um uns mit jenen Großen vergleichen zu können?

PURUCKER: Auf jeden Fall, unterschätzen Sie das nicht, haben wir das Geld. Geld genug, um die genialen Pläne begnadeter Geister sichtbar, faßlich zu machen. Seien Sie mit uns, lieber Friböse! Seien Sie bei uns, unter uns, uns immer nah – helfen Sie uns! *Franziska und Susi klatschen Beifall. Susi reicht Friböse die Zahnbürste, das Wasserglas und die Zahnpaste.*

SUSI: Nun bitt' ich dich, Ernst. Es ist gar nicht so schwer, wie du immer denkst. Wir sind doch alle gesund, und Freund Purucker sagt es uns jeden Tag: Was macht uns frei? Die Hygiene. Was hält uns rein? Die Hygiene. Was macht uns frei, rein und verbindet uns?

FRANZISKA: Die Hygiene. Nun mach nicht solch ein Gesicht, Ernst. Ich zähl jetzt ganz langsam bis zehn, wenn du bis dann nicht...

PURUCKER: Aber leise, meine Beste. Wir wollen ihn nicht erpressen.

FRIBÖSE *nimmt langsam die Zahnbürste und die Paste:* Ich bin hierhin und dorthin gefahren, und jetzt will ich nach Amerika. All meine Vorurteile, mein besseres oder schlechteres Wissen, meinen alten, ewig nörgelnden Kumpanen habe ich über Bord geworfen. Jetzt stehe ich da, ganz alleine mit meiner Zahnbürste. Wie traurig sind diese Veränderungen! – Noch ein Wort von Ihnen, der Sie immer ein Wort bei sich haben, damit es mir nicht an Kraft fehlt.

PURUCKER: Ein Zitat?

FRIBÖSE: Sie zitieren nicht schlecht.

PURUCKER: Ein Gedicht etwa?

FRIBÖSE: Gern höre ich Sie deklamieren.

PURUCKER: Am Ende etwas von mir?

FRIBÖSE: Wie, dichten Sie auch?

PURUCKER: Nur für den Freundeskreis. *Er zieht ein Papier aus der Tasche.*

FRIBÖSE: Und wie verhalte ich mich zu diesem Kreis?

PURUCKER: Gleich werden Sie einbezogen sein. *Er deklamiert:*

Mein guter Freund und Kollege Fribösе
besitzt zweiunddreißig Zähne.
Jeden Tag pflegt er sie.
Wenn er die Bürste hebt,
die Lippen zurücknimmt
und all sein blendendes Weiß zeigt –
welch ein herrlicher Mensch!

Während sich Fribösе mit geschlossenen Augen die Zähne putzt und die anderen ihm andächtig zuschauen, fällt der Vorhang.

GOLDMÄULCHEN

Stück in 22 Szenen

PERSONEN:

Harry L.	*der Diskussionsleiter*
Walli S.	*Assistentin*
Walter Matern	*der Diskussionsgegenstand*
Diskutanten	

1. Szene

Diskussionsleiter: Merkwürdig, äußerst merkwürdig. Auch der Stop und die Linie zwischen Widerrist und Kruppe. So alt das Tier ist –, ich tippe auf zwanzig oder mehr biblische Hundejahre – am Schnitt der Vorderhand und an der immer noch mustergültigen Ohrenhaltung erkennt man sogleich. Sagen Sie mal, Matern, wo haben Sie das Tierchen aufgegabelt?

Matern: Lange macht er sowieso nicht mehr. War stets ein Freund in der Not, als es mir schlechtging, als ich unruhig und nicht seßhaft war, ein Phantom jagte, das viele Namen hatte und sich dennoch nicht fassen ließ.

Diskussionsleiter: Schon in Ordnung, Matern. Weiß Bescheid. Wär ich ein paar Jährchen früher, die hätten mich genau wie Sie auf den Leim. Bin gewiß der letzte, der hier auf Moral. Meine Generation, wissen Sie, ist mit allen Wassern. Zudem haben Sie zur Genüge bewiesen, daß Sie auch anders. Wir wollen das alles wahrheitsgetreu und ohne die üblichen Ressentiments. *Zu den Diskutanten:* Herrschaften, wir wollen beginnen.

Matern: Klugscheißer. Aufs Kreuz legen will er mich. Dieser Detailsammler und Bezügesucher. Archivschnüffler und Milieukenner. Weiß, wer links steht und wer rechts geschrieben hat. Rückblender und Zeitaufheber. Kein Schriftstellerkongreß ohne sein Formuliertalent Nachholbedürfnis Erinnerungsvermögen. Denkt, ich bin Stoff für ihn. Interessanter Fall, dieser Matern!

Diskussionsleiter: Ja, meines Erachtens liegt hier ein Fall vor, der in aller Öffentlichkeit dynamisch ausgebreitet werden sollte. Aber nicht platt naturalistisch. An formalen Einfällen soll es nicht mangeln. Wer sein Publikum fesseln will, muß seinen Intellekt auf dem Kopf stehen und dennoch deklamieren lassen. Erstaunlich das Tier und von beunruhigender Ähnlichkeit – der Hund also darf Platz nehmen bei seinem Herrn – Sie erinnern sich gewiß an den Jäschkentaler Wald. Die Lichtung um das Gutenbergdenkmal herum. Sie haben den Blick auf den Erbsberg gerichtet – vierundachtzig Meter über dem Meeresspiegel – *zu Walli* – für die Assistentin dieser Platz.

MATERN: Wenn ich mich nur an den Bengel erinnern könnte. Meint wohl, er weiß alles. Und wie das Arschloch sich kleidet. War viel zu jung, um. Als ich mit Eddi, war er höchstens. Aber diese Sorte will alles genau.

DISKUSSIONSLEITER: Diese Kinderfunkgeschichten können uns nicht auf die Dauer. Ist doch letzten Endes nichts als bemühte Masche. Jedes Pausenzeichen sagt mehr aus. Mal was Lebendiges in den Raum. Stimmen fehlen uns, Stimmen wie die Ihre, Matern, Stimmen, die unsere Vergangenheit zum Klingen bringen. Glauben Sie mir, Matern, wir werden mit Ihrer Hilfe eine legitime Art der Wahrheitsfindung entwickeln. Eine erregend neue Form. Über das Funkische hinaus. Nach jahrhundertelangem Monolog findet die Menschheit wieder den Anschluß ans Zwiegespräch.

DISKUTANTEN: Matern ist gekommen
willkommen, willkommen.

DISKUSSIONSLEITER: Helfen Sie uns, Matern! Es mangelt am vitalen Zugriff. Es fehlt das Stück blutige Realität. Das schattenwerfende »So-war-es« will sich nicht einstellen. Helfen Sie uns Matern.

DISKUTANTEN: Es antwortet gern
auf Fragen Matern.

DISKUSSIONSLEITER: Diskutanten! Junge Freunde! Das Wort ist wieder Fleisch geworden und hat in unserer Mitte Wohnung genommen. Anders gesagt: wir sind zusammengekommen, um zu diskutieren. Die Diskussion ist das adäquate Ausdrucksmittel unserer Generation. Auch früher schon wurde am Familientisch, im Freundeskreis oder auf Pausenhofplätzen diskutiert: heimlich, gedämpft oder zwecklos verspielt, uns aber ist es gelungen, die große, dynamische, nicht enden wollende Diskussion aus den vier Wänden, wo sie gefangensaß, zu lösen, sie ins Freie, unter den Himmel, zwischen die Bäume zu stellen!

DISKUTANTEN: Mit Menschen und Tieren
wollen wir diskutieren!

DISKUSSIONSLEITER: Jawohl! Auch sie, die Sperlinge, Amseln und Waldtauben, geben uns Antwort. Ruckedikruh, Ruckedikruh! Alles spricht! Alles will sich informieren. Jeder Stein gibt uns Auskunft.

Diskutanten: Wie heißt der Stein heute,
auch Steine sind Leute!

Zwei Diskutanten: Heißt er Fritz, so laßt ihn laufen,
ließ er sich auf Emil taufen,
laßt ihn in die Binsen gehn,
heißt er Walter, laßt ihn stehn!

Diskussionsleiter: Er ist es. Walter Matern ist zu uns gekommen, damit wir ihn – und wenn ich »Ihn« sage, meine ich das schattenwerfende, spurenlassende, das daseiende Ihn –, damit wir »Ihn« durchdiskutieren können.

Diskutant: Ist er denn freiwillig gekommen?

Diskussionsleiter: Weil wir leben, diskutieren wir. Wir handeln nicht, wir...

Diskutanten: diskutieren!

Diskussionsleiter: Wir sterben nicht...

Diskutanten: Wir diskutieren den Tod!

Ein Diskutant: Ich frage: Ist Matern freiwillig gekommen?

Diskussionsleiter: Wir lieben nicht...

Diskutanten: Wir diskutieren die Liebe!

Diskussionsleiter: Deshalb stellt sich uns kein Thema, das wir nicht dynamisch diskutieren könnten. Gott und die Haftpflichtversicherung; die Atombombe und Paul Klee; die Vergangenheit und das Grundgesetz bieten uns keine Probleme, sondern Diskussionsthemen. Nur wer diskussionsfreudig ist, verdient...

Diskutanten: ...Mitglied der menschlichen Gesellschaft zu sein.

Diskussionsleiter: Nur der Diskussionsfreudige wird, diskutierend, zum Menschen. Deshalb heißt Mensch sein...

Diskutanten: ...diskutieren wollen!

Ein Diskutant: Aber will Matern denn?

Diskutanten: Will Matern seine Nieren
mit uns diskutieren?

Zwei Mädchen: Auf Materns Herzenslyrik
sind wir Mädchen neugierig.

Zwei Diskutanten: Wir wollen betrachten
seine Milz mit Gutachten.

Diskutanten: Aus heimlichen Taschen
wollen Fakten wir naschen.

ZWEI MÄDCHEN: Auch wollen wir wissen,
wie Gedanken sich küssen.

DISKUTANTEN: Sagt Matern: ich bin gewillt!
ist ein Tatbestand erfüllt.

DISKUSSIONSLEITER: Also fragen wir Sie, Walter Matern, wollen Sie offen, unverschlüsselt und von dynamischer Zugluft durchweht sein? Wollen Sie denken, was Sie sagen; wollen Sie ausplaudern, was Sie eingebuddelt haben? Mit anderen Worten: Wollen Sie Gegenstand dieser dynamischen öffentlichen Diskussion sein? Wenn ja, so antworten Sie laut und deutlich: Ich, Walter Matern, bin diskussionsfreudig!

DISKUTANT: Er will nicht. Hab ich vorhin schon gesagt: er will nicht!

DISKUTANT: Oder er hat noch nicht kapiert.

DISKUTANT: Er will nicht kapieren!

DISKUSSIONSLEITER: Ich muß darum bitten, die Zwischenrufe entweder chorisch zu gestalten oder schriftlich zu formulieren. Pöbelhafte Emotionen sollten auf einer öffentlichen Diskussion nicht zum Ausbruch kommen.

DISKUTANTEN: Will Matern nicht kapieren,
laßt ihn zwangsdiskutieren!

DISKUSSIONSLEITER: Ich frage Sie also zum zweitenmal: Walter Matern, haben Sie das Bedürfnis, sich uns mitzuteilen, damit die Öffentlichkeit teilnehmen kann –

DISKUTANT: Macht doch den Tempel zu, wenn er nicht will!

DISKUTANT: Schreiten wir zur Zwangsdiskussion. Der Fall Matern ist allgemeingültig und muß diskutiert werden.

DISKUSSIONSLEITER: Diskussionssperre für die diskussionshemmenden Diskutanten vierzehn und zweiundzwanzig. – Die Diskussionsleitung nimmt, im Sinne der von uns angestrebten Dynamik, die unformulierten Zwischenrufe dennoch zur Kenntnis und wird, sollte der Diskussionsgegenstand weiterhin diskussionsfeindlich bleiben, den Zustand der Zwangsdiskussion statuieren. Das heißt: unsere Assistentin wird zum Vollzugsmittel, der sogenannten Erkenntnisbrille, greifen und uns den als Diskussionsgrundlage notwendigen Faktenbestand ersehen.

DISKUTANTEN: Wer schweigt, dessen Haut
wird brillendurchschaut.

Diskussionsleiter: Deshalb zum drittenmal die Frage an Walter Matern: Sind Sie gewillt, als Diskussionsgegenstand zur Verfügung, das heißt Rede und Antwort zu stehen? – Mit einem Wort: Sind Sie diskussionsfreudig?

Matern: Also – verdammt! – ich bin – in Dreiteufels und der Jungfrau Namen: – diskussionsfreudig!

2. Szene

Diskutanten: Er sagt: Ich mach mit.
Er spielt mit uns mit.

Matern: Wie beim Jüngsten Gericht,
wo jedermann spricht.
Ich habe, ich war,
ich krümmte ein Haar,
ich schoß nach dem Spiegel, zweimal, ich traf,
ich weckte den Spiegel aus halbblindem Schlaf.

Zwei Diskutanten: Matern, der nach der Butter schlug,
bis Wasser spritzte, schrie: Betrug!

Matern: Ich stürzte von oben die Taube vom Turm,
tief unten begrub ich mit Erde den Wurm.

Zwei Diskutanten: Einst stach er einen Ofen tot,
denn sah er Ofen, sah er rot.

Zwei Diskutanten: Matern erwürgte sein Handtuch im Zorn,
sein Handtuch war ihm schon immer ein Dorn.

Matern: Ich erstickte den Stein, ich versüßte das Salz,
ich schnitt einer Ziege das Meckern vom Hals.

Diskutanten: Matern schrieb mit Kreide der Katze ans Haus:
Verrecken in Schande soll morgen die Maus!

Matern: Heut steh ich inmitten der Diskussion;
das Ergebnis kennt man schon!

3. Szene

DISKUSSIONSLEITER: Mit großer Freude und Anteilnahme haben wir soeben vernommen: Walter Matern will sich mitteilen. Doch bevor Frage und Antwort, zuerst als Bächlein, sodann als breitschultriger Strom, ihn und uns davontragen, lasset uns beten: O großer Schöpfer der dynamischen und immerwährenden Weltdiskussion, der Du geschaffen hast Frage und Antwort, der Du das Wort erteilst oder nimmst, stehe uns hilfreich bei, da wir den diskussionsfreudigen Diskussionsgegenstand Walter Matern durchdiskutieren wollen. O Herr aller Diskussionen...

DISKUTANTEN: ...gebe uns auch heute die allnotwendige Diskussionsreife.

DISKUSSIONSLEITER: O weiser und allwissender Schöpfer der Sprache, der Du die Sterne im All diskutieren läßt...

DISKUTANTEN: ...löse auch unsere Zungen.

DISKUSSIONSLEITER: O Du Erschaffer der großen erhabenen Diskussionsgegenstände, selber erhabenster Diskussionsgegenstand, löse auch die Zunge des diskussionsfreudigen Walter Matern...

DISKUTANTEN: ...löse auch seine Zunge.

DISKUSSIONSLEITER: Und laß uns in Deinem Namen diese Dich und nur Dich ehrende Diskussion auslösen...

DISKUTANTEN: Amen.

4. Szene

DISKUSSIONSLEITER: Die erste Frage steht den Diskutanten und nicht dem Diskussionsgegenstand zu. Doch bevor wir mit den üblichen Testfragen beginnen, stelle ich der Öffentlichkeit die Assistentin der Diskussionsleitung Walli S. vor und danke gleichfalls der Firma Brauxel & Co., die uns freundlicherweise auch für diese Diskussion eine der inzwischen selten gewordenen, weil aus dem Handel gezogenen Erkenntnisbrillen zur Verfügung gestellt hat. Wir wollen aber von diesem Mittel nur notfalls und auf mehrheitlich unterstützten Antrag hin Gebrauch machen, zumal sich der Diskussionsgegenstand als diskussionsfreudig erklärt hat und die andauernde Kontrolle des Diskussionsganges mittels der Brauxelschen Erkenntnisbrille nur im Zustand erklärter Zwangsdiskussion angebracht ist. Dennoch, und um der allbereiten und zweckdienlichen Anwesenheit der Brille Ausdruck zu geben, bittet die Diskussionsleitung nun Walli S., den Neudiskutanten und auch dem Diskussionsgegenstand zu erklären, was es mit der Erkenntnisbrille auf sich hat, desgleichen, wie Walli S. zum erstenmal Gelegenheit fand, die Erkenntnisbrille dynamisch anzuwenden.

WALLI S.: Etwa vom Herbst des vergangenen Jahres bis kurz vor dem Osterfest des laufenden Jahres stellte die Firma Brauxel & Co. rund eine Million und vierhundertvierzigtausend Brillen her, die unter dem Namen Wunderbrillen während genannter Zeit auf den Markt kamen und reißenden Absatz fanden. Diese Wunderbrillen, die heute Erkenntnisbrillen genannt werden, kosteten fünfzig Pfennige das Stück und befähigten den jeweiligen Käufer, so er nicht weniger als sieben Jahre und nicht mehr als einundzwanzig Jahre zählte, alle Erwachsenen vom dreißigsten Lebensjahr an zu erkennen.

DISKUSSIONSLEITER: Bitte Walli, wollen Sie uns nicht deutlicher sagen, was erkannt wurde, als, zum Beispiel, Sie sich die Brille aufsetzten?

WALLI S.: Mein Onkel Walter, der heute hier Diskussionsgegenstand ist und dem ich, weil ich soviel über ihn weiß, die Ehre verdanke, trotz meiner Jugend als Assistentin der Diskussionsleitung angehören zu dürfen, mein Onkel Walter also ging mit mir am dritten Advent des vergangenen Jahres auf den Düsseldorfer Weihnachtsmarkt. Dort gab es viele bunte Lichtreklamen und Buden, in denen man alles kaufen konnte: Lebkuchen und Marzipan, Panzerabwehrgeschütze, Weihnachtsstollen, Handgranaten, Haushaltsartikel, Bombenteppiche, Cognacschwenker und Himmelfahrtskommandos, Leitmotive und Mordmotive, Christbaumständer, Nahkampfspangen, Puppen mit waschbaren Haaren, Puppenstuben, Puppenwiegen, Puppensärge, Puppenersatzteile, Puppenzubehör, Puppenleitgeräte ...

DISKUTANTEN: Zur Sache! Zur Sache!

WALLI S.: Und auch die sogenannten Wunderbrillen konnte man kaufen. Mein Onkel Walter – da steht er! – kaufte mir eine. Ich setzte mir die Brille sogleich auf, weil ich sofort immer alles ausprobieren muß, guckte ihn also durch die Brille an und sah ihn ganz deutlich, wie er früher mal gewesen ist: einfach schrecklich! Natürlich begann ich zu schreien und davonzulaufen. Aber der da – mein Onkel Walter – lief mir hinterdrein und bekam mich am Ratinger Tor zu fassen. Seinen Hund hatte er bei sich. Da er mir aber die Brille nicht abnahm, sah ich ihn und auch den Hund mit seiner Vergangenheit weiter als schreckliches Ungeheuer und konnte mit dem Schreien nicht aufhören. Später mußte ich, weil meine Nerven angegriffen waren, ins Marienhospital, vier Wochen lang. Dort hat es mir ganz gut gefallen, auch wenn das Essen nicht besonders war.

DISKUTANTEN: Bitte zur Sache!

WALLI S.: Das also sind meine Erfahrungen mit der Wunderbrille, die ich heute als Erkenntnisbrille aufsetzen werde, wenn der Diskussionsgegenstand diskussionshemmende Aussagen macht. Brauxels Erkenntnisbrille gehört in jede öffentliche Diskussion. Sollte die Sprache versagen...

DISKUTANTEN: ...Brauxels Erkenntnisbrille versagt nie!

WALLI S.: Wer, wie mein Onkel, Diskussionsgegenstand ist...

DISKUTANTEN: ...sollte nie vergessen, daß Brauxels Erkenntnisbrille bereitliegt.

WALLI S.: Schon viele meinten, was vergangen ist, ist vergangen...

DISKUTANTEN: ...aber Brauxels Erkenntnisbrille vermag Vergangenheit gegenwärtig zu machen.

WALLI S.: Wenn ich mir jetzt, zum Beispiel, die Brille aufsetze, um meinen Onkel Walter zu betrachten, müßte ich sogleich wieder schrecklich schreien wie am dritten Advent des vergangenen Jahres. – Soll ich?

DISKUSSIONSLEITER: Verzeihen Sie, Herr Matern, die Diskutanten verirren sich gelegentlich in ihren kindlichen bis jugendlichen Normalzustand. Dann droht zum Spiel zu werden, was als Arbeit geleistet werden soll; doch die Diskussionsleitung wird, Ihnen und uns zur Beruhigung, ein Überwiegen entsetzlicher Scherze zu verhindern wissen. – Indem wir die Diskussionssperre für Diskutanten vierzehn bis zweiundzwanzig aufheben, eröffnen wir nun die Diskussion mit vorerst einfachen und möglichst direkten Testfragen. Ich bitte um Wortmeldungen!

5. Szene

DISKUTANT: Erste Testfragenserie, gerichtet an den Diskussionsgegenstand: Wieviel Stationen?
MATERN: Zweiunddreißig.
DISKUTANT: Und rückwärts gezählt?
MATERN: Zweiunddreißig.
DISKUTANT: Wie viele davon haben Sie vergessen?
MATERN: Zweiunddreißig Stück.
DISKUTANT: Sie erinnern sich also noch an genau ...
MATERN: ... zweiunddreißig Stück insgesamt.
DISKUTANT: Ihre Glückszahl lautet?
MATERN: Zweiunddreißig mal zweiunddreißig.
DISKUTANT: Und Ihre Unglückszahl?
MATERN: Dito!
DISKUTANT: Beherrschen Sie das kleine Einmaleins?
MATERN: Acht – sechzehn – vierundzwanzig – zweiunddreißig ...
DISKUTANT: Danke. Die erste Testfragenserie gilt als abgeschlossen.
DISKUSSIONSLEITER: Die zweite Serie bitte.
DISKUTANT: Können Sie einfache Sätze bilden, die mit den Pronomina indefinita »jeder, jede, jedes« beginnen?
MATERN: Jeder Zahn zählt. Jede Hexe brennt besser. Jede Weichsel fließt in der Erinnerung breiter als jeder Rhein. Jeder Zug dampft ab. Jede Musik fängt an. Jedes Ereignis wirft seinen Schatten. Jede Freiheit wohnt auf zu hohen Bergen. Jedes Wunder läßt sich erklären. Jeder Sportler putzt seine Vergangenheit. Jeder Hut paßt. Jeder Hund steht zentral. Jeder, jede, jedes Geheimnis ist kitzlig ...
DISKUSSIONSLEITER: Das reicht, vielen Dank. Und nun die dritte und letzte Testfragenserie. Bitte!
DISKUTANT: Glauben Sie an Gott?
MATERN: Ich beantrage, diese Frage auszusetzen, da die Frage nach Gott wohl kaum als Testfrage zu bezeichnen ist.
DISKUSSIONSLEITER: Die Frage nach Gott ist, solange sie nicht mit Zusätzen wie »dreieiniger« oder »einzig wahrer« gestellt wird, als Testfrage zulässig.
DISKUTANT: Also, glauben Sie?

Matern: An Gott?
Diskutant: Ja doch, ob Sie an Gott glauben?
Matern: Ihr meint, ob ich an Gott?
Diskutant: Genau: an Gott!
Matern: An Gott da oben?
Diskutant: Nicht nur oben, überall überhaupt.
Matern: Also an irgend etwas da oben und sonstwo...
Diskutant: Wir meinen nicht irgend etwas, sondern klipp und klar: Gott! Hören Sie, ob Sie an Gott!
Diskutanten: Schere oder Stein,
ja oder nein!
Matern: Jeder Mensch, ob er will oder nicht, jeder Mensch, ganz gleich, welche Erziehung er genossen hat, welcher Hautfarbe er ist, welcher Idee er anhängt, jeder Mensch, sag ich, der denkt, fühlt, Nahrung zu sich nimmt, atmet, handelt, also lebt...
Diskussionsleiter: Herr Matern, die Frage der Diskutanten an den Diskussionsgegenstand lautet: Glauben Sie an Gott?
Matern: Ich glaube an Nichts. Denn manchmal muß ich mich ernsthaft fragen: Warum ist überhaupt Seiendes und nicht vielmehr Nichts?
Diskutant: Ein uns geläufiges Heideggerzitat.
Diskutanten: Heidegger hü! Heidegger hott!
Die Frage lautet: Glaubst du an Gott?
Matern: Doch manchmal vermag ich selbst an das Nichts nicht zu glauben; dann wieder glaube ich, ich könnte an Gott glauben, wenn ich...
Diskutant: Unsere Frage muß nicht wiederholt werden. Ja oder nein?
Matern: Also – Indreigottesnamen: Nein.
Diskussionsleiter: Die dritte und letzte Testfrage gilt als beantwortet. Wir fassen zusammen: Die Glücks- und Unglückszahl des Diskussionsgegenstandes lautet: Zweiunddreißig. Der Diskussionsgegenstand kann unbegrenzt Sätze bilden, die mit den Pronomina indefinita »jeder, jede, jedes« beginnen. Er glaubt nicht an Gott. Diese Zusammenkunft: Zweiunddreißig, jeder jede jedes, Gott – erlaubt eine Zusatztestfrage, bitte!

MATERN: Wer stellt diese Diskussionsgesetze auf? Wer?

DISKUSSIONSLEITER: Die Diskussion hat aus sich heraus eine Diskussionssteuerung ratsam werden lassen, die der Diskussion das notwendige dynamische Gefälle: also den Trend zur Katastrophe im hergebrachten klassischen Sinn verspricht. Deshalb bitte die Zusatztestfrage.

DISKUTANTIN: Lieben Sie Tiere?

MATERN: Einfach lächerlich! Sie sehen doch: Ich halte mir einen Hund.

DISKUTANTIN: Damit ist meine Zusatzfrage nicht beantwortet.

MATERN: Der Hund wird gut gehalten. Sachgemäß und, wenn es sein muß, auch streng.

DISKUTANTIN: Eigentlich bedarf es keiner Wiederholung, dennoch frage ich nochmals: Lieben Sie Tiere?

MATERN: Schaun Sie her, Fräulein. Was sehen Sie? Einen alten, halbblinden Hund, mühsam zu ernähren, weil das Scherengebiß mehr als lückenhaft ist, und trotzdem...

MÄDCHEN: Lieben Sie Tiere?

MATERN: Dieser Hund...

DISKUSSIONSLEITER: Einspruch der Diskussionsleitung. Da der Diskussionsgegenstand offensichtlich bewußt ausweicht, werden zweckdienliche Fragen im Rahmen der Zusatzfrage gestattet, bitte!

DISKUTANT: Haben Sie schon einmal ein Tier mit bloßer Hand getötet?

MATERN: Zugegeben: einen Kanarienvogel mit dieser Hand, weil der Besitzer des Vogels – in Bielefeld war das – ein alter Nazi gewesen war, und ich als Antifaschist...

DISKUTANT: Haben Sie schon einmal ein Tier geschossen?

MATERN: Beim Kommiß: Kaninchen und Krähen, aber im Krieg hat jeder auf Tiere geschossen, und diese Krähen...

DISKUTANT: Haben Sie schon einmal Tiere mit dem Messer getötet?

MATERN: Wie jeder Junge, sobald er ein Taschenmesser besitzt: Ratten und Maulwürfe. Das Taschenmesser hatte mir ein Freund geschenkt, und mit diesem Messer haben wir uns alle beide...

Diskutant: Haben Sie schon einmal ein Tier vergiftet?

Matern: – Ja.

Diskutant: Was für ein Tier?

Matern: Einen Hund.

Diskutanten: War er weiß, blau oder lila?
Rot, grün, gelb oder lila?

Matern: Es handelte sich um einen schwarzen Hund.

Diskutanten: War es ein Spitz, Dackel oder Pekinese?
Ein Bernhardiner, Boxer oder Pekinese?

Matern: Es handelte sich um einen schwarzhaarigen deutschen Schäferhund, der auf den Namen Harras hörte.

Diskussionsleiter: Die Zusatztestfrage, bereichert durch zweckdienliche Fragen, hat erbracht, daß der Diskussionsgegenstand Walter Matern einen Kanarienvogel, mehrere Kaninchen, Krähen, Maulwürfe, Ratten und einen Hund getötet hat; deshalb wiederhole ich die Zusatzfrage, basierend auf Zweiunddreißig – Jeder, jede, jedes – Gott: Lieben Sie Tiere?

Matern: Ob Ihr es glaubt oder nicht: Ja!

Diskussionsleiter: Wir stellen fest, daß der Diskussionsgegenstand auf der einen Seite einen schwarzen Schäferhund vergiftet hat, auf der anderen Seite einen schwarzen Schäferhund mustergültig hält. Er tötet Tiere und gibt vor, Tiere zu lieben. Hier liegt ein durchaus dialektischer Widerspruch vor, der den Fortgang der Diskussion zu fördern, ja machtvoll anzutreiben verspricht. Der Hund scheint zu einem dynamischen Kernpunkt der Diskussion zu werden. Der Sicherheit halber bitte ich um Testfragen, die den dynamischen Gehalt des Expositionsergebnisses »Schwarzhaariger deutscher Schäferhund«, also den eventuellen Kernpunkt, überprüfen, bitte!

7. Szene

Diskutant: Zum Beispiel: Haben Sie Angst vorm Sterben?

Matern: Ich bin ein Stehaufmännchen.

Diskutant: Dann möchten Sie womöglich tausend Jahre alt werden?

Matern: Hunderttausend, denn ich bin ein Stehaufmännchen.

DISKUTANT: Würden Sie, falls Sie trotzdem sterben, lieber im Zimmer oder im Freien, in der Küche, im Bad oder im Keller sterben?

MATERN: Das ist einem Stehaufmännchen vollkommen gleichgültig.

DISKUTANT: Was ziehen Sie vor: Krankheitsfall oder Verkehrsunfall? Oder bevorzugen Sie den offenen Kampf, das Duell als Daseinsform, den Krieg als Ursache, die Revolution als Möglichkeit oder eine handfeste Schlägerei?

MATERN: Mein lieber Freund, das alles sind für ein Stehaufmännchen, wie ich es bin, nur Gelegenheiten, seine Stehaufmännchenkunststücke zu zeigen. Ihr könnt mich mit Messern und Schußwaffen durch und durch diskutieren: Von Fernsehtürmen könnt ihr mich stürzen; und wolltet ihr mich klaftertief begraben und mit granitharten Argumenten beschweren – morgen schon stünde ich wieder auf meinen Bleisohlen. Stehaufmännchen, steh auf!

DISKUTANTEN: Begraben unten, und wir gingen
die Wette ein: begraben unten
kommt nicht mehr raus, ans Licht, Geflimmer,
rührt nicht mehr mit und löffelt weder;

MATERN: denn auch der Löffel lag im Keller
verschmolzen mit, als aber draußen
Aurora mit der Trillerpfeife
die Finsternis zurückpfiff, stand:

DISKUTANTEN: Matern auf bleigegoßnen Sohlen,
mit Herz Milz Nieren, hatte Hunger
und löffelte, aß, schiß und schlief.

MATERN: Der Schlag saß tief, ich fiel vom Türmchen.
Das kümmerte die Tauben nicht.
War nur noch Inschrift, flach aufs Pflaster,
und wer vorbeiging, las kursiv:

DISKUTANTEN: Hier liegt und liegt und liegt flach, liegt,
der fiel von oben, der da liegt;
kein Regen wäscht ihn, Hagel tippt
ihm weder weder: Briefchen, Wimpern,
noch öffentliche Diskussionen;

MATERN: doch kommt Aurora auf zwei Beinen
und knallt das Pflaster, drauf ich liege,
steht erst der Riemen, dann das Männchen
und spritzt und zeugt und lacht sich schief.

DISKUTANTEN: Erschossen war er durch und durch;
man plante grade einen Tunnel,
und durch ihn durch, der frischerschossen,
fuhr bald darauf die Eisenbahn.

MATERN: Die Sonderzüge, Könige,
die mußten durch mich durch, wenn sie
die Könige in meinem Rücken
besuchen wollten, und der Papst
sprach in neun Sprachen durch dies Loch.

DISKUTANTEN: So war er Trichter, Tunnel, Tüte,
und Zoll stand grün auf beiden Seiten;

MATERN: doch als Aurora mit dem schweren
berühmten Auferstehungshammer
mich vorn und hinten stöpselte,
stand auf Matern, einst frischerschossen,
und atmete sprach lebte schrie! –

8. Szene

DISKUSSIONSLEITER: Also mit anderen Worten: Sie fürchten sich nicht vor dem Sterben?

MATERN: Auch Stehaufmännchen haben ihre schwachen Stunden.

DISKUSSIONSLEITER: Dann möchten Sie womöglich keine tausend und mehr Jahre alt werden?

MATERN: Um Gottes willen! Ihr ahnt nicht, wie beschwerlich Bleisohlen sein können!

DISKUSSIONSLEITER: Also gegebenenfalls und angenommen, Sie hätten die Wahl zwischen dem Tod im Bett und dem Tod im Freien.

MATERN: In frischer Luft, jederzeit!

DISKUSSIONSLEITER: Herzschwäche, Unfall oder Kriegseinwirkung?

MATERN: Ich möchte ermordet werden.

DISKUSSIONSLEITER: Mit Messern oder Schußwaffen? Wollen Sie hängen oder durch Stromschlag? Ersticken oder Ertrinken?

MATERN: Ich möchte vergiftet werden und zusammenbrechen plötzlich!

DISKUTANTEN: Hört! Abermals Gift!
Matern schwört auf Gift!

DISKUTANT: Welches Gift meint er denn?

DISKUTANT: Altmodische Krötenaugen?

DISKUTANT: Schlangengift?

DISKUTANT: Etwa Arsen oder giftige Pilze: Speitäubling Blätterschwamm Schwefelkopf Satanspilz?

MATERN: Ganz simples Rattengift.

DISKUSSIONSLEITER: Die Diskussionsleitung stellt die Zwischenfrage: Als Sie den schwarzen Schäferhund Harras vergifteten, zu welchem Gift griffen Sie?

MATERN: Ganz einfach: Rattengift!

DISKUTANTEN: Phänomenal:
Rattengift, zweimal!

DISKUSSIONSLEITER: Vielleicht wollen wir auch diese Fakten festhalten: Unter »Stehaufmännchen« notieren wir: »Todessehnsucht, Doppelpunkt, Rattengift.« Nach rechts zweigen wir ab: Hundetod Harras, Doppelpunkt, Rattengift. Doch ohne der ersten Bestätigung des Kernpunktes »Schwarzer Schäferhund« zunächst weiter folgen zu wollen, bitte ich um eine zweite, den Kernpunkt überprüfende Testfrage, bitte!

9. Szene

DISKUTANT: Unter welchem Sternzeichen wurden Sie geboren?

MATERN: Keine Ahnung, unter welchem das ist: neunzehnter April.

WALLI S.: Als Assistentin muß ich den Diskussionsgegenstand darauf aufmerksam machen, daß falsche Angaben die sofortige Zwangsdiskussion auslösen: Mein Onkel, also der Diskussionsgegenstand, wurde am zwanzigsten April neunzehnhundertsiebzehn geboren.

Matern: Diese Göre! Das steht zwar in meinem Paß, aber meine Mutter hat immer behauptet, ich wäre am neunzehnten, und zwar zehn Minuten vor zwölf geboren worden. Die Frage ist nur: Wem glaubt die Welt mehr, meiner Mutter oder meinem Paß?

Diskutant: Ob nun am neunzehnten oder zwanzigsten April; jedenfalls wurden Sie im Zeichen Widder geboren.

Diskutanten: Mutterschoß und Paßvermerk
einerlei, des Widders Werk.

Diskutant: Welche berühmten Männer wurden außer Ihnen geboren, als die Sonne im Widder stand?

Matern: Was weiß ich! Professor Sauerbruch.

Diskutant: Unsinn! Sauerbruch war Krebs.

Matern: Also John Kennedy.

Diskutant: Ein typischer Zwilling.

Matern: Dann sein Vorgänger.

Diskutant: Es dürfte sich mittlerweile herumgesprochen haben, daß General Eisenhower geboren wurde, als die Sonne im Zeichen Waage stand.

Diskussionsleiter: Herr Diskussionsgegenstand Walter Matern: konzentrieren Sie sich bitte. Wer wurde, gleich Ihnen, im Zeichen Widder geboren?

Matern: Stümper, Klugscheißer! Ich weiß, worauf ihr hinauswollt. Also bitteschön: Im gleichen Monat und, wie es im Paß steht, auch an einem zwanzigsten April, wurde Adolf Hitler, der größte Verbrecher aller Zeiten, geworfen.

Diskussionsleiter: Einspruch! Es wird nur der Name zur Kenntnis genommen – nicht der unsachliche Zusatz. Wir sind nicht hergekommen, um zu schimpfen, sondern um zu diskutieren. Die Diskussionsleitung stellt fest: Der Diskussionsgegenstand Walter Matern wurde im gleichen Sternzeichen und an einem zwanzigsten April wie der unlängst diskutierte Erbauer der Reichsautobahn geboren. Also: im Widder!

Diskutant: Haben Sie sonst noch etwas mit dem widdergeborenen Adolf Hitler gemeinsam?

Matern: Alle Menschen haben etwas mit Hitler gemeinsam.

Diskutant: Wir betonen, daß nicht »alle Menschen« oder gar »die Menschheit«, daß Sie Diskussionsgegenstand sind.

WALLI S.: Notfalls weiß ich etwas. Das könnte ich bezeugen, ohne die Erkenntnisbrille aufsetzen zu müssen. Das macht er sogar im Schlaf und beim Rasieren. Um das zu machen, muß er vorher nicht mal eine Zitrone auslutschen.

MATERN: Also, man nannte mich in der Schule und auch später: »Knirscher«, weil ich manchmal, wenn etwas nicht so läuft, wie ich will, mit den Zähnen knirsche, so: – Und das soll dieser Hitler manchmal getan haben: Zähneknirschen!

10. Szene

DISKUTANTEN: Dreht euch nicht um!
Der Knirscher geht um.

DISKUTANT: Weitere Gemeinsamkeiten mit dem Erbauer der Reichsautobahn?

DISKUTANTEN: Geh nicht in den Wald,
im Wald ist der Wald.
Wer im Wald geht, Bäume sucht,
wird im Wald nicht mehr gesucht.

DISKUTANT: Ob der Diskussionsgegenstand Walter Matern, der Knirscher genannt, mit dem schon behandelten Diskussionsthema Adolf Hitler weitere Gemeinsamkeiten hat, wollen wir wissen.

DISKUTANTEN: Hab keine Angst,
die Angst riecht nach Angst.
Wer nach Angst riecht,
den riechen
Helden, die wie Helden riechen.

DISKUTANT: Der Diskussionsgegenstand feuchtet seine Lippen an.

DISKUTANTEN: Trink nicht vom Meer,
das Meer schmeckt nach mehr.
Wer vom Meer trinkt,
hat fortan
nur noch Durst auf Ozean.

DISKUTANT: Am Horizont, rauchfahnenlos, zeichnet sich die drohende dynamische Zwangsdiskussion ab.

DISKUTANTEN: Bau dir kein Haus,
sonst bist du zuhaus.
Wer zuhaus ist,
wartet auf
spät Besuch und macht auf.

DISKUTANT: Schon fördert unsere Assistentin Walli S. Dokumente aus dem Aktenkoffer: Postkarten, Blutspuren, Atteste, Kotproben, Zeugnisse, Krawatten, Briefe...

DISKUTANTEN: Schreib keinen Brief.
Brief kommt ins Archiv.
Wer den Brief schreibt,
unterschreibt,
was von ihm einst übrigbleibt.

DISKUTANT: Er, der immer zentral stand, die Phänotype, das Stehaufmännchen, der Knirscher, er, dessen Nachlaß wir noch zu Lebzeiten sichten werden, meint, er stehe immer noch zentral.

DISKUTANTEN: Steh nicht im Licht.
Das Licht sieht dich nicht.

ZWEI DISKUTANTEN: Hab keinen Mut.
Zum Mut gehört Mut.

ZWEI MÄDCHEN: Sing nicht im Feuer.
Man singt nicht im Feuer.

ZWEI DISKUTANTEN: Verfall nicht dem Schweigen,
sonst brichst du das Schweigen.

DISKUTANTEN: Dreht euch nicht um!
Der Knirscher geht um.

11. Szene

MATERN: Damit ihr klar seht: ich spreche wieder! Was wollt Ihr wissen, hören, geboten bekommen?

DISKUTANT: Fakten. Gemeinsamkeiten mit dem anderen Widdergeborenen. Vom Zähneknirschen hörten wir schon.

DISKUTANTEN: Dreht euch nicht um!

MATERN: Damit ihr zufrieden seid: hier der Hund. Dieser Hitler liebte wie ich: schwarzhaarige deutsche Schäferhunde. Und jener schwarze Schäferhund Harras, der einem Tischlermeister gehörte ...

DISKUSSIONSLEITER: Hier ist der dynamische Kernpunkt: schwarzhaariger Schäferhund endgültig bestätigt. – Bevor wir nun den Besitzstand des hier anwesenden Hundes, der dem Diskussionsgegenstand nicht nur als Kernpunkt, sondern auch tatsächlich bei Fuß steht, durchdiskutieren, steht dem Diskussionsgegenstand eine Frage an die Diskutanten zu.

12. Szene

MATERN: Was soll das alles? Warum heißt dieses öffentliche Verhör: Öffentliche Diskussion? Mit welchem Recht ausgestattet, verhören mich diese Schnösel und Besserwisser? Oder von mir aus: Warum wird hier diskutiert?

DISKUSSIONSLEITER: Die letzte Frage gilt.

DISKUTANT: Wir informieren uns, indem wir diskutieren.

DISKUTANT: In jeder Demokratie hat die öffentliche Diskussion ihren legitimen Platz.

DISKUTANT: Um Mißverständnissen vorzubeugen: Die demokratische öffentliche Diskussion unterscheidet sich, indem sie in aller Öffentlichkeit vollzogen wird, grundsätzlich von der katholischen Beichte.

DISKUTANT: Auch wäre es falsch, unsere Bemühungen in Parallele zu setzen zu den sogenannten öffentlichen Schuldbekenntnissen in den kommunistisch regierten Ländern.

DISKUTANT: Zumal der demokratischen öffentlichen Diskussion weder im weltlichen noch im religiösen Sinne eine Absolution folgt; vielmehr endet sie offen, das heißt, die echte Diskussion endet überhaupt nicht, denn nach der großen öffentlichen Diskussion diskutieren wir in kleinem Kreise das Diskussionsergebnis und suchen uns interessante Diskussionsgegenstände für kommende öffentliche Diskussionen.

DISKUTANT: Wir kennen keine Tabus!

DISKUTANT: Denn im Grunde, wenn man Geduld hat, lösen sich alle Probleme wie von selbst, zum Beispiel die Judenfrage. Das hätte unserer Generation nicht passieren können. Wir hätten mit den Juden solange diskutiert, bis sie freiwillig und vollkommen überzeugt ausgewandert wären. Wir verachten alle Gewalt. Selbst wenn wir zur Zwangsdiskussion schreiten, bleibt das Diskussionsergebnis für den Zwangsdiskussionsgegenstand unverbindlich: Ob er sich nach Diskussionsschluß aufhängt oder ob er ein Bier trinken geht, beides liegt vollkommen bei ihm. Schließlich leben wir in einer Demokratie.

DISKUTANT: Wir leben, um zu diskutieren.

DISKUTANT: Am Anfang war das Gespräch!

DISKUTANT: Wir diskutieren, um nicht monologisieren zu müssen. Hier ist niemand einsam!

DISKUTANTEN: Wir sind eine einzige öffentliche internationale unabhängige dynamisch diskutierende Familie!

ZWEI DISKUTANTEN: Wenn wir nicht gewillt wären, zu diskutieren, gäbe es keine Demokratie, keine Freiheit und also kein Leben in einer freien demokratischen Massengesellschaft.

DISKUTANT: Also laßt uns zusammenfassen: Wir wurden vom Diskussionsgegenstand gefragt, warum wir diskutieren. Unsere Antwort lautet: Wir diskutieren, um die Existenz des Diskussionsgegenstandes zu beweisen; schwiegen wir, es gäbe keinen Diskussionsgegenstand Walter Matern mehr!

DISKUTANTEN: Drum sagen wir gern:
Ohne uns kein Matern!

DISKUSSIONSLEITER: Damit ist die Frage des Diskussionsgegenstandes beantwortet. Wir fragen: Stellen Sie einen Antrag auf eine Zusatzfrage?

MATERN: Macht mal weiter. Ich weiß jetzt ziemlich Bescheid und spiel mit, hemmungslos.

13. Szene

Diskussionsleiter: Wir kehren also zum Kernpunkt: Schwarzer Schäferhund zurück, der sich zweimal bewiesen hat.

MATERN: Soll ich mich auskotzen, Freunde,
dann haltet die Schüssel hin!
Erbsen, vor Hundejahren gelöffelt,
will ich preisgeben hemmungslos.

Diskussionsleiter: Zu klären und zu diskutieren wäre jetzt der Besitzstand eines schwarzen Schäferhundes.

Matern: Kartoffeln, vor Hundejahren gemampft,
sollen euch heute beweisen,
daß es damals Kartoffeln schon gab.
Mordmotive von einst
sind Leitmotive von jetzt.

Diskussionsleiter: Und zwar werden wir nach einem schwarzen Schäferhund fragen, der den Kernpunkt schwarzer Schäferhund in persona vertritt.

Matern: Denn hier ist keine Sperre mehr.
Was damals mir schmeckte,
läßt heute mich rülpsen.
Was diesen Weg nahm, bis hoch zum Kaukasus,
bis runter zum blassen Ladogasee,
soll zurückfluten: planmäßig halbverdaut gallebitter
und mag riechen, bis es euch sauer aufstößt.

Diskussionsleiter: Ich bitte also um Fragen, die den Besitzstand des tatsächlich anwesenden Schäferhundes berühren.

Matern: Mord, altmodisches Wort!

Diskutant: Wie heißt der anwesende schwarze Schäferhund?

Matern: Kimme und Korn.
Das Weiße im Auge.
Saugend schraubend umfassen.

Diskutant: Ich wiederhole die Frage nach dem Namen des anwesenden Hundes.

Matern: Leichen, wer zählt noch Leichen?
Die Knochen sind alle verwertet.
Das Blut fließt auf dem Theater.
Die Herzen schlagen gemäßigt.
Der Tod hat Lokalverbot! –
Und der Hund heißt, wer weiß es nicht? Pluto.

Diskutant: Wem gehört Pluto?

Matern: Dem, der ihm zu fressen gibt.

Diskutant: Haben Sie den Hund Pluto gekauft?

Matern: Er ist mir zugelaufen.

Diskutant: Haben Sie nachgeforscht, wem der Hund Pluto zuvor gehört hat?

MATERN: Er lief mir kurz nach Kriegsende zu. Damals liefen viele herrenlose Hunde herum.

DISKUTANT: Ahnt der Diskussionsgegenstand, wem der Hund Pluto unter wahrscheinlich anderem Namen gehört haben mag?

MATERN: Ich will sagen, was ich aß, betastete, tat, erlebte, aber ich lehne es ab, meine Ahnungen diskutieren zu lassen.

DISKUSSIONSLEITER: Da der Diskussionsgegenstand aus diskussionsfeindlichen Gründen seine Ahnungen der Diskussion entziehen will, dürfen die Diskutanten den schwarzen Schäferhund Pluto direkt befragen, da der Hund tatsächlich und als dynamischer Kernpunkt zum Diskussionsgegenstand gehört. Wir spielen dem Hund drei Musikthemen vor, bitte Vorschläge!

14. Szene

DISKUTANT: Vielleicht beginnen wir die musikalische Befragung mit der Kleinen Nachtmusik!

DISKUSSIONSLEITER: Wir stellen fest, daß der Hund Pluto auf Mozartmusik nicht reagiert. Zweiter Vorschlag.

DISKUTANT: Wie wäre es mit Haydn? Oder etwas Ähnliches, vielleicht das Deutschlandlied?

DISKUSSIONSLEITER: Der Hund reagiert freudig erregt und beweist mit dieser Reaktion, daß sein ehemaliger Besitzer deutscher Staatsangehöriger gewesen ist. Somit steht fest, daß er Angehörigen der damaligen Besatzungsarmeen nicht als Besitz zugesprochen werden muß. Der dritte Vorschlag bitte!

DISKUTANT: Um uns Umwege zu ersparen, schlage ich den direkten Weg vor: etwas Typisches von Wagner, das Siegfriedmotiv oder den Steuermannschor...

DISKUTANT: Dann doch lieber gleich Götterdämmerung!

DISKUTANTEN: Göt – ter – dämmerung!
Göt – ter – dämmerung!

DISKUSSIONSLEITER: Damit ist hinreichend bewiesen, daß der Hund Pluto einem Wagnerverehrer gehört haben muß. Auf Grund bisheriger Diskussionsergebnisse – ich bitte unsere

Notierungen zu beachten –, gehen wir nicht fehl, in dem ehemaligen Reichskanzler Adolf Hitler, den wir jüngst als Massenmörder und Erbauer der Reichsautobahn durchdiskutierten und dessen Vorliebe für Wagnermusik uns überliefert ist, den rechtmäßigen Besitzer des anwesenden schwarzen Schäferhundes, zur Zeit Pluto genannt, zu vermuten. Um den Verlauf der öffentlichen Diskussion nicht unnötig zu verzögern, schreiten wir jetzt zur dynamischen Gegenüberstellung: Schwarzer Schäferhund – Hitlerbild, bitte.

MATERN: Ein sinnloses Unternehmen. Der Hund ist nahezu erblindet.

DISKUSSIONSLEITER: Der Instinkt eines Hundes erblindet nie. Mein Vater, ein ehrsamer Tischlermeister, hielt sich als Wachhund einen Schäferhund, übrigens einen schwarzen, der Harras hieß und mit Rattengift vergiftet wurde. Da nun die Diskussionsleitung mit diesem Hund Harras sozusagen aufwuchs, traut sie sich, ohne Kynologie als Wissenschaft betrieben zu haben, die Beurteilung von Hunden, besonders von schwarzen Schäferhunden, in ausreichendem Maße zu. Bitte, die Gegenüberstellung!

DISKUTANT: Ein klarer Fall.

DISKUTANT: Wieder einmal hat sich die dynamische Gegenüberstellung als diskussionsförderndes Mittel bewährt.

DISKUTANTEN: Gegenübergestellt
hat er mehrmals gebellt.
Hat, was er entdeckt,
mit der Zunge geleckt.

DISKUSSIONSLEITER: Die Gegenüberstellung hat ein Ergebnis gezeitigt, das, abgesehen von seinem Wert für den Verlauf der Diskussion, alle Anzeichen eines historischen Ereignisses zu erkennen gegeben hat. Wir bitten also darum, sich zu erheben und diesen Umstand während kurzer Meditation zu überdenken: O großer Schöpfer der immerwährenden Weltdiskussion, oh, Du Erschaffer der erhabenen Diskussionsgegenstände ... Amen! – Die Diskutanten setzen sich wieder. Inzwischen hat unser Diskussionsarchiv folgende Fakten hergegeben.

15. Szene

WALLI S.: Im Zwinger des ehemaligen Reichskanzlers fiel unter mehreren Schäferhunden ein schwarzhaariger Schäferhund namens Prinz auf. Dieser war ein Geschenk des Danziger Gauleiters Albert Forster an den Reichskanzler. Nachdem der Hund Prinz seine ersten Lebensmonate im Schutzpolizeihundezwinger zu Danzig-Langfuhr verbracht hatte, wurde er auf den Sitz des Führers, den sogenannten Berghof, verbracht. Dort durfte er sich bis zu Beginn des Krieges in Freiheit und Natur ungestört tummeln. Dann jedoch führten ihn die Kriegsereignisse von einem Führerhauptquartier ins nächste, bis zur endgültigen Verlegung in den Führerbunker der Reichskanzlei.

DISKUSSIONSLEITER: Und hier ereignet sich folgendes:

WALLI S.: Am zwanzigsten April 1945...

DISKUTANT: An einem Tag also, da der Erbauer der Reichsautobahn und unser Diskussionsgegenstand Walter Matern ihren Geburtstag feiern...

WALLI S.: Während der Gratulationscour entläuft der schwarzhaarige deutsche Schäferhund Prinz seinem Herrn.

DISKUTANT: Und? wird er gestellt, gefangen, erschossen?

DISKUTANT: Hat wer ihn laufen sehen? Überlaufen sehen?

DISKUTANT: Und zu wem lief er über?

WALLI S.: Nach kurzem Bedenken entschloß sich der Hund, dem Gebot der Stunde zu gehorchen und sich nach Westen abzusetzen. Da zur Zeit seiner geplanten und ausgeführten Flucht rings um die damalige Reichshauptstadt heftige Endkämpfe entbrannt waren, konnte Hund Prinz, trotz des unermüdlichen Einsatzes sogleich aufgestellter Hundesuchtrupps, nicht wieder eingefangen werden. Am achten Mai 1945, um vier Uhr fünfundvierzig in der Frühe durchschwamm der Hund Prinz oberhalb Magdeburg die Elbe und suchte sich westlich des Flusses einen neuen Herrn.

DISKUTANTEN: Als neuesten Herrn
wählt der Hund sich Matern.

WALLI S.: Da aber der damalige Führer und Reichskanzler in seinem Testament vom 29. April des Hundefluchtjahres seinen schwarzhaarigen Schäferhund Prinz dem deutschen Volk zum Geschenk machte...

DISKUSSIONSLEITER: ... stellen wir fest, daß der Diskussionsgegenstand Walter Matern nicht rechtmäßiger Besitzer des Schäferhundes Prinz – heute Pluto – sein kann. Allenfalls können wir in ihm den Verwalter des nachgelassenen Führerbesitzes »Schwarzer Schäferhund Prinz« sehen.

16. Szene

MATERN: Welch eine Zumutung! Ich bin Antifaschist.

DISKUSSIONSLEITER: Warum soll ein Antifaschist nicht Nachlaßverwalter des Führerbesitzes sein? Dazu hören wir gerne die Meinung der Diskutanten.

MATERN: Ich war bei den roten Falken, später eingeschriebenes Mitglied der KP...

DISKUSSIONSLEITER: Der Diskussionsgegenstand kann als Verwalter des Führernachlasses auf Eigenschaften hinweisen, die ihn für diese historische Aufgabe prädestinieren...

MATERN: Flugblätteraktionen habe ich noch bis sechsunddreißig...

DISKUTANT: Zum Beispiel ist er gleich dem ehemaligen Hundebesitzer im Sternzeichen Widder geboren.

MATERN: Wenn ich später in die SA eintrat, war das nur ein knapp einjähriges Intermezzo.

DISKUTANT: Auch kann der Hundeverwalter Matern wie der verstorbene Hundebesitzer mit den Zähnen knirschen.

MATERN: Dann haben sie mich geschaßt, die Nazis. Ehrengericht!

DISKUTANT: Aber müssen wir nicht dagegenhalten, daß der derzeitige Hundeverwalter Matern schon einmal einen schwarzen Hund vergiftet hat?

MATERN: Und zwar mit Rattengift, weil dieser Nazihund, der einem Tischlermeister gehörte, im Schutzpolizeihundezwinger eine Hündin gedeckt hatte, die später...

DISKUTANT: Dennoch gibt der Diskussionsgegenstand vor, Tiere zu lieben.

DISKUTANT: Wir schlagen vor, den dynamischen Kernpunkt »Schwarzer Schäferhund« und den Besitzpunkt »Schwarzer Schäferhund Prinz«, jetzt Pluto, im Zusammenhang mit dem Stammbaum des schwarzen Schäferhundes Pluto und der Vergangenheit des Diskussionsgegenstandes zu diskutieren.

MATERN: Als Antifaschist erhebe ich gegen diese Koppelung lauten Einspruch!

DISKUSSIONSLEITER: Dem Einspruch wird stattgegeben. Wir verbessern uns dahin: Der Kernpunkt und der Hundestammbaum werden im Zusammenhang mit der antifaschistischen Vergangenheit des Diskussionsgegenstandes diskutiert werden.

DISKUTANT: Aber erst das endgültige Diskussionsergebnis kann zeigen, ob der derzeitige Hundeverwalter geeignet ist, den nachgelassenen Führerbesitz Prinz – heute Pluto – vertrauenswürdig zu verwalten.

DISKUSSIONSLEITER: Dem Antrag der Diskutanten wird stattgegeben. Wegen Vermutung eines weiteren Kernpunktes bittet die Diskussionsleitung vorerst um Fragen, die den Kernpunkt sowie den Besitzstand »Schwarzer Schäferhund« nicht unmittelbar berühren, bitte!

17. Szene

MÄDCHEN: Kann uns der Diskussionsgegenstand wichtige, ihn prägende Kindheitserlebnisse aufzählen?

MATERN: Real oder mehr atmosphärisch?

MÄDCHEN: Wir vermögen aus allen Bewußtseinsschichten diskussionsfördernde Fakten zu gewinnen.

MATERN: Hier Nickelswalde – dort Schiewenhorst.
Perkunos Pikollos Potrimpos!
Zwölf Nonnen ohne Kopf und zwölf Ritter ohne Kopf.
Gregor Materna und Simon Materna.
Der Riese Miligedo und der Räuber Bobrowski.
Kujawischer Weizen und Urtobaweizen.
Mennoniten und Deichbrüche ...
Und die Weichsel fließt,
und die Mühle mahlt,

und die Kleinbahn fährt,
und die Butter schmilzt,
und die Milch wird dick,
bißchen Zucker drauf,
und der Löffel steht,
und die Fähre kommt,
und die Sonne weg,
und die Sonne da,
und der Seesand geht,
und die See leckt Sand . . .
Barfuß barfuß laufen die Kinder,
und finden Blaubeeren
und suchen Bernstein
und treten auf Disteln
und graben Mäuse aus
und klettern barfuß in hohle Weiden . . .
Doch wer Bernstein sucht,
auf die Disteln tritt,
in die Weide springt
und die Maus ausgräbt,
wird im Deich ein totes vertrocknetes Mädchen finden:
Das ist des Herzogs Svantopolk Töchterchen,
das immer im Sand nach Mäusen schaufelte,
mit zwei Schneidezähnen zubiß,
nie Strümpfe, nie Schuhe trug . . .
Barfuß barfuß laufen die Kinder,
und die Weiden schütteln sich,
und die Weichsel fließt immerzu,
und die Sonne mal weg mal da,
und die Fähre kommt oder geht
oder liegt fest und knirscht,
während die Milch dick wird, bis der Löffel steht, und langsam die Kleinbahn fährt, die schnell in der Kurve läutet. Auch knarrt die Mühle, wenn der Wind acht Meter in der Sekunde. Und der Müller hört, was der Mehlwurm spricht. Und die Zähne knirschen, wenn Walter Matern von links nach rechts mit den Zähnen. Desgleichen die Großmutter: Quer durch den Garten hetzt sie das arme Lorchen. Schwarz und trächtig bricht Senta durch

ein Spalier Saubohnen. Denn sie naht schrecklich, hebt winklig den Arm: Und in der Hand am Arm steckt der hölzerne Kochlöffel, wirft seinen Schatten auf das krause Lorchen und wird größer, immer fetter, mehr und mehr... Aber auch Eddi Amsel...

18. Szene

DISKUTANT: Handelt es sich bei diesem Eddi Amsel um einen Freund des Diskussionsgegenstandes?

MATERN: Er war mein einziger.

DISKUTANT: Ist der Freund verstorben?

MATERN: Kann mir nicht vorstellen, daß Eddi Amsel tot ist.

DISKUTANT: War die Freundschaft mit soeben genanntem Eddi Amsel intim?

MATERN: Wir waren Blutsbrüder! Mit ein und demselben Taschenmesser haben wir uns am linken Oberarm...

DISKUTANT: Was wurde aus dem Messer?

MATERN: Keine Ahnung.

DISKUSSIONSLEITER: Die Frage wird dringlich wiederholt: Schicksal des Taschenmessers?

MATERN: Eigentlich wollte ich einen Zellack in die Weichsel werfen; bei uns nannte man Steine Zellacken.

DISKUTANT: Wir warten auf das Taschenmesser!

MATERN: Den also – Stein oder Zellack – suchte ich in beiden Taschen, fand aber nichts außer dem...

DISKUTANT: ...Taschenmesser.

MATERN: Drei Klingen, einen Korkenzieher, eine Säge und einen Dorn...

DISKUTANT: ...hatte das Taschenmesser –

MATERN: Trotzdem warf ich es...

DISKUTANT: ...das Messer!

MATERN: in die Weichsel.

DISKUSSIONSLEITER: Und deshalb wollen wir festhalten: Der Diskussionsgegenstand Walter Matern und sein Freund Eddi Amsel schlossen, als Kinder und mit Hilfe eines Taschenmessers, Blutsbrüderschaft. Dasselbe Taschenmesser warf Matern als Knabe in die Weichsel. Warum das Taschenmesser? Weil kein Stein zur Hand war. Warum überhaupt?

MATERN: Weil die Weichsel immerzu geradeaus floß. Weil der Sonnenuntergang hinter dem gegenüberliegenden Deich, weil das Blut von meinem Freund Eddi, nachdem wir Blutsbrüderschaft geschlossen hatten, in mir drinnen floß, weil – weil...

DISKUTANT: War Ihr Freund etwa Neger, Zigeuner oder Jude?

MATERN: Nur Halbjude. Sein Vater war. Seine Mutter war nicht. Er hatte rotblonde Haare von seiner Mutter und von seinem Vater nur sehr wenig. Überhaupt ein prima Kerl. Der hätte euch gefallen, Jungs. Immer gute Laune und dolle Einfälle hatte der. War aber ziemlich dick, und ich mußte ihn oft beschützen. Aber trotzdem habe ich ihn geliebt, bewundert, noch heute würde ich...

DISKUTANT: Wenn Sie, zum Beispiel, über Ihren Freund ärgerlich waren, was ja gewiß ab und an vorkam, welche Schimpfnamen gaben Sie ihm?

MATERN: Also schlimmstenfalls sagte ich, weil er nun mal so unförmig dick war, Fettsau. Zum Spott nannte ich ihn: Fliegenschiß! Er hatte nämlich überall unzählige Sommersprossen.

DISKUTANT: Fallen Ihnen noch weitere Schimpfnamen ein?

DISKUTANT: Spezielle?

MATERN: Das war alles.

DISKUTANT: Etwa, wenn Sie ihn kränken wollten oder stark beleidigen?

MATERN: Beides hat nie in meiner Absicht gelegen.

DISKUSSIONSLEITER: Wir müssen den Diskussionsgegenstand darauf aufmerksam machen, daß hier nicht Absichten, sondern Taten diskutiert werden. Also das große schlimme letzte umwerfende dynamische Schimpfwort?

DISKUTANTEN: Ein Wörtchen wollen wir noch hören,
sonst müssen wir ihn zwangsverhören.

WALLI S.: Am Ende müßte ich doch noch zur Erkenntnisbrille greifen und lange zurückliegende Situationen ersehen, in deren Verlauf sich der Diskussionsgegenstand, mein Onkel Walter, nicht beherrschen konnte.

MATERN: Dann – dann, wenn ich mich nicht beherrschen konnte, weil er wieder einmal oder weil er es nicht lassen konnte oder weil Eddi – dann sagte ich Itzich zu ihm.

DISKUSSIONSLEITER: Wir legen eine Diskussionspause ein, bis das beleidigend gemeinte Wort Itzich ausgewertet ist. – Ich bitte um Aufmerksamkeit für unsere Assistentin Walli S.

WALLI S.: Itzig, zumeist mit weichem g, doch nicht selten mit hartem ch ausgesprochen, hat sich aus den bei den Juden häufigen Vornamen Isaak und Jizchak entwickelt und findet als verächtliche Bezeichnung der Juden etwa von der Mitte des neunzehnten Jahrhunderts an Verwendung. Vergleiche auch Gustav Freytag »Soll und Haben«, ferner das erst im zwanzigsten Jahrhundert vom Volksmund geprägte Spottliedchen ...

DISKUTANTEN: Jude Itzich,
Nase spitzich,
Beine eckich,
Arschloch dreckich.

DISKUTANT: Aber der als Itzich beschimpfte Freund des Diskussionsgegenstandes war doch dick und rundlich.

DISKUSSIONSLEITER: Schimpfnamen werden, das haben wir auf vorangegangenen öffentlichen Diskussionen erfahren können, nicht immer in strenger Logik angewandt; zum Beispiel nennen die Amerikaner alle Deutschen »Krauts«, obgleich nicht alle Deutschen gerne und regelmäßig Sauerkraut essen. Deshalb kann das spitze Wort Itzich auch einen Juden oder – wie in unserem Falle – einen Halbjuden treffen, der zur Körperfülle neigt.

DISKUTANT: In beiden Fällen haben wir jedoch die Neigung des Diskussionsgegenstandes zu antisemitischen Äußerungen zu notieren.

19. Szene

MATERN: Ich protestiere als Mensch und ausgesprochener Philosemit. Denn wenn mich der Zorn auch manchmal zu solch unkontrollierten Ausbrüchen hingerissen hat; immer nahm ich Eddi in Schutz, wenn andre ihn Itzich schimpften; zum Beispiel, als Sie, Herr Liebenau, unterstützt von Ihrer rotznäsigen Cousine, auf dem Tischlereihof Ihres Vaters meinen Freund grob beschimpften, nur weil er den Hofhund Harras zeichnete, da hab ich mich vor meinen Freund gestellt und Ihre zwar kindischen, aber dennoch verletzenden Anwürfe zurückgewiesen.

DISKUTANT: Der Diskussionsgegenstand hat offensichtlich den Wunsch, die Diskussionsbasis zu verbreitern, indem er Privatgeschichten unseres Diskussionsleiters auftischt.

DISKUTANT: So spricht er von der Cousine des Diskussionsleiters und nennt sie rotznäsig.

DISKUTANT: Desgleichen erwähnt er den zur Tischlerei gehörenden Wachhund Harras, der identisch ist mit jenem vom Diskussionsgegenstand später vergifteten schwarzen Schäferhund Harras.

DISKUSSIONSLEITER: Indem sich die Diskussionsleitung genötigt sieht, die zuletzt gegen sie in unfair privater Form vorgetragenen Angriffe nur als Beweis zu werten, wie unbeherrscht der Diskussionsgegenstand zuweilen zu reagieren vermag, gestatten wir uns die Rückfrage: Gab es zwischen dem bereits notierten legendären Hund Perkun, der gleichfalls notierten Hündin Senta, die dem Vater des Diskussionsgegenstandes, also dem Müller Matern gehörte, und dem schwarzen Schäferhund Harras, der dem Vater des Diskussionsleiters, also dem Tischlermeister Liebenau gehörte, eine Verbindung außer dieser, daß einerseits der Müllerssohn Walter Matern und anderseits des Tischlermeisters Sohn Harry Liebenau und seine Cousine Tulla Pokriefke den Freund des Diskussionsgegenstandes als Itzich bezeichneten?

MATERN: Oh, ihr einander in den Schwanz beißenden Hundejahre! Am Anfang gab es eine litauische Wölfin. Diese wurde mit einem Schäferhundrüden gekreuzt. Dieser Untat entsprang ein Rüde, dessen Namen kein Stammbaum nennt. Und er, der Namenlose, zeugte Perkun. Und Perkun zeugte Senta...

DISKUTANTEN: Und Senta warf Harras...

MATERN: Und Harras zeugte Prinz, der heute als Pluto an meiner Seite sein Gnadenbrot kauen darf. Oh, ihr heiser geheulten Hundejahre! Was einem Müller die Mühle bewachte, was einer Tischlerei als Wachhund diente, was sich als Lieblingshund an den Stiefeln eures Reichsautobahnerbauers rieb, lief mir, einem Antifaschisten, zu. Begreift ihr das Gleichnis? Geht euch die Rechnung verfluchter Hundejahre siebenstellig auf? Seid ihr's zufrieden? Habt ihr noch Worte? Darf Matern gehen mit seinem Hund und ein Bier trinken?

DISKUSSIONSLEITER: Wenn uns dieses wichtige Teilergebnis der hier geführten und ihrem Ende zueilenden öffentlichen und dynamischen Diskussion auch zu berechtigtem Stolz Anlaß gibt, wollen wir dennoch nicht vorschnell zufrieden sein. Einige Fäden gilt es noch zu knüpfen. Erinnern wir uns! – Der Diskussionsgegenstand tötete viele Tiere...

DISKUTANT: Er vergiftete einen Hund!

DISKUSSIONSLEITER: Und gab dennoch vor...

DISKUTANT: ...die Tiere zu lieben...

DISKUSSIONSLEITER: ...tierliebend zu sein. Vorläufig wissen wir, daß der Diskussionsgegenstand, der sich gerne als Antifaschist und Philosemit bezeichnet, seinen Freund, den Halbjuden Eddi Amsel, einerseits vor den Hänseleien unwissender Kinder schützte und ihn andererseits gelegentlich verletzend beschimpfte, indem er ihn als einen »Itzich« bezeichnete. Wir fragen also:

20. Szene

DISKUTANTEN: Matern liebt die Tiere;
liebt Matern auch die Juden?

MATERN: Bei Gott und dem Nichts! Man hat den Juden viel Unrecht getan.

DISKUTANT: Antworten Sie klipp und klar: Lieben Sie die Juden, wie Sie die Tiere lieben, oder lieben Sie die Juden nicht?

MATERN: Wir alle haben den Juden großes Unrecht getan.

DISKUTANT: Das ist allgemein bekannt. Die Statistiken sprechen für sich. Die Wiedergutmachung, ein von uns unlängst behandeltes Diskussionsthema, läuft seit Jahren. Wir aber sprechen vom Heute. Lieben Sie heute oder immer noch nicht?

MATERN: Im Notfall würde ich für jeden Juden mit meinem Leben einstehen.

DISKUTANT: Was versteht der Diskussionsgegenstand unter einem Notfall?

MATERN: Zum Beispiel wurde mein Freund Eddi Amsel an einem kalten Januartag von neun SA-Männern zusammengeschlagen, ohne daß ich ihm helfen konnte.

DISKUTANT: Wie hießen die neun schlagenden SA-Männer?

MATERN: Als wenn Namen Täter bezeichnen könnten! Aber bitte: Jochen Sawatzki. Paul Hoppe. Franz Wollschläger. Willy Eggers. Alfons Bublitz. Otto Warnke. Egon Dullek und Bruno Dulleck.

DISKUTANTEN: Wir zählten nur acht,
wie hieß der neunte?
Neun Schwaben, neun Raben
und neun Symphonien,
die heil'gen neun Könige
sahen wir knien!

DISKUSSIONSLEITER: Die Diskutanten haben, obgleich ihnen neun Schlägernamen versprochen wurden, nur acht Namen gezählt. Dürfen wir, um der dynamischen Zwangsdiskussion vorzubeugen, annehmen, daß der Diskussionsgegenstand der neunte Schläger war?

MATERN: Nein! Nein! Ihr habt kein Recht...

WALLI S.: Wir haben sogar die Erkenntnisbrille!

21. Szene

WALLI S.: Neun stiegen über den Gartenzaun,
mein Onkel war dabei.
Neun traten nieder den Januarschnee,
mein Onkel im Schnee dabei.
Ein schwarzer Lappen vor jedem Gesicht,
mein Onkel vermummt und dabei.
Neun Fäuste meinten ein zehntes Gesicht,
des Onkels Faust schlug entzwei.
Und als neun Fäuste müde waren,
schlug Onkels Faust noch zu Brei.
Und als alle Zähne gespien waren,
erstickte mein Onkel Geschrei.

Und Itzich Itzich Itzich hieß
des Onkels Litanei.
Neun Männer entwichen über den Zaun,
mein Onkel war dabei!

DISKUSSIONSLEITER: So bleiben uns nur noch die Fragen:

DISKUTANT: Welcher SA-Sturm?

MATERN: Langfuhr-Nord, vierundachtzig, SA-Brigade sechs.

DISKUTANT: Wehrte sich Ihr Freund?

MATERN: Zuerst wollte er uns Kaffee kochen, aber wir wollten keinen.

DISKUTANT: Was war also der Zweck Ihres Besuches?

MATERN: Einen kleinen Denkzettel wollten wir ihm verabreichen.

DISKUTANT: Warum haben Sie Ihre Gesichter vermummt?

MATERN: Weil das der Stil ist: Vermummte verabreichen Denkzettel!

DISKUTANT: In welcher Form verabreichten Sie?

MATERN: Wurde das nicht schon festgestellt? – Prügel bekam er, der Itzich! Ei wai, schalle machai! Immer in die Fresse.

DISKUTANT: Hat Ihr Freund dabei Zähne verloren?

MATERN: Alle zweiunddreißig!

DISKUTANTEN: Diese Zahl ist uns nicht neu:
zweiunddreißig bleibt sich treu.

22. Szene

DISKUSSIONSLEITER: Wieder einmal hat sich die Form der öffentlichen dynamischen Diskussion vollauf bewährt.

DISKUTANT: Als was dürfen wir den Diskussionsgegenstand abschließend bezeichnen?

DISKUSSIONSLEITER: Wie würde sich der Diskussionsgegenstand, so befragt, selber bezeichnen?

MATERN: Quasselt, klugscheißt und macht, was ihr wollt! Ich, Matern, war und bin ausgesprochener Antifaschist. Das hab ich bewiesen, zweiunddreißigmal und immer wieder...

DISKUSSIONSLEITER: Wir sehen also in dem Diskussionsgegenstand Walter Matern einen Antifaschisten, der Adolf Hitlers Nachlaß, den schwarzen Schäferhund Pluto – vormals Prinz –, verköstigt. Darum laßt uns, nachdem sich das Diskussionsergebnis eingestellt hat, Dank sagen und beten: Oh, großer Lenker und Schöpfer der immerwährenden dynamischen Weltdiskussion, der Du uns einen diskussionsfreudigen Diskussionsgegenstand und ein allgemeingültiges Diskussionsergebnis beschert hast, laß uns nun Dank sagen, indem wir hymnisch hochpreisen zweiunddreißigmal den deutschen schwarzhaarigen Schäferhund. Das war, das ist er:

DISKUTANTEN: Ein langgestreckter, stockhaariger mit Stehohren und langer Rute.

ZWEI DISKUTANTEN: Einen Fang mit gutschließenden trocknen Lefzen hat er.

FÜNF DISKUTANTEN: Dunkle, leicht schrägliegende Augen blicken.

EIN DISKUTANT: Aufrecht und knapp nach vorn geneigt stehen die Ohren.

DISKUTANTEN: Straff der Hals, ohne Wamme und lockere Kehlhaut.

ZWEI DISKUTANTEN: Um sechs Zentimeter überragt die Rumpflänge die Schulterhöhe.

DISKUTANTINNEN: Von allen Seiten betrachtet, stehen die Läufe gerade.

DISKUTANTEN: Gut schließen die Zehen. Seine lange, leicht abfallende Kruppe. Ordentlich hart die Ballen.

ZWEI DISKUTANTEN: Schultern Keulen Sprunggelenke:

DISKUTANTIN: kräftig, gut bemuskelt.

DISKUTANTEN: Und jedes einzelne Haar: gerade, fest anliegend, harsch und schwarz.

FÜNF DISKUTANTEN: Auch die Unterwolle schwarz.

ZWEI DISKUTANTINNEN: Keine dunkel getönte Wolfsfärbung auf grauem oder gelbem Grund.

EIN DISKUTANT: Nein, überall, bis in die stehenden, knapp nach vorn geneigten Ohren, auf tiefer gewirbelter Brust, längs den mäßig behosten Keulen, glänzt sein Haar schwarz.

DREI DISKUTANTEN: Regenschirmschwarz, schultafelschwarz, priesterschwarz, witwenschwarz...

Fünf Diskutanten: schutzstaffelschwarz, falangeschwarz, amselschwarz, othelloschwarz, ruhrschwarz...

Diskutanten: veilchenschwarz, tomatenschwarz, zitronenschwarz, mehlschwarz, milchschwarz, schneeschwarz...

Diskussionsleiter: Amen!

POUM
oder
DIE VERGANGENHEIT FLIEGT MIT

Ein Spiel in einem Akt

PERSONEN:

Kandidat
Wahlkampfleiter
Schriftsteller
Flugkapitän
Sekretärin
Referent

Ein Lehrer und drei Schüler

Bürgerkriegssoldaten

Vorbemerkung

Falls Berufstheater, Laienspielgruppen oder vielköpfige Familien geneigt sind, diesen Einakter zu inszenieren, bitte ich alle Schauspieler, die den »Kandidaten« darstellen wollen, dieses zu beachten: Ich sehe ihn tatkräftig, mit trockenem Charme ausgestattet, wachsam mürrisch beim Diktieren, mehr angestrengt, als es die Sache zu erfordern scheint, Vertrauen erweckend, sympathisch und kritisierbar. – Den »Wahlkampfleiter« sollte ein junger Mann spielen, der sich entschlossen hat, seine Gefühle hinter Fakten zu verbergen. Bei der Darstellung des »Schriftstellers« dürfen alle Vorurteile, die dessen Beruf keimen läßt, dick aufgetragen werden. Der »Flugkapitän« muß englisch wirken. Die »Sekretärin« ist tüchtig. Der »Referent« zeigt sich beflissen. Die Traumfiguren sollten real angelegt werden. Da die Tendenz dieses Stückes ohnehin SPD-freundlich ist, darf die skeptische Grundstimmung betont und – auf Wunsch – übertrieben werden.

Der verregnete Flugplatz Berlin-Tempelhof. Vor der zweimotorigen Dove-Chartermaschine stehen der englische Flugkapitän und der Wahlkampfleiter.

FLUGKAPITÄN: Ist das richtig gesagt? Wahlkampfwetter?

WAHLKAMPFLEITER: Der Regen gibt keine Garantie.

FLUGKAPITÄN: Und wie stehen die Chancen bei »heiter bis wolkig«?

WAHLKAMPFLEITER: Wir haben auch schon bei Schönwetter verloren. Und die letzten statistischen Meinungsbefragungen haben bewiesen…

FLUGKAPITÄN: In England, jedenfalls, läßt Regenwetter die Opposition siegen.

WAHLKAMPFLEITER: Weil ihr ein sachliches Verhältnis zum Wetter habt. Hierzulande jedoch wird jede Windrichtung ideologisiert. Zum Beispiel: Ostwind am Wahlsonntag könnte einerseits Auftrieb bedeuten, andererseits jedoch… Fragen wir unseren Dichter. In seinem Beruf wird jedes Wetter besungen. *Der Schriftsteller, ziemlich überflüssig aussehend, nähert sich.*

SCHRIFTSTELLER: Morgen. Kein Witz also. Ihr wollt mich mitnehmen und zugucken lassen?

WAHLKAMPFLEITER: Geehrt fühlen wir uns. Und da ihr Schriftsteller das Ändern der Verhältnisse zum Programm erhoben habt, erwarten wir von Ihnen zunächst, daß Sie sich mit den miesen Wetterverhältnissen beschäftigen.

SCHRIFTSTELLER: Als wäre Sonnenschein bereits eine Alternative.

WAHLKAMPFLEITER: Wer wird gleich so absolute Forderungen stellen? – Was sagen Sie dazu, Captain? Deutsche Literaten lockern sich den Schlips und wollen den armen Sozialdemokraten unter die Arme greifen.

FLUGKAPITÄN: Ziemlich vernünftig. Bei uns hat schon Shakespeare den Tudors Sprüche gemacht.

WAHLKAMPFLEITER: Ich weiß, ich weiß! Ein Land mit großer demokratischer Tradition; bei uns allerdings beweist die letzte Umfrage des Emnid-Institutes, daß die direkte Parteinahme der sogenannten Linksintellektuellen …

SCHRIFTSTELLER *spitz:* Auf Wunsch kann ich umkehren!

FLUGKAPITÄN: Zu spät. Dort kommt der Herr Bürgermeister.

In Begleitung seines Referenten und der Sekretärin tritt der Kandidat auf. Er trägt einen Homburg und ist, der frühen Stunde wegen, noch nicht von der Aura des Siegers umgeben.

SCHRIFTSTELLER: Er sieht unausgeschlafen aus.

KANDIDAT: Good morning, captain. Morgen. *Zum Schriftsteller:* Na, haben Sie sich so früh aufraffen können?

SCHRIFTSTELLER *rasch gekränkt:* Sogar das Wetter habe ich mitgebracht.

KANDIDAT *gutmütig:* Na, sehen Sie, schon ein Beitrag. – Hoffentlich versprechen Sie sich nicht zuviel von uns. Die Praxis ist grau und widersprüchlich.

SCHRIFTSTELLER: Sie sind ein Schwerarbeiter. Jeden Tag hin und her: aus der Krise in die Idylle; aus der Idylle in die Krise.

KANDIDAT: Das klingt zwar hübsch, dennoch täuschen Sie sich. Idylle und Krise sind keine Gegensätze.

REFERENT: Hier sind die letzten Berichte von der Sektorengrenze und den Kontrollpunkten. Alles ruhig.

SCHRIFTSTELLER: Also beinahe Idylle?

KANDIDAT: Nein, immer noch Krise.

SCHRIFTSTELLER: Und in Bonn?

KANDIDAT: Dort hat, wie üblich, die Idylle die Krise gefressen. Man merkte es am Schluckauf.

REFERENT: Ich sollte an die Unterschriften erinnern. *Er hält dem Kandidaten eine Mappe hin.*

KANDIDAT: Sie entschuldigen mich. Das hier ist alltäglich und weder krisenhaft noch idyllisch. *Er unterschreibt.*

REFERENT: Sollen die Materialien für den Strafantrag gegen F. diesmal hierbleiben?

KANDIDAT *immer noch unterschreibend:* Alles kommt mit. Sind auch die Spanienunterlagen dabei?

REFERENT: Die Orwell-Äußerungen zur POUM liegen in Auszügen zwischen dem Barcelona-Material.

KANDIDAT: Also Stuttgart, Heilbronn und nochmals Stuttgart anrufen. Den Wagen um?

WAHLKAMPFLEITER: ... dreiundzwanzig Uhr wird es werden.

KANDIDAT *zum Schriftsteller:* Wir müssen spät noch einmal ins Rathaus oder – wie Sie es nennen würden – in die Idylle.

SEKRETÄRIN *zum Referenten, der zurückbleibt:* Und nicht vergessen: Die Küche soll für dreiundzwanzig Uhr zwanzig wie üblich Käseschnitten und Schildkrötensuppe vorbereiten.

SCHRIFTSTELLER *schreibt auf der Gangway:* Das will notiert sein.

SEKRETÄRIN *zum Schriftsteller:* O ja, Studien kann man hier noch und noch treiben.

Alle setzen sich. Vorne der Wahlkampfleiter. Hinter ihm der Schriftsteller. Hinter ihm die Sekretärin. Auf der anderen Seite setzt sich der Kandidat auf Höhe der Sekretärin. Sofort schnallt er sich an und blättert in Unterlagen. Die Sekretärin verteilt Butterbrote und Flaschenbier.

SCHRIFTSTELLER *zum Wahlkampfleiter:* Ich habe mir einige Notizen gemacht. Darf ich fragen?

WAHLKAMPFLEITER: Bis Stuttgart soviel Sie wollen.

SCHRIFTSTELLER: Erstens: Finden Sie, daß dem Bürgermeister der Homburg steht? Ist diese typische Arbeitgeberkopfbedekkung nicht eine Beleidigung für, sagen wir mal...

WAHLKAMPFLEITER: ... für Ästheten, gewiß. Aber die letzten statistischen Umfragen des Emnid-Institutes haben bestätigt, daß diese Hutform beinahe allen Bevölkerungsschichten ein Gefühl von Sicherheit vermittelt. Und Allensbach sagt ähnliches.

SCHRIFTSTELLER: Schon gut. Nur zum Thema Oder-Neiße-Grenze hätte ich noch gern eine unmißverständliche Äußerung.

WAHLKAMPFLEITER: Das ist wohl Ihr Steckenpferd? Meines übrigens auch. Trotzdem muß es im Stall bleiben, denn die letzten Meinungsbefragungen haben gezeigt, daß zu diesem Zeitpunkt...

SCHRIFTSTELLER: Man sollte meinen, die Demoskopie habe den Papst in Sachen Unfehlbarkeit übertrumpft? Nur eins noch: Glauben Sie, er schafft es?

WAHLKAMPFLEITER: Bisher hat er jede Hürde beim zweiten Anlauf genommen.

SCHRIFTSTELLER: Also Prost auf den Sieg 65! *Trinkt aus der Flasche.*

WAHLKAMPFLEITER: Wir starten.

SCHRIFTSTELLER *laut über den Motorenlärm:* Übrigens haben statistische Erhebungen ergeben, daß Startunfälle im Vergleich zu Bruchlandungen...

WAHLKAMPFLEITER: Glauben Sie mir: Zahlen, die auf Erden Beweiskraft haben, erklärt der Himmel für nichtig. – Die Wolkendecke hängt tief.

KANDIDAT *trocken:* Zum Diktat, bitte.

SEKRETÄRIN: Ich bin soweit.

KANDIDAT: Zur Rede am Wochenende ein Zusatz hinter »Die meisten tarnen sich als Bannerträger der abendländischen christlichen Welt.« – Solche Lügen – nein: Ihre Lügen tragen lediglich umgekehrte Vorzeichen. Nicht als »Faschisten- und Kapitalistenknecht« – wie es die Ulbrichtleute tun –, sondern als »Kommunist« werde ich von den Rechtsradikalen und jenen angeblichen Demokraten beschimpft.

SEKRETÄRIN: ... beschimpft.

WAHLKAMPFLEITER: Will er in Passau halten die Rede, weil da der Kapfinger sitzt. Wir haben abgeraten.

SCHRIFTSTELLER *spöttisch:* ... denn die Meinungsbefragung des Emnid-Institutes hat ergeben...

WAHLKAMPFLEITER: Richtig.

KANDIDAT: Weiter: Ich habe es schon immer gewußt, daß die westlichen und östlichen Partner der Koalition der Verleumder aus der gleichen trüben Quelle fischen.

SCHRIFTSTELLER *zum Kandidaten:* Wenn es gestattet ist, ein kleiner Einwand: Erstens stört mich der doppelte Genitiv, zum anderen fischt man nicht in Quellen, auch nicht in trüben; allenfalls fischt man im trüben. Aus Quellen, auch aus getrübten, schöpft man. Mein Vorschlag lautet: ... daß die westlichen und östlichen Partner der Verleumder-Koalition aus den gleichen Tümpeln fischen.

KANDIDAT: Tümpel ist gut, aber auf »trüben« davor wollen wir nicht verzichten.

SCHRIFTSTELLER: Ein weißer Schimmel.

WAHLKAMPFLEITER: ... sagt Beckmesser.

KANDIDAT *laut und einsichtig:* Gut. Streichen wir »trüben«.

SCHRIFTSTELLER *leise und eitel:* O Fortschritt.

KANDIDAT: Zu dem Absatz mit dem gefälschten Dokument: Sein Hauptabnehmer war das Bundeskanzleramt, das mit Steuergeldern bezahlte.

SCHRIFTSTELLER: Drei Fakten in einem Satz: Immer gut.

KANDIDAT: Jetzt zur Stellungnahme gegen F.

SEKRETÄRIN: Bei Seite 85 waren wir stehengeblieben.

KANDIDAT: Wir springen bis 106: Herabsetzend in der Absicht und nazistisch in der Gesinnung ist der Satz: »Die Emigration war nicht blutverbunden von Mensch zu Mensch.« Seite 144, Zeile 2: Statt »Grundbesitzer« muß es »Grubenbesitzer« heißen. Bei mir Seite 11.

SEKRETÄRIN: In Klammern der Zusatz?

KANDIDAT *nickt:* Seite 150: Falsch sind die Angaben über meine Schulzeit. Ich habe nicht mit 17 Jahren, sondern Ostern 1932 mit 18 Jahren nach Ablegung der Reifeprüfung das Johanneum verlassen und bin im Anschluß daran nicht zwei Jahre, sondern ein Jahr als Volontär bei einer Schiffsmaklerfirma ...

Die Maschine hüpft und läßt eine vielsagende Pause entstehen.

WAHLKAMPFLEITER: Nur ein Luftloch.

SEKRETÄRIN: Schiffsmaklerfirma?

KANDIDAT: ... tätig gewesen.

SCHRIFTSTELLER *ziemlich laut:* Noch einmal: Muß das sein? Warum schläft er nicht?

KANDIDAT *ruhig, wie jemand, der seine Gegner kennt:* Das muß sein. – Seite 159.

SCHRIFTSTELLER: Adenauer, ich möchte wetten, würde bestimmt ein Nickerchen machen.

KANDIDAT *lächelnd:* War es nicht der Wunsch Ihrer Kollegen, daß sich die Opposition deutlich von der Regierungskoalition abzuheben habe? – Seite 178 bis 82: Die hier gegebenen Mitteilungen über eine Reihe sozialdemokratischer Politiker, die in der Emigration waren, enthalten diverse Fehler – abgesehen davon – jetzt kommt etwas für Sie –, daß auf Seite 179 aus dem Sozialdemokraten Fritz Heine kurzerhand Heinrich Heine geworden ist.

SCHRIFTSTELLER: Abermals ein Versuch, ihm ein Denkmal zu setzen. – Kann Ihnen das niemand abnehmen?

KANDIDAT: Entschuldigt mich, Seite 193, oben... Ich muß weiterkommen. Das drängt.

STIMME DES FLUGKAPITÄNS: Sorry, ladies and gentlemen. Wir durchfliegen eine Schlechtwetterfront.

WAHLKAMPFLEITER: Also anschnallen und an was Schönes denken.

KANDIDAT: Weiter: Es ist falsch, daß der Spanische Bürgerkrieg die Idee der Volksfrontpolitik begründet habe. Tatsache ist, daß die Volksfrontpolitik in Frankreich begründet wurde, bevor es einen Spanischen Bürgerkrieg gab. – 194/95: Für jeden Sachkenner ist es geradezu grotesk, wenn F. die anarchistische FAI als »bolschewistisch eingestellt« bezeichnet.

SCHRIFTSTELLER: Geschichtsunterricht zwischen Luftlöchern.

WAHLKAMPFLEITER: Für ihn heißt das Fach: Gegenwartskunde.

KANDIDAT: Jetzt zur POUM. Die Orwell-Zitate legen wir bei. Es trifft nicht zu, daß die POUM in der republikanischen Regierung maßgeblich vertreten gewesen sei. In der Madrider Zentralregierung war die POUM überhaupt nicht vertreten. Und aus der Landesregierung für Katalonien wurde die POUM im Dezember 1936 entfernt.

SCHRIFTSTELLER: POUM. POUM. Was ist POUM? *Gähnt.*

WAHLKAMPFLEITER: Gleich wird er Ihnen und aller Welt POUM erklären.

SCHRIFTSTELLER *winkt ab:* Schriftsteller sind anfällige Menschen. Ich werde ein anarchistisches Schläfchen versuchen.

KANDIDAT: ... und zwar deswegen, weil die Vertretung der

Sowjetunion Waffenlieferungen von der Ausbootung der POUM abhängig gemacht hatte. – Seite 107, oben...

SCHRIFTSTELLER *verschläft die Erklärung der Abkürzung POUM, beginnt wirr zu träumen, erhebt sich und bewegt sich schlafwandelnd in der Maschine. Der Kandidat, die Sekretärin und der Wahlkampfleiter beachten ihn nicht, weil sie wach sind und sich mit dem Diktieren und den Luftlöchern beschäftigen:* POUM! POUM! Als ich zehn Jahre alt war, pfiffen wir auf dem Pausenhof den Marsch der Legion Condor und spielten die Verteidigung des Alcázar. POUM! Wenn also alle Jahrgänge, die auf dem Pausenhof – POUM! – den Spanischen Bürgerkrieg ausgetragen haben – Katalanen und Basken gegen Aragonesen und Kastilianer –, heute SPD wählten, wäre das nach einer Befragung des Emnid-Instituts ein Stimmengewinn von... Aber die Nationalen in Burgos und einige meiner Mitschüler unter General Muñoz Grande baten Studienrat Neunast, Schiedsrichter zu sein...

Das Flugzeug wird von außen geöffnet. Ein Lehrer und drei Schüler, gekleidet nach Mode der dreißiger Jahre, steigen wie selbstverständlich ein und bewegen sich zwanglos in der Maschine.

STUDIENRAT: Eins zu null für Oberst Moscardó!

ERSTER SCHÜLER: Herr Studienrat! Herr Studienrat! Dürfen wir noch einmal Alcázar spielen?

ZWEITER SCHÜLER: Ich kann Spanisch. ¡Viva la muerte!

SCHRIFTSTELLER: Einspruch im Namen des großen Unamuno, der meisterlich umgehen konnte mit Paradoxen.

ZWEITER SCHÜLER: Viva la muerte! Los, erschießen wir ihn. Er ist Caballeros Sohn.

DRITTER SCHÜLER: An die Turnhallenwand und die Augen verbinden!

STUDIENRAT: Halt! Jedem Verurteilten steht noch ein letzter Wunsch zu.

SCHRIFTSTELLER: Ich wünsche mir, wünsche mir, daß die SPD, wenn nicht bei den kommenden Bundestagswahlen, dann bei den folgenden im Jahr 65...

STUDIENRAT: Das nenne ich Pausenhofanarchie.

ERSTER SCHÜLER: Ein Kommunist!

STUDIENRAT: ...der das Klassenziel nicht erreicht hat! Schaut ihn euch an, und gebt Feuer!

ALLE DREI SCHÜLER: POUM! POUM! *Schießend verlassen sie mit dem Studienrat das Flugzeug. Der Schriftsteller sinkt auf seinen Platz.*

SCHRIFTSTELLER: Es lebe der Tod! Weil ja dortzulande und bis heute Ignazius und Bakunin mehr als Marx. Und selbst die Stimme der Pasionaria und das Eisen von Bilbao und ein Gewitter über Toledo... Aber linker Hand, hinter der Weitsprunggrube, wo der Schulgarten beginnt, in Cartagena also, geht König Alfons der Dreizehnte an Bord eines Kriegsschiffes, das ihn nach Passau bringt, worauf die Bevölkerung der Stadt in Jubel ausbricht: Spanien hat aufgehört, katholisch zu sein! *Er erwacht halbwegs.*

KANDIDAT: Seite 198: Tatsache ist, daß ich während meines Aufenthaltes in Barcelona das kommunistische Hauptquartier »Carlos Marx« aufgesucht hatte, um für den später ermordeten Mark Rein, einen Sohn des russischen Sozialdemokraten Abramovitsch, zu intervenieren.

SCHRIFTSTELLER *schläft wieder ein und schlägt um sich:* An die Turnhallenwand und die Augen verbinden. POUM! POUM!

KANDIDAT: Leider blieb diese Intervention erfolglos. – Unser Dichter träumt aufregend. *Der Schriftsteller murmelt.*

WAHLKAMPFLEITER: Ich wüßte noch jemanden, der schlafen sollte.

KANDIDAT *lachend:* Nichts soll dich hindern. Du hast es verdient.

WAHLKAMPFLEITER: Übrigens haben Emnid-Befragungen ergeben, daß in Traumauswertungen wir mit sieben Prozent vor der CDU/CSU liegen; allerdings ist der Anteil jener Befragten...

KANDIDAT: Ein Politiker, der mit Hilfe der Demoskopie regiert, entmündigt den Wähler und gleichfalls die Demokratie.

WAHLKAMPFLEITER: Aber wir leben in einer Konsumgesellschaft...

KANDIDAT *winkt ab:* Gut, fragen wir unseren Dichter, sobald er zurück ist, wer in seinem Traum gesiegt hat. – Weiter Seite 188: Tatsache ist, daß ich nach den Maiunruhen in Barcelona...

SCHRIFTSTELLER *springt auf. Es wird dunkel in der Maschine:* Provokation!

Die Flugzeugtür wird aufgerissen. Bürgerkriegssoldaten mit Taschenlampen und Gewehren springen in die Maschine.

ERSTER SOLDAT: Wer hat hier Provokation gerufen?

SCHRIFTSTELLER: Ich spielte auf deutsche Verhältnisse an.

ZWEITER SOLDAT: Hände vorzeigen. Auf welcher Seite kämpfst du?

SCHRIFTSTELLER: Auf eurer natürlich. Die Flecken bedeuten nur Tinte.

SOLDAT: Wir sind die Freunde Durrutis.

SCHRIFTSTELLER: Der Geist des 19. Juli soll leben! Aber auch wir haben hier unsere Gedenktage. Was, zum Beispiel, geschah am 9. November, 30. Januar, 17. Juni oder vor wenigen Wochen am 13. August?

OFFIZIER: Wen interessiert das. Und der da? *Weist auf den Kandidaten.* Hände vorzeigen!

SCHRIFTSTELLER: Pssst. Ich bitt' euch. Er muß diktieren und immerzu unsere Vergangenheit erklären. Hierzulande geht alles zu rasch. Idylle und Krise spielen Stafettenlauf. Die Schulkinder kommen nicht mehr nach. Und die Eltern schweigen sich aus. Die Legion Condor kennt jeder, aber was POUM heißt, muß ihnen noch gesagt werden.

DRITTER SOLDAT: POUM kennt doch jeder. – Er soll sich ausweisen.

SCHRIFTSTELLER: Mehr Respekt, meine Herren. Sie haben den Spitzenkandidaten der Sozialdemokratischen Partei Deutschlands vor sich. Seine Feinde wollen ihn verleumden. Seine Freunde respektieren ihn kritisch: Er ist trocken, zäh, männlich, viereckig, zuverlässig, nimmt Hürden beim zweiten Anlauf, muß nach zwei Seiten kämpfen, kann gut zuhören, faßt keine einsamen Entschlüsse, zitiert gerne Orwell ...

OFFIZIER: Der war bei der POUM.

SCHRIFTSTELLER: Ein neuer Bebel. Hat bei Julius Leber gelernt ...

DRITTER SOLDAT: Achtung, die SIM kommt!

SCHRIFTSTELLER: Wird es schon schaffen ...

ERSTER SOLDAT: Gerö geht um, der Schlächter von Katalonien!

SCHRIFTSTELLER: Wenn nicht diesmal, dann beim zweiten Anlauf.

OFFIZIER: Zieht die Köpfe ein! POUM! POUM!

Der Offizier und die Soldaten ziehen sich schießend zurück und verlassen das Flugzeug. Es wird wieder hell. Der Schriftsteller erwacht kurz und schläft sogleich wieder ein.

Wahlkampfleiter: Ein unruhiger Tag. Schriftsteller müßte man sein und so schlafen können.

Kandidat: Zwar eine Idylle, aber offensichtlich träumt er von Krisen.

Sekretärin: Wir waren bei den Maiunruhen in Barcelona stehengeblieben.

Kandidat: Nehmen wir also Rücksicht. *Halblaut:* Seite 187: Es ist bewiesen, daß...

Der Traum des Schriftstellers drängt sich abermals vor.

Schriftsteller: Nein, ich will nicht an die Jarama-Front. Spielen wir lieber Gegenangriffe bei Guadalajara und Deutsch-Eylau. Der Ruf »Es lebe der Tod!« sollte aus allen deutschen Schulbüchern gestrichen und durch die vorliegenden Wahlergebnisse ersetzt werden: In Niederbayern, Asturien, Oberfranken und beiderseits der Aragon-Front führen die Sozialdemokraten. Aber Allenstein ging verloren. Jedoch wurden der Bundespräsident und seine Gattin im wiederaufgebauten Guernica von Schulkindern herzlich begrüßt. Die Kleinen schwenkten schwarze Fähnchen und riefen: Stützt die Getreidepreise! Und auch der neue Bundeskanzler, dessen Portrait, von El Greco gemalt, auf allen Wahlplakaten der SPD mithalf, beim zweiten Anlauf die Hürde zu nehmen. *Er erwacht.*

Kandidat: Absatz: Mir werden hier völlig absurde Äußerungen in den Mund gelegt. Wer mit den Verhältnissen in Spanien und der Geschichte des Sozialismus auch nur einigermaßen vertraut ist, wird wissen, daß man Syndikalismus und Anarchismus nicht mit dem Marxismus auf einen Nenner bringen kann. *Zum Schriftsteller:* Na, wieder auf Deck?

Schriftsteller *kaum wach, aber schon wieder überheblich:* Haben Sie während Ihres Aufenthaltes in Barcelona auch das Katalonische Landesmuseum besucht?

Kandidat: Es fand sich, bedauerlicherweise, keine Zeit. *Der Schriftsteller will rauchen.* Diese Zigarette würde ich sparen. Wir setzen zur Landung an. *Blättert in Unterlagen.* Hat Ihnen der Flug gefallen?

Schriftsteller: Nun ja, ich hätte gerne einige Fragen gestellt.

Kandidat: Dann muß ich mich für meine Feinde entschuldigen. Sie lassen mir wenig Zeit. Doch fragen Sie nur.

Schriftsteller: POUM? Was ist das genau?

Kandidat: Während Sie schliefen, versuchte ich POUM zu erklären. Doch Ihr Kollege Orwell hat über POUM geschrieben. Schlagen Sie nach bei Gelegenheit.

Schriftsteller *zum Kandidaten:* Sind Sie sicher, daß unsere Maschine in Stuttgart und nicht an der Ebro-Front landet?

Kandidat: Keine Bange, der Ortsverband Heilbronn rechnet mit uns. *Die Maschine setzt auf.* Und erst auf dem Rückflug wird abermals Spanischer Bürgerkrieg stattfinden. Auch wenn es schwerfällt: Mit dieser Vergangenheit leben wir heute noch Tür an Tür. – Es wird Zeit, für bessere Nachbarn zu sorgen.

Die Maschine rollt langsam aus. Der Ortsverband Heilbronn steht mit Musik, Schulkindern und Transparenten zum Empfang bereit. Eine Gangway wird an die Maschine geschoben. Anfangs verschlossen, dann doch die berühmten Lachgrübchen zeigend, verläßt der Kandidat als erster die Maschine. Er winkt mit dem Homburg und begrüßt den Vorsitzenden des Ortsverbandes. Die Kinder singen: »Solang noch Untern Linden ...« Der Kandidat schüttelt Hände und spricht durchs Mikrofon.

Kandidat: Liebe Freunde. Ich komme aus Berlin und überbringe die Grüße meiner Mitbürger. Wir haben schwere Wochen hinter uns. Der Krieg lag auf der Straße. Aber wir haben ...

Langer Beifall beendete die Ansprache. Die Musik spielt »Das ist die Berliner Luft, Luft, Luft ...«

Schriftsteller: Ob sein Ernst sich den Schwaben mitteilen wird? Was sagt das Emnid-Institut?

Wahlkampfleiter: Wir sind optimistisch. Letzte Befragungen lassen erkennen, daß seine Popularitätskurve leicht ansteigt.

Schriftsteller: Ohne den Pessimisten spielen zu wollen. Was sagt Allensbach?

Wahlkampfleiter: Die sprechen natürlich von leichten Verlusten.

Schriftsteller: Doch der Regen spricht für euch und unterstreicht seinen Ernst.

Wahlkampfleiter *die Hände reibend:* Auf geht's! *Zum Schriftsteller:* Wer unterwegs nicht gestohlen werden will, muß sich an mich halten.

Sekretärin *zum Schriftsteller:* Und stecken Sie bitte die Butterbrote für den Herrn Bürgermeister ein. Wer weiß, wann es wieder was gibt.

SCHRIFTSTELLER: Billige Ratschläge? Gute Wünsche? Dunkle Gedichte? Mit welchem Papier soll ich seine Stullen verpacken?
Zwischen Musik und Beifall gehen alle ab. Der Schriftsteller verpackt die Butterbrote in Manuskriptseiten und verschnürt das Päckchen mit Ratschlägen und guten Wünschen. Falls ein Vorhang da ist, fällt er.

Nachbemerkung

Die POUM (Partido Obrero de Unificación Marxista) war eine spanische linkssozialistische Arbeiterpartei, die, innerhalb des republikanischen Lagers, von den Kommunisten bekämpft und mit stalinistischen Methoden als Trotzkisten-Partei verfolgt wurde.

DIE PLEBEJER PROBEN DEN AUFSTAND

Ein deutsches Trauerspiel

PERSONEN:

Der Chef
Erwin
Volumnia
Litthenner
Podulla

Rufus
Flavus
Brennus
Coctor
Varro

Kowalski

Kosanke

Friseuse
Polier
Maurer
Putzer
Wiebe
Damaschke
Steinträger
Straßenarbeiter
Mechaniker
Zimmermann
Straßenbahner
Schweißer
Monteur
Eisenbahner

Erster Akt

1. Szene

Im Vordergrund rechts stehen ein Regietisch, ein bequemer Lehnstuhl und ein kleiner Tisch für den Chef mit Büchern und Manuskripten. Auf der anderen Seite ein Tonbandgerät und ein Archivkasten. Das Rom Coriolans in markierter Dekoration. Litthenner schleppt eine Schneiderpuppe mit dem Kostüm des Coriolan auf die Bühne. Mit Regiebüchern folgt Podulla. Beide betrachten kritisch die Coriolan-Puppe.

LITTHENNER: Schnürboden! Hänger hoch!
Die Hänger, markierte Fassaden, gehen hoch.
PODULLA: Warum ändern wir Shakespeare?
LITTHENNER: Der Chef sagt, weil wir ihn ändern können.
PODULLA: Nach neunundneunzig Versuchen: Warum aber ihn hier. Coriolan? Ihn, der stolz bis zum Hochmut, dennoch selbstlos, dabei ungerecht, starrsinnig ist. Ihn, aus Widersprüchen gefügt. Ein Berg, Koloß, nicht abzutragen.
LITTHENNER: Der Chef will zeigen, daß Coriolan zu ersetzen ist.
PODULLA: Er stürmt im Alleingang Corioli.
LITTHENNER: Ein Kriegsspezialist.
PODULLA: Nein, ein Gigant, umgeben von Plebs.
LITTHENNER: Immerhin sind die Plebejer entschlossen, ihn umzubringen. Er diktiert die Kornpreise.
PODULLA: Und spuckt ihnen ins Gesicht. Die Plebejer sind ihm lächerlich. Hampelmänner sind ihm die Volkstribunen.
LITTHENNER: Plebejer und Tribunen will der Chef aufwerten, damit Coriolan auf klassenbewußte Feinde stößt.
PODULLA: Er ist sich Feind genug. Coriolan besiegt Coriolan.
LITTHENNER: Bei uns siegen die Plebejer.
PODULLA: Ich kenne seine These: Nicht wirre Revoluzzer, bewußte Revolutionäre will er sehen. Schaffen wir es?
LITTHENNER: Die erste Szene steht, hoffe ich.
PODULLA: Wir ändern an Änderungen. Basteln darf ich seit Wochen an dieser Kleiderpuppe. Durch die Mangel hab ich das Zeug drehen müssen.

LITTHENNER: Die Arbeitskluft eines Kriegsspezialisten.

PODULLA: Dieser Coriolan vermag allenfalls Vögel zu scheuchen, doch niemals die Plebs unterm Daumen und Roms Gegner in Schrecken zu halten. Coriolan, dem das Siegen wie ein- und ausatmen ist! Er, dessen Hochmut völkermitreißend erst nach fünf Aufzügen zu Fall kommt...

LITTHENNER: Wie sagt der Chef? Es habe des Coriolan Bescheidenheit, was Hemd und Hose angeht, seinen himmelstürmenden Hochmut zu belegen.

PODULLA *lachend:* Gewiß! Auch er kleidet sich anspruchslos und wechselt nur notfalls das Hemd.

LITTHENNER *sieht ihn an. Nach einer Pause:* Du bist doch wohl nicht der Meinung...

PODULLA: Selbstverständlich bin ich nicht der Meinung.

2. Szene

Der Chef und der Dramaturg Erwin treten auf.

CHEF: Warum diese Finsternis auf der Bühne?

PODULLA: Auch gestern hatten wir Arbeitslicht.

CHEF: Doch heute herrscht Helle vor! Kowalski, spar nicht am Licht! Gib die Spielflächen rein! Bei mir und in Rom ist es Tag. *Vor der Coriolan-Puppe:* Zuviel Ornament, immer noch! *Er ändert das Kostüm des Coriolan.*

Den Schnörkel abgetrennt,
er hält nicht viel von Schmuck.
Mit Leichen, Brand und
flachgestampften Städten
schmückt sich der Mann
und nicht mit Faltenwurf.
So seh ich ihn, den Handwerker der Schlacht,
ein Volk erpressen, bis es glaubt,
es könne niemand als er selber
ihn, Coriolan, ersetzen – oh, Personenkult! –
es sei denn, wir ersetzten ihn.

Ergebnisse von gestern sind Papier!
Ganz dumm gestellt. Wie fängt es an?

ERWIN: Ein Haufen Volk, Plebejer, mies in Waffen.
Sie hungern, weil der Kornpreis klettert.
Und sind entschlossen, totzuschlagen
den Volksfeind – steht hier! – Coriolan.

CHEF: Der sich verdient gemacht!
Das Volk kann seine Narben
an Fingern sich nicht abklavieren.

ERWIN: Bei Shakespeare sind es
siebenundzwanzig Stück!

CHEF: So hat er Rom gedeckt. Ein Prügelknabe?

ERWIN: Ein Held vielmehr!
Es rühmen ihn die Maurer, Bäcker, Seiler...

CHEF: Jedoch dieselben Seiler, Maurer, Bäcker
wolln ihn mit schweren Knüppeln rühmen,
weil er den Kornpreis hochgetrieben
und die Oliven teuer hat gemacht.

PODULLA: Also von Oliven steht hier nichts.

LITTHENNER: Auch bei Livius und Plutarch kann ich keine Oliven finden.

ERWIN: Geschenkt: Oliven!

CHEF: Nein, es bleibt
die Ölfrucht stehn als Argument
im Streit der Bäcker, Seiler, Maurer.

ERWIN: Die Summe ist: sie sind nicht einig.
Und folgerichtig tritt Menenius auf.

CHEF: Nichts ist an dieser Folge richtig,
wenn dieser Schwätzer
mit der Bauch- und Gliederstory
den Aufstand, eh er noch recht läuft,
wie eine Amme in den Halbschlaf singt.

ERWIN: Dies Ammenmärchen rettete den Staat.

CHEF: Du meinst den Bauch, das heißt den Adel.

ERWIN: Indem er Bauch sagt,
wenn er Staat und Adel meint.

PODULLA *spricht Text:*
»Da war's einmal, daß alle Leibesglieder,
Dem Bauch rebellisch, also ihn verklagten...«

ERWIN: … »daß er allein nur wie ein Schlund verharre
In Leibes Mitte, arbeitslos und müßig,
Die Speisen stets verschlingend, niemals tätig,
So wie die andern; während jene Glieder
Sähn, hörten, sprächen,
dächten, gingen, fühlten,
Und, wechselseitig unterstützt, dem Willen
Und allgemeinen Wohl und Nutzen dienten
Des ganzen Leibs. Der Bauch erwiderte …«
CHEF: So plappert er hübsch gleichnishaft drauflos …
ERWIN: Beweist dem Volk, den regen Knochen,
wie sinnlos sie die Luft bewegten,
gäb's nicht den Staat, das heißt die Wamme,
in der sich Speck und Bohnen mengen,
wie jeglich Futter überhaupt.
CHEF: Und dieses Gleichnis auf zwei Krücken
nennt klassisch sich und weltberühmt.
Erzähl das Schweißern und Monteuren,
erzähl das einem Kabelwickler heut!
ERWIN: Weil Gleichnis sich auf Einfalt reimt,
wird gleichnishaft das Volk geleimt.
Denn schaute wie ein Leuchtturm ich mich um –
zu den Assistenten –,
euch beide könnt' ich für und gegen kitzeln,
mit gleichem Strohhalm-Argument …
Bis irgendein Herr Marcius kommt
– schon morgen Coriolan gerufen –
der macht kein' Umweg, spuckt direkt,
nennt Ratten euch und lockt mit Korn,
das es im Krieg, und zwar ganz vorn,
doch kostenlos zu scheffeln gäbe. *Lacht.*
Sogar die Volkstribunen schauen dumm
aus ihrer Wäsche in der Gegend rum!
CHEF: Ich bitt' euch, kommt von dort, markiert
den Auftritt jener frischgewählten Esel:
Sicinius, Brutus oder umgekehrt.
LITTHENNER: »War je ein Mensch so stolz wie dieser Marcius?«
PODULLA: »Er hat nicht seinesgleichen.«

LITTHENNER: »Als wir ernannt zu Volkstribunen wurden...«
PODULLA: »Saht Ihr sein Aug, den Mund?«
LITTHENNER: »Ja, und sein Höhnen!«
PODULLA: »Gereizt schont nicht sein Spott
die Götter selbst.«
LITTHENNER: »Den keuschen Mond auch würd er lästern.«
PODULLA: »Verschling ihn dieser Krieg;
er ward zu stolz, so tapfer, wie er ist.«

Chef und Erich lachen.

CHEF: Diese beleidigten Privatiers werden ihn, Coriolan, nicht ersetzen können. Wir werden beide schulen, und das heißt: verändern müssen.

LITTHENNER *sachlich:* Ich hoffe, Sie spielten nicht darauf an, Podulla und ich könnten sich, in ähnlicher Lage, wie Sicinius und Brutus verhalten.

PODULLA: Litthenner und ich stehen eindeutig auf der Seite des Volkes. Mehr noch: Dank Ihrer Anleitung unterhalten wir ein Theater für die Arbeiterklasse.

CHEF: Seid korrekt! Unterhalten tut es wohl unsere Regierung.

PODULLA: Die eine Regierung der Arbeiterklasse ist.

CHEF: Ihr habt die Bauern vergessen und solltet Selbstkritik üben; bedenkt, man versprach uns ein neues Haus.

PODULLA: Auf Wunsch also: Die demnach die Regierung des ersten deutschen Arbeiter- und Bauern-Staates ist.

CHEF: Dennoch, auch auf versprochener Drehbühne wird mein Theater kein Bauerntheater werden.

ERWIN: Weisheiten, die du auf Band sprechen solltest.

CHEF: Wo bleiben sie? Rufus, Flavus, Coctor und so weiter. Verspätet? Wir wollen die Revolution proben, und die Plebejer verspäten sich. Symbolik? Nein. Schlamperei! Schaut nach! Nein, bleibt. Kann ich das neue Band hören? Damit sie nicht Wartende aus uns machen – Spielflächen raus!

LITTHENNER *sucht im Archivkasten, reicht eine Karteikarte:* Die Montage?

CHEF *liest:* Murrende Hausfrauen vor einem HO-Geschäft und Flüsterparolen der Delegation »Volkseigene Glühlampenwerke« beim 1.-Mai-Umzug. – Flüstern und Murren.

ERWIN: Was soll der fromme Schwindel nützen?

CHEF: Hast du Originalgeräusche deutscher Arbeiteraufstände? – Und nun lauft und schafft sie mir her, die Plebejer!
Litthenner und Podulla gehen nach links ab.

3. Szene

Das Band läuft. Aus dem Geräusch lösen sich Worte und halbe Sätze wie: »Drei Stunden anstehn für zwei Pfund Kartoffeln. Fehlplanung. Fressen die Saatkartoffeln selber. Rückstände bei der Ablieferung. Und wo bleiben die Frühjahrskartoffeln? Aber die Bonzen oben. Kartoffeln. Seitdem der Stalin nicht mehr. Nich mal Glühbirnen und keine Kartoffeln. Solange der Spitzbart. Aber nich ohne Kartoffeln im Topf. Der Russe. Normenbrecher. Unsre Kartoffeln an die Schweine verfüttern. Wegen Fünfjahresplan. Aber keine Konsumgüter. Exportieren Kartoffeln. Wenn ich den Spitzbart, Kartoffeln, Kartoffeln! . . . «

CHEF *stellt das Band leiser und spricht über das Geräusch hinweg:* Da steckt nichts drinnen außer dem revolutionären Verlangen nach Kartoffeln.
ERWIN: Als der November achtzehn ablief, hätte solch ein Band daneben laufen sollen.
CHEF: Revoluzzer habe ich genug beschrieben. Maschinengewehre, wenn sie die hören, rennen sie!
ERWIN: Immerhin war dieses Spartakus-Stück dein erster finanzieller Erfolg. *Grinst.* Revoluzzer mit Mond.
CHEF: Weil selbst der Liebknecht und die Luxemburg beide Romantiker.
ERWIN: Und du damals: ein Anarchist, unterernährt mit Gitarre und Talent.
CHEF *lacht leise:* Dennoch fruchtbare Zeit gewesen – sprudelte nur so. Nachtlange Diskussionen: Die Revolution klassisch machen oder romantisch machen.
ERWIN: Lenin schlägt vor, die Revolution wie Kunst zu betreiben.
CHEF: Also: Lehrstück machen. Publikum klüger machen! Hier! Mit geschulten Volkstribunen den Plebejern zeigen: Wie macht man Revolution, wie macht man keine. – Oder Neues von

heute? Den Coriolan liegen lassen? – Oder mal wieder Gedichte? Kurze. Private. Kommen Bäume drin vor. Silberpappeln womöglich. –

Er stellt das Band laut. Das Kartoffelmotiv wiederholt sich bis zur sachlichen Mitteilung beim Ablauf des Bandes: »Ende der Montage, beginnender Arbeiteraufstand für Coriolan – Proben erste Szene.« Im Hintergrund treten Litthenner, Podulla und die fünf Plebejer aus den Kulissen.

ERWIN: Silberpappeln? Hörte ich recht? Sprachst du von Bäumen?

CHEF: Es soll nicht wieder vorkommen.

ERWIN: Wenn schon Gedichte gefragt sind, dann solche über Kartoffeln.

CHEF *spöttisch:* Winterkartoffeln?

ERWIN *gespielt ernst:* Frühjahrskartoffeln!

CHEF: Wenn schon, dann Saatkartoffeln. –
Mehr Licht, Kowalski! Rom bei Tag.

4. Szene

Noch stehen die Assistenten und Plebejer in einer Gruppe. Sie flüstern mit teils aufgeregten, teils verlegen unterdrückten Gesten. Die Plebejer halten Knüppel und Vorschlaghämmer.

LITTHENNER: Das hat Zeit bis nachher. Wir werden einen Beschluß fassen. Nein! Die Probe hat Vorrang.

PODULLA: Erster Aufzug, erste Szene. Rom. Eine Straße. Band läuft!

CHEF: Bitte keine Privatgespräche!

Die Plebejer verteilen sich und treten in Gruppen auf.

RUFUS: »Ehe wir irgend weitergehen,
hört mich sprechen.«

FLAVUS: »Sprich, sprich!«

RUFUS: »Ihr alle seid entschlossen,
lieber zu sterben als zu verhungern?«

FLAVUS, COCTOR, VARRO, BRENNUS: »Entschlossen! Entschlossen!«

RUFUS: »Erstlich wißt ihr: Cajus Marcius
ist der Hauptfeind des Volkes!«

FLAVUS, COCTOR, VARRO, BRENNUS: »Wir wissens! Wir wissens!«

BRENNUS *springt vor:* Chef, in der Stadt ist was los!

RUFUS: »Laßt uns ihn umbringen,
so können wir die Kornpreise selber machen.«

VARRO: Hör schon auf! – Es war kaum durchzukommen. Sie marschieren in Zehnerreihen.

CHEF: Wie immer bei Anlässen. Und nun den Text bitte!

BRENNUS: Gleich, Chef. Schaut! Mit eingehenkelten Armen.

COCTOR: Da sie nicht singen, hört man ihre Holzpantinen.

BRENNUS: Fast wollte ich mit und dabeisein.

FLAVUS: Ich mußte ihn mir am Riemen schnappen.

VARRO: Wir sollten zumachen und auf morgen verlegen.

CHEF: Weil einer der üblichen Aufmärsche stattfindet, soll die Probe?

BRENNUS: Es ist nicht wie üblich, Chef. Sie machen andre Gesichter heute. Frauen am Straßenrand zerknüllen Taschentücher.

LITTHENNER: Vielleicht sollten wir, Chef, den Beschluß fassen, vorläufig das Tonband zu stoppen.

CHEF: Wir und das Band wollen zuhören, wie unüblich sie heute aufmarschieren und wie anders die Gesichter der Aufmarschierenden sind, damit wir aus ihren Gesichtern lernen.

VARRO: Viele lachen, was auffällt.

COCTOR: Der Ernst einiger Gesichter ist nicht mürrisch, wie sonst bei Anlässen, sondern beinahe schön.

ERWIN: Also notieren wir: Schöner Ernst der Plebejer.

BRENNUS: Ich sagte schon: man wünscht, dabeizusein, ohne zu fragen, wohin, mit wem, gegen wen und warum.

CHEF: Dann argumentieren sie nicht, suggerieren bloß.

RUFUS: Waffen tragen sie keine. Ihre Aktentaschen mit dem Vesperbrot und ihre Fahrräder führen sie seitlich.

CHEF: Wen regt das auf! Sollen sie sonstwohin radeln und mit ihren schönen ernsten Gesichtern unsere heitere Probe nicht länger stören! – Die Szene von vorn. *Die Plebejer zögern.* Bitte.
Der Chef geht zum Pult zurück. Die Plebejer suchen ihre Positionen auf. Die Probe beginnt. Durch die Plebejergruppe tritt, in leichtem Sommermantel, eine Schauspielerin auf, die in der Coriolan-Inszenierung die Volumnia spielen soll.

Rufus: »Ehe wir irgend weitergehn,
hört mich sprechen.«
Flavus: »Sprich! Sprich!«

5. Szene

Chef: Ist hier ein Bahnhof!
Volumnia: Was – ihr probt?
Podulla: Soll ich das Band?
Erwin: Ja, stopp es!
Chef: Nein, es läuft.
Volumnia *stellt das Bandgerät ab:*
Ich wünsche nicht aufs Band zu sprechen.
Zum Chef:
Nun, klappt nicht alles wie geplant?
Und hat spontan begonnen, ohne Plan.
Chef: Du meinst die Probe, erste Szene?
Volumnia: Vom Aufstand sprech ich,
hörst du, Volksaufstand!
Chef: Dies meine Rede, schau, wir sind in Rom.
Das Volk erhebt sich laienhaft...
Doch deine Szene, langgeschätzte Freundin
und Mutter eines Coriolan,
steht nicht auf unserem Probenplan.
Volumnia: Dann stör ich also?
Chef: Ja, du störst!
Volumnia: Und wenn die Störungen sich mehren?
Wenn jede Störung Welpen wirft?
Und zeugt, stößt, rammelt, mäuseschnell?
Nehmt an, wir sind heut nicht in Rom,
in London nicht, zu König Jakobs Zeiten,
vielmehr die Hälfte dieser Stadt
– den Osten mein ich, unsre Leute –,
ganz Ostberlin stört, fordert, zischt
und nagelt dein Theater zu.
Chef: Das müßten Puritaner sein;
doch da wir, wie du selber sagst,

nicht Shakespeares London fürchten müssen
– dem hat man oft,
die Pest als Vorwand im Geschirr,
die Bude einfach zugemacht –,
wird mein Theater offenbleiben. –
Vielleicht gibt's paar zerworfne Scheiben.

VOLUMNIA: Nie war ich ängstlich, diesmal ja.
Da draußen kocht die Wut sich Suppen,
Und hier bewegt man Bühnenstaub ...

CHEF: O ungeprobte Zappelei!

VOLUMNIA: Das Volk erhebt sich!

CHEF: Ja. Ich weiß. Spontan!

VOLUMNIA: Sie machen Ernst!

CHEF: Wenn sie's nur machten.

VOLUMNIA: Und rechnen ab.

CHEF: Ich helfe zählen.

VOLUMNIA: Und hängen dich und mich und ihn
vom Rang herab als Bonzen auf.

CHEF: Ich werd sie lehren, klassisch Schlingen knüpfen.

VOLUMNIA: Ist deine Haut dir büffeldick geraten?

CHEF: Wärst du zufrieden, zeigt ich Gänsehaut?

VOLUMNIA: Breitschultrig tritt die Masse auf,
pflügt Straßen, macht die Plätze eng.
Ich hab sie kommen sehen.

CHEF: Hübsch. Erzähl!

VOLUMNIA: Sah offne Münder, Augenweiß.
Asphalt erweichte und Basalt zerbarst.
Sah Haut auf Knöcheln platzen, Blut.
Geruch, die Milch der Welt zu säuern.
Sah Staub in Säulen und Geschrei im Stück.
Im Fleisch erwachten totgesagte Maden.
Paläste fielen hart aufs Knie,
und Wut schlug zu mit flacher Hand.
Die Treppen stürmten sie, ein Kinderwagen ...

CHEF *zu Erwin:* Sie war im Kino und sah Eisenstein.

VOLUMNIA: ... und Tafeln schwankten über Köpfen,
drauf schrie sich heiser fette Schrift:
Für das Eigentum.

Für die Enteignung der anderen.
Für die natürliche Unordnung der Dinge.
Für...

CHEF: Das ist, beste Freundin, alles von mir.
Du bückst dich und findest dir passend Zitate.
Einst hörte ich dich träumen –
im Schlaf noch Zitate.
Genossin, ich bitt dich, sprich eigenen Text.

VOLUMNIA: Du willst mir nicht glauben.

CHEF: Geprobt, jedes Wort.

VOLUMNIA: Nun gut, bleibe listig. Laß laufen die Probe.
Ich sag dir, es kommen noch heute die Maurer
und packen und mörteln und mauern dich ein!

Im Hintergrund, mit Aktentaschen, in weißer Berufskleidung, stehen drei Maurer.

CHEF: Da stehn sie schon und riechen frisch nach Kalk.

Zögernd kommen sie näher. Der Polier vergleicht mit einem postkartengroßen Foto die Gesichter. Das Licht blendet ihn.

6. Szene

POLIER: Sie sind der Chef hier, wie ich sehe.

CHEF: Und ihr kommt gewiß nicht her, damit ich euch das Foto signiere.

MAURER: Wir wollten nur sichergehn.

PUTZER: Wir halten Sie nämlich für einen großen Mann, der einen Namen hat.

CHEF: Meine Größe und mein Name besitzen zu Hause einen Arbeitstisch, von dem aus, durchs Fenster blickend, ein hübscher Friedhof beobachtet werden kann.

MAURER: Sie stellen was dar. Da kommt man nicht rum. Hören doch alle auf Sie.

POLIER: Deshalb sind wir ja hier, als Delegation sozusagen.

PUTZER: Mich haben sie ausgewählt, weil ich auf Betriebsausflügen öfters aus dem Stegreif.

MAURER: Wir sagten uns: Das ist unser Mann. Der hat sich prima abgesichert und hat sich selbst immer zu helfen gewußt; nur der kann uns jetzt unter die Arme.

POLIER: Um es kurz zu machen: Wir kommen nämlich von der Stalinallee.
CHEF *steht auf:* Und wollt 'nen Aufstand
auf die Beine stellen?
POLIER: Na, Aufstand ist zu hoch gegriffen.
PUTZER: Es geht uns einzig um die Normen.
MAURER: Die sind zu hoch. Wir sind dagegen.
CHEF: Und seid wofür, wenn ihr dagegen seid?
POLIER: Wir sind dafür, daß unsere Normen ...
CHEF: Ja, wessen Normen?
MAURER: Klar, der Maurer Normen.
CHEF: Der Schweißer Normen nicht,
auch nicht der Glaser Normen?
PUTZER: Wir sprechen jetzt zuerst für uns,
doch wenn die Schweißer und die Glaser ...
MAURER: Die auch nach hochgesetzten Normen
verglasen oder schweißen müssen ...
PUTZER: Wenn die und auch die Kabelwickler,
wenn Buna, Leuna und Uranbergbau,
wenn die aus Bitterfeld und Halle,
aus Magdeburg und Halberstadt
mit uns vereint dagegen sind ...
CHEF: Was nicht gewiß ist.
MAURER: Bei uns Maurern schon.
PUTZER: Wenn also alle und zur gleichen Zeit,
am selben Tag das gleiche wollen ...
CHEF: Und Unzufriedene gibt's ja immer.
PUTZER: Genau, Chef – dann, ja dann ...
CHEF: Dann gibt's 'nen Aufstand, ist doch klar.
POLIER: Na, Aufstand ist zu hoch gegriffen,
doch könnt man etwas formulieren,
ein Schreiben ...
MAURER: ... oder Manifest sogar ...
POLIER: ... das nicht zu lang und radikal ...
PUTZER: ... doch höflich und bestimmt:
Wir sind dagegen ...
POLIER: Nur fehlt der Text, Chef, unsereins
kann das, was er gelernt hat, Sie jedoch ...

MAURER: ... und alle sagen: Geht zu ihm,
der kennt die Brüder oben, jene kennen ihn ...
PUTZER: ... auch international besehn
sind Sie, wie sagt man, ein Begriff!
POLIER: Na, kurz und gut: Hier ist Papier.

CHEF *hält das Papier prüfend gegen das Licht, Erwin neben ihm:* Acht bitte drauf, wie sich das Wörtchen Normen nach längerem Gebrauch des Sinns entleert.

ERWIN: Das Volk in Rom
hielt's mit dem Kornpreis ähnlich,
am Ende war das Brot abstrakt. –
CHEF: Mein Vater war ein Fachmann in Papier.
Doch eh ich schreibe, will ich wissen.
ERWIN: Was heißen soll, er will euch ganz und gar
vertrauen können, wie man Freunden traut.
CHEF: Den Kornpreis ausgeklammert, Normen gelten.
Rom trete ab. Gleich hat das Wort Berlin.
ERWIN: Er ist an eurer Sache interessiert.
PUTZER: Was hab ich euch gesagt, er schreibt.
MAURER: Der diskutiert uns auseinander.
Das ist doch seine Masche: diskutieren.
POLIER: Der Auftrag lautet, hierzubleiben,
bis er was schreibt.
MAURER: Niemals schreibt der.
POLIER: Er wird schon schreiben.
PUTZER *zum Maurer:* Wetten, daß ...?

Mit den letzten Sätzen sind die Maurer einige Schritte nach hinten gegangen, die Plebejer nach links ab, Volumnia zum Chef.

7. Szene

VOLUMNIA *versucht, beherrscht zu bleiben:* Du spielst wieder einmal den weisen Chinesen, weltfremd und heiter, aber draußen hat man begriffen: Stalin ist tot. Es gibt ihn nicht mehr.

CHEF: Doch seine Bilder stehn noch überlebensgroß. – Schaut nach im Fundus. Vielleicht finden sich noch verwendbare Fragmente. Ein Versuch wird erweisen, was sie begriffen haben.

Montiert die Stücke, spart nicht am Trauerflor. *Litthenner und Podulla gehen ab.* Es wäre gelacht, wenn sich dieser Vormittag nicht retten ließe.

VOLUMNIA: Mann, sie suchen Hilfe und glauben fest, mit passenden Worten könntest du ihnen Türen aufschließen.

CHEF: Glaubst du an Amulette gegen den Schnupfen?

VOLUMNIA: Wenige Worte von dir, und ihr Stammeln bekommt Bedeutung.

CHEF: Das dauernde Hinweisen verkürzt die Finger.

Podulla und Litthenner mit Stücken eines Stalinbildes zurück.

VOLUMNIA: Was soll der Versuch? Wen willst du prüfen? Jene da? Uns? Oder gilt diese Prüfung dir?

CHEF *listig:* Das alte Übel, meine Neugierde. Wissen möchte ich, wer am Ende die besseren Noten nach Hause trägt: die Natur oder mein Theater! – Nein, Coriolan auf den Bürgersteig. Sowas verträgt sich. *Geht auf die Maurer zu.* Ihr gingt also wie immer auf den Bau, so um sieben? *Nach oben:* Zweite Brücke dazu! Kowalski! Es ist heller Morgen!

POLIER: Im Sommer legen wir schon um halb sieben los.

ERWIN: Macht ein Gerüst.

CHEF: Vielmehr deutet es an.

ERWIN: Aber ein Schild sollte sagen, hier wird gebaut des großen Stalin kleinfenstrige Prachtallee.

Alle, auch die Maurer, lachen.

CHEF: Das Bild sagt genug und mehr.

PUTZER: Wenn ich einen Tip geben darf: Von früh bis spät plärrt neben unserer Baustelle der Lautsprecher: Bau auf! Bau auf!

MAURER: Und ich möchte mal kurz in Erinnerung bringen: Was Schriftliches wollen wir haben, und zwar dringend.

CHEF: Ihr seht mich im Begriff. – Wie fing es an?
Speis wurde angemacht, Beton gemischt;
doch schon beim Frühstück – oder eher schon?

POLIER: Nein, erst beim Frühstück
ging's von Mund zu Mund.
Es kamen die vom Block C-Süd,
wir vom Block vierzig wußten schon,
weil wir vor Tagen auf dem Müggelsee,
auf einem Dampfer, auf Betriebsausflug
uns abgesprochen hatten, daß wir alle...

PUTZER: Auf einmal stand da eine Tonne,
wo Kalk drin war gewesen früher...

CHEF: Ne Tonne her, den Kalk mag man sich denken. –
Nichts da? Leiht euch aus Rom ein Stück.

Ein Säulenstumpf wird herangerollt.

PUTZER: Und auf der Tonne steht der alte Hanne
– sonst trägt er Steine und spricht nie –
Auf der Säule:
steht, weil die Sonne, ohne Hemd...

POLIER: Der hat bei Adolf schon vier Jahr gesessen.

PUTZER: Und spricht von oben runter: Hört mal her!

MAURER *drängt den Putzer von der Säule und springt hinauf:*
Genug Theater! Hergehört!
Wir machen ihm den Kaspar hier,
und draußen ziehen sie in Zehnerreihen,
gekoppelt Arm in Arm, ein Mund:
Ihr Kollegen reiht euch ein...

PUTZER UND POLIER: Wir wollen freie Menschen sein!

MAURER: Nun, Chef, wie steht's mit dem Papier? *Springt von der Säule.* Er schreibt da was. Ist das für uns?

POLIER: Laß, stör ihn nicht.

PUTZER: Er ringt mit sich.

MAURER: Das soll er morgen. Draußen brennt's.

CHEF *schreibend:* Gewiß schreibe ich für euch. Was immer ich geschrieben habe, stand auf dem Papier für euch; nur verlernt ihr das Lesen schon in der Schule.

MAURER: Auch wenn es Pappe ist! *Schlägt auf das Stalinbild ein.*

CHEF *steht auf:* Doch zur Sache: Wie viele sind denn unterwegs, grob geschätzt?

POLIER: So zwanzigtausend.

CHEF: Die werden hübsch wieder nach Hause gehn.

MAURER: Das werden sie nicht! *Schlägt weiter.*

PUTZER: Euer Mißtrauen mag Gründe haben; aber wir machen Ernst dieses Mal.

MAURER: Gibt es denn hier nichts zum Dreinschlagen? *Reißt Stücke aus dem Bild.*

PUTZER: Ist nun genug, Karl.

POLIER *zum Maurer, scharf:* Wir haben beschlossen: keine Ausschreitungen. *Zum Chef:* Geordnet, wie wir von den Baustellen kommen, dabei vollkommen unpolitisch, als Menschen nur und ohne Fahnen, ziehen wir zum Regierungsviertel.

CHEF: Was ich sage: denn fahnenlos, unpolitisch und selbstverständlich als Menschen werdet ihr wieder nach Hause ziehn.

MAURER: Weg ist der Schnurrbart. Kein Spitzbart da? Wo ist die sibirische Ziege?

ERWIN *zu Podulla:* Stopp das Gerät. Es wird ratsam, am Material zu sparen.

Volumnia nimmt den Chef beiseite.

VOLUMNIA: Du kennst das Volk nicht mehr,
und siehst es durcheinander laufen
wie anno achtzehn, als du zwanzig warst.

CHEF *winkt ab:*
Es werden die Revolutionäre gebeten,
den städtischen Rasen nicht zu betreten.

VOLUMNIA: Der Arbeiter denkt anders heut.

CHEF: Ich hab's gesehn: er schlägt auf Pappe ein.

VOLUMNIA: Sie sind geschult und kennen ihren Wert.

CHEF: Wenn sie schon Bilder schonen müssen,
dann frag sie nach dem Rasen, frag,
ob sie 'nen Plan gemacht und wer sie führt! –
Springt auf.
Habt ihr den Rundfunk schon besetzt?
Den Generalstreik ausgerufen?
Ist man vor Westagenten sicher?
Was treibt die Vopo? Schaut sie weg?
Gabt ihr der Sowjetmacht Gewähr,
daß es beim Sozialismus bleibt?
Und wenn nun Panzerwagen kommen?
Fast glaube ich, ihr kennt den Typ.

POLIER: Wieso denn Panzer? Wir sind waffenlos.

MAURER: Er meint mit Panzern, wenn der Iwan kommt.

CHEF: Was nicht gewiß ist, nehmt mal an.

POLIER: Wenn nun der Russe kommt...

CHEF: Was dann?
Bevor's zur Flucht kommt, zum Gedränge:
Genossen, dort sind Notausgänge!

Von links treten der Zimmermann, der Straßenarbeiter, der Steinträger, der Straßenbahner und der Mechaniker mit dem Fahrrad auf. Maurer und Arbeiter bilden eine Gruppe.
Es kommt Verstärkung! Neue Bittgesuche.
Er wendet sich brüsk ab.
Kowalski, wieder Arbeitslicht.
Halbdunkel.

8. Szene

MAURER: Verräter sind sie!
VOLUMNIA *auf die Coriolan-Puppe:* Dieser Kerl färbt ab!
ZIMMERMANN: Erklärt mir Leute, jener da
soll Freund der Proletarier sein?
VOLUMNIA: Muß ich, Volumnia, hier Coriolan vermuten?
CHEF: Ich kann nicht. Will nicht. Hörst du? Nein!
VOLUMNIA: Bist du sein Sprachrohr? Notausgänge?
CHEF: Gebt ihnen Bockwurst, Flaschenbier!
MAURER: Dies Pack bleibt stur.
ERWIN: Ich bitt euch, habt Geduld!
VOLUMNIA: Sag, bist du eins mit Coriolan?
PODULLA: Wo ist mein Textbuch?
Hochmut bleibt sich treu.
ERWIN: Nehmt's nicht so ernst.
STEINTRÄGER: Das heißt, man treibt hier Spaß?
CHEF: Soll ich jetzt taktisch handeln, das heißt lügen?
LITTHENNER: Er kann nicht über seinen Schatten.
CHEF: Soll ich jetzt stottern, ganz vom Text verlassen?
PODULLA: Doch Rom verlangt es: Coriolanus, spring!
CHEF: »Wie ein schlechter Schüler jetzt
vergaß ich meine Roll und bin verwirrt ...«
Das Buch! Wie liest sich Coriolan?
Nimmt Podullas Buch.
STRASSENARBEITER: Verlangt er Beifall, Wurst aufs Brot?
CHEF *kniet nieder:*
Muß Coriolan jetzt auf die Knie:
»Oh! Meine Mutter! Mutter! Oh!«

Die Arbeiter lachen.

ERWIN: Was er grad sprach, ist aus dem Römerstück;
und sie, schaut hin, Volumnia
faßt Atem wie zum Monolog.

Volumnia richtet den Chef auf. Die Arbeiter nähern sich.

VOLUMNIA *leise:*
»Kein Mann auf Erden
verdankt der Mutter mehr; doch hier läßt er
mich schwatzen wie ein Weib am Pranger.«
Laut:
Ich rat dir Chef, laß fünfe grade sein.
Wenn's hierzulande Tugend ist,
beim Volksaufstand den städt'schen Rasen,
volkseigne Blumenpracht zu schonen,
laß brav sie auf den Wegen traben,
wenn sie was vorzutragen haben. –
Zwischen den Maurern:
Denn schlimmrer Druck als Norm und Preis
und größrer Mangel, ärgerer Verdruß
als fehlende Kartoffeln, dünnes Bier,
ist ihrer Zunge Unvermögen.
Ihr Mundwerk schafft es nicht.
Nur dies kommt raus: Die Norm. Das Soll.
Und das genormte Übersoll! –
Doch du, zwar nie Prolet, trotz deiner Mütze,
du könntest ihnen Buchstab' setzen
und dichte Wälder Ausrufzeichen,
daß man sie hört, wenn sie den Rasen schonen,
daß man begreift, noch schonen sie den Rasen,
doch wenn der Rasen nicht mehr gilt,
nicht städt'sche Nelken und Stiefmütterchen,
wenn selbst dem Spitzbart eine Schere blüht...

STEINTRÄGER: Was wir verlangen,
sollte selbstverständlich sein.

POLIER *verliert zum ersten Mal die Geduld:* Genau. Sein Name fehlt uns. Hier! *Weist aufs Papier.*

CHEF: Ihr mauert. Ich schreibe. Lotrechte Mauern – lotrechte Sätze – wer errichtet sie ohne Schwierigkeiten? Soeben hoffte ich noch, es wolle ein Manifest Anlauf nehmen; doch da ich's mir wiederhole, schmeckt es nach Elegie. – *Schiebt das Papier fort.* Wem, außer der Poesie, wäre damit geholfen? – *Er will abgehen, der Maurer hält ihn auf.*

MAURER: Und unser Papier? Soll es Flecken bekommen?

ZIMMERMANN: Wenn ihm nix einfällt, soll er es sagen.

PUTZER: Ach was! Die Regierung läßt ihm ein neues Theater bauen.

STRASSENARBEITER: Deshalb will er nichts für uns tun.

MAURER: Wie gehabt, Bonzen. Worauf warten wir noch? *Er will gehen.*

VOLUMNIA: Laß das verlegene Grinsen, Mann. Handle!

CHEF: Wo ich hinblicke: Teigkneter, die aus mir einen rasselnden Helden backen wollen. *Er geht ab.*

ERWIN: Ihr habt ihn nicht überzeugt.

VOLUMNIA: Und er will überzeugt werden. Mit unserer Hilfe, wir müssen es schaffen.

MAURER: Soll das heißen, wir müssen ihm wieder vortanzen?

Volumnia und Erwin gehen dem Chef nach.

Zweiter Akt

1. Szene

Die Arbeiter und Plebejer stehen in zwei Gruppen. Podulla am Bandgerät.

Coctor: Ihr werdet euch in den nassen Kleidern erkälten.
Brennus: Wollt ihr nicht ablegen?
Zimmermann: Keine Sorge, wir werden hier nicht alt.
Strassenbahner: Die stecken euch noch in Kostüme.
Putzer: Paßt auf, Leute, man will uns historisch machen.
Strassenarbeiter *weist auf die Plebejer und Podulla:* Sind die zum Aufpassen da?
Maurer: Theaterfritzen! – *Zu den Arbeitern:* Ihr wart im Westen?
Strassenarbeiter: Schiß haben die drüben.
Zimmermann: Und der Minister, wie heißt er schon, hat gesagt ...
Strassenarbeiter: Die, die haben uns abgeschrieben.
Zimmermann: Keiner soll sich zu unbedachten Handlungen hinreißen lassen.
Strassenarbeiter: Ich sage: abgeschrieben.
Zimmermann: Hat er gesagt, der Jakob von drüben.

2. Szene

Litthenner kommt von rechts.

Podulla: Neues vom Chef?
Litthenner: Zuerst wollte er nach Hause, im Schaukelstuhl sitzen.
Podulla: Bequem.
Litthenner: Er ist überstimmt worden. Sie hat sich an die Orgel gesetzt und alle Register gezogen: Wo ist deine berühmte Geduld? Nichts weißt du, nichts ist bewiesen! Vorurteile! Starrsinn!
Podulla: Und? Hat er sich an die Brust geschlagen?

LITTHENNER: Als auch die Dramaturgie mit Belegen kam, da hat er...

PODULLA: Was denn?

LITTHENNER: ...sich erst einmal hinter einer Zigarre versteckt, dann »gut« gesagt und ganz leise: »Ich beweis euch das Gegenteil. Aber bitte, bitte, mögen sie sich ausplaudern, doch nicht ohne Gewinn für uns.«

PODULLA: Wir werden zu tun bekommen.

LITTHENNER: Und zum Schluß wickelte er alles in eine Parabel ein. Höre: Der Tiger wollte den sitzenden Theoretiker fressen.

PODULLA: Sagte der Theoretiker: Warte, Tiger, bis ich mich erhoben habe?

LITTHENNER: Sitzend sprach er zum Tiger: Bevor du in Praxis umsetzt, sag mir die Zahl deiner Zähne, verrate, nach welchem System sie gestellt sind; auch wüßte ich gern, welcher Ästhetik deine Sprunggelenke gehorchen.

PODULLA: Solch eine Spanne Zeit ließ der Tiger dem Theoretiker?

LITTHENNER: Lange grübelte das Raubtier und war um Antwort verlegen.

PODULLA: Am Ende schlich es belämmert davon.

LITTHENNER: Falsch! Es fraß ihn ohne Theorie.

PODULLA: Du lügst.

LITTHENNER: Um die Wahrheit zu sagen: Fortan folgte der Tiger dem Theoretiker und schämte sich mehr und mehr seiner Unwissenheit.

PODULLA: Und solche Moral hat der Chef als Rezept verschrieben?

LITTHENNER *wendet sich zu den Arbeitern:* Der Chef hat sich umstimmen lassen. Und wenn er jetzt kommt, dann packt aus. Sagt, was ihr wißt, was ihr denkt, was ihr gedacht habt. Laßt nichts weg. Dem Chef ist auch das Wetter wichtig. Selbst Privates hat Platz. Er weiß, ihr habt Familie.

POLIER *verschlossen:* Was seine Richtigkeit hat, wird gesagt werden.

ZIMMERMANN: Und was geht das die an? *Zeigt auf die Plebejer.*

STRASSENARBEITER: Römische Klamotten. Alles Tarnung.

ZIMMERMANN: Wer beweist uns, daß zwischen denen da keine Spitzel?

RUFUS: Und wer uns, daß in der Maurerkluft wirkliche Maurer stecken und keine Westagenten?

MAURER: Den da hab ich schon lang auf der Latte. Sag, Genosse, wo kann man dich singen hören?

PODULLA: Vernunft, Leute!

MAURER: In Karlshorst oder beim Spitzbart privat?

FLAVUS: Provokateur, bezahlter!

MAURER: Bonzengesindel! Schmarotzer!

PODULLA: Aufhören!

ZIMMERMANN: Politruks!

PODULLA: Ich sage aufhören!

ZIMMERMANN: Apparatschiks!

RUFUS: Schmeißt den Kerl raus, wenn er zur Diskussion nicht bereit ist.

STRASSENARBEITER: Wenn hier rausgeschmissen wird, dann wir euch!

LITTHENNER: Keine Spontaneitäten!

ZIMMERMANN: Los! Bevor wir verpfiffen werden.

Es kommt zwischen dem Zimmermann, dem Straßenarbeiter, dem Maurer und Rufus und Flavus zum Handgemenge. Die restlichen Arbeiter und Plebejer versuchen zu schlichten.

STEINTRÄGER: Laßt euch nicht provozieren. Unsere Feinde sitzen woanders.

BRENNUS: Halt deine Leute zurück!

POLIER: Einstellen! Hört ihr! Einstellen!

PUTZER: Wir haben beschlossen: keine Ausschreitungen.

PODULLA: Wenn dieses Praxis ist, war seine Theorie falsch.

Der Chef, gefolgt von Volumnia und Erwin, tritt von links auf.

3. Szene

CHEF: Das nenn ich Klassenkampf!
Plebejer und Proleten!

ERWIN: Dabei ergibt sich beispielhaft ein Bild.

Die Schlägerei beginnt sich aufzulösen.

CHEF *springt zwischen die Arbeiter, packt sie:*
Ich bitt euch, schlagt den gleichen Knoten
ein zweites Mal, hier, der schnappt den.
Er sollte schwitzen, dessen Zung muß raus,
du schaust nicht zu, dich zwängt ein Bein.
Ins Weiß der Maurer, Ärmel, Hosenbein,
Plebejerlumpen, Flick auf Flick gemengt.
Dem will der Hals, weil sich dies Knie
und jener Unterarm – den Daumen drauf! –,
und jetzt wird stillgehalten, vaterunserlang,
ganz statuarisch, ganz Laokoon! –
Ach könnt man euch in Bronze gießen,
auf einen Sockel heben, Inschrift drauf:
Der Sozialismus, nun? was tut er? –
seht: Er siegt! –
Schon gut. Spannt aus, Plebejer und Proleten.
Und jetzt vom Aufstand Wort für Wort Bericht.
Die Gruppe löst sich auf.

MAURER *zum Polier:* Aber du fängst an.

POLIER *zum Chef:* Also wenn es sein muß: Die Luft ist schon lange dick da, auf der Stalinallee. – Von meinen drei Kindern will der Junge ins Elektrofach.

CHEF *interessiert:* Sagt eure Namen dazu.

MAURER *drängt sich vor:* Die tun nix zur Sache.

CHEF *freundlich:* Warum setzt ihr euch nicht! Seit halb sieben auf den Beinen und stehen immer noch.

Die Arbeiter setzen sich nebeneinander auf das einzige Podest, das eine Sitzmöglichkeit bietet.

PUTZER: Damit wir uns nicht falsch verstehen: Wir vom Block vierzig zählten als Aktivisten. – Früher Vertreter. Ließ mich umschulen. Jahrgang neunzehn.

MAURER: Jahrgang zweiundzwanzig. Den hat der Krieg selten gemacht. – Zwar haben sie bißchen rumgefummelt an die Ventile, von wegen Rückgabe von Eigentum an Republikflüchtige, die wieder retour machen wollen, aber so ziemlich alles, von der Kartoffel bis zur Sicherheitsnadel, ist noch bewirtschaftet.

POLIER: Aber der Druck hat nachgelassen, etwas, auch auf die Kirche, sagt meine Frau. – Wir sind evangelisch.

MAURER: Dafür haben sie den Prozentsatz im Bier runtergesetzt und die Normen überall hochgeschraubt. – Auch evangelisch.

PUTZER: Gleichfalls. – Das mit den Normen stand schwarz auf weiß in der »Tribüne«. Das ist unsere Gewerkschaftszeitung. Die ist gegen uns. – Im Krieg hab ich Frankreich, den Balkan und die Ukraine mitgemacht.

MAURER: Denn da stand, daß sie raufgehen sollen, die Normen. Und zwar freiwillig und sofort.

POLIER: Und zwar um zehn Prozent auf der Stalinallee.

ZIMMERMANN: Nein, überall! – War Panzergrenadier. Fünf Jahre Sibirien. Vor drei Jahren zurück.

CHEF: Doch bei euch ging es los.

POLIER: Und zwar um neun Uhr fünfzehn genau. – Ich habe Demjansk überlebt. Später Kurlandarmee.

MAURER: Wir vom Block vierzig mit 'nem Schild. Achtzig Mann. Normen runter, stand drauf. – Oberarmschuß. Gefrierfleischorden.

PUTZER: Es schloß sich uns an der Block C-Süd.

POLIER: Die anderen Blöcke auch. Tausendfünfhundert Mann, ungefähr.

PUTZER: Die machten ganz fix einen Sprechchor:
Ihr Kollegen, reiht euch ein,
Wir wollen freie Menschen sein.

ZIMMERMANN: Später, als es keine Maurer mehr gab, die kommen konnten, haben wir den Chor ein bißchen geändert:
Ihr Berliner, reiht euch ein,
wir wollen freie Menschen sein.

STRASSENARBEITER: Nun kamen sie alle, sogar Hausfrauen.

ZIMMERMANN: Die Vopo jedoch verhielt sich stille.

STRASSENARBEITER: Und auch wir sagten: Paßt auf, daß kein Blut fließt!

DIE ARBEITER *untereinander:* Kein Blut fließt. Mich hat es dreimal. Blut fließt. Einmal Lungensteckschuß. Kein Blut fließt. Und als wir in Demjansk. In zwei Tagen die halbe Kompanie. Ich sag euch: Auf der Rollbahn nach Smolensk. Da hättste mal den Schlamassel bei Kursk. Und erst am Kubanbrückenkopf. Jede Menge Bauchschüsse. Eee-rika, zwo, drei, vier.

CHEF: Rufus, Varro, Coctor, Flavus, Brennus. – Unsere Szene nach dem Volskerkrieg!

Die Plebejer auf dem Podest den Arbeitern gegenüber.

RUFUS: Jetzt ist er Konsul.

BRENNUS: Und wir haben ihn gewählt.

FLAVUS: Dabei hat er uns nicht einmal seine Wunden gezeigt.

COCTOR: Das Gesetz verlangt es.

VARRO: Wir sollten die Wahl anfechten.

RUFUS: Aufstand?

BRENNUS: Gegen Coriolan. Immer.

RUFUS: Aber mit Waffen? Ich habe genug. Hier und hier traf es mich, als es galt, Tarquinius zu vertreiben.

VARRO: Bei Corioli stürzte ich in die Spieße. Dennoch war es ein Sieg.

COCTOR: Diesen hier fehlenden Finger schenkte ich den Sabinern.

BRENNUS: Die Äcker der Volsker soffen mein Blut!

FLAVUS: In den Albanerbergen vergaß ich einen Stiefel samt Inhalt.

RUFUS: Vor Antium hat unsere Kohorte die Geier gemästet.

VARRO: Antium? Bei Corioli haben wir Schanzen aus Leichen geschichtet.

RUFUS: Na, sagt wer noch was? Aus Leichen geschichtet. Und wir sollen wieder mit Waffen?

CHEF: Das Veteranengeplauder beider Gruppen folgt einem Motto:

Es wird gebeten, nicht scharf zu schießen.
Wir wollen Freiheit nur, kein Blutvergießen!

POLIER: Klar doch! – Aber alles lassen wir uns nicht bieten. Als ein Zivilist uns fotografierte mit seinem Dings, mußte er den Film ausliefern.

CHEF: Während die Arbeiter protestieren,
ist es verboten zu fotografieren.
Man sollte Tafeln beschriften, die diese gefährlichen Weisheiten leserlich verkünden.

VOLUMNIA: Deine Methode ist zu sehr Methode.

MAURER: Der läßt genauso die Rolläden runter wie die in der Universität. Intelligenzler! – Solidarität! Haben wir gerufen. Mit Sprechchören. War eine Pleite wie hier.

CHEF *leise, akzentuiert:* Die Studenten folgten vielleicht angespannt einer Vorlesung über Lenins Briefe an die Petrograder Genossen, darin er ihnen nach Marx beweist, daß Aufstand, genau wie Krieg, eine Kunst ist.

ERWIN: Bei solch studentenhafter Zurückhaltung kann von Volkserhebung nicht mehr die Rede sein.

MAURER: Der denkt, wir spielen blinde Kuh draußen. Dreitausend Mann ungefähr!

ZIMMERMANN: Als die vor dem Regierungsgebäude ankamen...

STEINTRÄGER: Was früher das Reichsluftfahrtministerium gewesen ist...

ZIMMERMANN: ...da wurden die Scherengitter sofort geschlossen. Aber wir riefen, sechstausend Mann: Ulbricht oder Grotewohl!

STRASSENARBEITER: Doch die kamen nicht raus, alle beide nicht.

STRASSENBAHNER: Und die Sonne stach von oben.

ZIMMERMANN: Da setzte sich ein Teil von ungefähr achttausend Mann auf Görings ehemalige Fliesen, bis Selbmann kam.

MECHANIKER: Das ist der von der Schwerindustrie.

PUTZER: Der brachte einen Tisch mit und einen Professor. Den Tisch, weil er draufwollte. Aber die mußten ihm helfen. *Er klettert aufs Podest, indem er sich auf die Arbeiter stützt.* Kollegen!
Die Arbeiter lachen.

STRASSENARBEITER: Wir sind keine Kollegen.

ZIMMERMANN: Das sagten wir, er darauf:

PUTZER: Arbeiter bin ich, wie ihr. *Die Arbeiter pfeifen.*

MAURER: Arbeiterverräter biste!

PUTZER: Da hat er seine Hände vorgezeigt und gerufen: Schaut meine Hände!

MAURER, STRASSENARBEITER, ZIMMERMANN: Zu fett! Zu fett!

ZIMMERMANN: Die sind zu fett!

STRASSENBAHNER: Und die Sonne schien auf seine fetten Hände, bis er sie einholte. *Der Putzer bleibt auf dem Podest.*

ZIMMERMANN: Nun wollten wir einen neuen Sprechchor bilden, und zwar diesen: Die Befreiung der Arbeiter kann nur das Werk der Arbeiter sein, ungefähr.

MECHANIKER: Aber wir konnten uns nicht einigen, ob das von Marx, Lenin oder womöglich von Stalin ist.

PUTZER: Also von Marx, das wäre noch gegangen.

STRASSENARBEITER: Außerdem war kein Mikrofon da.

POLIER: Dabei gab es auf der Stalinallee genug. Und Lautsprecher derart, daß einem nachts noch die Ohren.

STRASSENARBEITER: Hätten wir die mal mitgenommen.

MECHANIKER: Das sag ich immer: Hättet ihr bloß!

CHEF: Hätten wir bloß vorher. Und hätten wir bloß sogleich. Sie lamentieren wie Shakespeares Plebejer.

VOLUMNIA: Bald werde ich dich lamentieren hören: Hätte ich doch damals und hätte ich bloß sogleich. Mann, auch du bist von dieser Welt!

CHEF: Gab ich Anzeichen, daß diese Probe im Himmel spielt?

MAURER *stößt den Polier an:* Mensch mach, sonst sind wir noch Sonntag hier.

POLIER: Doch da stieg unser Hanne auf den Tisch. *Winkt den Putzer herunter und hilft dem Steinträger hinauf.*

MAURER *zum Zimmermann:* Wurde auch Zeit.

STEINTRÄGER: Ich bin Steinträger auf Block C-Süd.

PUTZER: Und zwar mit nacktem Oberkörper schob er den Selbmann sachte vom Tablett und den Professor auch.

STEINTRÄGER: Und ich drückte mich etwa so aus: Wir sind nicht aus den Gerüsten geklettert, weil wieder mal Ölsardinen fehlen. Kein Mensch muckt auf, weil es zwar Luftpumpen jede Menge, aber keine Fahrradschläuche gibt. Wenn du uns hier stehen siehst, in der Hitze, dann nicht nur wegen der hochgeschraubten Normen und dem runtergedrückten Alkohol...

MAURER UND ZIMMERMANN: Wenig Schnaps und dünnes Bier,
Grotewohl, wir danken dir!

STEINTRÄGER: Nein, Junge, was du hier siehst, ist ein Volksaufstand, sagte ich.

POLIER: Und dann forderten wir den Rücktritt der Regierung und freie geheime Wahlen, jawohl.

MAURER: Es fiel das Wort: Ge – ne – ral – streik!

STEINTRÄGER: Und deswegen sind wir hier. Denn drüben beim Rundfunk waren wir schon.

FLAVUS: Im Westen drüben?

RUFUS: Scharfmacher haben die Leute aufgeputscht!

STRASSENBAHNER: Quatsch, Mensch! Die Amerikaner wollten uns gar nicht und dachten zuerst, der Russe hat uns geschickt.

BRENNUS: Stimmt! In der Kantine hörte ich Westsender. Nur jemand von der Gewerkschaft hat mehrmals über den Funk.

MAURER: Scharnowski?

STEINTRÄGER: Aber vom Generalstreik durfte auch er nicht im RIAS, weil das Einmischung ist, sagen die.

BRENNUS: Bittschön. Meine Rede.

POLIER: Und deswegen sind wir hier.

MAURER: Immer noch hier.

MECHANIKER: Außerdem fing es an, wie bestellt zu regnen.

STRASSENBAHNER: Durchgeweicht sind wir, sogar die Butterbrote.

FLAVUS: Und wenn es sich einregnen sollte?

RUFUS: Dann? Was dann? *Die Antwort der Arbeiter bleibt aus.*

CHEF: Muß ich denn an alles denken? Litthenner, Podulla! Unsere Gäste dürfen erwarten, daß wir das Selbstverständliche tun. Trockene Schuhe, trockenes Zeug. Hier wird sich niemand den Tod holen. Seid vernünftig. Schnupfen und Grippe verändern die Welt nicht. Bei uns wird es trocken bleiben. Hängt das durchnäßte Zeug auf. Ich schlage vor: Quer über die Bühne. *Die Assistenten und Plebejer spannen eine Leine über die Bühne. Die Arbeiter hängen ihre Kittel zum Trocknen auf.*

VOLUMNIA: Erwin, merkst du was? Es riecht nach Arbeiterwohlfahrt.

ERWIN: Der Heilsarmee war er schon immer gewogen.

VOLUMNIA *zum Chef:* Du willst doch nicht etwa fürsorglich sein?

CHEF: Ein shakespearischer Dauerregen verwässert das ohnehin blasse Programm.

ERWIN: Dem du Glanzlichter aufsetzen willst.

CHEF *zu Volumnia:* Nimm es praktisch: So wird eine deutsche, also verregnete Arbeiterrevolution zum Bild. *Leise:* Ihnen nicht, dem Himmel ist etwas eingefallen.

VOLUMNIA: Was bist du doch für ein mieser Ästhet!
Litthenner und einige Plebejer teilen Plebejerkostüme an die Arbeiter aus.
Aus Arbeitern hast du Komparsen
gebacken, wie man Plätzchen backt.

Dein Werk, mein Freund.
Ja, hör nur weg, noch sag ich's leise:
Von diesem Tag an, der den Sozialismus will,
wie wir ihn wollen, du, ich, er,
wird jeder Maurer, Dreher und Monteur,
wenn du nicht handelst, dich Verräter nennen.

ERWIN: Dann ist es seine Pflicht,
dies Bild zu korrigieren,
bevor man es in Ost und West klischiert.

VOLUMNIA: Hier stehen Zeugen.

CHEF *zeigt auf die Puppe:* Soll ich sie bestechen?
Soll ich, wie jener auf dem Forum, betteln:
»Vor ihnen prahlen, dies tat ich und das...« –
Soll ich die Braut abgeben
mit verstellter Stimme,
und andrerseits den Werber spielen:
Schaut nur, wie keusch sie ist und ohne Knick?
Spielt die Braut.
Das bin ich, ja, das bin ich, keusch.
Für Sozialismus und Gerechtigkeit
stritt sie von früher Jugend an!
So stritt ich, und von Jugend an.
Und diesen Ausspruch, diesen Geistesblitz
ließ leuchten sie, da's dunkel wurde!
Das tat ich: Alle Welt erleuchten.
Und wurde angefallen und gescholten,
verfolgt und mit dem Tod bedroht!
Ja, so geschah mir hundertmal.
Soll ihre Stimmen ich wie Kippen sammeln,
hier auf dem Forum?
Zur Puppe: Freundchen sprich!
Zitiert:
»Geheilte Schmarren zeigen, die ich bergen sollte...«
Nach oben:
Kowalski, bitte mildes Licht.
Zwischen den Arbeitern:
Ach lieber Mann! Und du, Genosse, Freund!
Du kühner Maurer, stolzer Straßenbahner du!

Plebejer ihr, und ihr, Proleten!
Wenn ihr sogleich nach Hause stiefelt,
so haltet mich, ich bitte euch,
in zartem Angedenken, seht, ich hab's verdient!

MAURER *verblüfft:* Mensch, der ist komisch.

Er lacht. Nacheinander stimmen die anderen Arbeiter ein. Es entwickelt sich ein großes Gelächter.

CHEF *zu Volumnia und Erwin:*
Soll ich so reden? Nackt und weinerlich:
Geliebte Stimmen, stimmt für mich?

VOLUMNIA *resignierend zu Erwin:* Kaffee?

ERWIN: Rückbesinnung auf Hegel könnte nicht schaden.

Er nickt. Sie setzt auf dem rechten Regietisch Wasser für Nescafé auf.

VOLUMNIA: Vor Jahren besaß ich sein Ohr. Heute darfst du ihn bemuttern. *Sie setzt sich.*

ERWIN: Kindisch genug beträgt er sich.

CHEF: Ich hasse nun einmal Revolutionäre, die sich scheuen, den Rasen zu betreten.

ERWIN: Was immer du dir bei Rasen denken magst, angenommen, sie trampelten ihn flach – wird es beim Rasen bleiben? Wird dein Theater nicht gleichfalls an Saft und Ansehen verlieren? Die Bestuhlung wird ihnen Brennholz sein. Den Vorhang wird Demokratie zerschnipseln. Die Bühnentechnik wird ihren Spieltrieb fördern, weil zuerst einer, dann eine Meute es wagte, den Rasen zu betreten.

VOLUMNIA: Glaubst du, sie werden zwischen dem Rasen und deinem Theater zu unterscheiden wissen?

CHEF: Aber sie schonen ihn ja und tippeln draußen, ihre Verslein murmelnd, auf Zehenspitzen umher. – So komisch diese Prozession ist, so wertvoll kann sie uns sein. Für Coriolan oder für ein Stück, das geschrieben werden will. Indem wir aufzeigen, was nicht sein darf, wird deutlich, was die Revolution fordert. *Auf den Polier zu:* Ihr kommt her, sagt zu mir: Tu was für uns. Gut. Mit eurer Hilfe, zu eurem Nutzen. Jetzt zeig ich euch, was ihr draußen macht. Nehmen wir an: Dort hinten formiert sich der Umzug. Er verlangt Tafeln, die Ordnung fordern und jegliches Blutvergießen verneinen. *Zu den Plebejern:* Für euch einige Textvorschläge. Litthenner, zeig, was du gelernt hast. *Zum Polier:*

Wichtig sind eure Sprechchöre. Ihr wißt, worum es geht – also zankt euch nicht wieder. *Litthenner mit den Plebejern und den Arbeitern ab. Der Chef winkt Podulla zu sich heran.* Und jetzt, Podulla, bringen wir unsere Revolutionäre in Schwierigkeiten. Hier Rasen – da Rasen – hier Rasen. Markier uns was. *Ruft nach oben:* Außerdem Licht – sonntägliches Licht!

PODULLA *scharf:* Chef – heute ist Mittwoch. *Er geht ab.*

4. Szene

VOLUMNIA *gießt den Kaffee auf. Zum Chef:* Willst du auch Kaffee?

CHEF: Damit du mich endlich ja sagen hörst: Ja.

VOLUMNIA: Immer noch ohne Zucker?

ERWIN: Als wenn er sich ändern könnte.

VOLUMNIA: Es gab Zeiten, da hat er nächtelang Bohnen gekaut.

CHEF: Übrigens gibt es drüben am Wochenende ein Fußballspiel. VfB Stuttgart gegen Kaiserslautern. Sowas lenkt ab.

VOLUMNIA: Wovon, Mann? Wovon? Du solltest mal wieder die Freundin wechseln. Andere Haarfarbe, bessere Einfälle.

CHEF: Wolltest du mir nicht eine Tasse Kaffee?

VOLUMNIA: Da! *Reicht ihm einen Becher. Er trinkt mit Genuß.*

CHEF: Wir sollten einen Kasten Bier bestellen, hörst du, Erwin?

ERWIN: Dann solltest du ihnen auch Stullen schmieren lassen.

Im Hintergrund markiert Podulla mit Hilfe einiger Bühnenarbeiter die Rasenflächen.

CHEF: Richtig. Einen Kantinenzettel und alle Welt hergeschaut: Ich unterschreibe! *Er unterschreibt einen Zettel und gibt ihn Podulla, der damit abgeht. Volumnia tritt dicht an den Chef heran.*

VOLUMNIA: Mann, ist das alles?

CHEF: Hast du mehr?
Ich geb' es auf. Wer mag den Stein noch wälzen,
wenn sich die Steine eigenhändig wälzen?

VOLUMNIA: Das sagst du heut. Mann, denk zurück.
Ich hab dich damals aus der Gosse.

CHEF: Dort war es wohnlich, unterm Schimmel schön:
Der Krach in Dresden, weißt du noch.
Die Zeit mit Paule, dem Halbschwergewicht ...

VOLUMNIA: So fand ich dich, das Chaos hätschelnd,
verhungert halb, verliebt ins Nichts,
im Unglück paddelnd ohne Ziel...
CHEF: Mein Kurs war richtig, doch der Kompaß log.
VOLUMNIA: Du, Erwin, wo ist Osten – da?
Weist mit beiden Daumen in entgegengesetzte Richtungen.
Sein Kurs war richtig! Unser Kompaß log!
Du Dichter!
CHEF: Barrikadenduse!
VOLUMNIA: Salonmarxist.
CHEF: Du Flintenweib.
VOLUMNIA: Ich könnte dich.
CHEF: Ich dich zehnmal.
VOLUMNIA: Na los, womit? Womit, mein Täubchen?
CHEF: Saustück, geliebtes!
VOLUMNIA: Freund!
CHEF: Genossin!
Sie umarmen sich und lachen schallend.
ERWIN: Eure alte Familienplatte! Sie amüsiert mich immer wieder. *Er stimmt in das Gelächter ein.*

5. Szene

Podulla kommt zurück und setzt sich an das Bandgerät. Von links tritt Litthenner auf, ihm folgt der Plebejerchor mit Schildern »Kein Blutvergießen«, »Nicht fotografieren«, »Ordnung halten«, »Rasen schonen« und nimmt seitlich Aufstellung. Es erscheinen die Arbeiter mit Transparenten »Normen runter«, »Spitzbart weg«. Sie beginnen ihren Umzug, der im Verlauf der Szene zwischen den Rasenflächen mehr und mehr in Verwirrung gerät.

LITTHENNER: Es findet heut in unsrer Stadt
ein Aufstand gegen Ulbricht statt.
DIE ARBEITER: Ihr Berliner reiht euch ein,
wir wollen freie Menschen sein.
LITTHENNER: Ein Fotograf mit dem Belichter
wollt knipsen Arbeitergesichter.
PLEBEJERCHOR: Während die Arbeiter protestieren,
ist es verboten, zu fotografieren.

Die Arbeiter: Ihr Berliner reiht euch ein,
wir wollen freie Menschen sein.

Litthenner: Es darf nicht leiden Blumenpracht,
wenn rigoros das Volk erwacht.

Plebejerchor: Drum werden die Revolutionäre gebeten,
den städtischen Rasen nicht zu betreten.

Die Arbeiter: Ihr Berliner reiht euch ein...

Maurer *bricht aus, drückt die Transparente zur Seite:* Rasen, Rasen, ich höre immer Rasen! Gibt keinen Rasen in der Stadt. Alles versteppt. Immer noch Trümmer vom Krieg. Unkraut dazwischen. Wir sind doch keine Hampelmänner! Uns hier verarschen lassen mit seinem Rasen, während die draußen. *Zum Chef:* Du... Du...

Zimmermann: Sag es ihm.

Maurer: Ich sag dir, du...

Strassenarbeiter: Einmal muß es ihm jemand geigen.

Maurer: Weißt du, was du bist?

Steinträger: Das Ohr soll ihm abfallen.

Maurer: Du bist, du, du bist ein ganz gemeiner, listiger, hinterlistiger, ausgekochter und ganz gemeiner, du bist, sage ich...

Chef *gelassen:* Bevor mein Ohr abfällt: ich bin also ein Arbeiterverräter. Stimmt's? *Zu Podulla:* Vielleicht hören wir uns diese ziemlich beispielhafte Steigerung noch einmal an. In der gehörten Reihe der Adjektive verdient die Wiederholung seiner Formulierung »ganz gemeiner« einige Aufmerksamkeit.

Podulla: Soll ich die Erwähnung des Rasens mitnehmen?

Chef: Das Stichwort heißt Hampelmänner.

Das Band läuft: Wir sind doch keine Hampelmänner. Uns hier verarschen lassen mit seinem Rasen, während die draußen. Du... Du... Sag es ihm. Ich sage dir, du... Einmal muß es ihm jemand geigen. Weißt du, was du bist? Das Ohr soll ihm abfallen. Du bist, du, du bist ein ganz gemeiner, listiger, hinterlistiger, ausgekochter und ganz gemeiner, du bist, sage ich... Bevor mein Ohr abfällt: ich bin also ein Arbeiterverräter. Stimmt's?

Chef *stoppt das Gerät:* Ein nicht unwichtiger Kunstgriff, diese Doppelung. Wie wäre es – nur um das Gefundene zu erproben und wenn möglich zu verbessern – mit einem zusätzlichen »ganz gemeiner«, und zwar zwischen »hinterlistiger« und »ausgekochter«?

PODULLA: Du bist ein ganz gemeiner, listiger, hinterlistiger, ganz gemeiner, ausgekochter und ganz gemeiner...

MAURER *zu Podulla:* Schnauze! *Zum Chef: Sie sind ein ganz gemeiner Lump!*

ZIMMERMANN: Das sind Sie.

MAURER: Ein Lump, ein ganz gemeiner.

LITTHENNER: Damit war nicht zu rechnen, Chef.

CHEF: Schade. Wenn auch der Ausdruck »Arbeiterverräter« die Steigerung mehr motiviert als die allzu naheliegende Beschimpfung »Lump«: beides trifft mich nicht. Das Schimpfwort ist eine Waffe. Eure Gegner gehen mit ihr um, meisterlich, seit Jahrhunderten. Lernt also von euren Gegnern. *Weist auf die Coriolan-Puppe:*

Sobald der Herr hier auf Plebejer stößt,
fließt ihm die Gosse aus dem Maul.
Von Hunden spricht er
und rebell'schen Schurken.
Er heißt sie jucken, bis sie Aussatz werden.
Plebejer sind ihm nichts als Ratten.

ZIMMERMANN: Was gibt's dabei zu lernen, frag ich mich.

CHEF: Was! Hunde? Ratten? Das laßt ihr euch bieten?

ZIMMERMANN: Die bieten uns noch mehr – uns trifft das nicht.
Hier – willst du lernen? So 'ne Liste!
Zuerst mal: Klassenfeinde. Westagenten dann.

PUTZER: Versöhnler ist ein jüngst gebornes Wort.

ZIMMERMANN: Faschist, das stinkt schon, doch es putzt.

STRASSENBAHNER: Und einmal wurd ich, eh ich's konnt kapieren,
wie folgt beschimpft: Ob – jek – ti – vist.

PUTZER: Dann gibt's noch dies: Kapitulant.

STEINTRÄGER: Und Perspektivelose gab's schon immer.

PUTZER: Revisionisten! Saboteure!
Reaktionäre Elemente!

MAURER: Heut' sind wir, du kannst sichergehn:
Provokateure und Putschisten...

POLIER: Aufweichler, Westler und nicht linientreu.

PUTZER: Aus Saboteur und Westagent
mischt sich das Schimpfwort: Sabogent.
Gelächter der Arbeiter.

CHEF: Ihr habt recht. Ratten, Hunde – daran gewöhnt man sich. Objektivist? Kapitulant? Papierkugeln. Abstrakte Steine, die niemand treffen. Und wie, wenn man euch beim Alltäglichen greift? Sagen wir, bei der liebgewordenen Gepflogenheit, täglich Kartoffeln zu essen? – Kartoffelfresser. Ihr Kartoffelfresser! – Oder man nimmt euch bei der Potenz und sagt: Wochenendhengste. Ja doch: Ihr Wochenendhengste. Oder man zählt sich eure harmlosen Feierabendbeschäftigungen auf: Karnickelzüchter, Biertischstrategen, Laubenpieper. Denn das seid ihr doch: Äußerst gefährliche Biertischstrategen.
Kosanke tritt von links auf. Der Chef fühlt sich gestört.

6. Szene

CHEF: Was gibt's schon wieder? Hier ist Probe!
KOSANKE: Es ist wie Kronstadt: Konterrevolution!
POLIER: Den Burschen kennen wir doch!
KOSANKE: Die Ratten wittern Morgenluft!
VOLUMNIA: Des Volkes Dichter.
ERWIN: Dein Kollege.
KOSANKE: Aus allen Kellerlöchern: Konterrevolution,
die wir ersticken müssen.
PUTZER: Der ist doch dem Spitzbart sein Sprachrohr.
KOSANKE: Keine Diskussionen.
Wir brauchen dich. Nur noch dein Name,
dein Wort kann helfen. Dir vertrauen sie;
mich hat die Meute ausgepfiffen.
VOLUMNIA: Nicht nur der Aufstand, auch der Staat
sucht deine Hilfe. Welche Macht,
welch vielumworbne Macht birgt dieser Sessel.
CHEF: Beleuchter, wieder Arbeitslicht!
KOSANKE: Ich sprach zu ihnen auf dem Spittelmarkt,
verhältnismäßig höflich, doch sie pfiffen.
Sie fordern Freiheit, sind verhetzt!

CHEF: Wer also Freiheit fordert, ist verhetzt?
KOSANKE: Sie rücken vor in fünf, sechs Säulen.
CHEF: Verhetzte, die die Freiheit fordern.
KOSANKE: Provokateure und Putschisten!
Faschistenhunde, Westagenten!
Die Arbeiter lachen.
Sie wollen das Kulturhaus sprengen...
CHEF: Respekt, Respekt!
KOSANKE: Sind fünfzigtausend!
ERWIN: So viele Leser hat Kosanke
zu seiner Feier aufgerufen?
VOLUMNIA: Das nennt man literarischen Erfolg!
KOSANKE: Kein Spaß, Chef, diesmal, hier mit harter Faust
muß durchgegriffen werden,
knallhart angesprochen.
Wir im Kulturhaus sind knapp dreißig Mann.
Doch ohne Waffen.
ERWIN: Wer wollte auch, zumal als Dichter,
auf Leser schießen, die, Zitat im Munde:
»Bauauf! Bauauf!« des Volkes Sänger
mit »Freundschaft! Freundschaft!«
feiern wollen?
KOSANKE: Dein Scherz wird bald dein letzter sein.
ERWIN: Den hätt ich gern in Marmor stehn.
KOSANKE: Sie werden Rache nehmen, Zahn um Zahn...
VOLUMNIA: Durch seinen Anblick hat Kosanke
ihr Aug' verletzt, nun juckt das seine.
KOSANKE: Komm mit und halt sie auf mit deiner Rede.
Du hast die Zunge und den Witz,
sie allesamt, sind fünfzigtausend,
verhetzte und verführte Elemente,
nach Haus zu schicken, wo sie hingehören.
CHEF: Sie wär'n enttäuscht, die fünfzigtausend,
denn dich zu feiern, sind sie ausgezogen.
Mich liest der Westen mit Vergnügen;
der Osten liest Kosankes Lügen.
Er wendet sich ab.
KOSANKE: Das mit dem Westen will ich schriftlich haben.

CHEF: Wer noch will etwas schriftlich haben?
KOSANKE: Wer zahlt dir deine Bude? Wer?
CHEF: Wer alles will mich melken? Wer?
Zuerst des Staates Untertanen
und gleich darauf der Staat?
Ich bin nicht eure Kuh.
KOSANKE: Wer hätschelt dich und duldet deine Launen?
Den Formalismus, den ihr Realismus nennt?
Der Westen etwa? Oder wir?
CHEF: Wie dankbar sind wir unserem Gönner.
KOSANKE: Also dem Staat. Dein Gönner ist der Staat.
CHEF: Wie konnte ich den Staat vergessen!
Laßt uns mit Arbeit dankbar sein.
KOSANKE: Die Wahrheit...
CHEF: Ist konkret. Es läuft die Probe!
KOSANKE: Was soll Theater, wenn das Volk,
Regie nicht achtend, Handlung treibt?
CHEF: Hör zu: Im Bett, die lust'ge Liebe,
die Taufe später, mühevoll der Tod,
den Krieg, den Frieden muß man proben,
die Hasenjagd, das Fußballspiel,
sogar das Chaos muß man proben,
den Zufall, Schluckauf, Zaubertrick,
der Heilige muß Wunder proben,
den Aufstand der Plebejer muß man proben.
Zum Beispiel will sich Volkes Wut
mit Sinn für Sauberkeit vermählen.
Sie wollen ihre Butterbrotpapiere
nicht auf die Straße werfen,
während fünfzigtausend
Kulturpalast und Rathaus stürmen,
nein, in die städtischen Behälter
mit Schlitz und Aufschrift, leserlich:
»Das Volk hält seine Straßen sauber«,
muß es hinein, das Butterbrotpapier. –
Solch reinliches Verhalten wollen wir
jetzt proben. – Bitte Licht.
LITTHENNER: Also was her, das so aussieht wie.

CHEF: Und ist endlich das Bier oben?
PODULLA: Auch die Butterbrote.
MECHANIKER: Ja doch! Kleiner Imbiß könnte nicht schaden.
Rufus und Flavus holen eine Kiste Bier und eingewickelte Butterbrote aus der Gasse.
PODULLA: Ich mußte dreimal quittieren.
KOSANKE: Was? Wurst und Pilsner für dies Pack?
Zum Steinträger:
Das ist doch der vom Block C-Süd.
Ich denk, ihr probt? Probt ihr den Putsch?
BRENNUS: Das Volk hält seine Straßen sauber!
MAURER: Kosanke, auch ein Bierchen? Sauf!
PUTZER: Seht den Schmarotzer!
KOSANKE: Das sind Westagenten!
Das sieht man doch an ihren Entensterzfrisuren.
MAURER: Verräter an der Klasse, du!
KOSANKE: Hier spricht der Arbeiter- und Bauern-Staat.
Und wer den heut verrät,
den nenn ich Klassenfeind.
BRENNUS, COCTOR UND VARRO: Das Volk hält seine Straßen sauber!
Die Arbeiter holen sich Bier, kauen Butterbrote und werfen das Papier in die Kiste.
STEINTRÄGER: Ihr Funktionäre in die eigene Tasche,
Lohndrücker, habt uns ausgesaugt.
KOSANKE: Söldlinge ihr, bezahlt von drüben.
STRASSENARBEITER: Du Bonzenschwein, du Politruk!
ZIMMERMANN *kippt Kosanke in die Kiste:*
Das Volk hält seine Straßen sauber!
Gelächter.
KOSANKE: Provokateure und Putschisten!
ALLE: Das Volk hält seine Straßen sauber!
KOSANKE: Versöhnlerpack! Trotzkistenbrut!
Des Kapitals gekaufte Knechte!
Die Arbeiter heben ihn samt der Kiste hoch und tragen ihn von der Bühne.
ALLE: Das Volk hält seine Straßen sauber!
KOSANKE *schreit:* Kosmopoliten! Defätisten!
ALLE: Das Volk hält seine Straßen sauber!

KOSANKE: Ihr dekadenten Formalisten!
Verweichlicht, westlich, bürgerlich ...

7. Szene

CHEF: Das nenn ich Beute! Lief das Band?
Die Massen wird man auseinandertreiben;
dies Material jedoch wird bleiben.

Er setzt sich an das Bandgerät und läßt die aufgezeichneten Szenen kurz anlaufen. Die Arbeiter kehren lachend zurück, lassen sich die Bierflaschen austeilen und trinken. Erwin sitzt über Büchern.

VOLUMNIA *im Abgehen zu Erwin:* Er spielt. – Du rettest dich in die Bücher. – Die Arbeiter trinken Bier. – Es ist Mittag. – Der Aufstand tritt auf der Stelle.

Dritter Akt

1. Szene

Die Arbeiter trinken Bier. Der Mechaniker pumpt Luft in die Fahrradreifen, der Straßenbahner nimmt seinen Kittel von der Leine.

Strassenarbeiter: Gibt es noch Bier?

Steinträger: Sauf nicht soviel.

Maurer: Mir ist es zu still hier.

Zimmermann: Und wir haben gedacht, das ist unser Mann.

Maurer *zum Putzer:* Was haste gesagt: Sein Name auf unserem Papier, und alle Welt sagt: Donnerwetter!

Zimmermann: Der? Der hat ganz andere Interessen als wir.

Maurer: Mann, und draußen wird schon der Spitzbart rasiert.

Zimmermann: Und wir nicht dabei! – Hier ist doch kein Blumentopp mehr zu gewinnen.

Polier: Ich habe meinen Auftrag: Sein Name. – Macht, was ihr wollt.

Zimmermann: Du Sturkopp! Der will euch verschaukeln.

Maurer: Womöglich verpfeifen die uns.

Polier: Mein Auftrag lautet: Hierbleiben, bis er ja sagt.

Mechaniker: Und wenn das nichts wird – drüben warten sie nur auf uns.

Steinträger: Wir waren im Westen. Das zählt nicht.

Zimmermann: Draußen, das zählt.

Maurer: Los! Wer macht mit? *Pause.*

Strassenbahner: Ich will bloß mal gucken, ob sie mir nicht den Anhänger aus den Schienen. *Ab.*

Polier *zum Putzer:* Laß ihn. *Zum Maurer:* Melde dich bei der Streikleitung.

Mechaniker: Wenn es die noch gibt.

Polier: Sag denen, wir kommen nicht weiter. Frag, ob das noch Zweck hat. Auf jeden Fall – sie sollen wen rüberschicken.
Maurer und Zimmermann ab. Es entsteht eine Pause.

Strassenarbeiter: Wir waren mal abgeschnitten. In Lappland. Halbe Kompanie. So kommt mir das vor.

Polier *zum Steinträger:* Wird das kapiert in Leipzig und Rostock, was der Scharnowski drüben über den Funk gesagt hat?

Steinträger: Sucht eure Plätze auf, hat er gesagt.

Putzer: Das kapiert jeder.

2. Szene

Chef *tritt von rechts auf. Zu den Arbeitern:* Wo sind die Assistenten? *Zum Polier:* Schmeckts? *Zu den Arbeitern:* Interessiert euch das? *Auftritt Erwin.* Ich habe die Szene umgeschmissen. Rom, eine Straße. Doch vor den Plebejern laß ich die Tribunen auftreten. – Wo sind Podulla und Litthenner?

Erwin: Auch wenn es dir die Laune nehmen wird: Beide haben mir die Regiebücher übergeben.

Chef: Litthenner auch?

Erwin: Zu zweit machten sie ihren Entschluß bekannt.

Chef: Darf man sie nun zu den Aufständischen zählen? Ich dachte, wir hätten zu arbeiten?

Erwin *lächelt:* Sie sind deine Schüler. Vermutlich stehen sie in Hauseingängen und füllen ihre Oktavhefte mit nützlichen Beobachtungen.

Chef: Fleiß schützt vor Sünde.

Erwin: Auch unsere Freundin schminkte sich für die Straße.

Chef: Das überrascht dich? Sie handelte immer blindlings und manchmal richtig.

Erwin: Fatalerweise...

Chef: Noch eine Panne?

Erwin: Es tut mir leid, zumal du gut aufgelegt warst.

Chef: Also?

Erwin: Nur zwei Plebejer sind uns geblieben. Dieser Aufstand, so mangelhaft er vorbereitet ist, hat einen gewissen Sog. – Auch ich mußte mich festhalten.

Chef: Lasse dich los. Ein Unwissender mehr. Sei dabei. Auf die Dramaturgie kann ich verzichten, solange noch ein einziger Schauspieler auf der Bühne steht. – Schaff mir die Laien aus dem Theater.

Erwin *kühl:* Die dir geholfen haben.

Chef: Mach es mit Anstand.

Erwin: Soll ich Freikarten verteilen?

Polier: Wir haben begriffen, Chef. Wir stören und wissen nicht, wie man sich anstellt auf dem Theater. – Aber wir wollen stören.

Strassenarbeiter: Und zwar jetzt.

Erwin: Seid friedlich, Leute.

Strassenarbeiter *droht mit der Flasche:* Pfoten weg – oder ich atme ein.

Steinträger: Das ist unser Mittwoch. Da könnt ihr nicht abseits stehen und zugucken. Da müßt ihr zahlen. Wenn ich auch nur ein Sozi war, aber ich habe gezahlt. Bei den Nazis – hier! *Er zeigt die Innenseite des Unterarms.* Und wenn es sein muß, sitz ich bei denen noch mal. Das ist ein großer Tag heute.

Polier: Es bewegt sich was.

Putzer: Da wird nicht nur wegen der Normen geschrien.

Polier: Geflüstert wurde von Freiheit genug. Nun brüllen sie: Freiheit!

Chef: Brüllen verschleißt die Wirkung.

Erwin: Bedenkt, zwei Silben hat unser schönes Wort.

Strassenarbeiter *angetrunken:* Wir fordern Freiheit!

Alle Arbeiter: Freiheit!

Erwin *nachsichtig, freundlich:* Jemand, der euch hört, möchte meinen, ihr verlangt nach dem Frühstück und nicht nach der Freiheit.

Chef: Ein gutes Frühstück ist ihnen Freiheit.

Mechaniker: Jedenfalls gehört es dazu. Bloß Freiheit macht keinen Kohl fett. Deshalb war ich, als es losging, schon nicht ihrer Meinung. Genau wie Sie. Zuschlagen hätten wir müssen. Aber bevor ich wegen »Normen runter« und bißchen Freiheit wieder nach einer durchgeladenen Knarre greife – zwei Jahre Rußland, das langt! –, bevor also meines Vaters gebrannter Sohn noch einmal die Rübe hinhält, haut er ab.
Zu den Arbeitern:
Und zwar zum alten Adenauer rüber,
der ist nicht schlechter als der Ulbricht hier.

Steinträger: Weswegen biste dann noch hier
und noch nicht drüben?

Mechaniker: Ich guck mir an, wie weit ihr heute kommt.

STRASSENARBEITER: Mensch, zieh bloß Leine –
drüben fehlt's an Pfeifen.
MECHANIKER: Dafür gibt's Ananas da drüben.
Bei uns gibt's nicht mal Weihnachtskerzen.
Und alles gibt's auf Karten, sogar Zwirn!
Das wird hier nie was.

Nimmt sein Fahrrad.

STRASSENARBEITER: Drüben wirste fett.
STEINTRÄGER: In pures Gold faßt man dich drüben.
MECHANIKER: Und hier? Hier faßt man mich in Blei.
STRASSENARBEITER: Spannt ihm die Reifen ab!
Auf Felgen laßt ihn türmen.

Will das Rad demolieren.

CHEF: Das wird notiert. Läuft auch das Band?
Straßenarbeiter läßt vom Fahrrad ab, da er den Satz auf sich bezieht.
So könnte es in Rom sich zugetragen haben.
Es könnte einer der Plebejer sagen:
Noch schau ich zu, wie weit ihr heute kommt ...
ERWIN: Weil ohne Fahrrad, trägt er Reisestiefel ...
CHEF: ... doch wird nix draus, mach ich mich dünn.
ERWIN: Und wenn beim ersten Auftritt Coriolans
ihm die Plebejer drohn: »Wir wandern aus!«,
könnt' Coriolan die Plebs verhöhnen,
indem er »Gute Reise« wünscht.
MECHANIKER: Und wanderten sie aus, ich mein, aus Rom?
CHEF: Sie überlegten sichs zu lang;
und dann begann ein kleiner Krieg
und zog 'nen größren nach.
POLIER: Das kann bei uns wohl kaum passieren.
STEINTRÄGER: Bist du so sicher?

Betroffenheit. Pause.

MECHANIKER: Bevor das losgeht, bin ich weg.
POLIER: Weg biste nicht, du bist nur drüben.
STEINTRÄGER: Und wenn es drüben losgeht?
PUTZER: Mann, die sind doch müde.
POLIER: Genau! Die machen keinen Finger krumm.
Die stellen allenfalls, das kostet nix,
paar Kerzen uns zum Gruß ins Fenster.

Strassenarbeiter: Ich hab 'nen Vetter in der Pfalz,
den kümmert nur, ob Kaiserslautern siegt.

Putzer: Ein Freund von mir am Bodensee,
dem ist die Gegend hier zu flach.

Steinträger: Glaubt irgendwer, daß die im Rheinland wissen,
daß Bautzens Zuchthaus Platznot hat?

Polier: Die uns am Werktag abgeschrieben haben,
verkünden sonntags: Haltet aus!

Putzer: Ja, wären wir katholisch! Aber so?

Mechaniker: Ich schick euch Päckchen, wenn ich drüben bin.

Chef: Mit Coriolan gesprochen: »Gute Reise!«

Der Mechaniker geht mit dem Fahrrad ab.

Steinträger *zum Chef:* Den können Sie sich hintern Spiegel stecken.

Chef: Da ist noch Platz.

Steinträger: Ich frag Sie: Platz genug?

Erwin geht zum Tonband und stellt es ab.

Strassenarbeiter: Was gibst du dich noch ab mit dem? Der guckt bloß zu und hält den Kopf nicht hin.

Steinträger: Ich kannte mal einen Pferdehändler. Der hatte, wenn er den Gäulen ins Gebiß langte, eine gewisse Ähnlichkeit mit Ihnen. Aber wir sind keine Pferde.

Strassenarbeiter: Und auch keine Versuchskaninchen.

Polier: Wie wollen Sie das verantworten?

Steinträger: Ich weiß, Sie werden bezahlt: Heute für gestern und morgen für heute. Und wenn wir Sie bezahlen? *Er zieht seine Geldbörse.* Was kostet uns Ihre Stunde?

Chef *Auge in Auge mit den Arbeitern:* So also wird die Schuld zubereitet. Man nehme: Unwissenheit und einen gestrichenen Löffel voll falsch betontem Bedürfnis nach Freiheit, rühre mein wissendes Zögern in dieses Eintopfgericht, und schon kommen sie, weisen auf mich, den Koch. *Er wendet sich ab und geht zum Tisch.* Welch lausiges Datum bekommt heute Gewicht. Ach. Livius, Plutarch, Lenin. Könnte ich mitschwimmen, Rom verlassen, mich bewegen, bewegt werden, falsch oder richtig betonen, schreien, außer mir, aber dabei sein. – *Setzt sich erschöpft.* Möchte Horaz lesen. Wie sehen Tannen aus in der Frühe.

Er sitzt zusammengesunken hinter dem Regietisch.

3. Szene

Wiebe und Damaschke treten von hinten links auf. Beide tragen Lederzeug und hochgeschobene Motorradbrillen.

WIEBE: Die Streikleitung schickt uns.
ERWIN: Wir haben nun genug Delegationen gehört.
DAMASCHKE: Es soll hier nicht klappen mit der Solidarität.
ERWIN: Ja doch, eure Sache ist auch die unsere, gewiß.
WIEBE: Das also ist der Chef des Hauses,
der vielgerühmte Freund der Unterdrückten.
ERWIN: Ich bitte euch, er ist erschöpft.
WIEBE: Geschenkt! Es fehlt uns seine Stimme!
He, Chef! Genossen! Ich heiß Wiebe.
Das ist Damaschke. Wir sind Abgesandte
der Kreise Bitterfeld und Merseburg.
Es streiken Leuna, Buna und Groß-Kayna.
Damaschke vom Elektrokombinat,
ich, Wiebe, bring aus Halle Grüße:
Nicht nur Berlin, die Republik
hat satt die Ulbricht, Grotewohl und Pieck.
Begrüßung mit den Arbeitern.
POLIER: Wie steht's in Leipzig?
DAMASCHKE: Wir sind oben.
STEINTRÄGER: In Magdeburg?
DAMASCHKE: Das Zuchthaus ist geknackt.
WIEBE: Und ihr? Habt ihr ihm Dampf gemacht?
Alle sehen auf den Chef.
CHEF: Daß sie immer zu zweit auftreten müssen, jeder des anderen Zeuge.
ERWIN: Als das Paradies liquidiert wurde, wie viele Erzengel setzte man ein?
CHEF *steht auf. Mit überraschendem Charme:*
Damaschke, Wiebe? – Hübsche Namen,
wie Rosenkranz und Güldenstern.
Ich steh zu Diensten. Woran fehlt's?
Er verbeugt sich.
WIEBE: An Hohn bestimmt nicht. Sag's ihm schon.

Damaschke: Ein Streikaufruf
und einen ziemlich offnen Brief...
Vielleicht...

Wiebe: Sag nicht vielleicht!

Damaschke: Bestimmt
fällt Ihnen etwas ein: paar scharfe Sachen.

Chef: Beim Wort genommen. Wer notiert?

Erwin: Du willst im Ernst?

Chef: Im Ernst. Mein Wort zur Lage.

Erwin mit dem Block neben dem Chef.

An Ulbricht, den das Volk zumeist
den Spitzbart nennt. –
Mach einen Doppelpunkt.
Genosse Sekretär, du sollst nicht schießen,
dies Volksfest lohnt kein Blutvergießen.
Die Bürger woll'n nur ausprobieren,
ob unsre Straßen breit genug
im Ernstfall für 'nen Aufstand wären.
Dann gehn sie wieder brav zu Muttern
zwölf Stück Kartoffelpuffer futtern.
Doch dies, Genosse, ist erwiesen:
für einen Aufstand sondergleichen
die Straßen, Plätze schrecklich reichen!

Er nimmt den Block.

Nun eigenhändig, samt der Unterschrift:
Und wenn Dir dieses Volk nicht paßt,
dann wähl Dir eins, das besser paßt.

Er reicht den Brief Damaschke.

Damaschke: So oder so kann man das verstehn.

Wiebe *reißt ihm den Brief aus der Hand:* Der reißt Witze!

Strassenarbeiter: Auf unsere Kosten.

Wiebe: Volksfest, sagt der! Gleich krieg ich die Platze.

Chef: Sie können nicht lesen.

Wiebe: Da ist Ironie drin. Das stinkt.

Er zerknüllt den Brief und wirft ihn weg. Erwin hebt ihn auf, glättet ihn und steckt ihn ein.

Chef: Dabei biete ich eine Lösung an, die unserer Regierung hinterbracht werden sollte.

STRASSENARBEITER: Das hinterbring man selber.

WIEBE: Für den ist der Aufstand schon vorbei. In Leipzig brennen die Aktenschränke, in Halle hängen sie Spitzel auf, in Merseburg werden die Bonzen verhört.

STRASSENARBEITER *packt den Chef am Kittel:*
Los, nehmen wir ihn in die Mache.

DAMASCHKE: Und der nicht besser – Freundchen, komm! *Packt Erwin.*

WIEBE: Glaubst du an unser Deutschland, Chef?

CHEF: Wir essen beide gerne Pellkartoffeln.

WIEBE: Das sind zwei Worte,
Deutschland und Kartoffeln.

CHEF: Das eine Wort verspeis ich täglich;
das andre frißt mich täglich auf.

STRASSENARBEITER: Der wird uns noch Kartoffelsupp
auf »Deutschland über alles« reimen.

DAMASCHKE *schreit den Chef empört an:*
Geteilt ist Deutschland!

ERWIN: ... samt Kartoffeln.

CHEF: Soweit ich denk – und ich vergesse nicht –,
geeint war's immer ungemütlich.

WIEBE: Da habt ihr's: richtig angetippt,
schon singen sie. Das heißt bei mir: Verrat.

STRASSENARBEITER: Ein Saboteur ist er.

WIEBE: Aufknüpfen, die Verräter. Kurzer Prozeß gemacht.

STRASSENARBEITER *sieht nach oben:* Laß sie doch hochhängen. Mang dem Theaterplunder.

WIEBE: Im Namen des Volkes.

STEINTRÄGER: Hör mal, Kollege. Standgericht mag in Bitterfeld üblich sein...

WIEBE: Im Namen des Volkes ...

STEINTRÄGER: Wir sind gegen solche Methoden.

WIEBE: Sonst noch Einspruch? *Niemand meldet sich.* Also klarer Fall. *Zum Putzer:* Laß mal was kommen. Mach schon!

PUTZER: Können vor Lachen. *Geht nach rechts ab.*

STRASSENARBEITER *zum Polier:* Halt du den Onkel.

Er übergibt Erwin dem Polier, nimmt die Wäscheleine ab, teilt sie und knüpft zwei Schlingen. Ein Zug mit dem eingeschalteten Spielflächenapparat kommt langsam herunter.

ERWIN: Wir hätten hiesiges Bier bestellen sollen und nicht das starke Import.

CHEF: Diese Art Dramatik habe ich immer gehaßt.

ERWIN: Das überrascht mich. Deine Forderung hieß: Die Revolution möge den Rasen nicht schonen.

STRASSENARBEITER: Stopp! – Und jetzt wird Kragenweite gemessen. *Er befestigt Schlingen am Zug. Er und Wiebe legen dem Chef und Erwin die Schlingen um den Hals.*

ERWIN: Bevor wir mitwirken dürfen an eurem hastigen Aktschluß, steht uns, so hoffen wir, ein letztes Wort zu.

WIEBE: Abgelehnt.

DAMASCHKE: Einspruch.

WIEBE: Paßt aber auf, daß ihre Köpfe hübsch in den Krawatten bleiben.

ERWIN *zum Chef:*

Jetzt müßte ich Menenius sein ...
Merkwürdig, daß den alten Narren
auf einmal Ängste schlauchen. – Chef, sprich du.

CHEF: Mich hindert Schluckauf. Sei so gut.

ERWIN *mit Schweiß auf der Stirn:*

Ihr heilgen Demagogen, helft!
Wenn wir auch hängen müssen – ihr habt recht.
Ihr meint die oben – und nennt uns Verräter.
Die oben müssen hängen – also hängt ihr uns.
Wir sind der Staat, nicht wahr?
Wir sind der Staat.
Doch eh wir hängen – wir, das heißt der Staat –,
seid für fünf Pfennige gerecht:
So faul der Laden stinkt und Brechreiz macht,
wir haben keinen beßren, als der ist.
Die Herrschenden da oben – also wir –,
wenn auch auf unbeholfne Art,
wir mühen uns für dich und dich.
Denn was euch drückt –
die Normen nicht zuletzt –,
der Mangel, ja, die Diktatur,
nicht unsre Bonzen sind's allein,
es lassen uns die Bonzen hinterm Rhein

nicht festen Fuß und langen Atem fassen.
Stets sind sie einig, wenn wir uneins sind.

DAMASCHKE: Das hör' ich täglich,
das macht niemand fett.

STRASSENARBEITER: Fett seid ihr oben...

POLIER: ...wir malochen.

WIEBE: Los, hoch mit ihnen!

STRASSENARBEITER: Macht aus beiden
zwei Bammelmänner, die an Halsweh leiden.

ERWIN: Bevor ihr euch so sträflich überhebt,
will ich – der Staat –
ein allgemeines Gleichnis bieten,
das, unsrem Römerstück entliehn,
auf unsre Zeit sich läßt beziehn.

STRASSENARBEITER: Seid ihr da scharf drauf?

WIEBE: Märchentante!
Los Jungs, wir feiern Himmelfahrt!

DAMASCHKE: Laßt ihn doch flöten. – Mensch, ein Westgerät.
In Halle die Kollegen wollen auch was hörn.

Er geht zum Bandgerät und stellt es an.

WIEBE: Ich sag jetzt: Einspruch.

DAMASCHKE: Hast du Schiß?

Pause.

ERWIN: Es war einmal, da faßten alle Glieder
nach allzu kurzem Rat den Schluß,
den dicken Bauch mit Knüppeln zu berennen,
weil er, so sagten sie, nur faul und träge
die Brocken schlinge, während sie
sich rühren müßten, um die Norm, wie ihr,
die viel zu hohe Norm zu schaffen.
Da sprach der Bauch...

PUTZER: Das möcht ich wissen, was die Wamme singt.

ERWIN: Seid Ohr, ihr Glieder, spöttisch grinsend,
nicht herzhaft lachend, voller Spott...

WIEBE: Na los, was fällt ihm darauf ein?

STRASSENARBEITER: Was spricht der Arsch mit Bauches Stimme?

ERWIN: Er mag erst reden, wenn die Glieder schweigen.

STRASSENARBEITER: Nun aber fix, sonst fang ich an zu wirken.
CHEF: Die Nachgebornen werden lächeln,
wenn jenes Tonband unser Todesröcheln
als Zeugnis bietet. – Bitte sprich.
ERWIN: Ganz ohne Eile sprach der Bauch
– wer Därme birgt, kann sich gedulden –:
Nun, meine lieben Zappelglieder,
ihr Arme, Beine, Kopf auf Hals,
zwei Daumen und acht Finger ihr,
– und auch der elfte wäre ungeladen,
zög ich nicht Saft aus Sellerie –,
hört zu: ich bin das A und O,
Zentrale bin ich, Frontleitstelle,
ein Bahnhof, der euch Güterzüge
ins fernste Nest schickt – mir der Rest! –,
den kennt ihr wohl, wißt um die Sitte,
mit ernster Sorgfalt euch zu wischen.
Das nämlich ist des Bauchs Gewinn,
auch Bangen um des Stuhlgangs Regel,
und ob ihr auch vernünftig speist,
ihr raffend unvernünftgen Glieder. –
Und so verhält sich's mit dem Staat.
STRASSENARBEITER: Wieso denn Staat?
PUTZER: Die Wamme ist der Staat!
ERWIN: Wie wir der Staat sind – er und ich.
Was weißt du schon, du große Zehe,
der, wett ich, halb der Nagel fehlt...
STRASSENARBEITER: Ich wär 'ne Zehe? – Doch das stimmt:
Einst quetscht' ich mir in Neuruppin
auf einer Großbaustelle links den Onkel
und feierte vier Wochen krank.

Gelächter.

ERWIN: Was sag ich: Arme große Zehe!
Zwar wichtig bist du, schlecht zu missen,
doch ohne Weitblick, Horizont,
verpackt in Socken und in Filzpantoffeln –,
und willst trotzdem, dem ersten Schritt voran,
den Anstoß geben: Hängt den Bauch?

PUTZER: Was heißen würde: alle Glieder...
ERWIN: Sie hängen gleichfalls – mit dem Bauch.
Pause.
PUTZER: Ich will nicht hängen.
POLIER: Niemand will.
Pause.
STRASSENARBEITER: Wenn man es so anguckt...
STEINTRÄGER: Sei ihm behilflich.
WIEBE: Wer erteilt hier Befehle?
STEINTRÄGER: Ich.
ERWIN: Danke. Ja. Schon gut. *Der Straßenarbeiter hilft dem Chef, der Putzer hilft Erwin die Schlingen ablegen.*
POLIER *während er Erwin hilft:* Diese Methode lag mir von Anfang an nicht.
Der Chef sucht auf dem Regietisch, winkt den Polier heran und gibt ihm seinen Bogen Papier zurück. Der Chef beginnt, seinen Kittel zuzuknöpfen. Es entsteht eine Pause.
ERWIN *zum Chef:*
Nun, hat auch dich die Fabel von den Gliedern,
die ihren Bauch berennen, überzeugt?
Hier hat ein Unsinn Tradition
und hält sich frisch, wie Formalin die Leichen.
Drum darf der Fortschritt ihn nicht streichen.
Zu den Arbeitern:
Mein Vorschlag wäre: ihr geht nun, jeder für sich, nach Hause.
Pause.
STRASSENARBEITER: Draußen regnet es – immer noch.
PUTZER: Er meint mit Regen... Na, Sie verstehen schon.
Lärm von draußen.
WIEBE: Hosenscheißer hat er aus euch gemacht! *Der Lärm nimmt zu.* Still! – Sie kommen.
DAMASCHKE: Wir sind nur zum Spaß hier, verstanden?
Während der letzten Sätze hat der Chef seine Bücher zusammengepackt und seine Mütze genommen. Er ist im Begriff, nach hinten abzugehen. Erwin folgt ihm. Sie werden in der Mitte der Bühne aufgehalten.

4. Szene

SCHWEISSER *stürzt herein:* Gibt's hier Verbandszeug? Schnell! *Die Friseuse, der Schweißer und der Eisenbahner schleppen den Maurer mit der Fahne von hinten links herein.*

EISENBAHNER: Wir bringen ihn!

STRASSENARBEITER: Was?

DAMASCHKE: Wen?

POLIER: Mensch, Karl.

FRISEUSE: Ein Pflasterkasten!

POLIER: Wo hängt der hier?

ERWIN *leise, besorgt zum Chef:*
Du solltest wirklich gehn.

Der Chef bleibt fasziniert stehen. Der Maurer mit der Fahne macht sich los.

MAURER: Laß doch die Tinte laufen. Hier. Ich habe. *Zum Chef:* Und was hast du? Na was? Ich habe!

FRISEUSE *zum Chef:* Von oben runter,
hat vom Brandenburger Tor...

Sieht nach oben, hält ein.

SCHWEISSER: Und ganz allein hat er...

FRISEUSE *verblüfft:* So sieht das aus – Theater.
Da ist die Rampe – *in den Zuschauerraum* –
da – da sitzen sie.

MAURER: Jawohl! Allein von oben! Was habt ihr?

FRISEUSE *zum Chef:* Hier, faß mal an.
Er hat von oben...

EISENBAHNER: Laß ihn erzählen, wie er hat.

MAURER: Ihr alle habt von unten, wie ich oben.
Ich weiß nicht wie, auf einmal rauf:
Das mußte fix, damit der Rückzug nicht,
weil auf dem Dach vom Adlon vopoblau.

WIEBE: Als wir in Halle
und in Bitterfeld...

DAMASCHKE: Als sich das Komitee zu Merseburg
an einem Tisch, an dem zuvor die Bonzen...

FRISEUSE: Er also rauf.

MAURER: Wenn ich mal, dann.
Mit Hotten, weil der schwindelfrei, doch ich,

zuerst mal Treppen, Leitern dann,
die, als das Tor im Krieg, denn oben soll.
EISENBAHNER: Wir eingehenkelt, Ohren angelegt.
SCHWEISSER: Auf Lkws kommt Oberspree...
EISENBAHNER: Und ich sah Vopos, als wir kamen,
da schnallten sie die Koppel ab.
WIEBE: Bei uns im Panzerschrank zu Bitterfeld
fand eine Liste sich mit Namen unter Namen.
MAURER: Als wir, nur Regen, Wind, kein Feuerschutz.
FRISEUSE: Klatschnaß ist er.
MAURER: Ich oben rangerobbt,
na Meter wieviel, grobgeschätzt,
bis an die Stange – oben schlaff.
Und auf dem Adlon hatten vopoblau,
daß Hotten sich zuerst, doch ich,
weil unten ganz Berlin mit Linsen...
FRISEUSE: Er blutet wieder, der Verband suppt durch.
ERWIN *zum Chef:* Es wäre deine Pflicht,
dich jetzt zu schonen.
CHEF: Man sollte nach Verbandszeug sehn.
Erwin ab.
WIEBE *zum Chef:* Und auf der Bitterfelder Liste
stand jeder Spitzel aufgezählt.
Der Chef geht auf den Sessel zu, Damaschke folgt ihm.
DAMASCHKE: Es wurde heftig debattiert,
ob auch das Streikrecht durch Verfassung.
Und jemand lief, ein Exemplar zu holen.
FRISEUSE: Er kippt mir weg. Wer hat was?
SCHWEISSER *reicht seine Schnapsflasche:* Sauf!
MAURER *trinkt:*
Na, dacht ich, schnell. Doch Hotten kniff.
Und auch die Kurbel, weil der Draht.
Egal, weil unten ganz Berlin,
ich einen Satz gemacht und wär beinah,
weil es so glitschig, auf die Fresse, klatsch.
Und zog.
FRISEUSE: Er hing, die Füße frei!
So, sag ich, hing er. Und er zog!

MAURER: Nur langsam, überhaupt nicht, weil ... *Trinkt.*
Gebannt von der Situation setzt sich der Chef.
SCHWEISSER: Dann kamen Hennigsdorfer, zwanzigtausend.
MAURER: Doch wollt nicht runter.
FRISEUSE: Runter, schrie Berlin!
MAURER: Da hab ich nochmal hundertsechzig Pfund,
und mußt mich dann, weil mir die Puste ...
FRISEUSE: Und auf dem Adlon ein MG.
SCHWEISSER: In Deckung, rief ich. Volle Deckung!

5. Szene

Der Zimmermann und der Monteur kommen von hinten links.

ZIMMERMANN: Na, habt ihr den Wisch?
MONTEUR: Die Beeskower kommen nicht durch!
POLIER: Und die Treptower Elektrowerke?
ZIMMERMANN: Neuntausend Mann marschieren.
STEINTRÄGER: Und Plania? Abus-Maschinenbau?
MONTEUR: Unterwegs. Dabei schifft es pausenlos.
ZIMMERMANN: Und die Zeitungskioske wollen nicht brennen.
MONTEUR: Wir vom Prenzlauer Berg ins Amt für Warenkontrolle rein. Drinnen war es trocken.
STRASSENARBEITER: Hier im Theater auch. Wir wollten was Schriftliches holen, bekamen aber nur Bier.
POLIER: Da ist noch welches. *Reicht dem Zimmermann und dem Monteur eine Flasche.*
FRISEUSE: Ihr kriegt den Hals nicht voll! Jetzt er.
Greift die Flasche, reicht sie dem Maurer.
Denn hätt er nicht nochmal, dann wär sie nie.
Zeigt den Arbeitern das Fahnentuch.
Hier, die hing' jetzt noch oben ohne ihn.
MAURER: Denn Hotten niemals, ich sie mit dem Messer.
Als nun der Mast alleine, kam von unten.
Da konnt' ich nicht mehr, Hotten mußte,
weil schwindelfrei, sie von dem Westgesims ...
Ahmt ein MG nach.

Ich sag euch: brrr – und wir zwei beide
flach auf die Schnauze, Hacken weg.
Und hielt sie wie, entweder oder.
Nein, dacht ich, nein, und rollt mich weg.

6. Szene

Rufus und Flavus, jetzt nicht mehr im Kostüm, kommen von der Straße herein.

FLAVUS: Von Jüterbog sollen sie anrollen, zwei Kolonnen.

RUFUS: Chef, in Döberitz sollen die Sowjets die Blenden runterhaben. Dort laufen schon die Motore warm.

ZIMMERMANN: Solln sie kommen! Auf dem Spittelmarkt, auf dem Alex. Kein Regen kommt durch. So dicht, sag ich euch, so dicht stehn die da.

Man hört aus der Ferne unartikulierte Lautsprecherdurchsagen.

FLAVUS: Bloß wissen sie nicht, wohin, und rennen vom Potsdamer zum Alex und vom Alex zum Marx-Engels-Platz...

RUFUS: ...wo die Straußberger gerade abziehen, weil alle zum Regierungsviertel...

FLAVUS: ...wo die vom Spittelmarkt gerade gewesen sind, bevor sie zum Marx-Engels-Platz, Alex...

RUFUS: ...wo sie sich teilten, weil sie dachten, daß die vom Potsdamer über den Marx-Engels-Platz ziehen...

FLAVUS: ...und die vom Straußberger schon zum Regierungsviertel...

RUFUS: ...wo die, die vom Spittelmarkt, gerade gewesen sind.

7. Szene

ERWIN *kommt mit Verbandszeug:* Sie riegeln die Friedrichstraße ab!

KOSANKES STIMME *im Lautsprecher, entfernt:* Genossen, zu euch spricht der Nationalpreisträger Kosanke. Maurer, Eisenbahner, fortschrittliche Werktätige! *Lauter.* Westagenten, Provokateure, Putschisten...

Während Kosankes Rede entfernt Arbeiterchöre:
»Alle Ampeln stehn auf Grün,
wenn die aus Hennigsdorf durch den Regen ziehn.«
»Die blaue Vopo ist verbittert,
weil uns der Regen nicht erschüttert.«
»Nicht Grotewohl und Adenauer,
gesamtdeutsch nur mit Ollenhauer.«

ERWIN: Die Regierung läßt Wasserwerfer und Lautsprecherwagen auffahren! *Gibt das Verbandszeug der Friseuse. Sie beginnt, den Maurer zu verbinden.*

KOSANKES STIMME: Aufwiegler, Revanchisten, Faschisten!

ZIMMERMANN: Dem haben wir doch vorhin schon die Fresse gestopft.

WIEBE: Laß ihn doch brüllen! Solidarisch mit uns: Rostock, Magdeburg, Görlitz. Wir fordern die sofortige Auflösung...

KOSANKES STIMME: Entlarvt die Westagenten...

WIEBE: Rücktritt der sogenannten...

KOSANKES STIMME: Auf der letzten Parteiaktivtagung...

WIEBE: Bildung einer neuen...

KOSANKES STIMME: Doch wir an der Seite der ruhmreichen...

WIEBE: ...gesamtdeutschen...

KOSANKES STIMME: Aber die Klassenfeinde von drüben.

DAMASCHKE: Und freie, geheime und direkte...

WIEBE: Wahlen, wir fordern Wahlen!

KOSANKES STIMME: Wenn auch Fehler, so hat sich doch niemand aus den Reihen der Fortschrittlichen...

WIEBE: Fordern ferner die sofortige Freilassung aller, die sich...

DAMASCHKE: Alle Gefangenen!

KOSANKES STIMME: Den Provokateuren und Putschisten aber...

WIEBE: Wir fordern Freiheit!

KOSANKES STIMME: Wird die gerechte Strafe...

WIEBE: Freiheit!

FRISEUSE: Genossen, still! *Pause. Ferne Panzergeräusche.*
Das kommt von weit.
Als Kind, im Krieg, im Keller hörte ich...

DAMASCHKE: Die Panzer kommen! Es geht schief.

PUTZER: Das sind, ich wette, ihre Nerven.

ZIMMERMANN: Sie hört den Regen auf dem Dach.

DAMASCHKE: Nein, ich hab keinem je im Leben was zu Leide.
Was sag ich? Er hat. Ich hab kaum.
Nichts hab ich zu verbergen. Nichts!
Die sollen von mir wissen, wer bei uns.
Läuft hinaus.
Nicht schießen! Nicht auf Deutsche schießen!

WIEBE *nach einer Pause zu den Arbeitern:*
Merkt euch den Namen: Heinz Damaschke.
Er sieht von einem zum anderen, geht ab. Niemand reagiert. Die Panzergeräusche stärker.
Was! Erst große Fresse und dann die Kurve kratzen.

FRISEUSE: Ist das denn alles? Scheißer! Flaschen!
Und niemand, niemand außer dir...

MAURER *unbeteiligt:* So hielt ich sie und ließ sie dann
von oben auf das Pflaster: klatsch.

FRISEUSE: Komm runter, rief Berlin! Mach runter!

MAURER: Wobei ich mir mein Schienbein, als wir runter.

FRISEUSE: Auf Schultern hat man ihn, auch Hotten!

MAURER: Und jemand hat mir einfach hier die Uhr.
Zeigt die Uhr.

FRISEUSE *nimmt das Fahnentuch:*
Zerreißen wollt man sie, ich sagte nein!
Und andre mit dem Feuerzeug im Regen.
Doch da sie und nicht brannte, sondern,
hat er sie, weil sie ihm, nur ihm,
sich dreieinhalbmal um den Leib.
Und ist im Kreis, es haben Linsen,
wie er gerannt, gerannt, ein Held!
ihn hundertmal belichtet, weil er ist.

STEINTRÄGER: Und wenn es wirklich Panzer sind?

FRISEUSE: Kommt raus und seht die schweren Kröten,
wie sie ihr stählernes Gekröse
auf unserem Pflaster scheppern lassen.

STRASSENARBEITER: Da kannste machen nix. Da mußte gucken zu.

FRISEUSE: Ihr Memmen, fällt euch gar nichts ein?
Nur Schiß und volle zugebundne Hosen.
Weil die paar Panzer, macht ihr euch ins Hemd.
Ihr Stinker, ihr, ihr Fragezeichen, Nulpen!

ERWIN: Die könnt von dir sein, Chef.
CHEF: Fast fürchte ich, sie ist von mir.
FRISEUSE: Ich könnt so 'n Ding
mit Kölnisch Wasser knacken.
CHEF: Dies Mundstück einer C-Trompete
bläst Wünsche wach, die besser schlafen sollten.
FRISEUSE: Ich kenn dich gut.
CHEF: Auch du bist mir nicht neu.
FRISEUSE: Ich bin Friseuse schon vier Jahr'.
Doch schon mit siebzehn ging ich ins Theater:
Da – da hab ich gesessen, als hier oben
die Kattrin auf dem Dach saß, stumm,
und hat getrommelt,
wie ich jetzt schreie: Panzer kommen!
Los Chef, kriech raus aus deinem Bau:
Laß uns der Welt ein Stück aufsagen!
Das auf der Straße spielt, auf Barrikaden.
Benzin in Flaschen, Gips in Auspuffrohre.
Die Schlitze zugespachtelt, bis sie blind
sich in die Flanken kurven: Schrott
sind alle Panzer, wenn wir beide
Berlin ein Zeichen geben, komm!
CHEF *lacht:* Ich soll mit dir?
FRISEUSE: Ja. Mach. Komm. Wir!
CHEF *noch immer lachend:* Wir beide?
FRISEUSE: Du. Ich. Alle! Komm!
CHEF: Was meinst du? Ich: dabeisein, losgelassen...
FRISEUSE: Die Linden runter,
auf den Marx-und-Engels-Platz...
CHEF: Wie früher unter leergefegtem Himmel...
FRISEUSE: Dann nehmen wir den Sender, und du sprichst!
CHEF: Gedichtelang alleine, Flucht...
FRISEUSE: Zu allen sprichst du.
CHEF: Chaos, Flüsse, treiben lassen...
FRISEUSE: Nun komm!
CHEF: Schon jetzt?
FRISEUSE: Komm!
CHEF: Ja.

Die Friseuse geht voran, der Chef folgt, die Arbeiter, Flavus und Rufus und auch Erwin wollen sich anschließen. Volumnia kommt ihnen entgegen.

8. Szene

VOLUMNIA: Auf wessen Begräbnis seid ihr geladen? *Zu Erwin:* Wen begräbt man am späten Nachmittag?

ERWIN: Ich nehme an: Stalin. Sowas hat sieben Leben.

VOLUMNIA: Acht, sage ich. *Zum Chef:* Er ist auferstanden und feiert Ostern.

FRISEUSE: Hört nicht hin. Werft die Ohren weg.

VOLUMNIA *zeigt auf ein Flugblatt:* Hier, unterzeichnet Dibrowa, Stadtkommandant. Wenn ihr schon wegwerft, dann stellt euch auch blind.

PUTZER *liest:* Ausnahmezustand verhängt. Kriegsgesetz herrscht.

VOLUMNIA: Ich bitt euch, seid wieder harmlos und überlegt Antworten; man wird Fragen stellen.

Der Chef nimmt der Friseuse die Fahne ab.

FRISEUSE *zum Chef:* Das war eine kurze Verlobung.

Volumnia und Erwin geleiten die Friseuse und die Arbeiter von der Bühne.

VOLUMNIA: Wir nehmen den Bühneneingang, ihr geht durchs Magazin. *Volumnia und Erwin, jeder mit einer Gruppe nach verschiedenen Seiten ab.*

ERWIN: Und nicht in Gruppen. Geht zu zweit, höchstens zu dritt.

Alle ab, der Chef bleibt allein und hält die Fahne.

9. Szene

CHEF: Verwirrte Kinder beten eine Taube an:
»Komm, heiliger Geist, kehr bei uns ein!«
Komm, meine Taube, komm, Vernunft.
Komm, heiliger Geist, du erster Atheist,
scheu keine Treppen, nimm den Noteingang,
geh mich mit harten Requisiten an.
Ich, wissend, listig, kühl, allein,
war ein Gedicht lang fast dabei.

Zurückgeblieben – leere Flaschen:
Ihr schaut mich an, als wäre ich durchschaut.
So wie ein Säugling, unerwünscht,
ist mir ein roter Lappen unterschoben worden.
Wen soll ich damit kleiden? Coriolan?
Hier, dieser Plunder stellte mir ein Bein.
Ich stolperte, ich griff nicht zu,
ich hab mir meine Finger, zehn,
vom Zögern schwer vergolden lassen. –
Hier stand der Maurer,
Jahrgang zweiundzwanzig:
»Er schreibt da was, ist das für uns?«
Von dort der alte Sozi: »Heut
ist unser Mittwoch, Chef.«
Was sagte ich? Das trifft mich nicht. –
Es atmete der heilge Geist.
Ich hielt's für Zugluft,
rief: Wer stört!

Er geht zum Bandgerät. Nach einem Blick auf eine Karteikarte läßt er das Band hörbar rückwärts laufen.

Vierter Akt

1. Szene

Der Chef sitzt noch immer am Bandgerät. Das Band läuft: »Einmal muß es ihm jemand geigen. Weißt du, was du bist? Das Ohr soll ihm abfallen. Du bist, du bist ein ganz gemeiner, listiger, hinterlistiger, ausgekochter und ganz gemeiner, du bist, sage ich ...«
Erwin kommt langsam von hinten. Er bleibt in der Mitte der Bühne stehen.

CHEF *nach einer Pause:* Und?
ERWIN: Niemand wagt mehr zu husten.
CHEF: Wie ist die Stimmung? Gedrückt?
ERWIN: Fragen stellst du! Verglichen mit heute ist Allerseelen ein heiterer Tag.
CHEF: Also verhaften sie schon?
ERWIN: Erfahrungsgemäß beansprucht das Aufsetzen der Listen einige Zeit.

2. Szene

Litthenner und Podulla kommen von draußen, atemlos.

PODULLA *provozierend:* Material! Material für drei Stücke und eine Bearbeitung! Chef. Völlig haben Sie recht behalten. Ihre Theorie siegte: Wir können arbeiten, ändern, proben und dreimal verflucht gelassen sein.
LITTHENNER: Chef, es hat Tote gegeben.
PODULLA: Randerscheinungen! Beginnen wir doch mit der Sichtung des angefallenen Materials: Lassen sich Panzer auf der Bühne verwenden? Was meinen Sie, Chef?
LITTHENNER: Es waren sowjetische Panzer.
PODULLA *zynisch:* Ja doch! Fragen wir uns: der Querschnitt eines sowjetischen Panzers – kann er Ort einer Szene sein? Oder gar eines zu schreibenden Stückes?
Fängt an, mit Stühlen einen Panzer zu markieren.
LITTHENNER: Sie haben unsere Arbeiter auseinandergetrieben.

ERWIN: Ich meine, ihr solltet daran denken, daß wir heute noch dran sind.
LITTHENNER: Liegen Beschlüsse vor?
ERWIN: Man tagt noch.

3. Szene

Coctor, Varro, Brennus – nicht mehr im Kostüm – kommen von draußen.

COCTOR: Chef! Alles war ganz anders. Sie sägten ihnen die Antennen ab. Ich hab Maurer gesehen, die spachtelten Gips in die Sehschlitze.
BRENNUS: Und einer, ich bin Zeuge, hat seine Aktentasche gerollt und rein ins Auspuffrohr.
PODULLA: Sag ich doch: zeigen wir Demontage eines Panzers auf offener Bühne! *Macht sich an seinen Stühlen zu schaffen.*
VARRO: Mit Brechstangen und T-Trägern versuchten sie es.
BRENNUS: Und jemand, wie gestochen, sprang zuerst hin und her, dann rauf wie ein Affe und schrie: Vorsicht, Genossen, ich explodiere!
VARRO: Der war ganz platt, nachdem die Kolonne drüber weg.
LITTHENNER: Aber die Sowjets wußten gar nicht, warum sie und wohin sie.
PODULLA: Panzerkommandant an Towarischtsch Panzerfahrer: Siehst du Panzer amerikanski?
LITTHENNER: Sie kurvten Unter den Linden und auf dem Alex.
PODULLA: Panzerfahrer an Towarischtsch Kommandant: Sehe durch Sehschlitz nur fortschrittliche Arbeiter auf Fahrrädern. Suchen Panzer amerikanski, wie wir.
LITTHENNER: Nimm dich zusammen.
PODULLA: Kommandant an Towarischtsch Funker: Frage an General Dibrowa, Stadtkommandant, wo wir und was wir.
ERWIN *schreit:* Hör auf!
PODULLA: Panzerfunker an Kommandant: Keine Verbindung mit Towarischtsch General!
ERWIN *leise:* Ich sage: hör auf! *Stille.*
Ich sah nur unsere Ohnmacht –
und ich sah die Panzer.

BRENNUS: Die Panzer kurvten wie verrückt.
LITTHENNER: Ich sah die Panzer – und sah ihn.
PODULLA: Mit bloßen Händen wollt ich irgend etwas tun.
LITTHENNER: Er warf mit Steinen. Manche trafen.
PODULLA: Das hat mir gutgetan: das Steinewerfen.

Kosanke und Volumnia kommen.

4. Szene

KOSANKE: Immer noch fleißig!? Neue, die Welt bewegende Theorien entwickelt? Na Chef? So stumm? Der Vorrat an Spott verbraucht? Und das Künstlervölkchen? Angstschweiß auf Schminke? – Hier, eure erste Kraft holte mich: Komm, Kosanke, komm! Es fehlt uns dein Rat. Wir sollten gemeinsam! – Dieser Thron ist wohl frei. –

Er setzt sich in den Regiesessel des Chefs. Volumnia tritt an den Chef heran. Erwin folgt.

VOLUMNIA: Du staunst, weil ich mir die Finger schmutzig mache?

CHEF: Dein Opfermut ist für die Katz.

VOLUMNIA: Denk an dein Theater, die veränderte Lage stellt Forderungen an uns.

CHEF: Laß den Plural. Wer gab dir den Auftrag, Bittgesuche zu stellen!

ERWIN: Wir sollten den Eindruck vermeiden, irgend jemand in diesem Hause habe – und sei's für Minuten – geschwankt.

KOSANKE: Hat sich die Sippschaft ausgesprochen?

VOLUMNIA: Du solltest ihn zur Mitarbeit auffordern. Er hat Stücke geschrieben.

CHEF: Meine List kennt Grenzen.

KOSANKE *der inzwischen die Plebejer und die Assistenten gemustert hat:* Euch kenne ich. Den da, den und die beiden hat sich dies Auge notiert. Zwischen die Meute geklemmt. Stimmt's? Stimmt's? – Na also.

CHEF *erkennt die Situation, geht liebenswürdig auf Kosanke zu:* Ich hörte von deinen Reden und ihrem Erfolg.

KOSANKE: Ja. Ich habe gesprochen.

CHEF: Wie? Einfach so? Das könnte ich nicht.
KOSANKE: Zu wem auch? Nicht gemuckst haben sie. *Zu Plebejern und Assistenten:* Habt ihr? Als ich vom Panzer herab!
CHEF: Aber mit Mikrofon.
KOSANKE: Ohne! Vom Panzer herab, ohne:
Wahrlich, ihr Maurer!
Gratis, wie um das Volk zu beschenken,
hat euch gebräunt die sozialistische Sonne.
Und habt euch dennoch gemein gemacht
mit jenen windigen Bubis von drüben?
Mit Strichjungen halbstark und ausgehalten?
PODULLA *scheinbar ernst:*
Mit Provokateuren, Faschisten, Agenten ...
KOSANKE: Mit Revanchisten und Reaktionären!
Aber es ließ euch die Vopo ziehen dahin
und krümmte ihn nicht, den Finger am Hahn.
Denn einen Tag nur,
solange ein Bierrausch mag währen,
folgtet ihr einem Agenten,
der sich als Zimmermann gab.
Sargmacher aber der Zimmermann war.
Doch wie man mit flacher Hand
von der Jacke klopft lästigen Staub,
fegte rein unsere Stadt
die ruhmreiche Sowjetmacht.
CHEF *vor sich hin:* Ja, es gab Tote, ich weiß.
KOSANKE: Drum sag ich, zur Milde neigend:
Gut beraten ihr wart,
nicht zu kämpfen mit Freunden.
Es kämpft nur, wer Ursache hat,
ihr hattet Ursache nicht.
Und dürft jetzt, früh noch am Abend,
folgsamen Kindern gleich,
zu Bett gehn, eh Neune es schlägt.
Morgen jedoch, mit der Sonne,
werdet in die Gerüste
ihr steigen müssen, freiwillig,
die Steine setzen, ihr Maurer,

stampfen Beton und mengen die Speis.
Freiwillig die Norm erfüllen,
bis abgetragen die Schuld
und vergessen die Schmach.

Schweigen.

CHEF *klatscht kurz:* So kühn warst du, Kosanke? So mächtig der Worte und gleichnishaft hast du vom Panzer, wie Christus vom Weltgebäude herab, gedonnert?

KOSANKE: Dein Beifall bekundet, daß auch du deinen Namen unter diese Liste setzen wirst. Soll ich aufzählen, wer neben mir seine Verbundenheit mit der Sozialistischen Einheitspartei bekräftigt hat?

CHEF: Sie sind mir geläufig, die großen Namen. Oft genug sah ich sie auf dem Papier vereint, wenn es galt, Ergebenheit zu bezeugen.

KOSANKE: Um so leichter wird es dir fallen, auch deinen, den größten Namen herzugeben.

Er reicht dem Chef das Blatt. Der Chef nimmt es, ohne es anzusehen. Es entsteht eine Pause.

VOLUMNIA *blickt Erwin an, geht auf den Chef zu:* Man wird uns das neue Haus streichen. Seit Monaten arbeiten wir auf die versprochene Drehbühne hin. Und du benimmst dich, als gelte es, eine Privatfehde auszutragen. *Der Chef reagiert nicht.* Wir bestehen darauf, daß du dich von den konterrevolutionären Umtrieben distanzierst und der Regierung Glückwünsche, jawohl: Glückwünsche aussprichst, anläßlich des Sieges über Putschisten und Provokateure. – Soll ich zuerst? *Der Chef gibt das Blatt Kosanke zurück.* Mann, denke an uns, also an dein Theater.

CHEF: Wie heißt das Viech? Wie heißt das Viech? Ändert die Farbe auf Wunsch? Chamäleon. Chamäleon! – Nein. Wie viele Wandlungen traust du mir zu?! Zuerst sollte ich euch den Helden mimen; als es sich mir verbot, auf die Straße zu gehen, hielt man mich für eine treffliche Coriolan-Besetzung. Und wie jener den Aufidius, soll ich jetzt Kosanke umarmen. Man bietet mir Rollen an. Allzu leicht spielbare. – Da! Laßt ihn unterschreiben. *Schüttelt die Coriolan-Puppe.* Er rührt sich.

KOSANKE: Spar deinen Geist. Zur Unterschrift, bitte!

CHEF: Selbst wenn ich Handschuhe zu Hilfe nähme, die Finger würden im Streik verharren.

KOSANKE: Die Initialen genügen. – Fällt das so schwer?

CHEF *Wort für Wort Kosanke ins Gesicht:* Als die Maurer vom Sieg plapperten, waren sie mir lächerlich. Erst ihre Niederlage überzeugte mich …

VOLUMNIA: Halt klaren Kopf!

KOSANKE *herausfordernd:* Wovon?

CHEF: … daß wir, zum Beispiel, den Shakespeare nicht ändern können, solange wir uns nicht ändern.

LITTHENNER: Soll das heißen, wir lassen den Coriolan fallen?

CHEF: Er ließ uns. Von oben herab. Von nun an stehen wir uns im Wege. Wo eben noch fester Boden, grinsen sich schnell vermehrende Risse. Vor Stunden noch war ich reich an Schimpfworten, jetzt fehlt mir eines, das seine, deine und meine Kopfgröße hätte. – Und wir wollten ihn abtragen, den Koloß Coriolan! Wir, selber kolossal und des Abbruchs würdig. *Zu den Plebejern:* Ich danke euch. *Die Plebejer gehen ab. Zu Litthenner und Podulla:* Archiviert die Regiebücher. Einmotten soll man Plebejerlumpen. Roms Kulissen ins Arsenal. – Und auch dich, Kosanke, will diese Bühne nicht länger ertragen.

Der Chef geht zum Regietisch, setzt sich. Betont korrekt setzt er die Brille auf, rückt das Schreibpapier zurecht, beginnt zu schreiben.

5. Szene

PODULLA: Er hat das Stück abgesetzt.

KOSANKE: Stück abgesetzt? Zugemacht wird euch die Bude, damit ihr klar seht.

VOLUMNIA: Ich sehe klar. Ein- und ausatmen heißt bei dir: liquidieren.

ERWIN: Ich bitte dich! Den Anteil des Theaters an der Menschwerdung der Affen kennt jeder Humanist. Und Kosanke, nicht wahr, ist Humanist.

KOSANKE: Im Prinzip habe ich nichts gegen das Theater an sich, aber …

PODULLA *nimmt ihn beim Wort, mit dialektischer Schärfe:* »Theater für andere« heißt es, wie es »Ding für andere« heißt, und nicht »Ding an sich«.

LITTHENNER *sekundiert:* Rückbesinnung auf Hegel könnte ihm Hilfe sein.

ERWIN: Denn schon Hegel hält Kosankes »Ding an sich« für wahrheitslose Abstraktion.

KOSANKE: Unsinn! Ich sprach vom Theater an sich, aber...

ERWIN: Das, lieber Freund, hieße mit Kant sprechen...

KOSANKE: Hört mir mit Kant auf.

ERWIN: ...und es, das Theater, für nichterkennbar erklären.

PODULLA: Nichterkennbar für Kant und Kosanke.

KOSANKE: Noch einmal, Genossen: Vom Theater an und für sich sprach ich, aber...

PODULLA: Weil er nicht dialektisch denken kann.

KOSANKE: Ich soll nicht können? Ich?

ERWIN: Ja, wenn er nicht vom »Theater an sich«, sondern mit Lenin vom »Theater für andere« gesprochen hätte...

PODULLA: Fußend worauf?

LITTHENNER: Auf dem »Ding für andere«, von dem Hegel spricht.

ERWIN: ...dann hätten wir uns getroffen fühlen können, als er von Budezumachen sprach.

VOLUMNIA: Was ich sage: ein Vulgärmarxist.

KOSANKE: Ich zeige es euch. Alles hab ich parat!

VOLUMNIA: Weiß nichts. Kann nichts. Aber er bellt.

KOSANKE: Woraus soll ich? Manifest? Kapital? Aus: Drei Quellen und drei Bestandteile? Aus: Einen vorwärts und zwei zurück? Soll ich: Was bedeutet es, während der Revolution... Oder lieber: Wie soll man sie vorwärtstreiben? Fragt mich! Fragt mich! Alle hab ich sie intus: Strittige Fragen: Plechanow war und bleibt. Gab es schon damals: Reformisten, Versöhnler und Renegaten! Muß man nur kennen, den Beschluß über die Munizipalisierung, angenommen in Stockholm im Jahre nullsechs. Ich ohne Dialektik? Lächerlich: Einheit der Gegensätze. Negation. Die Sache mit dem Gerstenkorn. Paßt auf, lieber daraus: Erst in der kommunistischen, wenn der Widerstand der kapitalistischen schon endgültig, wenn sie verschwunden und es keine Klassen mehr, erst dann, wenn er aufhört, kann von Freiheit, erst dann ist eine tatsächlich vollkommene und wird werden. Und erst dann, infolge des einfachen, daß die von der, sich nach und nach, die elementaren und gepredigten des, ohne Gewalt, ohne Zwang, ohne Unterordnung, ohne den besonderen Zwangsapparat, der sich Staat nennt, einzuhalten. Jawohl! Ohne Zwangsapparat einzuhalten! – Und jetzt die Unterschrift, sonst ...

Volumnia lacht, hört nicht auf. Litthenner und Podulla lachen mit. Kosanke außer Atem:

Gar nicht komisch finde ich das. Gar nicht komisch! *Zu Volumnia:* Im Hals steckenbleiben wird euch das Lachen. Verluste wird dieses Haus erleiden. *Deutet auf Litthenner und Podulla.* Kennt ihr Bautzen? Dem da und dem ist ein längeres Gastspiel in Bautzen gewiß. *Zum Chef.* Und auch du bist zu ersetzen. *Er geht ab.*

ERWIN *ernst:* Ich fürchte, einen Bumerang haben wir hinausgeworfen. Wer, wenn er abermals ankommt, wird ihn auffangen?

6. Szene

CHEF: Nicht nur Kosanke hat Schwierigkeiten mit der Sprache.

VOLUMNIA: Hast du dem Aufstand einen Nekrolog geschrieben? *Zu Erwin:* Schon meinte ich, er habe das Schreiben verlernt, da überrascht er uns mit einem Produkt. *Nimmt ihm das Blatt ab.*

CHEF: Es ist die vierte Fassung. Allzu oft wurde ich unterbrochen. *Volumnia und Erwin überfliegen den Text. Dann liest Erwin laut.*

ERWIN: An den Ersten Sekretär des Zentralkomitees ...

VOLUMNIA *nimmt ihm das Blatt ab:* Warum laut verlesen, was leisetreterisch daherkommt! In drei Absätzen hast du dich kurz gefaßt. Die beiden ersten geben sich kritisch und bezeichnen die Maßnahmen der Regierung und also der Partei als voreilig. Und im letzten ist es dir ein Bedürfnis, Verbundenheit mit allen zuvor Kritisierten auszudrücken. Warum nicht gleich mit Kosanke in einer Linie? Denn die kritischen Absätze wird man dir streichen, nur die Verbundenheit wird man ausposaunen und dich bis Ultimo beschämen.

CHEF: Hier, unter dem Original entstand die Kopie. Gesegnet sei das Kohlepapier.

ERWIN: So etwas lagert in Archiven, gerät unter Verschluß, wird dem unveröffentlichten Nachlaß zugeschlagen und kommt zu spät an den Tag.

VOLUMNIA: Und um dich werden Legenden sich bilden: Eigentlich war er dagegen. Vielmehr dafür, eigentlich. Gesprochen hat er so, aber sein Herz war – wo eigentlich? Beliebig wird man dich deuten: Ein zynischer Opportunist; ein Idealist üblicher Machart; er dachte nur ans Theater; er schrieb und dachte fürs Volk. Für welches? Mache dich deutlich. Eck an oder paß dich an. Und schreibe verzahnt, daß jene, die kürzen wollen, den Ansatz nicht finden.

CHEF: Niemand wird wagen, Zensur zu üben.

VOLUMNIA: Sei nicht kindisch. Ich weiß, du rechnest mit Strichen.

ERWIN: Ja, selbst ungekürzt liest sich das dürftig. Bist wirklich du der Verfasser? Dürftig und peinlich zugleich.

CHEF: Und dem Gegenstand angemessen. Soll ich schreiben: Glückwünsche ihnen, den verdienten Mördern des Volkes? Oder Glückwünsche ihnen, den unwissenden Überlebenden eines dürftigen Aufstandes? Und welcher Glückwunsch erreicht die Toten? – Ich, nur kleiner, verlegener Worte mächtig, schaute dem zu. Maurer, Eisenbahner, Schweißer und Kabelwickler blieben allein. Hausfrauen wollten nicht abseits stehen. Sogar Volkspolizisten schnallten die Koppel ab. Das Standgericht ist ihnen gewiß. Aufstocken wird man die Zuchthäuser in unserem Lager. – Aber auch drüben wird sich die Lüge amtlich geben. Der Heuchelei Gesicht wird Trauerfalten üben. Mein voreiliges Auge sieht nationale Lappen auf halbmast fallen. Der Redner Chor, ich höre, wird solange aus dem Wort »Freiheit« schöpfen, bis es leergelöffelt ist. Jahre am Schnürchen stolpern dahin. Und nachdem man es zehn-, elfmal gezupft haben wird, das feierliche Kalenderblatt, wird man im Suff begehen den Siebzehnten, wie in meiner Jugend den Sedanstag. Satt ins Grüne ziehen seh ich im Westen ein Volk. Was übrigbleibt: leergefeierte Flaschen, Butterbrotpapier, Bierleichen und richtige Leichen; denn an Feiertagen fordert der Verkehr ein Übersoll an Opfern. – Hier jedoch werden die Zuchthäuser nach elf, zwölf Jahren die Wrackteile dieses Aufstandes ausspeien. Die

Anklage wird umhergehen. Viele Pakete Schuld wird sie adressieren und abschicken. Unser Paket ist schon da.

Übergibt Original und Kopie Litthenner und Podulla. Seid so gut und spielt mir die Boten. Das Original zum Sitz des Zentralkomitees; die Kopie sollte bei Freunden im Westen sicher liegen.

PODULLA: Chef, man wird höhnen, wir tragen auf beiden Schultern.

CHEF: Antwortet: Da wir zwei haben, nutzen wir jede.

LITTHENNER: Und die Geschichte?

CHEF: Sie wird urteilen.

PODULLA: Verurteilen wird sie uns.

CHEF: Um ihr den Schuldspruch zu erschweren, sollten dieses Original und jene Kopie endlich ans Ziel kommen.

LITTHENNER: Man muß sich von nun an nicht schämen?

CHEF: Schon schäme ich mich.

Litthenner und Podulla gehen ab. Erwin zieht den Regiesessel in die Nähe des Chefs.

7. Szene

ERWIN: Du solltest dich setzen.

CHEF: Deine Fürsorge macht mich klein.

VOLUMNIA: Auch ohne Fürsorge – bald bist du schlaflos.

ERWIN: Was nun? Eine Reise? Etwas, das heiterer stimmt?

CHEF: Ich pachtete ein Haus, zwischen Pappeln, am See gelegen.

VOLUMNIA: Auch dort wird es dich einholen.

CHEF: Den Rudernden könnte ich zuschauen. Wie sie sich abmühen. Oder wieder Horaz lesen. Ihr seht, notfalls bleiben die Bücher.

VOLUMNIA: Den Leser werden sie ausspeien.

CHEF: Nun gut. Vielleicht fallen bei all dem Elend Gedichte ab.

VOLUMNIA: Du willst wieder schreiben?

CHEF: Erschreckt dich mein Vorhaben?

VOLUMNIA: Ja, mein Freund. Ich fürchte, die Wahrheit wird dich beredt machen.

CHEF *steht auf, sammelt seine Unterlagen zusammen:* Schreiben wie früher. Als wenig mich kümmerte. Schmeckte wie Eier im Glas und half kurzfristig. Später dann, zwischen Birken im Norden, wo immer ich auf dem Koffer fluchtbereit saß. Die Freunde überlebend. Wortarm. Weniger Substantive gewiß.

ERWIN: Wäre es nicht klüger, Hand an ein Stück zu legen?

CHEF: Neues von heute?

VOLUMNIA: Gut, geh aufs Land. – Aber laß deine List hier. Sie könnte uns morgen schon fehlen. *Sie geht ab.*

ERWIN: Würde ich stören, käme ich übers Wochenende? Die Stille dort reicht für zwei. *Langsam folgt er Volumnia.*

8. Szene

Der Chef packt seine Papiere ein, nimmt seine Mütze und geht langsam zum Bandgerät. Er bleibt davor stehen. Aus der Nullgasse rechts kommt der Beleuchter Kowalski, angezogen, um nach Hause zu gehen.

KOWALSKI: Chef?

CHEF: Ja? – Kowalski, was gibt's denn?

KOWALSKI: Ich wollte nur mal kurz an meinen Urlaub erinnern, bevor Sie.

CHEF: Mach Urlaub, Kowalski.

KOWALSKI: Gut, Chef. Die neuen Niedervoltapparate habe ich angeschlossen.

Er geht über die Bühne nach links hinten ab. Die Eisentür fällt ins Schloß.

CHEF *sieht aufs Bandgerät:* Fortan dahinleben mit Stimmen im Ohr: Du. Du. Ich sag dir, du. Weißt du, was du bist? Du bist, du, du bist... Unwissende. Ihr Unwissenden! Schuldbewußt klag ich euch an. *Er geht langsam ab.*

DAVOR

Ein Stück in 13 Szenen

Personen:

Eberhard Starusch	*ein Studienrat*
Irmgard Seifert	*eine Studienrätin*
Der Zahnarzt	
Philipp Scherbaum, genannt Flip	*ein Schüler*
Veronika Lewand, genannt Vero	*eine Schülerin*

1. Szene

Die offene Bühne zeigt alle Schauplätze gleichzeitig. Niveauunterschiede grenzen die Schaupätze voneinander ab. Stellwände ermöglichen Auftritte und Abgänge. Auf Wunsch des Autors verzichten alle Regisseure auf Filmeinblendungen, kabarettistische Einlagen und zusätzliche Massenszenen, die etwas demonstrieren sollen, das der Autor nicht demonstrieren will. Das Requisit wird sparsam verwendet und macht dem Spiel Platz. Die Stillage des Dialoges wechselt; er ist direkt, indirekt, trotz Partner partnerlos, er wird nahbei oder über Distanzen geführt. Die Wirklichkeit ist die Wirklichkeit der Bühne.

STARUSCH *im Zahnarztstuhl:* Sagen Sie, Dokter, was halten Sie eigentlich vom Rätesystem?

ZAHNARZT *neben dem Stuhl:* Uns fehlt eine weltweite und sozial integrierte Krankenfürsorge. – Bitte, noch einmal spülen.

STARUSCH *nimmt das Glas:* Aber in welchem System soll Ihre Krankenfürsorge ...

ZAHNARZT: Sie soll anstelle aller bisherigen Systeme ...

STARUSCH: Aber ist Ihre Krankenfürsorge nicht auch ein System? *Er spült.*

ZAHNARZT: Die globale Krankenfürsorge ist, abseits jeder Ideologie, Basis und Überbau unserer menschlichen Gesellschaft.

STARUSCH: Aber eine Krankenfürsorge ist nur für kranke Menschen.

ZAHNARZT: Bitte, zwischendurch spülen. – Alle sind krank, waren krank, werden krank, sterben.

STARUSCH: Aber wofür das alles, wenn kein System den Menschen erzieht, über sich hinauszuwachsen?

ZAHNARZT: Wofür Systeme, die den Menschen hindern, zu seiner Krankheit zu finden?

STARUSCH: Aber wenn wir die menschlichen Fehler beseitigen wollen ...

ZAHNARZT: Dann beseitigen Sie die Menschen. – Doch nun wollen wir wieder ...

STARUSCH: Ich will nicht mehr spülen.

ZAHNARZT: Denken Sie an die Degudentbrücken.

STARUSCH *spült kurz:* Aber wie wollen wir denn die Welt verändern ohne System?

Zahnarzt: Schaffen wir die Systeme ab, dann ist sie verändert.
Starusch: Wer soll sie abschaffen? *Er spült.*
Zahnarzt: Die Kranken. Damit endlich Platz wird für die alles umfassende Weltkrankenfürsorge, die uns nicht regiert, sondern versorgt, die uns nicht ändern will, sondern helfen wird, die uns, wie schon Seneca sagt, Muße für unsere Gebrechen schenkt ...
Starusch: Also die Welt als Krankenhaus ...
Zahnarzt: ... in dem es keine Gesunden mehr gibt und keinen Zwang zur Gesundheit.
Starusch: Und wo bleibt mein pädagogisches Prinzip?
Zahnarzt: Wie Sie den Unterschied zwischen Lehrenden und Lernenden aufheben wollen, so werden wir den Unterschied zwischen Arzt und Patient endgültig abbauen – und zwar systematisch.
Starusch: Und zwar systematisch.
Zahnarzt: Doch nun wollen wir Ihre Degudentbrücken einsetzen.
Starusch: Brücken einsetzen.
Zahnarzt: Ihre Zunge wird sich bald an die Fremdkörper gewöhnen.
Starusch: Gewöhnen.
Der Zahnarzt beginnt mit der Behandlung. Scherbaum und Vero Lewand treten mit ihren Fahrrädern auf.

Scherbaum: Als sich Old Hardy einer zahnärztlichen Behandlung unterwerfen mußte, sagte er zu uns: Nehmt bitte Rücksicht auf euren armen Lehrer.
Vero Lewand *lacht:* Er leidet! – Heilige Apollonia, bitte für ihn!
Scherbaum demonstriert den Vorgang an Vero Lewand.
Scherbaum: Als Apollonia, die Schutzheilige aller Zahnwehleidenden, im Jahre 250 in Alexandria verbrannt wurde, hat ihr der Pöbel vorher mit Kneifzangen und so alle Zähne gezogen.
Vero Lewand *mimt die Heilige, schreit:* Aua, aua! Ogottogott! – Aber ich bleibe dabei: ohne Schülermitbestimmung keine Schülermitverantwortung!
Beide wiederholen leise rhythmisch: »Ohne SMB keine SMV.« – *Irmgard Seifert tritt auf.*

IRMGARD SEIFERT *neben einem Aquarium:* Vielleicht müßte ich das Wasser erneuern. *Sie füttert die Zierfische.*

VERO LEWAND: Und unsere Raucherecke neben dem Fahrradschuppen?

SCHERBAUM: Die sollen ihr Käseblatt selber machen.

VERO LEWAND: Wenn du es nicht machst, macht es sonstwer.

IRMGARD SEIFERT: Wenn doch etwas passieren würde. Wenn irgend etwas passieren würde. *Geht ab.*

ZAHNARZT: So, lieber Freund, die Brücken im Unterkiefer sitzen.

SCHERBAUM: Da mach ich lieber was anderes Richtiges, das auch hinhaut.

VERO LEWAND: Kapier doch: mit der Zeitung haben wir eine Basis.

SCHERBAUM *springt auf:* Und zwar mach ich das alleine.

ZAHNARZT: Wie ein Stoiker haben Sie durchgehalten.

SCHERBAUM: Ich mach das.

Er und Vero Lewand nehmen ihre Fahrräder aus den Gestellen.

ZAHNARZT: Jetzt legen wir eine Woche Pause ein.

SCHERBAUM: Der Kuchen wird ihnen aus dem Gesicht fallen.

VERO LEWAND: Mach doch lieber die Zeitung, Flip.

Beide springen auf ihre Räder, fahren im Kreis.

ZAHNARZT: Und sobald wir uns wieder erholt haben, kümmern wir uns um den Oberkiefer.

STARUSCH *verläßt den Zahnarztstuhl:* Bißchen knapp, eine Woche.

ZAHNARZT: Und hier noch zwei Arantil auf den Weg. *Reicht Glas und Tabletten.*

VERO LEWAND: Wenn du Chefredakteur bist, können wir den gesamten Betrieb bloßstellen. Mao sagt...

SCHERBAUM: Du bist eine Pißnelke.

VERO LEWAND: Sag das nochmal!

SCHERBAUM *freundlich:* Pißnelke.

Beide fahren lachend davon.

STARUSCH *schluckt die Tabletten:* Der Schulkram ist nämlich liegengeblieben.

ZAHNARZT: Auch in zwei Wochen sind noch Termine frei.

STARUSCH: Ich muß mich um meine 12 a kümmern.

ZAHNARZT *hält Starusch einen Handspiegel vor:* Was sagen Sie jetzt?

STARUSCH *erschrocken:* Fabelhaft, Dokter. Einfach fabelhaft.

ZAHNARZT: Zum Film könnten Sie damit gehen.

STARUSCH: Scherbaum soll die Schülerzeitung übernehmen, weigert sich aber.

ZAHNARZT: Und wenn Sie wiederkommen, lege ich Ihnen Material vor. Bei aller Prophylaxe, die Karies ist im Vormarsch begriffen.

STARUSCH: Auch wenn das unpädagogisch ist: Scherbaum ist mein Lieblingsschüler.

ZAHNARZT: Besonders der Milchzahnbefall, erschreckend, einfach erschreckend. *Zeigt einen Röntgenfilm.*

STARUSCH *hält den Film gegen das Licht:* Sie sollten den Jungen mal kennenlernen. Hochbegabt.

ZAHNARZT: Hier und hier die Ausbreitung in den Fissuren und an den Glattflächen.

STARUSCH *gibt den Film zurück:* Hochbegabt, Dokter. Doch ich will Sie nicht länger aufhalten ... *Nimmt seinen Mantel.*

ZAHNARZT: Ihr ziemlich strapaziertes Zahnfleisch neigt zur Entzündung. Rufen Sie an, wenn irgendwas ist. *Reicht ein Rezept.* Mit einer Doppelpackung wird sich die Pause wohl überbrücken lassen.

Er geht ab. Im Mantel geht Starusch langsam zur Mitte davon. Später setzt sich Scherbaum an den Schultisch.

STARUSCH: Der Lehrer ist ein Begriff. Vom Lehrer wird etwas erwartet. Von einem Lehrer erwarten wir etwas mehr. Der Lehrer an sich. Er sitzt im Glashaus und korrigiert Aufsätze. *Dozierend:* Es ist aber kein Sinn in der Geschichte, sondern nur organisiertes Chaos. – Warum lächeln Sie, Scherbaum?

SCHERBAUM: Weil Sie trotzdem unterrichten und trotzdem einen Sinn in der Geschichte suchen. – Das halten Sie gar nicht aus: sinnlose Geschichte.

Er nimmt sein Fahrrad, fährt davon.

STARUSCH: Was soll ich machen? Aus dem Unterricht laufen? Mich auf den Schulhof stellen und Aufhören! Aufhören! rufen? Das ist alles falsch. Zwar weiß ich nicht, was richtig ist, aber das muß aufhören! aufhören!

Scherbaum mit Fahrrad tritt auf, an Starusch heran.

SCHERBAUM: Entschuldigen Sie die Störung. Ich muß Sie sprechen. Dringend.

STARUSCH: Ich komme vom Zahnarzt. Eilt das sehr?

SCHERBAUM: Das hat auch Zeit bis morgen. Aber dringend ist es schon.

Springt auf das Rad, fährt Runden um Starusch.

STARUSCH: Ich mag diesen Schüler. Er beunruhigt mich. Was will er? Was hat bis morgen Zeit?

SCHERBAUM *vom Rad:* Das mach ich.

STARUSCH: Will er die Schülerzeitung nun doch reformieren?

SCHERBAUM: Einen Blödsinn kann man nicht reformieren.

STARUSCH: Ich nehme an, Sie wollen die Chefredaktion übernehmen.

SCHERBAUM *steigt vom Rad:* Sie glauben an reformierten Blödsinn – ich nicht. Ich hab was vor.

STARUSCH: Etwa auswandern?

SCHERBAUM: Und zwar mach ich das.

STARUSCH: Darf ich endlich erfahren, was?

SCHERBAUM: Ich werde meinen Hund verbrennen.

STARUSCH: Was Sie nicht sagen.

SCHERBAUM: Auf dem Kudamm. Am Nachmittag.

STARUSCH: Ich dachte, Sie wollten mir etwas Wichtiges berichten.

SCHERBAUM: Und zwar vor dem Kempinski, wenn da Betrieb ist.

STARUSCH: Interessant. Und warum gerade dort?

SCHERBAUM: Damit die Topfhüte was zu sehen bekommen.

STARUSCH: Wenn Sie alte Damen schockieren wollen, gibt es Mittel genug; ein Hund jedenfalls ist nicht zum Verbrennen da.

SCHERBAUM: Menschen auch nicht.

STARUSCH: Zugegeben. – Aber warum ein Hund?

SCHERBAUM: Weil die Berliner Hunde am meisten lieben.

STARUSCH: Gut, Philipp. Doch selbst wenn ich Sie verstünde: Ein Hund brennt nicht so einfach.

SCHERBAUM: Ich werde Max mit Benzin übergießen.

STARUSCH: Aber ein Tier... Es handelt sich um ein Tier...

SCHERBAUM: Benzin kriege ich noch. Ich werde Presse, Fernsehen hinbestellen und ein Schild malen: Das ist Benzin und kein

Napalm. – Die sollen das sehen, und Max wird, wenn er brennt, laufen, auf die Tische zu mit dem Kuchen drauf. Vielleicht fängt was Feuer. Vielleicht begreifen sie dann.

STARUSCH: Was sollen sie begreifen?

SCHERBAUM: Na, wie das ist, verbrennen.

STARUSCH: Totschlagen wird man Sie.

SCHERBAUM: Schon möglich.

STARUSCH: Wollen Sie das?

SCHERBAUM: Nein.

Er springt auf sein Rad, will davonfahren. Vero Lewand kommt ihm auf dem Rad entgegen. Beide fahren im Kreis. Starusch zum Schreibtisch.

STARUSCH: *Anrufen. Irgendwen anrufen. Wählt eine Nummer. Der Zahnarzt tritt auf, legt die Hand auf den Hörer.*

Das sagt er zu mir auf dem Schulhof und läßt mich damit stehen auf dem Schulhof.

VERO LEWAND: Hast du Zeit, Flip?

SCHERBAUM: Keine Zeit.

STARUSCH: Soll man das ernst nehmen?

ZAHNARZT: Stellen wir zuerst fest: Es soll etwas geschehen.

VERO LEWAND: Wir machen Mehrwert heut abend.

SCHERBAUM: Und ich mach Steno, spätbürgerlich.

ZAHNARZT: Danach fragen wir uns: Warum soll etwas geschehen.

STARUSCH: Da nichts geschieht, soll etwas geschehen.

VERO LEWAND: Komm doch.

SCHERBAUM: Gruppen stinken.

ZAHNARZT: Und wie spricht Seneca über Zirkusspiele?

Lachend fahren beide davon.

ZAHNARZT *zitiert:* Aber es ist doch Pause? – So soll man derweile den Leuten die Kehle durchschneiden, damit wenigstens etwas geschieht. – Ein ähnlicher Pausenfüller ist das Feuer.

STARUSCH: Aber es handelt sich um meinen Schüler...

ZAHNARZT: Sie sagten es vorhin. – Und wie fühlen wir uns sonst? Ist die Entzündung zurückgegangen? Ich vergaß, Ihnen zu raten, weder zu kalt zu trinken noch zu heiß zu essen, weil das Metall unserer Degudentbrücken immer noch leitet. – Und im

übrigen: Öffentliche Verbrennungen schrecken nicht ab, sondern befriedigen Lust.
Beide hängen ein. Der Zahnarzt geht ab. Starusch wirft seinen Mantel über, geht mit Aktentasche und begegnet Irmgard Seifert.

STARUSCH: Das werde ich Scherbaum sagen. Das werde ich Scherbaum sagen. – Übrigens ausgezeichnet Ihr Referat gestern.
IRMGARD SEIFERT: Und doch unbefriedigend, lieber Kollege. Trotz aller Strukturverbesserungen: Haben Sie nicht auch das Gefühl, daß etwas geschehen müßte, grundsätzlich geschehen müßte?
Sie geht ab.

STARUSCH: Mach es doch. Wenn es keiner macht, geht alles so weiter. Ich hätte bestimmt, als ich siebzehn war. Ich hab noch ganz andere Sachen. Damals war Krieg. Immer ist Krieg. Mach es. Gründe dagegen gibt es genug. Mach es für mich. Ich kann nicht mehr. Mit vierzig muß man immerzu sagen: Machen Sie es lieber nicht, Scherbaum.
Scherbaum mit Fahrrad tritt auf.
Hören Sie: Öffentliche Verbrennungen schrecken nicht ab, sondern befriedigen Lust.

SCHERBAUM: Stimmt bei Menschenverbrennungen; aber einen brennenden Hund halten die Berliner nicht aus.
STARUSCH: Stellen Sie sich die Zeitungen vor, etwa die »Morgenpost«.
SCHERBAUM: Na und? Das kennt man doch.
STARUSCH: Die werden sagen: Ein Feigling. Soll er sich doch selber übergießen, wenn er Napalm demonstrieren will.
SCHERBAUM: Vorhin sagten Sie: Verbrennungen befriedigen Lust.
STARUSCH: Sage ich immer noch. Denken wir mal zurück: Die grausamen römischen Zirkusspiele. Seneca sagt …
SCHERBAUM: Es bleibt nur Max übrig. Ein brennender Hund, das trifft sie. Sonst trifft die nix. Die können darüber lesen, soviel sie wollen, und sich Bilder angucken mit einer Lupe oder im Fernsehen ganz dicht dran sein, da sagen die bloß: Schlimm, schlimm. Wenn aber mein Hund brennt, fällt denen der Kuchen raus.
Pause. Vero Lewand fährt auf dem Rad vorbei um beide herum.

STARUSCH: Hören Sie mal gut zu, Scherbaum...
VERO LEWAND: Da singt doch wer... Ein kleiner Abwiegler, Old Hardy genannt...
STARUSCH: ...im Krieg, ich meine im letzten...
VERO LEWAND: Vorsicht, Flip!
STARUSCH: ...da wurde in meiner Heimatstadt ein U-Boot-Mutterschiff durch Saboteure in Brand gesteckt.
VERO LEWAND: Jetzt beginnt das beliebte Objektivieren.
STARUSCH: Die Besatzung, durchweg Fähnriche und Kadetten, versuchte, durch die Bullaugen das Schiff zu verlassen.
VERO LEWAND: Na und?
STARUSCH: Sie brannten, da sie mit den Hüftknochen steckenblieben, von innen weg ab. Na, Sie verstehen schon. Oder in Hamburg zum Beispiel, da brannten, nachdem man Phosphorkanister geworfen hatte, die Asphaltstraßen. Mit Wasser war da nichts zu machen. Und die Leute, die aus den Häusern liefen, liefen auf die brennenden Asphaltstraßen.
Vero Lewand steigt vom Rad, hört zu.
In Sand eingegraben hat man sie, damit keine Luft rankam. Aber sobald wieder Luft rankam, brannten sie weiter. Das kann sich heute keiner mehr vorstellen, wie das ist: lebendig verbrennen. – Verstehen Sie mich?
SCHERBAUM: Genau. Und weil sich das keiner vorstellen kann, muß ich Max auf dem Kudamm – und zwar am Nachmittag.
VERO LEWAND: Komm, Flip. Old Hardy wird das nie kapieren.
STARUSCH: Einen Moment, Scherbaum. Man hat Ihnen vor wenigen Tagen die Chefredaktion der Schülerzeitung angetragen.
VERO LEWAND: Na und? *Lacht.* Den Kinderkram soll machen, wer Lust dazu hat.
SCHERBAUM: Halt du dich da raus. – Mir ist es egal, ob Schüler wann oder wo rauchen können.
STARUSCH: Ich kenne Ihre Gründe. Doch wäre es nicht eine großartige Aufgabe, dieses nichtige Käseblättchen in ein ernst zu nehmendes Forum zu verwandeln, auf dem, abgesehen von der umstrittenen Raucherecke und ähnlichen Schülersorgen, auch die Vietnam-Frage in aller Deutlichkeit, und zwar mit pro und contra, abgehandelt werden könnte.
VERO LEWAND: Flip ist kein Blitzableiter!

STARUSCH: Aber es geht euch doch um Aufklärung, nicht wahr?
SCHERBAUM: Da glauben Sie doch selber nicht dran. Das sagen Sie doch nur als Lehrer und so. Dafür ist es zu spät.
Scherbaum und Vero Lewand lassen Starusch stehen, gehen ab.

STARUSCH: Heilige Apollonia, bitte für mich. *Zum Telefon, wählt.* – Ja. Die Entzündung ist abgeklungen. Um Scherbaum geht es. Er macht es womöglich. Soll ich etwa Meldung erstatten? Ich, ausgerechnet ich soll eine Meldung. Eher würde ich... *Hängt ein.*
ZAHNARZT: Also Gespräch fortsetzen. Und das auf die Tafel schreiben: Noch spricht er nur, also handelt er nicht.
Blackout

2. Szene

Starusch sitzt in der einen, Irmgard Seifert in der anderen Ecke der Couch.

IRMGARD SEIFERT: Es ist gut, daß Sie Zeit für mich haben: Ich bin am Ende, buchstäblich am Ende.
STARUSCH: Mir geht es ähnlich...
IRMGARD SEIFERT: Sie erinnern sich: Vor zwei Wochen fuhr ich zu meiner Mutter nach Hannover. Nach dem Mittagessen kramte ich, rein zufällig, auf unserem Trockenboden und fand in einem Fiberkoffer, hier, diese Briefe... *Sie nimmt aus der Handtasche ein Bündel Briefe.*
STARUSCH: Sie erzählten davon. Briefe, nicht wahr, die Sie als Siebzehnjährige kurz vor Kriegsende geschrieben haben. Auch Scherbaum ist siebzehn...
IRMGARD SEIFERT: Ja, ich war siebzehn und doch schon verantwortlich als stellvertretende Leiterin eines Kinderlandverschikkungslagers im Harz. Und was tat ich: In nahezu hysterischer Siegestrunkenheit war ich bedenkenlos genug, dreizehn- bis vierzehnjährige Buben an der Panzerfaust ausbilden zu lassen.
STARUSCH: Genau das meine ich: die unwissende Unbedenklichkeit, wenn ich darauf hinweise, daß auch Scherbaum erst siebzehn Jahre alt ist...

IRMGARD SEIFERT: Ich weiß, daß Sie es gut mit mir meinen. Aber das hier läßt sich nicht durch Parallelsetzung mit irgendeiner Schülereselei verharmlosen. Ich habe einen Bauern, nur weil er sich geweigert hat, auf seinem Rübenfeld einen Panzergraben ausheben zu lassen, bei der Kreisleitung Clausthal-Zellerfeld denunziert. Da. Lesen Sie.

STARUSCH *wehrt ab:* Sie erzählten davon, mehrmals. Immerhin ist die Kreisleitung dieser Denunziation nicht nachgegangen.

IRMGARD SEIFERT: Darauf kann es nicht ankommen.

STARUSCH: Darauf kommt es wohl an. Der Bauer überlebte.

IRMGARD SEIFERT: Sie argumentieren leichtfertig. Meine Absicht war es...

STARUSCH: Ihre Absicht war die Dummheit einer typischen BDM-Ziege. Wenn diese Briefe da heute noch einen Sinn haben sollen, dann wohl diesen: Späte Erkenntnis möge Ihren Blick schärfen für die Probleme der heute Siebzehnjährigen.

Pause.

IRMGARD SEIFERT: Vielleicht haben Sie recht. Manchmal hoffe ich, daß von dieser Jugend etwas ausgeht – aber es passiert ja nichts.

Starusch steht auf, hält seine Backe. Irmgard Seifert raucht.

STARUSCH: Was erwartet sie? Erlösung, und zwar zu Lebzeiten? Gibt es nicht. Nur Arantil gibt es, das Spezialanalgetikum gegen Zahn- und Kieferschmerzen. *Er nimmt zwei Tabletten.* Es zieht, Scherbäumchen, es zieht.

Scherbaum mit Rad tritt auf, bleibt im Hintergrund.

SCHERBAUM: Sie mit Ihren Zahnschmerzen. Und was ist da unten los? Im Mekong-Delta? Haben Sie das gelesen?

STARUSCH: Ja, Scherbaum, das hab ich gelesen. Schlimm. Schlimmschlimm. Doch muß ich zugeben, daß mich dieses Ziehen, diese auf immer den gleichen Nerv gerichtete Zugluft und dieses Pochen, daß mich dieser zu lokalisierende und auf der Stelle tretende, gar nicht mal schlimme, vielmehr leicht zu betäubende Schmerz mehr trifft, bloßstellt und um alle Vernunft und Sicherheit bringt als die Summe entsetzlicher Zahlenkolonnen, als der fotografierte, unübersehbare und dennoch abstrakte, weil nicht meinen Nerv berührende Schmerz dieser Welt.

SCHERBAUM: Aber macht Sie das nicht zornig oder wenigstens traurig?
STARUSCH: Oft versuche ich, traurig zu sein.
SCHERBAUM: Empört Sie das nicht, dieses Unrecht da unten und überall?
STARUSCH: Ich gebe mir jedesmal Mühe, empört zu sein.
SCHERBAUM: Ich meine...
STARUSCH: Ich meine auch.
Scherbaum geht mit Rad ab.

IRMGARD SEIFERT: Doch glauben Sie mir, lieber Kollege. Es wird etwas passieren. Diese neue, unbelastete Generation wird dem überjährigen Spuk ein Ende bereiten.
STARUSCH *lacht:* Sie schwärmen und wünschen sich was. Schauen wir uns um: Wie skeptisch entließ uns frühreife Kinder der Krieg. Wie wollten wir aufpassen und den Erwachsenen mißtrauen. Was blieb davon? Gesetzte Mittdreißiger bis Vierziger finden kaum Zeit, sich ihrer Niederlagen zu erinnern. Wir haben gelernt, uns durchzuboxen. Die Lage sondieren. Ellenbogen einsetzen. Notfalls anpassen. Praktiker, die das Mögliche anstreben und – falls sich nicht unerwartet Widerstände ergeben – sogar erreichen. Das ist aber auch alles.
IRMGARD SEIFERT: Zweifellos hat unsere Generation versagt. Aber war es nicht bequeme Ausflucht, in uns Hoffnung zu setzen? Von uns das Befreiende zu erwarten? Wir, mit siebzehn schon gezeichnet von einem verbrecherischen System, wir konnten die Zeit nicht wenden, wir nicht...
Der Zahnarzt tritt auf.

STARUSCH *leise:* Zeitenwende. Das Erlösende. Befreiende. Das Reinigende. Das Opfer.
ZAHNARZT: Lauter Ladenhüter, die neuerdings ihre Käufer finden. Dabei ist die Karies im Vormarsch begriffen.
IRMGARD SEIFERT: Wir hatten schon abgebaut, bevor wir versuchten, den ersten Stein zu setzen.
ZAHNARZT: Was uns fehlt, ist die umfassende Prophylaxe im Vorschulalter. *Weist auf Tabellen.* Diese Zahlen sprechen für sich.
IRMGARD SEIFERT: Jetzt wird man uns wegräumen.

Starusch: Wer wird uns wegräumen?
Irmgard Seifert: Das Neue, noch Ungedachte. Die kommende Generation.
Zahnarzt: Immer noch wissen wir zuwenig.
Starusch: Wenn ich an Scherbaum denke...
Irmgard Seifert: Und doch glaubte ich, richtig zu handeln, als ich in jenem Bauern einen Feind vernichten wollte...
Vero Lewand und Scherbaum treten auf.

Scherbaum: Du sammelst doch noch, oder?
Zahnarzt: Wir hängen dem Irrtum an.
Starusch: Mir reichen die eigenen Zweifel.
Zahnarzt: Kein Lactobazillus.
Vero Lewand: Wann denn, Flip, wann?
Scherbaum: Ich hab dir was mitgebracht. Hier. *Zeigt zwei Mercedessterne.*
Irmgard Seifert: Das ist Schuld, Eberhard. Zweifellos Schuld.
Zahnarzt: Wünschenswert wäre...
Irmgard Seifert: Und diese Schuld gilt es auszusprechen...
Zahnarzt: ...eine Änderung der Mikroflora im Mundmilieu.
Irmgard Seifert: ...oder zu schweigen.
Vero Lewand: Nun sag schon, Flip, wann? *Sie nimmt die Mercedessterne.*
Starusch: Lassen wir das.
Zahnarzt: Aber wir wissen immer noch nicht, in welche Richtung die Mikroflora verändert werden soll...
Scherbaum: Ich krieg das schon hin.
Zahnarzt: ...damit sie im Sinne einer wirksamen Kariesprophylaxe erfolgt.
Zahnarzt, Vero Lewand und Scherbaum gehen ab.

Irmgard Seifert: Ja, lassen wir das. – Übrigens hübsch, Ihr Teppich.
Starusch: Eine Neuanschaffung.
Irmgard Seifert: Ein Berber, nicht wahr?
Starusch: Was ich noch sagen wollte: Nach Ihrem Referat über das neue Berliner Gesamtschulmodell, das ich wirklich ausgezeichnet fand – *setzt sich neben sie auf die Couch* –, sind Sie nicht

auch der Meinung, daß der Hamburger Versuch der integrierten Gesamtschule unserer besonderen Aufmerksamkeit bedarf, zumal er geeignet ist, die veralteten Formen der Aufnahmeprüfung und der Versetzung abzuschaffen ... *Nimmt ihre Hand.*

IRMGARD SEIFERT: Sehen Sie, Eberhard, diese Briefe hier. Jahrelang habe ich geglaubt, immer dagegen gewesen zu sein ... Ich werde den Schuldienst quittieren müssen.

Blackout

3. Szene

Scherbaum und Vero Lewand mit ihren Fahrrädern an der Bühnenrampe. Scherbaum weist ins Publikum.

SCHERBAUM: Da sitzen sie und spachteln.

VERO LEWAND: Hüte haben die auf, Töpfe.

SCHERBAUM: Die denken nur Sahnenußtorte, sonst nix.

VERO LEWAND: Was reden die denn, wenn die reden?

SCHERBAUM: Na vom Gewicht und Abnehmenwollen.

VERO LEWAND: Richtig verstopft sehen die aus.

SCHERBAUM: Guck mal die Kuchengabeln.

VERO LEWAND: Und wie die den kleinen Finger wegspreizen.

SCHERBAUM: Jede mindestens drei Pfund Schmuck.

VERO LEWAND: Ihhh. Die riechen bis hier.

SCHERBAUM: Kuchenfressende Pelztiere.

VERO LEWAND: Das ist Persianer. Den trägt meine Mutter auch. Guck mal die, wie die mampft. – Und wo willst du?

SCHERBAUM: Na hier, genau hier.

VERO LEWAND: So weit weg.

SCHERBAUM: Hab ich ausgemessen, wegen Blickfeld und so.

VERO LEWAND: Ich find das ...

SCHERBAUM: ... zum Kotzen. Sag doch zum Kotzen. *Beide lachen.*

VERO LEWAND: Wann denn, Flip, morgen?

SCHERBAUM: Als ich gestern Old Hardy kurz informierte, hatte der natürlich paar Argumente in der Tasche.

VERO LEWAND: Der? Der soll sich raushalten. Uns mit Geschichten kommen, wie er mit siebzehn gewesen ist. Der redet doch nur.

SCHERBAUM: Als Lehrer kann er nur reden.

VERO LEWAND: Guck mal, wie die gucken!

SCHERBAUM: Wenn wir Old Hardy nicht überzeugen, wie wollen wir dann die kuchenfressenden Topfhüte ...

VERO LEWAND: Mach es, Flip. Mach es bald.

SCHERBAUM: Damit sie begreifen, wie das ist ... *Steigt aufs Rad. Der Zahnarzt und Starusch treten auf.*

VERO LEWAND: Kommst du heut?

Starusch wählt.

SCHERBAUM *fährt ab:* ... rumlaufen und verbrennen.

Der Zahnarzt nimmt den Hörer ab.

VERO LEWAND *fährt ihm nach:* Wir machen Basis und Überbau.

SCHERBAUM *beide fahren im Kreis:* Bei mir ist Steno dran.

VERO LEWAND: Immer noch?

Scherbaum und Vero Lewand ab. Zahnarzt und Starusch hängen ein.

STARUSCH: Soeben sagte ich, ganz gut, als er nach meinem Befinden fragte, obgleich mein Zahnfleisch schmerzt und alle vier Stunden gespült werden muß.

ZAHNARZT: Lehrer erinnern immer an Lehrer, die man gehabt hat ...

STARUSCH: Dann breitete ich meinen Plan aus, den er einen typischen Lehrerplan nannte ...

ZAHNARZT: ... oder von denen in Büchern zu lesen stand, daß sie an andere Lehrer erinnern.

STARUSCH: ... um mir dann praktische Ratschläge zu erteilen, als handelte es sich um eine Wurzelbehandlung.

ZAHNARZT: Zahnärzte kommen hingegen in der Literatur kaum vor.

STARUSCH: Aber mein Material ist komplett. *Rollt den Bildwerfer an die Rampe.*

ZAHNARZT: Allenfalls in Spionageromanen: Der Mikrofilm in der Degudentbrücke. *Nimmt einen Dias-Kasten, geht zur Mitte.*

STARUSCH: Beinahe gelingt es mir, an meine Beweise zu glauben.

ZAHNARZT: Wir geben nichts her und arbeiten zu schmerzlos unauffällig. *Hilft Starusch den Bildwerfer mit der Optik zum Publikum zu drehen.* Die Lokalanästhesie hindert uns, Originale zu werden.

STARUSCH: In der Landesbildstelle sowie im Ullstein-Archiv fand ich einige Schwarzweiß- und Farbdias, die ich Scherbaum im Biologiesaal vorführen möchte. *Scherbaum tritt auf.*

ZAHNARZT: Meine Vortragsreihe in der Volkshochschule Tempelhof ist mäßig bis schlecht besucht.

SCHERBAUM: Kann mir schon denken, was.

ZAHNARZT: Wer hört schon zu, wenn ich vor der Karies warne?

STARUSCH: Da Sie mich mit Ihrem unvernünftigen Plan bekannt gemacht haben, sollten Sie mir als Lehrer immerhin eine Chance einräumen.

SCHERBAUM: Na schön. Damit Sie sich später als Pädagoge sagen können: Ich habe alles versucht.

ZAHNARZT: Die Karies ist eine Zivilisationserkrankung. *Er bedient das Bildwerfergerät von links.* So finden wir bei polynesischen Inselbewohnern mit primitiver Lebensweise nur 0,32 Prozent Kariesfälle, während bei den zivilisierten Bewohnern dieser Inseln 21,9 Prozent Kariesfälle registriert worden sind.

STARUSCH *bedient den Bildwerfer von rechts:* Zuerst ein Holzschnitt, der mittelalterliche Hexen- und Judenverbrennungen zum Motiv hat. Übrigens wurden bei Hexenverbrennungen besondere Holzarten bevorzugt...

ZAHNARZT: Und hier die Mikroflora des Speichels bei kariesfreien Probanden links...

STARUSCH: Weiden zum Beispiel, auch frischgeschnittener Ginster, des grünlichen Qualmes wegen.

ZAHNARZT: ...und des kariösen Herdes bei kariesbefallenen Probanden rechts.

STARUSCH: Jetzt das Kochen in siedendem Öl zur Abtötung des lustvollen Fleisches.

ZAHNARZT: Hier handelt es sich um Schmelz- und Dentinkaries.

STARUSCH: Jetzt die Verbrennung des Hus. – Jetzt Verbrennungsgreuel der Spanier in Süd- und Mittelamerika. – Und jetzt Witwenverbrennungen in Indien...

ZAHNARZT: Und hier die Kariesintensität der einzelnen Altersgruppen im Vorschulalter vom 25. bis zum 78. Monat.

STARUSCH: Wir sollten uns – was meinen Sie, Scherbaum – mal über das Brandopfer an und für sich unterhalten. Jetzt dokumentarische Aufnahmen: Die Wirkung der ersten Flammenwerfer.

ZAHNARZT: Hier der Kariesbefall des Milchgebisses nach südschwedischen und ungarischen Daten.

STARUSCH: Nicht nur die Bibel könnte uns Aufschluß geben. – Das sind Phosphorverbrennungen im Zweiten Weltkrieg. – Jetzt Dresden. Achten Sie bitte auf die geschrumpften, gestapelten Leichen.

ZAHNARZT: Wie diese Tabelle beweist, haben die zwangsweise eingeführten Restriktionen der Nahrung während der letzten beiden Weltkriege die Kariesintensität eindeutig herabgesetzt.

STARUSCH: Zum Schluß die Selbstverbrennung einer vietnamesischen Nonne.

ZAHNARZT: So kann auch der Krieg sein Gutes haben.

STARUSCH: Nun, Philipp, so stumm?

ZAHNARZT: Deshalb werde ich nächstens auf die Süßigkeiten und ihre Schädlichkeit zu sprechen kommen. Doch lassen Sie mich abschließend sagen: Gäbe es weniger Politologen, dafür mehr Zahnärzte, der Welt wäre geholfen. Der Welt wäre ein wenig geholfen.

Er geht ab. Starusch packt seine Dias zusammen.

SCHERBAUM *mit verschränkten Armen:* Alles nur Menschen. Ich will aber einen Hund, verstehen Sie? Menschen, das ist bekannt. Das hat man geschluckt. Da sagen die nur: Wie im Mittelalter. Aber wenn ich einen lebenden Hund, und zwar hier in Berlin ...

STARUSCH: Irrtum, Scherbaum. Denken Sie an die Tauben. Man hat sie vergiftet. Zehntausende. Großaktion nannte man das. Hier, in Berlin.

SCHERBAUM: Das ist doch klar. Das war eine Masse. Die störte und mußte weg. Das wurde geplant und angekündigt. Jeder hatte Zeit, wegzugucken. Also ging das in Ordnung.

STARUSCH: Wovon sprechen Sie, Scherbaum?

SCHERBAUM: Na vom Taubentod. *Pause. Starusch nickt, als wolle er »Natürlich, natürlich« sagen.* – Auch weiß ich, daß man früher Ratten, um die Ratten zu vertreiben, angesteckt hat. Soll auch vorgekommen sein, daß man Brandstiftung versucht hat mit brennenden Hühnern. Aber einen brennenden laufenden jaulenden

Dackel, in einer Stadt wie Berlin, die nach Hunden verrückt ist, das hat es noch nicht gegeben. Nur wenn ein Hund brennt, werden sie kapieren, daß die Amis da unten Menschen verbrennen, und zwar jeden Tag.

STARUSCH *zerstreut:* Jaja. – Ich meine ja immer noch, Sie sollten die Wahl zum Chefredakteur... Aber Sie wollen ja nicht.

SCHERBAUM *stülpt die Wachstuchhaube über das Bildwerfergerät:* Übrigens schönen Dank auch. War eigentlich interessant Ihre Vorstellung.

Er läßt Starusch stehen, geht ab. Starusch schiebt den Bildwerfer zurück. Der Zahnarzt tritt auf.

ZAHNARZT: Das tut mir leid. Aber wir wollen nicht aufgeben. Haben Sie bei Ihrem Schüler Anzeichen von Mitleid mit dem Hund bemerkt?

STARUSCH *überlegt:* Doch. Doch doch. Scherbaum begleitete mich gestern mit seinem Dackel zur Bushaltestelle. Dort bat er mich, auf keinen Fall zu denken, daß ihn das kaltlasse mit Max – so heißt der Hund.

ZAHNARZT: Dann ist noch Hoffnung.

STARUSCH: Allenfalls hoffe ich, daß sich der Junge eine handfeste Grippe holt.

ZAHNARZT: Immerhin hoffen Sie. Immerhin. *Lacht.* – Aber Sie verstehen, meine Sprechstunde... Und sind Sie noch ausreichend versorgt?

Geht ab. Starusch nimmt zwei Tabletten.

STARUSCH: Ja. Mit Arantil bin ich versorgt. *Pause.* Der Junge ruiniert sich. Der Junge ruiniert mich. Wie steh ich da, wenn er das tut. Als wenn ich keine Lust hätte. Dreinschlagen. Abräumen. Zehntausend Bulldozer, die den gesamten Konsumramsch... Klare Verhältnisse schaffen. Der revolutionäre Urtrieb kurz nach dem Zähneputzen, kurz vor dem Frühstück. Schluß machen mit den scheinheiligen Reformisten und den heißen Atem der Revolution wehen lassen. Radikal bei Null anfangen – und nicht im Januar siebenundsechzig. *Beginnt sein Zahnfleisch zu spülen.* – Jetzt sollte eine Schulreise eingeplant sein. *Spült.* Nach Bonn meinetwegen. *Spült.* Wir könnten uns von der Galerie aus anhören, was es über die mittelfristige Finanzplanung zu erzählen gibt. *Spült.* Und hinterher Aufsätze: Wie arbeitet der Bundestag? – Oder: Wenn ich Bundestagsabgeordneter wäre. – Oder provokativ: Parlament oder Quasselbude? *Spült.* Aber das könnte ich Scherbaum vorschlagen: Scherbaum, ich rate Ihnen, Ihren Hund nicht in Berlin, wo Sie nur ein paar kuchenlüsterne Damen schockieren, sondern in Bonn, wo die politische Macht sitzt, öffentlich zu verbrennen.

Scherbaum und Vero Lewand mit Fahrrädern treten auf.

SCHERBAUM: Das hab ich mir auch schon überlegt.

STARUSCH: Warum also hier und nicht in Bonn?

SCHERBAUM: Das geht da unter im Trubel.

VERO LEWAND: Die lachen doch nur, wenn sie Max brennen sehen, und sagen: Na und?

STARUSCH: Aber in Bonn sitzt die Macht.

VERO LEWAND: Kapieren Sie doch: In Bonn ist ein brennender Hund nur das übliche öffentliche Ärgernis – in Berlin geht das an die Nerven.

STARUSCH: Ich glaube, ihr überschätzt den Berliner Hundetick …

VERO LEWAND: Insgesamt sind es 63 705 …

SCHERBAUM: Auf 32,8 Einwohner kommt ein Hund.

STARUSCH: Die Statistik für angemeldete Hunde und gleichfalls die Bevölkerungsstatistik für Westberlin zeigen eine rückläufige Tendenz.

SCHERBAUM: Es bleibt beim Kudamm.

STARUSCH: Aber in Bonn, nur in Bonn … *Sie lassen ihn stehen.*

VERO LEWAND: Old Hardy glaubt immer noch an sein Parlament.

SCHERBAUM: Warum sagt er nicht: Mach es.

VERO LEWAND: Ein Liberaler. Die verdrehen alles. Wenn ich Kuh sage, sagen die Rind.

Irmgard Seifert und der Zahnarzt treten auf. Sie füttert die Zierfische.

IRMGARD SEIFERT: Jedenfalls stand an der Tafel: Reaktionäres Kalb.

VERO LEWAND: Sie ist eine Kuh.

ZAHNARZT: Was gibt es?

STARUSCH: Meine Kollegin ist als Rindvieh bezeichnet worden.

VERO LEWAND: Der Erzengel ist eine Kuh!

ZAHNARZT: Schimpfworte aus der Milchwirtschaft.

SCHERBAUM: Dabei empfinde ich ihren Spitznamen »Erzengel« als ausreichend.

IRMGARD SEIFERT: Einfach lächerlich.

VERO LEWAND: Ich bleibe bei Kuh.

SCHERBAUM: Hör schon auf.

IRMGARD SEIFERT: Ich hätte die Bitterlingsbarben absondern sollen. Nun fressen sie ihre eigne Brut.

VERO LEWAND: Muh!

SCHERBAUM: Pißnelke!

Scherbaum, Vero Lewand, der Zahnarzt gehen ab. Starusch und Irmgard Seifert setzen sich voneinander distanziert auf die Couch.

IRMGARD SEIFERT: Ich bin auf den Unsinn natürlich nicht näher eingegangen...

STARUSCH: So also sieht das aus: Scherbaum hat keine fixe Idee...

IRMGARD SEIFERT: Irgendwie erinnert mich die kleine Lewand an meine Backfischzeit...

STARUSCH: ...vielmehr entwickelt er einen Plan, der, wenn nicht morgen, dann übermorgen ausgeführt werden wird.

IRMGARD SEIFERT: Da wir eine Generation sind, werden Sie mich vielleicht verstehen können: Diese alten Briefe haben mich grundsätzlich geändert. *Starusch lacht.* Ihr Lachen bestätigt es. Ich bin lächerlich geworden. Ein Stück dieser Gesellschaft, die nicht zugeben kann, daß sie lächerlich ist. Deshalb lacht man. Deshalb lachen Sie. Doch ich verlange, daß Sie zuhören. Gegen Kriegsende war es...

STARUSCH *legt die Hand aufs Telefon:* Was soll ich machen, Dokter?

Der Zahnarzt tritt auf.

ZAHNARZT: Das muß sich abwickeln.

STARUSCH: Jetzt kommt die unvermeidliche Panzerfaust.

ZAHNARZT: Zuhören und behutsam lenken. *Füllt Karteikarten aus.*

IRMGARD SEIFERT: Und dennoch stellt mich dieser hysterische Schrei nach der Panzerfaust immer noch in Frage...

STARUSCH: Wir werden den Bauern im Harz nicht vermeiden können. – Wer wollte heute ein siebzehnjähriges Mädchen von damals anklagen, wenn die Vergangenheit unseres Bundeskanzlers ...

IRMGARD SEIFERT *heftig:* Ich habe jedes Recht verwirkt, den Fall Kiesinger zu beurteilen ...

STARUSCH: Jetzt, Dokter, jetzt.

IRMGARD SEIFERT: ... schließlich habe ich einen einfachen Bauern bei der Kreisleitung denunziert ...

STARUSCH *unterdrückt wütend:* Abermals bitte ich Sie, zu bedenken, daß Ihre Anzeige ohne Folgen geblieben ist. Wenn Sie es nicht über sich bringen, ich spreche Sie frei.

IRMGARD SEIFERT *springt auf:* Ich verbiete Ihnen, derart oberflächlich meinen Konflikt lösen zu wollen.

STARUSCH: Dann bitt ich Sie, meine Leichtfertigkeit zu entschuldigen und mit mir gemeinsam zu bedenken, wie unserem Schüler Scherbaum zu helfen ist. *Pause.*

ZAHNARZT: Immerhin. Sie schweigt.

STARUSCH: Scherbaum leidet an der Welt. Das fernste Unrecht trifft ihn. Er glaubt, mit dem Krieg in Vietnam Tür an Tür zu leben. Keinen Ausweg sieht er – oder nur den einen: Er will seinen Hund öffentlich verbrennen und so der Welt ein Zeichen geben.

IRMGARD SEIFERT *scharf:* Das ist Unsinn.

ZAHNARZT: Zugeben, daß es Unsinn ist.

STARUSCH: Dennoch müssen wir den Jungen begreifen lernen.

IRMGARD SEIFERT *nachdrücklich:* Ein unverantwortlicher Unsinn! Sie sollten sich veranlaßt sehen, Meldung zu erstatten.

STARUSCH: Sie meinen ...

IRMGARD SEIFERT: Ich meine nicht, sondern rate Ihnen dringend.

ZAHNARZT: Jetzt runterspielen.

STARUSCH: Etwa bei der Schulleitung?

IRMGARD SEIFERT: Ach was. Drohen Sie dem Jungen mit der Polizei. Dann wollen wir weitersehen. Notfalls, wenn Sie nicht bereit sind, werde ich mich entschließen müssen.

Sie geht ab. Starusch und der Zahnarzt legen die Hand auf die Telefonhörer.

ZAHNARZT: Tjätjätjä. Wer wird denn gleich nach den Ordnungshütern rufen.

STARUSCH: Meine Kollegin hat es mit der Polizei. Sie hat es immer noch mit der Polizei. – Und was nun, Dokter? Was sagt Ihr Seneca bei vorliegendem Anlaß?

ZAHNARZT: Wenn ich Ihnen als Zahnarzt, also als jemand, der auf moderne Weise der Lehre der Stoa verbunden ist, raten darf... Setzen Sie das Gespräch mit dem Jungen fort. Gespräche verhindern Taten.

STARUSCH: Alles behandeln Sie wie die Karies.

ZAHNARZT: Ja doch. Vorbeugen muß man. Vorbeugen. Keine Revolution, sondern zahnmedizinische Prophylaxe. Keine Straßenschlachten, sondern Lutschbekämpfung. Verstehen Sie? Feldzüge gegen das Mundatmen und Pusteübungen gegen den Distalbiß. Das ist die tägliche Lage an der zahnmedizinischen Front. Nicht eine neue Ideologie ist gefragt. Nein. Es fehlt eine wirksame Heilzahnpaste. Es fehlt die weltumfassende Fürsorge. – Doch Sie erlauben, meine Sprechstunde beginnt...
Blackout

4. Szene

Vero Lewand und Scherbaum sitzen hinter dem Schultisch. Irmgard Seifert neben dem Aquarium.

IRMGARD SEIFERT: Schon wieder zwei Guppy mit dem Bauch nach oben. – Und ähnliche Niederlagen. Dabei wollte ich den Schuldienst quittieren.

VERO LEWAND: Flip! Wann machst du es denn?

SCHERBAUM: Ich mach es.

VERO LEWAND: Wann aber?

SCHERBAUM: Wenn ich mir klar bin.

VERO LEWAND: Das ist doch klar, Flip.

SCHERBAUM: Ziemlich.

IRMGARD SEIFERT *tritt vor den Schultisch, dozierend:* Unser Thema lautet: Die Tat als befreiendes Moment.

VERO LEWAND *meldet sich:* Vor knapp 'nem Jahr noch hab ich mit einer Metallsäge Mercedessterne gepflückt...

IRMGARD SEIFERT: Zum Beispiel der Widerstand, selbst der sinnlose...

VERO LEWAND *trällert:* Sternchen pflücken, Sternchen pflükken...

IRMGARD SEIFERT: Als die Männer des 20. Juli zur Tat schritten...

VERO LEWAND *springt auf:* Das war mal. Und heute, jetzt!?

IRMGARD SEIFERT: Als sich am 17. Juni die Arbeiter auf der Stalinallee...

VERO LEWAND: Feiertage. Lauter Feiertage!

IRMGARD SEIFERT: Die Tat dieser Männer, so vergeblich sie war, gab uns die Würde wieder.

VERO LEWAND: Amen! *Beide laufen lachend davon.*

IRMGARD SEIFERT *alleingelassen:* Deshalb fragen wir uns auch heute, weil es so still ist, so fürchterlich still ist: Wenn doch etwas passieren würde, irgend etwas passieren würde...
Sie geht ab. Starusch und der Zahnarzt treten auf. Starusch zum Schreibtisch. Der Zahnarzt beginnt, Karteikarten auszufüllen.

STARUSCH: Soll so ein Aufsatz heißen: Gespräche verhindern Taten?

ZAHNARZT: Zwar bin ich beschäftigt, aber plaudern Sie nur.

STARUSCH: Muße als Summe der Erfahrung empfiehlt uns Seneca als alter Mann, der seinem Nero die Reden geschrieben und der Tat das Wort geliefert hat.

ZAHNARZT: Echter Tiefbiß mit mesialer Ruhelage...

STARUSCH: Ein tätiger Zahnarzt hat gut reden. Täter raten zur Muße.

ZAHNARZT: Zu viele Taten und einäugige Erfolge. Da fülle ich lieber Karteikarten aus.

STARUSCH: Ist die Tat etwa aktive Resignation?

ZAHNARZT *steht auf:* Schauen Sie: Etwas will sich entwickeln und bewegt sich minimal. Da kommt der Täter und schlägt die Fenster zum Treibhaus ein.

STARUSCH: Also leugnen Sie, daß frische Luft – Frischluft – eine Wohltat ist.

ZAHNARZT: Durch Ihre angebliche Wohltat wurde ein Entwicklungsprozeß unterbrochen, dessen Vorergebnisse immerhin hoffen ließen. *Setzt sich wieder, schreibt.*

STARUSCH: Ich erinnere mich, wie Sie meinen Zahnstein nach erstem Blick einschätzten: Das sieht ja bös aus. Den wollen wir radikal entfernen. – Wie, wenn ich nun den Kapitalismus mit dem zu entfernenden Zahnstein vergleiche?

ZAHNARZT *lacht:* Die Tat als Ausflucht. Irgendwas muß geschehen.

STARUSCH: Ist etwa Ihr Eingriff in meine progene Bißlage keine Tat?

ZAHNARZT: Erkenntnis plus Handwerk, mein Lieber. Während das voreilige Ziehen der Zähne, diese Sucht, eine nicht mehr schmerzende Lücke schaffen zu wollen, eine Tat ohne Erkenntnis ist: Dummheit wird tätig.

STARUSCH: Also Vernunft, Lernen, Zögern, Arbeit, Fleiß, Zweifel, Neubeginn, Verbesserung, Entwicklung Schritt für Schritt: eine lächerliche Springprozession ...

ZAHNARZT: ... während der Täter langsame Abläufe überhüpft, das hemmende Wissen als Ballast abwirft, leichtfüßig und faul ist: Die Faulheit als Sprungbrett der Tat.

STARUSCH: Aber auch Angst: Die Entwicklung, so scheint es, kann nicht mehr abgelesen werden, kein Zeiger schlägt aus und meldet den kleinen alltäglichen Fortschritt. Stillstand und Leerlauf atmen die berühmte Friedhofsruhe, in die meine Kollegin, Frau Seifert, ihr »Wenn doch etwas geschehen würde ...« hineinspricht. Ruhe bei steigenden Verlustzahlen. Ein angstgeducktes Stillhalten, das mein Schüler mit seiner Tat aufscheuchen möchte: Angst treibt zur Tat.

ZAHNARZT: Oder: Kinder pfeifen im Wald. Schon die Erschaffung der Welt, dargestellt als bloße Tatenfolge in Fortsetzungen, ist eine Angsttat gewesen, die sich als Schöpfung tarnte. *Steht auf, lacht.* Man hätte rechtzeitig, vor der Tat, mit dem alten Herrn da oben reden sollen. Sie kennen meine These: Gespräche verhindern Taten. *Geht ab. Scherbaum, mit Schultasche, tritt auf.*

STARUSCH *auf Scherbaum zu:* Scherbaum, es tut mir leid. Ich werde Meldung erstatten müssen, und zwar bei der Polizei. Sie wissen, was das bedeuten kann.

SCHERBAUM *mit ironisch-besorgtem Unterton:* Das werden Sie sich bestimmt nicht antun.

STARUSCH: Immerhin habe ich mir überlegen müssen, wie sich so etwas schriftlich formulieren ließe.

SCHERBAUM *lacht:* Anzeige? Sie – eine Anzeige? – Das paßt überhaupt nicht zu Ihrem Haarschnitt.

STARUSCH *verwirrt:* Es könnte sein, Scherbaum, ich warne Sie, daß Sie mir Handlungen aufzwingen, die mir zutiefst zuwider sind.

SCHERBAUM: Um das zu machen, haben Sie eine viel zu große Achtung vor sich.

STARUSCH *planlos:* Was soll ich Ihnen noch aufzählen? Die Sinnlosigkeit, den Hochmut Ihres Planes? Die Bestialität, die Dummheit, jawohl, die Dummheit! Soll ich vom törichten Kurzschluß sprechen und vom falschen Beifall, den Ihre irrationale Tat provozieren wird?

SCHERBAUM *winkt ab:* Kenne ich alles …

STARUSCH: Auch Frau Studienrat Seifert würde so sprechen, wenn sie von Ihrem Vorhaben wüßte …

SCHERBAUM *nach prüfendem Blick:* Ach so. *Zu Vero Lewand, die mit Schultasche auftritt:* Old Hardy hat dem Erzengel Geschichten erzählt.

VERO LEWAND: Die? Die kann überhaupt nix sagen. Dauernd redet sie vom Widerstand und von der Pflicht zum Widerstand. *Sie parodiert den Aussagestil der Irmgard Seifert.* – Aber in den dunkelsten Stunden unseres Volkes standen immer wieder Männer auf und schritten zur Tat. Sie setzten ein Zeichen. Sie boten dem Unrecht die Stirn. *Sie und Scherbaum lachen.*

STARUSCH: Gewiß, Frau Seifert gefällt sich manchmal in wenig zeitgemäßem Pathos …

SCHERBAUM: Warum sagen Sie nicht: Mach es. Warum sagen Sie nicht: Du hast recht. – Warum helfen Sie mir nicht?

STARUSCH *faßt sich:* Scherbaum, mein letztes Wort: Ich werde mir im Tierheim Lankwitz einen Hund besorgen, werde ihn an mich gewöhnen, werde ihn dann an genau der Stelle, die Sie mir bezeichnen, mit Benzin übergießen und anstecken. Auch Ihr Plakat werde ich zur Schau stellen. Presse und Fernsehen werden dabeisein. Wir werden gemeinsam ein Flugblatt aufsetzen, sachlich, über die Wirkung von Napalm. Das können Sie, nachdem man mich verhaftet oder sonstwie fertiggemacht hat, mit Ihrer Freundin auf dem Kudamm verteilen. Einverstanden? *Scherbaum hält den Kopf schräg, überlegt. Vero Lewand unruhig.*

VERO LEWAND: Mao warnt vor den buntgemischten Gelehrten.

SCHERBAUM: Halt du dich raus.

VERO LEWAND: Der Liberalismus ist der Todfeind der Revolution.

SCHERBAUM *zu Vero Lewand:* Ist ja gut. Wissen wir. *Zu Starusch:* Ich muß mir das überlegen.

STARUSCH: Nein jetzt, Philipp. Einverstanden?

SCHERBAUM: Das kann ich ohne Max nicht entscheiden. *Er läßt Vero Lewand und Starusch stehen, geht ab.*

STARUSCH: Sagen Sie, Vero. Warum tragen Sie grüne Strumpfhosen?

VERO LEWAND: Damit ich Sie besser hören kann.

Blackout

5. Szene

Zahnarzt am Telefon. Starusch unterwegs.

ZAHNARZT *nach langem Gelächter:* Verstehe, verstehe. Sie wollen Zeit gewinnen. Hund anschaffen. Hund an Herrchen gewöhnen. Scherbaums Plan überreif werden lassen. Vielleicht passiert zwischendurch was. Immer ist Hoffnung auf Waffenstillstand. Oder der Papst schenkt der Welt eine neue Friedensenzyklika: In brennender Sorge... *Lacht.* Und die Börse reagiert nervös. Nicht übel, Ihre Taktik, nicht übel.

STARUSCH: Sie verkennen, daß es mir durchaus ernst ist. Auf keinen Fall will ich den Jungen einer denkbaren Lynchjustiz aussetzen.

ZAHNARZT: Bleiben wir bei der Sache. Sie sollten sich in Lankwitz um eine gedeckte Hündin bemühen. So geben Sie Ihrem

Schüler Gelegenheit, Sie, den insgeheim verehrten Lehrer, von seinem Versprechen zu entlasten. Niemals wird er verlangen, daß Sie ein tragendes Tier verbrennen.

STARUSCH: Ihr Zynismus verrät medizinische Herkunft.

ZAHNARZT: Konsequent führe ich Ihren Gedanken weiter. *Der Zahnarzt hängt ein und geht ab.*

STARUSCH: Und wenn das auf mich zukommt. Wenn er ganz einfach ja sagt. – Das nimmt mir Entscheidungen ab. Ich kann einen Schlußstein setzen: Westberliner Studienrat, vierzig, protestiert gegen Krieg in Vietnam, indem er einen Hund, Spitz, öffentlich verbrennt ... – Aber nicht auf dem Kudamm. Da komme ich lieber auf Bonn zurück.

Zieht seinen Mantel an, geht. Scherbaum tritt mit Fahrrad auf.

SCHERBAUM: Es geht nicht.

STARUSCH: Darf ich den Grund, die Gründe wissen?

SCHERBAUM: Gebe ja zu: Natürlich haben Max und ich Angst.

STARUSCH: Lassen Sie es mich machen, Philipp. Auch wenn das jetzt zu großartig klingt: Ich habe keine Angst.

SCHERBAUM: Und deswegen geht es nicht.

STARUSCH: Das sind Spitzfindigkeiten.

SCHERBAUM: So etwas darf man nur machen, wenn man Angst hat.

STARUSCH: Meine Gründe, diesen Entschluß zu fassen, sind grundsätzlich anderer Art.

SCHERBAUM: Sage ich ja: Erstens glauben Sie nicht dran, und zweitens haben Sie nicht mal Angst.

STARUSCH: Früher hatte auch ich Angst.

SCHERBAUM: Denn das ist mir klargeworden: Was man ohne Angst macht, das zählt nicht. Sie wollen das nur machen, damit wir das nicht machen. Sie sind ein Erwachsener und wollen immer nur Schlimmeres verhüten.

Pause.

STARUSCH: Sie meinen also, als Erwachsener habe ich die Reinheit verloren und damit die Angst. Folglich könne ich als Unreiner kein Opfer bringen.

SCHERBAUM *lacht:* Manchmal reden Sie, wie der Erzengel redet: richtig geschwollen. Opfer. Das ist doch was Sinnbildliches.

Was wir machen wollen, hat einen Zweck. Aber das klappt nur, wenn man Angst hat.

STARUSCH: Philipp, wenn jemand sich fürchtet, etwas zu tun, und es trotzdem tut, dann bringt er ein Opfer. Dann opfert er sich, indem er sich überwindet.

SCHERBAUM: Na schön. Auf jeden Fall muß die Sache absolut sauber sein.

Scherbaum springt auf sein Rad, fährt davon. Starusch geht langsam auf Umwegen nach Hause. Unterwegs begegnet ihm Irmgard Seifert.

STARUSCH: Hätte Persil nehmen sollen. Vor dem Opfer, bitte Persil nehmen.

IRMGARD SEIFERT: Ich habe mir das überlegt, lieber Kollege. Sie schlagen mir dauernd irgendwelche Kompromisse vor. Wenn ich Sie schon mit dem entsetzlichen Inhalt dieser Briefe vertraut gemacht habe, dann darf ich wohl erwarten, daß Sie mich in Zukunft mit Ihren unsauberen Beschwichtigungsversuchen verschonen.

STARUSCH: Aber, liebe Kollegin, Ihr widersprüchlicher Fall, oder besser, Ihre längst verjährte Jugendeselei...

IRMGARD SEIFERT: Lassen Sie diese Zweideutigkeiten!

STARUSCH: Und wie geht es Ihren Zierfischen? Wer frißt da wen zur Zeit?

IRMGARD SEIFERT: Wenn es eine Lösung gibt, dann muß sie absolut rein sein und eindeutig. Verstehen Sie mich! *Sie geht ab.*

STARUSCH *nimmt zwei Tabletten:* Ich, der angstfreie und immer das Schlimmere verhütende Studienrat, Eberhard Starusch, mit meinem arantilüberdeckten Wehwehchen. Denn Zahnschmerzen fürchte ich. – Das hätte ich sagen sollen: Scherbaum, ich habe Angst, vorm Zahnarzt zum Beispiel.

Vero Lewand tritt auf.

VERO LEWAND: Zufrieden?

STARUSCH: Soeben begegnete mir Frau Saubermann.

VERO LEWAND: Und was haben Sie Flip eingeredet?

STARUSCH: Er hat mir etwas. Bald werde ich mich dem Waschzwang hingeben müssen. *Lacht.*

VERO LEWAND: Ich warne Sie, Old Hardy. Wenn Sie nicht aufhören, Flip mit Ihren unsauberen Machenschaften zu verunsichern...

STARUSCH *ironisch:* Dann?

VERO LEWAND: Dann werden wir Sie zu den konterrevolutionären Kräften zählen müssen...

STARUSCH: ...und kurzerhand liquidieren, stimmt's?

VERO LEWAND: Wir verabscheuen stalinistische Methoden. Aber Konsequenzen, und zwar absolut eindeutige Konsequenzen, wird Ihr Verhalten nach sich ziehen.

Sie geht ab.

STARUSCH: Der keusche und tugendsame Robespierre hat unter der Hand viele Kindlein gezeugt. – Ich sage Ihnen, Dokter: Da wächst eine Generation heran, die, bei aller zur Schau getragenen Sachlichkeit, einen neuen Mythos sucht. Vorsicht. Vorsicht.

ZAHNARZT *tritt auf:* Und wenn man dieser Generation die Bekämpfung der Karies als kultisch-revolutionäre Handlung mit dem Ziel der absolut kariesfreien Gesellschaft anböte, welche Kraft, welch Opfermut, wieviel blitzblanke Begeisterung ließe sich nützlich umleiten!

Starusch zieht den Mantel an, trinkt einen Schnaps, geht und findet auf erhöhtem Podest eine angedeutete Biertheke.

STARUSCH *unterwegs:* Ach, wie kümmert der Unterschied.

ZAHNARZT: Es ist ja nicht so, daß unsereins frei ist von Anfechtungen. Wie oft möchte ich hinschmeißen.

STARUSCH: Ach, wie zwischen sitzen wir drinnen.

ZAHNARZT: Wie oft – beim Zahnsteinentfernen oder wenn ich, hopp, eine Degudentbrücke im Handteller hüpfen lasse, frage ich mich: wofür das alles.

STARUSCH: Ach, wie krümelt der Schmerz.

ZAHNARZT: Und meine Mutter hat oft gesagt, du bist zu beteiligt, Erich. Aber es muß doch ein weltweit lautloses System. Wir alle bedürfen der Fürsorge. – Verstehen Sie mich? *Geht ab.*

STARUSCH *an der Theke:* Ein Helles, Ober, ein Helles! Und einen Gedanken, nicht wasserlöslich, einen, dem Blaulicht Vorfahrt schafft, einen kopfneuen, der den verzahnten Mief grundsätzlich teilt, damit wir alle – Ober, ein Helles! – alle, die Rückwärtsschieler und Bodensatzschwenker über die Rollbahn, durch das gestapelte, links rechts gestapelte Rote Meer – Ober, mein Helles! – heimkehren dürfen...

Vero Lewand tritt auf, stellt sich neben ihn an die Theke.

VERO LEWAND: Hab ich mir gedacht, daß Sie entweder bei Reimann sind oder hier.

STARUSCH *leicht angetrunken:* Da Sie meine Gewohnheiten kennen, darf ich wohl fragen, was ich bestellen darf.

VERO LEWAND: Irgendwas: eine Coca und einen Klaren.

STARUSCH: Auch eine Kombination. – Ober, eine Coca und einen Klaren. – Ich habe früher, bevor ich das zweideutige Vergnügen hatte, als Pädagoge zu wirken, in der Zementindustrie gearbeitet. Was, Mädchen, da biste baff. Ich kenne die Proletarier! – Und die Zementer, so nennt man die Zementarbeiter, tranken schon zum Frühstück ein, zwei Korn, allerdings ohne Coca zum Nachspülen, dafür mehrere Flaschen Nette-Bier.

VERO LEWAND: Warum lassen Sie Flip nicht in Ruhe?

STARUSCH: Die Nette ist ein Flüßchen in der Voreifel. Nach ihr wurde das Bier benannt. Die Nette schlängelt sich malerisch durch Deutschlands größtes Bimsabbaugebiet.

VERO LEWAND: Ich habe gefragt, warum Sie Flip nicht in Ruhe lassen.

STARUSCH: Bims macht durstig. Ich weiß natürlich nicht, ob Sie sich für Bims oder Zement interessieren.

VERO LEWAND: Mich kriegen Sie nicht in die Ecke.

STARUSCH: Zement ist ein Nutzstaub.

VERO LEWAND: Saufkopp.

STARUSCH: Soviel ich weiß, Fräulein Lewand, tragen Sie mit Vorliebe grüne Strumpfhosen und nennen sich Marxistin. Deshalb kann ich nicht begreifen, weshalb Sie sich so wenig für die Arbeitsbedingungen der zementproduzierenden Industrie interessieren. Unter uns gesagt: Auch ich sehe mich als Marxist...

VERO LEWAND: Sie sind ein Liberaler, der sich nicht entscheiden kann.

STARUSCH: Das stimmt. Ich bin ein liberaler Marxist, der sich nicht entscheiden kann. – Ober, ein Helles!

VERO LEWAND: Sie führen den Marxismus im Munde, handeln aber im Sinne des Liberalismus. Deshalb versuchen Sie auch, Flip in die Ecke zu reden.

STARUSCH: Ober, mein Helles!

VERO LEWAND: Aber das wird Ihnen nicht gelingen.

STARUSCH: Wollen wir Hälmchen ziehen, ob ich oder Sie...

VERO LEWAND: Umfunktionieren wollen Sie ihn mit Ihrer Scheißschülerzeitung...

STARUSCH: Liebe Veronika Lewand, es ist auch in Ihrem Interesse, wenn ich Philipp immer wieder auf die Folgen eines so sinnlosen Opfers aufmerksam mache.

VERO LEWAND *leise bestimmt:* Im »Yü Gung versetzt Berge« sagt Mao: »Fest entschlossen sein. Keine Opfer scheuen und alle Schwierigkeiten überwinden, um den Sieg zu erringen.« – Das ist es. Ich geh jetzt. Wir stehen vor der Schwelle der dritten Revolution. Nur ein paar Reaktionäre haben das nicht begriffen. *Sie läßt Starusch stehen, geht ab.*

STARUSCH: Ober, zahlen. *Er wirft Geld hin und geht langsam auf Umwegen heim.* Ach, wie ist das Gold so gar verdunkelt. – Sollte über dieses Jeremias-Zitat oder nur über das Wörtchen »Ach« einen Aufsatz schreiben lassen. – Über das Achja – Achso – und Achnein – über Achgott und das Ach- und Wehgeschrei. – Über das gehauchte erstaunte ärgerliche Ach. – Über das Ach bei Kleist und das ironische Ach bei Mann. – Über das Ach der Kinder und über das Ach gebrechlicher Greise. – Wie unterscheidet sich das Ach einem besonders gelungenen Sonnenuntergang gegenüber von einem Ach angesichts des Meeres? – Das Ach im Lied: Ach, ich habe sie verloren... Und das Ach in der Politik: Ach, lieber Kollege Barzel... Natürlich das Ach in der Werbung: Ach so, Sie spülen mit Pril... – Und das Ach der Frauen. Das Ach-ach-ach-ach... – Ob Philipp schon davon weiß? *Blackout*

6. Szene

Vero Lewand und Scherbaum.

SCHERBAUM: Ich krieg das nicht hin mit Max.

VERO LEWAND: Üb doch erst, Flip. Ich geb dir den da. *Wirft einen Stoffhund.*

SCHERBAUM: Na und? *Wirft den Stoffhund zurück.*

VERO LEWAND: Zum Übergießen und Anstecken. Damit du sicher wirst. Wir fahren raus irgendwohin, nach Glienicke oder so und üben.

SCHERBAUM *gereizt:* Was denn!

VERO LEWAND: Damit das klappt. Max wird, wenn du mit Benzin kommst, verrückt spielen. Paß auf: Du gießt ihm die Flasche rüber. Ich zieh, mach das Weglaufenwollen. Und jetzt mußt du mit dem Streichholz oder Feuerzeug oder...

SCHERBAUM: Kapier doch. Wenn es nicht Max wäre, sondern irgendein Hund...

VERO LEWAND: Ach deswegen.

SCHERBAUM: Genau.

VERO LEWAND: Und was ist da unten los, Flip, wenn die mit Napalm...

Sie geht ab. Starusch tritt auf. Scherbaum auf Starusch zu.

SCHERBAUM: Das mit dem Hund aus dem Tierheim leuchtet mir ein. – Ich fahr nach Lankwitz und kauf mir, wenn sie den haben, einen weißen Spitz. – Haben Sie eine Ahnung, was die für einen Spitz ohne Stammbaum verlangen? *Pause.* Gegen Monatsende bin ich immer knapp. *Pause.* Sie können es mir auch morgen geben.

STARUSCH *beginnt, auf und ab zu gehen:* Warum verfälschen Sie Ihr Opfer?

SCHERBAUM: Sie sollen nicht fragen. Sie sollen helfen.

STARUSCH: Gestern noch mußte alles absolut sauber sein, und heute bereiten Sie einen faulen Kompromiß vor.

SCHERBAUM: Das mit dem Hund aus dem Tierheim war Ihre Idee.

STARUSCH: Gut, Sie haben Angst. Aber warum sollen ich und ein namenloser Spitz, womöglich eine Hündin, die gerade gedeckt worden ist, Ihre Feigheit bezahlen?

SCHERBAUM: Und wenn Sie den Spitz verbrannt hätten?

STARUSCH: Dann wäre das mein freier Entschluß gewesen. Ihr Plan hingegen ist waschechte Ausbeutung. Solch ein Heldentum hab ich gerne: den eigenen Hund schonen und irgendein Viech draufgehen lassen. Mir gefällt diese Rechnung nicht. *Pause.*

SCHERBAUM: Mir auch nicht. Wahrscheinlich haben Sie recht. *Er läuft davon. Starusch zieht den Mantel an, geht auf Umwegen nach Hause.*

STARUSCH: Ich bin zufrieden mit mir. – Bin ich zufrieden mit mir? – *Er läßt sich in seinen Stuhl fallen. Der Zahnarzt tritt auf. Starusch legt die Hand aufs Telefon.* Was meinen Sie, Dokter?

ZAHNARZT *nimmt den Hörer ab:* Sie hätten dem Jungen das Geld leihen sollen. Diese zeitraubenden Umstände. Die Fahrt nach Lankwitz. Das Aussuchen und Kaufen des Hundes. Der Kauf einer Leine. Die Anwesenheit des Spitz in der Wohnung der Eltern. Erklärungen der Mutter gegenüber, die es dem Vater erklären soll – oder umgekehrt. Dann die beginnende Freundschaft zwischen dem Dackel und dem Spitz. Womöglich hat Ihr Schüler eine kleine Schwester...

STARUSCH *matt:* Hat er nicht. Hat er nicht.

ZAHNARZT: Und diese kleine Schwester findet Gefallen an dem Spitz und beansprucht ihn, unterstützt von den Eltern, für sich. All das Zufällige hätte den Plan Ihres Schülers mehrmals durcheinandergebracht. Sie hätten dem Jungen das Geld leihen sollen. *Hängt ein, geht ab. Starusch springt auf, läuft den Weg zur Schule zurück.*

STARUSCH *im Laufen:* Scherbaum... *Scherbaum tritt auf.* Sie können das Geld haben. Zwischen siebzig und achtzig DM kostet ein Spitz ohne Stammbaum.

SCHERBAUM *lächelnd:* Das war nur eine momentane Schwäche, für die ich mich entschuldigen möchte. Entweder Max oder überhaupt nicht. Dann kann ich auch einen Stoffhund verbrennen oder mehrere. Vero Lewand hat einen ganzen Zoo davon.

STARUSCH: Schade, Philipp. Ich habe Ihnen helfen wollen.

SCHERBAUM: Ist mir schon klar, daß Sie es gut mit mir meinen. – *Er läßt Starusch stehen, setzt sich an den Schultisch.* Fast jeder meint es gut mit mir.

Irmgard Seifert tritt auf, begrüßt Starusch.

IRMGARD SEIFERT *neben dem Aquarium:* Darin sind wir uns einig: Er ist begabt.

Vero Lewand tritt auf, setzt sich neben Scherbaum an den Schultisch.

VERO LEWAND *leise:* Ich krieg ihn klein, Flip. Wetten, ich krieg ihn klein.

STARUSCH: Sein Vater hat eine leitende Stellung bei Schering.

IRMGARD SEIFERT: Trotz überdurchschnittlicher Leistungen in Ihren Fächern und im musischen Bereich wird er sich auch diesmal nur mit Mühe versetzen lassen.

VERO LEWAND: Wenn er dich nicht in Ruhe läßt, steig ich ihm auf die Bude, Flip.

STARUSCH: Von einem Konflikt mit dem Vater kann keine Rede sein. In einem Aufsatz schrieb er: Mein Vater war natürlich kein Nazi...

SCHERBAUM *liest zuerst, spielt dann den Aufsatz:* Mein Vater war nur Luftschutzwart. Ein Luftschutzwart ist natürlich kein Antifaschist. Frau Studienrat Seifert ist Antifaschistin. Deshalb nennen wir sie: der Erzengel. Ein Luftschutzwart ist nichts. Ich bin der Sohn eines Luftschutzwartes. Also bin ich der Sohn von einem Nichts. Jetzt ist mein Vater Demokrat, wie er früher Luftschutzwart gewesen ist. Er macht alles richtig. Auch wenn er manchmal sagt, »Meine Generation hat vieles falsch gemacht«, sagt er das immer an den richtigen Stellen. Wir streiten uns nie. Manchmal sagt er: »Du wirst auch noch deine Erfahrungen machen.« Auch das ist richtig, denn es läßt sich voraussehen, daß ich Erfahrungen machen werde. Und zwar als ein Nichts oder als Luftschutzwart, was, wie ich bewiesen habe, dasselbe ist. Meine Mutter sagt oft: »Du hast einen großzügigen Vater.« Manchmal sagt sie auch: »Du hast einen zu großzügigen Vater.« Dann sagt mein großzügiges Nichts: »Laß mal den Jungen, Elisabeth, wer weiß, was noch kommt.« Auch das ist schon wieder richtig. Ich mag meinen Vater. Er kann so schön traurig aus dem Fenster gucken. Danach sagt er immer: »Ihr habt es gut in einer friedlichen Welt. Hoffentlich bleibt es dabei. Unsere Jugend sah anders aus, ganz anders aus.« Ich mag meinen Vater wirklich. Mich mag ich auch. Ich wäre ein guter Luftschutzwart geworden. – Und so weiter.

STARUSCH: Es fiel mir schwer, diesem Aufsatz eine Zensur zu geben.

VERO LEWAND: Und ich sag dir, so klein mach ich den.
Sie und Scherbaum gehen ab.

IRMGARD SEIFERT: Ein Hinweis auf die zu starke literarische Abhängigkeit hätte die Zensur ersetzen können. – *Beide nähern sich auf Umwegen der Couch.*
Sind Sie gestern gut nach Hause gekommen?

STARUSCH: Ich erlaubte mir noch zwei drei Bier und probierte eine neue Kombination aus: eine Coca neben einem ordinären Getreidekorn.

IRMGARD SEIFERT *spöttisch:* Welch ein Leichtsinn, zumal sich unser Verhältnis durch leidenschaftliche Mäßigkeit auszeichnet.

STARUSCH: Vielleicht fürchten wir uns, diesen gewissermaßen passiven Zustand durch Tätigkeit zu zerstören.

IRMGARD SEIFERT: Ach was. Wir sind doch nur mit dem Sprechwerkzeug anwesend.

STARUSCH: Wohl auch mit einem Überschuß ungenutzter Sympathie.

IRMGARD SEIFERT: Sie krebsen mit Ihren Gedanken ich weiß nicht wohin, während ich alle Anstrengungen mache, eine Siebzehnjährige zu verfolgen, die etwas getan hat, unter meinem Namen getan hat, das ich niemals ...

STARUSCH: Mehr als zwanzig Jahre ist es her, also verjährt.

IRMGARD SEIFERT: Was besagen schon Jahre, wenn es um Niederlagen geht, die auch die Zeit nicht in Siege umschwindeln kann. – *Zerstreut.* Doch wenn ich mich auch versucht fühle, Ihnen zuzustimmen ...

STARUSCH *steht auf, nähert sich ihr:* Das sollte für immer abgetan sein.

IRMGARD SEIFERT: ... trotzdem muß ich ... *Starusch umarmt sie grob und will sie, indem er sie küßt, stillmachen. Irmgard Seifert löst sich und spricht unbeirrt weiter*... denn eigentlich bin ich mir mehr und mehr bewußt, daß ich enttäuscht gewesen sein muß, als auf meine Meldung hin nichts passierte. Ich muß annehmen, eine zweite Denunziation gemacht zu haben.

STARUSCH: Herrgott nochmal! Der Bauer überlebte Ihre erste wie Ihre zweite, nur eingebildete Meldung.

IRMGARD SEIFERT: Darum geht es nicht. Verstehen Sie doch...

STARUSCH: Sie leben. Ich überlebte, rein zufällig, auch. Und mein Schüler, nein, unser Philipp Scherbaum, ist in Not...

Irmgard Seifert springt auf. Starusch gleichfalls.

IRMGARD SEIFERT *erregt:* Hören Sie endlich mit diesem affigen Schulkram auf. Nichts spricht mich frei. Diese Briefe...

Starusch schlägt ihr rechtshändig eine Ohrfeige. Pause und Erstaunen bei beiden. Irmgard Seifert sucht nach Zigaretten. Starusch reicht ihr eine und gibt ihr mit der gleichen Hand, mit der er geschlagen hat, Feuer. Während er langsam zum Schreibtisch geht, tritt der Zahnarzt auf.

ZAHNARZT: Einfach oder mit beiden Händen?

STARUSCH: Mit einer rechtshändig geschlagenen Ohrfeige kappte ich den Satz meiner Kollegin Irmgard Seifert.

ZAHNARZT: Und jetzt? Tränen?

STARUSCH: Sie raucht.

ZAHNARZT: Ihre Kollegin ist, um es mit einem Wort zu sagen, einsam. – Und wie fühlen Sie sich?

STARUSCH: So lächerlich eine Ohrfeige ist, ist sie doch immerhin eine Tat.

ZAHNARZT: Und eine Vertraulichkeit, mein Lieber. So etwas verbindet.

Er geht ab. Starusch entfernt sich vom Schreibtisch.

IRMGARD SEIFERT: Du hast recht.

STARUSCH: Es tut mir leid. Ich konnte nicht anders.

IRMGARD SEIFERT *drückt die Zigarette aus, setzt sich auf die Couch:* Du wolltest von Scherbaum sprechen.

STARUSCH: Täglich kann es passieren.

IRMGARD SEIFERT: Ich bin wie du der Meinung, der Junge ist hochbegabt.

STARUSCH: Das sagt selbst Dr. Schüttlen. *Parodiert einen älteren Lehrer:* Auch in meinem Fach könnten Scherbaums überdurchschnittliche Leistungen bei größerer Konzentration gesteigert werden.

Beide lachen angestrengt. Starusch setzt sich.

IRMGARD SEIFERT: Vor einem halben Jahr noch hat mir Scherbaum selbstverfaßte Lieder zur Gitarre gezeigt, und als ich ihn darum bat, auch vorgetragen. Nun ja, diese Zwischenlage: Weltschmerz plus Engagement. Doch durchaus eigen und – wie gesagt – hochbegabt.

STARUSCH: Aber er schreibt nicht mehr.

IRMGARD SEIFERT: Dann sollten wir dafür sorgen, daß er wieder zu schreiben beginnt.

STARUSCH *spöttisch:* Gedichte gegen Napalm, damit der Hund nicht verbrannt wird?

IRMGARD SEIFERT *kühl:* Ich möchte daran erinnern, daß du mich gebeten hast, mit dir gemeinsam einen Ausweg für den jungen Scherbaum zu suchen.

STARUSCH: Ich bin dir natürlich dankbar...

Pause. Unvermittelt springt Irmgard Seifert auf, nimmt ihren Mantel.

IRMGARD SEIFERT: Ihre Ohrfeige half nur kurze Zeit, Eberhard: Ich sehe mich sitzen, an einem gescheuerten Holztisch. Ich sehe, wie ich mit sauberen Sütterlinbuchstaben eine Denunziation schreibe, die einem Menschen das Leben kosten soll. – Übrigens trug ich damals einen Mozartzopf.

Blackout

7. Szene

Irmgard Seifert und Starusch treten an Scherbaum heran.

STARUSCH: Sagen Sie, Scherbaum, ich habe schon lange nichts mehr von Ihren lyrischen Versuchen gehört. Wir meinen, Sie sollten besonders die Liedform pflegen, zumal Sie Gitarre spielen...

SCHERBAUM: Das ist doch nur zum Einlullen.

IRMGARD SEIFERT: Sie sollten wissen, welche Kraft, welche politische Kraft dem lyrischen Wort gegeben sein kann.

SCHERBAUM: Das glauben Sie doch selber nicht.

IRMGARD SEIFERT *unbeirrt:* Denken Sie an Tucholsky, Brecht. Seit Wedekind hat das politische Chanson bei uns Tradition.

SCHERBAUM: Nichts bewegt das. Damit kann man, wenn's gutgeht, Geld mit verdienen. Ist doch Seelenmassage. Fragen Sie Vero. *Ruft:* Vero! *Sie tritt dazu.* Stimmt's? Als ich dir meinen härtesten Song bot – »Bettellied« heißt der und nimmt sich die Masche »Brot für die Welt« vor – da haste geheult und phantastisch gesagt: Einfach phantastisch!

VERO LEWAND: Du verträgst das ja nicht, wenn man was gut findet.

SCHERBAUM: Weil du das nur von der Stimmung her nimmst.

VERO LEWAND: Woher weißt du das so genau?

SCHERBAUM *zu Starusch:* Ist reine Gefühlssache bei ihr. *Zu Vero Lewand:* Paß auf: Ich will mit dem Song sagen, daß Almosen nur das Elend vergrößern und daß Almosen nur denen guttun, die sie geben, nämlich den Besitzenden und Unterdrückern.

VERO LEWAND: Genau das hab ich kapiert. Und als du vor 'nem Jahr »Sternchen pflücken« geschrieben hast, hab ich gleich angefangen, mit einer Metallsäge in Dahlem und so, wo die Mercedesse nur so rumstehn... *Trällert:* Sternchen pflücken, Sternchen pflücken...

SCHERBAUM: Hör schon auf.

STARUSCH: Zumindest beweist mir euer Gespräch, welch in Frage stellende Kraft dem engagierten Lied immer noch innewohnt.

SCHERBAUM: Paar Kullertränen oder allenfalls Sternchen pflükken.

STARUSCH: Gut, Scherbaum. Sie glauben nicht an das Wort. Sie wollen Aktion. Die Tat in der Öffentlichkeit. Nehmen wir an, Sie machen, was Sie vorhaben. Die Leute schlagen Sie, wenn nicht tot, dann doch krankenhausreif. Das wollen Sie ja: Reaktion der Öffentlichkeit. Schlagzeilen in der »Morgenpost«. Strafanzeige vom Tierschutzverein. Die Schule befindet, trotz Gegenstimmen, Rausschmiß. Und eine Woche später spricht kein Mensch mehr davon, weil etwas anderes läuft und Schlagzeilen macht, womöglich ein Kalb mit zwei Köpfen. – Dagegen: Sie setzen sich hin und schreiben die »Ballade vom Dackel Max«.

SCHERBAUM: Und dann?

STARUSCH: Wenn Ihnen der Song gelingt, wird er bleiben und alle Schlagzeilen überleben.

VERO LEWAND: Hab ich mir gleich gedacht: Du sollst für die Ewigkeit schreiben. Die üblichen Deutschlehrersprüche. Er ist ein Papiertiger.

STARUSCH *lacht:* Auch gut. Und euer Papiertiger gibt sogar zu, daß dem Gedicht die momentane Wirkung zumeist versagt bleibt, weil es langsam wirkt und oft zu spät.

VERO LEWAND: Wir wollen aber jetzt wirken, sofort.

STARUSCH: Also Schlagzeilen, die durch Schlagzeilen verdrängt werden.

VERO LEWAND: Ich weiß nicht, was morgen ist.

IRMGARD SEIFERT: Das ist billig, Veronika, und Ihrer nicht würdig.

SCHERBAUM: Ich weiß nicht mal, was würdig ist.

IRMGARD SEIFERT: Gerade Sie sollten versuchen, die Welt in ihrer Vielgestalt und Widersprüchlichkeit zu verstehen...

SCHERBAUM *erregt und leise:* Ich will nicht verstehen. Verstehen Sie mich? Weiß ich doch, daß sich alles erklären läßt. Wie heißt es schon? Weil die vitalen Interessen der Vereinigten Staaten berührt sind.

STARUSCH: Genauso ist es. Leider. Als beim Aufstand in Budapest vor über zehn Jahren die Interessen der Sowjetunion berührt wurden, hat man mit aller Härte...

SCHERBAUM: Weiß ich! Weiß ich. Alles ist zu erklären. Alles ist zu verstehen. Weil dieses – muß das. Einerseits schlimm, aber um Schlimmeres zu verhüten. Der Frieden hat seinen Preis. Unsere Freiheit wird uns nicht geschenkt. Wenn wir heute nachgeben, sind wir morgen dran. Hab ich gelesen: Napalm verhindert den Einsatz nuklearer Kampfmittel. Die Lokalisierung des Krieges ist ein Sieg der Vernunft. Mein Vater sagt: Gäbe es nicht die Atombombe, wäre der dritte Weltkrieg schon längst... Recht hat er. Läßt sich beweisen. Wir sollten dankbar sein und den kleinen Konflikt am Kochen halten, damit kein großer... Und Gedichte schreiben, die erst übermorgen wirken. – Nein. Nichts wird bewegt. Menschen verbrennen jeden Tag langsam. Ich mach es. Ein Hund, das trifft sie.

Pause.

VERO LEWAND *leise und begeistert:* Phantastisch, wie du das sagst.
Scherbaums linke Hand zuckt hoch, Starusch verhindert das Zuschlagen.

STARUSCH: Sie sollten bei der Strenge Ihres Urteils Tätlichkeiten vermeiden, Scherbaum. – Übrigens ist die Pause vorbei.
Scherbaum und Vero Lewand gehen ab. Er legt seinen Arm um ihre Schulter.

STARUSCH *zu Irmgard Seifert:* Im Gegensatz zu mir ist er Linkshänder. – Zertreten werden sie ihn, Dokter, mit Pfennigabsätzen.
Der Zahnarzt tritt auf.

ZAHNARZT: Und das Fernsehen wird die Kamera draufhalten und um Arbeitserleichterung bitten: »Seien Sie doch vernünftig. Nur ein klein wenig zurücktreten. Wie sollen wir denn objektiv berichten können, wenn Sie uns behindern ...«

IRMGARD SEIFERT *neben dem Aquarium:* Glauben Sie mir, Eberhard: Sie können heute Christus auf dem Kurfürstendamm während der Hauptverkehrszeit kreuzigen und gekreuzigt aufrichten. Die Leute gucken zu und machen ihr Foto, wenn sie das Dings bei sich haben.

STARUSCH: Aber wenn sie sehen, wie jemand hier einen Hund ...

ZAHNARZT: Wir dürfen annehmen, Ihr Schüler weiß, was ihn bei der besonderen Mentalität der extrem tierliebenden Bevölkerung dieser Stadt erwartet.

IRMGARD SEIFERT: Sie sollten sich endlich aufraffen, damit der Unsinn ein Ende hat.

STARUSCH: Also Meldung erstatten?

ZAHNARZT: Es kann ja immerhin sein, daß Sie um Ihre Stellung als Studienrat besorgt sind.

STARUSCH: Aber was soll ich denn ... Etwa meinem Senator fürs Schulwesen einen Brief schreiben? Sehr geehrter Herr Evers ... Einer meiner Schüler ist entschlossen ... Im Juli des vergangenen Jahres haben Sie, sehr verehrter Herr Senator, auf einer Veranstaltung ausgerufen: »Mögen wir die Zivilcourage Adolf Diesterwegs haben!« Ich möchte Sie bitten, mit mir gemeinsam meinen Schüler auf seinem schweren Weg zu begleiten, damit durch Ihre Anwesenheit die öffentliche Verbrennung eines Hundes jenen aufklärenden Sinn erhält, den wir alle suchen ...

Pause. In kollegialer Hochachtung Ihr... Um Himmels willen, Dokter, was soll ich machen. Verdammt nochmal. Helfen Sie mir doch! *Pause.*

ZAHNARZT: Bitten Sie Ihren Schüler, er möge mit Ihnen den vorgesehenen Tatort besichtigen. Vielleicht ergibt sich da was. Rufen Sie mittags noch einmal an. Mein Betrieb hier läuft und läuft. Auch wenn die Welt stillstehen wollte, die Leute kämen, den Mund voller Klage- und Wehgeschrei.

Er geht ab.

IRMGARD SEIFERT: Finden Sie nicht auch, Eberhard, es ist so still zwischen dem Lärm. Man sollte was tun. Irgendwas tun.

Sie geht ab.

STARUSCH: Mach doch was. Mach doch was. Irgendwas. Mach doch was. Soll ich mich präparieren? Beim Rasieren gegen den Spiegel sprechen, bis er beschlägt: Was soll ich denn noch sagen, Philipp?

Scherbaum tritt auf, setzt sich hinter den Schultisch. Starusch bleibt entfernt.

SCHERBAUM: Sie sollen helfen. Sonst schaff ich es nicht.

STARUSCH: Auch wenn du recht hast, das lohnt nicht.

SCHERBAUM: Wenn Sie mir Mut machen, ich meine...

STARUSCH: Ich hab ja auch. Wir waren gegen alle und alles. Damals war Krieg.

SCHERBAUM: Immer ist Krieg.

STARUSCH: Nichts wollte ich erklärt bekommen, wie du.

SCHERBAUM: Und jetzt?

STARUSCH: Ich wollte nicht so werden, wie ich bin. – Aber auch wenn ich so bin, wie du siehst, wie ich bin – genau wie ich es gesehen habe bei anderen, wie sie waren –, weiß ich doch, daß ich geworden bin, wie ich nicht sein möchte – und wie du nicht sein möchtest. Wäre ich, wie du bist, müßte ich sagen: Mach es. *Leiser:* Mach es.

SCHERBAUM: Aber Sie sagen ja nichts.

STARUSCH: Warum sag ich nicht: Laß ihn brennen?

SCHERBAUM *ruhig:* Weil Sie eifersüchtig sind und selber möchten, aber nicht können. Weil mit Ihnen nichts mehr los ist. Weil

Ihnen die Angst fehlt. Weil es gleichgültig ist, ob Sie es machen oder nicht. Weil Sie schon alles hinter sich haben. Weil Sie sich Ihre Zähne reparieren lassen für später. Weil Sie sich die Folgen ausdenken, bevor Sie handeln, damit die Folgen Ihren Berechnungen entsprechen. Weil Sie sich nicht mögen. Weil Sie vernünftig sind, dabei sind Sie dumm.

STARUSCH: Gut, Philipp. Mach es. Aber das nützt nichts. Es wird dir Erinnerung werden, riesengroß. Du wirst nicht drüberkommen. Danach wirst du immerzu sagen müssen: Als ich siebzehn war, hab ich. Als ich siebzehn war, war ich ein Täter. – *Scherbaum steht auf. Starusch nimmt seinen Mantel, geht auf Scherbaum zu.* Wenn Sie wollen, Scherbaum, geh ich mit Ihnen da hin, damit Sie sehen, was auf Sie zukommt vor dem Kempinski.

SCHERBAUM: Na gut. Aber machen Sie sich bloß keine übertriebenen Hoffnungen. – Ich fall nicht um.

Blackout

8. Szene

Starusch steht an seinem Schreibtisch. Irmgard Seifert sitzt auf der Couch. Der Zahnarzt arbeitet an seinem Labortischchen. Im Hintergrund stehen Scherbaum und Vero Lewand mit ihren Fahrrädern.

VERO LEWAND: Was geht das Old Hardy an?

SCHERBAUM: Er wollte unbedingt mitkommen: Tatort besichtigen.

IRMGARD SEIFERT: Nun, Eberhard, hat sich Ihr Experiment gelohnt?

STARUSCH: Wir hatten uns ohne Hund verabredet, doch Scherbaum brachte den Dackel mit.

SCHERBAUM: Max kam mit. Wollte ihn gewöhnen und so.

STARUSCH: Die Kempinski-Terrasse war voll besetzt: die üblichen straffen Damen.

SCHERBAUM: Old Hardy machte Witze, wie immer.

VERO LEWAND: Seine Methode. Klar doch.

STARUSCH: Wenn wir davon ausgehen, daß ein Berliner Pfannkuchen zweihundert Kalorien birgt, erübrigt sich die Frage nach

dem Kaloriengehalt einer Portion Schwarzwälder Kirschtorte mit Schlagsahne.
Scherbaum löst sich von Vero Lewand, Starusch von seinem Schreibtisch. Beide an der Rampe.

SCHERBAUM: Da sitzen sie.
STARUSCH: Sie futtern aus Kummer.
SCHERBAUM: Mit Kuchen pappen sie alles zu.
STARUSCH: Solange sie ihre Törtchen essen, sind sie zufrieden und wohl auch ungefährlich. *Beide gucken.*
SCHERBAUM: Das muß aufhören.
STARUSCH: Eigentlich ist es nur komisch.
SCHERBAUM: Das sind die Erwachsenen. Das war ihr Ziel. Jetzt haben sie es erreicht. Auswählen können und nachbestellen, das verstehen sie unter Demokratie.
Starusch zum Schreibtisch. Scherbaum bleibt an der Rampe.

STARUSCH *zu Irmgard Seifert:* Ich räumte ein, daß sein überspitzter Vergleich nicht so ohne sei, und versuchte, ihn mit Witzeleien über zuviel Schmuck aufzuheitern. *Zu Scherbaum:* Stellen Sie sich vor, diese überbordenden Damen säßen nackt da.
SCHERBAUM: Die werden keine Torten mehr spachteln. Das Bild von Max, wie er brennt und sich wälzt, wird ihnen im Wege sein.
VERO LEWAND: Kapier das nicht. Warum macht er das nicht? Das ist doch eine Tatsache. Das geht doch weg von der Theorie. Das ist dann Praxis, Flip. Mach es doch!
IRMGARD SEIFERT *zu Starusch:* Sie hätten Scherbaum immer wieder auf die Gefahr körperlicher Gewaltanwendung aufmerksam machen sollen.
STARUSCH: Hier, wo Sie stehen, Scherbaum, wird man Sie zusammenschlagen.
IRMGARD SEIFERT: Und die Passanten – das hätten Sie sagen sollen – werden einen Kreis bilden und sich streiten, ob jener Klumpen Mensch auf dem Pflaster einen Schnauzer, Terrier, Dackel oder Pekinesen verbrannt hat.
SCHERBAUM: Rausfallen wird ihnen der Kuchen.
VERO LEWAND: Dann mach es doch, Flip. Mach es.

STARUSCH: Die Mehrzahl der Damen wird zahlen. Aber andere Damen in ähnlichen Pelzen, unter ähnlichen Hüten werden nachrücken.

VERO LEWAND: Mach es, Flip, mach es!

STARUSCH: Mit ihren Kuchengabeln werden sie einander erklären, wo es passiert ist. Hier, Scherbaum. Hier, wo wir stehen.

VERO LEWAND: Und das hast du dir angehört. Einfach angehört?

STARUSCH: Man wird das Ganze eine Barbarei nennen, zumal Ihr Max nicht still, duldsam und rasch verbrennen wird. Ich sehe, wie er springt und sich wälzt. Ich höre ihn winseln, Philipp.

IRMGARD SEIFERT: Ich möchte wissen, lieber Kollege, was diese Exkursion Ihnen und Ihrem Schüler eingebracht haben soll.

STARUSCH: Scherbaum erbrach sich heftig und in mehrmaligen Stößen aufs Pflaster.

SCHERBAUM: Gekotzt habe ich.

VERO LEWAND: Einfach aufs Pflaster?

SCHERBAUM: Nicht die haben. Ich hab.

STARUSCH: Der Mechanismus einiger Kuchengabeln setzte aus.

VERO LEWAND *leise:* Phantastisch, Flip.

SCHERBAUM: Ich hab gewürgt, sag ich dir, richtig gewürgt.

VERO LEWAND: Und Max?

SCHERBAUM: Der winselte, klar doch.

STARUSCH: Bevor sich ein Kreis bilden konnte, denn schon stockte der Fußgängerverkehr, zog ich Philipp und den winselnden Dackel über die Fasanenstraße. *Er geht auf Scherbaum zu.*

SCHERBAUM: So eine Pleite.

STARUSCH: Das war wirksamer, Philipp, als wenn Sie den Hund verbrannt hätten.

SCHERBAUM: Aber die wissen doch gar nicht, warum ich.

STARUSCH: Wie die geguckt haben. Ich sag Ihnen, Philipp, wie die geguckt haben... *Scherbaum läßt Starusch stehen, kehrt zu Vero Lewand zurück.*

SCHERBAUM: Nun weißt du, was für 'ne Niete ich bin.

VERO LEWAND: War doch nur eine Probe.

SCHERBAUM: Nicht ich, die sollen.

VERO LEWAND: Werden sie auch. Bestimmt, Flip. Werden sie auch.

SCHERBAUM: Ich bin ein Versager.

VERO LEWAND: Ach was, Mensch. Du mußt es nur machen.
Beide gehen ab.

IRMGARD SEIFERT *steht auf:* Alles in allem: Sie waren erfolgreich. *Spöttisch im Abgehen:* Doch eine echte Lösung ist wohl auch das nicht gewesen.

STARUSCH: Dieser geschlagene Schaum, diese Tonnen zartes Gebäck, diese freiverkäufliche Süße, dieser Fettaugenüberfluß, dieser Konsum ist schuld. Jawohl, Dokter. Keine Menschen mehr, nur noch Konsumenten!

ZAHNARZT *lacht:* Wenn man nur will, kann man sogar die Schwarzwälder Kirschtorte dämonisieren. Ihre Verallgemeinerungen sind wenig stichhaltig. Unsere Gesellschaft, selbst wenn sie sich auf Kaffeehausterrassen drängt, ist relativ vielschichtig.

STARUSCH: So ist mein Zahnarzt: tolerant.

ZAHNARZT: Sie sollten sich mit Requisiten wie Kuchenberge, Topfhüte, Kummerspeck nicht einen Popanz aufbauen, zumal Ihrem Schüler nicht geholfen wird, wenn Sie seine verengte Optik übernehmen.

STARUSCH: Er ist verheiratet. Hat drei Kinder. Übt einen Beruf aus, der zu Resultaten führt. Da fällt es leicht, tolerant zu sein.

ZAHNARZT: Meine Mutter zum Beispiel, eine preußisch-nüchterne Dame, doch nicht ohne Humor und Lebensart, hatte es sich zur Gewohnheit gemacht, zweimal im Monat, nachdem ihre Einkäufe getätigt waren, die Kempinski-Terrasse aufzusuchen. Ein einziges Stückchen Kuchen – und zwar Bienenstich ohne Schlagsahne – hat sie gegessen. Das werden selbst Sie zugeben: Diese Sünde ist relativ geringfügig.

STARUSCH: Sie haben gut reden, Dokter. Sie sehen den Menschen als eine anfällige, fehlerhafte Konstruktion, die der Fürsorge bedarf. Wer aber mehr will, wer verlangt, daß der Mensch über sich hinauswachse, sich seiner Ausbeutung bewußt werde und zur Änderung der bestehenden Verhältnisse bereit sei, wer, wie mein Schüler, nur dumpfe Sattheit sieht, dem wird das mechanische Kuchenfressen zum Mechanismus der kapitalistischen Gesellschaft an sich.

ZAHNARZT: Ich gebe zu, daß diese relativ geschlossen wirkende Konsumgesellschaft einem Siebzehnjährigen unheimlich, weil unbegreiflich sein muß. Sie jedoch, als erfahrener Pädagoge, sollten sich vor einer Dämonisierung des angeblichen wie tatsächlichen Gegners hüten.

STARUSCH: Es ist mein Recht, ungerecht sein zu dürfen!

ZAHNARZT: Ein bedenklicher Freibrief.

STARUSCH: Und Ihre Beschwichtigungen?

ZAHNARZT: Ein Versuch, zu differenzieren.

STARUSCH *läßt sich wieder auf die Couch fallen:* Er relativiert alles.

ZAHNARZT: Wenn ich als Zahnarzt so redete.

STARUSCH: Objektivierender Klugscheißer. Tüchtiger Fachidiot.

ZAHNARZT: Schließlich habe ich tagtäglich gegen Zahnschäden zu kämpfen, die durch übertriebenen Kuchenkonsum, durch Süßigkeiten an sich verursacht oder gefördert werden.

STARUSCH: Umgänglicher Technokrat. Aufgeklärter Spießer.

ZAHNARZT: Dennoch weigere ich mich, den Kuchen oder den Malzbonbon abschaffen zu wollen.

STARUSCH: Reaktionärer Modernist. Fürsorglicher Quacksalber.

ZAHNARZT: Ich kann nur zur Mäßigkeit raten und die Schäden – falls es nicht zu spät ist – beheben.

STARUSCH: Zahnklempner. Zahnklempner!

ZAHNARZT: Ich warne vor Verallgemeinerungen, die einerseits große Bewegung vortäuschen und andererseits – am Ende – den Stillstand herbeiführen.

STARUSCH *springt auf:* Also was nun? Einerseits – andererseits!

ZAHNARZT: Ein kleiner Vorschlag: Bringen Sie mir den Jungen. Ich möchte ihn kennenlernen.

Blackout

9. Szene

Starusch und Scherbaum sitzen auf zwei Stühlen in der Nähe des Zahnarztstuhles. Zwischen ihnen ein Tischchen mit Illustrierten. Scherbaum blättert. Vero Lewand steht in der Mitte mit ihrem Fahrrad.

VERO LEWAND: Jetzt hat er dich wieder abgeschleppt; und du läßt dich abschleppen.

SCHERBAUM *ohne aufzublicken:* Wenn es ihm Spaß macht. Was tut man nicht alles für seinen Lehrer.

VERO LEWAND: Aber wenn ich Komm-mit sage, wir diskutieren heut Basis und Überbau, dann redest du dich mit Steno raus.

SCHERBAUM: Das ist meine Basis: Stenographie.

VERO LEWAND: Unsere Gruppe findet, du nimmst mehr und mehr die kleinbürgerliche Perspektive ein.

SCHERBAUM: Und du riechst nach Gruppe. Gruppenmief.

VERO LEWAND: Wenn du nie Zeit für mich hast.

SCHERBAUM: Du weißt, was ich vorhabe.

VERO LEWAND: Mach es, Flip. Wenn du das nicht machst, mach ich was. Aber ich red nicht davon, ich mach das wirklich.

SCHERBAUM *blickt auf:* Was denn?

VERO LEWAND: Ich mach das. Bestimmt, Flip, ich mach das. *Fährt mit dem Rad ab. Scherbaum blättert wieder. Der Zahnarzt tritt auf.*

ZAHNARZT: Darf ich bitten. Ehrlich gesagt: Ich hatte mit Ihrem Schüler gerechnet.

STARUSCH: Er ist da. Aber rechnen dürfen Sie nicht mit ihm.

ZAHNARZT *bittet mit einer Geste Starusch, im Zahnarztstuhl Platz zu nehmen:* Und bitte die Zunge schön locker hinten unten lassen. *Während er mit der Mundlampe Staruschs Mundmilieu ausleuchtet, spricht er beiseite zu Scherbaum:* Ich hörte von Ihrem ungewöhnlichen Vorhaben. Auch wenn es mir unmöglich wäre, so zu handeln, versuche ich trotzdem, Sie zu verstehen. Wenn Sie es tun müssen – aber nur, wenn Sie es wirklich tun müssen –, dann tun Sie es. *Zu Starusch:* Na, das sieht ja schon wesentlich besser aus. Die Entzündungen sind zurückgegangen. Aber vielleicht pausieren wir doch noch ein Weilchen. *Zu Scherbaum:* Das übrigens ist mein halbautomatischer Ritter. Hier, im beweglichen Instrumententischchen – folgt brav auf Knopfdruck – die Instrumente. Nicht sichtbar für den Patienten, doch Ihnen zeig ich's mal: den Wurzelheber. Die Molarenzange. Hier meine vollautomatische Aeromatic mit ihren 350 000 Umdrehungen pro Minute. Arbeitet geräuschlos erschütterungsfrei. *Zu Starusch:* Solch hochtourige Maschinen verlangen eine äußerst ruhige Hand. Eine achtel Sekunde mangelnde Aufmerksamkeit, und schon ist die Pulpa verbrannt. – *Zu Scherbaum:* Und hier eine Kollektion noch nicht montierter Degudentbrücken. Sie sehen, überall fehlt es den Leuten an den notwendigen Beißern.

SCHERBAUM *weist auf mehrere an der Wand hängende Tabellen:* Und das da? Sieht ja aufregend aus.

ZAHNARZT: Aufregend und beunruhigend. Es handelt sich um Karieskurven. Wie Sie vielleicht wissen, ist die Karies eine weltweit verbreitete Zivilisationserkrankung. Dabei kann die moderne Zahnmedizin – im Gegensatz zur Politik – auf Erfolge hinweisen, die eindeutig belegen, daß es einen Fortschritt gibt, wenn man sich streng an die Erkenntnisse der Naturwissenschaften hält. Jede Spekulation darüber hinaus verführt zwangsläufig zu ideologischen Mystifikationen oder – wie wir es nennen – zu Fehldiagnosen.

SCHERBAUM: Sie haben recht. Das habe ich mir auch gedacht. Deshalb will ich meinen Hund öffentlich verbrennen. *Pause.*

ZAHNARZT: Übrigens, beim Sprechen glaube ich festgestellt zu haben, daß Ihre Frontalzähne ... Sind Sie als Kind ein Lippenbeißer gewesen? Ich meine so: mit den oberen Frontalzähnen über die Unterlippe. Sie haben einen Distalbiß. Darf ich mal? *Er fordert Scherbaum auf, im Zahnarztstuhl Platz zu nehmen. Starusch verläßt den Stuhl, Scherbaum nimmt Platz.*

SCHERBAUM: Kostet das was?

ZAHNARZT *lächelnd:* Unter den Anhängern der Naturwissenschaft kommt es gelegentlich zu Gratisbehandlungen.

SCHERBAUM: Aber nicht weh tun.

ZAHNARZT: Das ist nicht mein Beruf – weh tun.

Während der Zahnarzt Scherbaum untersucht, entfernt sich Starusch zur Mitte hin. Vero Lewand tritt auf.

STARUSCH: Seit dem 6. Februar 1967 sehe ich Scherbaum im Zahnarztstuhl.

Vero Lewand: Ist es Ihnen wieder einmal gelungen, Flip zu manipulieren?

Starusch: Was immer Sie sich unter Manipulation vorstellen, jedenfalls hat er sich in einen Zahnarztstuhl gesetzt.

Vero Lewand: Ich warne Sie, Old Hardy.

Starusch: Er tat es freiwillig.

Vero Lewand: Wenn Sie nicht aufhören, Flip zu verunsichern, werde ich Sie verunsichern.

Starusch *lächelnd:* Nichts leichter, als einen liberalen Studienrat zu verunsichern.

Vero Lewand: Und ich habe mal gedacht, Sie stehen links und gehören zu uns. Aber Sie wollen die Welt bloß interpretieren, ändern, das schaffen Sie nicht. *Sie geht ab.*

Starusch: Stimmt. Das schaffe ich nicht. *Zum Zahnarzt zurück.*

Zahnarzt: Schon mit den Milchzähnen hätten Sie zu mir kommen sollen.

Scherbaum: Ist es schlimm?

Zahnarzt: Wir werden einen Röntgenstatus machen. Dann sehen wir weiter. –

Er macht Aufnahmen von Scherbaums Unter- und Oberkiefer, dazwischen Notizen.

Zwei minus eins, eins minus zwei. – Na? Hat das weh getan?

Scherbaum *verläßt den Zahnarztstuhl:* Übrigens, das mit der Karies find ich hochinteressant. Und vielen Dank auch.

Er geht ab. Starusch geht langsam zu seinem Schreibtisch.

Starusch: Vorzüglich, Dokter. Es ist Ihnen gelungen, meinem Schüler die wissenschaftliche Begründung für sein irrationales Vorhaben zu liefern.

Zahnarzt: Er hat einen Distalbiß. Doch selbst bei Siebzehnjährigen ist, bei einiger Geduld, eine Spätbehandlung möglich.

Starusch: Sie haben ihm Mut gemacht. Mut gemacht! – Und ich darf mich hinters Papier setzen und schon jetzt ein Gutachten entwerfen, das der Verteidiger meines Schülers anfordern wird. *Am Schreibtisch.*

Zahnarzt: Sie sollten Ihre Begründung mit einer Verharmlosung beginnen. Etwa: verfrühter Studentenulk.

STARUSCH: Ich werde um Scherbaums Tat ein Gehege literarischer Vergleiche aufbauen. Surrealistische und futuristische Manifeste werde ich zitieren. Aragon und Marinetti sind meine Zeugen. Vielleicht finde ich Brauchbares im Hessischen Landboten. Das Happening als Kunstform. Hinweise auf die Dadaisten ...

ZAHNARZT: Schwarzer Humor. Da muß ich abraten. Hierzulande wird der Witz vom Gemüt gespeist und allenfalls von der Schadenfreude. – Doch wie wäre es mit einem Hilfsangebot von klassischer Seite? – Sie könnten Ihrem Schüler die Rolle des Tasso übertragen und dem Gericht die weltmännische Vernunft des Antonio anempfehlen.

STARUSCH *schreibt:* Wie sich die nüchterne Einsicht des Weltmannes Antonio zu den dichterischen Übersteigerungen des jungen Tasso verhält, so möge das Gericht, im Sinne des Dichters Goethe, zum hochherzigen Entschluß kommen. *Er zitiert:* »So klammert sich der Schiffer endlich noch am Felsen fest, an dem er scheitern sollte.«

ZAHNARZT: Ein liberaler Ausklang sollte Ihnen nicht schwerfallen.

STARUSCH: Ein Staat, der die tätlich gewordene Verwirrung eines so hochbegabten wie übersensiblen Schülers als öffentliche Gefahr wertet, beweist seine Unsicherheit und versucht, die Wohltat demokratischer Nachsicht durch obrigkeitsstaatliche Härte zu ersetzen.

ZAHNARZT: Bravo. Sie haben den Ton getroffen.

STARUSCH *steht auf, zieht den Mantel an:* Danach bleibt vom Fisch die Gräte. Wer Bauchläden voller Lösungen hat, singt jetzt die Leere an, bis sie Mode wird: ein sparsam geschnittenes Mäntelchen, dem Ärmel, Knöpfe und Taschen fehlen. Nur Stoff blieb. Keiner will es gewesen sein. Was spielen wir jetzt?

Blackout

10. Szene

IRMGARD SEIFERT: Nun, Eberhard?

STARUSCH: Vorerst probeweise hat er sich in einen Zahnarztstuhl gesetzt.

Irmgard Seifert: Ihre pädagogische Fürsorge scheint – nicht nur mir gegenüber – grenzenlos zu sein.

Starusch: Ich mag nicht mehr. Ich bin nur Lehrer. Ich will nicht tiefer dringen. Verstehen Sie! Ich will, daß das aufhört.

Irmgard Seifert: Das findet kein Ende.

Starusch *scharf:* Ich weiß. – Gestern war ich auf einem Fest... *Steht auf.*

Irmgard Seifert: Diese Frühprägung oder – wie Sie es nennen – meine Affäre im Harz...

Starusch *scharf:* Ich sagte: Gestern war ich auf einem Fest. Auf einer sogenannten Fete.

Irmgard Seifert: Ich habe ihn denunziert. – War es lustig? *Vero Lewand, Scherbaum treten auf.*

Vero Lewand: Die stehen politisch ganz links. Das sind unsere Leute.

Starusch: Scherbaum und seine Freundin überredeten mich...

Vero Lewand: Der da mit dem Castro-Deckel ist der linkeste Underground-Verleger, den's gibt.

Irmgard Seifert: Sie sollten mehr Distanz halten.

Vero Lewand: Und der kommt gerade aus Milano, wo er Leute getroffen hat, die gerade aus Bolivien gekommen sind, wo sie mit Che gesprochen haben.

Starusch: In der beinahe möbelfreien Altbauwohnung drängten sich sechzig Personen, weniger sieben, die gerade gingen, plus elf, die gerade kamen oder zu kommen versuchten. – Und wovon reden die?

Vero Lewand: Na von sich.

Irmgard Seifert: Mit Hilfe der kleinen Lewand werden Sie gewiß ein Stehplätzchen gefunden haben.

Starusch: Und was wollen die?

Vero Lewand: Na verändern. Die Welt verändern.

Starusch: Nicht nur ich, auch Scherbaum stand fremd dazwischen. Die extravagante Uniformität der Kleidung fiel auf und eine weit ausholende Gestik, die mit einer verborgenen Kamera zu rechnen schien...

Vero Lewand: Ho! Ho! Ho – Tschi – Minh! *Sie unterstützt den Revolutionsruf durch rhythmisches Klatschen. Später werden Rufen und Klatschen leiser.*

STARUSCH *löst sich von den beiden:* Scherbaum wurde so still, daß ich zu befürchten begann, es könne auffallen. Und auch ich...

IRMGARD SEIFERT: Zu alt. Sie sind zu alt. Vielleicht waren Sie auch ein wenig neidisch, weil die jungen Leute so links und lustig sein dürfen.

STARUSCH: Sagte ich mir auch: Mach doch mit!

IRMGARD SEIFERT: Schließlich waren Sie nicht der einzige entlaubte Enddreißiger. *Sie klatscht andeutend den Revolutionsrhythmus.*

STARUSCH: Die machten alle mit und schrien sich ins Stimmbruchalter zurück.

Vero Lewand faßt ihn und zieht ihn in die Mitte.

VERO LEWAND: Warum machen Sie nicht mit, Old Hardy?

STARUSCH: Ich bin kein Mitmacher.

VERO LEWAND *um ihn herum:* Aber miesmachen, das können Sie. Verunsichern. Abwiegeln. Alles interpretieren und nichts verändern. Arrivierter Reformist! Typischer Pauker! Sozialfaschist!

Sie klatscht wieder Rhythmus. Starusch kehrt zum Schreibtisch zurück.

STARUSCH: Dabei wollte es mir vorkommen, als beginne Scherbaum an meiner Seite wortlos zu altern.

Vero Lewand schiebt Scherbaum in die Mitte.

VERO LEWAND: Das ist mein Freund Flip.

STARUSCH: Zwei Mädchen sprachen Scherbaum an: Isser das, Vero? Bist du der Scherbaum, von dem alle sprechen?

VERO LEWAND: Vor dem Kempinski, sag ich euch. Mit richtigem Benzin. Pluff! Nein, am Tag, nachmittags. Erzähl doch mal, Flip. Die bewundern dich, ehrlich.

SCHERBAUM: Du Pißnelke!

VERO LEWAND: Flip, bitte...

SCHERBAUM: Raus hier. Das stinkt. *Er zieht Vero Lewand mit sich. Beide ab.*

IRMGARD SEIFERT: Nun ja, die üblichen Kindereien!

Irmgard Seifert geht ab. Starusch zur Mitte hin.

STARUSCH: Er ohrfeigte sie bereits im Treppenhaus und später auf dem Hof...

Scherbaum und Vero Lewand treten auf. Er ohrfeigt sie anhaltend, schlägt auf sie ein.

VERO LEWAND: Flip. Nein. Bitte. Flip.

STARUSCH *trennt beide:* Schluß jetzt. – Trinken wir noch ein friedliches Bier. *Er gibt Vero Lewand sein Taschentuch.*

VERO LEWAND: Schick mich jetzt nicht nach Haus, Flip. Bitte.

Alle drei an der Theke. Vero Lewand legt den Kopf in den Nacken. Ihre Nase blutet.

STARUSCH: Schwamm drüber?

SCHERBAUM: Klar doch.

STARUSCH: Und wie hat Ihnen mein Zahnarzt gefallen?

SCHERBAUM: Der weiß, was er will.

STARUSCH: Muß er wohl auch, bei seinem Beruf.

SCHERBAUM: Das mit der Karies hab ich nicht gewußt. Und wie früh das anfängt.

STARUSCH: Und Ihr Distalbiß? Werden Sie sich behandeln lassen?

SCHERBAUM: Wenn ich das hinter mir habe.

STARUSCH: Wollen Sie immer noch?

SCHERBAUM: Die? Die bringt mich nicht davon ab. Die nicht. Oder haben Sie gedacht, ich kneife, weil so ein paar Pißnelken, die sich für links halten, phantastisch sagen, einfach phantastisch?

STARUSCH: Das ist ungerecht, Philipp. Vero, zum Beispiel...

SCHERBAUM *scharf:* Die? Die liest ihren Mao, wie meine Mutter ihren Rilke schmökert. Reine Gefühlssache. *Zu Vero:* Nun sag schon, daß du dir nix dabei denkst.

VERO LEWAND: Flip, bitte. Ich dachte...

SCHERBAUM: Komm, hör schon auf. Ist vorbei jetzt. *Er legt seinen Arm um ihre Schulter und geht mit ihr ab. Starusch wechselt langsam zum Schreibtisch.*

STARUSCH *während Scherbaum und Vero Lewand abgehen, dann unterwegs:* Vertragt euch wieder. – Eine zerstrittene Linke ist kein schöner Anblick. – Ihr wißt ja noch gar nicht, wie weit rechts ihr euch wiederfinden werdet. – Mein Zahnarzt, zum Beispiel, wo steht der eigentlich? *Am Schreibtisch, legt die Hand aufs Telefon.* Na, Dokter? Raus mit der Sprache.

Der Zahnarzt tritt auf.

Zahnarzt *lachend:* Ich bin ein radikaler Befürworter der Prophylaxe. – Übrigens hat Ihr Schüler schon angerufen.

Starusch: Soll das heißen, Scherbaum ist interessiert, wie es um seine Zähne steht?

Zahnarzt: Wen interessiert das nicht?

Starusch: Und?

Zahnarzt: Zuerst fragte er, ob er sich in schulärztliche Behandlung begeben solle ...

Starusch: Wie vernünftig.

Zahnarzt: Ich sagte: Das steht Ihnen offen. Kann Ihnen selbstverständlich jederzeit einen Termin einräumen.

Starusch: Hat er zugesagt?

Zahnarzt: Ich wollte nicht drängen.

Starusch: Und über den Hund kein Wort?

Zahnarzt: Nicht, daß er ihn direkt erwähnte. Aber er dankte mir, weil ich ihn in seiner Absicht bestärkt habe. Ihr Schüler sollte noch mehr Zuspruch bekommen. Wir sollten ihm Mut machen. Verstehen Sie. Unablässig Mut machen.

Der Zahnarzt geht ab. Starusch setzt sich.

Starusch: Er versucht sich in Pädagogik. Soll ich umsatteln und Zahnarzt werden? – So oder so: Scherbaum geht mir verloren. – Hoho – Ho ... Ich kann das nicht ... *Er klatscht in die Hände und versucht den Revolutionsrhythmus.*

Blackout

11. Szene

Irmgard Seifert: Ich muß Ihnen gestehen, mein Scherbaum-Verständnis hat zugenommen. Diesem Jungen ist es aufgetragen, zu leisten, was wir – ich und auch Sie – nicht zu leisten vermochten. Könnte ich ihm doch Mut machen.

Scherbaum und Vero Lewand treten mit Fahrrädern auf. Der Zahnarzt nimmt Platz an seinem Labortischchen. Starusch in der Nähe seines Schreibtisches. Irmgard Seifert geht auf Scherbaum zu.

VERO LEWAND: Paß auf, Flip. Der Erzengel peilt dich an.

IRMGARD SEIFERT: Sie haben recht, Philipp. Was nützen Ihnen unsere Ersatzlösungen, diese tagtäglichen Kapitulationen der Erwachsenen.

STARUSCH: Meine Kollegin befolgt Ihren Ratschlag und versucht, Scherbaum Mut einzublasen.

IRMGARD SEIFERT: Wir sind keiner spontanen Handlung mehr fähig.

STARUSCH: Mit dem »Wir« sind auch Sie gemeint.

IRMGARD SEIFERT: Wie oft habe ich mir vorgenommen, vor die Klasse zu treten und Zeugnis abzulegen: So war ich, als ich siebzehn war. Das tat ich, als ich siebzehn war. – Helfen Sie mir, Philipp. Gehen Sie uns, gehen Sie mir voran, damit unser Versagen nicht allgemein wird.

ZAHNARZT: Und? Macht sie ihm Mut?

VERO LEWAND: Das interessiert uns doch gar nicht, was Sie mit siebzehn gemacht haben. Wird schon so sein, daß Sie irgendwas mit siebzehn gemacht oder nicht gemacht haben. Alle haben was mit siebzehn gemacht. Old Hardy am meisten. Wenn wir ihm erklären, was in Vietnam los ist, spricht er von seiner Jugendbandenzeit, als Krieg war, und hält Vorträge über Frühanarchismus. Wir wollen aber keine Jugendbande. Anarchist ist bei Flip überhaupt nicht drin. Und was Sie da reden, ist doch rein privatistisch. *Zu Scherbaum:* Los, ab. Sonst legt der Erzengel die Platte nochmal auf.

Beide stellen lachend ihre Fahrräder ein, setzen sich an den Schultisch.

IRMGARD SEIFERT: Aber es muß doch ein Ohr geben, damit ich. Immerzu diese flinke Sprache. Könnte ich stottern. Und ohne pädagogische Absonderungen. Oder glauben können an irgendwas. So ein Stückchen bemalten katholischen Gips. Etwas für übermorgen. Doch selbst der Sozialismus. Und nicht einmal mein Aquarium, dieser Versuch, auf begrenztem Raum Friede zu stiften. Fressen die eigene Brut. Ekelhaft. Ich würge. Aber es kommt nichts.

Starusch tritt an Irmgard Seifert heran.

STARUSCH: Nun, haben Sie Scherbaum ein wenig Mut gemacht?

IRMGARD SEIFERT *nimmt sich zusammen:* Nur seine Tat sieht er und nicht den Schatten, den sie werfen wird: das Beispielhafte, das Erlösende. *Sie geht ab.*

STARUSCH: Auch wenn Scherbaum nichts tut, unseren Dreck hat er aufgewühlt.

ZAHNARZT *steht auf:* Die Begeisterungsfähigkeit Ihrer Kollegin wird Ihren Schüler ahnen lassen, welche Anhänger ihm nach seiner Tat erwachsen werden. Sie baut an seinem Denkmal. Schon vor der Tat beginnt die Heldenverehrung. *Lacht und geht ab.*

STARUSCH: Nein, Dokter. So ist er nicht, kein Held. Keiner, der führen will und Anhänger sucht. Er kann nicht fanatisch gukken. Nicht mal unhöflich ist er. Niemals hat er sich vorgedrängt. Er will nicht Chefredakteur werden. Seine Stimme verkündet nicht. Er ist kein Messias. Er bringt keine Botschaft. Er ist ganz anders. *Er geht auf den Schultisch zu, leicht dozierend.* Was selbst Marx relativ spät erkannte, daß nur mit Hilfe einer revolutionsbereiten Klasse, die nichts zu verlieren, aber alles zu gewinnen hat, eine Revolution durchgeführt werden kann, das sollte uns heute als Erkenntnis geläufig sein. Es kann ja nicht in unserer Absicht liegen, Fehldeutungen zu provozieren. – Sie haben erlebt, Scherbaum, wie meine Kollegin, Frau Seifert, bereit ist, Sie mißzuverstehen.

VERO LEWAND: Flip kann sich seine Anhänger nicht aussuchen.

STARUSCH: Trotzdem warne ich davor, eine pseudo-revolutionäre Hysterie fördern zu wollen.

SCHERBAUM: Ich weiß nicht, ob Sie eine Ahnung von theoretischer Mathematik haben... Ich hab eine Formel entwickelt...

VERO LEWAND *springt auf, in Bewegung:* Und die stimmt. Schon am Donnerstag tritt das Abgeordnetenhaus zusammen. Da Flip am Freitag wieder vernehmungsfähig ist, setzt er im Krankenhaus eine Pressekonferenz an und gibt eine Erklärung ab. Es kommt zu den ersten Solidaritätskundgebungen. Nicht nur hier, auch in Westdeutschland. In mehreren Großstädten werden Hunde verbrannt. Später zieht das Ausland nach. Man nennt das die ritualisierte Form der Provokation.

SCHERBAUM: Ich zeig Ihnen die Formel.

VERO LEWAND: Erst danach, Flip, wenn die Sache gelaufen ist. *Sie setzt sich wieder. Der Zahnarzt tritt auf.*

STARUSCH: Und wenn es nicht klappt. Wenn man ihn totschlägt?

ZAHNARZT *lachend:* Dann war die Formel falsch.

STARUSCH: Wenn das klare Wetter bis nächsten Mittwoch anhält, wird sich Ihnen keine Möglichkeit bieten, Scherbaums Distalbiß zu korrigieren.

ZAHNARZT: Falls er handelt. – Sagen Sie, mein Lieber, abgesehen von den vorbildlichen Einflüssen, die Sie als Studienrat zu vermitteln verstehen, hat Ihr Schüler ein Vorbild? Sie wissen, wir orientieren uns immer noch an Leitbildern. *Er geht ab. Irmgard Seifert tritt auf.*

IRMGARD SEIFERT: Die Männer des 20. Juli? Stauffenberg, zum Beispiel.

STARUSCH: Sollte auch in Ihrem Fall der südamerikanische Revolutionär Che Guevara ...

SCHERBAUM *lacht:* Das ist Veros Typ. Sie braucht ein Pin-up.

VERO LEWAND: Und du? Wen hast du dir an die Wand gepinnt? *Pause. Scherbaum steht auf, geht an die Tafel und schreibt den Namen Helmut Hübener darauf.*

SCHERBAUM: Den kennt keiner. Kommt im Unterricht nicht vor. Gehörte einer Sekte an. So was wie Mormonen. Kam aus Hamburg. Aber in Kiel haben die drucken lassen. Das war eine Vierergruppe. Lehrlinge und Angestellte. Wurde am 27. Oktober 1942 hier, in Plötzensee, hingerichtet. Vorher natürlich gefoltert. Siebzehn war der. Über ein Jahr lang haben die Flugzettel verteilt. Schon mit sechzehn fing der an damit. Der konnte nämlich stenographieren und sogar morsen. – Hab ich jetzt auch: einen Steno-Kurs belegt. Wenn ich die Sache mit Max hinter mir habe, werde ich funken und morsen lernen.
Beide gehen ab.

STARUSCH: Stenographieren und Morsen. Ich kann beides nicht.

IRMGARD SEIFERT *auf Starusch zu:* Sie tun mir ein wenig leid. Hatten Sie nicht gehofft, Scherbaum werde in Ihnen das Vorbild erkennen?

STARUSCH: Vielleicht konnte ich mit siebzehn sogar morsen. – Siebzehnjährige können oft Sachen, an die sie sich mit vierzig kaum oder nur ungern erinnern. – Nicht wahr, liebe Kollegin?

IRMGARD SEIFERT: Ich bin Ihnen dankbar für den Hinweis. *Sie geht ab.*

Scherbaum tritt auf, hält aber Distanz.

SCHERBAUM: Wie alt war die Silberzunge eigentlich, als Helmut Hübener hingerichtet wurde?

STARUSCH: Das läßt sich nachrechnen: Dreiunddreißig trat er in die Partei ein. Da war er neunundzwanzig.

SCHERBAUM: Und der ist jetzt Kanzler. Schon zwei Monate lang.

STARUSCH: Man hatte keine Bedenken.

SCHERBAUM *leise:* Das will ich nicht. Wenn ich den sehe...

STARUSCH: Vielleicht hat er eingesehen inzwischen...

SCHERBAUM *erregt, doch nicht laut:* Der, genau der... Und jetzt darf der. Ich meine, der kann jetzt. Ich meine, der kann jetzt wieder. – Ich mach es. *Laut:* Dokter! Ich mach es. Sie haben doch Spritzen, Dokter. Ich meine, gegen Schmerzen. Es muß doch auch welche geben, die bei einem Hund, damit er nicht. Ich meine. Oder Sie kennen doch einen Tierarzt, der mir. Oder vielleicht bekommen Sie die auch so, Dokter. Einfach in der Apotheke.

Er läuft davon. Der Zahnarzt tritt auf.

ZAHNARZT *scharf und verwirrt:* Haben Sie ihm das vorgeschlagen!?

STARUSCH *spöttisch:* Ich nehme an, Sie haben dem Jungen die kleine Hilfe nicht verweigert.

ZAHNARZT: Selbstverständlich habe ich nein sagen müssen.

STARUSCH: Wollten Sie ihm nicht Mut machen, unausgesetzt Mut machen?

ZAHNARZT: Das geht zuweit. Wo kommen wir hin. Wenn, wenn... *Laut und erregt:* Meine Fürsorge kennt Grenzen! Verstehen Sie mich.

STARUSCH *leise:* Scherbaum vereinsamt. – Ob er jetzt Steno büffelt?

ZAHNARZT: Der Junge machte einen verzweifelten Eindruck. Er lispelte leicht.

Scherbaum tritt auf.

SCHERBAUM: Ich kann Sie verstehen, Dokter. Als Arzt müssen Sie immer Arzt bleiben. Ganz gleich, was geschieht.
Er geht ab.

ZAHNARZT: Wirklich erstaunlich, der Junge, und beispielhaft.
Blackout

12. Szene

Der Zahnarzt an seinem Platz. Starusch an seinem Schreibtisch. Irmgard Seifert vor der Couch. Scherbaum am Schultisch. Vero Lewand steht in der Mitte. Sie trägt einen Kapuzenmantel und schminkt sich ungeschickt.

IRMGARD SEIFERT: Eine Schülerin hat Andeutungen gemacht, die ich mir zwar verbeten habe, dennoch muß ich Sie bitten, mir zu erklären, wieso dieses dumme Ding...

VERO LEWAND: Ich mach es.

SCHERBAUM: Du sollst dich raushalten, hab ich gesagt.

IRMGARD SEIFERT: Also bitte. *Setzt sich.*

STARUSCH: Ich gebe auf.

ZAHNARZT: Ein Luxus, den ich mir nicht leisten kann. *Geht ab.*

STARUSCH: Was bewegen wir schon: Stundenplanänderungen.

VERO LEWAND *geht auf Starusch zu:* Ich muß Sie sprechen.

STARUSCH *zu Irmgard Seifert:* Unangemeldet besetzte sie meine Wohnung.

VERO LEWAND: Und zwar gleich.

STARUSCH: Das geht leider nicht.

VERO LEWAND: Ich geh nicht eher weg.

STARUSCH *weist auf einen Stuhl:* Bitte. – *Sie setzt sich.*

VERO LEWAND: Warum stehen Sie Flip im Wege? Merken Sie nicht, daß er das tun muß? Unbedingt.

STARUSCH: Wollen Sie nicht ablegen?

VERO LEWAND: Früher hab ich Sie mal für links gehalten, aber seitdem Sie Flip weichmachen, weiß ich, daß Sie ein Reaktionär sind, und zwar einer von der Sorte, die das nicht merkt.

STARUSCH *zu Irmgard Seifert:* Bitte nach links orientieren! Wenn ich links von meinem Zahnarzt stehe – nicht wahr, Dokter, das geben Sie zu? –, steht Scherbaum, wenn er nicht doch noch handelt, rechts von Ihnen, liebe Kollegin, die Sie nicht links von Vero Lewand stehen, sondern wo eigentlich?

VERO LEWAND: Wir fordern, daß Sie ab sofort Flip in Ruhe lassen.

STARUSCH: Man wird ihn erschlagen.

VERO LEWAND: Wir fordern, daß Sie sich schriftlich verpflichten...

STARUSCH: Philipp ist kein Märtyrer.

VERO LEWAND: Damit Ihnen auch das klar ist: Ich liebe Flip.

STARUSCH: Und ich hasse Bekenntnisse. Ich hasse Opfer.

VERO LEWAND: Heute ist Mittwoch vorbei und wieder nichts. Jetzt will er den Hund betäuben. Mit Spritzen und so. Das nimmt doch die halbe Wirkung. Sie haben ihm das eingeredet. Sie haben ihn umgekrempelt. Der Junge ist fertig. Sagt mir, er weiß noch zuwenig. Zweifelt auf einmal. Womöglich fängt er zu heulen an.

STARUSCH *bietet ihr eine Zigarette an. Zu Irmgard Seifert:* Ich gestehe also: Ich habe der Schülerin Vero Lewand eine Zigarette angeboten.

Zahnarzt tritt auf.

ZAHNARZT: Die Verhaltensforscher bewerten gemeinsames Rauchen als Versuch, die Aggression einzudämmen. *Geht ab.*

STARUSCH *raucht auch:* Eine Filterzigarette.

IRMGARD SEIFERT: Ihren Kapuzenmantel führte das dumme Ding wie ein Beweisstück vor.

STARUSCH *zu Vero Lewand:* Wollen Sie nicht endlich ablegen?

SCHERBAUM *springt auf:* Vorsicht, Old Hardy! Vero will Sie aufs Kreuz legen.

STARUSCH: Glauben Sie mir: Als Siebzehnjähriger habe auch ich meine Ziele sehr hoch gesteckt...

SCHERBAUM: Ich mag das nicht, wenn sie Ihnen auf die Bude rückt.

STARUSCH: Aber die Jahre schafften mich.

SCHERBAUM: Sie verlieren schon genug Zeit mit mir...

STARUSCH: Ich paßte mich an.

SCHERBAUM: ...weil ich mich nicht entschließen kann...

STARUSCH: Ich suchte den permanenten Ausgleich.

SCHERBAUM: ...und ein Versager bin. *Setzt sich.*

Vero Lewand springt auf, wirft sich auf den Berberteppich vor dem Schreibtisch, wälzt sich.

VERO LEWAND: Eigentlich find ich Sie gar nicht so übel, Old Hardy.

STARUSCH *springt auf:* Was soll der Unsinn!

VERO LEWAND: Ist doch bequem hier.

STARUSCH *setzt sich:* Wenn Ihnen der Teppich gefällt, bitte.

VERO LEWAND: Prima ist der. Willst du nicht auch? *Wälzt sich.*

IRMGARD SEIFERT: Stellen Sie sich vor, Eberhard: Das dumme Ding fragte mich: Wie gefällt Ihnen Herrn Staruschs Teppich.

VERO LEWAND: Na los doch, Old Hardy!

STARUSCH: Unter uns gesagt, Dokter: Das Mädchen imponierte mir.

VERO LEWAND: Oder kannst du nicht?

SCHERBAUM: Den mach ich scharf, hat sie gesagt. Dann läßt er dich in Ruhe.

STARUSCH *zu Vero Lewand:* Wollen Sie nicht wieder vernünftig sein, Vero.

VERO LEWAND *springt auf:* Wirklich Klasse, Ihr Teppich! *Zu Irmgard Seifert:* Da. Sehen Sie? Sein Teppich fusselt. Überall Fusseln! Überall Fusseln! Da auch. Überall Fusseln...

Sie lacht und läuft davon. Der Zahnarzt tritt auf.

IRMGARD SEIFERT: Wie stellen Sie sich dazu?

STARUSCH *geht auf und ab:* Und wie geht es Ihren Zebrafischen?

IRMGARD SEIFERT: Ist etwa Alkohol konsumiert worden?

STARUSCH: Sind Sie in der Lage, Dokter, sich die schulischen Konsequenzen auszudenken?

ZAHNARZT *lacht:* Nötigung von Abhängigen und Minderjährigen. Schlagzeilen für die Bild-Zeitung: Unterricht auf dem Berberteppich! – Studienrat liebt zinkgrüne Strumpfhosen!

Er geht ab. Scherbaum steht auf, verläßt den Schultisch.

IRMGARD SEIFERT *lächelnd:* Stellen Sie sich vor, Eberhard, das dumme Ding hat mich gefragt, ob ich mich auch schon mal auf

Ihren fusselnden Berberteppich gelegt hätte. Dabei mag ich die kleine Lewand. Ihre Spontaneität liegt mir. Mit einigen Abstrichen hatte auch ich als Siebzehnjährige diese Direktheit. Am Ende werde ich doch vor die Klasse treten, mich offenbar machen müssen.

Vero Lewand trifft auf Scherbaum.

SCHERBAUM: Nun komm schon. Das zählt nicht.

VERO LEWAND: Und du, Flip?

IRMGARD SEIFERT: Denn welchen Grund hätte ich, die Schwindeleien der kleinen Lewand zu rügen, wenn ich weiterhin Morgen für Morgen die Wahrheit zu Hause ließe.

SCHERBAUM: Ich krieg es nicht hin.

IRMGARD SEIFERT: Ich gebe zu, schwach zu sein.

SCHERBAUM: Ich krieg es nicht hin.

IRMGARD SEIFERT: Doch sobald der junge Scherbaum sein Beispiel gesetzt hat, werde ich meine Schwäche überwinden.

VERO LEWAND: Wenn du es nicht machst, macht es keiner.

IRMGARD SEIFERT: Er hätte damals anders gehandelt.

SCHERBAUM: Ich krieg es wirklich nicht hin.

IRMGARD SEIFERT: Er hätte nicht versagt.

Beide gehen ab.

STARUSCH: Ich will nicht mehr. Vorgeschmack überlappt den Nachgeschmack. Alles schmeckt gleichzeitig und widerspricht sich. Ich kenne meine Taschen. Die Worte rasten ein und öffnen Kästchen, in denen Worte liegen, die darauf warten, Kästchen zu öffnen, indem sie einrasten. Ich verstehe alles. Bevor die Satzaussage auftritt und geschwollen die Rampe besetzt, nicke ich: Jadoch. Jadoch. – Jetzt gehe ich schlafen. Drei mal vier Meter mißt mein Teppich.

Er legt sich auf den Teppich. Der Zahnarzt tritt auf und setzt sich neben Starusch.

ZAHNARZT: Übrigens sind Sie wieder dran. Übermorgen.

STARUSCH: Nein, Dokter, nein!

ZAHNARZT: Die Überbrückung Ihrer Zahnlücken im Oberkieferbereich verlangt das Abschleifen von sechs Pfeilerzähnen.

STARUSCH: Ich will nicht mehr.

ZAHNARZT: Sie sollten von Ihrem Schüler lernen und sich meiner Fürsorge anvertrauen.

STARUSCH: Arantil! Arantil! Oder die Unempfindlichkeit bei peniblem Verständnis aller Schmerzen...

ZAHNARZT: Den Vorwurf der apatheia macht Epikur den griechischen Stoikern, während ja Seneca, ein Bewunderer Epikurs, immerhin zugibt, daß er das Unglück empfindet, auch wenn ihn Weisheit befähigt, jedes Unglück zu überwinden; während Sie bei leisestem Zahnschmerz zu Arantil greifen: Unglück gleich Zahnschmerz.

Er geht ab. Starusch springt auf.

STARUSCH: Könnte es sein, daß Nero, als konsequenter Schüler des Seneca, Rom in Brand stecken ließ, weil Zahnschmerz ihn trieb? *Nimmt zwei Tabletten.*

Blackout

13. Szene

Scherbaum sitzt im Zahnarztstuhl. Starusch und Vero Lewand treffen aufeinander.

STARUSCH: Das hab ich nicht gewollt.

VERO LEWAND: Sie bekommen noch was von mir.

STARUSCH: Es tut mir leid, Vero.

VERO LEWAND *schlägt ihm eine Ohrfeige:* Damit Sie begreifen.

STARUSCH *leise:* Ich begreife.

VERO LEWAND: Das war nicht persönlich gemeint, sondern überhaupt, insgesamt!

Sie geht ab.

ZAHNARZT: Die Zahnsteinentfernung gehört a priori zu jeder Behandlung. *Zu Scherbaum:* Nun spülen Sie mal.

STARUSCH *neben seinem Schreibtisch:* Und danach, Dokter?

ZAHNARZT: Danach wird die Prophylaxe fortgesetzt.

STARUSCH: Danach sind wir verlegen.

ZAHNARZT: Schon im Davor beginnt das Danach. *Zu Scherbaum:* Im Vergleich zur Progenie Ihres Lehrers ist Ihr Distalbiß auch jetzt noch zu korrigieren. *Setzt die Behandlung fort.*
Vero Lewand mit Fahrrad tritt auf.

VERO LEWAND: Ins Kempinski setz ich mich. Und zwar am Nachmittag.
ZAHNARZT: Man hätte schon beim vierjährigen Philipp beginnen sollen.
VERO LEWAND: Und Kuchen werde ich spachteln und nachbestellen und weiterspachteln.
Sie springt aufs Rad, fährt im Kreis.
Baiser mit Schlagsahne! Schwarzwälder Kirschtorte! Käsekuchen! Mandelhörnchen!
Sie geht ab. Irmgard Seifert tritt auf. Neben dem Aquarium.

IRMGARD SEIFERT: Ich hätte mich mehr um meine Zierfische kümmern sollen.
STARUSCH: Er hat übrigens aufgegeben.
ZAHNARZT: Eine ungenaue Vorwegnahme, mein Lieber. Er verzichtet auf die direkte Aktion und wendet sich langfristigen Aufgaben zu.
STARUSCH *direkt:* Tja, liebe Kollegin, so zwiespältig wir das aufnehmen mögen, Scherbaum hat resigniert.
Irmgard Seifert wechselt zur Couch.
ZAHNARZT *zu Starusch:* Aber nein doch! *Zu Scherbaum:* Spülen Sie mal! *Zu Starusch:* Der Junge steckt voller Pläne. Er wird die Schülerzeitung in die Hand nehmen. Aufklärende Artikel. Böse Glossen. Manifeste womöglich.
STARUSCH *lacht:* Scherbaum als Chefredakteur!
IRMGARD SEIFERT *setzt sich:* Also hat wieder einmal die sogenannte Vernunft gesiegt. Bravo!
STARUSCH: Und wen hätten Sie gerne als Sieger gesehen?
IRMGARD SEIFERT: Ich habe Bravo! gesagt. Bravo.
STARUSCH: Sie sind enttäuscht, nicht wahr?
IRMGARD SEIFERT: Mein kleines Hobby wird mich ablenken.
STARUSCH: Haben Sie etwa erwartet, daß Scherbaum jenen Mut beweist, der mir und Ihnen – jawohl, auch Ihnen – fehlt?

ZAHNARZT *zu Starusch:* Übrigens sagte Ihr Schüler, er wolle sich nicht in einer einzigen Tat verbrauchen, um dann wie Sie – er sagte: Um dann wie Old Hardy ein Leben lang lamentieren zu müssen: Als ich siebzehn war, habe ich auch...

IRMGARD SEIFERT: Dabei hatte ich schon beschlossen, neu anfangen zu wollen.

STARUSCH: Etwa bei Null?

IRMGARD SEIFERT *steht auf:* Vor meine Klasse und auch vor Scherbaum wollte ich treten und diese entsetzlichen Briefe Satz für Satz verlesen. – Aber das lohnt nicht mehr. Auch ich gebe auf. *Sie geht ab.*

STARUSCH *lacht:* Warum denn so verzweifelt? Stiften Sie die Briefe dem Chefredakteur Scherbaum. Er wird sie in der Schülerzeitung abdrucken. Satz für Satz. Als Knüller sozusagen.

Vero Lewand tritt auf, fährt mit dem Rad Kreise um Starusch und wirft ihm einen Mercedesstern zu.

VERO LEWAND: Tag, Old Hardy. Woll'n Sie welche? Hab ich mit Flip früher mal. Sternchenpflücken nannten wir das.

ZAHNARZT: Bei der Distalbißbehandlung sind normalerweise folgende Bewegungen durchzuführen...

VERO LEWAND: Ich mach jetzt was.

ZAHNARZT: Erstens die Bißerhöhung...

VERO LEWAND: Ich geh ins Kempinski.

ZAHNARZT: Zweitens die Retrudierung der oberen Front...

VERO LEWAND: Kuchen essen. Jede Menge Kuchen essen!

ZAHNARZT: Drittens das Vorholen des Unterkiefers...

VERO LEWAND: Sahnenußtorte!

ZAHNARZT: Und viertens die Dehnung des Oberkiefers. *Zu Starusch:* Ihr Schüler wird sich in Geduld üben müssen.

VERO LEWAND *enttäuscht und mit überspielter Wut:* Ich setz mich einfach hin und esse aus Protest. Alles, was teuer ist. Löffel um Löffel! *Fährt davon.*

ZAHNARZT *zu Scherbaum:* Nun spülen Sie mal! – Deshalb bedarf es – besonders in Ihrem Fall – der Disziplin des Patienten.

SCHERBAUM: Ich werde schon durchhalten, Dokter.

ZAHNARZT: Ein gutes Jahr lang werden Sie mit der Vorbißplatte leben müssen.

SCHERBAUM: Ich halt das schon durch.

STARUSCH: Jetzt haben wir ihn geschafft.

ZAHNARZT: Es handelt sich um einen richtigen Eingriff.

STARUSCH: Jetzt ist er erwachsen.

SCHERBAUM: Das halt ich schon durch. Bestimmt, Dokter, bestimmt.

Scherbaum und der Zahnarzt gehen ab. Vero Lewand tritt auf.

STARUSCH: Sagen Sie, Vero, ist das schlimm?

VERO LEWAND: Wenn man weitermacht, nicht so doll. Und ich mach weiter. Hier. *Reicht ein Flugblatt.*

STARUSCH: Ausrufzeichen.

VERO LEWAND: Jetzt geht es erst richtig los.

STARUSCH: Überall Ausrufzeichen.

VERO LEWAND: Und zwar ohne einerseits – andererseits.

STARUSCH: Zu viele Ausrufzeichen. Kein Fragezeichen. Und kein einziges Semikolon. *Gibt das Flugblatt zurück, geht ab.*

VERO LEWAND *ruft ihm nach:* Klar doch! Für Ihr Semikolon ist es zu spät. Für Semikolon und so haben wir keine Zeit. Das wird jetzt abgeschafft, Ihr Semikolon!

Scherbaum tritt auf.

SCHERBAUM: Wir haben Redaktionssitzung. Machst du mit?

VERO LEWAND *nach einer Pause:* Nein.

1970 erschien im Luchterhand Verlag, Neuwied und Berlin, der Band *Theaterspiele,* in dem mit *Hochwasser, Onkel, Onkel, Noch zehn Minuten bis Buffalo, Die bösen Köche, Die Plebejer proben den Aufstand* und *Davor* erstmals Stücke von Günter Grass versammelt waren. Bei allen sechs Stücken handelt es sich um überarbeitete Fassungen, die hier auch als Druckvorlage dienen.

Beritten hin und zurück: 1954 entstanden. Erstdruck in *Akzente,* 5. Jg., 1958, Heft 5, S. 399–409. Uraufführung im Januar 1959 am Theater 53 in Hamburg unter der Regie von Kraft-Alexander.

Hochwasser: 1955 entstanden. Erstdruck in *Akzente,* 7. Jg., 1960, S. 498–539. Uraufführung im Januar 1957 an der Neuen Bühne Frankfurt unter der Regie von Karlheinz Braun.

Onkel, Onkel: 1956 entstanden. Erstdruck 1965 im Wagenbach Verlag. Der erste Akt *Die Grippe* wurde im April 1957 in *Neue deutsche Hefte,* Heft 33, S. 35–44, als »Ein Spiel in einem Akt« vorab veröffentlicht. Uraufführung im März 1958 an den Bühnen der Stadt Köln (studio) unter der Regie von Werner Koch.

Noch zehn Minuten bis Buffalo: 1956/57 entstanden. Erstdruck in *Akzente,* 5. Jg., 1958, Heft 1, S. 5–17. Uraufführung im Februar 1959 am Schauspielhaus Bochum unter der Regie von Manfred Heidmann.

Die bösen Köche: 1956/57 entstanden. Erstdruck in *Modernes deutsches Theater,* hg. von Paul Pörtner, Neuwied/Berlin 1961, Band I, S. 7–72. Uraufführung im Februar 1961 in der Werkstatt des Schiller-Theaters Berlin unter der Regie von Walter Henn.

Stoffreste: 1957 entstanden. Erstdruck bei Bote und Bock, Berlin 1960. Uraufführung im Februar 1959 am Stadttheater Essen mit der Musik von Aribert Reimann.

Zweiunddreissig Zähne: 1958 entstanden und im gleichen Jahr von der Gustav Kiepenheuer Bühnenvertriebs-GmbH als

Manuskript gedruckt. 1959 als Hörspiel vom Süddeutschen Rundfunk gesendet.

GOLDMÄULCHEN: 1963 entstanden und im gleichen Jahr von der Gustav Kiepenheuer Bühnenvertriebs-GmbH als Manuskript gedruckt. 1963 als Hörspiel vom Hessischen Rundfunk gesendet. Uraufführung im Juli 1964 am Münchner Werkraumtheater unter der Regie von Hansjörg Utzerath. Es handelt sich um eine Umarbeitung der *Öffentlichen Diskussion* aus der *Hundertsten öffentlich diskutierten Materniade* des Romans *Hundejahre* von 1963.

POUM ODER DIE VERGANGENHEIT FLIEGT MIT: 1965 entstanden. Erstdruck in *Der Monat,* Heft 201, 1965, S. 33–38, und gleichzeitig in *Plädoyer für eine neue Regierung oder Keine Alternative,* hg. von Hans Werner Richter, Reinbek, Juni 1965.

DIE PLEBEJER PROBEN DEN AUFSTAND: 1965/66 entstanden. Erstdruck 1966 im Luchterhand Verlag. Uraufgeführt im Januar 1966 am Schiller-Theater Berlin unter der Regie von Hansjörg Utzerath.

DAVOR: 1968 entstanden. Erstdruck in *Theater heute,* April 1969. Uraufführung im Februar 1969 am Schiller-Theater Berlin unter der Regie von Hans Lietzau. Das Stück ist ein dramatisches Konzentrat des mittleren Buchs von *örtlich betäubt.*

Neben diesen eigenständigen Theaterspielen gibt es zwei kurze Stücke, die Eingang ins epische Werk gefunden haben und deshalb hier nicht aufgenommen wurden

DIE VOGELSCHEUCHEN: Aus der Zusammenarbeit mit Aribert Reimann ging das Ballett *Die Vogelscheuchen* hervor, das 1957 entstand und 1970 in Berlin uraufgeführt wurde. Dieses Ballett ist vollständig in den Roman *Hundejahre* aufgenommen worden (vgl. Grass-Werkausgabe Bd. 5, S. 436–440).

BETON BESICHTIGEN: Die Szenenfolge *Beton besichtigen* aus der *Blechtrommel* (Grass-Werkausgabe Bd. 3, S. 436–450) wurde unter dem Titel *Mystisch – barbarisch – gelangweilt* 1963 unter der Regie von Hansjörg Utzerath in den Düsseldorfer Kammerspielen uraufgeführt. Diese Szenenfolge ist derart eng in den Roman *Die Blechtrommel* integriert, daß man nicht von einem eigenständigen Theaterstück sprechen kann.

Zu dem Ballett *Die Gans und fünf Köche,* das 1959 unter der Regie von Marcel Luitpart in Aix-les-Bains uraufgeführt wurde, gab es über die Skizzen hinaus, wie man sie in *Vier Jahrzehnte. Ein Werkstattbericht,* Göttingen 1991, auf S. 72 findet, kein Libretto.

Inhalt

Für die neue Werkausgabe wurden alle Texte mit den Erstausgaben verglichen und in Abstimmung mit dem Autor kritisch durchgesehen. Unter den Essays und Reden, die erstmals in diesem Umfang vorliegen, findet sich eine ganze Reihe von Texten, die bisher gar nicht oder nur an entlegener Stelle gedruckt waren. Ein Personenregister erschließt die nichtfiktionalen Texte.

Die Werkausgabe wird ergänzt durch sieben Kommentar- und Materialienbände. Der Stellenkommentar bietet Erläuterungen zu Personen, Ereignissen und kulturhistorischen Details und verfolgt die vielfältigen Motivverknüpfungen in Grass' schriftstellerischem und bildkünstlerischem Werk. Die Materialien umfassen ausgewählte Quellen, Zeugnisse zur Entstehungsgeschichte und motivverwandte Texte von Grass. Mit Entwürfen und Auszügen aus verschiedenen Fassungen geben sie exemplarisch Einblick in den Arbeitsprozeß des Autors. Bilddokumente mit Grafiken, Arbeitsplänen, Karten und Fotos runden die Materialien ab.

Günter Grass: Werkausgabe

1: Gedichte und Kurzprosa. 2: Theaterspiele. 3: Die Blechtrommel. 4: Katz und Maus. 5: Hundejahre. 6: örtlich betäubt. 7: Aus dem Tagebuch einer Schnecke. 8: Der Butt. 9: Das Treffen in Telgte. 10: Kopfgeburten oder Die Deutschen sterben aus. 11: Die Rättin. 12: Unkenrufe. 13: Ein weites Feld. 14: Essays und Reden I, 1955–1969. 15: Essays und Reden II, 1970–1979. 16: Essays und Reden III, 1980–1997.

Kommentar- und Materialienbände

1: Gedichte und Kurzprosa, Theaterspiele. 2: Die Blechtrommel, Katz und Maus, Hundejahre. 3: örtlich betäubt, Aus dem Tagebuch einer Schnecke. 4: Der Butt, Das Treffen in Telgte. 5: Kopfgeburten, Die Rättin. 6: Unkenrufe, Ein weites Feld. 7: Essays und Reden.